CORRADO SLEMER

FANCULO!

MNAMON

Prefazione

Il 3 ottobre 1955 a Marzana, un paesino infossato nella Valpantena in provincia di Verona nasce Edoardo Grassi.

Appartenente ad un albero genealogico fra i cui rami l'arte ha sempre trovato nutrimento, a poco più di quattro anni già riesce ad estrarre dalla sua armonica a bocca le prime semplici melodie.

Alle elementari, pur non eccellendo nelle altre materie, si distingue in disegno, e col suo flauto dolce viene puntualmente selezionato come musico per le recite di fine anno.

A dodici anni scopre la chitarra, e non da tregua a suo padre fino a quando non gli riesce di farsene comprare una.

A quattordici già suona in un complessino a matrimoni e sagre paesane. Il giorno del suo diciottesimo compleanno si licenzia dalla fabbrica presso cui lavora da un anno per entrare come chitarrista nell'organico di un'orchestra di night- club.

A ventidue anni, con alcuni amici forma un gruppo rock col quale gira in lungo e in largo l'Italia, incide dischi, partecipa a trasmissioni televisive e costituisce un sound service al seguito di cantanti e gruppi a livello nazionale.

A ventitré anni si sposa.

A ventisei nasce il suo primo figlio.

A ventisette divorzia, e fino ai ventotto, quando conosce Elvira con la quale convivrà fino ai trenta, si domanda il perché.

Nel frattempo esce dal gruppo, il quale poco dopo si scioglierà definitivamente. Dopo un anno di studio intensivo della chitarra classica, parallelamente ad una blanda attività in campo pubblicitario, intraprende la via dell'insegnamento del suo strumento.

A trent'anni finisce anche il rapporto con Elvira, e Edoardo si trova suo malgrado a vagabondare senza casa e senza lavoro per le strade e i bar della sua città.

Caro Dio

Ti do del tu, anche perché darti del "ella" come farei se mi trovassi a parlare col papa mi sembrerebbe fuori luogo: ci conosciamo da così tanto tempo…

Hai ragione, non ci sentiamo da un bel po', ma devo dirti la verità: in questo periodo non sono più così sicuro della tua esistenza. Bah, mettiamola così: se esisti, e se sei onnisciente e onnipresente e tutto il resto come sostengono i tuoi pubblicitari, in questo momento mi starai sicuramente guardando e, per di più, sapendo già cosa scriverò (anche se io non lo so ancora), per cui è inutile che io scriva. Se invece non esisti che ti scrivo a fare? Allora diciamo che, in ogni caso, sto facendo una cosa assolutamente inutile e così siamo d'accordo tutti e due, no? e incominciare un discorso partendo da qualcosa su cui siamo d'accordo mi pare un buon inizio.

1

Edo abbassò la zip fino allo sterno, sollevò il lembo sinistro del giubbotto e vi infilò il naso: le violette erano tutta un'altra cosa. Si ritrasse senza preoccuparsi di cancellare la smorfia di disgusto che gli si era disegnata in volto. Del resto, nessuno lo stava guardando: in quel momento alla Taverna del Corto Maltese l'unico cliente era lui.

Criss, il barista, sonnecchiava nascosto dai lunghi capelli castano chiaro sopra una rivista di automobili.

Edo trasse un sospiro rassegnato e si grattò la barba. Poi, fanculo! si tirò la chiusura lampo al mento, deputando al giubbotto l'ingrato compito di occultare le sue esalazioni ascellari. Quella stronza, pensò, riuscirò a beccarla prima o poi, ché qui la putrefazione è in atto, Dio buono!

Ma Elvira a casa non c'era, e nella sua soffitta c'era tutta la roba di Edo, dove lui stesso l'aveva parcheggiata in attesa di trovare un posto ove trasferirsi armi e bagagli; solo che ormai erano passati dieci giorni e un posto ancora non lo aveva trovato. D'altronde, senza una lira in tasca questo era un problema di non facile soluzione.

Porco giuda, che situazione! Aveva detto che il primo marzo o il due al più tardi sarebbe tornata… Ti lascio un mese di tempo per trovarti un'altra casa, aveva detto, io intanto abiterò da Mariarita.

Mariarita… buona anche quella! Con quel cesso di casa tappezzata di poster di Lenin, Stalin e Che Guevara, ché pareva di entrare in un covo di brigatisti. Edo aveva provato a telefonarle tre o quattro volte, ma non rispondeva mai nessuno. Un paio di volte era andato anche a casa sua, a San Giovanni in Valle, e si era attaccato inutilmente al campanello… chissà, probabilmente erano andate entrambe a fare in culo! Stronze, tutte e due!

Già, ma intanto loro una casa ce l'avevano! Tutti avevano una casa. Tranne Edo, che dopo due anni di convivenza, ora si trovava in mezzo alla strada.

Fanculo va là, masticò fra sé, per fortuna che la chitarra me la sono portata via, altrimenti oggi non potrei nemmeno fare le prove.

Ma, a proposito, quell'altro? aspetta, com'è che si chiamava? Maurilio... Bah, che nome! Cos'era? Una via di mezzo fra Maurizio e Aurelio? Fantasia malata di un genitore o errore d'ortografia di un impiegato dell'anagrafe? Maurilio Bussola detto il Seppia... Edo guardò l'orologio da parete: segnava le due e un quarto.

L'appuntamento era per le quattordici. A meno che... forse Edo si stava sbagliando... Prese la sua agenda dal borsello, la sfogliò velocemente fino alla pagina da controllare:

Taverna del Corto Maltese, Verona, Italia, Pianeta terra, Lunedì
10 marzo 1986 ore 14

Prima prova con Maurilio Bussola detto il Seppia

Dunque, il giorno, il posto e l'ora erano giusti. Che cacchio aspettava ad arrivare?

Dio buono, era così difficile essere puntuali?

Si alzò dal tavolo al quale era seduto da ormai un'ora e si avvicinò alla porta. Era la quarta volta che lo faceva negli ultimi dieci minuti. Ma di restar fermo proprio non gli riusciva. L'inerzia lo infastidiva.

Fuori, le macchine, a causa del vicino semaforo, ora si avvicinavano tra loro incolonnandosi, ora si diradavano ripartendo, come un mantice di fisarmonica. Di quando in quando un impaziente colpo di clacson finiva per aver ragione della musica da discoteca che Criss sceglieva sempre quale compagnia durante il turno pomeridiano. Poco oltre la strada il parapetto di marmo delimitava il lungadige tagliando alla vista la parte bassa della basilica di San Fermo, dalla parte opposta del fiume. Il cielo grigio sembrava indugiare sul da farsi: lasciar cadere qualche goccia subito oppure aspettare un altro po'?

Il tedio era palpabile.

Tornò a sedersi, infilandosi fra la panca e il tavolo pensile di uno dei sei "scompartimenti" che nell'insieme trasfondevano all'atmosfera del locale una vaga suggestione di vecchio treno, costituendo la peculiarità dominante della taverna.

- Aspetti qualcuno? – chiese il Criss avvicinandosi – Continui a guardar fuori dalla porta...

- Sì. Ho appuntamento col Maurilio Bussola detto il Seppia.

- Ah! Buono quello!

Edo inarcò un sopracciglio. Chiedere perché non serviva: la domanda trapelava dalla sua espressione. Criss spiegò che non lo sopportava:

- É di un'invadenza - disse - viene dietro il banco, tocca di qua tocca di là, mette le mani dappertutto. Se le mettesse nel culo!

Edo non disse nulla. Criss gli si sedette di fronte:

- Che ci devi fare?

- L'idea è quella di mettere su un repertorio di roba brasiliana e jazz leggero. Criss accese una sigaretta. Ne offrì una anche a Edo, che a tale scopo aveva allungato la mano.

- Verrete a suonare anche qui?

- Perché? Riprendete a fare musica dal vivo?

- Sembra di sì. Ho sentito Fausto parlare con Rhonda Moore, la conosci no?

- Quel pezzo di gnocca afroamericana che fa blues...

- Sì, la conosco. – Edo si grattò la barba – Bé, mi piacerebbe fare qualcosa anche qui. In tutto il tempo che frequento il "Corto", a parte qualche nottata di baldoria, non sono mai venuto a suonarci... diciamo ufficialmente.

- Ne avete già parlato al capo?

- Porco giuda Criss, ti sto dicendo che non lo sapevo che ripren-

dete con la musica... in ogni modo, prima dobbiamo prepararci, anche se non è detto che ne uscirà qualcosa di buono. Tra
l'altro non l'ho mai sentito suonare 'sto tipo. L'ho conosciuto
appena la settimana scorsa.

- Basta che non rompa i coglioni a me...

Criss si alzò e tornò ad occuparsi delle sue automobili.

Bah, pensò Edo, mica si può essere simpatici a tutti, e riprese la
sua agenda. L'aprì alla pagina indicata dalla cordicella, sfilò la
sua amata Papermate dalla sovracoperta di pelle e incominciò
a scrivere.

Corto Maltese, lunedì 10 marzo millenovecentottantasei dopo Cri-
sto ore 14 e 20 Sto aspettando Maurilio Bussola detto il Seppia. È
in ritardo di un secolo, ma egliancor non giunge, Dio bello! Alme-
no avvertisse...

Bah, speriamo almeno che sia capace di suonare e che si possa fare
qualcosa insieme, così finalmente potrò guadagnare qualcosa, per-
ché qua incomincia ad esser critica.

Dice che Jobim lo conosce abbastanza bene... proprio un coglio-
ne-coglione non dev'essere del tutto... c'è gente che suona (suona...)
da una vita che non sa neanche chi sia Jobim.

Che palle!

Ho ordinato un Custoza (a credito, because di svanziche non ce n'è,
ma il Criss è un bravo ragazzo). Ecco che lo sta mescendo (voce del
verbo mescere; gerundio). Tra un nulla me lo porterà. Infatti ecco
che s'appropinqua meco.

Buff... ne ho le palle piene anche di scrivere. Scrivere cosa? A che
pro? Fino a quindici giorni fa avevo un motivo per farlo, con una
decina di allievi di chitarra da seguire e i miei lavoretti di grafica.
Ma adesso che cacchio scrivo a fare? per far passare il tempo? Giusto
un po' di vomito, toh. Non ho mica bisogno di prendere appunti

per ricordarmi che i martedì pomeriggio arrivano la Oriella e la Katia per le loro lezioni: sono le ultime allieve che mi sono rimaste. E meno male, altrimenti non vedrei nemmeno quella quindicina di mila lire *cada-testa* che mi *ubicano cada-* lezione.

Io ubico tu ubichi egli ubica

E in quanto ai lavori di grafica, dove mi metto a disegnare, tagliuzzare, incollare eccetera? È già molto che Fausto mi conceda l'uso della cantina per un paio di *oredi* lezione alla settimana. Il cesso del bar lo uso quasi fosse il mio. Per le consumazioni godo di un credito che più credito non si può (finché dura, perché non può andare avanti ancora molto questa *situèscion*). Se gli chiedo anche uno spazio per disegnare non mi resta che sperare che ce l'abbia piccolo, perché come minimo quello mi sodomizza a secco!

E intanto quell'altro non arriva. E sono già le due e mezza.

A volte mi chiedo il perché di questo mio odio viscerale per le attese. Tempo fa, una notte che non avevo sonno (più o meno come il solito) mi sono messo a ragionarci sopra e sono giunto alla conclusione che questa fobia sia sorta in me quando mia madre portava a letto mio fratellino di un anno o giù di lì. All'ora della nanna si ritirava in camera e rimaneva a cullarlo fino a che non si era addormentato. E non tornava più! E io, consumato dal terrore che lei morisse (ma pensa te), passavo tutto il tempo in corridoio al buio ad aspettare la sua ricomparsa. Quanti anni avevo? Otto e mezzo? Nove? Forse un cicinino di più, ma non millenni: la differenza di età fra me e mio fratello è di otto anni, ergo...

Fanculo va là, quante manie si hanno da mocciosi!

Edo sollevò la testa dall'agenda. Si stiracchiò. Per quanto ne sapeva, secondo la psicanalisi una volta individuata la causa di una determinata fobia, la sua rimozione sarebbe dovuta avvenire automaticamente. Ma questo a lui non era accaduto. Perciò aveva passato altre notti a dividersi fra la convinzione che non fosse quella la causa del suo problema e il sospetto che il vecchio buon Freud avesse sbagliato tutto e che, a causa della troppa cocaina, il suo cervello avesse partorito una marea di stronzate, avvalorate in seguito da altri cocainomani pazzi (o furbi) che, cavalcando il business della psicanalisi, di quei deliri ne avevano fatto un affare miliardario.

Massì, massì! Pensieri, sempre pensieri. Vorticosi, frenetici, e inutili! Fosse stato possibile rallentarli, almeno un po'...

Tornò a chinarsi sulla sua agenda. Cosa avrebbe scritto ancora non lo sapeva, come sempre. La sua era una scrittura estemporanea, immediata. Come nei "solo" di chitarra, anche con la penna improvvisava.

Caro Dio, a volte mi chiedo perché nella mia testa rimangano radicate cose che

Ma ecco che la porta si era aperta e Maurilio Bussola detto il Seppia con la sua chitarra stava entrando. Erano quasi le due e quaranta.

- Oh, eccoti. – Edo ripose l'agenda nel borsello. Alla buon'ora, pensò.

- Ciao. C'è l'hai la chitarra?

- É giù. Andiamo?

- Aspetta, prima bevo qualcosa.

Chissà se Maurilio Bussola detto il Seppia avrebbe offerto qualcosa da bere... no?

No.

Fanculo, io bevo lo stesso!

Facendo a Criss l'ormai consueto gesto di segnare sul conto ordinò un bianco.   Era davvero un bravo ragazzo il Criss. Gli dava da bere pur sapendo che Edo, nella sua situazione, non avrebbe avuto la possibilità di pagare, se non chissà quando. Tuttavia, mai una parola sull'argomento e ogni volta che questi faceva quel segnale, quello solerte, gli riempiva il bicchiere; e lo stesso faceva anche Fausto, incurante del fatto che la cosa si protraesse da ormai quindici giorni e anche più.

Bevuti i bianchetti, i due scesero in quella che Edo chiamava la cantina: uno degli ex ricoveri per le barche che fino all'inizio del secolo, prima che venisse costruito il nuovo argine dell'Adige, venivano usate per la pesca e il trasporto fluviale. Fausto l'aveva fatto restaurare e ne aveva ottenuto un grazioso localino. Ora lì dentro la sera si faceva musica e si beveva birra e vino, talvolta anche ben oltre l'orario di chiusura.

I due imbracciarono le chitarre e iniziarono a suonare. Incominciarono con *Garota de Ipanema* di Jobim, seguita da *Samba de uma nota so* e *Corcovado*, sempre dello stesso autore. Poi Maurilio Bussola detto il Seppia propose *Naima* di Coltrane, *Blue Monk* ovviamente di Thelonious Monk, così come Round Midnight, ma Edo gli fece notare che quest'ultimo, pur essendo un grande pezzo per un quartetto, eseguito con due chitarre faceva venire le malinconie anche a un monumento ai caduti. E anche *Naima* non era certo il massimo dell'allegria… Ripiegarono allora su Spain di Chick Corea, che era di tutt'altra pasta, ma c'era da sudare, non tanto per la diteggiatura quanto per la divisione e la ritmica che richiamava a una "hispanidad" cui Edo non era avvezzo.

Alle sette, le basi per una scaletta erano gettate. I due salirono e trovarono il bar pieno.
Come sempre a quell'ora, c'erano tutti: al primo tavolo c'era Pio Quinto, l'affermato pittore, che parlava con Ico Nalin, lo scenografo; di fronte a loro c'era Giuliana detta Transistor, la giornalista, che chiacchierava con Lorenzo Roata, un cronista di una tivù locale. Il Surja detto anche il Santone, una sorta di clochard filo- induista che scriveva poesie sui marciapiedi e

faceva oroscopi, gironzolava fra i tavoli cercando chissà chi o chissà cosa. All'ultimo tavolo erano seduti gli inseparabili Siro, un dandy sui generis con ambizioni letterarie e Beppe Casaroli, un mezzo genio contro cui nessuno riusciva a vincere a scacchi; i due disquisivano su temi senza dubbio di importanza capitale per il mondo e l'umanità. Poi c'erano il Felix e il Gomma, sedicenti gran cavalieri di non si sapeva bene cosa, che chiedevano sigarette a tutti. C'era anche Francesco Casale, un batterista psiconauta dall'ego alquanto dilatato che amava farsi chiamare "il grande Frank", il quale stava raccontando a Stefano Benini, il flautista jazz, che era stato ingaggiato per il tour estivo di Ivan Cattaneo. Al banco c'era Mauro Tosi, un capoccia di Democrazia Proletaria, ma non per questo meno gioviale di altri, che discuteva di qualcosa con Pier il cameraman; poco lontano Oriella, una delle due allieve di chitarra di Edo, rideva civettuola, come era suo fare, con Paolo Raffaelli, un giornalista del Gazzettino piuttosto affettato nei modi e smodatamente ricercato nel lessico, tuttavia, buon diavolo anche lui, va là, anche se talvolta un po' lezioso e sostenutello.

Insomma, c'erano proprio tutti. Quasi tutti.

Mancava solo Elvira.

E Edo aveva bisogno di cambiarsi, porco giuda, ché le mutande che indossava a momenti incominciavano a vivere di vita propria!

2

Intorno alle venti, quando l'ora dell'aperitivo completava ormai la sua metamorfosi divenendo l'ora di cena e la "Taverna del Corto Maltese" si svuotava, Edo puntualmente si trovava ad affrontare lo stato d'animo più abietto e mesto della sua giornata, cosa che si ripeteva per motivi più meramente pratici anche verso l'ora di chiusura, quando lo si poteva scorgere nel suo errare, antenne ritte in capo, fra conoscenti e amici, alla ricerca di qualcuno che gli offrisse un giaciglio per la notte.

Criss e Fausto, ora che anche l'ultimo cliente se n'era andato, si affaccendavano a lavar bicchieri, svuotare posacenere e pulire per terra, e Edo, senza nulla dietro cui nascondersi, nolente si risolveva ad affrontare se stesso. Andarsene? Per andare dove? A cercare altra folla tra cui occultare il suo malessere? Non sarebbe servito a nulla: Edo sapeva, per averla già vissuta, che la peggior solitudine è quella che colpisce proprio laddove la si voglia evitare.

…e il Corto Maltese adesso era vuoto. Fosse rimasto almeno un cane con cui parlare. Ma era piuttosto improbabile veder entrare qualche viso conosciuto prima delle nove.

Dov'era andata Oriella? Se n'era andata anche lei? Evidentemente. Forse in questo momento il Raffaelli la stava accompagnando a casa o forse stavano mangiando un boccone insieme. "Ma sì, chi se ne frega", pensò Edo, "tanto domani la vedrò per la lezione di chitarra, e mi farò raccontare. Però poteva almeno salutarmi! Domani vedrò anche Katia. Cara Katia, sempre così taciturna, chiusa. Solo nel fare all'amore si lascia un po' andare… chissà domani, terminata la lezione potremmo andare a fare un po' di sesso… ma dove? Sulla sua cinquecento? In ogni caso dovrei fare almeno una doccia; e cambiarmi anche questi abiti, porco giuda! Dove cacchio è finita Elvira? Perché non si fa trovare? Perché non passa di qui la sera? Ci veniva sempre… e adesso da un momento all'altro basta? Mah, forse sa che troverebbe me. Forse neanche lo sa che nella sua soffitta c'è tutta la mia roba. Magari crede che mi sia trovato una casa e che abbia portato via tutto... nel biglietto che le ho lasciato sul tavolo accanto alle chiavi di casa non ho accennato a questa cosa... che coglione che sono! Se avessi un pezzo di appartamento da qualche parte... ma senza una lira come faccio con l'affitto? E poi chissà quanto mi verrebbe chiesto come deposito cauzionale... Dio buono che situazione! Potrei darmi da fare per trovare qualche cliente per dei volantini o altro, ma dove mi metto a lavorare? e con cosa, che tutto è rimasto dalla Elvira? Potrei buttarmi nell'Adige... ma no, cosa vado a pensare... nell'Adige... chissà che fredda l'acqua...”

Edo aprì l'agenda alla pagina che aveva poco prima usato per annotare i titoli dei pezzi da studiare. Sfilò la penna con l'intenzione di scrivere qualcosa, ma il turbinio dei propri pensieri glielo impedì: “Speriamo almeno di non impiegare secoli a preparare questa scaletta”, rimuginò, “e di poter uscire a suonare in tempi brevi; così potrò mettere qualcosa in tasca... quanto potremmo chiedere a serata? Settanta? Ottanta? Se facessimo due uscite a settimana non sarebbe male... anche una, piuttosto che niente... Speriamo, va là”.

Terminate le sue faccende Fausto si tolse il grembiule e con due bicchieri in mano andò a sedersi di fronte a Edo.

- Lo bevi un Custozino, vero? – La sua non era una domanda.

- Fausto, sei un amore – rispose Edo prendendo il bicchiere che gli stava porgendo.

I due cozzarono uno contro l'altro i calici “alla salute”. Edo ripose il suo che era quasi vuoto.

Fausto si schiarì la voce:

- Ascolta Edo, ho guardato il tuo conto...

- Sì, lo so. – lo anticipò Edo – Ti pagherò appena mi sarà possibile. Lasciami ancora qualche giorno.

- Io ti capisco, ma tu cerca di capire me. Ho anch'io i miei problemi sai? e se tu non paghi le tue consumazioni non mi aiuti di certo a risolverli. Ho capito che stai attraversando un brutto momento, ma cazzo, non posso mica essere io a mantenerti. – Allargò le braccia – Sei qui tutto il giorno, e tutti i giorni: si potrebbe dire che ormai fai parte dell'arredamento; mangi e bevi, usi il bagno come fosse il tuo, ti lascio usare la saletta sotto per le tue lezioni di chitarra; fai decine di telefonate e non mi paghi nemmeno i gettoni... – e aggiunse: – lo sai a quanto è arrivato il tuo conto?

Edo abbassò il capo senza parlare.

- Siamo a centodiciassettemila lire. – continuò Fausto – Dimmi qualcosa cazzo. Quando pensi di riuscire a non dico saldare, ma almeno darmene una parte?

- Hai ragione. Cosa devo dirti... hai perfettamente ragione. E io non so come venirne fuori.

- Una soluzione bisognerà comunque trovarla, non credi? Altrimenti qui finisce che va a puttane anche l'amicizia.

- A questo non ci arriveremo. Vedrai che pagherò. Garantito al limone.

- Sì, alla lavanda. Allora, ci siamo capiti?

- Al cento per cento.

- Guarda che ci conto.

- Ma sì, porco giuda. Ho sentito invece che riprendi con le serate musicali?

Potresti far fare a me le locandine e i dépliant, come l'anno scorso e si scala dal conto... e potrei venire a suonare anch'io: sto mettendo su un duo col Maurilio Bussola detto il Seppia. Facciamo bossa e jazz: roba fine. Sarebbe adattissima per qui... e si scalerebbe ancora.

- Sì, stavo pensando di fare qualcosa fino a fine maggio... ma chi è questo Maurilio Bussola?

- Lo chiamano il Seppia... non lo conosci? È quello grosso, capelli neri tirati indietro, nasone adunco, mento e fronte sfuggenti, testa schiacciata ai lati che pare che glie l'abbiano messa in morsa e una nuca con la prolunga; credo sia per questo che lo chiamano il Seppia... ma lui non lo sa, e tu non dirglielo mi raccomando, ché quello magari si incazza. Forse sua madre al momento di metterlo al modo ci ha ripensato e mentre lui usciva si è messa a stringere le gambe... Però sa suonare. E se te lo dico io...

- E' quello che era giù con te oggi? – chiese allarmato Fausto.

- Proprio lui.

- Porcoddio no! è quello della sigaretta!

- Che storia è questa? – si incuriosì Edo.

- Una sera, mentre Criss stava servendo ai tavoli e io stavo preparando dei panini, questo Seppia, come lo chiami tu, viene dietro il banco, prende una sigaretta dal mio pacchetto senza chiedere niente a nessuno, la accende e buttando fuori il fumo mi fa: mi sono preso una Marlboro, e torna a sedersi. Così, tranquillo lui. Hai capito? come fosse a casa sua. E io che non so manco chi l'ha cagato... Non gli ho detto niente, ma se ripete un tiro del genere giuro che gli scaravento una bottiglia di Chiaretto sulle gengive.

- Perché di Chiaretto?

- Perché mi costa meno del Custoza.

Edo rise. Adesso capiva perché il Criss aveva detto che è un invadente. Invadente e maleducato, aggiunse Fausto.

- Mi dispiace Edoardo, come cliente mi vedo costretto ad accettarlo, ché se dovessi liberarmi di tutti quelli che mi stanno sulle balle, col cacchio che pago la rata del mutuo a fine mese, ma io quello lì non lo voglio a suonare da me. Se vuoi venire con qualcun altro, o anche da solo al limite, ma lui no.

- Lo sai che non me la sento di suonare in pubblico da solo – Edo scosse il capo – ne abbiamo già parlato l'anno scorso, ricordi? E poi ormai mi sto preparando con lui. Mi dispiace.

Comunque quella di venire a suonare qui era solo una mia idea; è ovvio che abbiamo anche altri locali in mente; e alla prima serata ti darò qualcosa.

- Speriamo.

- Vedrai.

Fausto trasse un sospiro:

- Comunque la locandina e i biglietti puoi farmeli tu. Tipo quelli dell'anno scorso.

- Certo. Tu preparami il calendario dei concerti. Al resto ci penso io. Mi basta un tavolo.

- D'accordo: appena avrò tutte le date confermate te lo dico. – Si alzò per tornare alle sue faccende - Un altro Custoza?

Un bianchetto non si rifiuta mai – recitò Edo infilando la sua agenda nel borsello. Poco prima l'aveva aperta per scriverci qualcosa, ma ora non ricordava più.

Come tutte le sere, poco prima delle nove incominciò ad arrivare qualcuno. Una nuova serata di chiacchiere e vino stava prendendo il via. Il primo ad entrare fu Francesco Germa: un ex allievo di Edo che abitava appena di là dell'Adige, nel quartiere Filippini, proprio a due passi dalla casa di Elvira.

Chitarrista dilettante, il Germa era stato uno dei primi ad affidarsi a Edo per l'approfondimento della chitarra, e nonostante i scarsi risultati, aveva perseverato per quasi un anno, fino a quando non "dimenticò" di pagare un mese di lezioni e venne gentilmente mandato a cagare.

- Sei un esoso che vuole fare il furbo! – aveva detto.

- E tu sei uno che crede che io sia nato ieri! – aveva ribattuto Edo.

- Ti ho già pagato all'inizio del mese, e adesso pretendi che ti paghi una seconda volta.

- Da quando in qua paghi all'inizio? Fino ad ora abbiamo sempre fatto i conti al termine dell'ultima lezione del mese.

Quand'è che abbiamo cambiato questa consuetudine?

- Ti sbagli, ho sempre pagato alla prima lezione, non all'ultima.

- Era la prima del mese sì, ma di quello dopo però! Perché sei sempre stato in ritardo col pagamento, con la scusa che aspettavi lo stipendio.

- Tu stai cercando di farmi fesso – aveva cercato di difendersi il Germa.

- E invece il fesso sono io – lo aveva corretto Edo – ché ho sempre lasciato andare, e mi dicevo che settimana prima settimana dopo, in fin dei conti, per me non faceva questa gran differenza. E invece, proprio a causa di questa mia, chiamiamola manica larga, alla fine me la sto prendendo nel culo.

Alla fine i due avevano evitato di guardarsi in faccia per un po' di tempo, ma poi il tutto era finito nell'oblio e su quel contenzioso era stata messa una pietra sopra. Almeno fino a oggi.

- Ciao Edo.

- Ciao a 'sto cazzo!

- Beh? Hai le palle che ti girano?

- Sì! Ho le palle che mi girano, e ne ho ben donde.

- Che succede?

- Succede che ho ricontrollato tutti i conti dell'anno scorso – mentì Edo. – Ti ricordi quella vecchia storia del mese fantasma? Quello che tu dici di avermi pagato?

- Ancora! – sbuffò il Germa.

- Sì, ancora! A quel tempo ho voluto lasciar perdere perché normalmente mi ritengo superiore a certe meschinità, ma adesso ho bisogno di denaro, e ne ho bisogno per mangiare e per pagare i debiti. Perciò, se allora hai voluto fare il furbo ti pregherei di ripensarci; se invece ti sei sbagliato davvero, allora ti chiedo di rifare anche tu i tuoi conti, sempre che ti sia possibile, oppure di fidarti di me: quel mese non me l'hai pagato.

- Ascolta Edoardo, se ti serve un prestito posso mollarti un deca, ma non inventarti storie per favore.

- Non voglio la tua elemosina stronzo! Io voglio ciò che mi spetta!

Edo si stava visibilmente alterando. Francesco Germa rimase un momento a fissare il suo ex maestro in silenzio.

- Ma vai a dar via il culo! – disse infine. E se ne andò.

Fausto, che aveva assistito alla scena da dietro il banco, si mise a bofonchiare. Lì per lì Edo pensò di aver disturbato, dal momento che aveva alzato un po' la voce, ma scacciò subito quell'ipotesi: disturbare chi? oltre a lui, Fausto e Criss non c'era nessuno.

- Senti un po' Edoardo – esclamò Fausto – adesso ti metti anche a farmi scappare i clienti?

- Scusami, ma quello mi deve un cinquantone da quasi un anno, e quando vado sul discorso fa il furbetto e dice che me l'ha già dato. Scusa sai, ma uno così mi mette a soqquadro i genitali.

- A me non interessa se ti deve un cinquantone o no – riprese Fausto – ma i tuoi problemi per favore vedi di risolverli fuori di qui.

- Ma porco giuda Fausto, hai appena finito di darmi le trippe per i soldi che ti devo; io ho fatto la stessa cosa con uno che i soldi li deve a me. Ne avrò pure il diritto, no? come tu l'hai nei miei confronti.

- Certo, tu hai tutti i diritti e anche tutti i rovesci, ma cerca di vedere la cosa dal mio punto di vista: quello era entrato per bere qualcosa, e invece se n'è andato senza consumare un cazzo. Inoltre, sapendo che tu sei sempre qua, è probabile che da oggi in poi vada a bere da un'altra parte. E io che cosa ci sto a fare qui?

Fausto aveva ragione, Edo se ne rese conto.

- Mi dispiace – si scusò – volevo solo quanto mi spetta... ti avrei pagato una parte del conto. Al resto non ho pensato, e mi sono lasciato un po' prendere la mano. Comunque, anche se, come dici tu, non avrei dovuto farlo qui dentro, io ho tutto il diritto di incazzarmi con quello là.

- Già, ma alla fine chi ci rimette sono sempre io.

- Oh, insomma Fausto, cosa ho fatto in fin dei conti? Per questo o quel motivo se ne sentono tutte le sere di discussioni qua dentro. Non capisco perché tu voglia incaponirti ad analizzare l'argomento di una delle mie, che sono anche rare. Tu mi conosci no? non mi incazzo mai. Per una volta che tiro fuori le unghie...

- Va bene, va bene, facciamola finita. – tagliò corto Fausto – ma in futuro per favore le tue cose vai a risolverle fuori dalla porta, almeno.

- D'accordo.

Fanculo!

Edo appoggiato al parapetto guardava l'Adige a valle, dove l'acqua, più turbolenta che a monte, lasciandosi il ponte alle spalle si agitava in danze di gorghi e mulinelli. L'ininterrotto passaggio di automobili stentava a coprire il rumoreggiare scrosciante del fiume ingrossato dalle recenti piogge che nel buio si indovinava torbido e fangoso. Il ponte vibrò al passare di un autobus di linea straripante di militari che con le loro espressioni rassegnate tornavano in caserma. Improvvisamente Edo si rese conto di essersi augurato un crollo: nella sua mente il peso dell'automezzo e l'indomabile impeto del fiume avevano avuto ragione della resistenza del ponte, e lui era rovinato insieme a veicoli e calcinacci in quelle nere acque, dove ora una morte pietosa lo stava affrancando da un'esistenza ingrata.

Si scosse da quei pensieri, e incurante della sottile pioggia riprese a camminare. Stava andando da Elvira, nella speranza di trovarla in casa. Non se l'era sentita, poco prima, di chiedere un gettone a Fausto per telefonarle. Se fosse finalmente riuscito a parlare con lei le avrebbe chiesto di poter fare una doccia e di cambiarsi, e fanculo anche l'orgoglio ferito: non poteva andare avanti così. Le scarpe non se le toglieva da giorni; le dita dei piedi gli dolevano, macerate ormai nel proprio sudore acido. Arricciò il naso al pensiero che qualcuno potesse avvertire l'afrore emanante da quegli indumenti ormai zuppi dei suoi umori che si cautelava di tener sigillati nel giubbotto perennemente chiuso. I capelli, sotto l'inseparabile berretto, intriso anch'esso di vecchio sudore, erano incollati ormai alla cute, e non vedevano shampoo né pettine da quindici giorni e più, ché se incominciava a grattarsi la testa non smetteva più.

Un barbone, ecco cos'era diventato! Un mendicante senza fissa dimora! A trent'anni!

Doveva reagire, porco giuda! D'accordo, Elvira lo aveva lasciato, e lui sentiva di esserne ancora innamorato, ma non poteva mica lasciarsi andare fino al punto di morirne, no? Dopo la separazione con sua moglie, tre anni prima, aveva passato momenti ben peggiori, e ne era uscito; anche se a ricordo di quell'esperienza gli era rimasto il monito di una cicatrice ad un polso.

Dio buono, che periodo quello! Già, però l'aveva superato!

E allora forza, no? "Sempre avanti", si ripeteva allora. Perciò "sempre avanti" anche adesso, Dio buonino! Bastava lasciar scorrere i giorni, uno dopo l'altro; e poi le settimane, e i mesi, e alla fine tutto sarebbe tornato a posto: si sarebbe innamorato di un'altra donna, e avrebbe sorriso al ricordo di ciò che ora stava vivendo. E agli amici avrebbe raccontato di come nell'ottantasei avesse passato un periodo di quelli... che non ci avrebbero creduto!

Bastava aspettare.

Ma lui odiava aspettare.

Catturato da quei pensieri Edo non si era accorto di aver allungato il passo, e avvertì un tonfo sordo al cuore quando da lontano vide che una finestra a casa di Elvira era illuminata.

3

Pescantina, ore 15, Domenica 16 Marzo millenovecen-
toottantaseidopocristo.

Da venerdì scorso abito a Pescantina.
Finalmente sono riuscito a trovare un tòcco di casa. È un po' sco-
moda, nel senso che è a un bel tot di kilometer da Verona, ma come
si suol dire "al cavallo di Donato non si guarda in bocca". La casa
è di Paolo Raffaelli (anzi, non è neanche sua, ma di un suo amis
francioso che non c'è mai perché gli piace girare il mondo come una
trottola).(si vede che i soldi non gli mancano, beato lui). Comun-
que a me non me ne frega un beneamato. L'importante è che adesso
ho un tetto sulla testa, almeno fino a quando non avrò trovato
una sistemazione definitiva. Paolo dice che non ci sono problemi:
posso restare anche un anno, anzi gli fa piacere perché lui è sempre
a Venezia e se a casa sua ci abita qualcuno è meno probabile che
vengano a fargli visita i ladri.
Mi scappa la cacca.
Fatta. È già la terza volta che vado al cesso di oggi: si vede che dopo
un migliardo di tempo che viaggiavo a panini e pizza al taglio,
le spaghettate che mi sono pappato in questi ultimi due giorni mi
hanno sconfinferato gli sfinteri.
Fa niente, l'importante è arrivare vivi.
Qui non c'è né televisore né radio. Solo un giradischi. Ora sto ascol-
tando Laurindo Almeida, un chitarraio brasileiro (credo) bravo
che sembrano due. C'è anche il telefono. L'unico problema è che
per andare a Verona devo prendere la corriera, e la fermata è dalla
parte opposta della galassia (vedremo anche come farò quando non
avrò i soldi per il biglietto).
Vediamo un po' come è la situèscion:
Denaro: - duemilacinquecentolire
Sigarette: - un pacchetto appena cominciato di emmeese Morale:

- non c'è malocchio
Insomma tutto bene.
Penso che tra un po' andrò a Giast moment, suonano alla porta E venuta a trovarmi la Anna con una sua amica.
Alla prossima

Edo ripose l'agenda. L'ultima frase l'aveva scritta nonostante la presenza delle due donne; così, per darsi un contegno; come avesse dovuto terminare parte di qualcosa di importante che ora interrompeva a causa dell'inaspettata visita (e in quanto a inaspettata lo era davvero).

Nel vedere le due, Edo se n'era sortito col canonico "Ma che sorpresa"; poi aveva chiesto se cercassero Paolo, ma Anna aveva risposto che no, sapeva che era andato a sciare, anzi, era stato lui la sera prima ad informarla del suo nuovo ospite, ed era proprio a Edo che era venuta a far visita, accompagnata da una sua vecchia amica.

L'altra si chiamava Cristina: piacere Edo. Vi offrirei qualcosa ma non c'è niente, sapete com'è, mi devo ancora organizzare eccetera eccetera. No, non ho niente di urgente da fare, stavo mettendo in ordine alcuni appunti bla bla bla; va bene, andiamo a fare un giretto per la Valpolicella, come no... con piacere. Dunque si va? Andiamo.

- Allora, con Elvira è proprio finita finita? – chiese Anna girandosi di tre quarti dal sedile anteriore della piccola Peugeot guidata da Cristina.
- Finita finita.
- Mi dispiace.
- Bugiarda.
- Perché?
- Perché sì.
Una notte, una ventina di giorni prima, Anna era capitata da

Edo dicendo di aver incontrato Elvira allo "Spaghetti House" e di aver saputo della rottura: quindi ora era un uomo libero, aveva arguito Anna, e Elvira aveva confermato che per quanto la riguardava sì, Edo era un uomo sentimentalmente libero. Perciò, aveva detto Anna, non ti dispiace se lo vado a trovare... al che Elvira aveva risposto che non ci sarebbero stati problemi: che andasse pure e ci si divertisse, se lo desiderava.

Poco dopo Anna era andata a suonare al campanello di casa di Elvira, dove Edo ancora abitava, e quando lui le aveva chiesto il motivo di quella visita a quell'ora tarda, lei come tutta risposta gli si era buttata addosso mettendogli le mani dappertutto e la lingua in bocca.

Ovviamente erano finiti a letto a scopare. Ma la cosa non era stata granché soddisfacente per Edo. Lei, appena scesa dal settimo cielo si era addormentata lasciando il suo compagno ancora sulla rampa di lancio, e Edo, sfilatosi da ciò che ormai altro non era che un inerte contenitore fallico, aveva ripiegato sul divano a guardare Maurizio Costanzo, che pur essendo un po' meno femminile di Anna, era senz'altro più vivo e, per quanto potesse sembrare improbabile, anche più gratificante. Almeno quello non russava...

- No, dico davvero – si difese Anna – mi dispiace. Eravate una così bella coppia...

- Ma va là, va là.

- Lo vedi che sciocco che sei?

- Già; sembra che sia il mio contrassegno distintivo.

- Perché dici così? – Anna si incupì in volto.

- Così – tagliò corto Edo – tanto per dire.

Cristina, che fino a quel momento si era espressa a monosillabi o poco più, pensò di intervenire.

- Mi par di capire che c'è qualcosa fra voi. – disse rivolta all'amica.

- Diciamo che si è verificato il compimento di una profezia.

- Quale profezia? – si stupì Edo.

- Come quale profezia? – reagì indispettita Anna – te ne sei dimenticato? Se dici così mi ferisci Edoardo.

Edo si grattò la barba.

- Davvero, io non... insomma spiegati. Di che cacchio parli?

- Vuoi dirmi che ti sei dimenticato di quella... chiamiamola promessa, che mi facesti quella sera al "Posto"?

- O porco di un giuda maiale! – sbottò Edo – Io sarò anche uno smemorato, ma vogliamo finirla di fare le sibille? Spiegati, no? O devo andare a prendere il forcipe?

- Se non te ne ricordi significa che per te non era niente di importante. – tagliò Anna – Comunque io mi sento un po' presa in giro.

Si girò e tornò a guardare la strada davanti a sé, mentre Cristina smarrita vagava con lo sguardo fra il volto imbronciato di Anna e quello di Edo riflesso nel retrovisore.

Edo frugò nella memoria: a cosa si riferiva Anna? Di quale promessa andava cianciando? Profezia? Ma che cazzo aveva per la testa quella lì? Quale profezia? Una profezia che si è avverata... Anna aveva detto così in risposta alla riflessione di Cristina che aveva intuito che... ma certo! Adesso Edo incominciava a capire: si trattava di un espediente da "cucador" che Edo talvolta aveva messo in atto quale approccio con le ragazze al fine di tastarne il polso. Ma, cacchio, saranno passati due anni almeno. Ora ricordava: Anna gli era appena stata presentata, avevano parlato di filosofie orientali, di aure e corpi astrali, di energie occulte, di vibrazioni positive, di sensitività e altre balle simili, che sulle ragazze facevano sempre effetto, e dopo qualche decina di minuti, dacché aveva intuito la disponibilità della vittima, Edo aveva scoccato la sua freccia: l'aveva guardata intensamente negli occhi e aveva sentenziato con aria grave:

- Sento che tu ed io prima o poi faremo l'amore. Lo so. È scritto nel destino.

Poi, attuando una sua sperimentata tattica, l'aveva accarezzata con studiata dolcezza sulla fronte e sui capelli e repentinamente se n'era andato senza aggiungere nient'altro, lasciando Anna cuocere a fuoco lento nel suo brodo.

Talvolta funzionava; con Anna accadde due anni dopo.

Ecco come erano andate le cose. Anna era stata una delle poche a cadere in quella trappola; solo che proprio in quel periodo Edo conosceva Elvira e si metteva con lei, e l'operazione "cuccaggio" di cui Anna era stata oggetto era terminata sul nascere proprio mentre lei abboccava.

Prima o poi faremo l'amore aveva detto, e prima o poi l'avevano fatto davvero. Porco giuda... e chi ci pensava più?

Poco male, pensò Edo, a una gaffe come questa si rimedia in un baleno:

- Senti un po' Anna – Edo si guardò le unghie – io non sono ricco, ma mi ritengo un signore, e come tale non amo sbandierare cose intime che riguardano altre persone; ma visto che l'argomento l'hai tirato fuori tu e che Cristina, a quanto mi par di capire, è una tua amica... - alzò le spalle - la profezia, come la chiami tu, si è avverata, e tu ed io abbiamo fatto l'amore. Solo che avrei preferito che ce lo tenessimo per noi.

Anna si girò confusa:

- Non avrei dovuto parlarne?

- Beh, io ho cercato di fartelo capire. – mentì Edo – Fingendo di essermene dimenticato speravo tu capissi che non desideravo sollevare l'argomento.

"Che bastardo che sono".

Anna allungò la mano e gli accarezzò una gamba.

- Mi dispiace. Non l'avevo capito – si scusò.

- Non preoccuparti – disse indulgente Edo prendendole con delicatezza la mano – non è successo niente. Io stavo zitto per una forma di rispetto nei tuoi confronti, ma se Cristina è amica tua dov'è il problema? Del resto, sono convinto che lei sia già al corrente di questa cosa, o sbaglio?

- Infatti. – intervenne Cristina – Del resto anche Anna è al corrente di certe mie scappatelle, ché se lo sapesse mio marito mi ammazza, non è vero Anna?

Le due si misero a ridere, e dopo poche altre amenità l'argomento andò scemando.

Nel frattempo la piccola vettura, attraversato il ponte e inerpicatasi sulla serpeggiante salita che da Pescantina si snodava verso Bussolengo, dalla parte opposta dell'Adige, dopo aver raggiunto e oltrepassato il paese, aveva imboccato la Gardesana ed ora procedeva lentamente in direzione del lago. C'era molto traffico: la giornata si pregiava di un caldo sole che prometteva primavere a tutto spiano. Evidentemente, gli automobilisti della domenica si erano dati convegno proprio su quella strada per rompersi le balle a vicenda. Non che ci fosse fretta di arrivare da qualche parte, ma stare in colonna quando si va a spasso dà fastidio a chiunque (anche se Edo non ne era del tutto certo, dal momento che quelli insistevano a viaggiare a passo di formica, nascosti com'erano dietro le loro espressioni da beoti giulivi col cappello in testa). In ogni caso, quando propose di evadere da quel supplizio tagliando per una stradina di campagna che portava chissaddove, Cristina e Anna si dissero d'accordo.

Ed ecco dunque la piccola Peugeot bianca errare senza meta fra i peschi e le viti; ecco Cristina fermarsi e, imitata da Anna e Edo, scendere a bagnarsi le mani nelle fredde e limpide acque di un fosso; ecco Edo pisciare, e Anna golosa a sbirciargli il pene elogiandone all'amica le dimensioni, e questa a ridere che in quanto a ciò, come quello del suo cornuto marito non ce n'è, e subito a sospirare chiedendosi se non fosse stato questo il solo motivo per cui l'aveva sposato; ed ecco la piccola comitiva ripartire, e fermarsi poco dopo ad ammirare la agreste bellezza di un vecchio cortile semi abbandonato, e girato l'angolo, ridere a crepapelle ripensando all'espressione allocchita e alla subitanea afasia che aveva disarmato l'ignaro villico a cui Edo, serio, aveva chiesto se fosse ancora lontano il passo della Cisa; ed ecco il sole scendere a nascondersi dietro i monti, mentre luce e temperatura s'apprestano a precipitare verso la sera; ecco l'appetito, stuzzicato dal frizzo di quell'aria, reclamare l'opportunità di piluccare qualcosa in una vecchia osteria; e tra una fetta di salame, un pezzo di formaggio di quello piccante e un gotto di rosso, ecco i tre godersi un fine giornata di quelli che Edo non viveva da tempo.

Per un paio d'ore era persino riuscito a non pensare a Elvira. Arrivarono le venti. Cristina propose di andare da lei per uno spaghetto.

Suo marito non c'era, ma da una foto che lo ritraeva insieme a Cristina nel giorno del loro matrimonio Edo riconobbe in lui – quando si dice il caso – un vecchio amico d'infanzia. Si trattava del Lorenzo "Ciùni", famoso in tutta la Valpantena per le elefantesche dimensioni del fallo. Cristina aveva detto il vero: per quanto ne sapeva Edo, di membri come quello del "Ciùni" non ce n'era. Edo si scoprì a chiedersi quanto potessero averlo grosso quelli con cui Cristina soleva cornificare il marito; fu anche lì lì per chiederglielo. Ma nonostante quella curiosità un po' malata da fallocentrista prevalse in lui il buonsenso e si astenne dal farlo. Tuttavia, talvolta insondabili intuizioni si intersecano imprevedibilmente, e Cristina, vedendo Edo guardare la foto, quasi leggesse nel suo pensiero, disse che a poco serviva un'automobile di lusso quando la si lascia sempre in garage: meglio una buona utilitaria che senza elaborate messe in moto né interminabili riscaldamenti al motore ti sappia portare dritta in quei luoghi che si desidera raggiungere.

- A proposito, lo vedi ancora Bruno? – chiese Anna.

- Raramente. – sospirò Cristina – Da quando è tornato dal Tibet non è più quello di una volta. Per indurlo a fare un po' di sesso devo fare opera di convincimento per delle mezze giornate. E poi finisce che ne viene fuori una sveltina buttata lì, tanto per farmi un piacere.

- Ma cosa ci trovi in lui di tanto magnetico?

- Se lo sapessi... è brutto, vecchio e rugoso, coi denti ballerini, ché una volta mentre mi stava sopra me n'è caduto uno in un occhio; mi tratta come se non fossi nessuno, e nonostante questo in sua presenza immancabilmente vado in brodo di giuggiole. Forse è la sua mente che mi affascina: ha una cultura immensa; sa tutto di tutto; è invulnerabile alle lusinghe della civiltà e della tecnologia, eppure passa le notti a seguire i notiziari della "CNN" e se gli chiedi come funziona un raggio laser o un reattore nucleare in poche parole ti erudisce, per dire. Eppure non ha mai una lira; io ogni tanto gli mollo un cinquanta, anche se so che finirà in vino o in hashish... se non di peggio.

- Quanti anni ha?

- Se ti dicessi che non lo so? Credo quarantacinque, quarantotto.

- Sicura? Ne dimostra di più...

- È vero, ma nella vita ne ha fatte talmente tante che un altro al posto suo sarebbe già morto di consunzione. Negli ultimi cinque anni è stato monaco buddista; prima, per altri sette aveva vissuto su una barca a vela, vivendo di contrabbando o trasporti mica tanto leciti o chissà cos'altro; ha convissuto qualche anno con una contessa di Milano; è stato anche in galera per spaccio di droga; è un igienista maniacale, veste sempre di bianco e in casa indossa sempre e solo una tonaca di lino, bianca naturalmente... e non porta mai mutande. Insomma è unico, e io mi ritrovo a pensare a lui in ogni momento. – E aggiunse con voce rassegnata: – anche durante gli ormai rari momenti in cui mio marito mi usa la cortesia di ricordarsi che sono sua moglie.

Intanto gli spaghetti finirono. Cristina raccolse i piatti e sparì in cucina per tornarne poco dopo con un vassoio colmo di roba impanata che Edo si augurava fosse pesce, anche se sapeva di patate fritte aromatizzate con chissà cosa. Grazie a Elvira, negli ultimi due anni aveva imparato ad apprezzare la cucina naturale, macrobiotica perfino: germogli di alfa-alfa, spezzatini e ragù di soia, yogurt di capra, pane talmente integrale da far la gioia dei dentisti, e legumi a gogò, ché a momenti si ritrova vegetariano senza rendersene conto. Nondimeno i benefici di quel tipo di alimentazione erano innegabili: non un chilo di troppo, mente lucida, diminuzione sostanziale dell'aggressività e controindicazioni confinate alla flatulenza, e neanche tanto mordace, per giunta.

Non sentendosi di rifiutare (in considerazione anche dei recenti reiterati digiuni) Edo mangiucchiò un po' di questo un po' di quello, fingendo di apprezzarne il gusto mentre invece si adoperava nell'annegarlo tramite abbondanti abluzioni delle fauci a cura di un vinello niente male che, grazie a Dio, non scarseggiava. Anche Anna non sembrò oltremodo entusiasta di quel frittume, tanto che dopo averne assaggiato a due dita in punta di incisivi un minuscolo angolino ne ripose il resto, adducendo quale scusa la mancanza di appetito dovuta al salame e al formaggio di poco prima all'osteria, coi quali, a dire il vero, non aveva certo lesinato. Se Cristina fosse delusa di quel suo flop gastronomico non lo diede a vedere, e quando riportò in cucina il vassoio ancora pressoché pieno lo fece con tale nonchalance da destare quasi l'ammirazione di Edo.

Mentre la moka svolgeva il lavoro per cui era stata concepita, Anna rollava, e dopo il caffè, al cui aroma andò a sommarsi quello dell'hashish, l'odore di fritto era quasi sparito.

Dopo la canna gli argomenti della conversazione, fino a quel momento ameni e ammiccanti alla superficialità della facezia, languidamente scivolarono verso l'introspezione filosofica, e in breve i tre si ritrovarono a dar consistenza al timore che il mondo, più che da uomini, fosse popolato da sedicenti tali, la cui stoltezza era all'origine di scelte sciagurate a causa delle quali l'autodistruzione era oggi più che mai prossima e inevitabile.

Ormai totalmente catturata da quel deliquio, Anna, sentendosi evidentemente in diritto di auto elevarsi a dignità di esegeta, prese a declamare versi rosicchiati qua e là dal Bhagavad Gita e dal Tao Te Ching; e con Cristina che ce la metteva tutta per pendere dalle sue labbra e Edo che scribacchiava appunti, lei in piedi a parodiare le gravose movenze di un officiante illuminato che distribuisca verità a più non posso.

Fino a che, tra un "non si può andare avanti così" e un "è tempo che l'umanità apra gli occhi", arrivò anche l'ora del "beh, si è fatto tardi anche stasera".

Poco prima di mezzanotte Edo scendeva dalla Fiat 127 di Anna e, ubriaco di vino e di citazioni taoiste e induiste, saliva le due rampe di scale che lo dividevano dal letto, dove avrebbe dormito come un sasso fino alle dieci del giorno dopo, sognando guru indiani, monaci tibetani e contrabbandieri in barca a vela.

7

"Non mostrarti agli altri quando sei ferito o sarai colpito a morte"

Quante volte Edo aveva ripetuto a se stesso questo verso di Francesco di Giacomo in passato, quando l'ansia raggiungeva e superava limiti oltre i quali gli esili nascondigli dell'autocontrollo venivano meno? Quante volte, nei momenti di totale sconforto, guadagnata un po' di solitudine, si era abbandonato al pianto, affidando alla copiosità delle lacrime il compito di mondarlo da quelle opprimenti antiche nebulosità dello spirito? Quanti annosi oscuri perché, famelici di risposte, quelle stesse lacrime erano riuscite ad imbrigliare e trascinare lontano? salvo liberarli poi a volteggiare sopra i deserti di un provvisorio oblio dai quali, tuttavia, sarebbero presto o tardi tornati. Fatalmente. Ineluttabilmente. Più voraci di prima; incattiviti da un digiuno loro imposto. E immancabilmente, già dalle prime avvisaglie di un loro imminente nuovo incontro, laddove più che i sensi ad allertarlo era un istinto amplificato dall'apprensione, Edo si adoperava nell'inventarsi improbabili risposte con le quali, sterilmente, sperava di riuscire a sfamare quegli insaziabili appetiti. Ed eccoli avvicinarsi, ancora una volta; temuti eppure attesi, inevitabili, nel loro sinistro planare, annerire, a stormi interi, i suoi cieli già incupiti da un rassegnato fatalismo, al quale da tempo si era ormai arreso. Ed ecco, dunque, Edo errare fra i vicoli quanto più nascosti della sua città; eccolo mendicare ad essa il conforto di un angolo in cui nascondersi a vomitare il suo malessere e i suoi timori: strascichi di errori di un passato da rinnegare. Eccolo lì, umiliato alla gogna del ricordo di scorse viltà accantonate; tormentato dal rimpianto di non aver posto rimedio a insignificanti elusioni, divenute ora insopportabilmente opprimenti nella loro pungente e spossante pedanteria; ingobbito sotto il peso di una cruda consapevolezza, quella di non aver adempiuto al meglio a quei fastidiosi incarichi che la società distribuisce: servizi pretesi quale condizione inalienabile, anche se a fronte di una assimilazione ad essa obbligatoria e schiavizzante, aggravata, per giunta, da una totale assenza di scelta. O sei partecipe o sei reietto! Il telefono, l'automobile, l'affitto e le bollette, il galateo e le buone maniere, l'obbligo della decenza nel vestire, la volgarità al bando e, per chi vuol far carriera, sobrietà nel fare, lessico elegante e cravatte griffate. Omertà assoluta circa le proprie emozioni e i propri intenti: mai sbilanciarsi alla gratuita esposizione d'un progetto, e nascondere sempre timori e debolezze! Appartarsi per ruttare, occultare i propri naturali odori sotto oceani di deodoranti… e tagliarsi i capelli! Radersi ogni mattina. Rubare solo nel rispetto delle regole del gioco.

Calpestare l'altrui callo è lecito, e non chiedere mai scusa: pietà e comprensione debbono i loro natali alla povertà e alla miseria. Chi si scusa si accusa! Un pietoso gesto, un obolo, un tozzo di solidarietà concessa ad uno straccione ed eccone subito altri cento spuntar da dietro l'angolo ad allungar la mano; e tu, per quanto munifico e ricco possa essere il tuo buon cuore, sei troppo piccolo ed insignificante per affrancare il tuo pianeta da questo suo male atavico.

Con un notevole sforzo di volontà e ancora cauto, ma deciso, finalmente, a fronteggiare se stesso e il mondo, Edo uscì dal suo buco. Aveva ripreso a piovere. Quanto tempo era passato? Quindici minuti? venti? Dalla pioggia e da indesiderati sguardi, gli aveva offerto riparo un porticato; si era seduto sopra una griglia di metallo che durante il giorno veniva usata dagli impiegati della vicina banca e dalle commesse dell'adiacente magazzino UPIM per posteggiarvi le loro biciclette. Un forte odore di urina non lasciava dubbi circa un altro uso che di quel luogo seminascosto veniva fatto, e dal mosaico di macchie d'olio, si indovinava il variopinto groviglio metallico, ora assente, di motorini e scooter legati tra loro ad una ringhiera arrugginita che divideva in due il lungo portico.

Poco lontano, il rabbino di Verona stava chiudendo il grosso portone della sinagoga, Edo lo riconobbe per averlo visto una volta in compagnia del figlio Eli: un sassofonista jazz che aveva da poco conosciuto. Non ho mai visitato la sinagoga, pensò, e nel formulare questo pensiero comprese che la sua crisi d'ansia volgeva al termine. Sollevato, anche se alquanto indebolito da quel salasso psichico, rasentando i muri per ripararsi quanto più possibile dalla pioggia, divenuta ora più insistente e fitta, si incamminò in direzione di via Pellicciai. Cosa avrebbe raccontato a Maurilio Bussola detto il Seppia e all'amico Carlo? Boh? Avrebbe improvvisato, come in passato faceva con la chitarra per allungare il brodo allorché, durante il protrarsi di un concerto, si accorgeva che i pezzi rimanenti in scaletta non sarebbero bastati a colmare il tempo che ancora lo separava dall'ora del previsto bis finale. Improvvisare con le note o con le parole, vivere alla giornata, cogliere al volo le opportunità, non morir di fame, scippare ad un amico un divano su cui dormire una notte... aspetti diversi di una medesima arte: l'arte di vivere da artista. Squattrinato, certo, e spesso anche scriteriato. Magari pentito per un gesto impulsivo, ma esente dal rimpianto di non averlo compiuto. Maestro dell'espediente, un po' ladro, un po' imbroglione. Opportunista, giocatore e baro, quand'anche giocasse ad un solitario.

Tanto, la posta in gioco altro non è che un mozzicone di felicità.

"Ma ecco il bar, laggiù, in fondo alla via. Ci sono altre macchine parcheggiate vicino alla Thaunus... saranno sicuramente clienti del bar... di chi sono queste voci? sono i tassisti che parlottano fra loro. Mi hanno notato? Sì, mi stanno guardando...

abbassano la voce... perché lo fanno? stanno parlando di me...
sì, stanno parlando di me; e ridono di me. Cosa staranno dicendo? forse mi hanno visto uscire dal porticato e si stanno
chiedendo cosa ci sono andato a fare... a masturbarmi, ecco!
pensano che sia un povero sporcaccione. Dio buono, ci sono
ancora dentro! La crisi non è finita. Era solo un momento di
tregua: la calma piatta dell'occhio del ciclone. Sì, ci sono ancora dentro. Tutto ricomincia. Un matto! Ecco cosa sono. Un
paranoico! Ma se riesco a pensare a tutto questo significa che
il mio cervello funziona; so ancora essere razionale. Ma allora
cos'è tutto questo? Forse la morte? È così che si muore? Ma no,
no! Devo scacciare questi pensieri. Devo respirare lentamente.
Inspiro: uno, due, tre, quattro, cinque; espiro: uno, due, tre,
quattro, cinque. Bene. Ora di nuovo: uno, due... devo pensare
a qualcosa di rilassante... ad una spiaggia... al mare... al tramonto... dov'è l'Adige? Se arrivassi fino all'Adige potrei guardare
l'acqua che scorre... so che mi farebbe bene. Devo arrivare in
via Sottoriva... saranno sei o settecento metri, non è lontano...
poi l'Adige è lì vicino, basterà salire quelle scale a metà via...
solo che dovrò attraversare Piazza Erbe... e poi Piazza dei Si-
gnori, e lì chiunque mi potrà vedere... non ce la farò mai. Devo
ritornare al mio portico vicino alla sinagoga... poco fa mi era
passata. Forse la sinagoga possiede un'energia positiva... l'energia della fede, della preghiera... Perché il cuore batte così forte?
È l'infarto! Sì, un infarto. Ogni tanto capita; chi l'ha detto che
debba sempre succedere agli altri? stasera è il mio turno. Cosa
devo fare? Devo pregare. Sì, pregare. Padre nostro che sei nei
cieli... inutile, cosa mi potrebbe rispondere Dio se non che è
troppo comodo rivolgersi a lui soltanto adesso? Ti ricordi di me
solo quando hai paura, mi direbbe... O forse è Satana che mi
condiziona i pensieri. Dio è buono, lo dico sempre, anche se a
sproposito... venga il tuo regno, sia fatta la tua volontà... e se
la volontà di Dio fosse che io muoia stasera? E va bene! Se devo

morire adesso fammi morire! Ma prima tirami fuori da questo inferno! Basta. Hai capito? Basta! "

Un urlo echeggiò fra le arcate; interminabile, assordante, disperato. Edo si guardò intorno, frastornato, sorpreso di trovarsi lì. Si rese conto che quel grido era uscito dalla sua gola. Aveva la sensazione di essersi destato da un profondo sonno popolato da incubi. Si tastò i vestiti: era fradicio. Il berretto non l'aveva più, smarrito chissà dove, i capelli zuppi d'acqua erano incollati alla fronte e alle tempie ancora fastidiosamente pulsanti. Tremava. Sotto il giubbotto di panno sentiva la schiena fredda e bagnata, ma non gli era dato di sapere se si trattasse di pioggia penetrata o, piuttosto, del sudore gelido della paura che lo aveva ghermito.

Rumore di passi. Edo uscì da sotto il porticato. Alle sue spalle il rumore di una finestra che si apre. Edo si affrettò a girare l'angolo. Due persone si stavano avvicinando a passo svelto. Uno dei due si riparava la testa dalla pioggia con un giornale. Edo riconobbe due dei quattro tassisti di poco prima. Giravano la testa a destra e sinistra, come se cercassero qualcosa o qualcuno; le loro espressioni erano allarmate.

- Cosa è successo? – chiese a Edo uno di loro – abbiamo sentito gridare.

- Sì, ho sentito anch'io. – mentì Edo – Mi è sembrato provenisse da lì dietro. Nel frattempo un'altra finestra si era aperta e una signora stretta in uno scialle si sporse incuriosita. Dietro di lei si intravvedeva un uomo, probabilmente il marito.

- Ma chi è stato? – domandò l'altro tassista – è successo qualcosa?

- Che succede? – gli fece eco la signora.

- Non saprei. – disse Edo stringendosi nelle spalle – Un grido. Veniva di là.

Mi sono anche avvicinato per vedere, ma non ho notato niente.

- Probabilmente si tratta di uno scherzo di qualche cretino –

ipotizzò il primo tassista.

- Può darsi. – convenne l'altro – Ma credo sia meglio controllare. Se si trattasse di qualcuno che ha bisogno di aiuto?

- Io non ho visto nessuno – insistette Edo.

- Forse è il caso di chiamare la polizia – propose la signora.

- Aspetti – le rispose il tassista col giornale – prima voglio guardare un po' in giro. Potrebbe trattarsi di una bravata di qualche burlone.

- Già – lo appoggiò Edo – e in tal caso, chiamando la polizia faremmo il suo gioco.

I due tassisti si incamminarono verso la sinagoga. Edo, dovendo ormai sostenere la parte dell'ignaro passante, li seguì.

Arrivati al porticato, uno dei due tassisti si soffermò ad osservarne l'interno sgranando gli occhi per adattarli all'oscurità. Nel frattempo l'altro, raggiunta la sinagoga, saggiava la solidità del grosso portone, per poi proseguire a controllare ogni anfratto di un vicolo attiguo.

Dopo qualche minuto di infruttuose ricerche, i due decisero di lasciar perdere e di tornarsene ai loro taxi. Edo salutò frettolosamente e si allontanò. Per tutto il tempo la pioggia li aveva accompagnati. Di lontano si udì la voce della signora alla finestra chiedere qualcosa e quelle dei due tassisti sormontarsi in sua risposta. Poi il silenzio, disturbato solo dall'insistente gocciolare delle grondaie e dal ritmato fracido trapestio delle scarpe bagnate di Edo che, come un sonnambulo totalmente privo di ogni volontà, si avviava ad affrontare l'inevitabile inquisizione dei suoi amici al bar. L'orologio sulla Torre dei Lamberti lo informò del tempo trascorso: erano le ventidue e trenta.

Edo spinse la porta ed entrò nel bar.

- Il tuo socio se n'è andato – disse Carlo che ancora la porta non si era richiusa.

- Meglio così – rispose Edo, sinceramente sollevato a quella notizia: non se la sarebbe sentita di imbracciare la chitarra e suonare, svuotato com'era di ogni energia.

- Ehi, ma sei caduto in una piscina?

Edo abbassò lo sguardo a guardare i propri vestiti. Ora che il buio non lo nascondeva più, gli apparvero nel loro reale aspetto. I jeans erano lucidi, incollati alle cosce, rese ormai insensibili dal freddo. Una pozza d'acqua si stava allargando sotto i suoi piedi. I pochi clienti, incuriositi, lo guardavano di sottecchi, parlottando fra loro sottovoce.

Carlo si avvicinò. Gli tastò una manica. Ritrasse la mano gocciolante.

- Ti ammalerai – disse - vieni di là un momento. Vedo se ho qualcosa di asciutto da prestarti. Non puoi rimanere in quelle condizioni.

Carlo fece un cenno alla cameriera e aprì una porta invitando l'amico a seguirlo.

Edo, docile, lo seguì in una piccola stanza del retro che normalmente veniva usata come magazzino/ufficio e incominciò a spogliarsi.

- Grazie – disse semplicemente.

- Come hai fatto a ridurti in questo stato?

- Piove.

Carlo, aprì un armadietto di lamiera coperto di foglietti adesivi recanti nomi, numeri telefonici e altri appunti relativi, evidentemente, all'esercizio della sua attività.

- Dici davvero? non me n'ero accorto. – prese un asciugamano e lo porse a Edo. - Dai, non essere sciocco, racconta.

- Che ti devo dire... ero nervoso. Volevo stare un po' da solo. Poi è arrivata la pioggia.. Per un po' sono rimasto sotto un porticato, sperando che smettesse, ma evidentemente Giove Pluvio la pensava diversamente. Intanto il tempo passava. Alla fine mi sono deciso a incamminarmi lo stesso, ed eccomi qua. Carlo sembrò soddisfatto della spiegazione e non volle indagare oltre.

Col pensiero Edo lo ringraziò per il tatto e la sensibilità che gli stava dimostrando, ma il protrarsi del silenzio dell'amico incominciò a gravare sulla sua coscienza: un briciolo di spiegazione glielo doveva.

- Sto attraversando un periodo di merda. – confessò – La mia donna mi ha lasciato, e dal momento che abitavamo in un appartamento di proprietà dei suoi genitori, mi sono ritrovato sulla strada. Ora sono ospite di un conoscente. A Pescantina. E non ho neanche la macchina. Quella che Elvira ed io avevamo comprato insieme l'ho lasciata a lei, per sdebitarmi di un paio di bollette che spettavano a me e che non sono riuscito a pagare. Porco di un giuda maiale! Proprio mentre stavo ingranando col lavoro tutto è andato a puttane. E adesso eccomi qua, a dover ricominciare da zero. A ricostruirmi una vita. Per la seconda volta in poco più di due anni. Se incontro qualcuno che dice che la vita è bella, io ti giuro, gli spacco la faccia! Guardami qua, a trent'anni... cosa mi ritrovo per le mani? Un cazzo! Ecco cosa mi ritrovo. E poi dovrei stupirmi se mi vengono le crisi di ansia? Vorrei vedere chiunque altro al posto mio. Non sono mica fatto d'acciaio!

Carlo ascoltava attento, sorpreso, forse, che Edo si aprisse in quel modo con lui, quasi si trattasse non di una persona che non vedeva da tanti anni, di cui non sapeva niente, ma di qualcuno che, trovandosi un difficoltà, esternasse le sue ugge sfogandosi con un amico intimo e fidato.

- Dovresti bere qualcosa di caldo – propose. Intanto Edo, a torso nudo, si passava energicamente l'asciugamano nei capelli – ti faccio preparare un te, vuoi?

- Sì, grazie. Anzi no. Preferirei un bicchierone di vino bollente, con zucchero e limone e, se ce l'hai, anche un po' di cannella e chiodi di garofano.

- In pratica un brulé? – disse Carlo aprendo la porta per passare l'ordinazione alla cameriera che l'aveva sostituito al banco.

- Esatto, un brulé.

- Ti faccio preparare anche un toast? hai fame?

- No, grazie, stasera ho mangiato anche troppo, davvero. Piuttosto, nel brulé facci aggiungere un po' di pepe, per favore.

- Pepe?

- Sì, pepe. Me l'ha insegnato un mio amico francese: un toccasana quando si sta morendo di freddo.

- Sei sicuro? – volle sincerarsi Carlo – o mi stai prendendo per il culo?

- Ma dai! Ti dico di sì. E poi lo devo bere io, no? di cosa hai paura? se volessi suicidarmi sceglierei un metodo più sbrigativo. Non credi?

Carlo si mise a ridere. Rise anche Edo. Era confortante avere qualcuno con cui confidarsi. Da quanto non lo faceva? Con Elvira non era più accaduto dall'estate scorsa. Con Katia, la sua allieva, non l'aveva mai fatto, nonostante facesse sesso con lei ormai da mesi. Al pari di Oriella, l'altra sua allieva, con Katia doveva sostenere la parte del maestro, forte, deciso e sicuro di sé e, magari, anche un tantino autoritario, tutte qualità che non gli appartenevano. Del resto non che con le sue allieve ci fosse stata una confidenza tale da giustificare un simile abbandono. Altri amici non ne aveva. Conoscenti a frotte, ma amici... Ivano, a stretto rigore, suo amico dall'infanzia e compagno di mille avventure; ma si erano persi di vista da tre anni e più... Marzio "Max" Stefanelli forse; ma, coi suoi ventidue anni, era ancora troppo acerbo ed entusiasta della vita per assorbire simili argomenti. Sì. Max era un amico fidato, disponibile, e anche comprensivo; ed era anche al corrente della situazione di Edo, ma renderlo partecipe di quegli stati d'animo... no! sarebbe stata una violenza. Un po' come rubare l'innocenza ad un adolescente. Certe cose è meglio non saperle o, se proprio è inevitabile, che avvenga il più tardi possibile. Gran bella cosa l'ingenuità: solo vivendo in essa la felicità è a portata di mano. Ammesso che la felicità esista e non sia, invece, una pia illusione. L'avvenuta cognizione di aspetti oscuri dell'esistenza o della psiche, turbano irrimediabilmente l'individuo. Dalla conoscenza non si torna indietro. Quando si viene a sapere qualcosa, qualsiasi cosa, da quel momento in poi quella cosa la si sa e basta. Non la si può dimenticare a comando, anzi, più si tenta di scacciarla, più essa scava nell'inconscio, fino a insinuarsi in chissà quali profondità, dalle quali non ne uscirà che con la morte, salvo annegare nel pietoso oblio della demenza.

- Dì un po' Edoardo - Carlo era tornato a sedersi di fronte al ritrovato amico – poco fa hai parlato del tuo lavoro, che è andato a puttane proprio mentre stava ingranando. Perché? Cos'è che hai dovuto smettere? Voglio dire, di cosa ti occupavi?

- Di pubblicità. Tempo fa ho lavorato come creativo in uno studio grafico; creavo loghi, marchi aziendali, slogan e via dicendo. Se ricordi, già alle medie andavo bene in disegno; mi piaceva e mi piace ancora disegnare. Ebbene, stavo riuscendo a mettere a frutto questa mia passione, e da un anno a questa parte, fino a un mese fa o poco più, realizzavo dépliant, locandine, manifesti eccetera. Lavoravo a casa, e i clienti andavano aumentando. Fino a quando, come ti dicevo, non ho dovuto lasciare l'appartamento. E senza un posto in cui mettermi a disegnare... Per non parlare dello stato d'animo: è difficile pensare a qualcosa di costruttivo quando si è quotidianamente impegnati a cercare un buco dove andare a dormire, dove mettersi a lavorare; insomma: dove abitare e vivere. Certo, se avessi avuto qualche soldo da parte avrei potuto prendere in affitto un appartamento, anche costoso, provvisoriamente, ma intanto avrei potuto continuare a lavorare. Poi, col tempo, avrei trovato qualcosa di definitivo. E invece, merda! Ormai tutti i contatti sono andati a fanculo, ché a trovarli c'è da sudare; in quanto a perderli basta un attimo.

- Hai detto che sei ospite di un tuo amico di Pescantina. Non ti è possibile lavorare in casa sua?

- Beh sì, credo di sì. Ma, vedi, io lì ci abito solo da qualche giorno. E poi, ti lascio immaginare cosa significherebbe andare avanti indietro in pulmann con cartelle e rotoli di bozzetti. Tanto più che dopo una certa ora gli autobus non passano più. È un casino, credimi, un casino... E poi la casa è piccola, e io ho bisogno di spazio; mi servirebbe almeno una stanza tutta per me; anche se, all'occorrenza, con un tavolo qualcosina potrei raffazzonare in qualche modo, pur con disagio. Anzi, ora che mi viene in mente, devo anche passare dal Fausto del Corto Maltese per la locandina delle serate musicali...

- E stasera come ci torni a casa?

- Non lo so. Non lo so mai. Come ti ripeto, abito lì da poco... una volta mi ha accompagnato Maurilio Bussola detto il Seppia; un'altra volta un mio ex allievo di chitarra; una sera è stata un'amica. Per il futuro spero che riuscirò di volta in volta ad impietosire qualcuno e a farmi dare uno strappo; magari con la scusa di una spaghettata a tarda ora. Oppure, non so...a seconda dei casi, farò l'autostop o me ne starò a casa, di sera. Che ne so, sto vivendo alla giornata...

- Porca miseria, che situazione...

- E adesso non va neanche tanto male. Fino a qualche giorno fa non sapevo nemmeno dove andare a dormire; come fare per lavarmi, e non avevo una lira nemmeno per mangiare, cosa che, comunque, si ripeterà presto, se non trovo in fretta il modo di guadagnare qualcosa. Almeno adesso ho un tetto. Basta arrivarci...

- Beh, stasera ti accompagno io, se hai la pazienza di aspettare l'ora della chiusura.

- Grazie. A meno che non torni il mio socio...

- Non ha importanza – sbottò bonariamente Carlo – può arrivare anche il papa. Stasera ti accompagno io, e basta. Ma adesso scusami, devo tornare di là, così vedo anche a che punto è il tuo brulé. Tu stai buono qui al caldo e non ti muovere. Appena mi sarà possibile vedrò di procurarti qualcosa di asciutto da indossare. Hai capito? – e senza attendere risposta uscì.

Un momento dopo la cameriera entrò con una caraffa di rosso caldo. Edo se ne riempì un bicchierone e, rigirandolo a lungo fra le mani, fra un sorso e l'altro trovò anche l'altro calore, quello fisico; quello umano, dopo secoli, finalmente l'aveva ritrovato grazie alla generosa spontaneità di un inaspettato, quasi dimenticato, vecchio amico.

8

Mi sono alzato da poco, ho adempiuto al quotidiano rito delle tre
C (caffè, cicca e cacca). Poi sono uscito a comprare un po' di pane e
una decina di arance rosse di Sicilia (un po' rinsecchite, all'occhio,
ma dentro ancora succose e dolci; proprio come una donna brutti-
na e avanti con l'età, ma che scopa da Dio). È una giornata un po'
ventosa, ma almeno non piove, ché ne avevo due marroni che per
andare in giro dovevo usare una carriola.
C'è anche il sole.
Però l'aria è ancora un tantino fredda.
Paolo Raffaelli è uscito da poco (è andato a Venezia, alla redazione
del Gazzettino). Ieri sera ci siamo fatti uno spaghetto con olio, pepe
e cipolla cruda (una sua ricetta che, a dirla tutta, avrebbe anche
potuto risparmiarmi) e, sorseggiando il contenuto di una delle 12
bottiglie di Cabernet che gli ha regalato un suo amico, abbiamo
parlato del caffè al cianuro di Sindona, di Gheddafi che incomin-
cia a rompere un po' troppo, ché con gli americani non c'è da scher-
zare, e di un miliardo di altre cose. Sempre ieri, nel pomeriggio,
siamo andati in montagna, dalle parti di S. Giorgio: lui a sciare,
io e una sua collega, una certa Paola Bozzini, a bere e chiacchie-
rare del più e anche un po' del meno, trafitti dal sole (!) davanti
ad una baita-bar. Al ritorno a Verona, lui se n'è andato per alcune
commissioni, mentre Paola ed io ci siamo fatti un Martini al Caffè
Dante, dove ci ha serviti un cameriere di centocinquant'anni al-
meno. Ovviamente ha pagato lei (io i pochi soldi che avevo li avevo
immediatamente bruciati in montagna, offrendo un giro di ciocco-
late calde e comprandomi le sigarette). Poi siamo stati a cena a casa
di lei e, tra un boccone e l'altro mi ha chiesto se in settimana fossi
disponibile per darle qualche lezione di chitarra. Io le ho risposto

di sì, e mi sono fatto dare al volo un deca di acconto (lo so, non è il massimo dell'eleganza. Ma, che cazzo: a la gher com ala gher! Finita la cena sono salito su un autobus e sono andato al Bolzano, dove alle undici (le ventitré) avevo appuntamento col Raffaelli per il ritorno a Pescantina City.

A la proscèm

Edo si sollevò dalla sua agenda e si stiracchiò, appoggiandosi allo schienale della vetusta poltroncina di legno, in stile chissachecosa, che scricchiolò pericolosamente a quella, ad essa, impropria sollecitazione. Devo stare attento, si ammonì, se distruggo la seggiola, poi magari Paolo si incazza...

Si alzò. Scelse fra i dischi una raccolta di musiche da film di Ennio Morricone e, con rispettosa cautela, lo pose sul piatto. Poi andò in cucina a prendere un'arancia e, accompagnato dal sciòn sciòn sciòn di "Giù la testa", la sbucciò. Dopo averla mangiata si lavò le mani insanguinate di succo; quindi, tornando alla scrivania, si accese un mezzo toscano regalatogli da Paolo qualche giorno prima e che Edo aveva subito dimenticato sopra una mensola vicino al giradischi. La prima – e unica – boccata immediatamente sortì in un violento attacco di tosse: abituato alle sigarette, soprappensiero aveva dimenticato di quale aggressività fosse capace il fumo di quei sigari, concepiti non per essere respirati, ma gustati al palato. Dandosi del coglione raggiunse il bagno. Si incollò con le labbra al rubinetto e, senza ritegno, si produsse nel gorgoglio di ripetuti gargarismi, sperando di riaprire la via all'ossigeno e maledicendo Paolo Raffaelli, il suo stramaledetto sigaro toscano, le piantagioni di tabacco e quel coglione di Nicot, che se invece di importare dall'America 'sto cazzo di vizio ci portava un paio di totem, magari adesso avremmo Manitù sugli altari, ma Edo non starebbe asfissiando!

Il fuoco in gola dopo un minuto o due sparì. Ciò che invece

persisteva, ancor più dell'opprimente senso di schiacciamento al petto, erano le ecchimosi dello spirito: quelle che erano rimaste, pur nella loro nebulosa evanescenza, quale testimonianza della disavventura di mercoledì scorso, e chissà quando sarebbero guarite. A dar man forte alla sua inquietudine ci si era messo anche il calendario: sette anni fa esatti Edo si sposava. Come non pensarci? come evitare di ricordare? Come fare a non confrontare il se stesso di allora con il rudere dagli occhi arrossati, sputante acqua mista a saliva, che un momento fa aveva visto nello specchio? Non c'era niente da fare: immagini di quello e altri giorni si susseguivano, rincorrendosi, dapprima sfocate e indistinte, poi, via via sempre più definite, fino a stamparsi su di lui, sulla sua camicia non stirata, sul pallore del suo volto, sui dorsi delle mani diafane e nervose di chitarrista, quasi fosse venuto a trovarsi fra il proiettore e lo schermo di un cinema. In cartellone un film a lui noto: "Purgatorio di un aspirante artista. Vita e morte di Edoardo Grassi".

Si abbandonò sul divano e si arrese al fluire dei ricordi.

Sette anni. Com'è strano il tempo. Se non ci fossero i calendari e le stagioni a misurarlo, giurerei che da quel giorno, di anni ne sono passati settanta. Avevo ventitré anni allora. Già, ventitré; e lei diciannove: troppo giovani per il matrimonio, non c'è dubbio. Come avrebbe potuto funzionare? Eppure allora ci credevamo. Anche se, a dire il vero, a spingerci alla decisione di sposarci furono più che altro le insistenze di quella strega di sua madre. Volevo bene ad Antonella, certo, ma, fosse stato per me, avrei aspettato ancora un anno o due; almeno fino a quando non avessi raggiunto un briciolo di tranquillità economica e di sicurezza. Il mio gruppo rock andava bene, era in crescita; l'estate prima avevamo inciso il nostro primo disco, ed era andato anche benino, se si considera che eravamo dei provinciali.

Ricordo ancora il festoso brindisi che facemmo per aver superato, in classifica, Mina, Renato Zero e Lucio Battisti. Com'era emozionante! E che manate sulle spalle ci davamo a vicenda! D'accordo, si trattava della classifica di una radio locale e molti dei nostri amici avevano calcato un po' la mano con le votazioni telefoniche, però rimanemmo in testa per quattro settimane. E la popolarità che ne ottenemmo era reale. Qualcuno, infatti, già ci fermava per strada per chiederci l'autografo, e Antonella sorrideva impettita, orgogliosa del successo del suo moroso. Il futuro suocero mi portava in palmo di mano e mi presentava ai suoi conoscenti come musicista di talento: è uno che fa i dischi, diceva, uno di quelli che va in televisione, mica uno strimpellatore da osteria!

Ah, quante bellissime future avventure nei miei occhi di allora, e quale trepidante entusiasmo alimentava le mie speranze e i miei sogni di gloria! Appagato, già ai primi assaggi, da una fama più potenziale che reale – ma che, tuttavia, percepivo come presente e dovuta, e non ancora come ipotesi – riempivo i miei giorni con l'eternità di brevi istanti: assaporando l'emozione di un applauso, minimizzando con falsa modestia ad un complimento, prendendomela con lo stupido bigottismo degli organizzatori della festa di S.Rocco di Piegara a causa del divieto di eseguire "Ho Visto Un Re" di Jannacci, e incazzandomi anche coi miei compagni di quel giovanile viaggio, qualora, durante le prove, l'esecuzione di una canzone non fosse riuscita bene come mi sarei aspettato; trattando sul prezzo in conclusione di un contratto e godere per aver spuntato, sopra il conto, da mangiare per tutti, donne comprese o provando a tutto volume il nuovo amplificatore Marshall comprato a rate, ché chissà come avrei fatto a pagare, ma chissenefrega: la vita è bella! E ancora, bestemmiando, talvolta, per la pioggia che impediva lo svolgersi di quel concerto tanto atteso e importante o per la tracotanza di quello stronzo che si lamentava per il volume troppo alto, 'ché non si può neanche parlare'.

Già, qualche anno ancora e le cose, forse, sarebbero state diverse. Nell'ottanta, infatti, incidemmo il secondo disco, e questa volta con una casa discografica di Milano, che lo distribuì sull'intero territorio nazionale, supportato da servizi su riviste e promosso da passaggi televisivi. Partecipammo al Cantaveneto, e Gianni Maser, patron della manifestazione, divenne poi il nostro mentore e impresario. Al Cantaveneto partecipammo anche l'anno dopo, vincendolo. Le nostre mogli e fidanzate ci raggiungevano ai concerti, con la mia Citroën DS Pallas guidata da Antonella e, durante le pause delle prove, ridevano e scherzavano al pari nostro con cantanti, ballerini e comici; e il giorno dopo si lasciavano invidiare dalle amiche raccontando loro di aver stretto la mano a Riccardo Fogli o di aver preso un aperitivo con Fabio Testi.

Cominciavamo davvero ad assaporare il tanto desiderato successo: gratificati anche dall'atteggiamento di personaggi famosi che nei camerini o dietro le quinte con noi discutevano del loro lavoro, spiegandoci i difetti del tal microfono o illustrandoci le ubbie del tal impresario, con naturalezza, come si farebbe tra colleghi di una medesima azienda. Non era più un evento eccezionale trovarci a cena con gente che ancora l'anno prima vedevamo solo in televisione, come Luca Sardella o Bobby Solo; una volta, durante il sound check del pomeriggio, ci siamo anche mezzo ubriacati con i Dik Dik; e la sorella di Miguel Bosè, per dire, una volta venne a chiedermi un consiglio su come vincere la paura del pubblico.

In pochi anni, eravamo riusciti a mettere insieme una strumentazione all'avanguardia, con fari, fumi e tutto il resto; avevamo un camion e un pulmino di nostra proprietà, e quattro tecnici fissi al nostro seguito; ricordo anche che li "prestammo" in blocco a Ivan Cattaneo, per un suo tour invernale. Nei nostri microfoni hanno cantato e suonato nomi come Gianni Morandi, Leano Morelli, Roberto Vecchioni, Donatella Rettore e molti altri; e ancora, in altro ambito: Stefan Grossman, gli Art Ensemble of Cicago, Fabio Treves con la sua Blues Band, la Sun Rà Arkestra, Sam Rivers, i Brasil Tropical... Insomma il lavoro stava andando bene. Funzionava. Altroché se funzionava... E le prospettive per il futuro erano a dir poco incoraggianti.

Poi, invece... ma sì, fanculo! Ormai tutto questo è finito. Per sempre. Quel treno è passato, senza fermarsi, ed io, pur rincorrendolo fino allo stremo delle forze, non sono riuscito a risalirvi.

Edo si scollò dal divano. Aveva in bocca un sapore amaro: forse il sigaro, forse altro. Soprattutto altro. Si avvicinò al giradischi, lo spense, infilò il long playng nella sua copertina e lo ripose. Fuori, lontano, in mezzo ai campi, il rumore di un trattore. Edo prese la chitarra, che da mercoledì notte riposava nella sua custodia sotto la finestra. Oltre i vetri si vedeva il bianco delle montagne sotto un cielo azzurro e limpido. Dall'altra parte, dalla porta-finestra che dava sul piccolo balcone della cucina, entrava il sole ormai prossimo al tramonto. Mille minuscole stelle danzanti di pulviscolo abitavano il fascio di luce che disegnava sul pavimento ocra lunghe e bizzarre geometrie. Con la chitarra in mano Edo andò a sedersi sul marmo freddo del caminetto. Controllò l'accordatura e, cosa che non aveva più fatto, incominciò a cantare una sua canzone di allora; piano, sottovoce, come faceva, sempre e solo di notte, quando componeva; poco più di un sussurro, anche ora, come se, ancora adesso che non c'era più, non volesse svegliare la sua giovane sposa addormentata.

"Ci allontaniamo ormai dal sole, la notte arriverà
È un'avventura troppo bella: quanto durerà?
La luce strana del tramonto è complice con noi

Di quel segreto di un confine tra il sogno e la realtà.
La mia chitarra suona piano ed io non so perché
Mentre si affacciano i ricordi piange insieme a me."

Si fermò. Avrebbe voluto continuare, ma non ricordava più le parole, anche se era lui ad averle scritte. Anzi, probabilmente aveva mescolato i versi della prima e della seconda strofa. Massì, che importava in fin dei conti? e poi, quanto tempo era passato dall'ultima volta che l'aveva eseguita? Immediatamente si rese conto che per tre anni almeno non ci aveva più pensato; non aveva più canticchiato, nemmeno nella sua mente, quella ed altre sue canzoni, come invece faceva abitualmente mentre, al culmine di quella che era stata la sua attività, viveva tutto il tempo immerso nella sua impegnativa ma gratificante dimensione di musicista, compositore e paroliere. Ora, negli ultimi tre anni aveva mantenuto in atto una sorta di rifiuto nei confronti di un passato che lo aveva visto salire, prima, ad altezze siderali, per precipitare poi a schiantarsi sull'arido suolo di una annientante sconfitta. Umana e professionale. Una resa totale, definitiva. Nello spazio di qualche mese - dopo che Antonella se n'era andata - dall'inebriante esaltazione di luoghi in cui gli applausi di migliaia di persone erano il suo nutrimento, Edo era recesso nella disperata rassegnazione di un umiliante anonimato di una stanza d'albergo. La solitudine più bieca aveva sostituito un'esistenza fatta di feste, importanti amicizie, e calorose strette di mano. Non più il sorriso di suo figlio tra le sue braccia, ma solo l'incessante pianto della sua chitarra, instancabile, nel continuo ripetersi di decine e decine di esercizi, recitati dalle dita come un mantra cui strappare una parvenza di oblio, un surrogato di consolazione e la speranza che le lancette accelerassero una ennesima interminabile notte.

Vigile solo al riverbero di quei brandelli di passato, Edo non si era accorto di aver riposto la chitarra, né di essere tornato a sedersi sul divano. Evidentemente, movimenti consueti quali sedersi o alzarsi o accendersi una sigaretta e, nel suo caso, anche aprire o chiudere la custodia, prendere o riporre il suo strumento, erano oggetto di un automatismo talmente radicato nel tempo da permettergli di non venire distolto, foss'anche in misura minima, dal corso dei suoi pensieri.

Pur avendovi incollato sopra lo sguardo da chissà quanto, solo ora si avvide di un poster, raffigurante un notturno, affisso sulla parte interna della porta d'ingresso di fronte a lui. Eppure c'era anche prima, pensò, forse stavo dormendo... ma subito scartò quella troppo semplice spiegazione. Sì, forse quegli ultimi minuti li aveva trascorsi in una dimensione insolita dall'impalpabile consistenza onirica, ma era sicuro di non essersi addormentato. Aveva sognato forse, ma il veicolo di quel sogno sicuramente non era stato il sonno. Ma cos'era l'immagine sul manifesto? una foto? Sembrava la fotografia di una casa di notte, illuminata da due fanali ai lati della porta. Il nome dell'autore spiccava a grandi caratteri sotto l'immagine: René Magritte. Non era un pittore? C'era forse un fotografo suo omonimo? Si alzò. Si avvicinò a una delle due finestre per aprire le imposte e far entrare un po' di luce, quando capì che per avere più luce avrebbe dovuto cercare non una finestra, ma un interruttore: gli scuri, al di là dei vetri chiusi, erano già aperti, lo erano stati tutto il giorno. Semplicemente era buio; La poca luce nella casa entrava dalla porta-finestra della cucina e proveniva dal vicino lampione. Era sera, ecco. Quanto tempo era rimasto in balia delle sue reminiscenze? Di certo non pochi minuti.

Azionò l'interruttore. Abbagliato dall'improvvisa luce, istintivamente portò una mano davanti agli occhi: le sue pupille, dilatate dal lungo protrarsi della permanenza al buio, reclamavano qualche istante di adattamento. L'orologio da tavolo sulla scrivania indicava le nove. Un po' frastornato, si guardò intorno, come avesse smarrito qualcosa, quasi sperasse di individuare fra i mobili di casa il raziocinio che non gli riusciva di ritrovare. Ma la lucidità stentava a tornare. A cosa stava pensando fino a un momento fa? Gli sembrava di aver qualcosa da controllare... Cosa doveva fare? Che impegni aveva per quella sera? Ma, un momento... che giorno era? Lunedì. Sì, lunedì ventiquattro marzo. Il settimo anniversario del suo matrimonio con Antonella. Cosa c'era poi? ... la musica... un poster...

" Cazzo, cazzo, cazzo! Dovevo portare al Fausto la bozza del programma del Corto... e trovarmi lì anche col Maurilio Bussola detto il Seppia alle nove, cioè adesso. Fanculo Edoardo, dove ce l'hai la testa? Cosa faccio? Telefono? Ci vorrebbe un buon caffè. Chissà se Paolo l'ha comprato... andiamo a vedere... No. Lo sapevo. Al bar? e chi ce l'ha la voglia di fare un chilometro, fra andata e ritorno, per andare a prendere un caffè? Potrei chiederne un po' alla vecchia dei fusilli, solo che quella, poi, mi tiene lì fino a ferragosto. E poi non ho voglia di ascoltare i resoconti delle convalescenze di tutto il suo parentado... tra l'altro, ho anche fame. Ora che ci penso: oggi non ho mangiato niente... già, mi sono alzato che erano passate le tre. Potrei farmi un hamburger; ce ne dovrebbe essere ancora uno nel freezer... ma non c'è il pane. Porco giuda! Però c'è un vasetto di ragù. Aggiudicato: mi faccio un piattone di pasta; quella sono sicuro che c'è. Anzi, mi stappo anche una bottiglia di Cabernet. Spero che Paolo non ne abbia a male... semmai gli racconterò che mi sono sentito in obbligo di offrire qualcosa da bere a qualcuno che mi ha dato uno strappo fino a qui. A meno che il Raffaelli non arrivi proprio adesso... è meglio che l'apra subito, così se arriva gli dico che l'amico che mi ha accompagnato è appena andato via."

Edo spense la luce della sala e si spostò in cucina. Prese una bottiglia dal cestello, infilato tra il frigorifero e la credenza, e si mise alla ricerca del cavatappi. Dove lo aveva messo Paolo? Aprì tutti i cassetti: niente. Eppure ieri sera avevano bevuto seduti a quel tavolo, e non gli sembrava che per stappare la bottiglia Paolo si fosse spostato in un'altra stanza... e poi, Dio buono, un cavatappi, di solito, lo si tiene in cucina, no? Se questa fosse casa mia, ragionò, dove lo metterei il cavatappi? Probabilmente lo appenderei da qualche parte. Edo aggiustò la mira alzando lo sguardo verso le parti alte della stanza... ed eccolo là, appeso a un chiodo: come volevasi dimostrare.

Schioccando la lingua appoggiò sul tavolo il bicchiere vuoto; ne aveva bevuto il contenuto tutto d'un fiato. Un calore amico incominciò ad espandersi dallo stomaco a tutto il corpo, regalandogli quella sensazione di benessere che solo il primo bicchiere della giornata sa dare e che Edo ben conosceva. Riempì nuovamente il bicchiere e ne bevve subito la metà. Poi prese dal freezer il vasetto di sugo, lo mise in un pentolino colmo d'acqua per farlo scongelare a bagnomaria, quindi mise a bollire la pentola d'acqua per la pasta, infine si sedette davanti al suo bicchiere e accese una sigaretta. Che fare per ingannare l'attesa? Telefonare a Fausto e giustificare l'appuntamento disatteso con una scusa qualsiasi? e rimandare a domani? E a quel tronfione di Maurilio Bussola detto il Seppia, che lo stava aspettando per le prove, cosa avrebbe detto? L'accordo era di trovarsi al Corto Maltese e da lì spostarsi da Carletto, in via Pelliciai, per quella stramaledetta prova in pubblico, ché ormai a Edo, per come erano andate le cose mercoledì scorso, era passata la voglia. Oppure stringere i denti e, finito di mangiare, farsi una passeggiata di due chilometri e raggiungere la statale per fare l'autostop? Alle dieci di sera? Con la chitarra? No. Ormai era troppo tardi per le prove. E quand'anche fosse, pensò, dove la trovo poi un'anima pia che mi riporti a Pescantina in piena notte? Uff! Che situazione di merda! Perché era così difficile stare al mondo? Comunque una telefonata la doveva fare, sia per avvertire Maurilio Bussola detto il Seppia del ritardo, sia per rimandare l'appuntamento con Fausto. Dunque che fare?

Aprì la porta-finestra e uscì sul balcone. Un'aria gelida lo schiaffeggiò in viso; rabbrividendo rientrò in casa. Si versò un altro bicchiere di Cabernet e bevendo sollevò il coperchio della pentola: un leggero sbuffo di vapore lo investì, benché l'acqua non bollisse ancora. Certo che, anche 'sto Maurilio Bussola detto il Seppia, rimuginò fra se, potrebbe per una volta essere lui a venire da me per le prove; dove sta scritto che debba sempre essere io a spostarmi? Con tutti i rompimenti di palle che ne conseguono. E col freddo che fa, ché non ho neanche un cesso di macchina per muovermi.

Prima di abbordare la terrina di rigatoni fumanti che lo aspettava invitante, Edo stappò una seconda bottiglia di Cabernet. Poco prima di scolare la pasta aveva acceso il giradischi e ora dalla sala giungevano i fraseggi acrobatici del sax di Charlie Parker. Lentamente, forchettata dopo forchettata, diede fondo a tutto il mezzo chilo di rigatoni. Si pulì la bocca con uno "strappo" di Scottex Casa e sbuffando satollo, si versò l'ennesimo bicchiere di vino, dando fondo con esso alla seconda bottiglia.

Verso le due, quello che si arrampicava incerto sulle scale per guadagnare le lenzuola, era un Edo talmente sbronzo che solo il mattino dopo, al suo risveglio, si accorse di aver dormito coi vestiti addosso, scarpe comprese.

9

*Pescantina, ore 14 e una manata di minu-
ti. Se i mesi fossero fatti di cento giorni oggi
scadrebbe il primo quarto di Marzo. Dalla
presunta nascita di Cristo sono passati 1986
anni.*

*Ho mal di testa. Sono seduto alla scrivania del Raffaelli. Fra un'ora
arriverà Oriella per la lezione di violão del martedì. Alle cinque,
invece, arriva Katia. Domenica prossima è Pasqua, ma la cosa non
mi disturba affatto. Sono nudo come mammamaffatto. Ho i capelli bagnati: sono da poco uscito dalla doccia e in questa casa non
esiste un phon. Mentre mi insaponavo le pudenda, ho avvertito,
in quei paraggi, un vago sentore di insubordinazione. In effetti è
parecchio tempo che non concedo al mio fratellino minore un po' di
sollazzo, così, per zittirlo, mi sono fatto una sega. Poi mi è venuto
in mente che deve arrivare la Katia e che avrei potuto unire l'utile
al dilettevole trombando lei. Fa niente. In tre ore dovrei ricaricar-
mi a sufficienza. Anzi, nel caso, durerò anche di più, la qual cosa,
essendo la Katia una buongustaia, sono sicuro non le dispiacerà.
Stasera porterò al Fausto la bozza della locandina (avrei dovuto
farlo ieri, ma ieri avevo le mestruazioni al cervello, allora gli ho telefonato. Lui ha detto che no problem, basta che il tutto sia pronto
massimo massimo entro venerdì sera).
Le prove col Maurilio Bussola detto il Seppia hanno subito una battuta d'arresto (battuta d'arresto: chissà perché si usa questo modo
di dire. Comunque rende l'idea). Le riprenderemo dopo Pasqua.
Pasqua pasqua pasqua pasqua pasqua pasqua... ho notato che se
pronuncio una parola a ripetizione, dopo un po' essa si svuota del
suo significato. Diventa un suono e nient'altro. Come se si liberasse
del compito di comunicare qualcosa all'uomo, qualcosa che l'uomo
stesso, per convenzione, gli ha attribuito. Pasqua pasqua pasqua...*

perché si chiama così? Se si chiamasse che so, abracadabra o trallal-
lero, basterebbe che tutti fossero fossero d'accordo e il risultato non
cambierebbe. Dal punto di vista etimologico idem con patate: lo
stesso principio vale anche per la radice di un termine. Insomma,
qualcuno avrà pur deciso, un giorno, di dare per primo un preciso
nome a una determinata cosa, o no? e se gli avesse dato un nome di-
verso? Ma forse è stato proprio così... ed è per questo che ci sono tan-
ti idiomi differenti; anche perché a complicare le cose ci si è messa
anche un'evoluzione ramificata – e diversificata – del linguaggio.
Uff, che babele! Gli animali non hanno tutti questi problemi, ep-
pure vivono lo stesso (cacciatori permettendo); non vanno in chiesa
a pasqua né – vivaddìo – si dividono in tifoserie religiose organiz-
zate; non hanno bisogno di riscaldamento né di automobili, perciò
non fanno guerre per il petrolio (tuttalpiù si sbranano per una
femmina, ma questo lo fanno anche gli esseri umani. E in quanto
a rubarsi l'osso, meglio non parlarne va là, ché a momenti siamo
noi a insegnare ai cani come si fa); non sono schiavi del denaro e
mangiano solo quando hanno fame (e, soprattutto quanto basta).

Alla prox

Edo guardò l'ora: erano le tre meno venti.

Salì in camera sua. Prese da un cassetto un paio di mutande color programma- sbagliato-di-lavatrice. Rovistò nel mucchio delle calze, fino a scovarne due da ginnastica, non troppo diverse fra loro. Da un altro cassetto estrasse una camicia beige col colletto alla coreana: la meno stropicciata che gli riuscì di trovare, e nell'armadio trovò un paio di pantaloni verde marcio, pieni di tasche, taschini e tasconi, dal taglio vagamente militare, che quasi non ricordava neanche di avere, tanto era il tempo che non li indossava. Un altro po' e quando se ne fosse andato dalla casa del Raffaelli li avrebbe lasciati nell'armadio credendoli di qualcun altro.

Indossò il tutto. I pantaloni gli andavano un po' larghi in vita, ma non c'era alternativa; del resto, data l'attuale congiuntura, una vita un po' comoda non era certo da lasciar perdere. Fanculo! Rovistò tra le sue cose fino a trovare una cintura di corda intrecciata che aveva comprato a Roma a Porta Portese nel settembre dell'ottantatré e non aveva più indossato da allora, e il problema fu risolto.

Andò in bagno. In assenza di una spazzola, si pettinò passandosi più e più volte le dita tra i capelli lunghi e incolti, ciononostante, come talvolta aveva detto Elvira, non privi di un ruspante e maschio fascino. Anche la barba era un po' lunga. Per un attimo si soffermò a riconsiderare la vecchia idea di imparare ad accorciarsela pettine e forbici, ché a forza di barbieri, ormai aveva speso una cifra. Ma non era il caso di incominciare proprio oggi. Prima di uscire dal bagno stanò, schiacciandolo, un punto nero che si nascondeva fra i peli di un sopracciglio, si lavò le mani; pisciò, quindi si rilavò le mani; infine si tagliò le unghie della mano sinistra e rimodellò con la limetta quelle dell'indice, del medio e dell'anulare della destra. L'unghio (come lo chiamava un suo amico siciliano) del pollice non lo toccò: sapeva che se lo avesse accorciato, poi avrebbe dovuto riabituarsi alla differente sensibilità sulle corde basse. Niente di grave, ovviamente: l'inconveniente sarebbe stato superabile con qualche minuto di esercizi, ma adesso la sua allieva stava arrivando e non c'era il tempo di mettersi a fare arpeggi. Non toccò neanche l'unghia lunga e affusolata del mignolo, che talora mostrava con divertito orgoglio quale blasone di un'improbabile antica nobiltà del suo casato, ma che in realtà usava per pratiche, non meno nobili, quali lo scaccolamento del naso e l'estrazione del cerume in eccesso delle cavità auricolari. A qualcuno che in passato gli aveva chiesto del suo accanimento a mantenere e curare un'unghia così lunga, aulico aveva risposto che si trattava di uno strumento necessario ad una sua nuova disciplina sportiva: il lancio della caccola.

Alle tre meno due minuti Edo uscì in strada. Una ragazza, in lontananza, seduta sopra un muretto in fondo alla via, si scaldava al sole; alle sue spalle l'Adige scorreva ancora fangoso e grosso. Edo la riconobbe dalla folta capigliatura riccia e bruna, ma più ancora per la chitarra appoggiata al suo fianco.

- Ciao Oriella – disse quando le fu abbastanza vicino.

- Che bella che è Pescantina.

- Sì, non c'è male, ma talmente scomoda, se non si ha un'automobile...

- Non tanto. – obiettò lei – Io sono venuta in autobus e ho impiegato meno ad arrivare qui che attraversare la città.

- Lo so, ma il problema si presenta la notte. L'ultima corriera che va a Verona la sera passa poco dopo le sette e mezza. E in quanto a tornare poi, sono ca... ehm... problemi! Inoltre, la fermata è a più di mezzo chilometro da casa mia.

- Capisco. Beh, andiamo? – suggerì Oriella, indicando la direzione da cui era arrivato Edo.

- Come no, andiamo.

Lungo il breve tragitto che li separava da casa, Edo si sentì improvvisamente punzecchiato da una sottile e fugace insoddisfazione: aveva detto "da casa mia", e non "da casa di Paolo" o, tutt'al più, "da dove abito", come sarebbe stato più corretto. Perché lo aveva fatto? Per illudere se stesso di avere ciò che invece non aveva? Per sembrare ciò che non era? Per due anni aveva impropriamente chiamato "casa mia" quella di Elvira; e poi? cosa gli era rimasto? Ed ora la cosa si stava ripetendo: prima o poi se ne sarebbe dovuto andare da casa di Paolo, e allora perché chiamarla "casa mia"? Forse per scacciare quella sensazione di precarietà che aveva caratterizzato i suoi giorni fino a poco tempo fa? uno stato d'animo da cui, a dirla tutta, ancora non si era liberato... Ecco, pensò, un altro perché che va ad aggiungersi allo stormo volteggiante.

- A che punto siete, tu e il tuo socio, con il programma? – si interessò Oriella.

- Quale programma? – Edo scese a spirale nella dimensione della realtà, quasi si fosse trovato egli stesso a volteggiare insieme ai suoi perché. Le sue elucubrazioni lo avevano rapito, pur occupando lo spazio di un istante.

- Non mi dicevi che ti stai preparando per uscire a suonare in duo?

- Ah sì; siamo quasi pronti. Ancora una prova o due e ci siamo.

- Dove andrete a suonare?

- Ancora non lo so. Se fosse per me, avremmo già fissato delle date, ma quello dice che prima vuole sentirsi sicuro.

- Si vede che è un tipo preciso. – considerò Oriella – Di che segno è?

- Non ne ho idea. E neanche mi interessa, ti dirò...

- I meticolosi, di solito, sono della vergine.

- E i rompicoglioni, anche quelli sono della vergine. Oriella guardò Edo di sottecchi.

- Mi sembra di capire che non andate molto d'accordo...

Edo tentò di rimediare alla sua piccola gaffe: non era bene sparlare di un collaboratore; anche se in effetti qualcosa che non andava c'era, almeno dal suo punto di vista, di certo era controproducente renderlo palese.

- Ma no – spiegò – il fatto è che siamo molto diversi, anche se me ne sono accorto solo in un secondo tempo. Lui usa una chitarra folk e predilige i pezzi jazz; io quella classica e, come sai, amo la bossanova. Perciò studiare pezzi che non sono esattamente il mio genere o adattare i miei al suo stile è un po' un rompimento di balle.

- E perché non si adatta lui al tuo di stile?

- Lo fa. Un po' lui al mio, un po' io al suo. Insomma, cerchiamo di venirci incontro e di dar vita a un genere musicale che stia a metà fra la bossa e il jazz. Non che si voglia inventare niente, sia chiaro: già altri hanno fatto qualcosa di simile prima di noi. Solo che a me... di adattarmi a lui... non come jazzista, o pseudo tale, ma proprio come persona. Beh, porco giuda, è un rompimento di coglioni. Che ti devo dire... non so perché, ma è così. Sarà il suo modo di fare. Sai, è un po' sbruffone, uno di quei tipi con la puzza sotto il naso.

Meno male che non volevo parlarne male, si redarguì col pensiero.

- Perché hai scelto lui, allora, anziché qualcun altro? magari con dei gusti musicali più affini ai tuoi?

- Beh, è stato lui a propormi di metter su questo duo. Io ancora non lo conoscevo. Era passato una sera al Corto Maltese; noi eravamo lì che si beveva e si strimpellava, sai come vanno quelle cose, no? Poi alla fine venne da me e mi fece la proposta. Io non sapevo nemmeno come si chiamasse, ma l'idea di tornare a suonare in pubblico dopo tre anni di inattività mi attirava non poco. Così accettai.

Intanto erano quasi arrivati. Le chiavi tintinnarono in mano a Edo mentre i due si avvicinavano al portone.

- Anche perché – proseguì salendo le scale davanti alla sua allieva – la bossanova, da sola, non tira. Qui a Verona la gente a momenti ti chiede ancora le canzoni di Gianni Morandi. Ci sono in giro certi buzzurri, per dire, che si rifiutano di ascoltare Pino Daniele solo perché è un terrone, e altri che non si rendono conto che lo strumento hai in mano è una chitarra classica e vengono a chiederti se gli "metti su" qualcosa dei Deep Purple, o degli AC/DC. Vuoi che te lo dica io cosa bisognerebbe "mettergli su" a quelli lì?

E lei a ridere:

- Lo immagino, lo immagino. Non serve che mi si faccia un disegnino.

Mentre Edo chiudeva la porta alle sue spalle, Oriella si guardò intorno.

- Azz! carina la tua nuova sistemazione – disse.

- Già. – fece lui – Peccato che io qui sia soltanto un ospite.

Edo si congratulò con sé stesso. Forse l'avvoltoio di poco prima non sarebbe andato ad impinguare il numero dei suoi perché. Se ne sentì sollevato: aveva la netta impressione di aver finalmente fatto un minuscolo passo verso il corretto approccio alla propria realtà. Improvvisamente tutto gli parve chiaro: d'ora in poi si sarebbe sforzato di essere sempre sincero, soprattutto, con se stesso.

- Sì, lo so. – disse lei – Ci abita Paolo Raffaelli, no?

- Non sempre. – Edo si avvicinò alla scrivania, aprì la sua agenda ad una pagina a caso. Prese un pennarello e scrisse in grande:

MAI COVARE LE UOVA DI UN RAPACE

Ripiegò l'angolo superiore della pagina per ritrovarla agevolmente in seguito, quindi richiuse l'agenda.

- Questa è una delle tante case che un suo amico francese ha sparse per il pianeta: un giramondo pieno di soldi a quanto dice. – spiegò – Altro non so. Paolo ci viene a dormire qualche volta, o per scrivere. Forse ci porta anche qualche donna, suppongo, anche se da quando ci sono io, per quanto ne so, non è mai successo.

Oriella nel frattempo aveva sfilato la sua chitarra dalla custodia di finta pelle e si era seduta sul divano, accanto ai dischi che Edo aveva ascoltato la sera prima e che non aveva ancora riposto. Prese la sua " Aria 558 ", trascinò con sé una sedia e si sedette di fronte al divano, e col consueto controllo delle accordature, la lezione ebbe inizio.

La prima cosa che Edo chiese a Katia appena furono in casa, fu se non avesse nulla in contrario ad accompagnarlo in città al termine della lezione. Lei disse che come no? anzi, le faceva piacere, così avrebbe guidato lui, ché lei, fresca di patente, per quelle stradine si incasinava la vita.

Come con Oriella, Edo aveva dato appuntamento a Katia sulla

strada principale del paese. Alle sedici e trenta, quando era uscito di casa con Oriella, con l'intenzione di accompagnarla alla fermata, magari fermandosi un momento al bar per un caffè, l'altra era già là, seduta in macchina che aspettava.

Dio buono, aveva detto fra sé Edo, questa sì che è voglia di suonare! O forse di vedermi?

- Sei arrivata con parecchio anticipo. – aveva osservato – Non eravamo d'accordo per le cinque

- Sono partita per tempo. – aveva spiegato Katia – Non sono mai venuta da queste parti, e avevo paura di perdermi e di arrivare in ritardo.

Un momento di indecisione aveva colto Edo: che fare? accompagnare Oriella alla fermata? e lasciare l'altra in macchina ad aspettare? Oppure salutare Oriella e anticipare di mezz'ora la lezione di Katia? Infine aveva deciso per un'equa via di mezzo: sarebbero andati tutti e tre a prendere un caffè al bar. Poi, da lì Oriella avrebbe raggiunto la non più lontana fermata dell'autobus, e Katia sarebbe tornata con Edo a casa del Raffaelli per la lezione.

- Vi conoscete? – aveva chiesto Edo rivolgendosi a entrambe.

- Ci siamo viste di sfuggita quindici o venti giorni fa, al Corto Maltese. – aveva risposto Oriella, stringendo la mano all'altra allieva. – Era un martedì, come oggi, lei arrivò mentre stavo andando via a lezione finita.

- Sì, mi ricordo – era intervenuta Katia – ci siamo incrociate per le scale.

- Ricordo anche di aver intuito che eri tu l'altra allieva di Edoardo, perché avevi la chitarra.

- È la stessa cosa che pensai io vedendoti arrivare.

Era solo un'impressione o c'era una punta di astio nel tono di voce di Oriella? Katia era come sempre: acqua e sapone, sorridente, coi suoi occhioni sgranati, come fosse perennemente stupita del mondo che la circonda, infagottata nel suo immancabile giubbotto di jeans troppo largo, dalla foggia vagamente sessantottina. Oriella, invece, sembrava aver cambiato registro. Impercettibilmente. Una sfumatura che, tuttavia, non sfuggì a Edo. Quasi ci fosse stata in lei una sorta di inspiegabile gelosia. O, forse, non era tanto inspiegabile? Con Katia, oltre al normale rapporto maestro-allieva, c'era in atto anche una frequentazione sessuale, anche se saltuaria; ma con Oriella no, né Edo l'aveva mai messa al corrente di tale relazione. Che anche Oriella avesse delle mire in tal senso sul suo maestro? e, ora che le due si erano conosciute, l'intuito femminile le avesse fatto intendere come stavano le cose?

Al pensiero di essere al centro di una eventuale contesa quale oggetto del desiderio Edo non poté che sentirsi virilmente compiaciuto. La mancanza di Elvira già sembrava pesargli meno: dopo di lei c'era stata Anna, poi Katia. Adesso anche Oriella? Bé, non si sarebbe certo tirato indietro. Era una bella ragazza Oriella, molto femminile e attraente, ed erano numerosi i maschietti lumaconi che facevano i cascamorti in sua presenza. L'idea di avere una storia anche con lei non gli sarebbe dispiaciuta affatto.

Maestro e amante. Di Katia e di Oriella.

Avrebbe dovuto distanziare le due lezioni; impartirle in due differenti giorni. Prima si fa chitarra classica, poi flauto a pelle.

Lei suona la chitarra e lui la tromba. Dall'arpeggio al palpeggio. Do-re-mi-fa-ccio le mie allieve. Dopo il si bemolle, il sì-bel-duro.

Ore 19. Pescantina. È ancora il venticinquesimo giorno del terzo mese del millenovecentottantaseiesimo anno dell'era cristianesca.

Katia sta facendo la doccia. Io mi sono risciaquato al volo il bandolo della matassa sul bidè (stavolta ha voluto stare sopra lei, ergo non ho sudato, e siccome la doccia l'avevo fatta poco prima, va bene così).

Sarà anche parca nel verbo, la Katia, ma in quanto a sesso non ha bisogno di incoraggiamenti: parca nel parlare, porca nel trombare. Comunque è molto educata; infatti non parla mai a bocca piena.

Con la chitarra sta andando molto bene: ora sta studiando la prima delle tre parti di "Odeon"(un choro di Nazareth che ho arrangiato per due chitarre), e la parte "bachiana" di "Samba Triste" di Baden Powell, dove la legatura la fa da padrona. Il "Bouree" del Giovanni Sebastiano, ormai se lo beve ad occhi chiusi, così come "Giochi Proibiti", ché ormai la sua chitarra la fa da sola.

A Oriella invece piace cantare: stiamo facendo cose di Fabrizio de Andrè, Giorgio Gaber, e esercizi di ritmica, con e senza plettro.

Katia un attimo fa ha chiuso l'acqua. Penso che ora si stia rivestendo. Le ho detto di non lavarsi i capelli perché non c'è il phon, per cui credo che fra un attimo, o anche meno, ce ne andremo.

Eccola che scende le scale. Sorride. Sorride sempre la Katia.

Alla prossima.

Una delle peculiarità della Fiat 500, oltre allo spazio angusto, gli spifferi, l'ansimante messa in moto a leva e il tipico borbottio, asmatico e sfarfallante, del motore bicilindrico raffreddato ad aria, era la necessità di fare la doppietta scalando le marce. Il cambio, infatti, non era sincronizzato e senza un po' di pratica non era affatto raro incocciare in una delle sue celebri "grattate".

Fra le tante automobili che Edo aveva avuto, figuravano anche un paio di Cinquecento; tuttavia, prima che pervenisse a una sufficiente dimestichezza con quella di Katia, quella sera qualche lamento del cambio non mancò.

Katia taceva, come sempre; tutt'al più rispondeva alle domande di Edo. Ma di sentire un commento di sua iniziativa, era meglio abbandonare le speranze.

- Stai andando benino con la chitarra...
- Grazie.
- Mi raccomando le prime tre legature di Samba Triste...
- Sì.
- Le prime volte non volerle eseguire troppo veloci, hai capito?
Punta alla pulizia del suono e alla regolarità nella divisione del
tempo piuttosto che alla velocità: un'esecuzione lenta permette
una migliore memorizzazione. Hai capito? Mai avere fretta.
- Va bene.
- E attenta anche ai doppi bassi di Odeon e agli armonici del fi-
nale, per i quali il polpastrello deve sfiorare la corda esattamente
in corrispondenza della dodicesima barretta, quella che divide
il dodicesimo tasto dal tredicesimo, della settima e della quinta.
Erano cose dette e ridette, argomenti che Katia aveva assimilato
già da tempo. Perciò era perfettamente inutile tornare a riba-
dirle. Ma con qualcosa bisognava pur sostituire il silenzio che
altrimenti avrebbe regnato per tutto il viaggio.
- Va bene.
No, non c'era niente da fare. Katia era così: taceva. Edo avrebbe desiderato che parlasse, che gli raccontasse di sé, dei suoi
hobby, della sua famiglia perfino, pur di poterla ascoltare; oppure dell'anno che aveva trascorso in Argentina, di quale musica avesse ascoltato in quel di Buenos Aires. Invece, escludendo
qualche stentata eccezione, come era accaduto nel pomeriggio,
quando l'aveva presentata a Oriella, il suo eloquio si limitava
alla sintesi monosillabica o poco più.
- Dimmi Katy, io ti piaccio, vero?
- Sì.
- Perché ti piaccio?
- Non lo so.
- Ma, ti piace tutto di me?
- Sì.
- Cosa ti piace di più di me?

- Quando ridi.
- E di meno?
- Niente.
- Neanche il fatto che non ho una lira.
- È lo stesso.
- E che non ho una casa?
- Adesso ce l'hai.
- Ma non è mia.
- Anche uno in affitto non è sua.

Edo tacque. Katia anche. Un dialogo era impossibile. Era inutile cercare di cavarle qualcosa di bocca. La sua timidezza era a dir poco imbarazzante, e Edo, per quanto lo desiderasse, non sapeva cosa avrebbe potuto fare per scuoterla un po' e toglierla da quella sua clausura verbale.

Intanto erano arrivati in prossimità di Parona: l'ultima località sulla statale Verona- Trento, prima di arrivare in città. Sulla destra un bar; l'insegna sulla strada recava un'unica parola: NASSAR. Sotto di essa c'era una piccola rientranza adibita a parcheggio. Edo rallentò.

- Che ne dici? Ce lo facciamo un aperitivo?
- Se vuoi...
- Allora mi fermo, va bene?
- Va bene. Entrarono.

Nel bar non c'era molta gente: al banco due imbianchini o forse muratori, bevevano un bianco parlando di impalcature. Una ragazza davanti al juke-box ascoltava una canzone di Elton Jones, sculettando lievemente a tempo di musica. Ad un tavolo in fondo alla sala due capelloni parlottavano con una giovane donna grassa come una balena che non mollava mai il suo boccale di birra; ogni tanto rideva. Anche la sua risata era grassa quanto lei. Da una saletta adiacente giungeva l'inconfondibile rumoreggiare di una partita a calcio balilla, punteggiato di quando in quando ora da un'imprecazione, ora da un fugace

scoppio risa. Dietro il banco, sopra le mensole, un grande orologio segnava le diciannove e venticinque.

Un tipo magro dai grossi baffi neri, protese il capo verso i due
avventori, nella tipica espressione interrogativa che assumono
tutti i baristi quando sono in attesa di una ordinazione.

Edo si rivolse a Katia:

- Che ne dici di un Gingerino in due col bianco?

- Va bene – fu la risposta.

Non che Edo se ne aspettasse una diversa, cionondimeno volle
proporre un'alternativa:

- Oppure preferisci un Campari?

- Come vuoi tu.

- Ti dirò – confessò Edo – tutto sommato, io preferirei un normalissimo bicchiere di bianco, magari un Custoza. A te cosa
piace di più?

Da come Edo aveva posto la domanda, Katia non poteva rispondere con un monosillabo: avrebbe dovuto per forza dire
qualcosa.

- La birra – disse.

Sia ringraziato Dio con tutti gli angeli gli arcangeli e tutto il
presepio con il bue e l'asinello e le madonne coi gesubambini e
i re magi con la loro cometa di Halley e san Giuseppe ora pro
nobis! Aveva parlato! Si era espressa! Edo aveva scoperto che a
Katia piace la birra. Hip hip, hurrà!

- Allora due birre. – decise – Grandi.

10

La taverna del Corto Maltese era sempre uguale. Nonostante Fausto di tanto in tanto sostituisse qualche quadro, avvantaggiandosi del fatto che tra gli avventori del suo locale figurassero anche alcuni pittori, i quali erano ben felici di esporre le loro opere, l'atmosfera che vi si respirava non cambiava mai. Il turnover delle cameriere serali, ma anche quello degli avventori, era così lento ed impercettibile da indurre a pensare aver luogo in un contesto entro cui gravitassero solo persone già viste e conosciute.

In quel periodo, i clienti ai tavoli venivano serviti da una spigliata ragazza di origine belga, dalla figura esile, ma lineamenti forti, seminascosti sotto un ondulato casco di capelli castano chiaro. Poco più che ventenne, Denise era una cameriera preparata e attenta, anche se ad un'osservazione accurata, talvolta la si poteva sorprendere con le pupille troppo strette per non capire che indulgesse a saltuari cedimenti allo sniffo o, forse, anche all'ago di una siringa. Mai una volta, infatti, che la si fosse vista in maniche corte o arrotolate: espediente, questo, peculiare di chi sia all'inizio di una tossicodipendenza che si desideri ancora nascondere nei polsini chiusi. Ma a Edo, che in passato aveva avuto a che fare con l'eroina, anche se solo per un breve periodo subito dopo la separazione da sua moglie, questi particolari non erano sfuggiti; tant'è che più di una volta, in particolari momenti di sconforto, era stato lì lì per chiederle un po' di roba dentro cui potersi immergere, a sua volta, per nascondersi dal proprio male di vivere.

Katia se n'era andata da poco. Dopo la birra al "Nassar" erano andati a San Zeno, alla pizzeria "Vesuvio", ché Edo erano secoli che non si faceva una pizza come si deve, di quelle rotonde, buone e napoletane, e non al taglio, ché ormai gli usciva dagli occhi tanta ne aveva mangiata nel suo periodo 'post-Elvira, pre-Pescantina', laddove un trancio di pizza, spesso a credito, era l'unica cosa della sua giornata che assomigliasse ad un pasto caldo.

Fausto, aveva detto Criss, aveva un impegno: sarebbe arrivato intorno a mezzanotte, ora in cui solitamente il "Corto" raggiungeva il suo apice assumendo l'aspetto di una affollata carrozza di un vecchio treno. Poco male: adesso o più tardi nulla sarebbe cambiato.

Da una decina di minuti Edo se ne stava nel suo "scompartimento". Da solo, con la sua agenda aperta alla pagina su cui nel pomeriggio aveva frettolosamente scritto quell'emblematica frase: Mai covare le uova di un rapace. La sua era una sorta di meditazione. Da tempo, ormai, aveva imparato ad estraniarsi dalla presenza di altre persone e tra i suoi conoscenti, colui al quale fosse capitato di vederlo assorto davanti alla sua agenda, aveva a sua volta imparato a lasciarlo in pace.

Mai covare le uova di un rapace, si ripeteva. Non covare i tuoi perché. Non porti troppe domande. Non tormentarti a chiederti il senso di una azione una volta che questa sia compiuta. Accetta la realtà per quella che è. Quando una cosa è fatta è fatta e, anche se ritenuta in seguito sbagliata, non vi si può porre rimedio. La si può analizzare; da essa si può imparare, non foss'altro che non la si dovrà ripetere, ma non la si può cambiare, né cancellare. E allora perché covare un nuovo perché? Fatalmente diverrai il genitore di ciò che ne nascerà! All'inizio non sarà che un tenero pulcino e tu proverai il desiderio di accudirlo e coccolarlo, ma poi? Perché lasciare che esso cresca fino a non potertene più liberare? Il rimpianto è inutile. Inutile e dannoso. Un rimorso, magari, non lo si può evitare, ma un rimpianto sì. Come si fa? Valutando le probabili conseguenze di un'azione prima di compierla. È l'impulsività il vero guaio. L'istinto sarà anche utile, ma solo la ragione ti può avvertire dell'esistenza di eventuali trappole. Siano esse reali o solo della mente. Ragione e oculatezza: ecco cosa ci vuole. Chi mente sappia a cosa va incontro. Vuoi recitare una parte per un tuo pro? Fallo pure, purché tu ne sia consapevole; sappi che quelle vesti, poi, le dovrai indossare anche in futuro, e se le parti che reciterai diverranno troppe, ricordati anche che prima o poi crollerai, soprattutto se il pubblico della tua recita sei tu.

La voce stridula e invadente di una ragazza, seduta ad un tavolo vicino, fece riemergere Edo dal suo mare di pensieri, riportandolo, suo malgrado, alla superficie del presente.

Si guardò intorno e si rese conto che in quel luogo e in quel momento gli sarebbe stato impossibile concentrarsi. Non più. C'era troppa gente e altra ne sarebbe arrivata a momenti, e Fausto non sarebbe arrivato che a mezzanotte. Diede uno sguardo all'ora: erano da poco passate le ventidue.

Decise di andarsene e di raggiungere l'argine del fiume, dall'altra parte del ponte, dove avrebbe trovato un po' di tranquillità ascoltando la voce amica dell'Adige. Prima di uscire consegnò a Criss il tubo di cartone contenente le bozze della locandina; prima dell'ora di chiusura, lo rassicurò, sarebbe tornato per parlarne con Fausto.

La temperatura, fuori, non era l'ideale per una passeggiata: nonostante il caldo sole del pomeriggio, l'aria della notte era piuttosto fredda e pungente. In prossimità del fiume poi, l'umidità si sarebbe fatta ancora più penetrante. Edo sapeva che non sarebbe potuto rimanere a troppo a lungo sull'argine: se al bar lo aveva infastidito il vocio dei clienti, vicino all'acqua a distoglierlo dai suoi pensieri ci avrebbe pensato sicuramente il freddo. Cionondimeno, quell'ingrata temperatura presentava un vantaggio: per il poco tempo che fosse rimasto, nessuno sarebbe venuto a disturbarlo.

Arrivato nel luogo desiderato, si sedette su uno degli ultimi gradini in fondo alla scala di pietra bianca che dalla strada scendeva al letto del fiume. A pochi metri l'acqua rumoreggiava nel suo scorrere veloce. Nella penombra di quell'improvvisato nascondiglio, appoggiato al grosso muro dell'argine, Edo, gli occhi chiusi, incominciò la sua meditazione con un training autogeno: catalizzò l'attenzione sulle palpebre, fino a sentirne, dopo un po', defluire ogni tensione; dagli occhi alla fronte e dalla fronte al capo, fino alla nuca; poi giù, dal collo alle spalle e di lì alle braccia, fino a sentirle pesanti e inerti. Poi passò alle gambe: dall'inguine alle dita dei piedi; infine al busto: torace e addome erano rilassati; visualizzò il lavorio dello stomaco e delle viscere; "vedeva" l'aria entrare ed uscire con circolare regolarità dai polmoni; il pulsare ritmico del cuore; il sangue circolare nelle vene, come il traffico metropolitano in una veduta aerea notturna accelerata. Ebbe consapevolezza di un fegato affaticato: lo accarezzò e massaggiò con la mente. Tutto il corpo di Edo era ora caldo e pesante; sembrava quasi sprofondare nel marmo del largo gradino su cui era seduto e, con la schiena, nel muro a cui era appoggiato. Visualizzò il fluido grigio scuro della sua energia negativa uscire lentamente da ogni poro della pelle, trapassare i vestiti e scivolare basso a perdersi nel fiume, al quale Edo lo affidava sapendo che l'acqua lo avrebbe donato alla terra quale nutrimento. "Vide" la sua aura espandersi, grigio-blu, a cinque centimetri intorno al suo corpo, giallo-bianca oltre, fino a trenta centimetri, con addensamenti più scuri in prossimità del fegato e della testa; più oltre ancora, fino a settanta-ottanta centimetri intorno a lui, essa era un miscuglio fioco e fluttuante di tutti i colori dell'arcobaleno. Edo "sentì" l'energia del suo essere compenetrare quella più sottile dell'universo, fondersi in essa, in uno scambio di misteriosi fluidi, indescrivibili, ma che, tuttavia, intuiva come reali e pregni di una ancestrale forza: aspetti differenti di un unico prana che, raggrumandosi in miriadi di forme, costituiva l'essenza della materia e della vita stessa.

Aprì gli occhi. Le mani, unica parte scoperta e visibile del suo corpo, sembravano ricoperte di una sostanza lattiginosa bianco-verdastra, filacciosa, come muco fra le dita. Si scosse, quasi spaventato da quell'inedita visione, alla quale, pur avendone letto da qualche parte in passato, mai prima d'ora era pervenuto. ...e tutto svanì. Improvvisamente si rese conto del freddo. Si alzò rabbrividendo e risalì la scala per incamminarsi di buon passo verso il ponte e tornare al Corto Maltese. Si sentiva appagato, sereno. Quasi felice.

Ancor prima di entrare, la vide. Dietro il vetro del finestrone a fianco della porta d'entrata, seduta al primo tavolo, c'era Elvira. Era in compagnia di Federico Giuliani, un giovialone di un quintale e rotti, prematuramente calvo e con la faccia di uno che normalmente porta il parrucchino ma che oggi abbia dimenticato di metterlo. Edo l'aveva conosciuto poco meno di una decina di anni prima quale disc jockey di Radio Stardust, poi fallita. Ora era titolare di uno studio di produzione/registrazione di jingles pubblicitari per radio private.
I due erano in atteggiamento indubbiamente intimo. Seduti sulla stessa panca, coi visi a pochi centimetri di distanza l'uno dall'altro, una gamba di lei sopra quella di lui, parlottavano sottovoce. Lui le teneva una mano e la ascoltava assorto, mentre lei, sorridente e velatamente maliziosa, gli parlava di cose che Edo immaginò essere frutto di quella complicità che coinvolge i giovani amanti all'alba di un nuovo rapporto.
Avvertì una sorda rabbia montargli dentro. Anziché entrare proseguì oltre il bar, in direzione della questura poco lontana, per finire chissà dove a ingoiare quel nuovo rospo.

Verona, bar "nonsocomecazzosichiamacomunqueèvicinoallaquestura" martedì 25 Marzo ore 23 circa.

Ho le palle che mi girano talmente, che se partecipassi ad una gara di nuoto la vincerei, ma verrei subito squalificato per vittoria fraudolenta.

Al Corto c'è Elvira che amoreggia col Giuliani. Quando l'ho vista, poco fa, se avessi dato ascolto all'istinto, sarei entrato e avrei spaccato la faccia a entrambi. Questa stronza. Quando la cercavo non si faceva trovare e adesso, che meno la vedo meglio sto, viene qui a esibire la sua nuova conquista, ché a momenti si trombano davanti a tutti. È proprio indispensabile, mi domando, far vedere a tutti quelli che mi conoscono che ha cambiato merlo? Cosa vuole ottenere? Vuole ferirmi? o vendicarsi? Di cosa poi? O, più semplicemente, è diventata scema? Oppure vuole che tutti sappiano che non è più insieme a me? e allora si fa vedere nel mio bar affinché non vi siano dubbi in merito? Sicuramente, dal loro atteggiamento, è già un po' che stanno insieme. Cosa ci trova poi in quello lì?

FANCULO FANCULO FANCULO FANCULO FANCULO FANCULO

Bah! Forse sono io che ho le manie

Non siamo più insieme, no? e allora che cazzo voglio? Avrà pure il diritto di andare dove vuole col suo nuovo tipo. In fin dei conti, il Corto Maltese era anche il suo bar. Perché adesso dovrebbe venirci solo per farmi del male?

Vorrà dire che anch'io mi farò vedere in giro a sbaciucchiarmi con qualsiasi cosa di sesso femminile che si muove. Belle o brutte. Se crede che senza di lei io vada avanti a seghe, quella si sbaglia di grosso.

Ma sì! Che vada a cagare pure lei! Devo mollare questi pensieri.

Dopo la separazione con Antonella avevo giurato che non mi sarei più lasciato più violentare dai sentimenti. Ero convinto di essermi costruito una scorza impenetrabile. E invece merda! Eccomi qua come un cretino a star male ancora.

- Prego?

Edo sollevò il capo: una signora si era avvicinata al suo tavolo. Cosa voleva? Ah sì... si doveva consumare. Quello non era il Corto Maltese, dove lo conoscevano e lui poteva rimanere seduto anche delle ore senza prendere nulla.

- Una grappa, per favore – disse.

Soldi ne aveva? Sì: Oriella e Katia gli avevano entrambe pagato le rispettive lezioni di chitarra. Aveva mangiato la pizza, preso le sigarette, le birre al Nassar... qualcosa doveva essergli rimasto. Mentre la cameriera si allontanava guardò nel portafoglio: novemila lire. Quanto costava una grappa? Il bar non era uno di quelli eleganti: decise che tremila lire dovevano essere sufficienti.

Riprese a scrivere.

Ho ordinato una sgnappa. Vediamo se riesco a scaldarmi un po': ho un freddo che sembrano due.

Sto scrivendo con una Papermate. Ormai dovrebbe essere quasi scarica: la sto usando da un casino di tempo.

È arrivata la grappa. L'ho assaggiata: fa abbastanza schifo. Fa niente, ci sono cose peggiori nella vita. Per esempio la vita.

A mezzanotte devo trovarmi col Fausto per i volantini, ma come faccio a entrare al Corto con quella là che mi aspetta al varco? Potrei ignorarla, ma così facendo renderei palese il mio stato d'animo. E poi, non ho niente contro il Giuliani; se non lo salutassi... e non posso neanche salutare lui e ignorare Elvira. Speriamo che vadano fuori dai coglioni. Anzi. È probabile che lo facciano: oggi non è sabato, ché si sta fuori fino alle mille; quelli che lavorano e che il mattino si devono alzare non stanno in giro fino a tardi.

Vedremo.

Ho finito la grappa. Ordinata un'altra.

Acceso emmeesse. Quella che avevo appena spento sta ancora

fumando nel portacenere.

La signora sta mettendo le sedie sui tavoli. Un momento fa ha lavato la macchina del caffè. Non serve essere degli Einstein per capire che tra un po' si chiude.

Bé, un po' mi sono scaldato.

Alla prox

Edo rimise l'agenda nel borsello. Si avvicinò alla cassa per pagare. Il conto era di cinquemila lire. Meglio. Ora gliene rimanevano quattromila: in cinque ore aveva speso quasi per intero le sue entrate di una settimana.

E il frigorifero, a Pescantina, era vuoto.

Fanculo: si sarebbe fatto dare qualcosa da Fausto per i volantini... solo che con lui aveva anche quel debito... merda! Tornò a chiedersi perché fosse così difficile stare al mondo.

E quello stronzo di Maurilio Bussola detto il Seppia dov'era? Oh, se la prendeva comoda, lui! Mica aveva bisogno di suonare per mangiare, lui! Lui voleva essere preparato prima di uscire in pubblico, lui! ché quella finale ancora non riesce bene, lui! E i suoi assoli? ché una volta li faceva di otto battute, un'altra di sedici, un'altra ancora di duecentocinquanta, a seconda di "come se la sente", lui! E allora che vada a cagare pure lui, lui! ché ormai Edo ne aveva due palle così, lui!

Svogliatamente uscì dal bar. Prese la direzione del Corto Maltese. L'intero suo essere era preda di un conflitto che lo voleva ora menefreghista e intrepido, ora pavido e sfuggente. Da una parte avrebbe voluto andarsene e lasciar perdere tutto: Elvire, Giuliani, Fausti, locandine e ferite d'amore, sanguinanti o meno che fossero; dall'altra avrebbe desiderato entrare, indolente e altero, guardando chicchessia dall'alto in basso, senza temere lo sguardo di nessuno. Soprattutto di lei. Questa maledetta! Cosa ci era venuta a fare al Corto? Era venuta a mettersi in mostra, ecco cosa! Edo ne era certo.

E se... ma no... era assurdo: era forse venuta lì per farlo ingelosire? Magari lo amava ancora e non sapeva come fare per rimediare ad una sua scelta troppo repentina... magari ci aveva ripensato ed ora stava cercando un modo per capire se fosse ancora possibile ricucire lo strappo... ed era per questo che, fra tanti bar, aveva scelto proprio il Corto: lei sapeva che, eventualmente, solo in quel locale avrebbe avuto una possibilità di incontrare Edo. Le donne sono strane. Soprattutto quelle dello scorpione. Anche sua moglie era dello scorpione. Tutti dicevano che bilancia e scorpione non possono andare d'accordo: beh, se ne stava rendendo conto. Ma allora perché c'era quel misterioso magnetismo che lo attirava verso le persone di quel segno. Uomini e donne. Gli scorpioni avevano uno sguardo... come dire... un fascino... e una testa di cazzo anche! E Edo ci aveva sbattuto la sua. Non una, ma due volte. E per due volte si era ritrovato a soffrire, Dio buono!

Il suono di un clacson lo fece sobbalzare: Edo stava camminando in mezzo alla strada. Dov'era? Dove stava andando? Non lo sapeva. In testa gli sembrava di avere uno sciame d'api inferocite. Aspetta... il fiume, la grappa, il Corto Maltese, le uova dei rapaci, la Elvira, le bozze da far vedere, il freddo, una pizza rotonda, il cambio che gratta, gli armonici del finale di "Odeon", un appuntamento a mezzanotte, dove? con chi? Con Fausto. Sì, con Fausto. Al corto Maltese. Per la locandina. Uff, che mal di testa! Ma quanto aveva bevuto? Non gli sembrava molto. E non era neanche un mal di testa da eccesso di alcol, quello.

- Scusi, che ore sono? per favore.
- Mezzanotte meno cinque – rispose il passante.
- Grazie.
- Di niente.

Il subitaneo stordimento sembrava essere passato. La nebbia nella sua mente si stava diradando. Che fare dunque? Andare al Corto? Aspettare ancora un po'; tanto Fausto ci sarebbe rimasto fino alle tre, e nel frattempo Elvira se ne sarebbe andata. Ma sì!

Che sarà mai. Elvira? Che vada a cagare pure lei!

E poi faceva un freddo...

Appoggiato al banco, Federico Giuliani chiacchierava con Giorgio Lucchetti: un giovane regista di belle speranze di Brescia o Bergamo, che da qualche anno si era stabilito a Verona e lavorava al mixer video di un'emittente cittadina.

Elvira non c'era. Bene.

A meno che non fosse in bagno. Le donne, si sa, come ne vedono uno si sentono subito in obbligo di andare a pisciare: altro mistero dell'universo femminile. E spesso ci vanno anche in coppia, ché se lo fanno due uomini vengono additati come culattoni per almeno due o tre vite. Cosa ci fanno poi in due al cesso? Si mostrano la bernarda? Oooh, ma che grandi labbra piccoline che hai... se le immaginava Edo. O ancora: ...e la clitoride? fa un po' vedere... ma che grossa! ...ma ti radi? e non ti danno fastidio i peli quando ricrescono? Il mio moroso invece non vuole che mi rada: dice che gli piace cespugliosa... e, pensa che porco, non vuole che me la lavi spesso; dice che sennò non sa di niente. E, dimmi dimmi, il tuo te la lecca? Mamma a me come mi piace... anche se difficilmente riesco a venire, solo con la lingua, ché tra l'altro sbaglia sempre mira, 'sto cretino. Insiste a infilarmela dentro, mentre dovrebbe lavorare più in su... solo che ci mette così tanto impegno che non ho il coraggio di dirgli come si fa. E i pompini? ti piace fare i pompini? a me sì, da matti. Impazzisco dall'eccitazione quando lo sento fremere prima di sborrarmi in bocca. Ma non lo mando mica giù sai, non sempre almeno... a volte lascio uscire lo sperma dalla bocca, lungo il cazzo, e glielo spalmo per bene sulle palle e sui peli e sulla pancia, così poi e costretto a farsi una doccia, ché altrimenti quello non si lava mai.

Edo sorrise tra sé: chissà se le donne indulgono a dialoghi di questo tipo quando vanno in bagno. Subito si sentì meglio.

Pensare a quelle cose, immaginarsi di spiare Elvira intenta a raccontarsi in quei termini ad una amica la sminuiva, la rendeva meno forte, meno degna di considerazione. Catapultata in una realtà fittizia e improbabile, l'immagine di Elvira assumeva il grottesco aspetto di un personaggio da film di terz'ordine. Si trattava di una mera costruzione della sua mente, certo, tuttavia funzionava, e dal piedistallo sul quale Edo l'aveva posta quale emblema delle sue pene d'amore, Elvira scendeva fra i miseri, condividendone debolezze, peccatucci, meschinità. Il ricordo di lei gli faceva meno male. Le ferite sembravano bruciare un po' meno.

Il locale era pieno. Tutti i tavoli erano occupati da improvvisati gruppuscoli di avventori che ora si raccontavano una barzelletta sconcia, sottolineandola con sguaiate risa, ora discutevano gravemente di cose di indubbia importanza, ora si misuravano nel consueto "pago io, no pago io", ora scherzavano con la Denise, che evidentemente compiaciuta per quelle attenzioni sbatteva le ciglia e sculettava la sua femminile vanità, giocherellando col vassoio e profondendosi in larghi sorrisi urbi et orbi. Dalla "cantina" giungevano, opacizzate dall'incessante brusio, indistinte note di pianoforte.

Edo scese alcuni gradini e allungò il collo oltre il corrimano per vedere se ci fosse qualche amico. Seduto al piano, Eli, il figlio del rabbino, improvvisava canticchiando all'unisono alcuni fraseggi dal sapore tipicamente be-bop. Due sconosciuti, ad un tavolo, ascoltavano assorti, uno dimenando il capo, l'altro martellando sul tavolo coi polpastrelli. Dalle loro movenze, decise Edo, non erano di certo musicisti, e dai bicchieri vuoti che avevano davanti, dovevano essere anche un tantino ubriachi.

Per niente attratto da quell'atmosfera, Edo risalì la scala e tornò al piano superiore. Un tavolo si stava liberando. Vi si insinuò immantinente, ancor prima che la Denise venisse a portar via i bicchieri. Stava per estrarre la sua agenda che il Giuliani e Giorgio Lucchetti lo raggiunsero e si sedettero con lui.

- Ciao Edoardo – esordì il Giuliani.

- Ehilà maestro – gli fece eco Giorgio.

- Ciao ragazzi – salutò Edo.

- È un po' che non ci si vede – continuò il regista – come va?

- Non c'è bene, grazie.

I due risero.

- Dice Elvira che dai lezioni di chitarra... – riprese Federico.

- Perché? Hai qualche nuovo allievo da propormi?

- Sì, io.

- Va bene – disse Edo asciutto – quando vuoi incominciare?

- Quando vuoi, anche domani. Quanto chiedi?

- Quindici a lezione. Ce l'hai la chitarra?

- Ecco, no. Tu non avresti la possibilità di trovarmene una, magari di seconda mano, tanto per incominciare?

- Posso fare qualche telefonata. – propose Edo – Comunque, una chitarra da studio, di quelle economiche, con settantacinque/ottanta mila la trovi dove vuoi: da "Zecchini", in corso Porta Nuova, o a "Musica 2000", in via Volto San Luca o anche a Lugagnano, alla "Musical Box".

- Capito, ma io non me ne intendo: non potresti occupartene tu?

- Non c'è problema. – fece Edo – Anzi, a dire il vero un problemino ci sarebbe...

- Quale? – si incuriosì il Giuliani.

- Io, una chitarra te la posso procurare anche domani; solo che non ho una lira.

- Ma che dici? – minimizzò l'amico mettendo mano al portafoglio - È sottinteso che a questo ci penso io.

Estrasse una banconota da centomila e la porse a Edo.

- Ecco qua. Vedi un po' tu quello che puoi fare, okey? Appena hai la chitarra mi telefoni e incominciamo. Poi i conti li faremo in seguito.

A Edo non pareva vero di aver tra le mani un centone. Da quanto tempo non ne vedeva uno? Una chitarra usata l'avrebbe trovata per la metà; poi glie l'avrebbe data dicendogli che era costata quindici o ventimila in più: e che cazzo, pensò, il disturbo va pagato.

- Okey. – disse – Dammi un giorno o due e ti chiamo. Qual'è il tuo numero? Federico prese dal taschino della giacca un talloncino pubblicitario del suo studio, vi aggiunse a penna il numero del telefono di casa e lo diede a Edo.

- Allora d'accordo?

- D'accordo – confermò Edo – e per suggellarlo, questo accordo, beviamoci sopra.

Qualche minuto dopo, tre flûte di Prosecco tintinnavano in un brindisi al nuovo allievo di Edo, nonché nuovo amante della sua ex donna. Ma dietro il suo forzato sorriso, Edo era convinto che il Giuliani intendesse, in quel modo, porre una sorta di rimedio a un torto nei suoi confronti di cui si sentiva colpevole. A Federico non fregava niente della chitarra: gli aveva portato via la donna, ed ora con centomila lire sembrava quasi volesse comprare il suo indulto. E Edo con quel brindisi accettava di zittire il suo rancore, come una puttana che a fronte di una ricca parcella ignorasse la repulsione nei confronti di un viscido ma facoltoso cliente.

11

Pescantina, Verona, Italia, Europa, pianeta Terra, Elios si-
stem, universo attuale, Giovedì 27 marcio di quest'anno
(che è sempre quello di ieri e, salvo cataclismi spazio-tem-
porali, sarà anche quello di domani) ore 11.

Sto fumando una sigaretta (una Marlboro: la seconda di oggi).
Oggi mi sono alzato all'alba: erano le dieci e mezza! Ieri sera sono
andato a letto presto (non erano neanche le tre) perciò stamattina
non avevo più sonno, ergo la levataccia.
Fra qualche giorno Paolo Raffaelli partirà per la Birmania. Starà
via un mese, beato lui. Dice che gli è stata commissionata la stesura
di una guida turistica. In pratica dovrà descrivere itinerari e luo-
ghi degni di essere visitati dal popolo vacanzifero. Non spende una
lira e in più lo pagano pure. Dice anche che non si firmerà Paolo
Raffaelli, ma Raffaele Paoli, per via di certe sue esclusive editoriali
o balle simili ché non ho ben capito (comunque sono cacchii suoi).
Era talmente su di giri che non si è neanche incazzato per le tre
boccie di vino che gli ho asciugato alla traditora lunedì scorso e,
non ha neanche voluto che gliele pagassi. Semmai, ha proposto,
gliene farò trovare qualcuna, a mia scelta, al suo ritorno.
Oggi pomeriggio devo trovarmi con Max Stefanelli che ha una
chitarra da darmi per il Giuliani che mi costerà un cinquantauro
(la chitarra, non il Giuliani). A lui (al Giuliani, non al Max) la
metterò ottantamila, così trenta restano per me (che tra l'altro li
ho già spesi, e anche di più, per rifornirmi di derrate alimentari).
Col Max ho app. al Cortomaltense alle sedici. Mi farò anche scar-
rozzare in copisteria per fare le locandaus del Fausto (l'altra sera
ha visionato le bozze: vanno benissimo, dovevo solo aggiungere il
num. di tel. che mi ero dimenticato di metterlo).
L'altra sera ho visto anche la Elvira, ma lei non ha visto me: non ho
avuto il coraggio di affrontarla. Tra l'altro stava amoreggiando col

Giuliani di cui sopra (che poco dopo mi ha chiesto se gli davo mi va di dargli lezioni di violão e io gli ho detto di sì, così ora di allievi ne ho tre). Penso che domani o lunedì potrò incominciare anche con lui. No, lunedì è Pasquetta. Va bé: quando sarà sarà.

Ho riletto quello che ho appena scritto e mi sono reso conto che la mia grammatica e la mia sintassi fanno cagare. Ma sì, chissenefrega, tanto queste cose le scrivo solo per me. Non c'è più nemmeno una Elvira qualsiasi a leggerle.
Alla prox

Prox.

Ho messo su una peperonata, che è un migliardo di tempo che non me ne faccio una bella scorpacciata. Spero solo che dopo non mi venga il cagotto (leggesi defecazio impellentis).
Ri-alla ri-prox

Ri-prox

Mi ha telefonato la Oriella. Così. Per farmi un breve salutazio. Mi ha tenuto al vibrafono un quarto d'ora (compresa una pausa per controllare la peperonata, che è quasi pronta).
Ho l'impressione che tra non più di non molto mi toccherà trombare anche lei.

Ore 14 stesso giorno stesso mese stesso anno stessa spiaggia stesso mare eccetera eccetera.

Ho mangiato un quintale di peperonata così fatta: due peperoni verdi, un peperone giallo, un peperone rosso, una melanzana piccola, una cipolla, due pomodori, uno spicciolo di aglio, olio extra vergine di oliva, sale quanto basta, peperoncino abbondante assai, mezzo dado, prezzemolo. Insieme ad essa ho ingurgitato: un tòcco di formaggio grana, un tòcco di fontina, una mezza mozzarellina, un tòcco di emmental pieno di buchi come le mie tasche, tre panini. Ho prosciugato anche una bottle di vino bianco da tavola (che faceva abbastanza venire l'angoscia, ma è andato giù lo stesso, anche perché la peperonata era più piccante di una sbirciatina adolescenziale dal buco della serratura in uno spogliatoio femminile). Ho la bocca leggermente in fiamme, ma mi sento satollo. Se ci fosse ancora del vino me ne berrei un altro tubo. Ci sarebbe il Cabernet del Raffa... quasi quasi... tanto poi glielo ricompro.

Sto aspettando il torpediniere per Verona. Sono le quindici e un paio di ventine di minuti del pomeriggio. Penso che al Corto arriverò con un pelìno di ritardo. Speriamo che il Machesse mi aspetti.

Non fa freddo. Non mi è venuta la diarrea. Non ho aperto una bottiglia del Raffaelli. Non ho ucciso una vecchietta. E non ho mangiato un cardinale ussaro coi pantaloncini corti con contorno di capperi.

Sarebbe bello se sui giornali, anziché le solite cagate, vi si leggessero delle non notizie. Per esempio: "Nella notte fra sabato e domenica, a Toronto non c'è stata una mega rissa tra francofoni e anglofoni; non ci sono stati dodici feriti né decine d'arresti..." oppure: "Spagna e Portogallo non hanno evitato di entrare nella CEE". E ancora: "I terroristi libici non hanno fatto esplodere la casa di Ave Ninchi, tuttavia, secondo voci di corridoio, sembrerebbe che Gheddafi non abbia intenzione di candidarsi come concorrente al prossimo festival di Sanremo in coppia con Al Bano e Romina Pàuer. Non si parla, altresì, di una sua improbabile apparizione a Fatima, ma, secondo indiscrezioni pervenute da fonti non meglio precisate sembrerebbe che sia invece Lourdes il luogo eviterà di apparire.

Con notizie simili i giornali sarebbero forse più interessanti?
Mah... non che oggi le cose siano molto diverse: la stessa notizia
de "La Stampa", letta su "Repubblica" diventa tutta un'altra cosa.
Dove cazzo è finita la verità? Possibile che per avere l'illusione di
sapere come stanno le cose sia necessario immergersi in una fede
politica? come quella che serve per far quadrare i conti negli affari
della religione? L'obiettività non esiste più? e quello che ci pappia-
mo non è altro che il punto di vista di questo o di quel

ecco l'autobus che giunge.

Alla pro

Corto Maltese, Verona. Italia, bla bla bla. Oggi, ore quaranta e
venti di ieri (che è un modo più elegante che dire che mancano sette
ore e quaranta a domani, che sarà venerdì tutto il giorno, proprio
come sei giorni fa sol la si do).

Il Crices mi ha detto che ha telefonato un certo Marzio che arriva
intorno alle cinque che ha telefonato a casa mia a Pescantina alle
tre e mezza ma non mi ha trovato e che ha un impegno improvviso
e di non preoccuparmi che lui arriva di sicuro con la chitarra che ci
ha messo su le corde nuove e poi gli ha detto delle altre cose che non
si ricorda più perché quello continuava a parlare parlare parlare
come una macchinetta e non la finiva mai ché lui aveva da lavare
i bicchieri che a momenti gli si è bruciato un toast.
Bah, l'importante è arrivare vivi.
Mi sa che sto diventando un grafomane. Continuo a scrivere caz-
zate. Per me è come pensare con la penna; tanto è sempre il cervello
che comanda, no?
Se scrivo puttanate significa che il mio cervello va a puttane.
Però mentre scrivo sto bene: esisto solo io e la mia agenda, che è un
po' la mia vera casa; l'amica con cui mi confido, che non mi rompe
le balle coi suoi consigli e che non mi fa la morale (neanche i pom-

pini se è per questo, ma non si può avere tutto dalla vies).
Chissà fra dieci o vent'anni, cosa penserò quando rileggerò queste
cose, sempre che sia ancora vivo; o cosa penserà mio figlio (se e
quando gli capiteranno tra le mani le mie agende).

Sono entrati il Beppe e il Siro. Ci siamo salutati.
Il Beppe mi ha chiesto se voglio bere qualcosa. Gli ho detto che
finisco di scrivere una cosa e arrivo.
Ho finito di scrivere una cosa. Vado a bere un gotto coi suddetti.
                    Ala pro

Interrotta la sua masturbazione pseudoletteraria Edo andò a sedersi al tavolo in fondo, al quale, come facevano ogni giorno intorno a quell'ora, si erano accomodati Siro e Beppe. Quest'ultimo stava raccontando del suo recente periodo londinese, di
com'era campato per quasi sei mesi ora facendo il lavapiatti,
ora friggendo schifezze in un chiosco di "Fish and Chips", ora
facendo giochi di prestigio negli underground, tra cantautori
capelloni, mimi impiastricciati di bianco, e mendicanti puzzo-
lenti. Raccontava gli stenti e i disagi, ma nel farlo gli brillavano
gli occhi.
- Ci torneresti? – gli chiese Edo.
- Immediatamente – rispose Beppe senza ombra d'esitazione –
solo che stavolta mi organizzerei un po' meglio.
- Perché non lo fai allora? – lo incalzò Siro.
- Non è detto che non lo farò. Ma non subito. Sono tornato
da appena un mese, e ho delle cose da sistemare qui a Verona.
Forse per l'estate. Vedremo. Comunque, se non a Londra, da
qualche altra parte vado di sicuro. Mi annoio talmente qui...
- Potreste andare via insieme, tu e Edoardo. – suggerì Siro – Tu
ti metti a fare i tuoi giochetti con le carte, coi mazzi di fiori o
foulard o quel che sia, mentre lui ti fa un sottofondo con la
chitarra.

- Sarebbe un'idea.– convenne Edo – Si starebbe un paio di giorni qui, tre lì; una settimana a Roma, una a Firenze o a Rimini. Potremmo girare l'Italia. Sacco a pelo e via! Di giorno si va a spasso o in spiaggia o dove vogliamo, di sera ci scegliamo il nostro angolino e con la custodia aperta raccogliamo l'obolo dei turisti. Poi, se abbiamo denaro a sufficienza si dorme in albergo, altrimenti ci si stravacca da qualche parte in un parco o sotto un ponte.

Beppe si grattò la testa cespugliosa, sopracciglia aggrottate, sguardo in su, evidentemente proiettato all'interno di quell'ipotesi d'avventura.

- Se ne può parlare se ne può - borbottò - Certo che sì. Non sarebbe affatto una cattiva idea.

- Naturalmente – proseguì Edo – si partirebbe col caldo... che so, a fine maggio, primi di giugno.

Poi, parlando più a se stesso che ai due amici:

- Non ho mai suonato per le strade. Sarebbe un'esperienza nuova. Del resto, anch'io, cosa ci sto a fare a Verona? Non ho una casa; la donna non ce l'ho più, con gli allievi durante il periodo estivo smetterei comunque, mio figlio non lo vedo più, dopo la scenata di mio suocero dell'estate scorsa...

- Che scenata? – s'incuriosì Siro.

- Mah, niente. L'estate scorsa sono stato a Caorle tre mesi: facevo il coordinatore delle animazioni per un'agenzia viaggi di Mestre che si occupava, fra l'altro, di soggiorni per anziani. Organizzavo gite in battello sulla laguna, tornei di bocce in spiaggia o di carte nelle hall degli alberghi, feste da ballo in un'ex colonia per bambini, che fungeva da quartier generale di tutto l'ambaradan, e altre menate gerontofile tipo pseudo congressi dal titolo "L'ipertensione arteriosa" o "Lo sport e la terza età" o roba simile; ma anche altre cose più goderecce come concorsi di bellezza over sessanta o "Il Musichiere": al microfono, con la chitarra accennavo una canzone e i vecchietti non appena ne avevano individuato il titolo dovevano correre a suonare un campanello a cinque metri di distanza... A farla breve: ero impegnato tutto il giorno, anche se con una certa elasticità e libertà di movimento, e tutti i giorni, dalle otto del mattino alle dieci di sera e anche oltre, senza riposo settimanale, perciò ho dovuto, per forza di cose, interrompere le visite a mio figlio. Normalmente lo andavo a trovare tutti i sabati, poi si andava a spasso per la città, si prendeva un gelato, insomma, come fanno, credo, tutti i padri divorziati la cui prole sia stata affidata alla ex moglie.

- Non sapevo che avessi un figlio – commentò il Beppe.

- E invece ha quasi cinque anni, caro mio. È nato il ventiquattro di maggio dell'ottantuno. Si chiama Mirco. – Edo sospirò – E dirò di più: se Elvira, l'anno scorso, non avesse voluto abortire a tutti i costi, fregandosene totalmente del fatto che io non fossi d'accordo, adesso ne avrei due. Da due madri diverse.

Si fermò un momento, pentito d'aver parlato forse troppo. Avrebbe certamente fatto meglio a star zitto: il rancore gli impediva l'obiettività necessaria ad una corretta esposizione dei fatti. Si accorse che s'era lasciato andare, in modo semplicistico e troppo di parte: la decisione di Elvira era stata oggetto di lunghe ponderazioni, di interminabili discussioni e litigi, e quella scelta non era stata presa affatto alla leggera. Inoltre, quello non era un argomento da tirar fuori così alla carlona al tavolo di un bar e soprattutto con persone che Edo conosceva, sì, ma non al punto da confidar loro cose così estremamente intime e delicate. Anche gli altri non parlarono.

- Bah! Meglio non pensarci, va là. – riprese Edo – Ma tornando a Mirco: quando, in settembre, tornai a Verona, un pomeriggio mi appostai nei paraggi dell'abitazione dei nonni. Sapevo che il mio ex suocero prima o poi sarebbe passato con mio figlio, perché era lui che lo andava a prendere all'asilo. Infatti, passò. Io ero dall'altra parte della strada. Chiamai Mirco. Lui mi vide, gli si illuminarono gli occhi. Io ne fui felice, vi lascio immaginare. Non ci vedevamo da un casino di tempo... ma il nonno nel vedermi allungò il passo, trascinando mio figlio per un braccio e urlando: "Via, via! Cosa vuole da noi? Se ne vada e non si faccia più vedere! Non si abbandonano i figli! Adesso si fa vivo? Se ne torni dove è stato fino adesso!" e cose simili. Non dimenticherò mai lo sguardo di Mirco: mi guardava; si vedeva che avrebbe voluto venirmi incontro, abbracciarmi... Invece ho visto il suo sorriso spegnersi e diventare una smorfia di delusione e di timore. Probabilmente non aveva mai sentito urlare suo nonno, che era un tipo solitamente pacato e taciturno. Chissà cosa avrà pensato... perché non gli si permetteva di salutare il suo papà? Avrei voluto ucciderlo, quel vecchio malefico. Perché si comportava così? Sua figlia non l'aveva informato che ero stato via per lavoro? Cosa dovevo fare? Andarmi a prendere il figlio con la forza? E strattonarlo dalle braccia di suo nonno? Mettermi a litigare con mio suocero in sua presenza? Tra l'altro c'era anche molto traffico e io non riuscivo ad attraversare la strada, e il vecchio dall'altra parte continuava ad allontanarsi tirandosi dietro il nipotino, che invece avrebbe desiderato fermarsi e stare un po' con me. Io piangevo dalla rabbia. Mio figlio piangeva dallo spavento e forse anche dalla delusione. E quell'altro continuava a camminare inveendo verso di me, gridando cose ingiuste, cose che non capivo e che sapevo di non meritare. Forse aveva bevuto, non so... continuava a gridare, incazzato come una iena, obbligando mio figlio ad ascoltare. Ho passato settimane intere a rivivere quella scena, pensando a come avrei potuto impedirla, a come avrei dovuto comportarmi, a tentare d'immaginarmi cosa fosse solita dire la mia ex moglie di me ai suoi genitori e ai suoi fratelli e sorelle durante le loro riunioni familiari; forse anche davanti a mio figlio. Chissà quali e quante maldicenze saranno uscite dalla sua bocca: doveva pure giustificare la sua fuga da me, e per far questo, sicuramente, mi dipingeva come un... chissà cosa. Solo così si poteva comprendere il comportamento di mio suocero. Chissà come gli era stata distorta con quei discorsi l'immagine di me nella sua mente. Ero diventato indegno anche di vedere mio figlio.

Edo si fermò. Aveva un groppo in gola. Dissotterrata da quel ricordo, la sua rabbia era tornata, feroce, indomabile, come allora. Sentì l'ira dell'impotenza salirgli dalle viscere, dove sperava fosse ormai dissolta e dimenticata, fino a sbiancargli il viso, nutrendosi con livore del suo sangue. Quasi fosse armato di volontà propria, un pugno cadde con violenza sul tavolo. Un bicchiere si rovesciò. Edo s'accorse d'avere le lacrime agli occhi. S'alzò e fuggì in bagno, dove, appoggiato al lavandino, si lasciò andare ai sussulti di un silenzioso pianto, come non gli accadeva da secoli.

Quando, con gli occhi rossi, Edo uscì dal suo improvvisato rifugio, Beppe e Siro se n'erano andati. Criss gli portò i loro saluti: disse che si erano improvvisamente ricordati di un impegno. Ma Edo intuì che avevano voluto lasciarlo solo.
Tornò a sedersi, prese l'agenda e si mise a vomitare sulle pagine il suo disagio. La sua inquietudine.

SONO STUFO! STUFO! STUFO! STUFO! STUFO! STUFO!
Cosa ho fatto di male nella vita per essere costretto a vivere in questo modo? Possibile che io non possa avere un'esistenza normale? Qual è la mia colpa? Quella d'essere un musicante? Cosa dovrei fare? Abbandonare la mia strada e seguirne una più conforme a questa società di merda? Dovrei mettermi a fare l'imbianchino? O il magazziniere? E dimenticarmi chitarre e matite? Non posso abbracciare mio figlio! Perché? Perché ho lavorato tre mesi fuori Verona?
E quell'altra? che rimane incinta e abortisce perché non se la sente di mettere al mondo un bambino che le romperebbe le palle perché

lei vuole fare la giornalista. Lei! E io? non c'entro un cazzo io? sono
il padre o non sono niente? Io lo volevo questo figlio, ma la pancia
è la sua. Ed è solo lei a decidere se permettergli di vivere oppure no.
Quello è anche mio figlio, o no? e allora perché lei può decidere di
ammazzarlo ed io non ho neanche il diritto di oppormi? Ma che
cazzo di mondo è questo? Se almeno avessi il coraggio di buttarmi
nell'Adige e farla finita. Ma sono troppo vigliacco anche per questo
e sono costretto a vivere una vita di merda solo perché perché
Ma che cazzo ne so perché! Prima o poi finisce che

- Ciao Edo. Scusa il ritardo. – Edo alzò lo sguardo. Marzio Stefanelli si stava sedendo di fronte a lui.
- Ciao – Rispose Edo piuttosto freddamente mentre si affrettava a riporre l'agenda, quasi non volesse che l'amico sbircias-
se qualcosa di quello che stava scrivendo. Pensiero irrazionale
questo, Edo se ne rese conto immediatamente; ciononostante
l'arrivo del Max, che tuttavia stava aspettando, lo aveva sorpreso. Si sentiva come fosse stato scoperto a fare qualcosa di proibito. Per un breve istante lo ghermì il terrore che l'amico fosse
riuscito lo stesso a intravvedere qualcuna delle parole che stava
confidando alla sua agenda. No, pensò, nessuno deve leggere
queste cose.
- Scusami un momento – disse alzandosi – vado un attimo a
pisciare.
In bagno Edo aprì il borsello, tirò fuori l'agenda. L'aprì a
quell'ultima pagina scritta, la stappò, ne fece minuscoli pezzettini, quindi la gettò nella tazza e azionò lo sciacquone.
- Quello è il tuo giusto posto. – disse guardando l'acqua trascinare con se le animosità cui si era abbandonato nel suo sfogo.
Uff... si sentiva un po' meglio. Il pianto di poco prima, quelle
poche frasi scritte concitatamente, con rabbia, e il gesto quasi
rituale di adesso lo avevano liberato da un peso insopportabile.
Un peso che, come altri che ora incominciava a intuire, non si

era mai accorto di portare sulle spalle.

- Cos'hai? – chiese Marzio – hai una faccia...
- Mi veniva da vomitare – mentì Edo – devo aver mangiato qualcosa che non va... o forse ho preso freddo, non so... ma adesso sto meglio.
- Sicuro?
- Sì, sì. Non preoccuparti, è passata.
Max attirò l'attenzione del Criss, in quel momento intento a togliere alcuni mozziconi di sigaretta dal vaso di Ficus Benjamin, e ordinò una Coca.
- Per te un bianco come al solito? O preferisci qualcosa di caldo?
- No, no. Un bianco va bene.
- Ho la chitarra in macchina – disse mentre Criss si allontanava.
- Eh? ah sì, la chitarra...
- Dimmi un po' Edo, sei sicuro che va tutto bene?
- Non ho detto che va tutto bene – confessò Edo – ma che sto meglio. Cosa vuoi che vada bene, che? Qua non c'è niente che va bene.
Max non sembrò eccessivamente stupito dell'atteggiamento del suo ex maestro e amico.
- Ti va di parlarne?
- Parlarne? Parlarne di cosa? della vita che faccio? Del fatto che tra me e un barbone l'unica differenza è che lui accetta la sua realtà e io no? Che sono stufo di vivere di espedienti? Che sono stufo di elemosinare un passaggio ogni sera per tornare a casa; che poi non è neanche casa mia, ché se a quello gli girano i coglioni io mi ritrovo dal detto al fatto di nuovo in mezzo alla strada? Che non ne posso più di non sapere se domani mangerò? Oppure vuoi che ti dica che sono ormai alcolizzato? O che non riesco a togliermi dalla testa quella stronza di Elvira? O che non mando giù il fatto che non mi è permesso di vedere mio figlio? E perché poi? Perché sono andato a lavorare! Ecco

perché. Me lo sai dire perché la gente è così cattiva? Oppure sono io che ho qualcosa che non va? Cosa ho fatto di male? me lo sai dire tu? Dov'è che sto sbagliando? Dov'è che ho sbagliato in passato? Ho forse sbagliato a imparare a suonare la chitarra?

Edo si appoggiò allo schienale della panca. Trasse un profondo respiro.

- Scusami, non ce l'ho con te – disse – sei l'unico amico che mi rimane.

Marzio si accese una sigaretta. Torse leggermente la bocca di lato per non buttare il fumo in faccia all'amico.

- Non eri andato a vomitare poco fa, vero?

- No. Però qualcosa che mi faceva male l'ho buttata fuori lo stesso.

- Non so cosa dirti Edo – disse Max dopo un breve silenzio – forse dovresti trovarti un lavoro... come dire... normale. Oppure andartene da Verona per un po'. Qui ci sono troppe cose che ti legano la passato. Cose che, come dici tu, ti fanno male.

- E due.

- Due cosa?

- Sei la seconda persona di oggi che mi suggerisce di andarmene. Siete tutti stanchi di avermi tra le palle?

- Ma cosa dici?

- Bah, lasciamo perdere. Andarmene dici?

- Sì. Forse dovresti davvero farlo.

- E dove andrei?

- Dove vuoi. Tu non sei uno stupido, e lo sai; dedica un po' del tuo tempo a escogitare qualcosa e a organizzarti, e poi via! Il mondo è anche tuo. O no?

- Sì. Hai ragione. – Edo buttò giù d'un fiato il bicchiere di vino che ancora Criss non aveva appoggiato la Coca-Cola di Max. – Credo proprio che mi metterò a pensarci seriamente.

12

Com'è triste la solitudine quando, non desiderata, nolenti ci si trova a doverla sopportare.

Ieri era Pasqua. Il Corto era chiuso. In giro per la città non c'era un cane. Solo orde di tedeschi stupidi come pecore, ubbidienti ai loro cani pastori – autorizzati da quell'insulso ombrellino colorato, posticcio vessillo da esibire quale investitura ciceronesca – che con voce gutturale trascinavano ognuno il suo gruppo ad ammirare, nasi all'insù, vestigia romane e vetuste cariatidi stanche di sostenere i loro balconi umiliati dal tempo e pittati dal guano dei piccioni.

Annoiato e depresso dalla vacuità del pomeriggio, dopo una decina, almeno, di chilometri deambulati fra bar disertati o chiusi, alla ricerca di qualcosa da fare, foss'anche il solo scambio di convenevoli con un conoscente qualsiasi, Edo era tornato a Pescantina. In autostop.

Era entrato in casa alle diciotto in punto. Non che ciò fosse stato particolarmente importante, ma l'orologio sul campanile stava battendo le ore proprio mentre lui si chiudeva la porta alle spalle.

Dopo aver ascoltato due volte di seguito A Trick Of The Tail dei Genesis, più per noia che per fame si era preparato qualcosa da mangiare. Poi, verso le nove, era uscito per raggiungere un bar aperto che aveva intravisto mentre tornava a bordo della Diane 6 di una ragazza sconosciuta, unico contatto umano della giornata, che lo aveva gentilmente accompagnato fin sotto casa.

Un caffè, una sigaretta, una sbirciata a "L'Arena" per rileggere, pizzicato da un briciolo d'invidia, un articolo su Stefano Benini: il suo vecchio amico flautista che aveva dato un concerto qualche sera prima al "Double Face". Un altro caffè (fanculo anche i nervi!), un'altra sigaretta… e poi? ma sì, un bianchetto, e poco dopo un secondo. Due svogliate parole col barista: un tipo sulla cinquantina, dallo sguardo stanco e ingiallito. Un altro bianco, ed ecco che a stento era arrivata anche la mezzanotte, a chiudere quella giornata che, se per tutti era stata di festa, Edo avrebbe ricordata come la più insipida del secolo.

Per la miliardesima volta Edo si rigira nel letto, tornando a preferire alla posizione fetale quella supina, abbandonata solo pochi secondi fa. Che ore sono? Le quattro? Le cinque? Dalle imposte socchiuse nessuna luce filtra ancora.

Rumori pochi: lo scricchiolio di un mobile, il ticchettio dell'orologio da parete della stanza accanto. Strano come la notte e il buio riescano ad amplificare i suoni. In tutto il tempo che Edo aveva vissuto in quella casa, mai si era accorto che l'orologio producesse un rumore: un sussurro tanto lieve quanto assordante, nel suo ipnotico ripetersi; penetrante, fino ad oltrepassare la dimensione cosciente e venire quindi nuovamente ignorato laddove il pensiero, in modo del tutto autonomo e incontrollabile, preferisce dare ascolto i moti dell'anima e si addentra negli antri oscuri di un'automatica introspezione.

Da qualche parte un cane se la prende con qualcuno o qualcosa. Un'automobile in lontananza: un diesel… un piccolo furgone? Ecco che rallenta, evidentemente in prossimità di una curva. Forse sta attraversando il ponte… qualcuno che torna a casa dopo aver trascorso la Pasqua da amici o forse un fornaio che si reca al lavoro? Chissà se i panettieri lavorano il lunedì dell'Angelo… ecco il motore arrancare in salita: allora… sì, era dunque il ponte… eccolo ora allontanarsi e sparire, per lasciar ancora posto ad un silenzio denso, pesante.

Fuori, a pochi metri dalla finestra, un rumore di passi. Un colpo di tosse.

Il tintinnio di un mazzo di chiavi. Si indovina una porta aprirsi; la si intuisce chiudersi un attimo dopo nel cauto agire di chi non desideri disturbare: forse quel signore incontrato qualche giorno fa?

Massì, in fin dei conti che importa? Fosse anche il papa... che ne sa lui che poco lontano una persona non riesce a dormire? E poi, anche lo sapesse, cosa cambierebbe?

Edo si alzò. Nudo come si trovava, come sempre soleva, estate e inverno, infilarsi sotto le coperte – consuetudine acquisita durante la luna di miele e mai più dismessa scese le scale. Scalzo, incurante del pavimento freddo arrivò al frigorifero. Lo aprì, fece una smorfia di delusione e lo richiuse: non era certo il cibo che avrebbe potuto colmare quel senso di vuoto. Si spostò in salotto e sedette sul divano, deciso ad aspettare lì l'arrivo dell'alba.

La noia stessa sembrava aver preso consistenza, impastoiando il tempo che non ne voleva sapere di passare.

Il freddo alle piante dei piedi lo spinse a sollevare le gambe. Con la schiena appoggiata allo schienale del divano, Edo si mise nella posizione del loto. Un leggero odore di piedi e di sesso non lavato gli arrivò alle narici. Quando si era lavato l'ultima volta? Martedì? Sì, martedì, poco prima dell'arrivo di Oriella.

Mi sto lasciando troppo andare, disse fra se, devo decidermi a reagire. Subito gli tornò alla mente un altro momento della sua vita in cui aveva formulato quel medesimo pensiero:

Era stato nell'estate dell'ottantatré, quando, abbrutito dall'eroina – in cui si era rifugiato nel vano tentativo di mitigare l'angoscia generata dai fallimenti del suo matrimonio e del suo lavoro di musicista – in uno dei rari momenti di lucidità aveva deciso di andarsene. Repentinamente. Inopinatamente. Era stata una scelta tanto improvvisa quanto obbligata: l'alternativa, di lì a poco, sarebbe stata la galera. Troppi disperati ormai sapevano che Edo ospitava uno spacciatore. A giudicare dalla sfuggevolezza degli sguardi dei vicini, che appena l'altro ieri incontrandolo lo salutavano se non con calore almeno con rispetto e cortesia, essendo ora il via vai da casa sua divenuto di dominio pubblico, era evidente che gli altrui sospetti erano divenuti ormai certezza: in quella casa si spacciava la droga! Alla fine, fra una settimana o un mese, sarebbe arrivata la polizia. Era inevitabile. I poliziotti avrebbero perquisito l'abitazione e quando avessero trovato il nascondiglio della roba e il denaro dello spacciatore, che Edo custodiva in cambio di un paio di dosi giornaliere, chi ne avrebbe fatto le spese? A poco sarebbe servito sostenere che quell'eroina e quel denaro non erano di sua proprietà: avrebbe dovuto necessariamente suffragare le proprie affermazioni facendo dei nomi, anche se ciò non sarebbe ugualmente valso ad eludere l'arresto.

Cosa sarebbe successo poi? Ricordava di aver sentito dire quale fosse il trattamento, tra le mura di una cella, riservato a chi avesse "cantato": pestaggi, sodomizzazioni con manici di scopa e marchiatura d'infamia tramite un coltello infilato in una narice e strappato verso l'esterno.

Ma, forse, quella sera, ancor più della galera in quanto tale lo aveva atterrito il pensiero dell'avvilimento dei suoi genitori e dei caustici commenti dei suoi conoscenti, una volta che, aperta la pagina della cronaca locale de l'Arena, fossero venuti a conoscenza del fatto. Sputtanato! Marchiato a vita: ufficiale consacrazione al ruolo di paria della società.

Un parassita, ecco.

No! Quel modo di condurre la propria esistenza doveva cambiare; Edo aveva capito che doveva smetterla con l'autocommiserazione e reagire.

E aveva reagito. Non era stata una decisione ponderata. Quella sera, dunque, spronato da un'improvvisa paura dell'arresto, prima che questa si avviasse a diventare paranoia, aveva arraffato il denaro del "tipo" ed aveva chiuso la porta di casa sua alle sue spalle, deciso a non tornarci mai più. Abbandonando tutto ciò che aveva: mobili e corredi, siringhe e cucchiaini sporchi di fuliggine, appassionate notti d'amore di ieri e convulsi dormiveglia di oggi. Lasciava per sempre la casa in cui l'immensa gioia provata nel vedere il figlioletto ridere e giocare inesorabilmente si era trasformata nell'inindulgente disperazione di un'esistenza in rovina.

Lo aveva accolto l'isola di Procida, dove non esisteva eroina e dove, sopportandone il fio della rinuncia, a furia di craniate sul muro e di plurigiornaliere docce rituali, nell'arco di una ventina di giorni si era lavato (e levato) di dosso la "scimmia".

Come aveva fatto allora?

La sua situazione era ben peggiore dell'attuale, eppure ne era uscito.

Perché mai non sarebbe dovuto riuscirci adesso? Un leggero alcolismo non era la fine del mondo.

Sì! Doveva reagire. Porco giuda! Era ora di darsi una mossa e incominciare a ricostruirsi una vita. E poi, cazzo, le ferite che gli aveva procurato Elvira bruciavano, ma non erano profonde come quelle cagionate dalla fine del suo matrimonio: pur consapevole della propria vulnerabilità, Edo sentiva di possedere, ora, una scorza più dura. Oppure anche questa era un'illusione? come la sciagurata convinzione di allora che Antonella alla fine sarebbe tornata da lui.

Del resto, illusione o no, era stata proprio quella certezza, anche se autoimposta, a dargli la forza di vincere sull'eroina e su se stesso. Nelle interminabili notti di astinenza, fra conati di vomito e dolori di pancia, stiramenti muscolari e crampi ai polpacci, provato allo stremo nella volontà già minata da troppe delusioni, tradito anche dalle batterie del Walkman che, esauste, trasformavano i giocosi fraseggi del flauto di Ian Anderson in una lugubre e lamentosa nenia; laddove l'universo intero non era altro che buio e desolazione, solo la proiezione di se stesso ricongiunto alla sua famiglia sembrava riflettersi in un timido alone di luce cui affidare il barlume di una speranza.

"Forse dovresti davvero andartene" aveva detto Marzio giovedì scorso al Corto Maltese. E anche Siro, poco prima, gli aveva suggerito la medesima soluzione. Edo lì per lì si era ripromesso di pensarci seriamente, ma poi, forse per quella stramaledetta fiacca mentale che spesso lo coglieva e forse anche per scarsa convinzione, non l'aveva più fatto.
Fino ad ora.
Andarmene, si sorprese a pensare, per andare dove? per vivere come? Qui almeno qualche amico ce l'ho e in caso di necessità una mano la posso ancora trovare. Ma altrove? Un altro Raffaelli, a Rimini o a Londra, non lo trovo di certo, così come non troverei una pizzeria al taglio che mi faccia credito o un Maurilio Bussola detto il Seppia che mi presti un cinque, pur brontolando. Come farei a sbarcare il lunario? Il lunario... che strano modo di dire: sbarcare il lunario... bah... col Beppe? Sì, potrei andar via con lui. Tra l'altro mi piace la sua compagnia: ha una buona cultura, è un divoratore di fantascienza, come me; ama la filosofia... è un po' pazzo, questo sì, sempre perso nelle sue psico-esplorazioni, ma non lo sono forse anch'io? Ma questo è un altro discorso... E poi, Dio buono, al giorno d'oggi non si muore più di fame. Non in Italia almeno...
'E se col Maurilio Bussola detto il Seppia le cose prendessero a funzionare? Mettiamo che incomincino a piovere le richieste'...
'Mah, meglio non illudersi. Probabilmente riusciremo a spuntare due o tre contratti in altrettanti buchi di provincia... magari andremo anche al "Double" una volta o due, ma da questo a mettersi a farsi seghe all'insegna del castello in aria... chi vuoi che ci chiami, chi? Il Ciano del "Posto"? col cazzo che ci chiama quello! Al "Posto" ci va a suonare gente coi coglioni, mica due pellegrini come noi; anche se, obiettivamente, devo ammettere

che il repertorio che abbiamo montato è buono, e i pezzi vengono pure benino. Del resto, ho anche sgobbato non poco per mettere su la scaletta, e per le prove, e avanti indietro in pullman con la chitarra...

'Bah! Vedremo. Ma il fatto è che il Maurilio Bussola detto il Seppia incomincia a starmi sulle balle... non vorrei che alla fine ci scappasse una baruffa... andar via col Beppe... già... solo che bisognerà aspettare ancora un paio di mesi... sempre che da parte sua non si sia trattato solo di un discorso da bar, una di quelle cose che si dicono tanto per dire... la prossima volta che lo vedo lo prendo da parte e... ma sì! Chissenefrega! Che vada a fanculo Verona e tutti i suoi abitanti. Se entro la fine di maggio non succede qualcosa me ne vado! Basta. È deciso! Col Beppe o senza Beppe. Qualcosa m'inventerò. Non bisogna aver paura di stare al mondo!

Il freddo lo risvegliò. Edo si era addormentato sul divano. Nudo. Dalle finestre filtrava la luce del mattino.
Infreddolito salì le scale, indeciso se infilarsi nel letto o vestirsi e andare da qualche parte. Quanto aveva dormito? Un'ora? Due? Certo non di più, anche se non ricordava affatto d'aver preso sonno.
L'orologio in camera di Paolo, ora silenzioso, segnava le sette e mezza. Da uno spiraglio della finestra entrava, di sbieco, proiettandosi sul muro, una sottile fetta di sole. Edo decise di vestirsi e di andarsene a cercare un po' d'oro tra le fauci del mattino. Via dunque, alla buon'ora!

Con indosso una tuta gialla con una grossa e pacchiana scritta verde sulla schiena che recitava la parola "Jogging", Edo si appropriò della bicicletta di Françoise e uscì. Françoise... ma si chiamava così il misterioso proprietario della casa? Oppure quel nome era nato nella mente di Edo per assonanza? Fran-

cese: Françoise... e poi Françoise non era un nome femminile? C'era qualcosa di strano in tutta questa faccenda. Esisteva
davvero questo francese? Oppure altro non era che un espediente studiato ad hoc da Paolo, per avere, qualora se ne fosse presentata l'evenienza, un valido pretesto per liberarsi di un
ospite salvando la faccia? In qualsiasi momento avrebbe potuto
inventarsi che fra due giorni torna "Françoise", perciò si sarebbe reso necessario liberare l'appartamento da presenze estranee.
Mi spiace, avrebbe detto, fosse per me potresti rimanere ancora,
ma sai, Françoise bla bla bla... semmai in futuro si vedrà... e
arrivederci e grazie.
Mah... Possibile che nessun indizio: una lettera, un oggetto, il
suo nome scritto da qualche parte? Niente che gli fosse capitato fra le mani, nonostante l'endemica curiosità di Edo che lo
aveva spinto una volta o due ad assaporare il piccante piacere del proibito frugando nei cassetti? Insomma nulla di nulla
che testimoniasse l'esistenza di quel padrone di casa? E la bici
poi... Era una "Bianchi": una marca italiana. "Françoise" l'aveva comprata in Italia? Beh, questo potrebbe anche essere stato
ammissibile. Però...
Insomma, un po' di puzza in quei paraggi c'era. O, forse, era
solo sotto il naso di Edo?
Tuttavia, poco importava, se non che le ruote della bici erano
sgonfie, porco giuda, e di pompe in giro per casa non ce n'era.

- Mi scusi! Ehi signore, mi scusi! – gridò Edo sbracciandosi per
attirare l'attenzione del ciclista che passava dall'altra parte della
strada – Mi hanno fregato la pompa. Non mi presterebbe la sua
un momento?
Il tizio, un tipo brizzolato, sulla sessantina, abbronzato, dal
peculiare aspetto asciutto di chi, praticando sport, è incline a
dimostrare qualche anno in meno della sua età e dalle mani
curate di chi svolge un lavoro di concetto, si fermò e smontò

dalla bicicletta.

- Che succede?

- Mah, niente – Edo si strinse nelle spalle – qualche buontempone, diciamo così, stanotte mi ha sgonfiato le gomme e si è preso la mia pompa. Pensi che ho trovato il sellino nel campo, di là dal recinto laggiù.

Fece un gesto vago in direzione della campagna:

- Ho dovuto fare le mie per scavalcare la rete senza rompermi l'osso del collo per recuperarla, e, per giunta, se non mi sbrigo a tornare di qua un cane grosso come un cavallo a momenti mi addenta le chiappe.

- Speri invece che le ruote non siano forate – osservò il ciclista tastando con le dita uno pneumatico – era legata a qualcosa la bici?

- Sì, alla rete laggiù. Perché?

- Potrebbe trattarsi del dispetto di un ladro costretto a rinunciare.

Speriamo di no. – borbottò Edo vergognandosi un po' per quell'inutile farsa: perché mai si era sentito in dovere di prodursi in quella sceneggiata? Forse per lasciar intendere che quella bici era sua? Che bambinata, si redarguì mentalmente, non potevo semplicemente chiedere la pompa in prestito e basta? Me l'avrebbe prestata lo stesso, no? Eh sì! ha proprio bisogno di una bella revisione il cervello che mi ritrovo, prima che fonda del tutto.

Giorgione, il gestore del bar "Il Braciere" di Arbizzano, stava armeggiando intorno alla piastra elettrica per i panini caldi. Con una spatola aveva staccato le incrostazioni, residuo del lavoro della sera precedente ed ora con un panno imbevuto di alcool stava strofinando energicamente la ghisa annerita per sgrassarla e disinfettarla. I panini da riscaldare previsti per la giornata erano molti: essendo Pasquetta era verosimile aspettarsi l'arrivo di numerosi clienti in visita al locale. Situato in un luogo di passaggio della Valpolicella, col suo bel cortile ombreggiato e aperto su di uno scorcio di campagna abitato da un paio di caprette, "Il Braciere" avrebbe loro offerto momenti di bucolico ristoro. Fuori, una grossa graticola si stava arroventando al fuoco dell'enorme camino, mentre dense volute di resinoso fumo bianco si levavano pigramente nell'azzurro primaverile sopra i tetti del piccolo centro quali invitante promessa di buon cibo.

- Ehilà Edoardo, come mai da queste parti?
- Ciao Big George. – Edo si abbandonò pesantemente su una sedia – Non ho saputo resistere a una giornatina come questa. Stamattina mi sono svegliato presto e quando ho visto il sole mi è venuta voglia, ahimè, di fare una pedalata.
- Sei venuto da Verona in bici?
- Non da Verona. Sono quasi tre ore che pedalo come un deficiente, a zonzo per la campagna. Sono partito alle otto da Pescantina. Così, senza una meta precisa.
- Ah già, che me l'aveva detto Oriella che ora abiti là. A proposito, mi ha detto anche che stai mettendo su un duo di roba jazz e brasiliana. Ti sei deciso finalmente. Spero che quando sarete pronti verrete a suonare anche qui...
- A dire il vero è il primo locale a cui ho pensato. Ma stai parlando di Oriella... la mia allieva di chitarra?
- Proprio lei.
- Non sapevo che la conoscessi.
Giorgione non riuscì a trattenere un sorriso sornione.
- Da sabato scorso lavora qui. In questo momento è su. – Alzò lo sguardo verso il soffitto, alludendo all'abitazione del piano superiore annessa al bar
- – Sta facendo la doccia. Fra qualche minuto scende.
- Oriella lavora qui? – balbettò Edo sorpreso.
- Te lo sto dicendo. Naturalmente solo nei fine settimana, quando c'è molto lavoro. Da solo non potrei seguire sia il banco che

la cucina.

Edo era perplesso: Oriella era sopra che faceva la doccia? Cosa significava questo, se non che aveva passato la notte con Giorgione? E cos'era quel pizzicore che avvertiva in petto, se non gelosia? Che senso aveva tutto ciò? Perché avrebbe dovuto essere geloso? Oriella era una sua allieva, non la sua ragazza, e aveva il diritto di andare a letto con chi avesse voluto, anche se Edo non riusciva ad immaginarsela tra le braccia di un omone come Giorgione: lei ventenne, lui di quarant'anni o poco meno; dalla figura esile lei, grande grosso e barbuto lui; lei dagli occhi dolci e sorridenti, lui dallo sguardo arcigno e scuro; lei gentile e disponibile, lui un orso malmostoso dai modi spicci...

- Assaggia un po' questo – Giorgione, messi due bicchieri sul banco, li stava riempiendo versando del vino rosso da un bottiglione privo di etichetta – e poi dimmi se ne hai già bevuto in giro di nettare come questo. E' un Valpolicella superiore dell'ultima vendemmia che ho scovato da un contadino di Marano, sai, la zona del Recioto. Non è ancora del tutto maturo, ma sentirai che robetta.

- Eh? Come? Ah sì, grazie... un bicchiere di vino non si rifiuta mai. Però prima... sai, la pedalata... se non ti dispiace, berrei un bel tubo di acqua.

Giorgione riempì un bicchierone di acqua e lo porse a Edo.

- Non ti facevo un amante della bicicletta.

- Infatti, non lo sono. – ammise Edo. Poi, parlando più a se stesso che all'amico:

- Ho fatto sì e no una trentina di chilometri e sono già cappaò. E dovrò anche tornare... Sono sicuro che domani avrò mal di gambe tutto il giorno. Mi domando chi mai me l'abbia fatto fare.

- Ma va là va là, che sei giovane e forte – minimizzò Giorgione.

E alcolizzato, pensò Edo.

L'arrivo di Oriella fu qualcosa che difficilmente sarebbe passata inosservata, a meno di non trovarsi in un convitto di non vedenti.

Prima di varcare la soglia si fermò sull'uscio un lungo momento, come una consumata attrice che volesse enfatizzare la propria entrata in scena. Attirata l'attenzione degli astanti con la sua presenza, li salutò, distribuendo sorrisi a piene mani. Per uno strano effetto del sole alle spalle i suoi riccioli castano scuro, visti dalla penombra del locale, sembravano incendiati di un rosso fuoco. Poco prima era arrivata una comitiva di gitanti, i cui componenti ora si accalcavano al banco ordinando chi un aperitivo, chi un'aranciata per il figlioletto, chi un bicchiere di quello buono; altri annusavano voluttuosamente profumo di carne alla griglia che si diffondeva nell'aria e chiedevano ad Giorgione cosa ci fosse di buono da mangiare. Gli unici distratti erano quattro adolescenti, troppo occupati a rubarsi di mano i minuscoli tranci di bruschetta al pomodoro e origano preparati all'uopo e messi a disposizione sul banco. Tutti gli altri, donne comprese, si erano voltati a guardare la nuova arrivata. Di tre quarti, con un'ampia gonna a fiori svolazzante nella corrente d'aria della porta aperta e una camicetta bianca di seta indiana semitrasparente, attraverso la quale la luce da dietro evidenziava tanto l'assenza quanto l'inutilità di un reggiseno, Oriella si era sollevata sulla punta dei piedi per aprire la mezza porta, fino ad ora rimasta chiusa. Per farlo si era allungata, braccia in alto, per sganciare il fermo che assicurava l'imposta allo stipite, e i capezzoli turgidi, ora incollati alla camicetta tesa – che aveva la consistenza di una garza – divennero immediatamente ancor più visibili. Illico le sopracciglia delle donne presenti si abbassarono nell'inequivocabile maschera di disapprovazione tipica se non della gelosia quantomeno dell'invidia; mentre i maschi, che raramente si trattengono dal manifestare le loro reazioni ai richiami del sesso, ammiccanti fino alla nausea, s'incrinavano le costole a vicenda a furia di gomitate. E Oriella, fingendo di nulla, godeva, appagata nella sua frizzante e civettuola vanità. Non di meno, quando dopo aver scorto Edo, gli si buttò con le braccia al collo e lo baciò calorosamente sulle labbra, anch'egli si trovò a godere compiaciuto degli sguardi altrui e, lasciando loro intendere l'esistenza di un improbabile rapporto sentimentale, ricambiò l'abbraccio con altrettanto calore. Forse troppo. Evidentemente stupita, ma di sicuro niente affatto dispiaciuta, Oriella guardò Edo con occhi diversi. Fino ad ora lui si era sempre mostrato staccato, freddo, anche se cordiale, quasi fosse immune alla sua bellezza e al suo sex appeal. Cosa era successo di diverso oggi? Perché quell'inedita enfasi a cornice di un saluto? Se lo chiedeva anche Edo. Quale era stata la molla che lo aveva spinto a quell'insolita effusione? Forse, essendo venuto a conoscenza della sua avventura con Giorgione – ma la cosa ancora non era certa – era scattato in lui quel meccanismo che, in presenza di un unica preda, mette in competizione due contendenti?

E Giorgione? Che ne pensava?

Edo lo sbirciò di sottecchi: vide un uomo intento al suo lavoro. Nulla, dunque, che facesse pensare ad un eventuale agone in atto. Se Oriella e Giorgione la notte prima avevano fatto l'amore la cosa era rimasta fine a se stessa. Un capriccio. Nient'altro. Senza coinvolgimenti sentimentali o ipocrite promesse. Buon per loro; avevano giocato. Si erano divertiti e fine della storia. Niente di male.

Eppure, scava scava, quella cosa che Edo aveva provato era proprio gelosia. L'irrazionalità e la non controllabilità di quel sentimento lo provavano.

Improvvisamente sentì l'irrefrenabile impulso di fuggire. Sentiva che la sua vulnerabilità rispetto alla sfera dei sentimenti gli avrebbe causato altro dolore; le sue ferite erano ancora aperte e, con buona pace di chi suol dire che chiodo scaccia chiodo, di certo non avrebbe desiderato procurarsene delle altre.

- Devo andare – disse semplicemente.

Ed uscì, lasciando Oriella e Giorgione in balia della perplessità più totale.

13

Sdraiato sotto un pesco, le mani a sorreggere la nuca, accaldato e stanco, con lo sguardo smarrito fra i rami e i pensieri già da un po' ribelli dal giogo della riflessione che assumevano ormai quel non so che di evanescente che annuncia la dimensione onirica, Edo si sforzava maldestramente di evincere loro un senso all'irrazionalità del suo comportamento di poco prima.

Il volto di Oriella si sovrapponeva a quello di Elvira, salvo essere subito allontanato dall'espressione severa di Antonella che, pur a stento, poco dopo cedeva il posto al largo sorriso di Katia i cui silenzi, in ragione di chissà quale misteriosa alchimia, soli riuscivano a zittire quel frastuono della mente. Ma il momento di tregua già finiva. Ed ecco gli occhi di Oriella, lucidi di sensualità e inebrianti promesse, già tornare a illuminarsi di desiderio, nonostante le voci dal tono d'accusa di Elvira e Antonella incattivite da un astio antico che condannavano Edo a pagare il debito accumulato nel corso di anni di scelte sbagliate. Mancanze tanto gravi quanto ingenue. Piccoli errori. Leggerezze talvolta così fievoli da accarezzare la non esistenza, ma divenute nel tempo parti costituenti di ciò che adesso, sterilmente celato da un aracneo sentore di coscienza, si manifestava nell'aspetto di un insostenibile macigno in precario equilibrio sul suo raziocinio e la sua ragione.

E... se Antonella, allora, non se ne fosse andata? Se avesse saputo sopportare il peso di quella che allora non si era ancora delineata come una sconfitta professionale, aiutando moralmente il marito a rinsaldare i presupposti per una ripresa? Certamente lui non si sarebbe lasciato andare, cedendo all'eroina, barattando con essa chitarre, amplificatori, casa e dignità. Il brutto momento sarebbe passato. I debiti sarebbero stati pagati. A poco a poco, certo, e con sacrificio. Ma l'anno seguente tutto si sarebbe aggiustato, e la tournée successiva, forti dell'esperienza vissuta, lui e i suoi amici e colleghi musicisti l'avrebbero saputa gestire diversamente fin dall'inizio, con maturità e avvedutezza. Non più vittime di facili entusiasmi, avrebbero potuto disporre di ben altre frecce al loro arco e non sarebbero ricaduti nell'errore di accettare di partire così, all'avventura, senza un contratto firmato tra le mani, come invece era accaduto nell'ottantadue, laddove dopo l'unanime esito di un sommario ostracismo, avevano bandito prudenza e buon senso per lasciar posto ad incauti sogni di gloria. "Si parte! Si va in tournée!" erano il grido di battaglia. E fanculo il mondo intero! Finalmente sarebbero diventati professionisti veri. Avrebbero girato l'Italia suonando e firmando autografi. L'impresario aveva assicurato loro che la copia siglata del contratto sarebbe arrivata entro breve. E loro, ebbri al pensiero di futuri successi, pregustandone fasti e rinomanze, insensibili a deterrenti scaramantici, avevano voluto celebrare anzitempo il tanto atteso rito del fuoco: in vista della nuova professione, ognuno aveva dato alle fiamme un simbolo del proprio vecchio lavoro, chi un cacciavite, chi un pennello da imbianchino, chi una vecchia tuta, chi una penna... Voilà! È finita! Si cambia!

Finché la data del primo concerto non fu alle porte. E la copia firmata non arrivava. Ma non era il caso di affacciarsi al mondo dello spettacolo incorniciati di puntigliosità ed esuberanti formalismi dal sapore provinciale. Certo che no! Non era il caso di farsi riconoscere. Adesso si era fra artisti, che cazzo! e, quali ultimi arrivati, umiltà, pazienza e fiducia erano d'obbligo. Non era il caso di mostrarsi pedanti nella richiesta di uno scarabocchio su un pezzo di carta. Perciò, combattuti fra bizantinismo e dissennatezza, troppo avventatamente avevano valutato essere quest'ultima il male minore, il meno discordante con l'inedito universo che si apriva loro. Firma o non firma bisognava partire. Lo si desiderava. Lo si voleva! Anche perché non c'era alternativa: l'intero inverno era stato impiegato all'insegna delle prove per il tour, ed ora il gruppo era pronto. Fatalmente solo per quel tour. Ma era pronto!

Già. Ma poi?

Poi, a settembre, invece dei trentacinque servizi previsti ne erano stati richiesti, quindi resi, solo otto, con la conseguenza che i debiti affrontati per allestire lo spettacolo erano rimasti tali. Già ai primi d'ottobre, con la restituzione del camion acquistato in primavera, dei sessanta fari nuovi e parte dell'impianto di amplificazione da diecimila watt – operazione che valse a malapena l'estinzione di metà dello scoperto – l'inizio della fine aveva avuto il suo fatale avvio.

Ah! Se le cose fossero andate diversamente...

Se si fosse dato ascolto ai consigli che la cautela aveva lungamente suggerito... Se, pena il categorico rifiuto di partire, quella firma fosse stata pretesa quale inalienabile condizione... sarebbe bastato un telegramma.

Ma i "se" servivano a poco e Edo se ne rendeva conto. Ciononostante trovava consolante, in qualche modo, lasciarsi vellicare dal rimpianto. Autocommiserazione? Vittimismo? Forse. Ma in quel momento, nel caotico naufragare della sua mente, la sola scialuppa di salvataggio portava il nome "Fatalità": unica giustificazione cui aggrapparsi. Il solo alibi a difesa dall'accusa di sventatezza mossagli dal senno di poi. Un dolce placebo fra tante amarezze. Un azzardo di risposta a parte del suo malessere.

E... se Elvira anziché abortire avesse deciso di avere il bambino? L'avrebbero chiamato forse Niccolò oppure Valentino o, nel caso fosse stata femmina, Cecilia o Maria. Ma in quei giorni, nel continuo altalenarsi fra carriera e maternità, pochi erano stati i momenti in cui Elvira sembrava protendere verso quest'ultima. Durante le fugaci schiarite dal suo turbamento di allora, carico d'angoscia e future rinunce, rari erano stati anche i nomi pronunciati nell'ipotesi di un'eventuale futura identità di quell'embrione. Se gli fosse stato concesso di svilupparsi e di venire al mondo, Edo e Elvira si sarebbero lasciati lo stesso? Fu proprio in quel periodo che nacquero le incomprensioni... cos'era che mancava allora? La sicurezza? Se l'attività di grafico pubblicitario di Edo fosse stata un po' più avviata... oppure se, come insegnante di chitarra, avesse avuto qualche allievo in più... insomma, se avesse guadagnato di più? Quel tanto che fosse bastato ad ottenere la cosiddetta tranquillità economica? La tranquillità economica... cos'è la tranquillità economica? Un lavoro sicuro? Statale? In banca? Magari manovale o facchino! purché a stipendio fisso? Anche ammesso... lei avrebbe rinunciato alla carriera di giornalista che tanto anelava? No! non l'avrebbe fatto. Questo era assodato. Quella gravidanza era un incidente di percorso cui subito porre rimedio. Perciò andava interrotta subito, prima che fosse troppo tardi; prima che in lei il timore di un futuro rimorso prendesse consistenza e le facesse cambiare idea.

Oltretutto un'altra paura la ghermiva: quella di non farcela poi a tirare avanti. Quale donna incinta prima, come giovane madre dopo il parto, con le grosse tette gonfie di latte e pannolini da comprare, altro non le sarebbe rimasto che affidarsi totalmente a Edo per il sostentamento della famiglia, cosa di cui lei lo credeva incapace. E quella era una paura reale, anche se solo sua, alimentata, per giunta, da un orgoglio che le avrebbe impedito, nell'eventualità, di accettare aiuto dai benestanti genitori. Quella di in futuro rimorso, invece, più che paura era da lei vissuta come ansia, apprensione: una superabile inquietudine, al pari della vita che portava in grembo, ancora in embrione.

Edo si alzò a sedere.
Il sole, ormai rasente le basse colline, già si allargava e, rafforzandosi su toni d'arancione e rosso, prometteva un tramonto

limpido e future giornate di bel tempo.

Edo si massaggiò le mani che l'intorpidimento aveva reso ceree e fredde. Il sangue riprese a circolare, liberandosi in migliaia di spilli dai polsi alla punta delle dita.

Con la tuta che gli umori della terra avevano inumidito, e che ben presto si sarebbe rivelata insufficiente per affrontare l'abbassamento di temperatura: l'aria, in vista della sera, non più irradiata dai raggi solari, di lì a poco avrebbe smesso di restituire il calore accumulato, Edo, perduto fra sconosciute stradine tra i campi, lontano chissà quanto da casa, col buio incombente e la bicicletta senza fanali, decise di ritornare da Giorgione. Il Braciere, infatti, non doveva essere molto lontano. D'accordo, era uscito frettolosamente, dando retta solo all'impulso di fuggire, senza badare al dove, né aveva prestato attenzione al tempo trascorso sui pedali. Ciononostante, il senso dell'orientamento non l'aveva perso, e sapeva di potercisi affidare: se non proprio la distanza, la direzione da prendere la conosceva.

Individuata e quindi raggiunta la provinciale, pedalando verso l'osteria, Edo considerava perdite e conquiste della sua battaglia: quasi si fosse trattato di un bottino di guerra, valutava i benefici psichici che gli sembrava d'aver ottenuto grazie alla tattica di non arginare in alcun modo il flusso dei pensieri.

Se qualcosa fosse cambiata in lui non avrebbe saputo dire, tuttavia una cosa era certa: oggi era fuggito da Oriella, adesso ci stava tornando.

Il suo arrivo al Braciere fu accolto dalla voce argentina di Oriella. A Edo parve una musica:

- Te lo dicevo io che sarebbe tornato.

- Ehilà, bentornato! – lo salutò Giorgione, entrando carico di bottiglie dalla porta di servizio.

- Dove sei stato? Perché te ne sei andato così? – l'aggredì quasi Oriella.

Edo udì la propria voce balbettare:

- Mah, niente. Mi ero completamente dimenticato di un impegno.

Resosi conto dell'ingenuità, per non dire stupidità, della sua scusa, stava per inventare qualcosa, ma Oriella lo colpì con una lieve spallata anticipandolo:

- Ma va ma va! A chi vuoi darla da bere. Se non vuoi dirmelo va bene, non dirmelo, ma non raccontarmi la storia dell'orso. Almeno inventati una scusa credibile.

Ha ragione, disse fra se Edo, avrei dovuto confezionarle una storiella verosimile.

Che stronzo che sono. Dovevo immaginare che mi avrebbe assalito di domande.

- Vuoi la verità verità? – disse. Intanto Giorgione era tornato di là.

- La gradirei – rispose Oriella – ma non sentirti obbligato a farlo. Se proprio non vuoi io non insisto.

- Il fatto è che oggi – si decise finalmente Edo – quando mi hai salutato... come dire... mi è venuto duro. Ecco. E con questa tuta che ho indosso non si poteva non notare.

A quel punto, per quel poco che conosceva Oriella, Edo si sarebbe aspettato una grassa risata. Invece lei lo guardò di sottecchi per un breve istante. Poi gli mise le braccia al collo e lo baciò. Fu un bacio breve, limitato forse dal timore dell'arrivo di Giorgione, ma di un'intensità tale che, questa volta, a Edo venne duro davvero.

Poco dopo le ventitré Giorgione decise che nessuno più sarebbe arrivato a chiedergli da mangiare.

Si alzò dalla sedia su cui si era riposato qualche minuto, spense la luce davanti l'entrata, evidentemente per far capire ad eventuali avventori che il locale era in fase di chiusura, quindi invitò Oriella e Edo a seguirlo nel retro.

Mentre i due si accomodavano al tavolo indicato, Giorgione mise nuove braci sotto la graticola e sopra di essa vi pose tre enorme costate di manzo:

- I polli e le costolette di maiale le mangino i clienti. – sentenziò – Noi ci trattiamo meglio, o no?

Edo sorrise, affamato com'era: in tutto il giorno non aveva mangiato che un panino con salame, intorno alle diciannove, dando fondo con esso a un mezzo litro di Valpolicella e alle ultime lire che aveva in tasca. Una fugace leggera apprensione lo attraversò al pensiero che poi gli venisse presentato il conto, ma subito si convinse che la cosa sarebbe stata piuttosto improbabile: il locale era chiuso, e Giorgione non aveva chiesto se e cosa desiderasse mangiare. Non si trattava, insomma di una normale consumazione. Nessuno aveva ordinato niente... e poi, Dio buono, nel caso, ci avrebbe pensato dopo. Adesso era più forte la fame.

Ad un cenno di Giorgione Oriella si alzò e andò al banco. Edo ne approfittò per andarsi a lavare le mani. Al suo ritorno un bottiglione di rosso e un litro di acqua minerale erano al centro del tavolo, circondati da bicchieri, piatti e posate per tre persone. Oriella e Giorgione dietro il banco confabulavano a bassa voce. Edo intravide alcune banconote passare di mano. Concluse che si trattava della paga per le due o tre giornate lavorative di lei. Domani è giorno di lezione, pensò, e parte di quel denaro finirà nelle mie tasche.

Era quasi l'una. Giorgione sostituì il bottiglione vuoto con uno pieno. La bottiglia di acqua minerale era ancora piena per tre quarti. In un angolo del cortile, Cesare, il grosso cucciolone di pastore tedesco di Giorgione, rosicchiava felice l'osso di una delle costate. Poco lontano altre ossa, ormai consunte, testimoniavano che anche per lui era stato un giorno di festa.

La radio, sintonizzata su una stazione locale, diffondeva una musica discreta. Più che altro canzoni melodiche, scelte secondo un criterio che accontentasse un'utenza di nottambuli: niente rock, né ritmi da discoteca: solo voci morbide su raffinate armonie. Qualche rara bossanova. Qualche pezzo strumentale dal sapore vagamente jazz.

- Questa la facciamo anche noi – disse Edo nel riconoscere, ad un certo punto, l'introduzione di Meditaçao di Jobim, nella versione di Joao Gilberto.

- Ecco, giusto a proposito – intervenne Giorgione – che qua con tutto 'sto vino quasi me ne dimenticavo, per quando pensi di essere pronto per una serata qui da me col tuo duo?

- Oh, se fosse per me anche domani. É quell'altro che ha l'hobby della caccia al pelo nell'uovo.

- È un tipo preciso?

- No, è un tipo rompiballe.

Oriella che era già a conoscenza del punto di vista di Edo si mise a ridere.

- Scherzi a parte – continuò Edo, anche se, a dirla tutta, non aveva scherzato affatto – penso che ancora un paio di prove e ci siamo. Ma tu cosa avevi in mente?

- Sto pensando di mettere una pedana fuori. Là nell'angolo, fra i due alberi di fico, e di far musica, durante l'estate, una sera o due la settimana... vedremo. Molto dipenderà anche dai vicini... se non mi rompono le balle fin dall'inizio.

- Dunque – tagliò corto Edo – dipenderà innanzitutto dal volume e, di conseguenza, dal genere musicale che intenderai proporre.

- Che c'entra il genere musicale? – si incuriosì Oriella.

- C'entra eccome. – spiegò Giorgione – Se, per esempio, decidessi di chiamare un gruppo rock, magari composto da giovani disposti a suonare anche gratis, per dire, potrebbe darsi che mi riempirebbero il locale solo con il loro seguito di amici. Ma sai che casino?

- É vero – ammise Oriella – anche perché il rock è più adatto alle piazze che a un locale come questo.

- D'accordo, lì per lì risparmierei – continuò Giorgione – ma i vicini cosa direbbero? Quelli il giorno dopo sarebbero capaci di presentare lamentela in comune o dai carabinieri, e allora addio permesso. Sarei bruciato in partenza.

Edo si astenne da qualsiasi commento: non voleva dare l'impressione di tirar l'acqua al suo mulino. Ma a questo ci pensò Oriella.

- Io penso che per il tipo di clientela del Braciere il genere di Edo sarebbe perfetto.

- E non è forse questo che sto dicendo fin dall'inizio?

- A dire il vero, ci hai girato intorno – puntualizzò lei – ma non l'hai detto chiaramente.

- Senti un po' ragazzina – si spazientì Giorgione – vai a fare tre caffè e lasciaci lavorare, vuoi? Oriella si alzò imbronciata:

- Uffa, gli uomini! - brontolò allontanandosi - Tutti uguali. Fallocrati e maschilisti. Sono carini e gentili finché non ottengono ciò che vogliono. Poi, quando gliel'hai mollata ti trattano come una nullità.

Giorgione si mise a ridere. Disse sottovoce:

- Quella bisogna tenerla a freno, altrimenti fra un po' è lei a dirmi cosa fare o non fare nel mio locale.

Rise anche Edo. Ma lo fece più per adeguarsi allo spirito di quel momento che per convinzione. Oriella era stata a letto con Giorgione. Adesso non aveva più dubbi. Come non aveva dubbi circa l'entità di quel temuto sentimento: ciò che lo ghermiva era proprio il morso della gelosia.

14

*Pescantina, pesce d'aprile 1986 post - jesus ore 12 e qualche
zeccola*

*Dopo giunge la Oriellà – ulla ullallà
Spero poi me la darà - ulla ullallà*

*Ma vai a cagare Edo! Che cazzo scrivi?
Fa niente, va là.*

*Ho telefonato a Katia. Ho spostato la sua lezione a domani pom.
alle tre. Sempre domani, però alle sei (leggesi diciotto), ho fissato
la prima lezione col Giuliani (così gli mollo la chitarra del Max,
cazzo, che devo ancora pagargliela. Vedremo come farò...). Poi mi
fermerò a mangiare qualcosa in giro, poscia, alle nove (leggesi ventuno) ho le prove con il Maurilio Bussola detto il Seppia, che gli
ho telefonato subito prima della Katy. Ci troviamo al Corto, come
al solito. Andremo a farle (le prove) al Braciere, così Big George si
fa un'idea di quello che sappiamo fare (e magari ci scappa anche il
contrattino per l'estate).*

Ala pro

---

*Ore 13 e sette minuti primi del 1986 come sopra Mi sono fatto
una doccia (senza sega incorporata).*

*Ora sto sgranocchiando un pezzo di pane duro come la testa di un
marxista convinto: per fortuna che ho i denti buoni va là, ché altrimenti questo pane sarebbe buono solo per uccidere qualcuno ti-
randoglielo in testa (tranne ai marxisti: in quel caso si romperebbe
la pagnotta). Ma non avevo voglia di farmi una pasta (tra l'altro
me n'è rimasto solo un pacco. E sono anche senza pelati. Domani
farò un tòcco di spesa) e in frigo non è che ci sia di che scegliere: c'è*

solo tanto freddo, una crosta di parmigiano e un peperone avviz-
zito che resiste in loco solo grazie alla mia pigrizia di buttarlo via.

Ala prozzièm fuà

Come pagina precedente + qualche minuto

*Ieri ho fatto una pedalata immane. Sono di un giù di forma, ma
di un giù, che più giù di così c'è solo il morale dei discografici di
Rita Pavone. Sono stato ad Arbizzano (al Braciere e dintorni).
Per fortuna che poi mi ha accompagnato a casa Big George, (il
velocipede lo caricammo sul suo furgone) ché doveva portare a casa
anche la Oriella che adesso lavora da lui nei fine settimana. Mi
ha anche offerto da mangiare (Big George) e abbiamo parlato delle
prossime serate musicali che intende fare per l'estate. Speriamo che
la cosa vada in porto e, soprattutto, che scelga anche noi fra gli altri
(dice che non vuole avere un solo gruppo, ma cambiare a seconda
del riscontro del pubblico: chi più piacerà ai suoi clienti più sarà
confermato per il futuro. E, dal suo punto di vista, mi pare anche
giusto).*

Alla proxxxx

---

*Non vedo l'ora che arrivi Oriella (a proposito: sono le 13 e 40 sem-
pre di oggi e sono sempre a Pescan-town).*
*Ho la testa piuttosto in subbuglio: da una parte (quella sotto) mi
piacerebbe trombarmela a tutto spiano, dall'altra (quella sopra)
non vorrei incasinarmi un'altra volta l'esistenza, ché quella lì è
senz'altro una che in quanto a far soffrire è sicuramente un'esperta
della madonna. Io lo so come sono fatto: mi innamoro, mannaggia
a me. Non di tutte, ovvio. Ma la Oriella ha quel qualcosa in più
che tira in torta che tu manco te ne accorgi. Ma pensa te... già mi
ritrovo a pensare a lei che ancora non è successo nulla, figuriamoci
poi, se dovesse accadermi di iniziare una storia con lei. Per di più
sapendo che non potrà durare: è troppo farfalla per i miei gusti: a*

lei piace svolazzare di fiore in fiore (leggesi di membro in membro). E fa bene, per carità. É giovane e carina (e libera). E io non sono mica qua a giudicare gli altrui comportamenti, ché ne ho abbastanza dei miei di che pensare. Solo che, conoscendomi, se un domani, laddove fra noi fosse incominciata una storia, la venissi a sapere fra le braccia di un Giorgione qualsiasi, ne farei una malattia, ché sto già male abbastanza lo stesso, va là.

Sono giusti i congiuntivi? Ma va? Mi sarò mica beccato una congiuntivite, alle volte...

Ito Uto Ato

Quel porco di un giuda maiale infame vile perverso spacciatore di inganni lui e tutta la sua genealogia a ritroso fino a Adamo ed Eva e anche prima: ho finito il dentifricio! E pensare che lo sapevo... sono giorni che spremo il tubetto come il fisco spreme il contribuente.

Sono un genio: ho tagliato il tubetto di dentifricio con le forbici. Ci ho ravanato dentro con lo spazzolino in entrambe le metà. Alla fine sono riuscito lo stesso a lavarmi i denti, che adesso sono belli bianchi che più bianco non si può nemmeno col candeggio. E ho anche l'alito profumato.

Sono le tre e quattro minuti. Sono seduto sullo scalino del portone. Un momento fa sono salito a prendere l'agenda per scriverci queste cose. La Oriella ancor non giunge. Come mai? Di solito è puntuale. Forse ha preso l'autobussss dopo... quasi quasi le vado incontro alla fermata. E se per caso fosse venuta in autostoppe? O si fosse fatta accompagnare da qualcuno? E mentre io sono alla fermata che aspetto lei arriva e non trova nessuno?
Potrei lasciare un biglietto sulla porta... e se mentre sono via lei

telefona?

Uff che balle! Perché non arrivate in orario? Porco giuda! Che caz-
zo vi costa avvertire? Si era detto alle tre... Dio buono, telefona se
arrivi in ritardo, no?

Sono le tre e undici: ancora niente. Tre e tredici: nulla.
Tre e un quarto: c'è pieno di Orielle dappertutto. Non si sa più
dove metterle...
Tre e sedici... si sente da qui il telefono se suona? Forse è meglio
salire. Ma no, si sente. C'è anche la porta aperta...
Tre e diciotto: non è che alle volte quella mi fa il pesce d'aprile? Tre
e diciannove: merda!
Tre e venti: cacca!
Tre e ventuno: Fin che la barca vaaa laasciala andaare fin che la
barca vaaa tuu non remaare
Tre e ventiquattro: Niente di nuovo sul fronte occidentale. Tre e
venticinque: eccola che arriva. Era ora, 'sta stronza!

- Ciao. Sei in ritardo...
- Azz! come in ritardo? Ma se ieri sera te l'ho detto che sarei
arrivata alla mezza. Te ne sei già dimenticato?
Edo si grattò la barba.
- Hai ragione. Me n'ero dimenticato. Bah, fa niente. Entriamo?
Appena furono saliti, mentre Oriella si toglieva il giubbotto e si
accomodava sul divano per accordare la chitarra, Edo si sedette
un momento alla scrivania. Aprì l'agenda:

Pescantina, Martedì 1 aprile 1986 ore quindici e ventotto

SONO UN IMBECILLE

Alla prossima

Piccola Pescanta, ore 17 e 47, primo aprilo millenovecen-
tottantasei

Sono seduto a un tavolino del bar adiacente la fermescion delle
corriere. Sto fumando una emmeese (che ne ho appena comprato
un pacchetto) Oriella è appena salita sull'autobusso per tornarsene
a Verona. Abbiamo fatto la lezione di chitarra. Punto e virgola
Poi ci siamo fermati un attimo a parlare del più e anche del meno.
Punto. Alla fine mi ha ubicato in mano le quindicimila dovutemi.
The end.
Però ci siamo salutati con un bacino sulle labbra un po' più umido
di un bacino normale, anche se un po' più corto di un bacino che
volesse esser foriero d'altro.
Comunque io sono un coglione. Infatti non ho avuto il coraggio di
farle delle avances. Mi sentivo impacciato. Non la sentivo ricettiva
come mi sarei aspettato.
Non sapevo che fare: metterle una mano sul ginocchio? Da buzzur-
ri. Baciarla alla traditora? Da mocciosi.
Parlarle francamente? Da provinciali. Accarezzarle una tetta? Da
cafoni.
Alla fine lei ha detto: "Beh, io devo andare. Immagino che tra
un po' arrivi Katia, no?" ed è stato in quel mentre che ho capito
di essere un coglione: se al suo arrivo, facendo finta di niente, le
avessi lasciato capire che Katia non sarebbe arrivata, forse si sareb-
be preparata psicologicamente a ricevere le mie attenzioni. Invece,
pensando che ci fosse solo il tempo per la lezione, anche nel caso
avesse delle intenzioni su di me, sicuramente non ha pensato che
fosse per oggi.
Ovviamente poi gliel'ho detto che avevo spostato la lezione di Katia
a domani, ma, evidentemente, i presupposti per un approccio d'al-
tra natura che non fosse la prevista lezione di chitarra non erano
venuti a crearsi. In altre parole: ormai era troppo tardi.
O forse anche no, ma io non me la sentivo più. Fa niente va là: se

son rose fioriranno.

---

*Ore diciotto e trentotto. Pescantina, casa del Raffa, Italia.
Ancora martedì come prima, ancora primo aprile come
sopra, ancora millenovecentottantasei come da tre mesi a
questa parte dopo Cristo (prima la madonna) mi scappa la
cacca.*

Alla pro.

Pro

*Sono proprio un coglione: il dentifricio l'ho comprato, la carta igie-
nica no! Pazienza: mi sono fatto un bidè e mi sono lavato le mani.
A proposito: dovrò comprarmi uno spazzolino per le unghie.*

*Ho notato che se sto tutto il giorno senza bere, verso sera mi viene
la cacarella. Che si tratti di un sintomo dell'alcolismo? Dovrò informarmi.*
*Sono passato dal macellaio: chiuso! Mi era venuta voglia di farmi
un piatto di pennette con salsiccia e peperone verde e panna. Invece
cacca! Allora sono passato dal generi alimentari, ma di salsicce ghe
n'era minga. Lì ho trovato la vecchietta che mi aveva prestato il
pacco di pasta. Nel vedermi le si sono illuminati gli occhi (probabilmente aveva intenzione di raccontarmi qualche avventura ospe-
daliera di qualche suo congiunto) ma io l'ho anticipata dicendole
che sto aspettando Vasco Rossi per cena e che a Pasqua sono stato in
Brianza a casa di Adriano Celentano e che sua figlia Rosalinda è
appena stata operata dall'appendicite e che Claudia Mori un mese
fa ha avuto una colica renale e poi che c'era anche Adriano Panatta
che gli faceva male un gomito e Adriano Pappalardo in convale-
scenza perché la settimana scorsa cantando gli è venuto un collasso*

(lei non l'ha capita ma il droghiere nascosto dietro il bancone non ce la faceva più a trattenersi dal ridere). Poi le ho detto che avevo una fretta boia, quindi, scavalcandola, mi sono fatto dare due pacchi di spaghetti Barilla numero cinque, un tubo di Mentadent, un pezzo di formaggio Monte Veronese Stravecchio (ché Vasco Rossi ci va pazzo), due scatole di pelati, un po' di pane, sei uova e due etti di pancetta affumicata. Poi ho chiesto al droghiere se avesse del vino rosso al metanolo (ché Vasco Rossi da quando ha smesso con la droga beve solo quello a mo' di terapia al posto del metadone). E poi basta. Anche perché il bottegaio aveva le lacrime agli occhi.

Mi è venuta fame. Non so se farmi un'amatriciana o una carbonara.

A la prossima

Ah, sono passato anche dal verduraio. Ho preso aglio e cipolla e un vasetto di peperoni sottaceto da scruncare quando mi gira. I peperoni verdi invece non li ho comprati because avevo cambiato idea.

Cazzo! Alla fine mi sono dimenticato di prendere il vino! Ambarabaciccicoccòtrecivettesulcomòcheffa cevanolla more colla fillllia del doc.

Pescantuccia, Verona, Italy, sempre oggi, ore modulo per la dichiarazione dei redditi (oppure canzone di Lucio Battisti).

Mi sono fatto una carbonara, ma una carbonara (con tanto di quel pepe che se ne mettevo la metà era troppo lo stesso), talmente enorme che ho i pantaloni slacciati. E ne ho anche avanzata. Penso che me la papperò domani. Tra un po', quando si sarà raffreddata del tutto, la sbatterò in frigo. Anzi, è meglio che gli dia una mescolatina, sennò quella si impacca e dopo dipanarla è un casino. Mi sono fatto fuori un'altra bottle di Cabernet del Paolo. Devo

decidermi a lavare i piatti una di queste settimane.
Che balle! Non so cosa fare. Sono stufo anche di ascoltare musica.
Ci fosse almeno un televisore. Anche sto Paolo... Ma come fa un
giornalista a non avere un televisore in casa? Mah, io a volte la
gente non la capisco proprio... è un po' come se un pittore non avesse pennelli o un elettricista cacciaviti.

Ala pro, va là

Ore 22 eccetera

Sono appena rientrato. Sono andato a fare quattro pazzi (come
dice il mio amico Vittorino Andreoli). Mi sono fermato un po' a
guardare l'Adige (avrei voluto anche fermarmi un Adige a guardare il Po ma mi è venuto freddo alle chiappe), poi sono andato al bar
a farmi un caffè e a leggere l'Arena. Ma me ne sono andato quasi
subito: il locale era pieno di indigeni autoctoni del luogo che abita-
no da queste parti e non mi piaceva il modo in cui mi guardavano:
parlottavano sottovoce; come mi giravo verso di loro smettevano di
parlare e si giravano di là e facevano finta di niente. Poi, uno con
la faccia da culo più degli altri a un certo punto si è avvicinato
al barista e gli ha chiesto qualcosa. Il barista mi ha guardato di
sottecchi e ha alzato le spalle come a dire "non so". Allora mi sono
alzato, ho pagato e sono andato via. Avevo le palle di traverso. Ma
poi camminando per tornare a casa mi è passata.
E adesso sono ancora qua che non so cosa cazzo fare. Se almeno
avessi sonno.

Fanculo

Ho ascoltato la sinfonia numero sei in Si minore (la Patetica) di
Piotr Ilic Tchaikovsky. Per fortuna che in casa non ci sono pistole
va là, ché a momenti mi suicidavo.

Ho ascoltato anche Lo Schiaccianoci. Quello invece mi è piaciuto assai (del resto lo conoscevo già). Pare impossibile che lo stesso autore abbia potuto scrivere due cose così diverse.

Ore una e quarantaquattro gatti in fila per sei col resto di due

Ho mangiato il resto degli spaghetti alla carbonaccia. Freddi. Non che avessi fame, ma così, tanto per fare qualcosa.
Prima ho messo su i Quadri per un'esposizione del vecchio Modesto Musorgskij: bello. Poi ho tentato di ascoltare Notte sul Montecalvo ma l'ho tolto subito perché a momenti mi veniva la tentazione di controllare se sotto il divano o dietro i mobili ci fossero dei folletti dispettosi o diavoletti vari... allora ho acceso tutte le luci e ho sbattuto su un bel Bolero di Ravel per risciacquarmi il cervello (e mi sono fatto anche una sega a tempo di musica pensando alla Oriella. Mi sono dimenticato di chiudere la parentesi. Poco male: la chiudo adesso. Tò)

Ore mille e un quarto

Il fato non mi ha lasciato alternativa alcuna: ho aperto un'altra bottiglia di Cabernet. E me la sono anche bevuta quasi tutta.

Ore mille e diciotto

Mi correggo: l'ho bevuta tutta.

Ore mille e venticinque

Quasi quasi...

Ore mille e ventotto

Esatto!

Of the next

Pescantina, 2 aprile 1986 ore quattro e qualche puttanata

Mi sono addormentato sul divano. Mi svegliai proprio ora ora. Ho la bocca che pare una chiavica, come dicono annàpolo. Meglio che beva un gotto, così me la risciacquo.

Ma sì! in fondo che cazzo me ne frega se quella si è fatta sbattere da Giorgione. Saranno anche cacchi suoi o no? io che c'entro? E poi non sono mica il suo moroso. E allora che vada a cagare lei e tutti i Big Georgei del pianeta. Che si trombino pure. Io me ne sbatto. Sono superiore a certe cose. Cosa crede, di farmi ingelosire? Posso averne fin che voglio di fighe come lei! Che stronza! Ma come si fa farsi scopare da un animale come quello là, con tutti i fighetti che ci sono in giro. Proprio con un baluba come Giorgione, mi domando. Chissà cosa ci trova. É grezzo come una sbadilata di ghiaia, brutto come l'orco, cos'ha più di me? forse che nelle mutande cià un blek en dèker da trenta centimetri? O magari ce l'ha di oro? Oppure c'è andata perché è il padrone di un'osteria, e ha i soldi? Allora è una troia! Un puttanone, ecco!

Stronza!

Non me la vuoi dare a me? e allora tientela! Hai capito? Che io con una sega mi diverto di più.

E meglio che vada a letto. Spero solo che la stanza non si metta a girare come una giostra: non ho voglia di vomitare.

Ala pro

15

Come da copione Katia arrivò in anticipo. Alle due e mezza la sua Cinquecento bianca già parcheggiava in fondo al vialetto. Edo stava tornando dal bar della fermata, dove era andato a prendere il solito bianchetto e le sigarette (durante la notte aveva dato fondo al pacchetto che aveva, e il "giornali-tabacchi-articoli-da-regalo" vicino casa Raffaelli non avrebbe aperto prima delle sedici). Si era alzato intorno l'una del pomeriggio, ancora vestito senza un preciso ricordo di quando e come fosse arrivato a letto. Ma con un mal di testa e una sete avida di acqua che la diceva lunga circa gli eccessi della sera prima.

Ora, dopo due tazzine di caffè prese a casa e un gotto a guisa di terapia d'urto, andava un po' meglio, anche se nella sua testa perseverava irriducibile un confuso ronzio. Un indistinto brontolio fatto recenti echi e sbiadite risonanze: gli spaghetti alla carbonara, il vino di Paolo, l'apprensione per il ritardo-non-ritardo di Oriella, il Bolero di Ravel, e la sensazione di una lite mai avvenuta se non nella sua immaginazione, ma talmente reale da generare un vero e proprio rancore: un astio nei confronti di Oriella del tutto simile al livore di un dopo litigio fra coniugi.

Ma ora non era tempo né luogo per abbandonarsi a considerazioni o speculazioni circa il mal funzionamento del suo cervello: Katia era lì, in attesa della sua lezione di chitarra e, a seguire, com'era ormai consuetudine, della sua dose di buon sesso. Sano; fine a se stesso. Senza coinvolgimenti di sorta né promesse o aspettative. La bella scopata e ciao: ci si vede la settimana prossima. Niente storie o geografie: ne hai voglia? Sì? Anch'io. E allora via le mutande che vediamo il da farsi! Vuol star sopra lei? Ma prego signorina, si accomodi pure. Un assaggino prima? ma ci mancherebbe: gradisca. Un briciolo di cunnilinguo, tanto per controllare se il clito ride, una sintoniz-

zatina di capezzoli e via! Semplicità ed efficienza. Apri le gambe
va là, che mi inserisco. I birignao e i baci Perugina lasciamoli
ai cultori del quattordici febbraio, (secondo scompartimento a
sinistra, fra le calze della befana e i fertilizzanti per le mimose):
noi si tromba!

Con lo spirito sopito da un'ora abbondante di sesso sfrenato,
consumato più a graffi che a carezze, con Katia al fianco e le tre
chitarre sul sedile posteriore (la sua, quella di Katia e quella per
Federico Giuliani), Edo si mise alla guida della Cinquecento e
partì in direzione di Verona. Erano le diciassette e un quarto:
ci sarebbe stato anche il tempo per un gotto al Nassar. Poi,
terminata la lezione col Giuliani, sarebbe salito su un autobus
cittadino per raggiungere il Corto Maltese, dove avrebbe mangiato un panino aspettando Maurilio Bussola detto il Seppia,
prima di andare con lui da Giorgione per quelle che, più che
prove, nella mente di Edo già si delineavano nei contorni di un
provino. Cosa questa che, a dirla tutta, un tantino lo infastidiva: dopo aver suonato in giro per l'Italia per una vita, scritto
canzoni, vinto concorsi, inciso dischi, essere stato più volte in
televisione, rilasciato interviste, firmato autografi e via dicendo,
dover ora sottostare ad un provino come un principiante era
per lui qualcosa di molto simile a un'umiliazione. La retroces-
sione a ruolo di novellino. Una gogna cui veniva messo suo
malgrado. Sottoposto al giudizio di un oste di provincia che
probabilmente di musica non capiva un cazzo. E che, per di
più, si era arrogato il diritto di portarsi a letto una sua dipen-
dente nonché allieva di Edo... di vent'anni più giovane di lui,
'sto maiale! Un mostro, ecco! Ma porcozzìo, se il mondo è fatto
così è meglio andare via!

- Stavolta sei tu il taciturno – disse Katia.
- Eh? ah sì... stavo pensando...

Gli ci volle qualche secondo per capire che Katia aveva formulato una domanda di propria iniziativa. Dio buono, disse fra se, ma allora questa ragazza non è solo sesso e arpeggi.

- Mi sembri un po' giù. Forse non ti è piaciuto come abbiamo fatto l'amore?

- Ma no, cosa dici? – balbettò Edo confuso – Perché? a te non è piaciuto?

- Sì, certo. Ma mi sembravi diverso.

- Diverso? che intendi dire?

- Non so... eri più aggressivo. Era come se ci fosse della rabbia in te. E poi adesso: di solito parli, mi racconti qualcosa, mi fai sempre un sacco di domande. Oggi invece non dici niente. Sei serio, pensieroso.

- Ti interessa davvero cosa mi passa per la testa?

- No. Cioè sì. Voglio dire... se ti va di parlarmene.

Edo guardò la ragazza che aveva seduta al fianco: ma era proprio Katia? Cos'era successo? Perché questo improvviso cambiamento? Oppure stava cambiando solo il suo modo di guardarla? L'aveva sempre considerata una ragazza molto introversa, arroccata in difesa, forse per eccessivo timore nei confronti di un mondo che non capiva e dal quale si sentiva perennemente assediata. Ora invece, in quel bozzolo, Edo sembrava intravedere le sfumate sembianze di una crisalide. Barricata in se stessa, certo, ma in attesa di maturare per rinascere poi in forma di qualcosa di più bello e inaspettato. Oppure anche queste non erano che deviazioni della sua mente distorta e molestata dai disagi di un ennesimo doposbronza: scorie di un malessere vessatorio e pernicioso che si tenta di esorcizzare aspergendolo di positività a tutti i costi? Tuttavia, considerazioni a parte, lei aveva formulato ed esposto un suo pensiero; si era dimostrata sensibile ai mutamenti degli stati d'animo di Edo e vi aveva manifestato il suo interesse. E questo era, senza dubbio, un aspetto inedito della personalità di Katia. Conosciuta fino a ieri come allieva e amante, oggi si stava svelando anche come persona e amica.

- Dimmi un po' Katy: perché fai l'amore con me?

- Che domanda... perché mi piace.

- Ti piace fare l'amore o ti piace fare l'amore con me?

- Mi piace fare l'amore soprattutto con te.

- Ah! allora ci sono anche altri?

- Adesso no, ma ci sono stati.

- Tanti?

- Cinque o sei.

- E ti piaceva fare l'amore con loro?

- Sì e no.

- Cioè?

- Mi piaceva, ma se non mi toccavo io... insomma, loro non riuscivano a farmi venire.

- Mannaggia li pescetti! e con me?

- Beh, lo sai no?

- Raggiungi sempre l'orgasmo?

- Ma sì! Perché me lo domandi? pensi forse che faccia finta?

- No. Certo che no, scusami.

- Tu sei stato il primo.

- A far l'amore con te? – Edo non capiva.

- No, dicevo il primo che mi ha fatto venire senza che fossi io a toccarmi.

- Ah ecco. Non lo avrei mai immaginato. Ma, porco giuda, gli altri che cacchio facevano?

- Pensavano solo a loro stessi.

- E tu? restavi lì come un pampano e non dicevi nulla?

- Pensavo che tutti gli uomini fossero così. Io credevo che fare l'amore fosse così e basta. Che ne sapevo io? Poi ho conosciuto te.

Incurante dei clacson che lo redarguirono per l'azzardata manovra, nonostante la strada stretta e piena di curve Edo accostò a destra. Spense il motore e baciò Katia come non lo aveva mai fatto.

- Sai una cosa? – disse poi – Quello che mi hai detto un momento fa è il più bel regalo che abbia ricevuto negli ultimi cento secoli. Grazie.

- Sono io che dovrei ringraziati – disse Katia con gli occhi lucidi – se non fosse per te chissà quando avrei scoperto che fare l'amore è così bello. Edo le accarezzò i capelli.

- Sei molto buona – sussurrò - Mi sembra di conoscerti soltanto adesso. Se non fosse che poi si fa tardi farei ancora l'amore. Qui. Adesso.

- Aspetta – disse lei sottovoce – voglio farti un altro regalo.

E senza aggiungere altro gli sbottonò i pantaloni, gli abbassò la lampo e gli slip e incominciò a baciargli il membro turgido. Non smise neanche quando Edo restituì il culmine del suo piacere nella sua bocca.

16

La prima lezione con Federico Giuliani andò come Edo si era aspettato: al Giuliani non fregava un bel nulla tondo tondo di imparare a suonare. La sua scarsa ricettività ribadiva ciò che Edo sospettava: cioè che gli elementi di spinta motivazionale che avevano indotto il suo amico a prendere lezioni di chitarra fossero da ricercare nei dintorni di un senso di colpa da blandire, da un lato, e nel desiderio di adattamento ed emulazione dall'altro (anche Elvira suonava la chitarra). La voglia di apprendere era ben altra cosa e Edo, pur con due soli anni di esperienza come insegnante, se n'era reso conto immediatamente. Del resto, non occorreva essere un epigono di Freud per classificare, anche a spanne, l'improvvisa e quanto mai insolita ossequiosità del Giuliani nei confronti del suo neo maestro; la sua aprioristica accondiscendenza. Era ben diverso lo speaker che aveva conosciuto dietro il microfono in pieno boom delle radio private, periodo in cui Edo frequentava quei medesimi studi come artista emergente, ed era diverso anche il Federico di qualche mese fa, quello che ad un casuale incontro al bar non si esimeva dal brindare con Edo in ricordo di quei tempi: epoca che Federico soleva romanticamente dipingere se non proprio ingenua quantomeno permeata di pionieristico entusiasmo giovanile.

Adesso, diceva, le cose sono diverse. Ho delle responsabilità. Allora si trattava di poco più che un gioco; ora, invece, sono titolare di un avviato studio di produzioni radiofoniche. Devo supervisionare personalmente suoni, regia e montaggio di ogni lavoro, e sono io che devo rispondere in caso di eventuali contestazioni, quindi devo star su con le orecchie, ché la concorrenza è feroce. Soprattutto quella che esce dalla scuola milanese.

Poi aggiungeva, talvolta, che di tempo libero ne aveva assai poco, e che era finito il tempo per il gioco e che perciò occorreva essere consci delle proprie e altrui potenzialità, tenendosi costantemente aggiornati su nuovi prodotti della concorrenza, nuove tendenze di mercato, nuove tecnologie a supporto della qualità e a favore dell'abbattimento dei costi e via dicendo.

Già. E adesso? pensava Edo, Il tempo di mettersi a studiare chitarra dove lo trovi? A trentacinque anni poi... così, dal detto al fatto? ma guarda un po'! E le supervisioni delle regie, dei montaggi, delle madonne e dei porchi dii? Ma a chi vuoi darla da bere cocco? Lo sappiamo benissimo il perché di questa nuova foga, nevvero? Hai la coscienza che ti mordicchia le chiappe, ecco come stanno le cose. Mi hai fregato la donna e adesso vuoi riparare in qualche modo. E va bene! Vuoi riparare? E allora paga! Tu fingerai di voler imparare a suonare e io fingerò di insegnartelo. Tu mi dai le mie quindicimila lire a lezione e io ti piazzo lì un arpeggio in mi minore da eseguire a corde vuote e, laddove un tredicenne lo butta fuori in un paio d'ore, a te ti ci faccio esercitare un mese intero. Contento tu, contento io.

Appena uscito da casa del Giuliani, Edo entrò in un bar. Posò la custodia ai piedi di un tavolino, prese l'Arena e incominciò a sfogliarla distrattamente in attesa del toast che entrando aveva ordinato alla barista: una signora sulla cinquantina dalla ruga severa, trucco pesante e un seno talmente cadente che rimandava alle orecchie di un cane bassotto. I postumi della sbronza erano ormai spariti, anche se persisteva quel leggero senso di nausea, che però Edo tendeva ad attribuire più alla fame che ad altro.

Erano ormai le otto. La lezione si era protratta più del previsto; inoltre – evitando accuratamente di menzionare Elvira – all'insegna del più bieco formalismo e nel rispetto dovuto all'etichetta, alla fine i due si erano soffermati a parlare di inutili amenità, ascoltando Toquinho e bevendo del Martini bianco.

Prima di salutarsi erano stati fatti anche due conti: la chitarra del Max, ottantamila (va bene così, e che cazzo!), la lezione quindicimila. Totale novantacinque. L'acconto ricevuto era di un centone, perciò Edo avrebbe dovuto restituire cinquemila lire. Ma, in considerazione che le lezioni gli venivano impartite a domicilio, il Giuliani, magnanimo, decise che sarebbe stato giusto portarne a congruità la retribuzione arrivando a ventimila.

Bene dunque: quindici Oriella, quindici Katia, venti il Giuliani; con un cinquantone la settimana la vita sarebbe stata un po' più potabile, soprattutto in ragione del fatto che le spese di Edo per luce, acqua, gas e affitto attualmente erano zero.

Il toast arrivò insieme ad una birra. Mentre lo mangiava Edo si ritrovò a chiedersi come mai con i toast e le pizze desiderasse sempre bere birra, mentre in ogni altra occasione fosse invece il vino a farla da padrone. Mah! Misteri radicati nell'abitudine e perduti nella memoria.

Finito il toast Edo aveva più fame di prima. Ma non volendo tediare la signora Tette-a-orecchia-di-bassotto chiedendole di prepararne un altro, ripiegò su un tramezzino, incellofanato probabilmente prima ancora dell'invenzione del cellophane stesso, che sapeva di tutto tranne che di cose commestibili e che finì di soppiatto nel porta ombrelli. Per lavarsi la bocca ordinò un'altra birra.

Fu preso da un attacco di panico retroattivo quando, pagando, Edo notò le unghie a lutto della barista, consolate da due zelanti macchie marrone di nicotina stagionata che le adornavano l'indice e il medio sinistri. A poco valse la soddisfazione di aver scoperto che la megera fosse mancina; il pensiero di aver mangiato un toast preparato da cotanti artigli lo sconvolse. Non vomitò solo per rispetto dei futuri clienti, che si sarebbero trovati poi costretti a calpestare i suoi rigurgiti per chissà quanto tempo.

Uscendo gettò nel porta ombrelli anche un mozzicone di sigaretta acceso. Poi, domani, avrebbe verificato fra le pagine del giornale se il suo gesto fosse sortito in un qualsivoglia risultato utile, tipo l'incendio del palazzo o dell'intero isolato (abitazione del Giuliani compresa) o, ma ci sperava poco, dell'intera città. Ma, a pensarci bene, quest'ultima ipotesi lo tediava un po': si sarebbe sentito in dovere di salire a piedi fino a Castel San Pietro a completare l'opera inneggiando al fuoco purificatore accompagnandosi con la chitarra.

La Taverna del Corto Maltese era in gran fermento. La clientela non era la solita: tra i molti visi sconosciuti Edo riconobbe Maurizio "Beccaccia" Erbisti e Mario Cammalleri, entrambi pianisti di piano-bar. Fausto, incappiato da una cravatta annodata alla cacamuschio in gita domenicale, foggiava il sorriso delle grandi occasioni, ché se non c'erano le orecchie a delimitarlo faceva il giro completo della testa. Il vocio era a dir poco assordante.
Facendosi largo quasi a spintoni Edo guadagnò il banco:
- Beh? Cosa sta succedendo? – chiese al Criss – che è sta baraonda?
- Stasera passa di qua Gianni Dall'Aglio, che è amico del Fausto.
- E questo è un motivo sufficiente per mettere a ferro e fuoco l'intera città?
- Ma hai capito di chi stiamo parlando?
- Certo che ho capito – disse Edo con ostentata indulgenza – Gianni Dall'Aglio, abitante a Mantova in Via Nonlosò, numero idem; tra le altre cose è stato anche il batterista di Demetrio Stratos del periodo Ribelli.
- Demetrio Stratos? Chi è? Un pilota di rally?
- Sì, di motocross - Sospirò Edo.
- Io so che Dall'Aglio è il batterista di Celentano.
- Se è per questo ha suonato anche con Battisti e Mina, oltre a decine di altri artisti.

- Lo conosci?

- Sì. Cioè no. Voglio dire che so chi è. Comunque, in quanto a Celentano: se fosse per lui, il tuo Gianni Dall'Aglio sarebbe già morto di fame da un pezzo.

- Che cacchio dici?

- Dico che Celentano lo chiama a suonare solo per qualche turno in studio e quando va in tournée. Giusto quando muore il papa.

- Sì, però si dice che Celentano voglia sempre e solo lui alla batteria.

- Esatto, mentre Dall'Aglio non suona solo con Celentano. Anzi ti do un consiglio: stasera, quando parlerai con lui, perché figuriamoci se non lo farai, vero? ebbene, evita di tirar fuori frasi del tipo: so che sei il batterista di Celentano, e lo conosci? e com'è lui? ed è simpatico? e bla bla bla.

- Perché?

- Perché potrebbe infastidirsi. Non pensi che potrebbe averne le palle piene di essere conosciuto solo come batterista di Celentano?

- Non ci avevo pensato...

- Beh, pensaci. E nel frattempo dammi un Custoza, va là, ché sennò mi vengono le malinconie ai testicoli.

Bar di Carletto Vincenzi, via Pellicciai, Verona, Italia, Europa, pianeta Terra, sistema solare Elios, via Lattea, universo post Big Bang, dimensione antropica. Mercoledì 2 aprile ore venti e quarantacinque (credo, perché da qua non vedo l'orologio e non ho voglia di alzarmi solo per scrivere una cosa di cui non mi frega un cazzo).

Criss, vai a fare la cacca, va là. Arriva il batterista di Celentano! Squillino le trombe (e trombino le squillo)! Ché se quello suonava con Nilla Pizzi non lo fanno neanche entrare. Ma porca madoska, possibile che i buzzurri siano così zotici, burini, rozzi e ignoranti? Uno fa il batterista, ed è anche bravino, suona con tutti e anche di più, ma questi gli appioppano un'etichetta grossa così sulla fronte con su scritto: BATTERISTA DI CELENTANO solo perché qualche volta suona anche con lui.

Io non so lui, ma se di me dicessero: "Lo vedi quello? È il chitarrista di Marisa Sacchetto" oppure "è il bassista di Barbara Boncompagni" solo perché ho suonato anche con loro, mi girerebbero i coglioni. Cosa significa "batterista di Celentano"? che questo qui se l'è comprato?

E di Francesco Casale allora? ché a Dall'Aglio ci aggiunge un po' di olio e peperoncino e se ne fa una spaghettata, cosa si dovrebbe dire? Che è il batterista dei Santo e California o di Ivan Cattaneo, perché ha suonato con loro?

Conosci Tullio De Piscopo? Come no? è il batterista di Pino Daniele! E Miles Davis? Ma certo che sì: era il trombettista di Charlie Parker. Ah che tristezza...

Ma poi, perché cacchio me la prendo in questo modo? Ma sì! è lo stesso.

Ala pro, va là, ala pro.

Come sopra (con l'unica differenza che adesso sono dieci minuti più vecchio) Mi sono fatto fare un toscano da Carlo (un panino, non un sigaro) e l'ho mangiato di gusto.

Sto aspettando Maurilio Bussola detto il Seppia (ho lasciato detto al Crices che lo aspetto qua perché al Corto c'era troppo casino e io avevo voglia di stare un po' in pace).

Ala pro

Edo si alzò dal tavolino e si avvicinò al banco. Ordinò un caffè. Glielo preparò la cameriera. Carlo, bestemmiando come un coso, armeggiava con un coltello fra gli ingranaggi del registratore di cassa, tentando di estrarre il perno del rullino nuovo che gli era scivolato dentro. Edo guardava e taceva. Le nove erano passate da una decina di minuti. Maurilio Bussola detto il Seppia non arrivava: probabilmente, pensava Edo, si sarà fermato un po' al Corto. A meno che il Criss non si fosse dimenticato di informarlo del cambiamento di programma... ma no: il ritardo per quello là era la norma.

- Allora? Come andiamo? – Carlo era finalmente riuscito ad acchiappare l'aggeggio e a mettere in funzione il registratore di cassa.

- Sopravvivo – rispose Edo.

- Beh, ti vedo meglio dell'ultima volta, no?

- Oh, in quanto a questo ci vuol poco. Anche se non posso dire di essere proprio in forma: sai, ieri ho fatto una balla di Cabernet che sembravano due, e oggi ne sto ciucciando i postumi.

- Mal che si vuole non duole – recitò Carlo.

- Ma va a fanculo, va – scherzò Edo – che è appunto con questo tipo di mali che tu mangi.

I due risero.

- Stai aspettando il tuo socio? – continuò Carlo.

- Sì. Da cosa l'hai capito?

- Facile: dalla chitarra. Siete ancora in fase di studio?

- Che vuoi, avevamo interrotto le prove per il periodo pasquale. Stasera si riprende.

- Vi fermate qui da me?

- A dire il vero dobbiamo andare ad Arbizzano: c'è uno che si sta organizzando per l'estate e ci vuole sentire, così le prove stasera le facciamo da lui.

- E quand'è che proviamo a fare qualcosa anche qui?

- Non so... non ne abbiamo più parlato. E poi io non posso decidere da solo.

- Aspettiamo che arrivi anche quell'altro e poi si vede, va bene?

- D'accordo. A che ora arriva?

- Alle nove.

- Ma sono le nove e un quarto...

- Lo so, ma il quello viaggia in una dimensione spazio-temporale diversa dalla nostra e spesso l'orologio che ha al polso entra in feedback col suo cervello e rallenta. Per lui mezz'ora di ritardo non è che un'elegante consuetudine.

- A me girerebbero le palle.

Non dirmelo va là, stai zitto, ché le mie sono ormai attorcigliate. Pensa che per andare a pisciare devo portarmi una forchetta.

Quando Maurilio Bussola detto il Seppia entrò al bar, Edo stava terminando l'esecuzione di Samba Do Aviao di Jobim, in una versione per chitarra "solo" di cui aveva curato l'armonizzazione rifacendosi un po' allo stile di Baden Powell. Carlo, che ascoltava assorto, salutò con un cenno del capo il nuovo arrivato. Ma la mano per dargli il benvenuto glie le diede solo alla fine del pezzo; cosa per la quale Edo gli fu tacitamente grato.

- Si stava decidendo per una seratina qui da me – disse Carlo versando il bianco ordinatogli dal Maurilio Bussola detto il Seppia.

- E quanto paghi? – esordì questi, aulico come un Marlon Brando che interpretasse la parte di un despota.

Edo scattò in un gesto di stizza: Ma che cazzo dici, avrebbe voluto gridare, ti sembra il modo di aggredire chi ti fa una proposta di lavoro? C'è modo e modo di dire le cose, brutto tronfione di un borioso di merda! Sei uno stronzo, ecco cosa sei!

Tuttavia non proferì parola.

Carlo, cui non era sfuggito il disagio di Edo, non se la prese:

- Quanto volete? – si informò.

- Centomila a testa – rispose Maurilio Bussola detto il Seppia senza degnare di uno sguardo il suo collega.

- Ehi, un momento! – sbottò Edo – Hai già deciso tutto tu?

- Perché? Non ti vanno bene centomila?

- Non è questo il punto. Io sto dicendo che prima di prendere decisioni dovresti parlarne con me, non trovi?

- C'è poco da parlare: io per meno di centomila non mi muovo.

- Come sarebbe a dire? E se uno ti offrisse, per esempio ottantamila, tu ci caghi sopra?

- Beh, dipende anche da quanto bisogna suonare, da quanti chilometri bisogna percorrere. E anche dal giorno: se si trattasse di una sera infrasettimanale, e non di venerdì o sabato... insomma se ne può parlare.

- E allora, porcoddìo! parliamone no? prima di sparare cazzate.

- In ogni caso – intervenne Carlo – prima di stabilire un cachet dovrei vedere se e quanto la cosa mi conviene. Il bar non è grande, lo vedete anche voi. Perciò, anche nel caso di un pienone, non credo di poter contare su un incremento degli utili tale da permettermi di pagare cifre esorbitanti. Poi c'è la SIAE... e mi servirà una seconda cameriera in appoggio... insomma, bisognerebbe fare una serata di prova, come dicevamo tempo fa.

- In pratica ci stai chiedendo di suonare una sera gratis. Non è così? – disse Maurilio Bussola detto il Seppia.

- Non attribuirmi cose che non ho detto. – anche Carlo si stava alterando – Se non sbaglio si era parlato di una serata informale: voi fate una delle vostre prove qui, nella saletta, anziché altrove, senza orari o scalette da rispettare, come se foste due miei clienti musicisti che abbiano voglia di fare una strimpellata; e io, nel frattempo, avrò modo di ascoltare i commenti e valutare se vale la pena di portare avanti questo cazzo di progetto oppure no.

Edo guardò il suo collega: sembrava perplesso. Anche se si sforzò di nasconderlo ordinando un altro bianco.

- Oh, insomma! – riprese Carlo versandone tre, quasi prevedesse un brindisi a suggello dell'accordo non ancora raggiunto, ma di cui avvertisse l'imminenza – in fin dei conti cosa vi sto proponendo di diverso da quello che state per fare stasera ad Arbizzano? Non è la stessa identica situazione?

Edo si strinse nelle spalle: il ragionamento di Carlo non faceva una grinza, e anche

Maurilio Bussola detto il Seppia avrebbe dovuto convenirne.

- Dunque? – insistette Carlo alzando un bicchiere.

- Per me va bene – approvò Edo sollevando a sua volta il calice.

Maurilio Bussola detto il Seppia si adeguò.

- D'accordo – disse.

I tre bicchieri tintinnarono.

17

Pescantàus, giovedi, ambarabacicicoccò tre aprile sul comò

Stamattina sono andato dal barbiere a farmi accorciare la barba. Mi è costato una bella cinquemila lire (come si dice a Napoli) ma adesso sono bello come un Adone. Che dico come un Adone... almeno come due! ché se mi vede Alendelòn gli viene voglia di andare da qualche regista a proporsi come controfigura di Carlo Delle Piane.

Ieri sera siamo stati (Maurilio Bussola detto il Seppia ed me) al Braciere a provicchiare. Abbiamo ripassato tutto il repertorio, e devo ammettere che viene anche benino (a parte due o tre puttanatine da sistemare). Inutile dire che ho bevuto come un animale. Anzi, essendo ormai la norma, sarebbe il caso che scrivessi solo quando non lo faccio (cioè mai), ché risparmierei un miliardo di inchiostro.
Ad Big George siamo piaciuti abbastanza, anche se ha incominciato a rompere le balle chiedendoci di inserire in scaletta qualche-canzone-bella-che-conoscono-tutti, al che i miei testicoli hanno incominciato a gonfiarsi, ché se non mi prendevano al volo dai capelli starei ancora a librarmi nell'etere appeso a due mongolfiere.

C'era anche Oriella, sta mucca! Cosa ci faceva lì? Non doveva mica lavorare, no? E allora?
Poi, quando siamo andati via, lei è rimasta. Uno più uno fa due. Fa niente, va là, che è lo stesso. Sono cazzi suoi. Anzi: è un cazzo suo.
In ogni modo Big George ha detto che una serata, almeno, ce la fa fare. Poi si vedrà, perché dice che ci ha pensato su (rispetto a quello di cui avevamo parlato a Pasquetta). Dice che gli è venuto in mente di fare qualcosa di diverso, qualcosa di più... come dire... cioè qualcosa che i giovani e bla bla bla e nanì nanèra, capito, no?

come no! ho capito che sei un ignorante, altro che i giovani e bla bla bla. Forza, fai venire un gruppo di diciotto/ventenni, di quelli che ti costano poco e che la loro unica forza è il decibel; poi vediamo i vicini cosa dicono. Vuoi fare musica dal vivo?

E allora sii umile e ascolta chi ha un po' di esperienza. Mona!

Ma lui vuole le canzoni-belle-che-conoscono-tutti, lui.

Poi se gli ritirano il permesso non è perché c'è troppo casino, lui, è perché i vicini hanno la testa da cazzo, lui.

Big George? Vai a defecare anche tu va là, prima che la merda ti raggiunga le pupille.

Lui!

Ala pro, va là

Lui!

Ore sedici, 1986, Pescantina, giovedì 3 aprileporte

Domani sera (Maurilio Bussola detto il Seppia ed me) andremo a fare una prova dal Carletto. Dice che un panino a testa e quello che beviamo ce lo offre lui. (il Carletto, non il Tronfione) Poi, anche lì, si vedrà.

Se ripenso a come ieri faceva il prezioso (il Tronfione, non il Carletto) mi viene voglia di mandarlo a cagare una volta per tutte, ché di chitarristi come lui a Verona se ne trovano a decine. E che non depauperano gli altrui coglioni. Ma chi si crede di essere quello lì, Uès Mongòmeri? Lui e la sua spayderina! perché la chiama così la sua chitarra. Spayderina. Che poi è una normalissima Ibanez folk. Ma pensa te. Quello è convinto di essere a Le Mans.

...quando dicevo che suonando fa le corse.

Ala pro

Fanculo! Mi si è bruciata la cipolla. Era anche l'ultima, Dio buonino. Volevo prepararmi un sughetto al pomodoro per gli spaghetti. Bah, l'importante è arrivare vivi. Vorrà dire che lo farò con l'aglio.

Culo

Magari ci metto anche un tot di peperoncino, che mi dà un po' di carica.

Sono le diciotto e mezza abbondanti. Anzi, ormai sono le sette.
Sono seduto in fondo all'autobusse per Verona (non so cosa ci vado a fare, ma di stare a Pescantina mi ero rotto i dardanelli).
Però si scrive male (because gli scossoni e la poca luce).

Ala prox

Bar della Lorenzina, Borgo Roma, Verona, Italia, ore sette del mattino,
Venerdìquattroaprilemillenovecentoottantaseidopocristo.

Ho fame, ho sonno, non ho una lira e Pescantina è agli antipodi dell'universo. Sono pieno di vino come uno stitico lo è di merda. Non mi ricordo con chi sono arrivato qua, né a che ora. E neanche dove ho lasciato la chitarra (spero che sia al Corto). Un paio di tavoli più in là ci sono anche il Ciano e il Poldo che giocano a carte. Io mi sono appena svegliato (stavo pisolando appoggiato al tavolo). Ho una bocca che mi sembra di aver mangiato un quintale di fertilizzante stallatico. Sigarette non ne ho più. La Lorenzina mi guarda (o forse no, dato che è strabica) e sorride. Quasi quasi le chiedo se mi fa credito di un panino, solo che non ci conosciamo bene fino a quel punto. Anzi, credo che non sappia neanche come mi chiamo. Beh, posso sempre dirglielo, no? Potrei ordinare e poi fingere di aver perso il portafoglio. Ma no! è meglio che vada a tastare il polso ai gemelli siamesi: tra noi reietti vige il mutuo soccorso. A volte il Ciano mi dà un cinque, altre volte lo do io a lui (ultimamente mica tanto), altre ancora è il Poldo a sborsare. Vediamo un po'.
Sono entrambi al verde, Dio buono, che sembrano due ramarri.

Però, dice il Ciano, che posso prendere quello che voglio, poi ci pensa lui, che con la Lorenzina ha il conto aperto. In più gli ho scroccato una Marlboro. Però ormai è già finita.

Ala pro

Ho mangiato due panini (uno col prozzziutto e uno con la bòndola). Per mandarli giù ho bevuto un tubo di rosso (però prima, per risciacquarmi lo stomaco, mi sono fatto dare un bianchetto alla spina, che ha le bollicine e pulisce bene).

Mi si chiudono gli occhi. Ho un sonno che dormirei anche su un letto di chiodi con l'ultima dei Ricchi e Poveri a tutto volume. Il Ciano, irriducibile, mi ha proposto di giocare a carte. Gli ho chiesto se gli capita spesso di avere idee così brillanti alle sette e un quarto del mattino. Lui ha detto che sì, gli capita talvolta. Allora ho cercato di minimizzare dicendogli di non preoccuparsi, ché al giorno d'oggi esistono delle cure. Ma lui insisteva, dicendo che si trattava di un solo giro di briscola- tressette. Allora l'ho mandato a dar via il culo, che tra noi significa "no, grazie".

Se entrasse qualcuno che conosco… qualcuno che mi portasse in centro. Poi, in un modo o nell'altro troverei il modo di arrivare a Pescantina. Forse. Altrimenti, visto che c'è il sole, mi sbatto su una panchina e faccio un sonnellino alla barbona (la qual cosa non è antitetica né al mio stato d'animo né allo stadio sociale cui appartengo). (Cazzo come scrivo bene!)

Ma sì, ma sì.

Sono sdraiato nella cuccetta del camion di Paolone Casarotti (il fratellone del Charlie). Il camion è parcheggiato in una piazzetta di fronte a un bar del Porto San Pancrazio (Paolone abita qui vicino) (credo). Dice che posso riposare tranquillamente fino all'una, poi deve partire per la Germania. Se me ne vado prima, devo avvertire il barista, così butterà un occhio al camion che fatalmente resterà con le portiere non chiuse a chiave (dal momento che non me le ha lasciate... forse Paolone pensava che potessi rubargli il camion... mah).

Fino a poco fa (sono le nove) abbiamo bevuto una tale scarica di gotti (ovviamente ha pagato Paolone) (e mi ha prestato anche un deca) che sono andato anche a vomitare. Peccato per i panini. Però adesso sto meglio, altrimenti quà finisce che il mio fegato si rompe le balle di fare gli straordinari e si licenzia. (ci va l'accento sulla a di quà? No vero? Beh, io ce lo lascio lo stesso!)

Bene, adesso dormo.

Buonanotte.

Ambarabacicicccoccò tre maiali sul comò. Corto Maltese ore quindici e undici minuti primi e qualche secondo..

Mi son fatto una bella passeggiata (dal Porto a qui). Comprato sigarette.
Mangiato panino.
Bevuto caffè corretto sambuca e acqua grande con le bollicine. Recuperata chitarra (era qui).
Stasera c'è Rhonda Moore col suo trio jazz (batteria basso e pianoforte) Sarei curioso di sentirla, sta baluba.
É entrato il Beppe Casaroli. Mi ha detto ciao, gliel'ho detto anch'io. adesso vado là.

Ala pro

- Ciao Edoardo. Tutto bene?
- Come no. Meglio di così si imputridisce.
- Ti vedo un po' sciupato.
- Ho una notte brava sulle spalle.
- Non hai dormito?
- Un po', sul camion di un mio amico.
- Prendi qualcosa?
- Sì, l'autobus talvolta.

- Hai sempre voglia di scherzare...

- Berrei un buon caffè. Ne ho bisogno. Beppe ordinò due caffè al Criss.

- Senti un po' – disse Edo – ti ricordi quando abbiamo parlato di quell'idea di andare in giro per l'Italia tu coi tuoi giochi di prestigio e io con la chitarra?

- Certo che mi ricordo. Anzi ci ho pensato parecchio, e mi sembra una buona idea.

- Dici?

- Perché? Hai cambiato idea?

- No, cioè... non è che ci ho pensato molto, a dire il vero, però la cosa si può fare. Anzi, sai cosa ti dico? Che non vedo l'ora.

- Mi hanno detto che ti stai preparando per delle serate musicali...

- Non preoccuparti – Edo scacciò un'immaginaria mosca svolazzante con gesto risoluto – se si decide di andare si va. Sono talmente stufo di questa città di scatofagi che se mi dici che si parte domani sono pronto.

- E i tuoi allievi?

- Bah. Ne ho solo due, anzi tre, con quello che ha incominciato l'altro ieri. Ma questo non è un problema. Non preoccuparti.

- Mmmm... che dici? Lo facciamo? – Beppe sembrava volere una conferma circa la convinzione di Edo. Quasi non credesse che un discorso da bar buttato là tempo prima potesse sfociare in qualcosa di concreto.

- Ma certo. A meno che quel giorno non si sia parlato tanto per parlare.

- No, no. Ero convinto, e lo sono ancora – confermò Beppe – con tutto quello che ho passato a Londra... sarebbe una cosa nuova.

- Dunque? Si va?

- D'accordo.

- Non cambiare idea però – si preoccupò Edo – ché io ci conto.

Voglio dire, non sto mica scherzando, hai capito? Se si va si va, altrimenti dillo subito, che per l'estate decido qualcos'altro.

- Dovremo organizzarci.

- Ovvio. Ma mica poi tanto: la chitarra, uno zaino, un sacco a pelo e qualche lira per i primi tempi e fine. Non è che ci si debba portare chissà che.

- E da dove cominciamo?

- Io avrei pensato a Caorle, ché la conosco bene. – incominciava a crederci anche Edo – Poi si deciderà. Potremmo scendere lungo la costa adriatica, verso sud.

Beppe si grattò la testa cespugliosa:

- E se non va?

- Se non va si torna a Verona. Basta avere l'accortezza di accantonare subito il denaro per il biglietto del treno... Dov'è il problema?

- E semmai per quando sarebbe? – Il Beppe non era ancora del tutto convinto.

- Io direi ai primi di Giugno.

- Ci vorrà del denaro...

- Non tantissimo. Il biglietto del treno e, diciamo, quattro pasti e un paio di pernottamenti, tò, tanto per stare tranquilli.

Beppe, sopracciglia abbassate, guardava Edo negli occhi, quasi cercasse nello sguardo dell'amico la garanzia di un buon esito.

- Ascolta – disse – troviamoci... diciamo fra un quindici/venti giorni. Per allora avrò deciso, anche se posso già dirti che è più sì che no. Intanto pensaci bene anche tu. D'accordo?

D'accordo – si adeguò Edo un po' deluso – in ogni modo, per me, la decisione è già presa.

Beppe se n'era andato già da un po'. Edo invece non si era mosso dal suo posto. Con lo sguardo vacuo e immoto guardava senza vederla la finestra, quasi intendesse spiare oltre il vetro le carte che il futuro aveva in mano, e bluffare, qualora le scoprisse un po' scadenti, nella speranza di vincere la mano; oppure passare, senza perdere l'intero capitale nell'azzardo di una partita comunque in corso e che in ogni caso avrebbe dovuto giocare. Sì, andar via! Lontano da Verona. Via da una realtà ormai lacera ed esecrabile, fatta di alcol ed espedienti.

Caorle... sarebbe stato un bell'inizio: avrebbe riassaporato i momenti di serenità della scorsa estate; avrebbe rivisto Roberto e Michela, titolari del TOURIST FOTO, negozio a cui aveva procurato tanto lavoro con tutte le foto che aveva scattato per conto dell'agenzia di cui era stato collaboratore; Moreno, direttore dell'ex colonia che Edo aveva usato come quartier generale per coordinare le animazioni negli alberghi in cui erano ospitati i vari gruppi di anziani per le loro due settimane di soggiorno al mare; Silvio, presidente dell'associazione di turismo sociale che supervisionava il tutto; e Ivan, vicepresidente nonché fratello di Moreno. E poi tutti gli altri con cui in quei tre mesi aveva avuto modo di stringere amicizia, comprese le ragazze che lavoravano alla colonia e che Edo chiamava scherzosamente sciacquette, alcune delle quali talvolta, nei momenti di pausa, andavano smorfiosette a sedergli sulle ginocchia, incuranti degli sguardi di Elvira incupiti da quella che allora, benché priva d'alcun motivo d'esistere, poteva ancora essere chiamata gelosia.

Edo sospirò: no, lei non l'avrebbe rivista. Era stato proprio grazie a Elvira che era stato assunto. E pensare che era andato là solo per passare qualche giorno con lei, che già lavorava all'ex colonia. Sennonché in quei giorni terminava il periodo di vacanza di uno dei gruppi di anziani, e fu così, per puro divertimento, che Edo aveva aiutato gli animatori ad organizzare la festa di arrivederci, e il Bozzini, il loro capo – che di lì a poco avrebbe lasciato l'attività a causa di altri suoi impegni – lo aveva proposto al direttore quale suo successore alla guida del gruppo.

Quanti secoli erano passati dall'anno scorso! e quanto diverso appariva adesso il mondo agli occhi di Edo! Quanto era stato gratificante, sebbene talvolta sfibrante nel dilungarsi dell'orario e nell'impegno, quel suo nuovo lavoro; persino allo strappo nel rapporto con Elvira, dovuto ai litigi causati dall'aborto, era sembrata possibile una ricucitura. Quando a fine estate fossero tornati a Verona, dopo tre mesi di collaborazione immersi nel magico prana di Caorle, e avessero ripreso le loro normali attività, avrebbero saputo gestire con più maturità le loro incomprensioni. Grazie a quel periodo di frenetica attività psicologica e creativa, giornalmente a contatto con ben altri problemi, identificabili nella solitudine e nell'abbandono della terza età, sarebbero riusciti a superare, accettandoli, i disagi di una difformità da poco scoperta che minacciava la loro convivenza.

Ma le cose non erano andate così e a Verona, dopo due o tre mesi di rinnovate liti suffraganti la loro incompatibilità, Elvira e Edo erano convenuti alla decisione di andare ognuno per la propria strada.
Un unico rimpianto in risposta ad uno stormo di perché, un'occasione perduta, stupidamente annichilita dall'inopportunità di un orgoglio idiota.
Edo ordinò un bianco e si lasciò andare alla sua rievocazione.

È una tarda sera d'agosto, una come tante nella sala operativa dell'ex colonia. Elvira e Gigliola sono appena rientrate dal loro giro serale degli alberghi; come al solito entrano in cucina, intenzionate a saccheggiarla, come era loro consolidata abitudine, coadiuvata anche dalla complice indulgenza della cuoca che lasciava sempre qualcosa di pronto per placare i goliardici appetiti notturni degli animatori. Edo sta preparando alcuni cartelli informativi da appendere l'indomani. Le sciacquette sono già a letto, così come il direttore e Riccardo, l'altro animatore.

Dalla cucina giungono rumori di stoviglie. Poco dopo Elvira raggiunge Edo e gli porge una tazza di tè fumante. Lui ringrazia e aspettando che la bevanda si raffreddi un po' continua il suo lavoro, accompagnato dal rilassante chiacchiericcio delle due animatrici.

L'atmosfera è serena. Fuori il buio e il silenzio.

Fra poco è mezzanotte, ma l'orario e la stanchezza fisica non sembrano bastevoli a far desiderare il letto ai tre abitanti di quell'unica sala illuminata del grande stabile: troppo hanno corso i pensieri nella frenesia di una giornata di lavoro ed ora, prima di abbandonarsi al sonno, hanno bisogno di essere incanalati verso il da farsi del domani, fino a scemare fra l'amenità di nuovo progetto e le ridancianerie di un'idea balzana. Qualcosa di nuovo da inventare? Un nuovo tardivo gioco per quei vecchietti che sulla sabbia tornavano bambini? Un concorso di bellezza over sessanta? Un nuovo itinerario per la gita settimanale? Una tombola? Una lotteria?

Il tè è finito. Gli aneddoti del giorno esauriti. Elvira imbraccia la chitarra e si avvicina a Edo. Sussurra:

- Voglio dedicarti una canzone – e inizia a cantare.

Sono strofe semplici, dirette, di una bellezza struggente. Ma soprattutto sincere: non si può cantare così una bugia. Non è una canzone ma una dichiarazione del suo amore. Probabilmente di sua composizione: lui non l'aveva mai sentita, né l'avrebbe sentita mai più.

L'ultimo accordo risuona ancora che Edo vorrebbe abbracciare Elvira, baciarla, fare l'amore, lì, sul pavimento, subito, davanti a Gigliola, chissenefrega: è la riconciliazione! Ma non può: un groppo alla gola lo soffoca. Per tutta la durata della canzone una copiosità di lacrime gli avevano rigato il volto, finendo sulle sue mani e sul foglio che stava dipingendo. Il naso gli cola, come accade quando si piange. Edo ne è imbarazzato, e non si gira. Non bacia il suo ritrovato amore, dappertutto, come vorrebbe.

Non le salta addosso e non ci fa l'amore. Niente. Nemmeno uno sguardo. Resta lì, istupidito e pavido, paralizzato al suo posto a recitare un inesistente interesse per un banale foglio di carta pittata; e mentre nasconde la somatizzazione del suo sentimento per Elvira scambiandola per debolezza, lo condanna ad un'eutanasia che decreterà la fine della sua storia d'amore.

E oggi il rimpianto.

18

Carletto posò sul tavolino il vassoio con le birre e i panini. Prima di addentare il suo, Edo bevve un lungo sorso da uno dei due boccali.

Maurilio Bussola detto il Seppia era in bagno a lavarsi le mani o forse a pisciare o a spararsi una sega o, ancora – Edo non ardiva sperarlo – ad impiccarsi per il collo finché morte non fosse sopraggiunta.

Con l'umore nero come un coso, gli occhi arrossati che tradivano la pletora di assunzioni alcoliche degli ultimi giorni, Edo avrebbe desiderato trovarsi ad affrontare un morbido letto anziché una serata di prove. In pubblico per giunta. Ma un impegno era un impegno, non gli restava perciò che stringere i denti. D'altro canto, come aveva detto proprio Carlo due giorni prima: mal che si vuole non duole.

Sempre avanti, dunque; che sarebbero state mai un paio d'orette con la chitarra in mano? ché quella di Edo ormai suonava da sola. Una cosa sperava più d'ogni altra: che qualcuno poi lo portasse a Pescantina. Questo sì. Per come si sentiva uno straccio stasera, si sarebbe persino abbassato a chiederlo al Tronfione. Anzi no, a ripensarci era meglio andare a Patrasso che a Canossa: a quella forca caudina erano preferibili il ricovero di un ponte o il freddo di una panchina.

Certo, se si fosse offerto lui...

La birra di Edo finì che il panino ancora non era a metà. Poco male. L'accordo era che le libagioni fossero a carico di Carlo, no? Ne ordinò una seconda.

– Tu bevi troppo – commentò Maurilio Bussola detto il Seppia.

– E tua sorella? – s'informò Edo con la bocca piena, sputacchiando briciole senza per questo sentirsi in dovere di dire scansati.

– Fa un po' come vuoi.

- Certo che faccio come voglio. Ci mancherebbe che dovessi chiedere il permesso a te per farmi un gotto.

- Io lo dico per te. Ti sei guardato allo specchio? guarda un po' che faccia che hai.

- Ma vai a cagare va, che alla mia faccia basta una notte di sonno per tornare normale. La tua invece resta una faccia da culo anche domani.

- Può darsi, ma io non mi sto rovinando la salute.

- Che importanza ha quello che non fai?

- Nessuna, comunque io non bevo fino a spappolarmi il fegato come fai tu.

- Io al posto tuo lo farei, con l'anda che ti ritrovi nessuno noterebbe la differenza.

- Va bé, finiamola. La salute è la tua.

- Appunto.

Carlo arrivò con la seconda birra. Edo la trangugiò d'un fiato senza scollarsi di dosso lo sguardo biasimevole di Maurilio Bussola detto il Seppia.

- Sei uno stupido – disse questi.

Al che Edo, con una mano sulla pancia, rispose con un rutto che quelli di Bud Spencer al confronto erano dolci paroline da sussurrare alla fidanzata in una tiepida sera di primavera.

- Ops! – disse guardando la cameriera, che fingendo di nulla aveva seguito divertita la conversazione – Mi è scappato.

E parodiando le movenze di una vecchia checca in disarmo dal mignolino perennemente in erezione, si coprì la bocca con mano tardiva.

Maurilio Bussola detto il Seppia rientrò dopo quasi mezz'ora. Se n'era andato impettito come un maggiordomo inglese. Ma Edo sapeva che sarebbe tornato: la sua chitarra era rimasta al bar.

Nel frattempo alcuni clienti avevano preso posto al banco e

occupato alcuni tavoli. Bene dunque, mano agli strumenti: era ora di darsi da fare.

Incominciarono con *Garota de Ipanema*, cui seguirono *Samba de uma nota so*, poi fu la volta di *Manhã de carnaval* – che Maurilio Bussola detto il Seppia, irriducibile sciovinista di quel vangelo che i jazzisti chiamavano Real Book, insisteva a chiamare *Orfeo negro*, italianizzando il titolo *Black Orfeus* affibbiato a questo brano dagli statunitensi a causa del film da cui era tratto – e via via tutte le altre, fino a Berimbau e Canto de ossanha unite in un unico pezzo, eseguito con la sesta corda abbassata da Mi a Re.

Data la mancanza di una voce che ne cantasse i testi, le canzoni furono eseguite alla maniera del be-bop, vale a dire: tema iniziale, primo assolo, secondo assolo e tema finale; ovviamente precedute dalle introduzioni e con inserimenti di "special" dove stabilito.

I clienti, inconsapevoli d'essere assurti per l'occasione a ruolo di pubblico, per un poco prestarono attenzione ai due astanti con le chitarre, poi, man mano che la curiosità scemava, vuoi per la non ufficialità del concerto, vuoi per il genere musicale non proprio di facile ascolto, ripresero a parlottare ognuno delle proprie cose, disinteressandosi alla musica e soprassedendo sull'atipicità della serata.

Solo un tale, un distinto signore, giacca e cravatta, sulla cinquantina, che tra una canzone e l'altra (e fra i complimenti) si presentò a Maurilio Bussola detto il Seppia come Giorgio, sembrava apprezzare l'operato dei due chitarristi, e lo manifestò offrendo ripetutamente da bere. Ma porco giuda, diceva tra se Edo, per una volta che il beveraggio è gratis ecco che arriva Babbo Natale. Ad ogni inizio di canzone questo signor Giorgio gongolava e ne pronunciava il titolo, palesando oltre al proprio interesse anche un'indubbia conoscenza di quel genere musicale.

Edo intuì che fosse un musicista o, quantomeno, un appassionato di musica brasiliana: era piuttosto raro, infatti, incontrare qualcuno che conoscesse quei motivi. Vada per La ragazza di Ipanema o Desafinado, che bene o male si sentivano talvolta alla radio o eseguite nei piano-bar, ma per conoscere titoli come Doralice o Chega de saudade occorreva necessariamente essere avvezzi a quel tipo di ascolto.

Mezzanotte era già passata quando anche l'ultima canzone in scaletta arrivò al finale. Maurilio Bussola detto il Seppia ripose la sua chitarra nella custodia. Poi, melenso come un lumacone, si sedette ad un tavolo poco lontano dal banco a chiacchierare con la cameriera che si era presa qualche minuto di pausa. Edo, invece, si attardò al proprio tavolino in compagnia di questo signor Giorgio, aspettando la bottiglia di Prosecco che questi, senza dare nell'occhio, aveva ordinato a Carlo, benché la cosa non fosse sfuggita a Edo.
- Siete molto bravi – esordì Giorgio.
- Si fa quel che si può – minimizzò Edo stringendosi nelle spalle.
- Quel che si può? Non fare il modesto! Ce ne fosse di gente che suona come voi. Tu, in special modo, hai un tocco da brasiliano veramente invidiabile.
- Beh, adesso non esageriamo... – tentò di interloquire Edo. Ma l'altro non gli diede bado.
- Non avrei mai immaginato che fossi anche un amante della bossanova.
- Certo che ne hai fatta di strada.
Edo era confuso: ma come parlava quello lì? Non avrebbe immaginato? Ne hai fatta di strada?
- Ma lei mi conosce già. – balbettò.
- Oh mio Dio, mi dai del lei? Sono così invecchiato?
- Mah, io le... ti giuro... insomma, probabilmente ho la me-

moria in poltiglia. Però davvero, non ricordo.

Ma dai, sono Giorgio, l'amico di Romano Borghesi. Non ricordi quella notte a Poiano, alla Grottina, quando abbiamo suonato fino all'alba... che anno era? Il settantotto... no, il settantanove...

Ed ecco il flash:

Era l'inverno fra il settantanove e l'ottanta. Edo e gli altri della band stavano lavorando al loro secondo disco. Avevano da poco preso in affitto la Grottina, a Poiano di Valpantena, una vecchia balera chiusa da anni e l'avevano adibita a sala prove, con tanto di moquette per terra, pareti insonorizzate, cabina di regia e tutti i crismi atti all'uopo, compresa una cucina funzionante, un fornito (talvolta) banco bar e poltrone per gli ospiti. Sgobbando sodo per mesi, autotassandosi per le spese, senza lesinare sulle ore di lavoro e dedicando a quell'impresa tutto il tempo libero, alla fine avevano ottenuto quello che oltre alla loro sede ufficiale sarebbe diventato, all'insegna della musica e della privacy, anche un ritrovo per allegri simposi con amici.

Una sera Ivano, Erminio (rispettivamente il bassista e il batterista del gruppo) e Edo, incapaci di pervenire, fra le tante, ad una precisa idea su come realizzare la copertina dell'imminente disco, nel tentativo di discernere un briciolo di concretezza da quell'inconcludente brogliaccio di elucubrazioni, erano andati a far visita a Romano Borghesi, un ex batterista ora pittore, nel suo atelier in centro, e lo avevano trovato in compagnia di alcuni suoi amici musicisti.

Come spesso accade quando hobby e passioni sono condivisi, fatte le presentazioni di rito non c'era voluto molto ai presenti per simpatizzare, e dopo un'ora di facezie e amenità musicofileggianti, coadiuvate, per giunta, da un paio di bottiglie di un rosatello portoghese nient'affatto male, essendo nel frattempo arrivata l'ora di abbassare la voce per non disturbare i vicini, l'invito di Edo a proseguire la serata alla nuova sala prove di Poiano, dove, fra l'altro, si sarebbe potuto anche suonare senza dar noia a nessuno, fu accolto da tutti con entusiasmo.

Prima di dirigersi verso la Valpantena, si erano spostati, dietro proposta di Romano, alla vicina osteria "Dalla Rosa", sia per farsi un bicchiere di quello buono, sia per rifornirsi di che dissetarsi durante la serata.

Che fossero andati alla Grottina Edo lo rammentava. Ciò che non ricordava era invece cosa fosse successo poi, cosa avessero suonato, né quanto fossero rimasti; solo una sbiadita immagine di qualcuno che va dal fornaio a prendere del pane caldo e chissà dove a riempire di vino i due bottiglioni anzitempo rimasti vuoti.

C'era anche Giorgio quella notte? Evidentemente sì. Ma anche questa era un'ombra che Edo non riusciva a mettere a fuoco.

- Mi ero aggregato a voi all'osteria della Rosa, non ricordi? Avevo la fisarmonica…

"Ah, ecco!"

- E ti ho accompagnato in macchina dal fornaio di Marzana a prendere il pane.

"Ma pensa te!"

- E lungo la strada mi sono dovuto anche fermare, ché ti veniva da vomitare.

- Alla faccia del bicarbonato di sodio!

- Insomma, proprio non ti ricordi? – Giorgio sembrava deluso.

- Beh, se ho vomitato vuol dire che ero zeppo come un otre.

- Oh, in quanto a questo lo eravamo tutti.

- Perciò si spiega. – osservò Edo – Infatti, mi capita di non ricordare bene quello che faccio o dico durante una sbronza.

- Ma sì, ti capisco – concesse Giorgio – succede anche a me. Però quella notte me la ricordo bene: anche perché mi sono ronzate le orecchie per giorni a causa del vostro volume.

Edo sorrise. Non erano rari, allora, commenti come questo ad indirizzo di gruppi Rock, come, del resto non lo erano ora:

- La musica Rock è così. – spiegò.

Giorgio scosse lievemente il capo, le sue labbra si piegarono in un sorriso indulgente.

- E poi eravamo giovani – aggiunse Edo – sanguigni, pieni di entusiasmo e di voglia di spaccare il mondo, più che le orecchie della gente. Per noi era normale suonare così, sennò non ci divertivamo.

- Certo certo, lo so. Ma a proposito: che fine ha fatto il tuo gruppo?

- Sono quasi tre anni che non esiste più o meglio, esiste ancora come nome, per così dire, ma dei vecchi elementi sono rimasti solo il batterista e il cantante. Ma in giro non ci vanno mai. Suonano solo in cantina, per diletto. Il primo a mollare l'osso è stato Ivano, il bassista, verso la fine dell'ottantadue. Io me ne sono andato ai primi di agosto dell'anno dopo.

Mi dispiace. Eravate bravi, e anche sulla via del successo, a quanto pare; ricordo di avervi visto a Canale 5... era una rassegna musicale presentata da Mike Bongiorno. Cos'è successo poi?

- Cos'è successo? È successo che l'abbiamo ricevuto nelle terga, per dirla in modo elegante, ma è una storia lunga. E ad ogni modo è ormai acqua passata.

Il tono di Edo non lasciava spazio a dubbi. Giorgio sembrò capire di aver involontariamente fatto scivolare la conversazione sopra un argomento non molto gradito, e per qualche istante rimase silenzioso.

- Comunque – Giorgio aveva cambiato registro – tornando a stasera, adesso ti vedo molto più maturo. Hai cambiato genere, ed è giusto che sia così, se si vuol andare avanti; anche se, se mi permetti, quella che fai adesso è roba un po' troppo raffinata, da intenditori insomma, e io credo che il pubblico veronese non sia in grado di apprezzare la bossanova. Guarda il Jazz. Quanti sono quelli che lo digeriscono?

- Hai messo il dito sulla piaga. – ammise Edo – Del resto, che ti devo dire, a me, di suonare baglionate non mi va più. Piuttosto mi trovo un lavoro e mi tengo come hobby la musica che piace a me e fanculo tutti.

- Adesso che fai? Lavori con la musica?

- Sì e no. Ho qualche allievo, tutto qui. Con questo duo stiamo incominciando ora, ma non che ci creda molto. In ogni caso arrivare a fine mese è dura. È proprio come dici tu: la nostra roba non va. E sai perché? Perché il popolo è bue. Hai visto no? Quelli di stasera per esempio, se ci mettevamo a sbrodolare canzoni di Battisti o dei Nomadi, staremmo ancora suonando circondati da ragazzini ignoranti e capricciosi.

- È quello che ti dicevo. – affermò Giorgio – Ma voi, perché non vi date da fare per trovare qualche posto più adatto al vostro repertorio? Che so… qualcosa di più elegante, magari fuori Verona. Sai come si dice no? Nessuno è profeta in patria.

- Lo so, e hai perfettamente ragione. Anzi, sai cosa ti dico?

Edo s'interruppe. Carlo stava arrivando con il secchiello contenente la bottiglia e con tre flûte infilate tra le dita, inoltre la cameriera si stava alzando per tornare alle sue faccende, perciò Maurilio Bussola detto il Seppia, smessi ammiccamenti e caramellosità, entro pochi secondi avrebbe ripreso il suo posto.

Edo si affrettò a chiudere il discorso:

- Stavo dicendo che a fine maggio, primi di giugno, se tutto va come deve andare, me ne vado in giro per l'Italia con un amico a suonare agli angoli delle strade.

Giorgio lo guardò in silenzio.

- Sì, hai capito bene. – puntualizzò Edo – Andrò a mendicare.

Giorgio stava per dire qualcosa, ma l'arrivo di Maurilio Bussola detto il Seppia e lo sguardo eloquente di Edo lo fecero desistere.

Allora prese una banconota da diecimila lire dal portafoglio e, senza proferire parola, si abbassò di lato e la infilò nella vicina custodia ancora vuota di Edo.

Forza, qualcuno apra quella bottiglia – disse poi con enfasi forse eccessiva, quasi intendesse eludere, soffocandolo, un eventuale gesto di ringraziamento da parte di Edo. – che mi è venuta una sete...

Seduto sul comodo sedile dell'auto di Giorgio, che si era offerto di accompagnarlo a casa, Edo non si addormentava solo perché tartassato di domande all'incalzare delle quali, vuoi per gratitudine, vuoi perché ora Maurilio Bussola detto il Seppia non c'era, non poteva più sottrarsi con l'evasività che aveva caratterizzato le sue risposte poco prima al bar.

- ...quindi hai divorziato. E poi?
- Poi, dopo un anno di crisi che non ti dico, mi sono messo con un'altra. Ma in capo a un paio d'anni è finita anche con lei.

Dopo un momento di silenzio, proseguendo il filo dei propri pensieri Giorgio chiese:

- Perché Pescantina?
- Sono ospite di un amico. Una casa mia non ce l'ho; dopo due settimane di dormi qui dormi là ho dovuto accettare quello che veniva.
- Perché non ti sei preso in affitto un miniappartamento in centro?
- E i soldi dove li prendevo? Altro silenzio.
- Perché hai deciso di metterti a fare l'artista di strada?
- Cos'altro mi resta da fare?
- Dio santo, un'alternativa c'è sempre a tutto.
- Per esempio?
- Che ne so... col tuo amico di stasera, per esempio, perché non abbassate il tiro proponendo qualcosa di più commerciale? Potreste suonare in decine di locali, senza problemi di target e

senza dover scovare nicchie di intenditori.

I target, le nicchie… Parli bene tu, ma se sapessi il casino che ho in testa. Adesso come adesso desidero solo cambiare aria. Edo incominciava a lasciarsi andare:

- Sono stufo capisci? Stufo di tutto. Di non avere una lira, di non avere una casa, né una macchina, di non riuscire a sbarcare il lunario con un lavoro che mi piace, di campare di espedienti. E poi bevo come una spugna, mangio male, o troppo o troppo poco. Non ho orari, soffro d'insonnia; e poi basta va là, ché potrei andare avanti fino a domani a raccontarti le mie disgrazie.

- E pensi di risolvere i tuoi problemi andandotene?

- Non lo so. Mi viene da pensare che, per come tiro avanti adesso, razionalizzare gli espedienti, per così dire, sarebbe già un inizio, non trovi? E poi sono convinto che anche solo vedere posti nuovi, facce diverse, sia per me salutare. E non è escluso che possa imbattermi in qualcuno che mi aiuti a risolvere il presente, che cacchio ne so… uno che mi proponga qualcosa di valido, un contratto per suonare da qualche parte, ma anche un lavoro fuori della musica, perché no? O qualsiasi altra cosa che mi tiri fuori dalla cacca; un cambiamento insomma, poi da cosa nasce cosa.

Giorgio sorrise:

- Se non altro l'ottimismo non l'hai perso.

- L'ottimismo? Me lo tengo stretto. Ogni giorno mi sparo in vena la mia dose di positività come un diabetico si inietta la sua fiala di insulina. Sono costretto a farlo, altrimenti mi sarei buttato nell'Adige già da un pezzo.

- Ma sì – minimizzò Giorgio svoltando dove Edo gli aveva indicato – ti capisco, stai semplicemente attraversando un brutto momento.

- Ancora! – sbottò Edo – sono stufo di attraversare brutti momenti, ché qua fra poco non finiscono più.

- Questo è certo. Di brutti momenti, caro mio, ce ne saranno sempre; e ti dovrai rassegnare ad affrontarli, stanne sicuro, fa parte del gioco. Ma passeranno, come passerà questo, vedrai. E domani arriverai persino a riderci sopra. Prendila così: ogni esperienza, in quanto tale è positiva. Più ne fai e più impari a vivere. Il tuo è un passaggio, un apprendistato che ti permetterà di comprendere un po' il mondo e te stesso. Il mondo è anche tuo, no? E allora! L'importante è che non ti dimentichi che qualsiasi cosa accada sei, e rimarrai sempre, una cellula della società, un ingranaggio del sistema. Vedrai che quando avrai individuato qual è il tuo ruolo avrai le idee più chiare e tutto andrà aggiustandosi. In fin dei conti non hai che trent'anni. Avessi io la tua età – sospirò – la tua libertà, il tuo talento...

Nel frattempo la vettura era arrivata in prossimità del vicolo di casa Raffaelli. Edo fece segno a Giorgio di fermarsi.

- Ti inviterei su, ma non ho niente da offrirti e, oltretutto, ho proprio bisogno di dormire.

- Non preoccuparti, per me è stato un vero piacere rivederti e ascoltarti in questa tua nuova veste.

Prima di scendere dall'auto Edo gli strinse la mano.

- Grazie – disse semplicemente.

- Oh, che vuoi che sia; per una mezz'oretta di macchina...

Edo abbozzò un sorriso, forse il primo sincero di quegli ultimi due giorni:

- Non mi riferivo al passaggio che mi hai dato, ma alle tue parole. Sento che mi hanno fatto bene.

- Ecco, lo vedi che a qualcosa servo anch'io? E io che pensavo di essere ormai vecchio e inutile, e anche un po' rimbambito.

- Rimbambito? – si stupì Edo – non mi sembra proprio; perché dici così?

Sul viso di Giorgio seminascosto dalla penombra transitò un leggero velo d'imbarazzo.

- Devo confessarti una cosa.

"Porco giuda, cosa tirerà fuori adesso?"

- Non mi ricordo come ti chiami.

Edo, già sceso dalla macchina, si abbassò a cercare lo sguardo di questo strano personaggio, riapparso all'improvviso dall'estremo margine di un passato pur non lontano, tuttavia remoto e nebuloso. Voleva dare un ultimo sguardo al volto di chi, anche se solo per mezz'ora, gli era stato amico e mentore; imprimerselo nella mente, e non dimenticarlo laddove, fra due o vent'anni, l'avesse nuovamente incontrato per caso in un bar.

- Edoardo. – disse – Edoardo Grassi. Ma puoi chiamarmi Edo.

E con la sua chitarra – strano, adesso sembrava più leggera – si avviò verso il letto.

19

Pescantina, Sabato cinque aprile mille e rotti ore 16

Ho dormito dodici ore filate. Non mi succedeva da prima che nascesse Cristo.

Ieri sera abbiamo suonato (Maurilio Bussola detto il Seppia ed me) dal Carletto. All'inizio c'era anche gente, ma di quello che suonavamo non gliene fregava un bell'organo genitale maschile.

Ho anche incontrato uno che non vedevo dai tempi d'oro della Grottina. Si chiama Giorgio, musicista, amico di Romano Borghesi. Subito non l'ho riconosciuto, ma dopo un po' non l'ho riconosciuto lo stesso, però mi sono fidato. Dice che avevamo passato insieme solo una notte nel 79, e che ci eravamo ubriacati tutti quanti come maiali. C'erano anche Ivano e Erminio (quella sera del 79 alla Grottina, non ieri sera dal Carletto), Romano, e altri musicanti che non ricordo. Comunque ha pagato da bere tutta la sera (ieri, non nel 79) e poi mi ha accompagnato a casa. Abbiamo anche parlato, ma ero talmente in tilt dalla stanchezza e dall'alcol che non mi ricordo di cosa. Spero di non avergli raccontato qualche cazzata, ché mi capita spesso quando ho bevuto. A fine serata questo Giorgio ci ha dato anche un deca di mancia, ma il Tronfione non ha voluto la sua metà: dice che non vuole la carità di nessuno, lui, 'sto mona! Allora l'ho mandato a fare la cacca, lui, e mi sono tenuto il deca tutto per me, lui! che di questi problemi non me ne faccio (ci mancherebbe che mi mettessi anche a rifiutare le mance adesso). Comunque mi ha fatto girare le palle (Maurilio Bussola detto il Seppia, non la mancia), quando mi ha chiesto se volevo volessi essere accompagnato a casa gli ho detto che mi sarei arrangiato e arrivederci a lunedì sera per le prove (tanto, si era già offerto Giorgio, sennò credo che avrei accettato: avevo una coma* intorno che a momenti non stavo neanche in piedi).

    *coma (al femminile) dicesi di stanchezza profonda.

Ode Inquieta

Inseguito dai miei errori
l'inquietudine colgo serpeggiar
Sermoneggia un'ode
Il mio pensar di me
goloso E un dio sfarzoso
Cui darmi non
so La coscienza
invade

Bah, l'importante è arrivare vivi
Sempre sabato, sempre 5 sempre aprile, sempre 1986, sempre come
la pagina precedente, sempre dopo Cristo (foro colombo), ore 18
(quasi).

Ho un leggero tremito alle mani: o mi sono beccato il morbo di parkinson (non si sa mai, alle volte), o bevo troppo. Il mio fegato sta cantando "Tenimmoce acussì anema e core". Penso che sia giunta l'ora di darsi una bella regolata. Sì, lo so, continuo a dirlo ma non

Telefono 'petta che rispondo, va là

- Pronto? Ah, ciao Max. No no, stavo scarabocchiando. Sì e no, cioè: ieri sera abbiamo fatto una serata di prova in via Pellicciai e mercoledì idem al Braciere di Arbizzano. Bah, una specie di osteria... come? via Pellicciai? Esatto, in centro... No, quello è un bar, all'inizio della via, dalla parte di Piazza Erbe... esatto, poco prima delle scalette per il Campidoglio... negozio di scarpe? Che negozio? Boh? Non so... fa niente, magari la prossima volta che ci vediamo ci passiamo, ochèi? così vedi dov'è… Ma no, quali soldi, era una serata di prova, ti dico, ci ha dato da mangiare e da bere e buonanotte ai suonatori, come si suol dire… boh? vedremo, ma non ci credo molto: ai quattro buzzurri di clienti che c'erano non gliene fregava un cazzo della bossanova… ha detto di ripassare fra qualche giorno, ché intanto ci pensa. In pratica come tutti quelli che non hanno il coraggio di dirti subito di no. Ma è chiaro. Non sono mica nato domani. Certe cose si capiscono al volo… soldi adesso? Mi pare di essere Rockfeller: ho bensì diecimila lire. Come? Ah già, è vero, non ci pensavo più. Sì sì, me l'ha pagata, ma quel giorno avevo una fame… e il frigo era sotto vuoto spinto… insomma lì per lì… voglio dire, ho fatto la spesa. Poi tra una cosa e l'altra alla fine non sono riuscito a tenerne da parte e se ne sono andati tutti che non me ne sono neanche accorto. Beh, ti ringrazio, ma per come stanno andando le cose non credo che fra una settimana o fra un mese le cose saranno diverse… fa tu: ho solo tre allievi… però mi viene un'idea. No, non per telefono… la prossima volta che ci si vede ti faccio una proposta, ma una proposta, che stai meglio così, vedrai. No ti dico, quando ci vediamo. Non so, quando vuoi… Stasera? No, niente di particolare… ma non vai dalla morosa? Ma va? Non lo sapevo… da quasi un mese? Ma pensa te, io che vi vedevo tanto bene insieme… Eeh? Hai capito, sta maialona… quindi adesso sei libero come un uccellino sgabbiato. Però te l'ho detto: guarda che non ho una lira… ss-sì, ma devo anche comprare qualcosa da mangiare qualche volta. E poi le sigarette… massì, massì. Allora va bene, così poi ti dico. Alle nove? Ochèi. Ah, tu mangi a casa? Va bene, allora esco un attimo e poi mi preparo qualcosa anch'io. Ci vediamo dopo? Ochèi. Ciao. Sì alle nove giù in strada. Dacc… d'accordo… sì… te lo dico dopo… no, dopo! Daiii, non depauperarmi lo scroto! Sì, dopo. Ciao. Ciaociaociao.

Ore 18 e un tot

Mi ha telefonato il Max . Mi ha elegantemente ricordato che gli devo pagare la chitarra, ma io gli ho detto che de danè ghe ne minga, come dicono i milanesi. Alle nove viene qui. Poi andremo da qualche parte. Vedremo.

Ala pro

Pro:
Mi sono pappato due paninazzi con pancetta e peperoni sottaceto scottati in padella.
Per domani invece ho comprato del petto di pollo. E il deca di Giorgio è già evaporato. Fa niente, va là, che se non c'era lui chissà cosa avrei mangiato domani. Per stasera mi sarei arrangiato con un piatto di pasta.
Bah, al limite mangiavo pasta anche domani.
Vado al cesso, ché mi fugge.

Ala pro

L'incredibile ordigno variopinto che Marzio Stefanelli insisteva a chiamare automobile, inseguita dagli sguardi incuriositi di un gruppetto di ragazzini festanti che uscivano di chiesa, attraversò Pescantina alle nove in punto. Edo aspettava, gomiti appoggiati al muretto, da una decina di minuti, quando, ancor prima del motore, il clangore di una musica metal in avvicinamento gli annunciò l'arrivo dell'amico. All'aprirsi della portiera il volume aumentò ulteriormente. Edo si chiese quali peccati avesse commesso mai Max per imporsi un tale cilicio: com'era spiegabile altrimenti la sua scelta di chiudersi in macchina con lo stereo ad un volume simile, se non per sottoporsi stoicamente ad una penitenza? Ascoltando Van Allen poi.
- Vieni vieni, ti faccio vedere una cosa – disse Max a guisa di ciao – guarda un po' cosa sono riuscito a procurarmi.

Marzio era così. Ad ogni incontro aveva qualcosa da mostrare: una chitarra deturpata da un suo disegno, un arco con tanto di frecce, un coltellino svizzero con decine di lame, il poster di un gruppo rock, un orologio che fra le decine di funzioni riusciva perfino a dirti l'ora! un accendino dalla forma strana e mille e mille altre improbabili cianfrusaglie che, laddove gli altri se ne disfacevano lui raccoglieva, conservava ed esibiva a chicchessia con feticistico orgoglio.

Edo girò intorno alla vettura per andare a vedere, in quell'informe macula di adesivi, cosa gli indicasse l'amico di così interessante sul parafango posteriore destro:

- Cosa dovrei vedere?

- Non noti niente?

- Cosa dovrei notare, il colore della carrozzeria?

- Guarda bene.

- Cazzo Max, c'è anche buio; e poi con tutti questi stemmi… e dimmelo tu no?

Stefanelli appoggiò l'indice in un punto intermedio fra un Olio Castrol, una bandiera a stelle e strisce e un Che Guevara sbiadito:

- E voilà! – esclamò.

- Beh? Una scritta Fender. E allora?

- Come allora, non vedi che è una "dec" originale delle "Stratocaster"? proprio una di quelle che venivano applicate a caldo sulle palette pre '70. Non un'imitazione hai capito? È proprio la scritta originale della Fender.

- Mannaggia li pescetti! Una reliquia. – ironizzò Edo – Fossi in te la proteggerei con uno strato adesivo trasparente, ché la pioggia non la rovini. Max si grattò la testa con aria pensierosa:

- Dici che dovrei?

- Chiaro che sì.

Dal momento che l'amico ci stava cascando con tutte le scarpe, Edo calcò la mano:

- Anzi, a pensarci meglio faresti bene a toglierla dall'erosione degli agenti atmosferici e metterla in cornice.

- Mmm, toglierla? Ho paura che si rovinerebbe.

- Già, è vero. – ammise Edo – Allora potresti tagliare una fetta di parafango e mettere in cornice quello, così in futuro avrai anche un ricordo della tua vecchia macchina, quella che avevi quando eri un coglione.

- Tu mi prendi in giro – Max finalmente se ne rese conto.

Edo gli mollò uno scappellotto.

Scemo! Dai, andiamo da qualche parte a prendere un caffè, prima che mi venga voglia di alzare la gamba come un cane e farci una pisciatina sulla tua scritta originale Fender pre '70 dei miei due!

- Allora, questa proposta? – chiese Marzio rovesciando il quarto cucchiaino di zucchero nel suo caffè.

- Aspetta – rispose Edo versando a sua volta nella tazzina un goccio di sambuca sottratta al bicchierino che aveva ordinato quale "rimorchio" al suo caffè – prima sediamoci un momento, vuoi? Ecco, là, a quel tavolo, dove c'è "L'Arena", così vediamo se c'è qualcosa d'interessante in giro stasera.

- D'interessante di che tipo?

- Di musica, che altro?

- Vorresti andare a qualche concerto?

- Ma no... vediamo solo chi c'è al "Posto" o al "Double" o in qualche altro locale dove non ti spennino all'entrata. A meno che tu non abbia in mente qualcos'altro.

- No no. Per me è lo stesso... mi conosci no? io non pongo nessun veto.

Edo sorrise tra se: 'non pongo nessun veto'; ne aveva delle belle il Max. Probabilmente aveva sentito quel modo di dire in televisione o chissà dove e gli era piaciuto e, senza darsi pensiero circa il quando e il dove fosse il caso d'usarlo, l'aveva subito adottato. Massì, pensò, ognuno è fatto a proprio modo; Marzio poi, con tutte le sue stramberie era anche divertente.

- Nessun veto dici?

- Nessuno. Decidi pure tu dove vuoi che andiamo. Benza nel serbatoio ce n'è, e domani sono di riposo.

- Bene. Allora vediamo un po'. Come stai a liquidi?

- Ho un cinquantone, ma non vorrei spenderlo tutto. Poi non ne ho più fino al dieci, che è... aspetta... giovedì. Giusto?

- Se lo dici tu...

- Perché? Non è giovedì?

- Ma sì ma sì. – tagliò Edo – giovedì o venerdì... che differenza vuoi che faccia?

- No, nessuna, ma mi conosci no? Io sono un tipo preciso.

- Ci mancava il tipo preciso adesso.

- Hai degli spiccioli in tasca? – chiese Edo.

- Perché?

- Lascia stare il perché. Li hai o non li hai?

Marzio mise una mano in tasca e ne tirò fuori alcune monete. Edo le contò: 750 lire.

- Il cinquantone è in un'unica banconota?

- Sì perché?

- Perché in questo caso tu sei un tipo preciso quanto io sono una cinciallegra malgascia in pantaloncini di velluto fuxia a pois verde pisello, coglione! – concluse Edo assestandogli un altro scappellotto.

- Se vai a cercare il pelo nell'uovo... – obiettò Max.

- Ehi un momento – eccepì Edo – qua il tipo preciso sei tu.

- E va bene, uno a zero per te.

- Se è per questo siamo tre a zero.

Perché tre a zero?

- Per via dell'adesivo della Fender.

- Che c'entra?

- C'entra: non ti eri accorto che ti stavo prendendo per il culo quando ti consigliavo di metterlo in cornice.

- Ma si che me ne sono accorto!

- Non subito però. Quando dissi che era una reliquia ne eri convinto anche tu.

- E va bene, un altro punto. E il terzo?

- È presto detto: essendo tu, per tua stessa ammissione, un tipo preciso, dicendo uno a zero hai sbagliato di conto, e questo vale un altro punto, ergo: tre a zero.

- Ah, la mettiamo così stasera?

- Perché no? – Edo si lucidò le unghie sul bavero.

- Non ho tanta voglia di giocare a braccio di ferro.

- Cinque a zero! – esclamò Edo.

- Perché?

- Perché poc'anzi hai detto che non intendi porre nessun veto.

- Uffa. Comunque semmai sono quattro a zero. – puntualizzò il Max.

- No, cinque, perché essendo un tipo preciso non avresti dovuto dimenticartene.

- Tu stasera vuoi farmi diventar matto. – si rassegnò Marzio.

- Sei a zero.

- E dagli! Sentiamo un po' il perché?

- Perché tu sei già matto.

Ed entrambi si misero a ridere come due monelli dopo una marachella.

20

Al Braciere c'era l'intera umanità (compreso Giorgione, benché di umano avesse assai poco). Nelle immediate vicinanze del locale non si trovava posto per la macchina, perciò Edo e Marzio avevano deciso di lasciar perdere e di raggiungere Pedemonte, poco lontano, per farsi un bicchiere di Valpolicella in un'osteria chiamata "Cooperativa": una sorta di circolo E.N.A.L. o C.R.A.L., frequentato da pensionati durante il giorno, e da torme di giovinastri del luogo la sera, soprattutto nei fine settimana. Edo conosceva la "Cooperativa" per esserci stato talvolta con Riky (da quanto non lo vedeva!), prima di conoscere Elvira, e di quel locale ricordava soprattutto la qualità del vino: buono, economico e genuino, e la ruspante incontaminata avvenenza di alcune ragazze di Fane, che solevano ritrovarsi intorno a quei tavoli per decidere come trascorrere il sabato sera.

- Sei sicuro di quello che fai? – Domandò Marzio ancora incredulo.

- Certo che sono sicuro. Cosa pensi, che un domani possa cambiare idea?

- No ma, voglio dire, la tua Giannini… so che ci tenevi così tanto.

- È anche per questo che ho pensato di darla a te, che sei stato il mio primo allievo, mica per pagare il debito, ché cinquantamila lire si trovano, ma perché così la saprò sempre in buone mani. So che tu ci tieni alle tue cose, quindi se la mia chitarra diventa tua e, come ho detto, me la presterai qualora te la chiedessi, rimarrà sempre un po' anche mia.

Marzio era evidentemente confuso per l'inaspettato regalo.

- Non so cosa dire.

- Non dire niente. Ricordati però del patto, è la cosa più importante.

- Certo, la tratterò come si deve e non la venderò mai. Ci mancherebbe.

- Bene. Allora brindiamo e ufficializziamo l'accordo.

I due alzarono i grossi bicchieri da osteria colmi di vino rosso.

- Alla Giannini – recitò Max – la chitarra del mio maestro che oggi diventa mia.

- Al mio primo allievo – replicò Edo – che con la mia chitarra possa progredire nello studio con i migliori risultati.

Marzio schioccò la lingua e appoggiò il bicchiere vuoto.

- Bene, allora non resta che andare a casa di Elvira a prenderla. Che si fa? Edo si grattò la barba.

- Io non ho voglia di rivedere Elvira. Potrei telefonarle e ci vai tu... anzi no: ti scrivo un biglietto, ché lei conosce la mia calligrafia, e tu ci vai quando vuoi. Magari le telefoni prima. Il numero ce l'hai.

- Per me è uguale – si adeguò Marzio – facciamo come preferisci. E Edo a ridere:

Ah già, ché tu non poni nessun veto. – e giù un altro scappellotto.

Intorno alle ventidue i due decisero di fare un salto al "Double" per ascoltare il sax baritono di Bruno Marini. Non che il jazz fosse un genere che lo stomaco di Max fosse in grado digerire agevolmente, ma, forte della mancanza di veto, Edo aveva quasi imposto al giovane amico di disintossicarsi un po' dal suo metodico abuso di quell'assordante sferragliamento, che solo un eufemista avrebbe chiamato musica, con qualcosa di serio.

Durante il tragitto Edo non ebbe granché modo di meditare su quanto aveva fatto: il continuo chiacchiericcio dello Stefanelli gli impediva sia di godere della sua gratitudine per il regalo fattogli, sia di pentirsi di aver troppo impulsivamente perduto la sua amata Giannini: unico oggetto – ma per Edo era molto più di questo – rimasto a testimoniare un passato. Unica cosa a concreto ricordo della sua vita coniugale e professionale prima, e del superamento di una crisi dopo. Ora l'aveva regalata, e ci sarebbe stato di che pensare. Si trattava di incoscienza o dell'abbandono di una remora? Poteva un oggetto recare o rievocare emozioni ormai perdute? Sì, Edo ne era convinto. Ma insieme a quelle emozioni e quelle reminiscenze non c'era forse anche una parte del suo essere che doveva essere cancellata? Se il ricordo di un dolore era ancora dolore, quale ne era, fra gli altri ricordi, il simbolo più emblematico se non la sua vecchia chitarra?

L'aveva comperata nel settantasette, dopo averla provata per un mero caso, e dietro mille insistenze, pagandola più del suo prezzo di mercato, strappandola quasi di mano ad un musicista di piazza Renato Simoni che non se ne voleva separare. L'aveva usata per le sue prime lezioni con Piero Messina, insegnante di chitarra al CIM di Verona. L'aveva sverniciata, ne aveva assottigliato tavola e fondo, quindi riverniciata a tampone con una rara gommalacca all'alcol per violini di pregio che aveva avuta, anche qui dopo lunghe insistenze, da un liutaio austriaco. Con la sua Giannini aveva studiato e imparato le prime bossanove, aveva composto tutte le sue canzoni, aveva pianto e bestemmiato nei momenti di solitudine dopo lo sfacelo dell'ottantadue, aveva impartito le sue lezioni a decine di allievi, primo dei quali, appunto, Marzio Stefanelli.

Massì! Se qualcuno doveva ereditare quella chitarra era proprio lui. O Marzio o nessun altro. Edo sperava solo che fosse in grado di assimilarne l'energia contenuta, benché per riuscirvi sarebbe occorsa una sensibilità della quale Max, almeno per ora, era incapace e una sensitività cui era totalmente alieno. Ciò nondimeno tutti si cresce e, va da sé, prima o poi questo sarebbe accaduto anche al suo giovane amico. Rimaneva da vedere quale sarebbe stata la direzione e l'entità di quella crescita, attinente più alla sfera spirituale che intellettiva. La sensibilità, pensava Edo, si acquisisce con l'esperienza, non con l'esercizio, con buona pace di chi, cavalcando l'onda della New Age, s'inventa corsi costosissimi – miscellanee di meditazioni più o meno trascendentali, surrogati di yoga, rituali esoteroidi, che di esoterico hanno solo l'arrogante ignoranza dei loro officianti; autoipnosi e altro ancora, il tutto volto all'autodeterminazione – al termine dei quali viene promessa una sbirciatina all'illuminazione e alla consapevolezza. Sì, la consapevolezza di essersi fatti fregare! Può darsi che in India o in Tibet qualcuno riesca, dopo anni di rinunce, digiuni e preghiera, ad accedere a questa tanto decantata illuminazione; ma in occidente tutto questo è soltanto un business. La determinazione, la volontà non sono che l'inizio, un buon inizio, certo, ma solo il fato può determinare e destinare, nella sua imponderabilità, le esperienze di vita future di un individuo, legate come sono a percorsi di altre vite che con esse andranno necessariamente ad interagire, e per le quali non si può aprioristicamente decidere, con o senza l'intervento del proprio arbitrio. Volere è potere? Può darsi, ma non sempre. Non per tutti.

Ma adesso era impossibile addentrarsi in quel dedalo di considerazioni: Marzio, lontano anni luce dalla galassia in cui i pensieri di Edo andavano a smarrirsi, parlava, parlava, parlava. Senza dire niente. Continuava ad imbastire ed esternare frasi più o meno logiche (ma senza un filo logico apparente che le legasse tra loro e senza che nulla gli venisse chiesto): ...e il pezzo di parquet che aveva trovato in un cassonetto da cui avrebbe ricavato un ottima tastiera per una chitarra che aveva in progetto di costruire; e la marmitta della macchina da cambiare, ma non questo mese, perché aveva già in programma l'acquisto dei coprisedili in pelo di pecora; e la morosa che l'aveva cornificato e lui l'aveva lasciata, anche se, a dire il vero, era stato proprio lui, quella volta, a proporle di fare sesso in tre; e il desiderio di comprarsi un metal detector con cui si sarebbe sicuramente arricchito rastrellando le spiagge nelle sere d'agosto; e Rambo, ché quello sì che è un uomo; e il suo sergente a Pisa, che l'aveva spinto giù dall'aereo al suo primo lancio col paracadute (ci mancherebbe che l'avesse spinto senza); e guarda che stronzo quello, che ha girato senza mettere la freccia; e le Winston che, basta farci un pelo di abitudine e sono proprio uguali uguali alle Marlboro…ma proprio uguali uguali. E Edo, alla deriva in quel nulla delirante, che rispondeva a monosillabi, tentando di persuadersi di non aver fatto una cazzata a lasciargli la sua Giannini.

Ma ciò che era fatto era fatto, e non si poteva tornare indietro. Via dunque, era inutile pensarci o, meglio, tentare di farlo; laggiù già s'intravedeva il "Double Face", e tra poco avrebbero ascoltato un po' di jazz.

Ed ecco dunque lo Stefanelli che tenta di infilare la sua decalcomania ambulante fra una Mercedes e una Centoventisette, ma eccolo poi desistere e parcheggiare dieci metri più in là; ecco che prima di scendere inserisce una cassetta nello stereo per far sentire a un Edo sulle spine un assolo di Yngwie Malmsteen; eccolo ora inventariare il contenuto del suo marsupio per assicurarsi di avere sigarette a sufficienza, accendino, fazzoletti di carta e chissà cos'altro, e poi decidere che forse no: le sigarette non sarebbero bastate, per cui sarebbe il caso, prima di entrare, di andare a cercare un bar-tabaccheria. Ma ecco Edo, che finalmente gli assesta l'inevitabile scappellotto, facendogli notare che, vista l'ora, nel frattempo il concerto termina, Dio buono! e Marzio a fare le spallucce, ché tanto il jazz sentita una sentite tutte, al che ecco Edo scrollare la testa, avvicinandosi fatalmente alla tardiva certezza d'aver dato delle perle ai porci, quantunque la speranza, anche quella di sbagliarsi ora, sia l'ultima a morire.

21

- Non hai fame tu? – chiese Marzio.

- Io ho sempre fame – rispose Edo.

Non era del tutto vero, ma una delle regole fondamentali di chi vive di espedienti è quella di accettare sempre ciò che ti si offre, da bere a da mangiare che sia.

- Anch'io. Con tutto il vino che abbiamo bevuto, se non metto dentro qualcosa che mi asciughi un po' lo stomaco qua è grave. Mi sembra di avere i pesci in pancia...

- Abbiamo bevuto troppo secondo te? – si stupì Edo – Per quanto mi riguarda sono al di sotto della media.

- Tu forse, ma io non sono abituato a bere.

- Bah, non prendertela, ognuno ha i suoi limiti.

- Pensi che ci sia una pizzeria ancora aperta?

- Che ore sono?

- Manca un quarto all'una.

- Dunque vediamo: C'è la "Bella Napoli" in via Marconi, la "Marechiaro" in via San Paolo, la "Vesuvio" a San Zeno, ma chiude all'una, la "Torre 5" in Corso Porta Nuova, la "Nastro Azzurro" in Piazza Bra, la "Notte e dì" in Borgo Venezia, vicino a Mondadori, che volendo fanno anche gli spaghetti allo scoglio... oppure c'è lo "Spaghetti House"...

- Mah, io protenderei per la pizza.

- Propenderei. – cavillò Edo.

- Eh?

- Non si dice protenderei, ma propenderei.

- Ma sì, è lo stesso.

- Se lo dici tu.

Forse non ha tutti i torti, pensò Edo, in fin dei conti protendere o propendere potrebbero anche voler dire la stessa cosa. Anche se... bah, chissenefrega.

- Allora, che si fa?

- La più vicina è la "Torre 5", ma la migliore è "La bella Napoli", che tra l'altro non è così lontana, cinque minuti e ci siamo. Solo che ci sarà pieno zeppo, come tutti i sabato a quest'ora.
- I sabati – lo corresse Marzio.
- Come dici?
- Si dice i sabati, non i sabato.
"Beh, me la sono voluta".
- Ci andiamo? – proseguì Max.
- Andiamo, ma ci toccherà aspettare un bel po'.
- È meglio aspettare e mangiare una buona pizza, piuttosto che far veloci col rischio di restare delusi. – sentenziò Marzio – E poi che fretta c'è? Intanto si parla un po'.
- Non ti facevo così saggio – disse Edo con una velatura di sarcasmo, che però l'amico non colse.
Massì, rimuginò tra sè, parliamo va là, che fa bene anche a me.
- Allora è deciso?
Vada per "La bella Napoli".

Come previsto la pizzeria era strapiena. Prima di trovare posto ad un tavolo, Marzio e Edo dovettero aspettare quasi un quarto d'ora. Poi finalmente, immediatamente prima che Edo oltrepassasse la sua soglia di sopportazione e mandasse a fanculo tutti, venne il loro turno e si accomodarono in un angolino relativamente tranquillo della sala, per quanto potesse essere tranquilla quella ludica bolgia di affamati del sabato sera.
Edo fu grato al cameriere per la solerzia dimostrata nel prendere subito l'ordinazione e per aver servito altrettanto rapidamente le due birre medie; se per le pizze occorreva attendere, per le birre no. Edo indovinò che questa fosse una direttiva del titolare: un cliente che beve fin da subito probabilmente beve di più o, quantomeno, sopporta l'attesa un po' più di buon grado.
Marzio aprì una confezione di grissini:
- Di che anno è la Giannini? – Chiese prima di addentarne

rumorosamente uno.

- È stata costruita in Brasile nel 1968.

- Immagino che quella chitarra ne abbia viste di tutti i colori, eh?

- Lo puoi ben dire. Con lei ho attraversato i momenti più belli e quelli più brutti della mia vita. Senza esagerare.

- Lo posso immaginare: l'avevi ancor prima di sposarti.

- Già. Si può dire che ci ho imparato a suonare su quella chitarra. Quante ore ci ho passato… e quanti ricordi… le fibre del suo legno sono invecchiate vibrando in assonanza con i miei stati d'animo. Capisci cosa intendo dire? Suona così bene non solo perché la tenevo accordata e la suonavo tutti i giorni, ore e ore il giorno, ma anche perché con lei ho passato momenti di esaltazione e altri di disperazione vera e propria, e il legno ha assorbito tutte le mie emozioni. Le vibrazioni del mio spirito. Giorno dopo giorno, per anni.

Stefanelli, positivista fino all'osso, aggrottò le sopracciglia. Edo spiegò:

- Ti sei mai chiesto perché i violini di Stradivari suonano così bene? Perché lui ogni giorno andava ad accordarli, a suonarli, ad accarezzarli, a spolverarli, a guardarli invecchiare; in parole povere: perché li amava. E il legno con cui erano costruiti si impregnava della sua essenza. Le fibre, stagionandosi, di assestavano secondo vibrazioni che lui stesso imponeva, con le mani e con la mente, ma soprattutto col cuore. Potrebbe sembrare una teoria stiracchiata, vero? Invece si tratta di un'alchimia.

- Alchimia?

- Sì, alchimia dell'arte. Possono insistere i giapponesi con le loro imitazioni, ma non otterranno mai risultati paragonabili a ciò che è ottenuto con l'arte, a meno che non ne seguano i medesimi insegnamenti.

- Tu come sai queste cose?

- Non le so, le intuisco. Diciamo che ponderando su di un'intuizione, forte anche dell'esperienza diretta vissuta sulla mia chitarra, ma anche parlando a lungo con un liutaio che praticava lo Zen, sono giunto alla deduzione di alcune verità. Ti faccio una domanda, vuoi? Prendiamo una chitarra e proiettiamola idealmente in due situazioni differenti. Seguimi bene, d'accordo?

Max appoggiò i gomiti al tavolo.

- Situazione "A": – proseguì Edo – un chitarrista prende una chitarra appena assemblata e la pone con cura lontano da sbalzi di temperatura, dall'umidità, da rumori, luce eccetera, e la lascia lì a invecchiare, diciamo una decina d'anni. Situazione "B": il chitarrista prende la stessa chitarra e la tiene con sé, la suona tutti i giorni, la butta sul divano per fare uno scherzo al gatto, la porta con sé in macchina, la usa nei suoi concerti e con essa in mano si inchina a ricevere gli applausi, la adopera per le strimpellate fra amici, e via dicendo. In pratica la rende partecipe della sua quotidianità; anche in questo caso per dieci anni. Ora, secondo te, alla fine, il suono della chitarra sarebbe uguale in entrambe le situazioni? Oppure si noterebbero delle differenze?

- Io credo che suonerebbe meglio la chitarra "B".

- Lo credo anch'io, ma perché?

- Per come hai detto tu prima: una chitarra invecchiata sotto la sollecitazione continua di un chitarrista risulterà più sonora di un'altra rimasta ferma.

- Quindi condividi la mia teoria?

- Non è questo.

- Allora cos'è?

- È che, pensandoci, mi sembra logico. Nell'altra situazione la chitarra risulterebbe... come dire... afona, spenta.

- Esatto. Come se non avesse mai imparato a suonare, per così dire. È così.

- Ma certo, è così. Mi sembra talmente ovvio...

- Dici bene, anche se quello che tu chiami ovvio, per un non chitarrista è mistero.

- Sì sì, ho capito. – A Marzio brillavano gli occhi.

- Dunque, cos'è questo tuo "sapere" che ti fa dire che è ovvio? Conoscenza? Intuizione? Deduzione? Esperienza? Sensibilità?

- Mah, forse tutte queste cose insieme…

- Ecco. Questa è l'alchimia dell'arte o, meglio, uno dei suoi aspetti.

- Ma allora… se tu hai dato a me la tua chitarra, significa che credi in me, che hai fiducia nelle mie potenzialità.

- È così.

- Porca miseria! Adesso capisco l'entità del regalo che mi hai fatto.

- Mi fa piacere. Spero solo che tu ne sappia cogliere i frutti. Ma non solo, spero anche che tu possa continuare a dare alla mia Giannini i giusti input. E fra dieci anni avrai per le mani uno strumento veramente unico, il cui suono sarà la somma delle mie e delle tue vibrazioni fisiche e psichiche.

- Vedrai che non ti deluderò.

- Lo spero, lo spero proprio. Se non sarà così vorrà dire che ho sbagliato io. Quello che sto facendo altro non è che indicarti una strada sperando che tu la percorra. Ma se, diciamo fra dieci anni, non l'avrai fatto, e non sarai diventato un bravo chitarrista, significherà che io, oggi, non ho capito ancora un cazzo di niente dell'universo della musica, vorrà dire che le mie valutazioni sono errate, e che non sono un maestro, ma un illuso con la testa fra le nuvole che si fa le seghe col cervello. A meno che, toccati i coglioni, tu non abbia perso una mano in un incidente, o roba simile.

I due rimasero in silenzio un minuto, forse più. Entrambi accompagnati dal medesimo leitmotiv emozionale, ognuno percorreva il proprio sentiero della mente, fino ad arrivare non all'inevitabilità di un prevedibile divergere, quanto ad un'inaspettata nuova convergenza: Edo stava rivivendo l'abbattimento e l'impotente rabbia provata nell'ottantatré a Procida, nell'accorgersi che la sua chitarra gli mancava – insostituibile infermiera, pensava allora, che potesse lenire i morsi dell'astinenza e dargli conforto nella solitudine di quegli spossanti interminabili giorni d'angoscia e smarrimento – quando Marzio, quasi avesse paradossalmente percorso lo stesso filo mnestico dell'amico, in modo del tutto inatteso chiese:

- L'avevi con te anche a Procida?

- No. E sto ancora chiedendomene il perché.

- Ma come?– si stupì Max – se non ricordo male, mi raccontasti d'essertene andato nella convinzione di non tornare più, giusto?

- Giusto, avevo fregato i soldi al tipo; non potevo tornare. Allora pensavo di rifarmi una vita altrove.

- E non portasti la Giannini con te?

- No. Andai a prenderla dalla mia ex moglie al mio ritorno. Strano vero?

- Inconcepibile direi. Conoscendoti, è più verosimile pensarti senza braghe che senza la tua chitarra.

- Già, ci ho pensato anch'io, ma allora, voglio dire quando mi facevo le pere, consideravo la musica come la principale causa della fine del mio matrimonio. Ora non ricordo bene cosa pensassi la sera che decisi di andarmene; so solo che per la sera seguente avevamo in programma un concerto a Venezia, e che mi dissi che avrei telefonato per avvertire che io non ci sarei stato. Non ci sarei stato mai più. In quel momento avevo chiuso, capito? Chiuso per sempre, con la musica in generale e con il gruppo in particolare. Basta. Non ne volevo più sapere. In quel momento, dopo mesi di inerzia, improvvisamente contava solo il futuro. Il passato non esisteva più. Pfffft! Tutto sparito. La band, le mie chitarre e gli amplificatori, la casa, i mobili, i vestiti, gli affitti arretrati, la mia Citroën DS Pallas guasta da mesi, senza bollo e assicurazione, i miei genitori, mia moglie e mio figlio, e anche Andrea, che in quei mesi era stato il mio unico vero amico; te lo ricordi Andrea?

- Come no? il vostro tecnico delle luci. Ricordo che tu e lui eravate sempre insieme.

- Fine. Sparito anche lui. Pensa che non gli feci nemmeno una telefonata.

- Povero Andrea; ci eravamo "fatti" insieme solo poche ore prima. Lo so, non mi sono comportato bene nei suoi confronti, ma credimi, non ci pensavo, mi rifiutavo di pensarci, a lui come a tutto il resto. Nella mia testa non esisteva nient'altro che il desiderio di chiudere col passato, disintossicarmi e rifarmi una vita altrove.

- E andasti a Procida.

- Non subito. Prima andai a Milano. Quando arrivai alla stazione salii sul primo treno in partenza. Senza biglietto. Ero preso dal panico.

- Dal panico? – Marzio si stava lasciando coinvolgere dal racconto dell'amico.

- Avevo paura che quello a cui avevo rubato il denaro mi venisse a cercare.

- Perché sarebbe dovuto venirti a cercare proprio alla stazione?

- Dio buono, dove va uno che scappa? E poi ricordavo di averlo messo al corrente del concerto a Venezia. Non era da escludere che, una volta che fosse arrivato a casa mia, ché aveva la chiave, non trovando né i soldi né me, potesse immaginare dove fossi andato.

- Non è detto.

- Certo, non è detto, ma intanto io avevo paura. Cosa sarebbe successo se mi avesse trovato? Sai che pestaggio? E poi cos'avrei fatto? Quello non avrebbe più messo piede in casa mia, non mi avrebbe più dato le mie due dosi giornaliere, sai cosa significa questo per un tossico? Ma non era solo questo. Ormai dovevo andarmene. Capisci? Avevo deciso, e ci sarei riuscito solo quella sera. Dove l'avrei trovata in seguito un'altra opportunità simile, una convergenza di circostanze favorevoli, per così dire, che mi catapultasse fuori, come stava accadendo, da quel mondo schifoso e da quella schiavitù? Ma anche ammesso, lo avrei trovato una seconda volta il coraggio di fare quello che stavo facendo? Rubare il denaro ad uno spacciatore significava dover poi sparire, e il conseguente cambiamento di vita sarebbe stato inevitabile; volente o nolente, non sarei potuto più tornare in quella casa. Per giunta, casa mia era ormai un continuo via vai di tossicodipendenti, e i vicini non potevano non immaginare cosa accadesse. Quello che non sapevano era che lo spacciatore non ero io. Ricordo che in quei giorni avevo il nettissimo sentore che prima o poi sarebbe arrivata la polizia. Pensaci un momento: chi sarebbe stato il capro espiatorio? Avrei potuto raccontare quello che volevo: quella era casa mia.

- È vero. E poi?

Poi il treno partì, e io ripresi a respirare. Era fatta. Avevo tutto il mondo in tasca e tre milioni di tempo, concedimi questo modo di dire, per rimettermi in sesto e decidere che farne. Arrivai a Milano a notte tarda, non ricordo l'ora, tuttavia non albeggiava ancora. Le prime avvisaglie dell'astinenza incominciavano a farsi sentire, ma ero determinato a smettere. Sarei stato male, lo sapevo, ma ce l'avrei fatta, ne ero certo. Mi sdraiai su una panca di marmo e mi appisolai. Ma senti questa: mi svegliarono due poliziotti, mamma mia, se ci penso… Forza, andiamo! abbaiò uno dei due. Ecco, pensai, è finita: come avrei fatto a spiegare la coesistenza delle inequivocabili "piste" che portavo sulle braccia con i tre milioni in contanti che avevo nel borsello? Mentre seguivo i due agenti tentavo disperatamente di inventarmi una storia verosimile da raccontare: erano tutti i miei risparmi? E chi ci avrebbe creduto… mi erano stati prestati? E da chi? Li avevo trovati? Sì, sai le risate… poi mi venne in mente una cosa: svegliandomi così, di soprassalto, non avevo ben realizzato cosa stesse accadendo; c'era una nota che stonava in tutta quella situazione, un'incongruenza che non riuscivo ancora a mettere a fuoco, ma che incominciavo a percepire. Io stavo seguendo i due poliziotti, capisci? Li stavo seguendo, non mi stavano portando via, cazzo! Altrimenti, immaginai, mi avrebbero ammanettato o tenuto stretto per le braccia, che ne so… e invece no: mi avevano svegliato e basta, come probabilmente facevano sempre di prima mattina con i barboni che si riparavano alla stazione. Quel "forza, andiamo!" non significava che ero in arresto e che dovevo andare con loro, ma che dovevo andarmene dalla panca su cui mi ero sdraiato a dormire. Per verificare provai a rallentare il passo. I due poliziotti mi ignorarono, proprio come avevo sperato, e continuarono per la loro strada andando a svegliare un altro che dormiva poco lontano. Non ti dico come mi sentii in quel momento. Altro che flash da pera di amfetamina; ah già, ché tu non lo sai… beh, fa niente, comunque, per dirti, raggiunsi la vicina scalinata e mi accasciai sul primo gradino a piangere come un bambino.

- Porca la miseria!

- Già, porca la miseria.

- E poi da lì partisti per Procida?

- No, aspetta. Poco dopo feci colazione, niente di che, un caffè e una brioche, ma erano secoli… Poi telefonai a Ivano. Anche se dal novembre prima non faceva più parte del gruppo era pur sempre stato il mio miglior amico, per cui lo informai della situazione e lo pregai di avvertire gli altri. Non mi fece domande: Ivano è uno che capisce. Eravamo stati all'asilo infantile insieme… ma sto divagando. Quando aprirono i negozi, andai a comprarmi un borsone da viaggio, un paio di jeans, due o tre magliette, due o tre paia di slip, dentifricio, spazzolino, saponetta, e non ricordo cos'altro… ah sì, una spazzola e un deodorante; e finalmente, andai allo sportello a prenotare una cuccetta. Solo che il primo treno per Napoli con le cuccette partiva alle ventitré, ed era anche ovvio: cosa le avrebbero messe a fare le cuccette di giorno? Ad ogni modo prenotai. Ecco, adesso stavo meglio: assomigliavo un po' di più a un turista solitario che andasse in giro per l'Italia in treno. Dunque, non rimaneva che aspettare. Ora si trattava di far passare il tempo. Già, ma come? Un altro caffè, un'altra brioche, una breve passeggiata, e poi?

- Perché decidesti di prendere la cuccetta? – lo interruppe Marzio.

- Perché non volevo rompimenti di balle. – sbottò Edo.
Sembrava che, emerso dalla rievocazione, il nervosismo di quel giorno fosse tornato a ghermirlo.

- Ti ricordo che eravamo ai primi d'agosto e i treni in quei giorni sono normalmente strapieni. Inoltre dovevo aspettarmi anche il malessere dell'astinenza, ché era già lì in agguato; Dio buono Max, non ero mica in vacanza.

- Hai ragione, non ci pensavo. Ma vai avanti.

- Andai a sedermi su una panchina ai giardini davanti alla stazione. Tanto per fare qualcosa, tirai fuori l'agendina su cui annotavo i numeri di telefono e incominciai a passare in rassegna tutti i nomi. C'erano nominativi di persone che avevo conosciuto in giro per l'Italia; magari mi veniva un'idea, che ne so…e l'idea venne alla lettera E: nell'ottantuno, con Ivano e Renzo, quello che ci faceva da autista quando andavamo a suonare, avevo messo in piedi una società che si occupava di posa in opera di isolamenti termo acustici.

- Sì, mi ricordo. Lavoravate anche per i fratelli Merli.

- Questo è stato nell'ottanta. L'anno dopo ci mettemmo in proprio. Poi, sei mesi dopo chiudemmo per fallimento, chiamiamolo così, ma non andiamo a cavillare. Beh, fra gli altri lavori, facemmo anche il rivestimento di un bar a Solaro, una piccola località vicino Saronno. Il titolare del bar era, come dire… un mago, un sensitivo, una specie di guaritore, anche famoso a quanto sembra, ma non uno di quelli che si fanno pagare, quello era uno serio, che prendeva quello che faceva come una

missione: aveva un dono e lo metteva a disposizione di chi ne avesse avuto bisogno. Tutti i giorni c'era gente che andava a consultarlo. E arrivavano da tutta Italia. Ogni pomeriggio, nel suo studio dietro il bar, per qualche ora lui ascoltava, faceva le carte, leggeva la mano, scrutava la sfera di cristallo, faceva pranoterapia, celebrava riti esoterici, caricava della sua energia talismani e amuleti, che poi regalava, bada bene, mica ci lucrava. Ma insegnava anche il rilassamento, il training autogeno, la visualizzazione cromatica e altre tecniche dovute alla sua conoscenza della psicocibernetica e della filosofia ermetica, che di paranormale avevano ben poco, ma che servivano ad aiutare, soprattutto, chi aveva bisogno solo di un po' di autostima e andava da lui credendo di esser vittima di chissà quali iatture o malefici. Rimanemmo da lui una settimana, durante la quale ci raccontò decine di aneddoti relativi alla sua attività e a quella di altri sensitivi, tra i quali il professor Inardi, te lo ricordi? Il campione del Rischiatutto di Mike Bongiorno… ma no, sei troppo giovane. Ci svelò anche alcuni trucchi di Uri Geller, neanche di lui ti ricordi? Quello che piegava i cucchiaini col pensiero, e io che credevo che fosse veramente un telecineta, mentre non era che un prestigiatore e anche un po' imbroglione. Poi fu smascherato ufficialmente, ma noi lo sapevamo già grazie a Eder Lorenzi, così si chiamava il mago di Solaro, anzi si chiama ancora, dal momento che è vivo e vegeto. – Si grattò la barba – Non sarebbe male se lo andassi a trovare uno di questi giorni, ché magari mi può aiutare ancora, come nell'ottantatré…
- Andasti a trovarlo quel giorno?
- Sì, ci andai.
- E ti fece le magie?
- Ma non dire cazzate, le magie… abbiamo parlato. Gli ho raccontato la mia storia. Lui ha guardato una foto di mia moglie e mi ha detto semplicemente di dimenticarla, per come ero messo in quel momento; se fossi cambiato radicalmente non sareb-

be stata da escludere un'eventuale rappacificazione futura, ma mi fece capire che il problema era un altro: io dovevo scacciare una negatività che si era impossessata di me giorno dopo giorno abbandonandomi all'oblio dell'eroina. L'unico modo per riuscirci era di credere assolutamente in me stesso. Mi fece lanciare i bastoncini del "I King", una tecnica di divinazione taoista; ne risultò una combinazione rarissima e, a suo dire, bellissima, la numero uno: "Il Creativo". Riuscì a convincermi che quello che stavo vivendo era una delle prove che avrei dovuto superare per diventare ciò che era scritto nel mio destino, cioè un maestro. Mi disse che la negatività di cui ero vittima era come un vento, ma io ero come un filo d'erba e quel vento, pur piegandomi, non mi avrebbe mai spezzato, né mi avrebbe strappato al mio terreno. Perciò prima o poi sarei tornato a Verona, e sarei diventato un capofila. Io gli chiesi di che cosa. Lui disse che a suo tempo sarebbe toccato a me decidere. Ma la cosa era certa: centinaia di persone, disse, seguiranno la strada che tu avrai indicato loro. Cazzo! Mi sentivo un leone. Poi accese l'incenso, non i bastoncini che trovi nelle erboristerie, ma quello da chiesa, per intenderci, e celebrò un breve rito; mi mise sulla testa alcune gocce di un olio che non so, recitò alcune frasi in una lingua strana, forse aramaico, e mi impose con le mani l'energia necessaria alla mia riuscita. Poi mi disse di andare tranquillo per la mia strada; sarei stato male ma ne sarei uscito.

- Ma tu ci credi a queste cose?

- Con me ha funzionato. In ogni caso, qua non si tratta di credere o non credere, ma di sapere o non sapere.

- Cosa vuol dire?

- Vuol dire che Eder aveva capito cosa mi serviva. Se analizzi bene le sue parole, vedrai che non mi disse né più né meno di quello che mi avrebbe detto qualsiasi medico, o qualsiasi prete, solo che lui lo fece con parole diverse, più suggestive se vuoi. Insomma, di cosa avevo bisogno per uscire dal tunnel se non di un po' di carica e di fiducia in me stesso? Ed è questo che lui mi diede. Pensaci un momento: chiamò negatività la mia tossicodipendenza, e mi convinse che non mi avrebbe spezzato, e mi motivò a cambiar vita dicendo che altrimenti mia moglie non sarebbe tornata con me, infine disse che sarei diventato un maestro. E, non è forse quello che sono adesso? Anche se sui generis?

- Cosa significa sui generis?

- Significa che per insegnare mi siedo sulle spalle dei maritis delle figlies.

A quel punto ci sarebbe stato bene uno scappellotto, ma Max, seduto di fronte, era fuori portata:

- Che scemo! – rise questi. Poi, tornando serio: Niente di magico allora?

- Cosa significa magico? Per chi non avesse mai visto una lampadina, non sarebbe una magia vederne una accesa? I dagherrotipi, che i pellirosse chiamavano "una magia che ruba l'anima"? E la scrittura? Pensa un momento alla scrittura: che ne dici di uno che non conosca né la carta né l'uso del linguaggio scritto? Come spiegherebbe la capacità di ripetere parola per parola un intero discorso lungo un'ora soltanto guardando una strana foglia piena di, chiamiamole piccole decorazioni, se non come una magia? E il telefono? La radio? Ma ancora prima: il fuoco? La leva? La musica stessa, se ci pensi: come possono alcuni suoni messi insieme secondo determinati criteri, generare in chi li ascolta tristezza o allegria o inquietudine e via dicendo?

- Ma queste sono cose spiegabili scientificamente – obiettò Marzio.

- Oggi sì, grazie alla conoscenza. Ma senza il sapere non apparterrebbero ancora alla magia? Ad ogni modo, le emozioni generate dalla musica non sono mica tanto spiegabili sai? Neanche col metodo scientifico.

- Non so, mi confondi.

- Ascolta: tu pensi che, nella globalità dell'universo, siano più le cose che l'uomo sa o quelle che non sa?

- Mah, mi verrebbe da dire quelle che non sa.

- Esatto, altrimenti sarebbe presunzione. La religione e la fede, del resto, sono state inventate per sopperire alla mancanza di conoscenza: non posso spiegarlo dunque mi fido. In conclusione, quella che oggi viene chiamata magia non potrebbe essere l'insieme di tutte quelle cose che un domani, una ad una, scoperta scientifica dopo scoperta scientifica, diverranno d'uso comune? Com'è stato per la televisione, per esempio, grazie a scienziati che, per la cronaca, in passato erano chiamati alchimisti o maghi.

- Ma non lo so. Porca miseria Edo, mi stavi raccontando di com'eri finito a Procida senza la tua chitarra e adesso siamo qui a parlare di argomenti per i quali servirebbero anni di approfondimenti.

- Hai ragione, mi sono lasciato prendere la mano. Del resto ne so poco e niente anch'io. Ma ecco che arrivano le nostre pizze. Beh, se non altro abbiamo fatto passare il tempo.

- Però dopo la finisci la tua storia, d'accordo?

- Non ti annoia?

- Scherzi? Se non fosse che ti conosco direi che mi stai raccontando un film.

- Anzi, fossi in te scriverei un libro.

- Bisognerebbe che prima imparassi a scrivere, ché a momenti non so neanche cos'è un gerundio.

- Puoi sempre imparare no?

- Bah! Si vedrà. Ma adesso mangiamo va là, ché qua si fredda tutto.

E senza chiedere il permesso a Marzio, a cui sarebbe toccato poi il conto, Edo alzò il boccale ormai vuoto all'attenzione del cameriere:

- Scusi? Ce ne porta altre due per favore?

22

- E adesso? – chiese Marzio.

- Andiamo altrove – rispose Edo laconico.

Erano le due e mezza. Finita la pizza, giusto il tempo di una sigaretta e gli sguardi più che eloquenti del cameriere, con navigata arte, nonché apparente innocenza, incominciarono a spostarsi dal tavolo dei due amici alle persone che aspettavano in piedi. Edo non aveva certo bisogno che gli si facesse un disegnino per capire che se lui e il suo amico fossero andati fuori dalle palle in tempo utile, quel tavolo sarebbe stato ancora idoneo a scodellare altri due o tre coperti prima della chiusura. Non che questo desse fastidio a Edo: addentrato com'era nelle sue reminiscenze, poco contava l'entità di ciò che lo circondava; in pizzeria o altrove sarebbe stato lo stesso. Lo infastidiva solo la necessità di inventarsi un posto, alle due e mezza di notte, ove poter proseguire indisturbato il suo racconto. Ormai ci teneva anche lui: raccontarsi così ad un amico aveva il sapore di una panacea. Fino ad ora solo Elvira era stata partecipe di quei ricordi, per altro in modo frammentario, diluiti nel tempo e annacquati da mille altri casuali aneddoti sparsi qua e là nel corso di due anni di convivenza. A parte lei, nessuno mai aveva ascoltato Edo esporsi in quei termini. Ora invece, che per la prima volta quei fatti venivano raccontati pressoché in ordine cronologico, con ricchezza di particolari e per di più ad un amico, tutto assumeva un aspetto diverso; non si trattava di episodi rievocati, ma di salutari conati che espellessero il bolo mai digerito di un occulto passato.

- Ti informo però che, in quanto a soldi, siamo agli sgoccioli – fece notare Max.

- Sgoccioli sgoccioli?

- Sgoccioli sgoccioli.

- Bé senti, mangiare abbiamo mangiato, bere abbiamo bevuto,

a Pescantina bisognerà pur tornare, no? Che ne dici, andiamo da me? Mettiamo su i Jethro Tull, ché li ascoltavo sempre anche a Procida, e stiamo un po' lì. Al limite, se ti viene sonno puoi dormire: c'è un divano che non finisce più; e se ci viene sete tiriamo il collo a una bottiglia di Cabernet. Vorrà dire che appena potrò glie ne comprerò una cassa, al Raffaelli.

- E lui non ci dice niente?
- Dovrebbe avere una bella voce: è in Birmania.
- Alla faccia! È in vacanza?
- Sì e no. Deve scrivere una guida turistica. Marzio ci pensò un momento:
Va bene – disse poi – allora andiamo.

Rallenta un po' – consigliò Edo – Su questa strada non e raro incappare in qualche pattuglia il sabato notte.
Marzio docile ubbidì.
- … e a Como cosa hai fatto?
- Niente. Visto che ormai ero lì ho fatto due passi, tanto per vedere il lago, e ho bevuto un paio di whisky per imbrogliare l'astinenza che incominciava a diventare fastidiosetta. Erano le quattro del pomeriggio, e normalmente la prima pera me la facevo all'una.
- Ma come cacchio hai fatto a sbagliare treno?
- E che ne so. Ricordo che Eder mi accompagnò alla stazione, che ci salutammo e che salii sul treno. Mi resi conto che era quello sbagliato solo quando il controllore venne a chiedermi il biglietto. Ad ogni modo avevo tutto il tempo. Per me, aspettare a Como o a Milano era la stessa cosa: dovevo far arrivare le undici di sera, no? e allora…
- Sei rimasto a Como tutto il pomeriggio?
- No. Ora non so dirti di preciso, ma ricordo che quando tornai a Milano c'era ancora il sole. Mamma mia che male che stavo. Mi sedetti sopra il marmo all'entrata della stazione, saranno

state le sei, non so… non ce la facevo più; il naso mi colava, e sarò andato al cesso almeno cinque o sei volte. Ero debolissimo e avevo indosso una depressione che non ti dico. Il pensiero di arrivare fino a Napoli, e di lì poi a Pozzuoli per prendere il traghetto per Procida e, una volta arrivato sull'isola, mettermi alla ricerca di un albergo e presentarmi alla reception in quelle condizioni mi spaventò. No. Non ce l'avrei mai fatta. Camminare era come essere sempre in salita. Ora avevo freddo ora caldo; la pancia ancora non mi faceva male, ma sapevo che i dolori sarebbero arrivati, se non entro sera, sicuramente durante la notte. Salire le scale per andare al gabinetto era un'impresa. Ma dovevo farlo, sennò mi cagavo addosso… Mi mancavano le forze. Incominciai a guardarmi intorno alla ricerca di qualcuno con l'aspetto da drogato a cui chiedere come procurarmi della roba. Dentro di me ero ancora determinato a smettere, ma non potevo riuscirci immediatamente. Se fossi stato in una stanza d'albergo sarebbe stato forse diverso, a portata di un letto e, magari, con dei sonniferi a disposizione… ma a Milano, quel pomeriggio era impossibile. Mi sentivo morire. Dovevo trovare della roba che mi permettesse di stare in piedi fino al mio arrivo a Procida, e non era una scusa, come gli alibi che s'inventano i novelli tossicodipendenti quando, ormai presi dal meccanismo, dicono ancora una poi basta… io stavo veramente da cani, non potevo farcela così, di punto in bianco. Mi resi conto che la mia dipendenza era più grave di quanto l'avessi valutata: da due mesi circa mi facevo regolarmente tre pere al giorno, a volte anche di più, ed ora ero nella merda più nera. Finché, fanculo, chiedere non era reato: incominciai spudoratamente a domandare a chiunque mi sembrasse poterlo sapere come avrei potuto risolvere il mio problema. Alcuni mi guardavano male e non si degnavano di rispondermi, altri dicevano che gli spiaceva, ma non sapevano come aiutarmi; ed io stavo sempre più male. Alla fine trovai un ragazzotto meridionale che, dopo avermi guardato le braccia ed avermi fatto un sacco di domande, convintosi che non ero uno della narcotici disse che, in cambio di una dose per lui, mi avrebbe accompagnato da una sua amica che aveva la roba. Finalmente, porco giuda! Forza allora, dov'è che si doveva andare? A Cinisello Balsamo? Era lontano? Bisognava prendere l'autobus? no no, meglio in tassì, ché si fa prima. Non stavo più nella pelle. Ricordo che chiesi al tassista di sbrigarsi, perché ero in ritardo… Ehi, ma dove siamo? Cazzo Max, siamo quasi a Domegliara! Dovevi girare cinque chilometri fa.

- Porca miseria è vero. Ero talmente preso che non me ne sono accorto. Però anche tu, eh?

- Beh, torniamo indietro va là. Non è successo niente.

Arrivato allo slargo di un distributore di benzina Max fece inversione di marcia.

- Che storia. – commentò – Ma come hai fatto a ridurti così?

- Come ho fatto? Dovrei tornare indietro fino a novembre dell'anno prima per spiegartelo.

- Hai incominciato in novembre dell'ottantadue?

- Sì. Quando Antonella se n'andò di casa con Mirco, mio figlio.

- A proposito, l'ho visto qualche giorno fa in Borgo Venezia. Era con suo nonno e il cane.

- Ah sì? e com'era? – s'interessò Edo.

- Era lui che teneva il boxer al guinzaglio. Quello tirava che sembrava un trattore e tuo figlio rideva come un matto.

- Quanto tempo che non lo vedo. – sospirò Edo – se l'avessi qui con me lo stringerei fino a soffocarlo. Ma lasciamo perdere. Dicevo novembre: Un pomeriggio Antonella torna dal lavoro. Insieme con lei c'è uno sconosciuto. Entrano. Mi sto chiedendo chi sarà mai questo tipo quando lui mi dice che mi deve parlare. Boh? Mia moglie guarda per terra. Tace. È nervosa. Bé siediti dico io. Questo si siede e come un fulmine a ciel sereno, come si dice nei romanzi, mi fa: Antonella ed io ci amiamo e abbiamo deciso di vivere insieme. Bum! Il cielo che cade sulla mia

testa. Come? Mia moglie e questo qui si amano? Hanno deciso di andare a vivere insieme? Ma cosa sta succedendo? Guardo Antonella, aspetto che mi dica qualcosa. Lei prende coraggio e mi dice che sì, è proprio così, e che non ce la fa più a vivere con me, e che ha conosciuto lui, e che hanno parlato a lungo, e che ha capito che è con lui che vuole vivere. Avrei voluto dirle ma come? Me lo dici così, adesso? con lui presente? Non potevi parlarmene prima? Magari si poteva risolvere... ma l'orgoglio me lo impedì. Molto bene dico, non sarò certo io a trattenerti. Se vuoi andare quella è la porta e buona fortuna. Lei prende in braccio Mirco: andiamo, dice all'altro. Ed escono. Prima di chiudere la porta mi fa: domani vengo a prendere la mia roba. I mobili non li voglio, e neanche la macchina. Et voilà, les jeux son fait! La situazione era talmente irreale che non ci credevo. Quella sera andai a fare le prove, ché stavamo lavorando al terzo disco, e ricordo che ero convinto di trovarla a casa al mio ritorno e che mi avrebbe detto che ci ha ripensato, oppure che aveva voluto farmi prendere uno spavento per convincermi, che ne so... a cambiare lavoro. Insomma ero confuso, ma non ci credevo. Non era possibile che il mio matrimonio finisse così. Quelle cose succedevano solo nei film. Antonella ed io ci amavamo... d'accordo una sbandata, Dio buono, capita no? Ma da questo a distruggere tutto... no, dai. Stasera vado a casa, pensavo, e lei è lì che mi aspetta, poi mi butta le braccia al collo e si mette a piangere, magari piango un po' anch'io, e poi finiamo a letto e ci scopiamo come due mandrilli, e tutto finisce lì.
- Invece?
- Invece lei non c'è, e non si fa viva neanche il giorno dopo come aveva detto, e neanche quello dopo ancora. E io duro! Stavo scoppiando, ma telefonare a mia suocera neanche pensarci, scherziamo? Al quarto giorno però non ce la feci più. Come pensavo la trovai da sua madre. Rispose Antonella: evidentemente si aspettava una mia telefonata. Bisticciammo un po' per

telefono, ma alla fine la convinsi a tornare a casa, almeno per darmi delle spiegazioni. Porco giuda, volevo capire com'eravamo arrivati a tanto; dove stessero le colpe. Non poteva, dopo otto anni, uscire dalla mia vita in quel modo. Avevo il diritto di non impazzire a forza di chiedermi il perché. E glielo feci pesare. La ricattai moralmente. Minacciai perfino di uccidermi se non avesse accettato di darmi dei chiarimenti.

- E tornò a casa?

- Sì. Alla fine accettò. Una settimana, disse, non di più. E così fu.

- E in quella settimana tu cercasti di farle cambiare idea, o volevi solo sapere i motivi della sua decisione? – s'incuriosì Max.

- Naturalmente cercai di farle cambiare idea. La mia vita, allora, era fatta solo di musica e famiglia. Non ero il tipo che va in giro per i bar o in discoteca, come i miei coetanei. Tu lo sai, no? Uscivo solo per andare a fare le prove col gruppo e per i concerti. Tutto il resto era solo la mia famiglia. Comunque non ci fu niente da fare. Quando, dopo un miliardo di litigi, pianti, bestemmie, preghiere, capii che era proprio finita, sai cosa feci?

- No, dimmi.

- Andai ai giardini, dove ogni sera portavo il cane a fare quattro salti, e barattai la fede e la collanina d'oro, compresa la medaglietta del mio battesimo, pensa un po', per mezzo grammo di eroina. Sapevo che c'erano i tipi con la roba, ne avevo conosciuto anche qualcuno, perciò non fu difficile procurarmela. Poi andai in farmacia a prendere una siringa e arrivato a casa mi sparai in vena tutto il mezzo grammo.

- E poi?

- Come e poi? Ma hai capito bene quello che ho detto? Mi sono fatto tutto il mezzo grammo, cazzo! In un colpo solo! Devo farti una traduzione?

- Forse ho capito. Volevi farti una, come si chiama... una over dose. È così?

- Sì, è così. Volevo morire. Quello è stato il mio primo tentativo di farla finita. Non aveva più senso la vita senza Antonella e senza mio figlio.

- Il primo tentativo? Vorresti dirmi che ci hai riprovato?

- Sì. Altre tre volte.

- Tu stai scherzando – Max era giustamente incredulo.

- Per altro, un po' incredulo lo era anche Edo: davvero gli stava raccontando quelle cose? Nessuno, neanche Elvira era a parte di quel segreto.

- No. Non sto scherzando. Non sono cose su cui scherzare queste.

- Porca miseria, devi avere un angelo custode che fa gli straordinari – osservò Marzio.

- Lo penso anch'io – ammise Edo – un angelo custode stacanovista.

- Come parli difficile. Cos'è? uno stacanovista?

- Uno stacanovista – spiegò Edo – è uno che incomincia a lavorare al mattino presto e stacca alle nove di sera. – e vai con lo scappellotto.

- Daii! Che mi fai uscire di strada! – sbuffò Marzio.

Poi aggiunse:

- Meno male che sono cose su cui non si scherza, vero?

- Beh vedi, tu è la prima volta che senti questa storia, ma per me è diverso. Sono passati tre anni, e in questi tre anni ho avuto modo di pensarci un po' su. Non credi? E poi, grazie a Dio, mi è andata bene. Non dovrei esserne contento?

- Certo ma... insomma, tentare il suicidio non è una cosa da poco. E poi non lo sapevo. Devo ammettere che sono un po' frastornato. Ne hai passate talmente tante che...

- Che?

- Insomma... è difficile credere a tutto. Siamo sicuri che sia tutto vero quello che mi stai raccontando?

- Ascoltami bene ragazzino: – puntualizzò Edo stizzito – se non mi credi va a fare in culo e fine della storia, capito? Ma cosa credi, che mi inventi cose di questo tipo? Io mi sto mettendo a nudo confessandoti cose di me che non sa nessuno, e tu mi dai del fanfarone?

- Hai ragione, scusami. Comunque io non ti ho dato del fanfarone. Dico solo che… porca miseria, se si trattasse di un film direi che è esagerato, come dire… inverosimile ecco, inverosimile.

- Beh, la realtà, in quanto tale, può anche permettersi di essere inverosimile.

- La realtà è vera. Solo la finzione deve essere verosimile, sennò la gente non ci crede. Ad ogni modo, se hai dei dubbi lasciamo perdere e fa finta che non ti abbia raccontato niente. Va bene così?

- No no. Ti ho già chiesto scusa. Ma torniamo a Milano vuoi?

- D'accordo.

Edo fece un profondo respiro:

- Dunque dicevo? Ah si, Cinisello Balsamo. Ehi, attento, è lì che devi girare, ché qua a momenti torniamo a Verona.

- Meno male che me l'hai detto. Io avrei tirato diritto un'altra volta.

Max svoltò a destra.

- Bene – disse Edo – adesso ci siamo, Pescantina è la in fondo, non puoi più sbagliare. Allora, Cinisello. Arrivati là il ragazzo diede le indicazioni al tassista e scendemmo di fronte a un bar. Entrammo. Lui si guardò intorno: evidentemente la ragazza che cercava non c'era. E io che speravo… forse è a casa, disse. Uscimmo dal bar. Io non stavo più in piedi. Lui disse che bisognava fare un mezzo chilometro, al che gli dissi che non ce l'avrei fatta. Poco lontano c'erano delle panchine; proposi di aspettarlo lì. Lui mi guardò, vide che ero veramente messo male; sembrò capire il mio malessere per cui mi assicurò che sarebbe tornato. Stai tranquillo disse, cercherò di fare più in fretta possibile, e partì di buon passo. Mentre aspettavo mi prese ancora il panico, e questa volta amplificato dall'astinenza: se fosse passata di lì una pattuglia dei carabinieri e mi avesse visto così, da solo... se mi avessero chiesto cosa ci facessi a Cinisello Balsamo, in astinenza, con tre milioni in tasca... mamma mia, è meglio che non ci penso, va là. Beh, a farla corta: dopo una decina di minuti una cinquecento bianca si ferma dalla parte opposta della strada. C'è buio, e io non vedo bene. Alla guida sembra una donna. Mi chiama. Capisco che il ragazzo ha mantenuto la parola e mi sento già un po' meglio, infatti, avvicinandomi riconosco la sua sagoma accanto alla ragazza. Sali dietro, mi dice lei spostando il sedile senza scendere dalla macchina. Io mi infilo sul sedile posteriore e anche lei incomincia a tartassarmi di domande. Alla fine decide di fidarsi, mi strappa la promessa di una dose anche per lei e partiamo. Facciamo cinque o sei chilometri o forse anche meno: in quei momenti il tempo è talmente dilatato che... ma non fa niente, che sto ancora divagando. Insomma, arriviamo ad una piccola contrada circondata dai campi. La ragazza parcheggia la macchina in un vicolo e scende dalla macchina. Voi aspettate qui, dice. E si allontana. Io sudavo freddo come una fontana; la camicia era zuppa e mi sentivo addosso il fetore dell'astinenza. Ero in preda alla dissenteria e incominciava a farsi avanti anche il vomito. Per fortuna che avevo lo stomaco vuoto e anche l'intestino, ormai. In ogni caso non restava che tener duro, nel vero senso della parola. Dopo qualche minuto la ragazza ritorna e mi dice di seguirla. Io la seguo fino ad un cancello. Ecco, mi dice, entra qua e gira a sinistra c'è uno che ti aspetta. Io vado. Il tipo mi fa entrare in casa. È una normale casa di campagna, c'è odore di legna e di cibo e ci sono altre persone; una donna sulla cinquantina sta armeggiando al fornello, un'altra più giovane apparecchia la tavola e un vecchio in poltrona guarda la tivù. Probabilmente erano i familiari del tipo. Incurante della loro presenza, questo mi chiede quanta roba mi serva, io rispondo duecentomila. Lui apre un cassetto e tira fuori un sacchetto ad occhio e croce da un etto, con un cucchiaino ne mette un po' su un foglio di carta, poi lo richiude e me lo porge. Io lo prendo, gli do i soldi ed esco. Due minuti dopo siamo sulla strada per Cinisello. Finalmente avevo in tasca un po' di roba. Andiamo a casa mia, dice lei, c'è mia madre, ma non dice niente. Infatti, fu così. Sulla strada ci fermammo ad una farmacia. Diedi i soldi al ragazzo. Scese. Dopo un po' tornò con due siringhe e due fiale d'acqua distillata. A casa della ragazza, finalmente mi preparai la pera. Quando la ragazza mi vide mettere la roba nel cucchiaino esclamò: sei matto? Vuoi suicidarti in casa mia? Allora io la rassicurai dicendole che ero abituato a dosi ben superiori. Allora lei disse, ah già, ché tu sei di Verona.

- E questo che c'entra? – chiese Marzio.

- Vedi, nell'ambiente Verona è chiamata la Bangkok d'Italia e la roba costa meno che in qualsiasi altra città, quindi è logico pensare che i veronesi si facciano delle pere più robuste, e la ragazza di Cinisello Balsamo evidentemente lo sapeva.

- La Bangkok d'Italia. – ripeté Max – Mai sentito. C'è un motivo particolare per questo nome? E perché la roba costa meno?

- Per la posizione geografica. Verona è il crocevia commerciale per e da tutta l'Europa, per via del Brennero credo. Da qui transita tanta di quell'eroina che tu neanche immagini. E i prezzi scendono, come per qualsiasi altro mercato. C'è gente da tutta Italia che la viene a comprare. Ma andiamo avanti. Dunque, ah sì: diedi un po' di roba alla ragazza, diciamo una mezza dose scarsa delle mie, e un po' meno all'altro. Lei si fece una pera talmente minuscola che io non l'avrei neanche sentita, e conservò il resto, disse, per il giorno dopo e per l'altro ancora. Il ragazzino, invece fece uno sniffo e, anche lui, ne tenne un bel po' da parte. Dio buono, pensai, con me questi hanno trovato Babbo Natale. Fa niente. Insomma infilo l'ago nella vena: aaaah! Finalmente! Adesso sì che si incomincia a ragionare. Il malessere scompare e io rinasco. Porco giuda che buona che è l'eroina. Mi viene ancora la pelle d'oca, che quasi quasi ricomincerei. No dai, scherzo.

- Ti è mai tornata la voglia? – lo incalzò Marzio.

- Come no. Ancora adesso ogni tanto ci penso. Ma poi mi impongo di pensare anche a quanto si sta male in astinenza, e allora la voglia passa. Certo, se mi lasciassi andare… ma lasciamo perdere va là, che è meglio. Ci mancherebbe solo che riprendessi a farmi le pere adesso; tanto varrebbe che mi buttassi nell'Adige. Perché l'eroina è bastarda sai: ti dà poco, ma in cambio vuole tutto. Uno che si fa di eroina ha un solo pensiero: la pera. Tutto il resto passa in secondo piano, ma tutto tutto, la casa, la famiglia, il lavoro; e se non hai i soldi per la roba vendi anche tua madre oppure vai a rubare, perché, di volta in volta, l'unica cosa che importa è avere un briciolo di tregua da un'astinenza che ti spappola corpo e anima. Problemi? Debiti?

- La gente che parla? I familiari che si disperano? Non te ne frega niente: ti fai la tua bella pera e tutto scompare, e tu sei lì, ovattato in una specie di sogno lucido dentro cui non esisti che tu. Però poi l'effetto finisce e tu non è che torni alla normalità, no! stai male! e non vedi l'ora di tornartene nel tuo caldo nido, dove tutto perde importanza e consistenza, dove la parola d'ordine è "chissenefrega". Il fegato è ormai andato? Chissenefrega! Ti sei preso l'epatite? Chissenefrega! Non c'è niente da mangiare? Chissenefrega! Le bollette da pagare? Chissenefrega! Eccetera eccetera, ché altrimenti stiamo qua fino a domani. Cazzo Max, a forza di parlare mi è venuta sete.

- Siamo quasi arrivati.

- Meno male. – sospirò Edo – Mi sa che ci toccherà aprire una bottiglia. Però prima mi faccio un bel tubo di acqua di rubinetto. E a sigarette come stiamo? Ce n'è? Bene. No no, entra pure nel vicolo. Ecco guarda, parcheggia là, sotto il portico, dove ti eri messo quando abbiamo portato qui la mia roba. È il posto macchina di Paolo, ma Paolo non c'è, per cui… Ah, mentre entriamo in casa fai silenzio, ché qua fuori di notte si sente anche uno respirare. E sbatti piano la portiera, mi raccomando. Forza, andiamo… e zitto, almeno finché non siamo entrati.

23

- Davvero hai tentato di ammazzarti quattro volte? – chiese Marzio.

- Purtroppo sì. – ammise Edo – Fortuna che mi è andata male.

- Porca miseria, non riesco ad immaginarmelo. Come si può arrivare a tanto? Eri così disperato?

- Disperato è dir poco: ero a pezzi. Non ce la facevo proprio più. In alcuni momenti sembrava che le tempie mi scoppiassero. Vedevo la morte come una liberazione: non sarei più stato male, ed era questo che volevo. Se il prezzo è morire, mi dicevo, ben venga anche la morte, purché sia finita.

- E se invece poi non fosse finita? Non ti è mai passato per la testa il pensiero dell'aldilà? Non avevi paura che potesse esistere l'inferno?

- L'inferno? Quello che stavo vivendo era l'inferno. In quanto all'aldilà, sicuramente sarebbe stato diverso dell'aldiquà e tanto mi bastava.

- Sì, ho capito, capisco anche che stavi molto male, ma… insomma, cosa ti passava per la testa in quei momenti? Voglio dire, come succedeva? Come arrivavi a dire: ecco, adesso mi uccido? Ma c'è un'altra cosa: come mai la prima volta non è bastato mezzo grammo? Ora io non me ne intendo di dosi, ma, a quanto dici, mi par di capire che fosse una dose da cavallo per essere la prima volta, no?

- Aspetta, non è facile spiegare. Allora vediamo: la prima volta, come dicevo, mi sono fatto mezzo grammo sperando in un collasso, ma probabilmente la roba era di pessima qualità, vai a sapere; non è da escludere, infatti, non essendo io un tossico abituale, che il tipo a cui l'avevo chiesta mi abbia propinato della roba troppo tagliata, vale a dire quella roba "da piazza" da rifilare agli sconosciuti, come avrei imparato in seguito. Bisogna anche dire però che i grammi "da piazza" non sono grammi pesati: in media una busta da mezzo, di roba ne contiene sì e no duecentocinquanta milligrammi. Sia come sia, pur fra tanto "taglio" qualcosa c'era in quel mezzo grammo: ricordo che mi sono svegliato e ho incominciato a vomitare. Eppure non stavo male, anzi mi sentivo leggero. Dopo giorni e giorni di tormento, finalmente un po' di tregua. Mia moglie se n'era andata? amen! E giù a vomitare. Poi però l'effetto finì, e stavo peggio di prima: alla disperazione si era aggiunto il rimorso. Mi spiego: avevo venduto la fede matrimoniale, capisci? e con quel gesto era come se avessi reso definitiva la separazione. Non so come dire... vendendo l'anello l'avevo ufficializzata. Se prima sopravviveva un barlume di speranza in un ritorno di Antonella, anche se solo nella mia testa, adesso era morto anche quello. Inoltre mi ero sbarazzato anche della medaglietta del battesimo. Che incoscienza! Questo era gravissimo, un vero e proprio sacrilegio, per così dire. Lo sentivo come un peccato mortale. Avevo calpestato un ex voto a ringraziamento per la mia venuta al mondo. Il simbolo della mia stessa vita. Quella medaglietta era stata benedetta dal prete che mi ha battezzato, e io l'avevo barattata con la morte. Dio buono, cosa avevo fatto? Dopo un gesto simile non mi restava che morire. Avevo firmato un contratto su cui erano definiti i termini della mia esistenza o meglio, il termine. È difficile spiegare, ma mi sembrava di essere veramente arrivato alla fine della mia vita, anche se ero ancora vivo. Anzi, non riuscivo a capacitarmene. Ormai avevo compiuto ed esaurito ogni mio compito su questa terra, e non mi restava che morire del tutto. È chiaro che non ero in me. Forse in quei giorni ero pazzo veramente, non so, ma quello che stavo vivendo era davvero l'inferno, e la morte non solo non mi spaventava, ma la desideravo e l'aspettavo come unica soluzione, come conclusione logica e inalterabile della mia storia. Ero convinto che sarei morto comunque, di crepacuore. Sentivo che la morte era lì, da qualche parte, vicina, perciò tanto valeva andarle incontro e smettere di soffrire. Non sarebbe stato suicidio, ma l'anticipazione di un inevitabile epilogo.

- Madonna santa, e allora cosa hai fatto?
- Andai da Zecchini e gli vendetti la mia Fender.
- Sì, me la ricordo, quella nera che usavi sempre ai concerti. L'hai venduta a Zecchini?
- La comprò Roberto, il tecnico che lavora lì. Non ricordo quanto ne ricavai, in ogni caso con quei soldi andai a comprare dell'altra eroina. Quando arrivai a casa mi preparai la siringa, poi staccai il tubo della stufa, non quello del gas, quello del fumo, per capirci, come si chiama...
- Canna fumaria.
- Ecco sì, la canna fumaria, e regolai il termostato al massimo, in modo che la stanza si riempisse di ossido di carbonio, o monossido o quello che è, poi mi misi sul divano e mi iniettai la roba convinto di non svegliarmi più.
- E invece ti svegliasti – intuì Marzio.
- Se sono qua a raccontartelo... Non so come mai, forse fu a causa dei soffitti troppo alti che c'erano in quella casa o degli spifferi, non lo so, ma non successe niente. Mi svegliai dopo qualche ora. Incominciai a vomitare anche stavolta, e anche stavolta non me ne fregava niente che Antonella se ne fosse andata. Massì, mi dicevo, mi rifarò una vita; non sarò mica il primo che divorzia, no? e allora? fanculo anche mia moglie!
- E poi finì l'effetto...
- Vuoi proseguire tu?
- Ma no, scusa. Vai avanti.
- Dunque finì l'effetto. Altra depressione, e peggio del giorno prima: ero un fallito anche come suicida. Mi sentivo una merda. Mi facevo schifo. E, per giunta non ebbi più il coraggio di ritentare, almeno per un paio di mesi. Nel frattempo, scoperto che l'eroina aveva la proprietà di estraniarmi dalla disperazione, continuai a farmi pere. Quando mi sarà passata, pensavo,

smetterò di bucarmi. Ma nel frattempo mi tirai sulle spalle la scimmia, come si dice, e senza che me ne rendessi conto mi ritrovai tossicodipendente, con tutto quello che ne consegue.

- Cioè?

- Cioè insolvente, pieno di debiti con chiunque. Nell'arco di un paio di settimane avevo venduto tutto: tutti i miei libri, ché ne avevo un bel po', il flauto traverso di mia moglie, che si era dimenticata di portar via, il mandolino, la macchina, il motorino, l'altra chitarra elettrica, la Gibson, ti ricordi? E anche i due amplificatori… si salvò solo la Giannini.

- E come facevi a suonare senza strumenti?

- In quel periodo, nel gruppo, era da poco entrato Paolo Mascalzoni alla chitarra, e io ero passato al basso al posto di Ivano, e suonavo con un basso e un ampli a noleggio.

- Sì, mi ricordo di Paolo Mascalzoni, che bravo che è.

- Sì sì, bravo. Te lo raccomando.

- Perché, non andavate d'accordo?

Bé, io stavo male, mi facevo le pere e, come se non bastasse, ero perennemente in conflitto con me stesso. Suonare mi era davvero difficile: da una parte imputavo alla musica la rovina del mio matrimonio, dall'altra era l'unica cosa che mi tratteneva dal cadere a capofitto nell'emarginazione dell'eroina; in ogni caso, la mia parte io la facevo lo stesso, sia chiaro, anche se non al massimo delle mie potenzialità come avevo sempre fatto prima della crisi. La mia era una latitanza, come dire, dall'iniziativa, dall'entusiasmo; non ero più in grado di motivare gli altri, di spronarli a far meglio, di incazzarmi anche. C'ero, ero lì, semplicemente. Suonavo quello che dovevo suonare, e le scelte relative a questo o quell'arrangiamento mi andavano bene comunque, senza che mi mettessi a cercare il pelo nell'uovo per ottimizzare una canzone o una scaletta, come invece sarebbe stato nel mio carattere. E Paolo Mascalzoni, scriteriato e irriguardoso arrivista, forte della mia debolezza colse la palla al balzo e in breve agguantò le redini del gruppo. Ma come? era l'ultimo arrivato e comandava lui? E gli altri che lo lasciavano fare… Stupidi! Non si rendevano conto che, a causa del suo protagonismo, lentamente lo stile stava cambiando e che il gruppo stava progressivamente perdendo la propria identità musicale? Possibile, poi, che non capissero cosa stessi provando io? Possibile che nessuno di loro mi degnasse di un briciolo d'intelligenza ed arguisse quale fosse l'amarezza che stavo vivendo? Eppure tutti conoscevano Antonella e sapevano quanto fossi legato a lei. Dio buono, era così incomprensibile la mia sofferenza? Evidentemente sì. Io non ero che un drogato, e quello che passava per la mia testa non aveva importanza, anche se si sentivano in diritto di condannarmi per quello che passava per le mie vene. Me li immagino i loro commenti: Chi, Edo? ormai è andato; quello non c'è più con la testa; non è più quello di prima; è diventato un lavativo… e via dicendo. E se mi tenevano con loro era solo perché non potevano cacciarmi. Avrei voluto vedere: quel gruppo era, per così dire, una mia creatura. Io avevo scelto gli elementi, io gli avevo dato il nome, io avevo trovato il locale per le prime prove, così come i primi contratti; fui io a sborsare a fondo perduto i soldi per l'anticipo quando comprammo il nostro primo impianto da Zecchini, e infine ero io che mi occupavo in toto delle pubbliche relazioni. Per non parlare delle canzoni, che erano quasi tutte mie o, perlomeno, quando si componeva a più mani, quella che si usava era per la maggior parte farina del mio sacco… No, è inutile che faccia il modesto per forza: senza di me non sarebbero andati avanti molto. Infatti, da quando me ne sono andato, a quanto mi risulta, non hanno più fatto un cazzo. Con o senza il Mascalzoni al mio posto.

- E vero – ammise Marzio – non li si sente più in giro.

- Ma, a proposito di Paolo Mascalzoni, aspetta che ti racconto. Stavamo lavorando al terzo disco, quello che poi non è mai uscito. Si andava a registrare a Valeggio sul Mincio, di sera, perché più o meno tutti durante il giorno avevano altri impegni. Ognuno suonava la sua parte, come si fa in studio, che si registra uno per volta, lo sai no? Bene. Vuoi sapere cos'ha fatto il tuo amico Paolo Mascalzoni? Un giorno, senza dire niente a nessuno... o forse tutti sapevano, ma me lo tennero nascosto, perché potrebbe benissimo essere andata così... anzi, quasi sicuramente è andata così... bah, fa niente. Un giorno dicevo, prese appuntamento col fonico dello studio, andò là e registrò la parte del basso del secondo pezzo. La mia parte! La mia, capisci? A lui non bastava suonare la chitarra, voleva anche il basso e, scavalcandomi, si era arrogato il diritto di suonare la mia parte a gusto suo. E quella canzone l'avevo scritta io! Ora, è perché io avevo per la testa ben altre gatte da pelare, ma sarebbe stato da spaccargli la faccia a quello stronzo. Ma chi si credeva di essere? E gli altri? Va bene così, dissero, la parte è buona, che importa se l'ha suonata lui? Ma andate a cagare, va là, che mi viene ancora il nervoso a pensarci. Ma non è finita. Senti qua: poco dopo, quando stavamo provando il repertorio per la tournée con Barbara Boncompagni, io ero senza macchina già da un po', ci trovavamo tutti in un bar a Santa Croce, e di lì si partiva per raggiungere Stallavena, dove avevamo la sala prove. Poi, finito di suonare, ognuno prendeva la propria macchina e se ne tornava a casa, e dal momento che quello che abitava più vicino a me era Mascalzoni, talvolta mi accompagnava a casa lui, anche se di malavoglia, e lo faceva anche capire: quando qualcuno gli chiedeva "lo dai tu uno strappo a Edo stasera?" lui sbuffava. Beh, una notte, saranno state le due, credo, non mi portò fino a casa, ma mi lasciò a Porta Vescovo, dove solitamente svoltava per andare a San Michele, dove abitava. Disse che si era rotto le balle di farmi da autista e che era ora che imparassi ad arrangiarmi. E mi mollò lì. Ora, può darsi che avesse anche ragione, io non lo so; non si può obbligare uno a fare ciò che non desidera. Ma, porco giuda, non si lascia uno in piena notte a quattro chilometri da casa, con gli autobus inesistenti, vista l'ora, e senza una lira per prendere un taxi. Caso mai mi dici che è l'ultima volta che mi dai un passaggio e dalla prossima volta uno si organizza. Oppure lo dici prima, no? che in quel caso mi avrebbe accompagnato il cantante, come del resto faceva spesso. Ma lasciarti così, in pieno inverno, in astinenza sparata, ché non riuscivo quasi a stare in piedi, col freddo che ti penetra nelle ossa... Tu non sai cosa sia il freddo dell'astinenza, e ti auguro di non saperlo mai. Ti senti morire. È una delle sensazioni più brutte di cui abbia ricordo.

Marzio rabbrividì:

- Se un giorno avrò un figlio e mi accorgessi che si fa di eroina, giuro lo uccido con le mie mani – disse.

Edo non commentò. Si alzò dal divano e andò in cucina a prendere una bottiglia di Cabernet. Nel frattempo Max girò il disco, anche se nessuno dei due fino a quel momento aveva prestato un granché di attenzione alla musica. L'orologio sotto la lampada del secrétaire, unica luce accesa della sala, segnava le tre e quaranta.

- Non hai sonno? – chiese Edo stappando la bottiglia.

- No, sono abituato a fare le notti. E poi sono contento che dopo tanto tempo finalmente ci ritroviamo a parlare.

- A dire il vero, quello che parla sono io – osservò Edo.

- Già, è vero, del resto sei tu quello che ha delle cose da raccontare, a me, in questi tre anni, non è successo niente di interessante.

Edo versò due bicchieri:

- Non sei stufo di ascoltare disgrazie?

- Figurati. Anzi è avvincente. No, davvero, dovresti scriverlo un libro, non dico per pubblicarlo, che allora bisogna curare il lessico, e la grammatica e la sintassi e tutto il resto, ma per avere un ricordo. Magari lo fai leggere a tuo figlio quando sarà grande o a tua moglie, se un giorno dovessi risposarti.

- Bé, in giro per le pagine delle mie agende c'è molto di quello che ti sto raccontando, anche se nessuno le ha mai lette, a parte Elvira.

- Ma andiamo avanti, vuoi? Eri arrivato che eri a Porta Vescovo dove ti aveva mollato Paolo Mascalzoni. – e sottovoce aggiunse: – Però che bastardo.

- Sì. Dunque, raggiunsi Borgo Roma. A piedi. In astinenza dura. Tremando per il freddo. Ma non per modo di dire, tremavo davvero: eravamo ai primi di febbraio. E fu proprio quella notte che, per la terza volta, maturai la decisione di farla finita. Era assurdo continuare a vivere in quel modo: mia moglie non sarebbe tornata, amici non ne avevo più, tutti mi evitavano perché sapevano che, in ogni caso, finivo col chieder loro un prestito che non avrei mai restituito, avevo perso la considerazione e la leadership del mio gruppo, anzi, sentivo che se me ne fossi andato gli altri avrebbero fatto i salti di gioia, ero sputtanato ovunque, in quanto ormai tutti sapevano della mia tossicodipendenza. Insomma, mio vaso era strapieno e, senza saperlo, quel coglione di Mascalzoni vi aveva versato la fatidica goccia. Quando arrivai a casa staccai il tubo del gas dalla stufa, lo incastrai fra lo schienale e il bracciolo del divano, mi sdraiai con la faccia a pochi centimetri dal gas che usciva e presi a respirare lunghe boccate. Aveva un odore schifoso, mi pare ancora di sentirlo. Rimasi lì disteso non so quanto, finché, ad un certo punto, ebbi come una visione. Non so cosa stesse succedendo, se stessi perdendo i sensi o che altro, so che vidi me stesso precipitare in un burrone senza fondo. Nero, pauroso. Provai un'angoscia che non avevo mai provato. Terrore puro. Fu spaventoso. Mi sembrò di capire, ma forse era solo suggestione, che fosse la morte. No! mi dissi, non voglio, e tentai di alzarmi. Ma il mio corpo non rispondeva. E io precipitavo sempre più nella fossa senza fine, e non avevo niente cui aggrapparmi. Il buio mi circondava, eppure avevo gli occhi aperti. Urlai di terrore e mi svegliai o, forse avevo soltanto sognato di farlo. Le forze mi mancavano ancora, però adesso ci vedevo. Non capivo più se era un sogno o se ero sveglio ma intontito dal gas. Ma una cosa avevo capito: che non volevo morire, e la paura che fosse troppo tardi mi stava annientando, quasi fosse lei a suggere le mie ultime energie. Mi rividi bambino: stavo tirando dei sassi in uno stagno; non so perché, ma l'immagine era questa... Poi mi vidi insieme a Rodolfo, mio fratello, una volta che per gioco gli dissi di premere forte sulla lama di un temperino e poi di far scivolare il dito, sempre premendo, e lui lo fece e si tagliò. Ma immediatamente dopo non era più la lama di un temperino, ma l'ago di una siringa, e il dito di mio fratello era il braccio, e noi eravamo in un vicolo vicino a Piazza Dante dieci anni dopo, quella volta che gli iniettai della morfina. Fu il suo primo buco. Adesso mio fratello è in comunità, e la colpa è mia. Poi sentii il pianto al telefono di Enrichetta, la mia prima fidanzatina, quando le dissi che la lasciavo per mettermi con un'altra. Vidi mia madre piangere la volta che scappai di casa, e quell'altra volta, quando le dissi che volevo andare in India. E mille altre immagini, e tutto nello sprazzo di un istante. Tentai di concentrarmi e di capire cosa mi stesse accadendo, ma soprattutto cosa potessi fare per venirne fuori, sempre che fosse possibile, dacché ero paralizzato. Finché, non so come, ebbi uno spasmo e mi ritrovai sul pavimento. Un acuto dolore alla spalla mi scosse e mi destò quel tanto che mi fu sufficiente per arrancare fino alla finestra ed aprirla. Mi lasciai cadere penzoloni col busto fuori del davanzale e incominciai a respirare l'ossigeno. Perdetti i sensi; mi ricordo il freddo e l'immagine di una pozzanghera gelata. Mi risvegliai che ero un blocco di ghiaccio. Provai a mettermi in piedi. Ci riuscii, anche se a stento. Arrivai alla stufa e chiusi il gas. Poi mi trascinai in camera e, dopo aver aperto la finestra mi misi sotto le coperte vestito. E non ricordo più niente, se non che non riuscivo a smettere di tremare.

Passarono alcuni minuti durante i quali nessuno dei due sembrò aver niente da dire. Dal giradischi usciva il rotante sfrigolio di fine disco. Il fumo delle sigarette fumate galleggiava sfilacciandosi nell'aria ferma della sala come brandelli di seta lacera sulla superficie di uno stagno.

Marzio era immobile, con gli occhi sbarrati e in mano il bicchiere ancora pieno. La stanza, satura dell'essenza di quelle rievocazioni, quasi fossero echi di voci lontane portate dal vento, era immersa nella penombra la quale sembrava non più cercata per dare all'atmosfera un tocco d'elegante intimità, ma espressamente voluta per ospitare oscure ed indistinte presenze: larvali entità convenute quali spettatori silenti alla rappresentazione di un inquietante evento. Pareva che la morte, prima evocata e poi elusa in quella notte di febbraio, fosse ora tornata, presaga e beffarda, per ricordare a Edo che l'inevitabile era più che mai presente: l'appuntamento era stato solamente rimandato.

Edo si alzò e immediatamente la malia si dissolse; le entità erano sparite e della morte non rimaneva che la suggestione di un monito lontano.

Si alzò anche Marzio:

- Ho bisogno di bere un po' d'acqua – disse in un filo di voce.

Edo andò in cucina. Prese un bicchiere dalla montagna di stoviglie sporche, lo risciacquò alla bell'e meglio sotto il getto del rubinetto, quindi lo riempì a tre quarti e lo portò all'amico.

Nel frattempo Marzio aveva riposto il disco dei Jethro Tull e ne aveva scelto uno di Eddy Cochran:

- È bello questo? – chiese.

Edo si asciugò la mano ancora bagnata sui pantaloni:

- Se ti piace il Rockabilly…

- Non tanto. È roba che sa di vecchio.

- Sono d'accordo – convenne Edo – ma se non fosse esistito il Rock and Roll, tu ora non potresti ascoltare il tuo amato Heavy

Metal.

- Sì lo so, in ogni caso non ho voglia di ascoltare roba di quel tipo.

- Se è per questo neanch'io. – Edo prese una sigaretta dal pacchetto del Max

- – Anche perché stasera mi sembrerebbe fuori luogo.

- È vero, ci vorrebbe qualcosa di più, di più…

- Tranquillo?

- Ecco sì, ma non solo tranquillo, deve essere anche un po'… come dire, d'atmosfera.

- Beh, scegli. Ce n'è un centinaio lì, di dischi.

Marzio spulciò fra le copertine. Si soffermò un momento a guardare quella di "Felona e Sorona" delle Orme. La sua bocca disegnò un abbozzo di smorfia. Ripose il disco e riprese a setacciarne altri. Girò e rigirò due o tre volte "Foxtrot" dei Genesis, quindi lo ripose borbottando qualcosa di indistinto. Edo lo guardava divertito. Finalmente si risolse ad estrarne uno e a metterlo sul piatto. Fin dalle prime note Edo riconobbe "Tubolar Bells" di Mike Olfield:

- Bravo. – approvò – Questo è proprio il disco giusto per una notte come questa.

Marzio tornò a sedersi:

- E dopo? – riprese con fare discorsivo, come se quei dieci minuti di interruzione non fossero mai esistiti.

Lì per lì Edo non capì se la domanda riguardasse il disco o cos'altro:

- Dopo cosa? – chiese.

- Eri andato a letto vestito, e poi?

Edo si appoggiò allo schienale. Trasse un lungo sospiro:

- E dopo… dopo non ricordo. Se non che andai avanti a farmi pere fino ad Agosto, quando me ne andai, come ti ho già detto.

- D'accordo - concesse Marzio – ma tu mi hai parlato di quattro tentativi di suicidio, mentre ne hai raccontati solo tre.

- Non ti sfugge niente, eh?

- Non ne hai più voglia?

Edo si strinse la testa fra le mani, come se volesse spremerne i ricordi.

- No no, andiamo avanti. – Disse.

In effetti, mettere un po' in ordine i cassetti della memoria non era così faticoso, e Edo sapeva che se davvero il suo desiderio era quello di dare una regolata al suo cervello bacato, come si ripeteva sempre, quella era una cosa che andava fatta. Memore dei suoi recenti malesseri e intenzionato a guarirli, doveva innanzi tutto individuare cosa non andasse in lui e cos'altro se non una scansione come quella in atto avrebbe potuto servire maggiormente allo scopo? Che di fronte a lui ci fosse Marzio Stefanelli o uno psicanalista, ciò che più contava era scavare, scavare, scavare. Fino a dissotterrare quella parte di se stesso che troppo a lungo, proprio a se stesso, aveva tenuto nascosta.

Sempre avanti dunque, Edo era nel suo letto vestito; e poi?

- Il giorno dopo fu come erano stati tutti gli altri giorni da novembre in poi. Giorni da tossicodipendente, uno uguale all'altro: uscire di casa e sbattersi per trovare il denaro per la dose. Dapprima, come ho già detto, si vende tutto il vendibile, poi si passa a chiedere prestiti a chiunque, poi si incomincia ad escogitare i pretesti più assurdi per spillare denaro a chicchessia. Solitamente si incomincia con i parenti e gli amici: e ho dimenticato i soldi a casa, e ho l'affitto da pagare, e ho perso il portafoglio, e ho subito un furto, e avrei un affare per le mani ma non ho contanti, e sto attraversando un momentaccio... Fino a quando questi non capiscono l'antifona e non scuciono più una lira. Poi si passa ai conoscenti, il barista, il droghiere, il vicino di casa: e fammi un piacere va là, e te li porto domani, e ti lascio la carta d'identità, e si tratta di un'emergenza, e bla bla bla; poi si va dai preti, che di solito sono i più tartassati e ti vedono subito in faccia, ma con loro rimedi solo qualcosa da mangiare; infine, esaurite le risorse, solitamente si arriva alle au-toradio e agli scippi, oppure alla questua. Finché non si capisce che conviene entrare attivamente nel meccanismo, e allora si incomincia a spacciare, non per lucro, ma per evitare di doversi sbattere quotidianamente per non star male.

- Anche tu hai percorso tutta la trafila? Voglio dire, hai spaccato i finestrini delle auto? Hai fatto scippi? Sei andato alla questua? Hai spacciato?

- Ehi ehi, frena! Un momento, porco giuda Max, non sono mica una macchinetta, no?

- No, è che mi interessa... perché non riesco a immaginarti a chiedere l'elemosina.

- E hai ragione. Infatti non l'ho mai chiesta, come non ho mai rotto il finestrino di un'auto per fregare un'autoradio.

- E come facevi a procurarti il denaro?

- Come facevo? Beh, per un po' come fanno tutti: andai a la-vorare. Facevo il porta a porta. Vendevo dei piattelli di acciaio. Degli aggeggi da mettere sulle piastre dei fornelli affinché la fiamma non si spenga in caso di fuoriuscita di liquidi in ebol-lizione. E guadagnavo anche bene. Ma il lato positivo di quel lavoro, almeno dal mio punto di vista di tossico, era che la paga era giornaliera.

- Come giornaliera?

- Si partiva il mattino con la valigetta contenente novanta pez-zi. Alla sera contavi i piattelli rimasti e consegnavi mille lire per ogni pezzo mancante al titolare dell'agenzia, e il resto era tuo. Ora, un piattello veniva venduto a duemilacinquecento lire, perciò piazzandone una quarantina, che era più o meno la media aziendale, arrivavi a casa con sessantamila lire in tasca. Tolte le spese, ogni giorno avevi il tuo bel cinquantone netto.

- D'accordo, i soldi per la pera ti saltavano fuori, ma come fa-cevi a tirare avanti per tutto il resto?

- Ti ho parlato di media aziendale, ma non della mia: io, modestia a parte, ci sapevo fare e vendevo molto di più. Ricordi no? quando vendevo libri, nel settantasette… ma no, - Edo si grattò la barba - eri troppo giovane… ma andiamo avanti. Insomma lavoravo bene; inoltre, all'insaputa del titolare, i piattelli li sbolognavo a tremilacinque, anche quattromila l'uno, e ogni sera arrivavo a casa che avevo in saccoccia almeno centocinquantamila lire. E finché è durata problemi di soldi non ce ne furono.

- E quanto è durata?

- Poco, a dire il vero. La prima volta tre mesi più o meno. Poi, dopo Procida, ci tornai e rimasi altri sei mesi, e stavolta come capogruppo. Ma non divaghiamo.

- E poi? Perché smettesti? Voglio dire dopo i primi tre mesi?

- Perché mi accordai con uno spacciatore, no, non quello a cui poi fregai i soldi, lui arrivò dopo; questo era un altro, si chiamava Luca, un diciannovenne, o poco più, che in cambio di tre dosi al giorno più il vitto per entrambi, io gli davo alloggio e una base per il suo traffico. Dunque, perché continuare a lavorare? Ci andavo solo per mantenermi le pere, mica per ambizioni di carriera.

- E questo Luca quanto rimase a casa tua?

- Boh? Un mese, forse qualcosa di più.

- E poi?

- Poi un giorno gli fregai dieci grammi di roba, litigammo e se ne andò.

- Come come?

- È presto detto: secondo gli accordi che avevamo preso, in casa mia lui non doveva nascondere la roba. Mai! Se l'avesse tenuta in tasca bene, altrimenti non se ne faceva nulla. Questo perché in caso di irruzione della polizia non ci andassi di mezzo più di tanto: un conto è trovare uno spacciatore con della roba in tasca a casa di qualcuno, un altro è aprire un armadio e trovarci dentro un sacchetto di eroina. In questo caso, indipendentemente da chi ne fosse il proprietario, in galera ci sarebbe finito il padrone di casa, cioè io. Ebbene, lui nascose della roba nell'armadio. Io me ne accorsi e gliela fregai. Un paio di giorni dopo, io sto pisolando davanti alla televisione. Luca va in bagno. Quando esce, cercando di non fare rumore, entra in camera. Io me ne accorgo e aspetto. Penso: chissà cosa succederà adesso. Lui esce come un fulmine e senza dire niente se ne va. Dopo mezz'ora torna insieme ad un energumeno con una faccia da galera che non ti dico e un coltello in mano. Fuori la roba, dice questo, altrimenti ti apro la pancia come un maiale. Capisco che questo è il suo capo, il suo fornitore, come dire... va bé. Ho un po' paura, ma riesco a mantenere il sangue freddo. Gli dico: che cazzo stai dicendo? Di che roba parli? La roba che hai fregato a lui, fa l'energumeno; e io, candido come un angioletto a dire: chi, io? Sei matto? Io non ho fregato niente a nessuno! Come posso sapere io dove la imbosca lui la sua roba? E poi anche se avessi il culo di trovarne in giro che cazzo vuoi tu da me? Che ne so io di chi è? Sarebbe mio diritto tenermela, no? Chiunque farebbe lo stesso... insomma feci in modo di costringere Luca ad ammettere che l'eroina di cui si stava parlando era nascosta nell'armadio e che perciò solo io avrei potuto prenderla. Allora io, sempre cadendo dalle nuvole, m'incazzai: dissi che non eravamo d'accordo così, e che se avessi saputo che c'era della roba in casa glie l'avrei fregata davvero, e che io non avevo nessuna intenzione di andare in galera al posto suo, e che nel caso, se si divideva il rischio bisognava dividere anche il guadagno, eccetera. L'energumeno capì che ero stato io – e chi altri? – ma non poteva provarlo. Inoltre, se io ero colpevole d'aver rubato l'eroina, automaticamente Luca lo era d'averla nascosta in casa mia contravvenendo agli accordi. L'energumeno mi squadrò a lungo, poi mise via il coltello e si rivolse a Luca: sei uno stronzo, disse scuotendo il capo, i patti vanno rispettati, e se ne andò. Il giorno dopo se ne andò anche Luca. E non lo si vide più nemmeno in piazza a spacciare.

- Porca vacca. Non hai avuto paura?

- Lì per lì no, l'ebbi il giorno dopo, ripensandoci. In ogni modo se da una parte mi era andata bene, dall'altra adesso non avevo più le mie tre dosi al giorno, e questi erano cazzi da cagare.

- E allora?

- Allora cercai di tenere la testa sulle spalle. Avevo i dieci grammi no? anche se ormai erano diventati nove. Fa niente, erano parecchi lo stesso, per me. A questo punto i casi erano due: o mi facevo un paio di settimane senza problemi, o con quel sacchetto di roba organizzavo qualcosa.

- Qualcosa di che tipo?

- Tipo venderla. Venderla a dosi, e poi ricomprarla a cinque o dieci grammi per volta, pagandola meno, quindi e rivenderla a dosi, e così via.

- E lo facesti?

- Sì, con l'aiuto di Andrea e di un altro disperato di nome Maurizio, che adesso è morto, pace all'anima sua. – Edo abbozzò un veloce segno della croce – Dunque, andai in Borgo Milano a trovare un mio amico, uno che sapevo che vendeva, e gli chiesi come fare. Lui mi disse che la roba me l'avrebbe data lui, a cinque grammi per volta. Bene. Ora, con un grammo pesato avrei ottenuto quattro mezzi grammi da piazza, ognuno dei quali sarebbe stato venduto a quarantamila lire. I cinque grammi costavano trecentomila, per cui con dieci buste avrei coperto la spesa e mi sarebbero restate anche centomila per me, oltre ai rimanenti due grammi e mezzo da dividere con Andrea e Maurizio. Una pacchia, se non fosse che ad ogni momento si rischiava la galera. In ogni modo feci anche questa, e per un po' fui anch'io uno spacciatore. Solo che non c'ero tagliato; avevo paura, non sapevo dove nascondere la roba, ad ogni viaggio ero nella paranoia più totale, mi sembrava che tutti sapessero chi fossi e cosa facessi e che la polizia mi stesse spiando in attesa del momento giusto per ingabbiarmi. Di andare in piazza poi neanche parlarne, e allora ci mandavo Andrea e Maurizio, e mentre loro erano fuori con le cinque buste a testa da vendere, io a casa a fremere fino al loro ritorno. E allora giù roba in vena, a go go. Me ne facevo in quantità industriale, al punto che dal cucchiaino passai al cucchiaio. Tuttavia, mentre scivolavo sempre più nella mia merda, Antonella lentamente usciva dalla mia testa, almeno così mi sembrava. In realtà era l'eroina che, oltre al corpo, addormentava anche la mia coscienza. Infatti, quando smisi di vendere, e non ricordo come fu, insieme ad un'astinenza da tagliarsi le vene, erano tornati anche i miei perché rapaci a volteggiare sulla mia testa.

- I tuoi perché rapaci? Che storia è questa?

- No, niente, è una cosa mia: quando ci sono troppi perché che mi girano nella testa io li immagino come uno stormo di avvoltoi. Bella compagnia, vero?

Marzio fece una smorfia.

- E non ricordi come fu che smettesti di spacciare?

- No, te l'ho detto. Proprio non me lo ricordo. Probabilmente sarà per l'esagerata quantità di eroina che mi facevo. Tutto quel periodo lo ricordo come avvolto nella nebbia. Vivevo ogni momento della mia giornata in una dimensione di dormiveglia. Ciò che ricordo è veramente molto poco, se non che sono stato un casino di tempo senza evacuare e che mi sentivo la pancia scoppiare, ero pieno di merda, e non in senso figurato, nel retto mi si era bloccato uno stronzo duro come cemento, un tappo vero e proprio, e non ne voleva sapere di uscire. Dio buono che situazione. Mi sentivo come impalato, ché a momenti andavo in giro camminando al passo dell'oca come un nazista. Alla fine lo tirai fuori a pezzettini, ravanando con un cucchiaino nel buco del culo. E non sto scherzando. Mamma mia che dolori, quelli sì me li ricordo. In seguito venni a sapere che quei turaccioli di cacca si chiamano fecalomi, mi sembra… o forse si chiamano Paolo Mascalzoni? Bah, lasciamo perdere, va là, e che per eliminarli occorre l'intervento di un medico. Come faccia, se con un clistere o con un cavatappi, non l'ho mai saputo. Ad ogni modo, da quel giorno, ogni mattina prima andavo al cesso, e solo dopo essermi liberato mi facevo la pera. Altrimenti non si cagava.

Marzio rideva. Si mise a ridere anche Edo. Strano, pensò, come sia cambiato il mio modo di pormi nei confronti di quei ricordi. Fino a ieri quei pensieri galleggiavano in un mare di angoscia, oggi invece sembravano mondati da ogni scoria, quasi fossero appartenuti ad un'altra persona. Effetto di quell'improvvisata terapia? In ogni caso, anche senza analizzare i perché e i per-come, parlarne faceva bene, e Edo quella notte non avrebbe più voluto smettere. E di cose da raccontare ne erano rimaste ancora tante.

24

Marzio Stefanelli si avvicinò ad una delle due finestre che davano sul retro. Appoggiò la fronte al vetro schermando con la mano a cucchiaio l'occhio raggiunto dalla luce dalla lampada:

- Non si vede niente da qui.

- A parte che adesso c'è troppo buio per vedere qualcosa – spiegò Edo – in ogni caso non c'è niente da vedere, solo campi e i monti in lontananza.

- È una casa tranquilla...

- Già, peccato che non sia mia, e che sia così lontana dalla città.

- Macché lontana, il fatto è che non hai la macchina. Questo è il tuo problema.

- Forse hai ragione – ammise Edo.

Marzio si allontanò dalla finestra stiracchiandosi.

- Cambiando argomento, sai cosa ti dico?

- No, cosa mi dici?

- Che mi è venuta fame.

- Beh, adesso che mi ci fai pensare, ho un po' di appetito anch'io. Che ore sono?

- Quasi le cinque.

- Alla faccia! Già le cinque? ecco perché ho fame. Mi sembra di aver appena finito di mangiare la pizza...

- Se vuoi, in macchina ho qualche brioche. Sai, di quelle confezionate.

- E che ci fanno delle brioche in macchina tua?

- Me le porto al lavoro quando faccio le notti. Che faccio? Le vado a prendere?

- Fammi una carità. – si allarmò Edo – Non mangio di quelle porcherie. Io voglio arrivarci vivo alla morte.

- A proposito di arrivare vivi alla morte, come dici tu, mi hai raccontato di tutto, ma del quarto tentativo di suicidio ancora no.

- Già, e vero, adesso ti racconto. Ma intanto, che ne dici di due spaghetti?
- Alle cinque del mattino?
- Beh, che fai, ti formalizzi? Hai fame oppure no?
- No ma… cioè sì… insomma, gli spaghetti al mattino presto… non è che sia una cosa tanto consueta.
- Nemmeno il fatto che ti stia raccontando cose di me che non sa nessuno è una cosa tanto consueta. E poi questo non è un mattino presto, ma una notte tardi.
- Anche questo è vero.
- Beh senti, un pacco di pasta e un barattolo di pelati ci sono. Adesso decidi tu: o si mangia insieme o mangio da solo. A meno che non si vada a dormire.
- Hai sonno?
- Certo che no, dicevo così, per dire; oggi, cioè ieri, mi sono alzato alle tre del pomeriggio. E poi anch'io, a modo mio, sono abituato a fare le notti.
- E allora vada per gli spaghetti. Però devo avvertirti che odio l'aglio.
- E noi ci mettiamo la cipolla. Vieni. Marzio lo seguì in cucina.
- Sei bravo a cucinare?
- Sono l'artista dell'espediente culinario.
- In che senso? – s'incuriosì il Max.
- Nel senso che arrangiandomi col poco che c'è riesco a preparare dei piatti mica male.
Edo aprì il frigorifero:
- Per esempio, vediamo un po'… qui abbiamo un rimasuglio di pancetta affumicata, due fettine di petto di pollo, un mezzo peperone verde. Là nel cestello ci sono le cipolle e il peperoncino; ti piace il piccante?
- No problem. Purché non sia una cosa esagerata.
- Bene allora.
Edo affettò la cipolla e la pancetta e le mise a soffriggere in una

larga padella con un po' d'olio. Poi aggiunse una lacrima di Cabernet, quindi tagliuzzò il mezzo peperone e, quando il vino fu evaporato totalmente, lo mise insieme agli altri ingredienti insieme a una fetta di petto di pollo tagliata a listarelle. Lasciò soffriggere il tutto per qualche minuto. Poi aggiunse dell'altro vino, lo lasciò sfumare completamente. Infine aprì un barattolo di pelati e ne versò metà nella padella insieme a due peperoncini secchi che sbriciolò con le dita.

- Ora non resta che aspettare che si riduca un po' il pomodoro. Nel frattempo mettiamo l'acqua a bollire, ché per quando la pasta sarà cotta, il sugo è pronto. Peccato che non ci sia del prezzemolo: sarebbe la morte sua.

- Sono curioso di assaggiare. – ammise lo Stefanelli – Pollo, peperone e pancetta… non dovrebbe essere male.

- Sentirai che robetta – fece Edo – lo prevedo già dal profumino. Anzi, visto che è la prima volta che preparo questa ricetta, che ne dici di battezzarla?

- E che nome le mettiamo?

- Non so… qualcosa che abbia a che fare con questa notte.

- Che ne dici di "Spaghetti del suicida"? – propose Marzio.

- A dire il vero io preferirei dei maccheroncini. Ne ho giusto un pacco. Però non mi piace il termine "suicida"; semmai "disperato"…

- Maccheroncini alla disperata?

- Già meglio.

- Sì, mi piace: "Maccheroncini alla disperata", bello.

- Allora aggiudicato. – dichiarò Edo – Come stiamo a vino?

- La bottiglia è quasi finita. Edo si strinse nelle spalle:

- Beh, non ci resta che aprirne un'altra.

- Certo che ne bevi di vino – osservò Marzio.

Già, come un disperato.

I due mangiarono di buon appetito. Fra un boccone e l'altro, spronato dall'amico la cui curiosità non lasciava quartiere, Edo, finalmente, raccontò com'erano andate le cose durante la sua quarta partita a carte con la morte.

Era quasi estate. Edo abitava la sua tossicodipendenza come un carcerato la sua cella. Ogni settimana Antonella lo andava a trovare col figlioletto. Spesso finivano a letto. Il piccolo Mirco a dormire e i genitori a scopare. Talvolta, prima di andarsene, Antonella lasciava all'ex marito cinquantamila lire - che lui, scevro da incaponimenti dovuti all'orgoglio o altro, accettava: ne sarebbero venute fuori un paio di dosi, solo questo era importante - e una volta o due l'aveva persino portato in macchina a procurarsi la roba. Una volta aveva voluto anche assistere al rito della pera, perciò, dopo essere stati "in piazza", era tornata con Edo a casa e se n'era andata solo dopo aver visto come funzionasse l'intero procedimento. E adesso come ti senti? Aveva chiesto con una velatura di morbosità non appena lui si fu sfilato l'ago dalla vena. Come vuoi che mi senta, era sbottato lui subitaneamente ringalluzzito, adesso per sei o sette ore non starò male, tutto qui. Ma come? si era stupita lei, l'eroina non ti dà benessere? Al che Edo aveva riso amaro: ma quale benessere, quello succede solo le prime volte, che poi non è neanche benessere, ma semmai una specie di estraniamento, un dormiveglia, una specie di rincoglionimento che ti avvolge e ti ripara dal mondo di merda che ti circonda, e tu per un po' te ne freghi di tutto e di tutti; ma quando uno arriva alla dipendenza, come me, la pera serve solo a tener lontani i dolori e la depressione dell'astinenza. Altro che benessere o paradisi artificiali come dicono in televisione. Allora perché non smetti? aveva candidamente chiesto lei, e lui astioso aveva risposto che avrebbe smesso solo dopo che fosse riuscito a digerire i suoi fallimenti. E poi aveva aggiunto: e adesso vai a casa, fammi un piacere va là, tornatene dal tuo cornuto e lasciami qua a godermi il mio paradiso artificiale; e lei se n'era andata indispettita, col bambino in braccio che, ignaro delle meschinità della vita, salutava il suo papà con la manina.

Da quella volta lei non aveva più voluto fare l'amore: per una parola di troppo Edo si era giocato quell'unico momento di gioia, una dolce parentesi che aspettava fremente di settimana in settimana. Ora che ne era privato si rendeva conto di non aver mai compreso a fondo quanto fosse importante per lui quel surrogato d'amore, di quanta energia potesse recare, né di quanto a lungo quella fugace unione avesse saputo mantener viva in lui la speranza di poter ricominciare. Si trattava di una pietosa illusione, certo, ma quel miraggio era determinante per la sua sopravvivenza. Era il nutrimento. L'oasi nel deserto.

Quanto più lunghe e prive di senso erano adesso le sue settimane! e così i suoi giorni, le sue notti; e fu proprio una di quelle notti che vide il quarto crollo di Edo:

Edo è seduto sulla poltrona. Di fronte a lui il televisore acceso: unica nota di colore in quel suo grigio e rassegnato dover vivere. Domani è atteso a Poiana Maggiore, in quel di Padova, per un concerto con la sua band, ma lui è in astinenza già da tutto il giorno, e domani sarà anche peggio: sarà dura salire sul palco. Nel pomeriggio era stato in piazza, anche se in tasca non aveva una lira; la sua speranza era di incontrare qualcuno che gli offrisse una pera, il che era anche legittimo, con tutte quelle che aveva offerto a destra e a manca quando era lui ad avere la roba. Ma questo qualcuno latitava. Tutti dicevano non posso, ne ho solo per me, l'ho già promessa ad un altro, poi resto senza per stasera, e tutte le altre balle conseguenti la spietata regola della tossicomachia che più o meno recita: se uno deve star male, meglio tu che io. Brutti bastardi, pensava Edo, però quando venivate a casa mia a piangere io ve la davo un po' di roba, anche se non avevate i soldi. Te li darò appena possibile, dicevate tutti;

e ora che sto male io, dove siete? Che schifo! Fate tutti schifo! E mi faccio schifo anch'io. Guarda qua come sono ridotto, e pensare che fino a sei o sette mesi fa giravo l'Italia e firmavo autografi. E quello stronzo di Don Marino, che insiste col dire di non avere un posto per me nella sua comunità. Ma come? Mio fratello sì e io no? Non è giusto. Come faccio io a venirne fuori? E mia moglie, stronza anche lei, che non me la dà più! Ah è così eh? E allora te lo faccio vedere io chi è che ha le palle. Così poi avrai modo di pensarci. Massì, basta! Cosa ci sto a fare al mondo? A cosa serve star male in questo modo? Stiano male un po' anche gli altri adesso, io la faccio finita.

Edo si alza dalla sua poltrona. Apre un cassetto, prende i cinque block notes che aveva riempito ripetendo l'unico termine "perché" e li mette sul tavolo quale ultimo messaggio ad Antonella e al mondo. Ora non gli resta che trovare qualcosa di tagliente. Il coltello da cucina... no, un coltello non va bene. In bagno forse è rimasto un rasoio Bic, uno di quelli di plastica che sua moglie usava per depilarsi. Sì, ce n'è uno. Edo lo frantuma sotto il tacco, ne estrae la piccola lametta. Ecco. Adesso un colpo secco sulla vena, quella grossa, a lato del polso, quella che porta il sangue al pollice, e fra un po' è finita. Forza. Che vuoi che sia un piccolo dolore fisico... ecco! Ma perché il sangue non esce? Ma certo, bisogna essere più decisi: con quel primo taglio Edo non ha intaccato che la pelle. Dai! Forza! Adesso? Ancora niente. Ma quanto è dura questa vena! Stringi i denti Edoardo, e premi più forte. Chissenefrega se tagli anche un tendine, tanto quando sarai morto mica ti servirà più. Ecco, così.

Il sangue esce. Edo si abbandona sulla poltrona col braccio penzoloni. Chiude gli occhi. Tra un po' sarà finita, pensa, questa volta non fallirò. Mi spiace solo per i miei genitori. Poveretti, loro non meritano un simile dolore. E io allora? La merito forse una vita simile? Cosa ho fatto di talmente grave per meritarla? È stata mia moglie ad andarsene, non io. Lei si è fatta l'amante, anche se insiste a dire che ci ha fatto sesso solo dopo essersene andata. Ma a chi vuol darla da bere? Una non salta fuori di punto in bianco a dire ti lascio e vado a vivere con un altro se non ha conosciuto a dovere il futuro convivente; e anche lui, a meno che non sia un deficiente, non mette su casa con una donna che ha già un figlio, senza prima avere la certezza che la sua sia una scelta giusta. E come si perviene a questa certezza? D'accordo parlarsi, ma un po' di sesso lo vogliamo fare o lo teniamo come un pacco sorpresa da aprire a Natale? Ma andate a fanculo tutti e due. Oh, se ve la farò pagare! Ne avrete di tempo per pensarci. La mia morte vi tormenterà per il resto della vostra vita. E a mio figlio, quando sarà cresciuto, dovrete delle risposte. Perché mio padre si è ammazzato? chiederà. E voi non ve la caverete con delle risposte evasive. Lui vorrà sapere, indagherà; e quando avrà scoperto vi odierà, e ve lo sarete meritato.

Edo apre gli occhi. Sul pavimento una larga macchia nerastra. La mano è un grumo informe. Il sangue ha smesso di sgorgare, e lui è lì, in preda a quella sorta di nausea che annuncia lo svenimento. La periferia dello sguardo è annerita e una nebbia circonda la sua coscienza. Un lontano sentore di non aver compiuto qualcosa. Poi la ragione: Dio buono, sono ancora qui. Perché il sangue ha smesso di uscire? Con le dita cerca di riaprire il taglio sulla vena, ma sotto la sottile patina rappresa, il sangue vischioso ne impedisce la presa. Si alza, raggiunge il bagno, apre il rubinetto e si lava di dosso quel viscidume sanguinolento. Lacrime di rabbia gli rigano il volto e gli annebbiano la vista. E lui bestemmia, e tira sui lembi della ferita. Ma il sangue non ne vuole sapere di uscire. Gli mancano le forze, cade, si rialza; piange e impreca. Torna ad abbandonarsi sulla poltrona, prende la lametta, ma la mano non ha sufficiente energia per inferire un nuovo taglio, le dita non riescono a stringere abbastanza e la lametta cade nella pozzanghera scura. Edo tenta di raccoglierla, ma scivola, basito nel suo deliquio, e cade col volto nel sangue. Tutto si annerisce. È il nulla.

Si risveglia. Come un automa va a lavarsi, poi prende uno straccio e pulisce il pavimento. Nella stanza, ma forse solo nella sua testa, un nauseante odore di ferro, odore di sconfitta. Edo immagina essere questo il lezzo che si respirava alla fine di una battaglia all'arma bianca: drammatici effluvi di desolazione e morte, anche se la sua è solo nello spirito e non nel corpo. Apre la finestra.

Ma ecco che qualcuno bussa alla porta.

Edo si lega un fazzoletto al polso, toglie i block notes dal tavolo e va ad aprire. È Pierangelo: uno dei tanti sui nuovi compagni di sventura. Tira fuori la spada, dai, che ci facciamo una pera, dice buttando sul tavolo un sacchetto da cinque grammi.

Sia ringraziato Iddio! Questo si è un regalo. Edo non sta nella pelle; prende il cucchiaio, la siringa, l'accendino e il laccio emostatico. Un minuto dopo è l'orgasmo. Finalmente! Tutto è passato: il malessere, lo sdilinquimento, la disperazione e la rabbia. Solo la debolezza persiste, uno sfinimento fisico e psichico che non sfugge al suo amico. Non mangio da tre giorni, spiega Edo, ma la scusa addotta non regge: il suo insolito livore e il fazzoletto al polso parlano da soli. Non fare cazzate, lo esorta Pierangelo, che da stasera un paio di pere ci saranno sempre anche per te; basta che tu mi metta a disposizione un angolino per tenerci i soldi e non dovrai più preoccuparti.

Edo si versò l'ennesimo bicchiere di Cabernet. Si sentiva leggero ma stanco. Il salasso verbale lo aveva svuotato. Nel bene e nel male. Eppure avvertiva una vaga inquietudine: insieme alle scorie di un antico malessere, dalla sua bocca erano uscite anche tutte le sue difese; adesso una persona era a parte dei suoi segreti più nascosti e fino ad ora inconfessati, e questo lo faceva sentire vulnerabile. D'accordo, c'era stata anche Elvira, ma le risposte alle sue domande erano state sempre alquanto evasive. Rispetto a Marzio, con lei Edo era stato più superficiale e frammentario, quasi che il timore della fine del loro rapporto fosse sempre stato presente e che perciò non avesse voluto regalarsi a lei in modo totale, come, al contrario, talvolta si fa con un amico.

Oh, come tutto incominciava ad essere più chiaro ora nella mente di Edo! L'esposizione dei suoi intenti a Giorgio la sera prima, l'esumazione del suo passato stasera, stavano attuando in lui il tanto atteso divenire. Il rubinetto era stato aperto e l'acqua, prima putente e torbida, adesso sgorgava limpida, e in quelle trasparenze si intravedevano chiare le intenzioni di cambiamento.

Ciononondimeno Edo si sentiva turbato da quell'inedito senso di fragilità: ora anche Marzio sapeva e, se solo avesse voluto, un giorno avrebbe potuto usare il suo sapere come un'arma. Ora c'era l'amicizia, ma non si poteva escludere che le cose un domani sarebbero potute cambiare, e che, magari a causa di un battibecco o mille altre stupide ragioni, i peccati di Edo diventassero di dominio pubblico. Da quando era tornato da Procida aveva cercato quanto più di occultare il suo passato; aveva cambiato totalmente le sue frequentazioni, e chi lo aveva conosciuto dopo di allora non avrebbe mai potuto immaginare quale aspetto avessero gli scheletri nel suo armadio, a meno che qualcuno che ne fosse a conoscenza non andasse a raccontarlo in giro, e questo Edo lo temeva.

- Se fai parola di queste cose con qualcuno, io ti giuro che ti strozzo con le mie mani.

- Tu mi offendi. – reagì Marzio – Se non ti fidi di me perché me le hai raccontate?

- Te le ho raccontate appunto perché mi fido – puntualizzò Edo – ma non voglio assolutamente che chiunque altro ne venga al corrente.

- Puoi stare tranquillo. – lo rassicurò il Max – Rimarrà tutto tra te e me.

- Ci conto. E adesso scusami ma sono davvero stanco. Ho parlato più stasera che negli ultimi duecento anni. Se vuoi dormire qui fai pure, di là c'è il divano. Io vado a letto.

- Ma come? mi lasci qui in sospeso? – borbottò Marzio – Non mi dici come andò a finire? E poi a Milano? E a Procida?

- Beh senti, non è che si muore domani, no? La prossima volta che ci vediamo ti racconto il resto.

- Come vuoi. – si adeguò l'amico – Domani che fai? Voglio dire oggi.

- Non ho niente in programma. – ammise Edo – Ma vista la situazione...

- Cioè? Che situazione?

- Cioè non c'è una lira. Non è che si potranno spiccare i salti mortali. Marzio si grattò la testa:

- Senti un po', da quanto tempo non fai un giro in Valpantena? Edo ci pensò un momento:

- Non so... da un paio di vite.

- Allora sai cosa facciamo?

- No, cosa facciamo?

- Dormiamo un po', diciamo fino alle undici. Che ore sono? le sei e mezza? – si fermò un attimo. – Meglio fino a mezzogiorno; poi prendiamo la macchina e andiamo a fare un giro a Marzana e dintorni. Magari ti farà piacere rivedere qualche vecchio amico... essendo domenica saranno tutti al bar.

- E come la mettiamo col valsente?

- Con cosa?

- Con il conquibus, la pecunia, la grana, le svanziche, il contante, il liquido...

- Ho capito, ho capito!

- Allora?

- Allora vorrà dire che le foderine di pelo di pecora le comprerò il mese prossimo.

- Sicuro?

- Ma sì ma sì. – Il Max era deciso – Mi hai regalato la tua chitarra; penso che sia giusto mettere a disposizione un altro cinquantone. Che ne dici?

- Per me va bene – assentì Edo – anzi, ti dirò che un giretto a Marzana lo faccio volentieri.

- Bene. Allora aggiudicato?

- Aggiudicato.

- Però domani vai avanti con la storia…

- D'accordo – accettò Edo – andrò avanti con la storia, con la geografia e anche con applicazioni tecniche ed estimo.

- Eschimo?

- Sì, montgomery! – e giù uno scappellotto.

25

Pescantina domenica 6 Aprile 1986 ore 7 zero zero (minuto più minuto meno)

Sono sdraiato sul letto. Scrivere in questa posizione non è facilissimo, ma non fa niente: ci sono cose peggiori nella vita, per esempio chiamarsi Paolo Mascalzoni. Un attimo fa sono sceso catellon catelloni (because c'è Max Stefanelli che dorme sul divano e io non riuscivo addaddormentarmi) a prendere l'agenda (e pensare che avevo sonno) (ma poi, appena mi sono sdraiato mi è passato) (e allora ho pensato di scrivere qualcosa aspettando mister Morfeo).
Ieri (Max Stefanelli ed me) siamo stati un po' in giro. Abbiamo bevuto qualche gotto e mangiato una pizza (a testa). Gli ho anche regalato la mia Giannini (così ho pagato il mio debito, ché gli dovevo un cinquantone per la chitarra del Giuliani). Siamo stati alla Cooperativa di Pedemonte, al Double Face e in pizzeria Bella Napoli. Poi qui. Io ero in vena di parlare e lui di ascoltare, e allora gli ho raccontato di quanti peli nel buco del culo avevo nella prima metà dell'ottantatré. Ma lui vuole sapere anche quanti ne avevo nella seconda, e allora mi ha strappato la promessa che oggi glie l'avrei detto. E pensare che è la prima volta che racconto a qualcuno di queste cose. Speriamo che non gli passi per il cranio di stamparne dei manifesti e di mettersi a tappezzare la città con i cazzi miei, perché lo uccido a forza di sputi. Ma sì, tanto ormai quel che è fatto è fatto (come dicevo quando mi facevo le pere) ed è inutile piangere sul latte macchiato.
In programma per oggi abbiamo un giro in Valpantena (forse andremo a mangiare qualcosa in qualche trattoria) (o forse no, anche perché io di schei non ne ho, onde per cui il da farsi lo deciderà lui, dal momento che disponibilizzerà di un altro cinquantone) (a scapito dei coprisedili di pecora) (ma di ciò un giorno me ne sarà grato) e poi si vedrà.

Mi fa male la schiena (non sono abituato a scrivere sdraiato), anzi adesso smetto. Spero di dormire un po', ma ho tanti di quei pensieri che girano che non so...

Ala pro, va là

- Ce l'hai i soldi per un aperitivino? – Chiese Edo.
- Sì, mi sono rimaste tre o quattromila lire.
- Allora che ne dici di passare da Poiano? ché non mi ricordo più come sono fatte quelle quattro case.
- Va bene, ma io prendo un altro caffè.
Marzio svoltò a sinistra per raggiungere il piccolo centro abitato. Fermò la macchina davanti al bar centrale del paese. Era strapieno. Davanti alla porta un gruppuscolo di sfaccendati sorseggiava al tiepido sole il canonico bianchetto d'antepranzo: irrinunciabile rito domenicale officiato a suon di licenziose trivialità verbali fra una previsione calcistica e un apprezzamento alle curvilinee procacità di qualche giovane compaesana che rincasava da messa.
- Hai visto la sorellina della Simonetta che tette che ha messo su? – osservava uno.
- Ah, la Gemma. Quella lì, fra un paio d'anni è buona anche subito – conveniva un altro.
- Pedofili! – li redarguiva il più attempato del gruppo – Avrà sì e no una sedicina d'anni.
- E tu ci sputi sopra? – interloquiva un giovane capelluto.
E l'oste, uscito un momento a rimuovere i bicchieri vuoti parcheggiati in doppia fila sui quattro tavolini esterni:
- Lo so io con cosa ci sputerebbe sopra quello lì, 'sto porco. E quello a ridere:
- Ma cosa vuoi che ci faccia io a quella, ché ormai a forza di seghe ho l'uccello a forma di manopola di bicicletta.
- Ehi, ma quello non è Edoardo?
Edo riconobbe fra gli altri un vecchio amico: Virgilio. Vicino a

lui l'immancabile Fonzie, suo inseparabile compagno d'avventura e di bevute, così chiamato per la somiglianza col popolare attore di Happy Days, del quale aveva assunto anche gli atteggiamenti e la gestualità.

- Sì sì, è proprio lui – confermò questi.

- Ma allora è vero – Edo finse stupore – l'erba cattiva non muore mai.

- Dal momento che tu sei vivo – concesse Virgilio stringendogli la mano.

- Ti vedo bene – osservò Fonzie.

- Perché? Ti sei fatto le lenti a contatto nuove?

Fonzie rise. Ma c'era una vaghezza d'imbarazzo nella sua espressione:

- Mi avevano detto che... come dire, sei stato poco bene.

- Poco bene io? Dove l'hai sentita questa? E da chi?

Intervenne Virgilio, la cui sardonica schiettezza era proverbiale nella valle:

- Bé, che hai passato un brutto periodo, diciamo così, non è un mistero per nessuno, e noi qui non ti si vede da un bel po'. Tempo fa, ricordo, qualcuno diceva che eri all'estero, qualcun altro sosteneva addirittura che eri morto.

- Alla faccia del bicarbonato di sodio! – si allarmò Edo rimestandosi platealmente le zone basse.

- Bé, - spiegò Virgilio – non era mica per il bicarbonato di sodio che eri morto, semmai.

- Anche se, volendo, ci assomigliava, vero? – rincarò la dose Fonzie.

Porco giuda! La gente sapeva. Non che Edo sperasse che la cosa fosse rimasta segreta; conoscendo la portata dei tamtam di provincia, era ovvio che si fosse parlato e sparlato, ma fino a questo punto... Chissà in tre anni quanti e quali discorsi si erano sprecati su di lui: la sua uscita dal gruppo, la cui popolarità in Valpantena, se non altro in ragione di un mero campanilismo, era pari a quella di cui godevano i Pooh; il divorzio, a causa del quale la taccia di "malmaritato" in quei luoghi trasudanti bigottismo ad ogni contrada era il minimo che ci si potesse aspettare; la sparizione dai concerti e dalle feste di piazza, occasioni alle quali vuoi per curiosità professionale, vuoi per il suo ruolo di addetto alle pubbliche relazioni della band, non sarebbe mai mancato, se non per validi motivi.

E di motivi ce n'erano stati, solo che Edo sperava non fossero così di dominio pubblico. Eppure lo sapeva che la gente parla e sparla, sempre, di tutto e tutti, e una tossicodipendenza non è certo un argomento facilmente affrancabile dai pettegolezzi da barbiere o cattiverie da drogheria, e men che meno dalle chiacchiere da bar.

Edo dovette fare un notevole sforzo per celare il turbamento che irruentemente lo aveva colto. Gli venne in soccorso Marzio:

- Su Edoardo ne ho sentite tante anch'io, ma io lo conosco bene, e posso dirvi che sono quasi tutte balle.

Ma a Edo non ci volle granché per riprendersi dalla subitaneità del suo disagio, e fu quasi con stupito autocompiacimento che udì la propria voce dire:

- Grazie Max, ma lascia perdere. Si sa che dietro un pettegolezzo c'è sempre un pezzo di verità, e io non mi vergogno affatto del mio passato, anzi ne sono orgoglioso. Ho passato un brutto periodo e ne sono uscito, per di più senza l'aiuto di nessuno; e adesso sono qua, vivo e vegeto e guarito, che ne parlo con gli amici, proprio come speravo quando desideravo smettere e tiravo le gambe per l'astinenza.

Virgilio si rivolse a Fonzie:

- Quando ti dicevo che non era da lui farsi le pere. È stata una brutta caduta, tutto qui. Ma poi si è rialzato, no? guardalo qui...

- Già. – sospirò Edo – Con le ginocchia sbucciate, ma mi sono rialzato.

Fonzie alzò i pollici e reclinò il capo nella parodia del personaggio da cui aveva ereditato il soprannome:

- Ehi! – disse – Bando alle malinconie e entriamo a farci un bianco.

- Oh, se è per questo anche due – approvò Virgilio.

- Allora facciamo tre. – suggerì Edo – Uno alla salute, uno all'amicizia e…

- E uno alla gnocca – lo anticipò Fonzie.

Così sia – concluse il Max. E quasi a spintoni si immersero nella bolgia festante.

- Porco giuda – borbottò Edo – in mezz'ora avrò stretto la mano a una ventina di persone, come minimo.

- Significa che hai molti amici – giudicò Marzio mettendo in moto.

- Più che amici direi conoscenti. – puntualizzò Edo – E neanche poi tanto. Se ti dicessi che di tutti quelli che mi hanno salutato ricordo solo tre o quattro nomi?

- In ogni modo ti conoscono tutti.

- Logico: suono in queste piazze da quindici anni o, per meglio dire, ci ho suonato fino a tre anni fa.

- Quanti anni avevi quando hai incominciato?

- Sono salito sul mio primo palco a quattordici. Era una festa della mamma in parrocchia a Marzana.

Marzio incominciò a computare:

- Dunque vediamo, adesso ne hai trenta, quindi sei del cinquantasei…

- Cinquantacinque – lo corresse Edo.

- Allora ne hai trentuno…

- In ottobre.

- Perciò era il sessantanove. – continuò Marzio immettendosi sulla provinciale – Io sono del sessantatré, per cui avevo sei anni. Mmmm… troppo giovane.

- Troppo giovane per cosa?

- Per averti visto suonare fin dai tuoi inizi.

- Dio buono! – Edo si strinse il viso fra le mani – riuscirai a sopravvivere ora che hai raggiunto la consapevolezza di questa tua gravissima lacuna?

Il Max rise:

- Nei miei ricordi più lontani, riguardo alla musica, ci sei tu con la chitarra in mano.

- Ma pensa te.

- Devi sapere anche che da bambino mi ero ritagliato una chitarra di cartone, e mi mettevo davanti allo specchio fingendo di essere te.

- Sì, questa me l'avevi già raccontata.

- Davvero?

- Come no. Non ricordi? Un paio d'anni fa a casa di Elvira, quando venisti a chiedermi se ero disposto a darti qualche lezione di chitarra. Anzi, a questo proposito: fu proprio per erudire te che incominciai a studiare come si deve, nella prospettiva di darmi alla didattica.

- Sì, me lo ricordo quel pomeriggio. Ti ho fatto anche un paio di foto, ché avevo con me la macchinetta, e poi quando le ho fatte sviluppare te ne ho data una.

- Ti sbagli. Le foto me le hai fatte l'anno scorso. Era inverno o inizio primavera, comunque c'era freddo: mi hai ritratto che avevo indosso un maglione giallo e la Giannini in mano.

- Esatto, erano due foto pressoché uguali, infatti una ce l'ho io. Però è stato l'anno prima.

- Ti dico di no Max, porco giuda! Nella foto ho i capelli corti e il codino, me le sono riguardate tutte la sera che mi hai aiutato a portare la mia roba a Pescantina… e quel codino l'ho tagliato a Caorle. E l'anno prima non l'avevo.

- Marzio si grattò la testa.

- Bé, ma che importanza ha la data di una foto?

- Nessuna – ammise Edo – se non a farci capire che siamo già mezzo ubriachi.

Non era del tutto vero. Quattro bicchieri di bianco non erano sufficienti ad ubriacare un Edo sovrallenato alle pratiche libatorie, tuttavia quella vaghezza di beatitudine, effimera peculiarità delle bevute mattutine, andava già prendendo consistenza. Il punto di non ritorno non era lontano: un altro paio di bicchieri e l'indirizzo della giornata sarebbe stato designato.

- Io no. – dissentì Max – Io ho bevuto due caffè, una coca e un solo bicchiere di bianco, tra l'altro sprizzato con l'acqua minerale.

- Ed è per questo che sei così schizzato: troppa caffeina caro mio. Dovresti darti una regolata.

- Senti da che palpito arriva la predica!

- Da che pulpito! – corresse Edo sottolineando la rettifica con uno scappellotto.

- Pulpito o palpito – brontolò Marzio sistemandosi i capelli – l'importante è capirsi no?

- Infatti, il prete per essere sicuro di farsi capire dai suoi fedeli, sale sul palpito, ché da lì riesce a sentire meglio il pulpito dei loro cuori.

Marzio si riparò col braccio, ma un secondo scappellotto non arrivò. Erano arrivati a Quinto di Valpantena; in quel momento sfilava alla loro sinistra lo stabilimento dell'olio Turri, e Edo aveva notato il titolare, ingobbito nei suoi settant'anni e passa, armeggiare alla serratura del cancello d'entrata.

- Lo conosci quello? Marzio voltò il capo:

- Come no, è il signor Turri, il padrone dell'oleificio. Se avessi un decimo dei soldi che ha quello lì sarei miliardario…

- Già. – ammise Edo – Lo conosci di persona?

- No.

- No? Aspetta allora che ti traccio un profilo del personaggio.

Marzio rallentò. Questo in lui era indice di interesse.

- Dimmi dimmi. – disse, avido di pettegolezzi come una zitella dal parrucchiere.

- Ero da poco tornato da Procida. Ero venuto provvisoriamente ad abitare da queste parti: ero sceso al Capriolo, sai l'albergo di fronte ai Mangimi Veronesi? Cercavo lavoro. Venni a sapere che all'oleificio Turri cercavano un magazziniere. Mi presentai. Lui era seduto alla sua scrivania circondato da scartoffie come un Fantozzi. Gli dissi della mia esperienza di magazzino: stoccaggio, carico e scarico, spedizioni eccetera. Lui sembrava interessato, e alla fine del colloquio ero certo che mi avrebbe assunto. Tra l'altro ero stato presentato da una delle sue impiegate, la Lucia Bellorio, hai presente? la morosa di Carlo Squaranti... bene, sembrava tutto deciso. Avevamo già parlato di orari, di stipendio e di quando avrei dovuto incominciare. Dunque era cosa fatta e io pregustavo già i salti di gioia che avrei fatto appena fossi uscito dal suo ufficio. Avevo trovato lavoro, capisci? Entro breve mi sarei trovato anche un appartamentino in zona. Insomma, uscivo da una situazione di merda, me la lasciavo alle spalle e stavo reinserendomi nella società. Ero al settimo cielo; sentivo la gioia nel petto, nella pancia, sai cosa intendo, no? Mi alzai per il commiato quando quello, così, con fare discorsivo, salta fuori che la mia faccia non gli è nuova. A me sembrò un punto a mio favore; probabilmente mi avrà visto suonare da qualche parte, gli dico, al che sai lui cosa ha fatto?
Il Max fremeva:
- Cosa ha fatto? Dimmi dimmi.
- E io te lo dico: immediatamente mutò espressione, hai presente uno che si toglie la maschera e tu improvvisamente scopri chi c'è sotto? Ecco. Si alzò in piedi e, facendomi chiaramente capire di andarmene, mi disse che lui non assumeva gente che fa musica. Proprio così, hai capito? senza giri di parole. Ma come? Perché mai, gli chiesi io allibito, cosa centrava il fatto che in passato avessi fatto anche il musicante col lavoro che avrei

dovuto svolgere al frantoio? Ma lui non voleva sentire ragioni. Affermò che la musica era l'invenzione di una casta di parassiti della società; che era una cosa totalmente inutile o, tutt'al più, ma giusto a volerne concedere una funzione, servisse solo a rincoglionire le menti, e perciò chi avesse fatto la scelta di comporre o eseguire musica, non poteva essere che gentaglia: individui che o non avevano capito i veri valori della vita o che solevano irretire e truffare il prossimo vendendogli una cosa intangibile e illusoria. In ogni caso lui non voleva avere niente a che fare né con gli uni né con gli altri... e via di seguito, a sbrodolare motivazioni gravitanti attorno a quel delirante concetto. Io tentai di aggirare l'ostacolo spiegandogli che si trattava di una cosa appartenente al passato. Dio buono, ero così felice un attimo prima che adesso, dalla delusione, incominciai a balbettare scuse tipo che avevo imparato a suonare da giovane perché mio zio suonava e bla bla bla... e, dal momento che ci si poteva guadagnare qualcosa, talvolta sì, ero andato anche a suonare in giro, ma era acqua passata, un errore di gioventù insomma; in fondo, che male c'era se avevo fatto un po' di soldi sfruttando un hobby? Niente! Lui fu irremovibile. Continuava a deglutire spasmodicamente, ché di sicuro è stato operato a qualche brutto male alla gola, e senza guardarmi in faccia, col braccio continuava ad indicarmi la porta. Le ultime parole che disse non le dimenticherò mai; furono: basta così, con lei ho già speso anche troppo del mio tempo, e adesso per favore se ne vada. E io, stronzo, che pur di avere quel lavoro avevo rinnegato non solo il mio passato, ma anche la mia natura... Ero talmente frastornato dall'assurdità della situazione che non lo mandai nemmeno a fare in culo, per dire, come si sarebbe meritato, e me ne andai con la coda fra le gambe, quasi fossi veramente colpevole di chissà quale crimine.

- Incredibile – commentò Marzio.

- Già, proprio incredibile. Non avrei mai pensato che potessero esistere persone così. Però qualche mese dopo ebbi la mia rivincita.

- Come? – si incuriosì l'amico.

- Un giorno, ai primi di aprile dell'anno seguente, Ivano venne da me a propormi un servizio. Si trattava di suonare ad un matrimonio al ristorante La Pergola, a Grezzana. La data ora non me la ricordo, era comunque per maggio. Poi, disse, se fossi andato bene anche agli altri del suo nuovo gruppo, mi avrebbero chiamato anche per altre serate. Ovviamente accettai. Mi feci prestare la chitarra elettrica e l'ampli dal Gianni Paruchier, lo conosci? no? fa niente, e la sera convenuta, con Ivano, mi recai alla festa, dove ci aspettavano il batterista e il fisarmonicista. Mentre gli altri mangiavano noi montammo gli strumenti e... indovina un po' chi intravidi fra gli invitati?

- Turri.

- L'ho sempre detto che sei un genio; esatto, proprio lui. Bene, finito il pranzo arrivò l'ora di incominciare con le danze. Salimmo sulla pedana e ognuno prese il proprio strumento. Ma prima di incominciare, agguantai il microfono e annunciai al pubblico che la serata danzante avrebbe avuto inizio non appena una persona indesiderata avesse lasciato la sala. Mi immobilizzai con le braccia incrociate e non staccai più gli occhi dal vecchio Turri. La gente era sorpresa, ti lascio immaginare, avevo attirato l'attenzione su di me, e gli sguardi incuriositi degli invitati passavano da me a lui, che mi guardava arcigno, e da lui tornavano a me. Insomma, di chi stessi parlando era più che evidente. Ivano e gli altri incominciavano ad inquietarsi; cosa stava succedendo? bisognava incominciare a suonare, porco giuda. Ma il mixer lo manovravo io, e avevo abbassato il volume generale: anche volendo scavalcarmi ignorandomi, non avrebbero potuto incominciare senza che lo volessi anch'io. Il braccio di ferro non durò molto, forse mezzo minuto, non so, comunque alla fine il vecchio fu costretto ad andarsene, e noi incominciammo a suonare.

- Bellissimo. – approvò il Max, staccando le mani dal volante nell'accenno di un applauso – e nessuno ti disse niente?

- Sì, alla prima pausa. Io stavo chiacchierando con Ivano e il Vichy, il batterista, quando si avvicinò alla pedana un signore distinto, non chiedermi chi fosse perché non lo so, ad ogni modo mi chiese il perché di quel mio strano comportamento a inizio serata. Ecco, pensai, ci siamo, chissà adesso cosa succede; di sicuro presenterà una lamentela all'orchestra per aver offeso un ospite importante o quel che fosse. Probabilmente avevo esagerato; era chiaro che non avevo il diritto di anteporre i miei affari personali all'impegno che mi ero assunto, e per il quale ero pagato, di far ballare gli invitati. Porco giuda! Era la mio primo servizio quale membro di quell'orchestrina e, a causa di una mia stupida ripicca, mi ero già giocato l'eventualità di futuri ingaggi. Ad ogni modo gli riassunsi brevemente gli antefatti, e lui sai che fece? Mi strinse la mano. Bravo, disse, era ora che qualcuno gli spuntasse le corna a quello là, con la sua boria e i suoi miliardi. Gli altri si misero a ridere come due cosi. Ivano poi, si dava certe manate sulle cosce che gli saranno rimasti i lividi per un mese, sai come fa lui no? Un attimo dopo mi invitò al bar e mi offrì un gotto, anche se lì sulla pedana eravamo circondati da bottiglie di prosecco e potevamo berne a go go.

- Che storia. – borbottò Marzio – Ma cambiando discorso, ché siamo quasi arrivati: io dovrei andare un momento a casa a prendere i soldi, e già che ci sono vorrei anche darmi una rinfrescata e cambiarmi. Tu che fai? Non ti invito su da me perché mia madre non ti vede di buon occhio.

- Non mi vede di buon occhio, eh? – Edo non si stupì più di tanto – Perché mai? Sentiamo un po'.

- – Mah, non le sei mai piaciuto. Fin dai tempi che avevi i capelli lunghi, ché sei stato uno dei primi a Marzana e lei ti chiamava capelòn de un bitle, ma soprattutto perché sei divorziato.

- Va molto in chiesa tua madre, sì?

- Tutte le mattine, perché?

- No, niente, niente.

Max guardò perplesso il suo amico. Edo con la mano fece cenno di lasciar perdere.

- Allora che fai? – riprese Marzio – Aspetti in macchina? Oppure preferisci che ti lasci al bar Cea?

- Ecco, lasciami dal Cea, che vediamo un po' chi c'è lì. Solo che non ho una **lira**.

- Dov'è il problema? Tu bevi pure quello che vuoi, e quando arrivo pago e andiamo via.

- E dove andiamo?

- Boh? A sgranocchiare qualcosa da qualche parte, magari in montagna. Poi si decide, va bene?

- D'accordo.

Max fermò la sua GS poco oltre il bar Cea di Marzana. Edo scese.

- Fra quanto arrivi? – s'informò prima di richiudere la portiera.

- Diciamo una mezz'oretta, okey?

- Okey, diciamo una mezz'oretta.

26

Usciti dal bar Cea di Marzana, dove, oltre al barista che chiacchierava con uno sconosciuto non c'era nessuno, dopo qualche minuto trascorso a pensare a dove andare Marzio e Edo erano saliti in macchina e si erano avviati in direzione di una trattoria in collina. Il posto verso cui erano diretti era famoso per la frugalità dei suoi piatti (a base di salame, formaggio e sottaceti, accompagnati da fette di polenta abbrustolite sulla brace), ma soprattutto per il buon vino e l'ottima qualità del cibo nonostante l'accessibilità dei prezzi. Era un locale alla buona, senza fronzoli o pretese d'eleganza, e chi vi sostava lo faceva più che altro all'insegna dell'informalità. Insomma, più che per pranzare ci si andava per capriccio: con la scusa di piluccare qualcosa si beveva un bicchiere di quello buono o viceversa.

- Pssst! Scusa? Gianluigi? Ehi! Pierfrancesco? Pssst! Vittorino? – Finalmente Edo riuscì ad ottenere l'attenzione dell'indaffaratissimo cameriere. Indaffaratissimo e distratto.
Ma porco di un giuda porco! pensava Edo, perché non giri quella tua faccia brufolosa dalla nostra parte una volta? in modo che ti si possa chiamare con lo sguardo o un cenno del capo, senza che, a furia di pssst pssst, si finisca per provocare una coda di piedi scalpitanti davanti al cesso. E poi fanno anche i sostenuti, e ti guardano male se schiocchi le dita. Ti danno del maleducato col pensiero, lo si capisce dall'espressione infastidita che assumono. Ma imparate a lavorare invece, va là.
Il cameriere si avvicinò. Era un tipo ancora giovane, ma già ingobbito sotto il peso di una trentina d'anni d'alpeggio, tra vacche da mungere e latte da cagliare; biondiccio tendente al rosso, con una carnagione slavata, di quelle che non si abbronzano mai, grosso naso, sotto il quale quattro peli tristi come un'andropausa precoce avevano ormai rinunciato a diventare

baffi, denti superiori sporgenti e spettinati, e occhio stanco e rassegnato di chi accetta stoicamente la sua razione di cinghiate da un padre alcolizzato o un futuro fatto di corna da una moglie probabilmente filippina o tailandese sposata per procura.

- Per favore Luigino, portaci un po' di pane e un altro mezzo di rosso.
- Non mi chiamo Luigino.
- Ah no?
- No, mi chiamo Alfonso.
Oh, mi dispiace – sospirò Edo accorato – del resto non è colpa tua. Avrebbe voluto anche dirgli di non prendersela, ché ci sono cose peggiori nella vita, ma, sotto il tavolo, il piede ammonitore del Max che ce la metteva tutta per non scoppiare a ridere lo colpì ad una caviglia. Ad ogni modo, il cameriere si allontanò scrivendo sul notes senza sembrare d'aver colto.

- A quanto pare va giù che è un rosolio quel vinello, eh? – osservò Marzio dietro il suo triste bicchierone di Coca Cola.
- Già – ammise Edo, arrotolando attorno ad un grissino una sottile fetta di lardo aromatizzato alle erbe di montagna – è stata proprio una buona idea quella di venire qui. Erano anni che non ci tornavo e devo ammettere che questi sapori mi mancavano, ma il bello è che me ne accorgo solo adesso.
- Perché? – si stupì Marzio – Vuoi dirmi che è un pezzo che non mangi un affettato genuino?
- Proprio così, a parte due o tre fettine di salame che ho sbeccolato una quindicina di giorni fa dalle parti di San Floriano con due mie amiche… sai, Elvira è quasi vegetariana. Con lei si viaggiava a ragù di soia, pasta integrale, yogurt, miele grezzo, tofu, che è una specie di formaggio fatto col latte di soia, insalate di tutti i tipi, con dentro le cose più improbabili e disparate, come semi di papavero, mandorle, tarassaco crudo, germogli di alfa alfa, mais e via dicendo, il tutto condito con tamari e go-

masio e succo di limone. L'aceto, ma rigorosamente di mele, era l'eccezione, tanto per dire, e l'olio solo se extra vergine da coltura biologica, spremuto a freddo e non filtrato. Naturalmente il pane era solo e sempre integrale, certe pagnotte che ci potevi costruire un forte austriaco.

- Alfa alfa? Tamari? Gomasio? Che robe sono?

- L'alfa alfa è una varietà di erba medica, il gomasio è una mistura di semi di sesamo tostati e sale marino integrale pestati nel mortaio, il tamari è una salsa fermentata a base di soia e frumento.

- Non mangiavate carne?

- Raramente. Le proteine le ricavavamo da ceci, piselli, fave e fagioli di tutti i tipi: bianchi, neri, rossi, a pois, a righe e a quadretti, ma soprattutto dagli azuki, ché a momenti a furia di quella dieta mi venivano gli occhi a mandorla ... e poi c'era riso integrale, germe di grano, miglio, come agli uccellini, orzo, farro, grano saraceno e vai col Cristo.

- Porca la miseria! E questi azuki cosa sono?

- Sono i semi di soia rossa.

- E ti piaceva quella roba?

- All'inizio no, devo essere sincero, però poi, con l'abitudine, ho incominciato ad apprezzare quel tipo di cucina. Devi sapere che quando ho conosciuto Elvira avevo la mia bella pancetta, anche se non da molto tempo, ché la mia bella cura dimagrante a base di William, Kaiser e Abate l'avevo già fatta, non è vero? Ma da Procida in poi avevo ripreso a mangiare, e di gusto anche, quindi già a gennaio mi ero largamente rifatto dei chili che avevo perduto. Chiaramente non era una cosa esagerata, però le braghe incominciavano a starmi strettine. Ordunque, nel giro di tre o quattro mesi ero bello e asciutto come un figurino. E in forma anche. Per dirti, ero guarito perfino dall'eiaculazione precoce che mi portavo dietro dal tempo dell'astinenza. – Edo sorrise al pensiero – Ci facevamo di quelle trombate... ma è meglio che non ci penso, va là, ché altrimenti qua mi viene la nostalgia nelle mutande.

Marzio rise. Intanto Alfonso arrivò col vino e col pane. Snudò i denti in una smorfia che avrebbe voluto essere un sorriso, ma che, al contrario, ricordava l'espressione di chi si fosse accorto d'aver pestato una merda:

- Avevate detto un litro, vero? – disse appoggiando caraffa e cestello sul tavolo.

- No, avevamo detto mezzo, – fece Edo – ma lascia pure va là, così ti risparmierai un viaggio fra un quarto d'ora, visto l'andazzo… Il cameriere si allontanò.

- Dimmi un po', non è che hai intenzione di ubriacarti anche oggi, vero? – si allarmò Marzio.

- Dimmi un po' tu invece, non è che hai intenzione di depauperarmi gli zebedei, vero?

- Ma no ma no. – borbottò Marzio – Dicevo così per dire.

- Già, tu dici sempre così per dire… però intanto lo dici.

- Ti dà fastidio?

- Sì e no.

- Scusami.

- Bah, scusami tu invece. – Edo si ridimensionò – Vedi, io lo so che bevo molto, solo che, sarà che ho la coda di paglia, ma mi da fastidio che ci sia qualcuno a ricordarmelo continuamente.

- Ma se è la prima volta che te lo dico – eccepì Marzio.

- No, me l'hai fatto notare anche ieri sera, una volta o due.

- Davvero?

- Sì, davvero. Ma finiamola con 'sti discorsi, vuoi?

- Mi dispiace.

- D'accordo, d'accordo, non è successo nulla.

Rimasero in silenzio quasi un minuto. Sembrava che fra i due si fosse rotto qualcosa. Su quel tavolo aleggiava una strana leggera tensione: un vago dissapore, un attrito appena percettibile che, tuttavia, Edo avvertiva, come l'elettricità nell'aria prima di un temporale.

Incominciò a chiedersi il perché di quella reazione. Era stata una reazione da alcolizzato? Oppure era l'orgoglio a soffrire per un velato e improvvido rimprovero da parte di un suo ex allievo? C'era forse qualcos'altro che stava riemergendo? Quali erano state dunque le recondite ragioni di quell'agire?

La voce di Marzio interruppe il volteggiare già tetro di quei perché:

- Io ti conosco Edoardo, cosa c'è che non va?

Edo lo guardò serio. Per un istante sembrò volersi barricare dietro un irriducibile silenzio, assentarsi da quel luogo e da quel momento. oppure addentrarvisi ancor di più e rimanere solo con se stesso a compiacersi di quell'intima mestizia, crogiolarsi nella dolce e vaga melanconia, non ancora sopita, che l'immagine di Elvira aveva rievocato.

No, Dio buono! Doveva reagire. Assolutamente. In fondo a quel filo di pensieri Edo indovinava il pernicioso meccanismo che di lì a poco avrebbe generato in lui l'angoscia. Il vino e l'osservazione di Marzio c'entravano poco: ormai Edo aveva imparato che quello stato d'animo era l'avvisaglia di ben altro e che, se si fosse lasciato andare, si sarebbe trovato poi a dover fare i conti con una crisi d'ansia. E se ancora ieri accettava quella sua dimensione come un inevitabile fio cui far fronte a sgravio d'un passato di errori, ora, che aveva deciso di uscirne, doveva operare una scelta: proseguire la strada intrapresa la sera prima e liberare lo spirito delle sue gravosità esteriorizzandole in un racconto o ignorarle e sforzarsi di parlare d'altro, sperando di vincerle grazie all'intima consapevolezza della loro esistenza? Beh, ieri sera aveva funzionato, no? Aveva parlato per ore, e poi si era sentito bene. E allora? cos'era questa indecisione? Lo sapeva anche troppo bene a cosa era dovuto quel male interiore, e sapeva inoltre, ancorché lo percepisse nella sua latenza, che presto si sarebbe manifestato in un ennesimo attacco di panico. No, porco giuda! se un dente era cariato non rimaneva che toglierlo. Decise di confidarsi con il suo amico:

- Devo ammetterlo, Elvira mi manca.

Marzio, probabilmente temendo di offendere in qualche modo la suscettibilità di Edo, non disse nulla.

- Sono quasi tre mesi che ci siamo lasciati – proseguì Edo poco dopo – e ancora non riesco a togliermela dalla testa.

- Quando vi eravate messi insieme?

- L'otto marzo dell'ottantaquattro, una data che non si può dimenticare. Penso che il profumo delle mimose, dentro di me, rimarrà aggrappato al suo ricordo per chissà quanto tempo ancora.

- Può darsi, anzi probabile. – convenne Marzio – Ma dimmi, come vi siete incontrati?

- L'ho conosciuta al Posto, appunto l'otto marzo. C'era una festa. Mi fu presentata da, da... cazzo, sai che non me lo ricordo? bé, fa niente... quella sera abbiamo parlato molto, e bevuto anche. Poi, quando è arrivata l'ora di chiusura, io ero a piedi, lei pure, ci siamo incamminati insieme verso il centro.

- A proposito, ché non te l'ho mai chiesto: prima di metterti con lei dove abitavi?

- In Corso Milano, all'albergo Al Cigno.

- Piuttosto lontanuccio da raggiungere a piedi – notò Marzio.

- Lo disse anche Elvira, infatti, fu più che altro per questo che m'invitò a dormire a casa sua. Nota bene che io non avevo alcuna mira su di lei: in quel periodo frequentavo Marisa, una ragazza di Grezzana, e tanto mi bastava. Tuttavia accettai di riposare qualche ora sul divano. Poi invece finimmo a letto insieme e ci trombammo come da copione.

- Come, così? La sera stessa?

- Perché, che c'è di strano? Secondo te per scopare una bisogna presentare domanda in carta bollata un mese prima?

- No, ma chissà che idea ti sarai fatto di lei...

- Eccola là mentalità del provincialotto! – s'inalberò Edo – È mai possibile che nel duemila si pensi ancora in questi termini? Io se la porto a letto due ore dopo averla conosciuta sono un figo della madonna, vero? Mentre lei, se fa la stessa cosa è una puttana.

- Non volevo dire questo…

- Ah no? e allora cosa volevi dire?

- Voglio dire che… insomma, se in un paio d'ore l'ha data a te, può darsi che allo stesso modo l'abbia data anche ad altri, no?

- E che male c'è? Quando una è libera può fare quello che vuole, non credi?

- Certo, ma io non mi metto insieme a una così.

- Quindi è una puttana - Edo allargò le braccia.

- No, semplicemente è una donna alla quale è meglio non legarsi sentimentalmente.

- No, eh?

- No.

Edo si versò un bicchiere di rosso. Poi, con tono accomodante:

- Cambiando discorso, ma sempre restando in tema di sesso, tu ti masturbi?

- Sì, perché?

- Lo fai spesso?

- Più o meno ogni giorno, ma perché me lo chiedi?

- Perché lo immaginavo - Edo si guardò le unghie. Marzio non se la prese:

- Il tuo sarcasmo non mi fa ne caldo ne freddo, sai? Lo so che questo mio modo di pensare tu lo consideri retrogrado e bigotto, ma io sto bene così.

- Contento te… – bofonchiò Edo.

- Sì, contento me. – riprese Marzio – Un'avventura mi sta bene, ma poi fine. Prima di impegolarmi in un rapporto duraturo io ci penso non due, ma dieci volte.

- E intanto vai avanti a seghe…

- Certo, vado avanti a seghe. Invece tu, che ti butti a testa bassa in tutte le situazioni, adesso ti ritrovi per la seconda volta ad attraversare un periodo di crisi. Con Antonella eri finito nella tossicodipendenza, con Elvira nell'alcolismo. Se tanto mi da tanto, meglio farsi seghe.

Colpito dal lapidario ragionamento del suo giovane amico, Edo non seppe cosa dire. Lì per lì avrebbe voluto ribattere, non tanto per sostenere una ragione, quanto per non lasciare al Max la soddisfazione di aver fatto centro. Tuttavia riuscì a frenare la sua impulsività ed evitò ogni commento. C'era del vero nelle parole del suo giovane amico, e sicuramente questa era la prima volta che Edo si trovava a considerare il rovescio della medaglia di ciò che, dal suo punto di vista, altro non era che una mentalità ristretta e maschilista. Forse le abitudini di vita dettate dalla cultura provinciale non erano poi così stupide come aveva sempre creduto, e l'esagerata prudenza nelle scelte in fatto di donne era frutto di una lungimiranza acquisita nel tempo, da parte dei deboli maschi, che suggeriva loro arroccamenti e preventive contromisure allo strapotere sessuale femminile? Qual era quindi la miopia? Quella bacchettona dell'uomo semplice o quella, che Edo tendeva piuttosto a definire apertura mentale, del colto cittadino? Quella dell'ottuso conservatore o quella sinistroide e libertaria del filofemminista? Vuoi vedere che se, in passato, alle donne era stata limitata la libertà, sotto sotto un motivo c'era?

Ma non era certo questo il momento di smarrirsi in labirinti di speculazioni sulla morale fallocratica del provincialismo, né di mettersi ad analizzare la soggettività delle percezioni intuitive su ciò che è bene e ciò che è male. Se Marzio la pensava così avrà avuto i suoi motivi. Ma forse anche no, e magari il suo era un agire per partito preso: una che te la molla troppo in fretta non è una donna da sposare e basta! Ma no Dio buono, pensare alle donne in questi termini era sbagliato. Totalmente.

Assolutamente. Com'era possibile che un genitore godesse nel vantarsi con gli amici del bar delle prodezze amorose del figlio ventenne, mentre il padre di una "ragazza facile" se ne morisse di vergogna? Come si era arrivati a tutto questo? Chi aveva permesso che accadesse? Era dunque questa la morale sessuale? Lodevole chi lo mette, riprovevole chi lo prende? Donna o gay che fosse?

- Vadano allora il nostro plauso allo stupratore e il biasimo alla stuprata!:

- «Io non l'ho violentata! Lei era consenziente!»

- «Non è vero! Continuavo a dire di no!»

- «Tutte dicono di no, fa parte del gioco.»

- «Ma io dicevo di no perché non volevo.»

«E come facevo io ad immaginarlo? con la minigonna che aveva... Pensavo che gridasse per salvare le apparenze, per non passare per una troia. Lo si sa no? Una che ci sta subito senza protestare è una poco di buono...»

Ma pensa un po'.

- Quindi – riprese Edo – tu sostieni che dalla facilità con cui Elvira ha fatto sesso con me quella sera io avrei dovuto capire che non era la donna per me?

- Infatti.

- Come infatti? Come puoi dire simile castroneria?

- Castroneria? Guardati un po' adesso: lei ti ha mollato e tu sei qui che stai male. Allora? era la donna giusta?

- Se fosse o no la donna giusta non dipende certo dalla scopata di quella sera.

Marzio accese una sigaretta. Una la offrì anche a Edo.

- Forse no, ma secondo i miei parametri da provincialotto, come li chiami tu, io al tuo posto avrei capito che sarebbe stato meglio non dico lasciarla perdere, ché un po' di sesso ogni tanto ci sta sempre, ma almeno non farsi coinvolgere sentimental-mente.

- Non è così semplice. Noi ci siamo lasciati per una serie di motivi che sono venuti a crearsi nel corso di due anni di convivenza. E poi, come si usa dire, al cuore non si comanda. Io ero innamorato di lei, anzi, credo di esserlo ancora.

- Esatto, e quello che sto dicendo è che avresti potuto evitarlo.

- Perché avrei dovuto evitarlo?

- Adesso non staresti male.

- Può darsi, ma i due anni passati con lei mi hanno dato molto. Elvira, col suo modo di essere e di pensare, ha aperto nella mia mente finestre di cui non immaginavo nemmeno l'esistenza. Se tornassi indietro, anche sapendo che poi starò male, rifarei tutto quello che ho fatto.

- Ne parli come fosse stata la tua maestra...

Indicando la sua sigaretta accesa Edo attirò l'attenzione del cameriere. Questi annuì col capo.

- Beh, da un certo punto di vista è così. Vedi, prima di lei io tendevo a considerare le donne... come dire... in funzione dell'uomo: l'uomo lavora e sua moglie sta in casa o, se lavora anche lei, ché ormai il giorno d'oggi lo fanno tutte, il suo lavoro è sempre subalterno a quello del marito o comunque in secondo piano. L'immagine che avevo della famiglia era quella che avevo ereditato dai miei genitori, che a loro volta, avevano ereditato dai miei nonni. Una visione e un modo di rapportarsi che in provincia è accettata da tutti. Donne comprese.

- Elvira invece?

- Elvira invece no. Lei era una ribelle, e non mandava giù il fatto che le donne fossero considerate non dico inferiori, ma nemmeno dipendenti dai loro uomini. Per dire, con lei i piatti si lavavano a turno, mentre prima sì e no che mi preparavo un caffè, se ero a casa da solo, altrimenti toccava a mia moglie, e basta. Non si discuteva su questo; erano abitudini acquisite e tramandate da sempre. Le pulizie di casa? E chi le aveva mai fatte? Cambiare le lenzuola? E come si faceva? Caricare e programmare la lavatrice? Stirare? Le sai fare tu queste cose?

- Io no – rispose Marzio – ma a che mi serve saperle fare? Dal momento che le fa mia madre?

- E un giorno che sarai sposato le farà tua moglie, vero? Cioè la tua nuova mammina.

- Le farà mia moglie, certo. Ma non è mica una vergogna, è sempre stato così.

- Ecco. Elvira si era ribellata a tutto questo, e grazie a lei ho finalmente capito di quanto iniquo fosse questo modo di concepire la convivenza fra un uomo e una donna. Matrimonio o no.

- Quindi è una femminista.

Alfonso arrivò con un posacenere. Edo, preso dalla discussione lo ignorò.

- No, è per la parità. Uomo o donna non importa: con lei si deve parlare solo di persone. Ruoli diversi, a stretto rigore, ma diritti uguali. Ma facciamo un esempio, vuoi? Supponiamo che tu decida di andartene di casa, mettiamo a causa di un contrasto, o per quello che vuoi tu, ché tanto non ha importanza. Per un po' cerchi un appartamento, ma non lo trovi o quelli che riesci a trovare sono al di fuori della tua portata economica. E cerchi e cerchi, ma non si trova niente, e tu te ne devi andare, perché ormai la cosa è decisa e non hai altre possibilità. Ci siamo? Bene. Un giorno, sempre nel corso della tua ricerca, incontri un tuo conoscente; e ciao come va? non c'è male grazie e tu? mah, sto cercando casa… ma va? anch'io! ma come mai? e bla bla bla. Alla fine viene fuori che, con gli affitti che ci sono in giro, vi toccherà entrambi accontentarvi di un monolocale oppure adattarvi ad abitare chissà dove, con tutti i disagi che ne conseguono. A meno che… ed ecco il punto, non decidiate di prendere in affitto una casa insieme. Ne parlate un po' e decidete che si può fare: ognuno avrà la sua camera, mentre cucina, bagno e salotto saranno in comune. L'affitto lo dividerete in parti uguali, e così tutte le altre spese.

- Insomma – si spazientì Marzio – dov'è che vuoi andare a parare?

- È presto detto. Dunque, dicevamo che dividete tutto, giusto? Bene. Ora io ti domando: come la mettete con le pulizie di casa?

- Faremo a turno, mi pare ovvio.

- Ovvio. E con la cucina?

- In che senso?

- Ora, se i vostri orari sono diversi non ci sono problemi: ognuno cucinerà per sé e alla fine lava i piatti e le pentole che ha usato e mette in ordine. Ma supponiamo che i vostri orari coincidano e che l'uno non possa aspettare che l'altro finisca; vi converrebbe fare da mangiare in modo organizzato no? magari decidendo insieme il menù, in modo che quando si usa la cucina lo si faccia per entrambi. In quel caso chi li lava i piatti? Che fai? Tu lavi i tuoi e lui i suoi? E per le pentole? Fate a turno? No vero? Va da se che farete a turno tutto, a meno che non decidiate che uno farà sempre da mangiare, perché, supponiamo, in cucina è più bravo, mentre l'altro ai fornelli è una schiappa, e allora, per non finire avvelenati una volta si e una volta no, si stabilisce che il cuoco è sempre quello e i piatti li lava sempre l'altro.

- E dov'è il problema?

- E chi ha mai detto che ci siano problemi? Basta che siate organizzati, tutto filerà liscio come l'olio, no? a meno che uno dei due non incominci a sgarrare, magari lasciando montagne di piatti, o il cesso da pulire quando tocca lui. Ma ci sono anche altre cose.

- Per esempio?

- Per esempio la spesa, le telefonate troppo lunghe, il televisore troppo alto di notte, e gli eventuali ospiti dell'uno che stanno sulle palle all'altro e via dicendo. In definitiva, affinché la cosa funzioni, dovrete trovare un vostro modus vivendi.

- Non so cosa significa, ma penso d'aver capito. – convenne Marzio – In parole povere ci si mette d'accordo su tutto.

- E, soprattutto si dividono i compiti in modo equilibrato.

- Esatto.

- E allora io ti chiedo: perché questo non deve accadere anche fra marito e moglie?

- Perché certi lavori sono… come dire, più adatti a una donna.

- Ah sì? Quali?

- Lavare e stirare per esempio, ma anche cucinare, spolverare, badare ai figli, fare la spesa, anche tenere i conti di casa, al limite… tu hai parlato di due uomini, ma fra un uomo e una donna è diverso.

- Sì vero? Allora anche farsi inchiappettare, partorire, allattare e fare i pompini sono cose più adatte a una donna, e fin qui posso anche essere d'accordo, ma per il resto chi ha deciso debba essere lei a lavare le tue mutande, e non tu le sue?

- Ma non lo so, cazzo Edo! è così da sempre. Perché bisognerebbe cambiare?

- L'uomo va a lavorare e la donna sta a casa con i figli.

- Sì, una volta era così. Ma oggi che lavora anche lei?

- Se lavora anche lei vuol dire che non ci sono figli… e semmai le compri una bella lavatrice.

- Già, magari come regalo di compleanno, vero?

Marzio alzò le spalle.

- Perché no?

- Edo si sollevò dalla sedia per arrivare a bussare con le nocche sulla fronte del suo amico:

- Ehi, di casa? C'è nessuno? Tornò a sedersi e subito aggiunse:

- Evidentemente no. Hai mai sentito parlare di fuga dei cervelli? Ecco, il tuo deve essere fuggito in America in cerca di fortuna, ché qui gli si prospettava solo la disoccupazione.

- Tu mi prendi sempre in giro – sospirò Marzio – ma se le cose fra uomini e donne stanno così, io non posso farci nulla. E comunque, con tutto questo femminismo che c'è in giro, le cose stanno lentamente cambiando, e per noi maschi la pacchia sta finendo.

- Oooh, finalmente! – Edo si appoggiò pesantemente allo schienale della sedia – Adesso l'hai detta giusta: la pacchia sta finendo! E questo significa che fino ad ora le donne sono state tenute al guinzaglio.

- Lo so. Quello che rimane da verificare è se questo sia del tutto sbagliato, come sostieni tu o se, invece, non si tratti dell'unico modo di mantenere saldo un rapporto.

- L'unico modo di mantenere un rapporto?

- Visto l'aumento dei divorzi, sì. – sentenziò Marzio.

- Quindi, secondo te, per evitare i divorzi dovremmo incatenare le nostre donne?

- Proprio incatenarle incatenarle no, ma neanche lasciar loro tutta la libertà che vorrebbero, ché poi chi ci rimette sono sempre i figli.

- Ma di che cacchio stai parlando? – Edo buttò il mozzicone di sigaretta per terra e lo schiacciò col tacco. Un attimo dopo si avvide della presenza del portacenere in bella vista al centro del tavolo. Fanculo, finse di nulla.

- Sto dicendo che a me sembra che qua si divorzi per dei motivi sempre più futili. Sembra quasi che divorziando si sentano più importanti, quindi finiscono per farlo anche quando, con un po' di buona volontà, una riappacificazione sarebbe ancora possibile. Insomma, se avessero un po' meno libertà, alla fine si adatterebbero di più, e le famiglie sarebbero più unite.

- Bel modo che hai di ragionare!

- È quello dei nostri padri e dei nostri nonni e, dal momento che oggi la famiglia è in crisi, mi viene da pensare che non sia così sbagliato.

- Quindi la troppa libertà fa male?

- Sì. Ma questo non vale solo per le donne. Edo si grattò la barba:
- Beh certo, semmai vale per tutti…
- Vedi – proseguì Marzio – io sono stato nei paracadutisti, e là di libertà non ce n'è o, se c'è, ti viene somministrata col cucchiaino. Bé, quello che non ho imparato…
- Per esempio?
- Per esempio che ci vuole disciplina in tutto. Solo così si ottengono dei risultati validi e duraturi.
- E questo che c'entra con la famiglia?
- C'entra. Adesso non mi verrai a dire che in famiglia non serve la disciplina? Senza disciplina i figli non crescono bene, e le donne fanno quello che vogliono, e poi finisce che il matrimonio va in malora.
- Porco giuda, mi sa che mi toccherà ammettere che non hai tutti i torti. – riconobbe Edo tamburellando con le dita sulla lattina di Coca Cola vuota.
- E sarebbe così grave?
- Beh, fino a prova contraria, qua il maestro sono io.
- Per quanto riguarda la musica sì. – convenne Marzio – Infatti con la chitarra sei un mostro di bravura, e non mi dirai che in questo la disciplina non c'entra, vero? Ma in quanto a donne, lasciatelo dire, non ci siamo proprio.
Edo non sapeva cosa dire. Avrebbe voluto obiettare in qualche modo, ma su questo tema, anche se ammetterlo era dura, non aveva di che argomentare. Per nascondere il leggero imbarazzo schiacciò la lattina.
- Guarda me per esempio – riprese Marzio abbassando un po' la voce – non appena la mia fidanzata ha incominciato a fare la birichina io l'ho mollata. Se l'avessi perdonata, e adesso fossimo ancora insieme, io vivrei perennemente col tarlo che quella, prima o poi, le corna me le metterebbe ancora. E allora lentamente verrebbe a mancare la fiducia, nascerebbero sospetti anche dove

non avrebbero motivo d'esistere, e alla fine, se nel frattempo ci fossimo sposati, ecco che arriverebbe il divorzio.

- E non sei stato male nel lasciarla?

- Certo che sono stato male, e ogni tanto ci penso ancora. Se avessi dato retta al cuore, magari dopo un bella litigata, avrei lasciato perdere la sua scappatella; due ceffoni e via, come se non fosse successo nulla. Invece mi sono sforzato di usare la testa e l'ho lasciata.

- Io in queste cose la testa non la so usare. – ammise Edo.

- Lo so bene. – rispose Marzio ridendo.

Rise anche Edo, ma il suo riso era carico d'amarezza.

27

*Pescantaus Vierre Italy Lunedì sette Aprile 1986 ore non lo
so perché l'orologio ha la batteria demotivata (e pensare che
appena ieri funzionava ancora, come disse Cambronne) (no
aspetta, era La Palisse). Se io lapalissi, se tu lapalissasti se
egli lapalisse... va ben. C'è il sole.*

*Se lui lapalisse e lapalissassi anch'io, tu lapalisseresti o lasceresti
lapalissare solo noi? Ma certo che lapalisserei, è lapalissiano, no?
Merda!*
*Uffa! Non so cosa scrivere. E sì che ne avrei di cose da dire. Per
esempio che ieri sono andato al "Polenta e Salame" in quel di Ro-
saro col Machesse, ma non ne ho voglia. Oppure che anche ieri ho
bevuto una scarica di gotti, ma questa non è una novità, e allora
perché scriverlo? Tra l'altro ho anche mal di testa...*
*Invece che ho mangiato del buon lardo e del buon salame voglio
scriverlo: Ieri ho mangiato del buon lardo e del buon salame.*
Ecco.
*Va bé, visto che non ho voglia di scrivere è meglio che la chiudo,
va là.*

Ala pro

---

*Sempre Pescantina VR lunedì 7 del quattr'ottantasei ore
aspetta... ho tolto la batteria scarica dall'orologio da tavolo,
sono salito in camera del Raffa, ho tolto la batteria ancora
valida dal suo orologio da parete e in sua vece ci ho ubicato
quella defunta, quindi sono sceso e ho inserito nell'orologio
della scrivania la batteria rimastami fra le dita. Poi (dal
momento che, preso dall'orgasmo delle suddette operazioni,
dimenticommi di guardare che ora fosse) ho chiamato il 161
ove una voce fessa come un piatto sbrecciato continuava a*

ripetere che erano le quindici e ventotto minuti primi.

A volte mi domando cosa passa per la mia testa.
Ieri, per esempio, per tutto il giorno ho avuto la sensazione di essere un rincoglionito della madonna. Sentivo che la mia logica batteva in testa. Riuscivo a malapena a formulare un concetto. Bah! Sarà che avevo dormito poco; sarà che la sera prima ho parlato ininterrottamente per ore e ore e magari così facendo mi sono scaricato. Sarà che ieri ho incominciato a bere fin dal mattino e non ho smesso che alla sera... vai a sapere.

Ieri a momenti ricadevo in una crisi d'ansia: stavo parlando del più e del meno con Marzio Stefanelli quando il discorso è caduto su Elvira (per fortuna né l'uno né l'altra si sono fatti male). In quel momento mi sono accorto che i miei pensieri stavano prendendo una brutta piega. Allora, sforzandomi di non cercare troppi perché, ho continuato a parlare col Max ignorando il malessere e, miracolo! la crisi non è arrivata.
Comunque, i primi sentori, adesso che ci ripenso, li avevo avuti fin dal mattino, quando incontrai un paio di amici che mi ricordarono il passato (uno ha persino detto che per un certo tempo in giro mi si è creduto morto).
Poi sono stato al bar Cea di Marzana. Speravo di incontrare qualcuno, ma a parte il Rino non c'era nessuno (anche perché era già l'una, e a quell'ora, nei paeselli di provincia, la gente mangia, che dico? ha già finito di mangiare).
In ogni caso, può darsi che anche questa piccola delusione abbia contribuito a farmi girare le palle; infatti, io non vedevo l'ora di tornare in quel bar: chissà chi avrei incontrato, chissà quante pacche sulle spalle avrei ricevuto (cosa che invece era accaduta a Poiano un'ora prima). Invece merda! Anche il Rino mi ha si e no cagato con un "Toh, guarda chi si vede" che assomigliava più a un "ma che cazzo vuole questo qua?" che a un saluto. Ho visto benissimo

che mi guardava come si guarda un drogato. Ma come, brutto stronzo, sono stato un tuo cliente per anni, non mi vedi da chissà quanto e non mi chiedi nemmeno come va?

Mah! Mi sa che dovrò fare le mie per rifarmi un'immagine da quelle parti. Ma andate tutti a fanculo, va là. Vi ho fatto forse qualcosa? Ho rubato? Ho rotto i finestrini delle vostre auto per fregarvi lo stereo? No, vero? E allora? che cazzo volete da me? Se mi sono fatto le pere saranno anche cazzi miei, o no? Ma come? sono quasi tre anni che ho smesso e voi mi considerate ancora un tossico? Fra tutte le cose che ho fatto in trent'anni, ciò che vi ricordate di me si limita a pochi buchi sulle braccia? Che poi erano le mie, mica le vostre.

E poi anche il Max Stefanaux, 'sto decerebrato, che quasi mi convinceva che è giusto trattare male le donne. Ma come, Dio bello, hai appena smesso di pisciare a letto e vuoi insegnarmi a vivere? Però una pulce nell'orecchio me l'ha situata anzichenò.

Uff che mal di testa! Se ci fosse un'aspirina in un cassetto da qualche parte... Avrei dovuto raccontargli di Procida (al Max), che continuava a insistere, ma non ne avevo voglia. Gli ho promesso che lo farò alla prossima occasione. Fanculo anche lui.

Ho fame. Adesso vedo un po' cos'è rimasto in frigo e mi preparo qualcosa.

Ala prozzima

Ore diciassettepiùomeno sempre di oggi

Homan giato una fetta di pettodipollo cotto, lasciato raffreddare, tagliato a fettine piccolepiccole e condito con olioacetosalepepe e una mezza cipolla tagliata anche lei a fettine piccolepiccole. Il pane era duro come la testa del Gianni Paruchier, ma quando non c'è

altro che buono che era.
Mi è passato anche il mal di testa (un po').
Adesso mi avvio verso la fermata del torpedone because stasera ho
le prove (porco giuda che palle) col Tronfione.

A laprò

Rovesciare tutto il contenuto del borsello sul tavolino del bar tabaccheria era del tutto superfluo: soldi non ne sarebbero saltati fuori. Tuttavia, per dare un po' di verosimiglianza alla sua sceneggiata, Edo lo dovette fare.

- Porco di un giuda maiale! Lo sapevo io! Li ho lasciati a casa! Ma dove ce l'ho la testa? E adesso come faccio con l'autobus? E con le sigarette? Ma porcozzio! Mi toccherà tornare indietro, che poi chissà a che ora arrivo.

- Non se la prenda, sono cose che capitano.

La vecchia barista stava asciugando i bicchieri; il suo tono di voce a Edo parve promettente. Poco dopo, infatti, quella aggiunse:

- Cosa le serve? Un biglietto e le sigarette? Ma sì, mi pagherà domani, no? cos'è che vuole, M.S.? Marlboro?

- Marlboro grazie – Edo si sentì sollevato – non sa che favore mi sta facendo. Vuole che le lasci un documento?

- Ma si figuri; se non si facesse più vivo sarebbe una truffa da poco.

- Beh, grazie. Allora già che ci siamo mi darebbe anche un bianchetto? La barista versò il bianco:

- Abita qui a Pescantina?

Figuriamoci se quella adesso non si metteva a fargli il terzo grado. L'occasione era troppo appetibile per lasciarsela scappare e il bar troppo vuoto per non approfittarne.

- Sì, da un mese circa.

- Infatti, l'ho vista spesso ultimamente. Cos'è? Un musicista?

Sa, per via della chitarra…

- Sono un insegnante.

- Di musica?

"No, di fisica nucleare"

- Sì, di musica.

- Allora quella ragazza con la chitarra che arriva in corriera il martedì è una sua alunna?

- Una mia allieva, sì.

- Allieva, alunna… è lo stesso no?

- Certo, è lo stesso. – si adeguò Edo – Anche se, a voler cercare il pelo, di norma sono chiamati alunni solo quelli che frequentano le scuole elementari.

- Ah sì? Non lo sapevo.

- Bah, in ogni caso sono solo modi di dire, no? – concesse Edo – Il risultato non cambia; si tratta sempre di gente che studia, perciò tagliamo la testa al toro e chiamiamoli studenti.

- Ma gli studenti non sono quelli che vanno all'università?

- Dalle scuole medie in su sono tutti studenti: studente è il participio presente del verbo "studere", che significa "occuparsi", e in questo caso viene attribuito allo studio, mentre alunno deriva da "alere", che significa nutrire, ed è appunto per questo che lo si dice dei più piccoli.

- Ma pensa. E allievo da cosa deriva?

- Beh, questo è facile: da allevare.

- Certo che voi insegnanti ne sapete di cose, eh?

- Cosa vuole, – minimizzò Edo – è il nostro lavoro.

- Eh sì… – sospirò la donna – sarebbe piaciuto anche a me studiare, ma ai miei tempi a otto anni si era già a lavorare nei campi. Deo grazia che ho finito la quinta.

- Già, erano altri tempi.

La signora tornò ad occuparsi dei suoi bicchieri da asciugare. Nei dieci minuti che passarono la si sentì sospirare altre tre o quattro volte. Era sicuramente una brava donna, e Edo si sentì un po' in colpa per aver approfittato della sua buona fede con la scenetta dei soldi dimenticati. Nondimeno, in mancanza d'altra scelta bisognava pure arrangiarsi a vivere, no?

- Beh, signora, adesso la devo salutare, ché è quasi ora. Ancora grazie e arrivederla.

A rivederlo siòr maestro, a rivederlo e buonasera.

Alla taverna del Corto Maltese questa è l'ora della noia. Per l'aperitivo è ancora troppo presto, ed è tardi ormai per intrufolarsi al tavolo pomeridiano di qualche studentessa per disquisire un'oretta su di un qualsiasi argomento.

Appollaiato sull'alto sgabello dietro il registratore di cassa, Criss, sigaretta all'angolo della bocca, testa inclinata e occhio socchiuso, legge un opuscolo pubblicitario di un'agenzia di viaggi.

Un pensionato chino sulla pagina degli annunci funebri s'immerge mestamente nel proprio futuro e scuote la testa rassegnato.

L'orologio, alto sulla parete fra la porta e la finestra, indica le diciotto e cinquanta; il suo ticchettio è asfissiato da una radio, annoiata anch'essa, che diffonde una musica da discoteca insulsa come l'acqua tiepida.

La parete di fronte il banco accoglie, fra gli altri quadri, alcune chine acquerellate di Ugo Pratt: immagini tratte da episodi troppo lontani e vaghi per infondere sentimenti e suggestioni d'avventura. Altre, di Milo Manara, descrivono invece scultorei profili di donne seminude e di alteri guerrieri Masai.

Il pensionato volta pagina e, saltando a piè pari dall'epigrafe allo sport, si tuffa nel riassunto dello zero a zero di ieri.

Il conduttore radiofonico annuncia un nuovo brano, la qual cosa è certamente dovuta in quanto il pezzo in questione è assolutamente identico a quello precedente. Sotto i lunghi capelli, Criss muove svogliatamente la testa a tempo di musica.

Il pensionato si alza, borbotta qualcosa e, armeggiando alla patta, repentino sparisce al cesso. Gli occhiali lasciati sul giornale rivelano tanto il proposito di tornare a leggere a minzione conclusa quanto la prostatica urgenza di quella fuga.

Entra un cliente. Forse un operaio: l'espressione sul suo volto racconta l'uggia di un ennesimo lunedì. Un cenno del capo funge da saluto e da ordinazione. Criss gli serve "il solito". L'altro beve. Paga. Altro cenno del capo, e se ne va, probabilmente ad affrontare le acide escandescenze di una moglie dispotica e rompiballe.

Sotto l'agenda aperta, il massiccio tavolo, entrando il secondo dei sei, è griffato da centinaia di sigle, cifre e date, ingentilite da disegnini più o meno scurrili, tracciate da "un volgo disperso che nome non ha" ad imperituro ricordo d'un suo passaggio. La penna, dimenticata fra le pagine a guardia d'una frase interrotta, tradisce un'intenzione di provvisorietà della pausa, ancorché questa si trascini da un quarto d'ora e più.

Un cerchio lucido lasciato dal bicchiere, pur incalzato dallo sguardo, non vuole saperne di asciugarsi, e quantunque dal posacenere un filo azzurro si levi ancora dissolvendosi in disordinate spire, Edo accende un'altra sigaretta.

Criss sbadiglia.

Edo richiude la sua agenda e la infila nel borsello. Si alza e si avvicina al treppiede che sorregge la "sua" locandina del programma musicale. Benché la conosca a memoria la rilegge: venerdì prossimo ci sarà il trio jazz di Alberto Negroni, un chitarrista Trevigiano che dicono molto bravo. Con lui si esibiranno Francesco "il Grande Frank" Casale alla batteria e Lorenzo "Ghesèo" Conte al contrabbasso. Una fugace ombra di sorriso transita sulle labbra di Edo al pensiero dello scherzoso appellativo del contrabbassista. Glielo aveva affibbiato il flautista Stefano Benini, attingendo dal vernacolo veneziano del suo collega e amico: "Ghesèo?", nella sua unica accezione, quella interrogativa, significa "C'è?".

- Vieni anche tu venerdì? – Criss aveva seguito i movimenti

di Edo e, vedendolo leggere il programma, aveva continuato a voce quello che intuiva essere il suo pensiero.

- Dipende – risponde Edo – in quattro giorni ne possono succedere di cose...
- Per esempio?
- Che ne so... potrebbe arrivare un terremoto e distruggere Verona, oppure domani potrebbe venirmi un cagotto tale da dover passare il resto della mia vita sul water, oppure a Negroni gli si potrebbe incarnire un'unghia...
- Ma dove la trovi sempre questa tua voglia di scherzare? – sospirò Criss.
- Nel detersivo. Hai presente quel tipo che ti offre i due fustini in cambio del tuo Dash? Ecco, una volta ha proposto lo scambio a me; io ho accettato e in uno dei suoi ho trovato mezzo chilo di buontempo. Nell'altro c'era un diploma di ragioneria, ma l'ho subito barattato con una calcolatrice ad energia nucleare più un bicchiere grande di spuma al ginger.
- Sì sì va bene, ho capito. – si rassegnò Criss riempiendo due bicchieri di Custoza – Vieni a farti un bicchio con me va là, finché si può, che qua fra un po' non c'è neanche il tempo di scorreggiare.
- Questa sì che è una buona idea – approva Edo avvicinandosi al banco. I due bicchieri cozzano l'uno contro l'altro.
- A proposito di musica, come va col tuo duo?
- Ho appuntamento alle nove con Maurilio Bussola detto il Seppia. Poi andremo da qualche parte a fare la miliardesima prova.
- Non siete ancora pronti?
- Ma sì ma sì; é quell'altro che ha paura di stare al mondo. Lui vuole essere perfetto, che per uno con la sua faccia è tutto dire.
- Avete già qualche contratto?
- Quasi. Siamo in trattative col Braciere e con un bar vicino Piazza Erbe.

- Fammi sapere semmai, che se posso ti vengo a sentire.
- D'accordo. – risponde Edo.
Poi, parlando più a se stesso:
- Ma ho la vaga impressione che con quei contratti mi ci pulirò il culo.
Ma a Criss, distratto dall'arrivo di un vociante gruppuscolo di persone, quelle ultime parole sfuggirono.

Ecco dunque che arriva qualcuno.
Era ora, porco giuda! Finalmente Edo avrebbe potuto scambiare quattro chiacchiere, e quel centinaio di minuti che lo separavano dall'ora dell'appuntamento sarebbe passato in un baleno. Avrebbe forse parlato d'astrologia col Surya o di musica con uno dei tanti musicisti che a tutto avrebbero rinunciato, ma non all'aperitivo del Corto.
Se invece fosse arrivato Mauro Tosi, magari accompagnato dal bel Giorgio Cantù (dagli occhi blu, come diceva sempre Elvira), sicuramente sarebbe stata la politica il canovaccio su cui improvvisare: un pizzico di dialettica, una spruzzatina di retorica, una scorzetta di demagogia, il tutto intercalato da qualche "a monte di ciò" e da un paio di "nella misura in cui" e il gioco era fatto. Il trucco consisteva nel tenere le sopracciglia aggrottate e nell'annuire gravemente a tutto ciò che non si capiva.
Ma se prima di loro fossero entrati Lorenzo Roata o Giorgio Lucchetti o anche il Giuliani, probabilmente si sarebbe finiti col criticare questo o quel programma radiofonico o televisivo, elogiare il tal regista o commentare l'azzardato montaggio dal taglio pubblicitario di quel nuovo film…
Se poi, prima d'ogni altro, fosse giunto il carismatico Pio Quinto, magari in compagnia di Ico Nalin e Pierenzo Boninsegna, i temi da trattare sarebbero stati senza dubbio l'arte figurativa e la figa. Unica incognita: l'ordine di apparizione.
Invece entra Elvira, bella e sorridente come Edo la ricordava nei

tempi migliori. Si avvicina:

- Ciao Edoardo.

- Ciao. – Edo é sopraffatto dall'emozione.

- Alla fine l'hai trovata una sistemazione…

- Già, sono ospite del Raffa, a Pescantina.

- Sì, me l'hanno detto; e so anche che dai lezioni di chitarra a Federico.

- Beh, se non lo sai tu… – risponde Edo con una punta d'acido che, tuttavia, lei sembra non cogliere.

- Infatti, ci vediamo spesso…

- Lo so.

- E tu?

- Io cosa?

- Voglio dire come va? Come te la passi? Come stai, insomma?

- Come vuoi che stia? Sto ancora cercando di tirarmi su. E a te come va?

- Benino dai… l'Arena ha pubblicato un mio articolo.

- Un tuo articolo? Su cosa?

- Sul concerto che Elio Boscaini ha tenuto al "Posto".

- Ah sì, l'ho letto, ma non sapevo che l'avessi scritto tu.

- Eppure era firmato.

- Non ci ho fatto caso. Beh, sono contento per te; un passo avanti nella direzione che ti eri prefissata lo hai fatto, dunque.

- Già. E, pensa, il direttore della pagina degli spettacoli, mi ha proposto una serie di servizi per la prossima stagione lirica dell'Arena. Dovrò girare fra i camerini e dietro le quinte, scovare e raccontare retroscena e curiosità riguardanti cantanti, attori, comparse, macchinisti eccetera. Il titolo della striscia sarà probabilmente "Sotto i gradoni".

Elvira è al settimo cielo. Nel suo sguardo c'è il futuro che tanto ha sognato. Per contrasto Edo si sente una nullità.

- Beh – dice, sforzandosi di celare quanto più possibile il suo stato d'animo – come minimo devi pagare da bere.

- Te lo stavo per proporre. Criss, due Custoza, per favore.
I due brindano.
- Che dici? – riprende lei – Ci sediamo un po? Devo trovarmi
col Giuliani, ma è ancora presto.
Zac! Altra coltellata!
- Mi dispiace, ma è tardissimo. – si scusa Edo – Anzi, sono già
in ritardo; devo proprio scappare.
In un sorso vuota il bicchiere e se ne va.

Dovrebbe essere piacevole passeggiare poco dopo il tramonto
per le vie della tua città. Si possono osservare i piccioni che
si azzuffano alla conquista di una briciola, incontrare l'amico
che ti regala una bugia trovandoti bene, riempirsi le narici del
dolciastro odore dei bomboloni in Piazza Erbe, indicare a gesti
la casa di Giulietta ad una giovane coppia di tedeschi... ma se
questo accade quando qualcuno ti ha da poco riaperto una vecchia ferita, tutto assume un altro aspetto.
Ecco che allora il balletto dei piccioni si trasforma in una rappresentazione dell'eterna lotta per la sopravvivenza; e quello
stronzo del tuo amico? perché non ha il coraggio di dirti le cose
in faccia? Che nausea poi quell'odore di frittume! E quanto
rompono 'sti crucchi! E tu cammini come uno zombie, senza
sapere dove stai andando, con in testa grovigli di sensazioni alle
quali non sai dare una logica. Sai solo che stai male, che sei stufo di star male, e che sei stufo di essere stufo di star male. E allora vorresti cambiare la realtà, trasformare il mondo che ti circonda in qualcosa che sia più accettabile, più vivibile. Vorresti
cambiare te stesso, avere nuovi occhi, più indulgenti e miopi,
con cui si vedano a stento le meschinità che ti riserva la vita; e
perdonare, lasciar correre. Vorresti esser padrone della capacità
di ignorare il male, tutto il male: il tuo, quello degli altri, nemi-
ci o amici che siano. Vorresti poter dimenticare a comando ciò
che ti è scomodo o sgradito. Via le brutture, l'odio, l'ignoranza,

l'arroganza! Vorresti non esistesse il denaro, né il lavoro, le tasse, l'affitto da pagare, le polizze vita… Desidereresti essere lontano da tutto e da tutti; solo un'isola, una capanna, la tua chitarra e il mare. Ed ecco che ti ritrovi ad invidiare quel barbone cui desti mille lire tempo fa, e che ringraziandoti si disse felice: quel giorno avrebbe mangiato e il cielo era sereno. E tu cammini, senza una meta, evitando, tuttavia, di passare davanti a quel bar per non farti vedere dal barista a cui un giorno chiedesti ventimila lire che più non restituisti; voltando l'angolo per evitare quel conoscente che si avvicina e che solitamente parla parla parla, senza mai dire nulla… cammini, con gli occhi per terra a cercare – non si sa mai – una banconota smarrita; cammini, badando a non calpestare mai i punti di congiunzione fra due lastroni di basalto, ché porta male; cammini, ignorando le vetrine, le facciate dei palazzi, i volti dei passanti, gli accendini dei vu cumprà; cammini, come un ammalato fra le corsie di un ospedale, in compagnia del tuo male cui ormai sei assuefatto, immerso nella tua vacillante dimensione di provvisorietà; cammini, a testa bassa per fuggire agli sguardi inquisitori che avverti su di te: nessuno ti capisce, ma tutti sanno chi sei, cosa pensi, come vivi. Il tuo passato ti è cucito addosso, e tu sei in balia del giudizio altrui. Non serve scappare. Non esiste un posto ove potersi nascondere: la tua essenza emana da te come luce da un falò e, nel buio della tua coscienza, ognuno può osservarti, additarti, citarti di monito agli altri. Sei nudo, trasparente, inerme e colpevole; colpevole d'esser presente, ancora vivo, ancora innamorato. Colpevole di desiderare qualcosa che non ti spetta. Colpevole d'essere ancora tu.

"Chi sono io? Edoardo? E poi? Sono solo un nome? Un insieme di vocali e consonanti estrapolate dal repertorio di suoni che l'animale uomo ha imparato ad emettere? Grassi? La continuazione del nome dei miei avi? Io sono il mio passato…

perché tutti mi guardano?

Ma che importa il tempo? Se ieri avessi fatto altro, oggi io non sarei più io? E poi, cos'è il tempo? Il tempo non esiste. È un'invenzione. Esiste il movimento, ma il tempo è fermo. Siamo noi che ci spostiamo lungo l'unica direzione di cui siamo capaci...

e quello? Cos'ha da guardarmi in quel modo?

Si nasce, si vive, si muore: questo ci è dato fare, e solo questo abbiamo imparato. Ma a cosa serve? Cosa sono io? Una delle tante pedine di un immenso gioco? E allora chi è che sta giocando con la mia vita? Dio? E dov'è questo Dio? Con chi sta giocando? Qual è la posta in gioco? Io non ho chiesto di nascere, di vivere... e allora perché sono qui? Perché possiedo un cervello che mi fa pensare a tutto questo? Cos'è che devo fare?

Devo nascondermi!

Perché non mi si dice chiaramente qual è il compito che devo svolgere all'interno della società? Devo suonare? Il mio compito è quello di produrre suoni da far ascoltare ad altri? Ma perché, porco giuda! Cos'è il suono se non rumore, vibrazione? Perché un suono può essere piacevole o spiacevole? Uno Stradivari suonato da Salvatore Accardo è poesia, ma lo stesso violino in mano ad un principiante diverrebbe una tortura per il vicino di casa che lo dovesse ascoltare suo malgrado. Armonia? Ordine? Equilibrio? Certo, ma perché rassettando alcune vibrazioni si ha il potere di generare emozioni? E l'applauso cos'è allora? Un esorcismo alla magia della musica? Un ritorno all'entropia? Tu suoni, metti in ordine le note, crei melodiche suggestioni per le quali ti sono serviti anni di studio; chi ti ascolta ha la pelle d'oca, e gode nel lasciarsi sopraffare dall'emozione... poi il concerto finisce e arriva l'applauso a ricreare il caos. E tutto torna come prima. E allora a cosa è servito?

Perché il cuore mi batte così velocemente? È l'infarto?
No, l'avevo pensato anche l'altra volta... poi è passata.

A cosa serve la musica? A cosa servo io? Forse aveva ragione il vecchio Turri sostenendo l'inutilità della musica o, peggio, la sua fraudolenta tendenziosità...

Dov'è l'Adige? Devo arrivare all'Adige, poi starò meglio.
E il colore? Non è vibrazione anche il colore? Una musica che si ascolta con gli occhi... ma perché, Dio buono? Perché la gente dipinge le proprie case, le proprie cose? Perché uno aspetta magari un mese in più pur di avere l'automobile di quel dato colore? Perché un pittore fa un quadro? Perché il cliente lo compra e lo appende in casa? Un dipinto è come una musica, né più né meno: solo insiemi di vibrazioni che colpiscono il tuo orecchio o il tuo occhio. Anche la materia è vibrazione. Io non esisto, non esiste la mia chitarra, non esistono i miei vestiti. Sono solo grumi di vibrazioni. Ma allora perché penso? Perché sto male? Basta! Basta!

Bastaaa!

Perché non si fermano tutti questi pensieri?
Perché tutti mi osservano?
Dove posso scappare?
Là, in quella chiesa... sì, una chiesa... è aperta?
Sì.
Non c'è nessuno dentro.
C'è troppo silenzio, il prete sentirà i miei passi, verrà a chiedermi cosa voglio...

Devo far piano…
Semmai gli dirò che sono venuto a pregare…
Già, pregare.

Sì, sto meglio. Quanto tempo è passato? Porco giuda, l'appuntamento! Che ore sono? Non c'è un orologio? Macché. Non
si sono mai visti orologi in chiesa… potrei chiedere a quella
vecchia… ma no, è meglio che esca. Chiederò a qualcuno per
strada.
Uff… è passata anche stavolta.
Chissà a cosa sono dovute queste mie crisi… dovrò farmi vedere da qualcuno prima o poi… già, e con cosa lo pago? Gli faccio
la ragazza di Ipanema?
Bah, torniamo al Corto va là, che chissà che ore sono."

28

Fu con notevole ritardo che Edo si presentò all'appuntamento. Uscito dalla chiesa, si era incamminato verso la vicina Piazza delle Erbe. L'orologio della Torre dei Lamberti indicava le ventuno e dieci. Camminando di buon passo avrebbe potuto raggiungere la taverna del Corto Maltese in una decina di minuti o anche meno, ma perché affrettarsi? Aveva bisogno di pensare, di rimanere ancora a tu per tu con se stesso prima indossare la consueta maschera e immergersi fra la solita gente; almeno un altro po', il tempo di digerire e metabolizzare l'accaduto.

Tanto, Maurilio Bussola detto il Seppia sarebbe arrivato in ritardo, come al solito.

La crisi sembrava passata. Adesso, più che dal ricordo di quanto avvenuto, la sua testa era abitata da echi, confusi riverberi fatti di porzioni di momenti vissuti o immaginati: Elvira che sorride; un rompiballe da evitare; un prete che sgattaiola frusciante nell'accogliente penombra della sua chiesa; una vecchietta inginocchiata al primo banco che bisbiglia al suo Dio i presunti peccati del figlio e ne chiede il perdono, prima di confessare i propri al sacerdote e, ovviamente, esserne assolta per insufficienza di prove; odore di cera e d'incenso, e un gran frastuono, ora sopito, nella mente.

E, immancabile, il mal di testa...

Perché tutto questo? Doveva esistere un perché preciso, la cui risposta, esauriente e definitiva, ne spiegasse il pernicioso iter mentale. Cos'era che con crescente frequenza insisteva a trascinare Edo nell'irrazionalità di quei vortici di paura e d'angoscia? Paura di che, per Dio? Della morte? No, non era questo... Cosa allora? Il giudizio della gente? Di essere considerato un mentecatto? Di scivolare nell'accattonaggio per non uscirne più? Di essere un incapace assoluto? Un illuso cronico? Un folle? ... Ecco, questo forse paventava: essere pazzo! Un matto non sa di esserlo. La visione distorta di ciò che lo circonda è la sua unica realtà. Lui si crede normale; che poi a voler definire la normalità è già da pazzi: la norma, pensava spesso Edo, è un'invenzione della società, e dal momento che gli uomini non sono tutti uguali, esisterà sempre qualcuno che non capisce o non condivide la normalità.

L'eccezione fa la regola? Cazzate! O sei normale (e questo lo decidono gli altri) o sei fuori dal gioco, e ancorché nei confronti dei genitori o della società comportarsi "a modo" sia normale, quanto fidarsi del medico o inchinarsi davanti ad una legge, giusta o ingiusta che sia, superare la soglia dei trent'anni senza avere un tetto sulla testa, un lavoro sicuro e, soprattutto, il tuo bel vademecum del buon contribuente pieno zeppo di regole da rispettare, non lo è per niente.

Chi ha stabilito tutto ciò? Nella sua lenta trasformazione da lupo solitario ad animale sociale, a chi o a che cosa si e affidato l'uomo per la ripartizione dei ruoli? La sudditanza è stata generata dalla proprietà? E la proprietà da cosa è nata se non dall'avidità e dalla prevaricazione del più forte? Perciò il furto è figlio del bisogno e della ribellione, e le leggi sono state imposte quale deterrente volto alla conservazione del nuovo status: se tutto fosse di tutti il furto non sussisterebbe.

Ma non doveva pensarci troppo: Edo percepiva una sorta d'irrazionalità permeare il suo pensiero. Temeva, insistendo nella sua analisi, di ricadere nel baratro o, quantomeno, di finire col dover dividere il suo spazio mentale con stormi di avvoltoi, benché la sensazione che questi volteggiassero già su di lui non l'avesse mai abbandonato del tutto.

- Bé? – grugnì Maurilio Bussola detto il Seppia a guisa di saluto.
- Bé! – rispose Edo infilandosi nella panca di fronte a lui.
- Come bé?
- Bé. E basta.

- Avevamo appuntamento alle nove, o sbaglio?

- No, non sbagli. Bé?

- Sono le nove e venticinque...

- Esatto, sono in anticipo di cinque minuti.- Edo si guardò le unghie.

- Che cazzo dici?

- Come che cazzo dico? Alle nove e mezza mancano ancora cinque minuti, no?

- Appunto, dovevamo trovarci alle nove!

- Ehi, un momento – sbottò Edo – noi avevamo appuntamento alle nove, il che significa che avremmo dovuto incontrarci alla mezza, come al solito.

Maurilio Bussola detto il Seppia inarcò le sopracciglia tentando di cogliere un senso dalle parole del suo socio. Poi rinunciò.

- Tu sei fuori come un balcone...

- Può darsi, ma questo è un altro discorso. Io sto dicendo che finora è sempre stato così: si stabiliva un'ora e ci si trovava mezz'ora dopo o, per meglio dire, tu sei sempre arrivato mezz'ora dopo. Perciò, ritenendola una consuetudine, oggi ho pensato di arrivare in orario, anziché mezz'ora prima come ho sempre fatto.

- Non è vero che arrivo sempre con mezz'ora di ritardo.

- No, infatti, quel che è giusto è giusto, una volta sei arrivato in anticipo, ed è stato esattamente... 'spetta che te lo dico.

Edo estrasse la sua agenda. La sfogliò con la mano sicura di chi sa dove e cosa cercare.

- Ecco qua: lunedì 17 marzo. L'appuntamento era alle quattordici; io sono arrivato dieci minuti prima e tu eri già qui. Stavi leggendo il giornale. Quel giorno la cantina non era disponibile perché doveva arrivare un gruppo di studenti, ricordi? Allora tu hai proposto di andare al Braciere, ma io ti ho fatto notare che il Braciere il lunedì è chiuso. Allora siamo andati in Via Pellicciai.

- Ho capito ho capito, sei un tipo organizzato. Comunque tu ed io dobbiamo parlare.

- Ah sì? e di cosa?

- Ho l'impressione che tu nutra dell'astio nei miei confronti.

- Beh, che ci siano delle divergenze non l'ho mai nascosto, tuttavia direi che più che parlare dovremmo suonare. Ma non prove e basta, suonare, hai capito? suonare in pubblico, guadagnare; insomma incominciare a lavorare, ché di prove ne ho le palle piene.

- Sennonché prima di "uscire" in pubblico bisognerebbe essere pronti. – osservò Maurilio Bussola detto il Seppia.

- Ascoltami bene: – Edo abbassò la voce. Non voleva mostrarsi pedante.

- Ciononostante, per essere sicuro che il suo socio lo udisse chiaramente si allungò sul tavolo e gli si avvicinò di lato, come a volergli confidare un segreto – non è che alle volte hai paura?

- Paura io? Di chi? Del pubblico?

- – È quello che mi viene da pensare. – spiegò Edo – Sembra quasi che tu voglia tirare in là il più possibile. Cos'è che ci manca? Un ghirigoro sul Si semidiminuito di Manhã De Carnival? Un ricciolino modulante all'armonia di Blu Bossa? Oppure la perfezione nel sincronismo all'obbligato di Spain?

- Ci manca l'affiatamento.

- Beh, mettiti il cuore in pace: quello non lo avremo mai.

- Perché?

- Perché per essere affiatati sul palco occorre esserlo anche nella vita, e tu ed io siamo talmente diversi che dobbiamo accontentarci della tecnica e della preparazione; e queste sono cose che abbiamo già.

- D'accordo, io e te siamo diversi, comunque quando suoniamo si sente ancora l'incertezza, e questo significa che abbiamo ancora bisogno di prove.

- No, non di prove, ma di rodaggio - Edo incominciava ad

inalberarsi.

- E che differenza fa? L'importante è suonare.

- – No. L'importante è misurarsi con il pubblico, sapere cosa ne pensa del nostro repertorio. L'importante è trovare contratti. L'importante è guadagnare qualcosa. L'importante è pervenire non dico alla certezza, ma almeno ad una legittima speranza che questa estate si lavorerà. Io non faccio l'elettricista come te, che il tuo pezzo di pane ce l'hai in ogni caso, io devo suonare, sennò non si mangia, hai capito?

Maurilio Bussola detto il Seppia si strinse nelle spalle.

- Mi dispiace per te, ma se non hai un altro lavoro non è colpa mia. Edo scosse il capo:

- Lo vedi quanto siamo diversi?

- Ma sì ma sì, siamo diversi. Tutti siamo diversi. Nessuno è uguale ad un altro, ma anziché guardare le cose che ci diversificano perché non consideriamo quelle che, bene o male, ci troviamo a condividere? Ad entrambi piace il jazz, così come la bossanova; sappiamo suonare meglio di tanti altri, non è vero? e allora? lasciamo perdere il resto e diamoci da fare.

- È quello che ti sto dicendo da mezz'ora, quel vigliacco di un giuda maiale porco! Diamoci da fare e troviamo quanti più contratti possibili!

- Sì, ma prima bisogna esser pronti.

Esacerbato dalla cieca cocciutaggine del collega, Edo allargò le braccia e le lasciò ricadere pesantemente.

- Lo siamo Dio buono! Lo siamo anche troppo. Dobbiamo incominciare a lavorare! Come devo dirtelo? In ussaro? In geroglifici? In Braille?

- Ecco qual è il tuo problema: tu hai fretta di salire sul palco perché essendo disoccupato non hai altra fonte di guadagno.

- Sì, io sono un disoccupato, ma il problema è un altro, e cioè che io, per quanto pezzente, sono un professionista, e tu un dilettante. Per di più che non capisce un cazzo di questo mestiere.

- Cosa vorresti dire?

- Esattamente quello che ho detto. Tu sei un elettricista che suona per diletto, mentre io lavoro con la musica sin dai diciott'anni, quando mi licenziai dalla fabbrica e incominciai a girare l'Italia come professionista in un'orchestra Night.

- Già, e adesso sei un professionista che fa la fame.

- Almeno sono coerente col mio modo di concepire l'esistenza.

- Certo, ma non puoi farlo standotene seduto sulle spalle degli altri. Te l'ho già detto: prima della coerenza dovresti ambire all'indipendenza. Se ti decidessi a trovarti un lavoro, almeno per un po', potresti prendere in affitto un appartamento, comprarti un cesso di macchina che ti porti in giro. Alla fine sarebbe più facile che non insistere testardamente a voler rimanere un professionista, come dici tu, a tutti i costi. E poi, lasciatelo dire: dovresti anche limitarti nel bere.

Se avesse dato retta a quanto suo istinto gli suggeriva, Edo si sarebbe alzato e lo avrebbe mandato a cagare, trasformandolo da quasi socio a mancato collega. Ma in fondo in fondo, pur offuscata dalla supponenza e dalla pungente franchezza dell'amico, si intravedeva fioca la fiammella della verità. Questo lo fece imbestialire. Certo, sarebbe potuto uscire, scappare, come aveva fatto qualche ora prima quando era fuggito dalla presenza di Elvira, ma per andare incontro a cosa? Dove l'avrebbe condotto un'ennesima fuga? E poi non era da un luogo, ma da uno stato d'animo che avrebbe voluto fuggire, sapendo, per giunta, che non ci sarebbe riuscito. Dove si sarebbe nascosto questa volta? Un altra volta in chiesa? a chiedere udienza a un Dio troppo occupato a stimare icone e lucidare calici dorati? In riva all'Adige? a riaffermare la propria vigliaccheria con l'ennesimo rifiuto al richiamo risolutore e definitivo delle acque? In un vicolo? ad indovinare sguardi sospettosi da dietro le persiane? Oppure dentro un portone col bavero alzato per ripararsi il collo dall'alito gelido della paura? Per ottenere cosa? Per farsi sballottare ancora e ancora sul Tagadà della paranoia senza sapere chi o cosa lo manovrasse, né quando si sarebbe fermato? Inoltre si era aggiunto quel nuovo timore: che l'insidioso gioco potesse continuare fino al parossismo della follia. Se, nell'insistente ripetersi di un medesimo errore iniziale, la mente di Edo si fosse ormai adagiata ad una falsa via di fuga? Una scappatoia che gli avesse sempre dato la sensazione del rimedio, ma che in realtà fosse essa stessa l'origine del suo male? All'inizio d'ogni crisi c'era sempre stata l'evasione da un vizioso rincorrersi di riflessioni, il che gli era sempre parso plausibile: al persistere di pensieri negativi o interpretati tali, scattava un meccanismo di difesa consistente nell'irrefrenabile desiderio di allontanarsene quanto prima. Ma se la causa non fosse stata l'entità o la direzione di quei pensieri bensì la fuga? Ché poi, ad analizzare meglio la circostanza, non si trattava proprio di una fuga da determinati pensieri, quanto del repentino abbandono di un luogo improvvisamente divenuto scomodo, di una situazione imprevista o indesiderata... Uff! che casino in testa! Com'era possibile che potesse starci tutta quella roba lì dentro? Sarebbe riuscito Edo, alla fine, a individuare l'uscita di quell'aporetico labirinto? Porco giuda, se lo desiderava!

- Bé? Hai perso la lingua?
- Eh? Sì. Cioè no. Stavo pensando…
- Ci facciamo un Custoza?

Maurilio Bussola detto il Seppia sembrava addolcito. Probabilmente, avendo compreso di aver in qualche modo colpito nel segno, con l'offerta di un bianco intendeva se non proporre un vero e proprio armistizio, almeno dare un po' di quartiere alla stupida tenzone in atto.

- Vada per il Custoza. – accettò Edo.

Mentre Maurilio Bussola detto il Seppia, girato verso il banco, aspettava che cadesse su di lui lo sguardo di qualcuno cui ordinare da bere, Edo prese in mano l'agenda, che poco prima aveva appoggiato accanto al borsello.

L'aprì e scrisse:

> *Fiumi azzurri e colline e praterie,*
> *dove corrono dolcissime le mie malinconie.*
> *L'universo trova spazio dentro me,*
> *ma il coraggio di vivere… quello ancora non c'è.*
>   *(Giulio Rapetti)*

Sorridente e civettuola come da contratto, Denise arrivò con i bianchetti, una minuscola ciotola di arachidi tostate e un posacenere pulito. Posò il tutto sul tavolo; due parole di circostanza e via, col vassoio alto sopra la testa per un nuovo bagno di folla. Maurilio Bussola detto il Seppia portò subito il bicchiere alle labbra. Meglio così:

un brindisi in quel momento sarebbe stato da ipocriti. D'accordo una tregua, ma non era il caso di enfatizzarne la messa in atto a suon di moine formalizzanti.

Il desiderio di fuggire in Edo era ancora forte, ma l'inopportunità di un simile gesto ormai si era palesata alla sua coscienza, pur trafitta ancora da dubbi e incertezze. Pertanto, barando ancora un po' a vantaggio della ragione sull'istinto, decise di rimanere e di confidare all'amico/nemico le sue ubbie. Non che fosse facile, Dio buono, il suo orgoglio ruggiva: denudarsi e mostrare le proprie ferite a quello lì… ma a questo punto sapeva che una "confessione" in piena regola si sarebbe rivelata un toccasana. Non che con questo sperasse di vincere la sua battaglia contro la paura del giudizio altrui, ma gli sembrava di arguire che avrebbe quantomeno vinto la paura di combattere.

- Io non sto bene – disse.

- Questo si vede.

- Non dico fisicamente – si toccò una tempia con l'indice – è qui dentro che c'è qualcosa che non va.

- Sospettavo anche questo.

- Si vede così tanto?

- Bé, uno che beve smodatamente, come fai tu, un motivo lo deve pur avere... e poi i tuoi improvvisi dare in escandescenze, i tuoi rifiuti ad usare la logica, il modo irrazionale che hai di pensare...

- Alla faccia del bicarbonato! C'è altro?

- Hai voglia se ce n'è: la tua indigenza, la trascuratezza per la tua persona, il non reagire alle avversità della vita, l'autocommiserazione da una parte e il tuo fare sarcastico, spesso importuno e pesante, dall'altra; il tuo pretendere molto dando poco, anche nella musica...

- Cosa? – esclamò Edo – Vada per tutto il resto, anche se con riserva, ché poi ne parliamo, ma che io dia poco nella musica non lo accetto.

- Non sto dicendo che tu sia un fannullone, ma che non ti lasci andare.

- Quando suoni sei come frenato da qualcosa; come dire... si sente che potresti dare cento e tiri fuori solo un dieci.

- È una tua sensazione – si difese Edo.

- No. So quello che dico. Qualche volta ti ho sentito suonare come si deve, anche se per brevi momenti...è come se, per fare un esempio, non appena ti rendi conto che stai andando alla grande, smettessi di pedalare e rallentassi. L'esecuzione tecnicamente rimane tale e quale, ma tu improvvisamente la svuoti della grinta. È come se volessi nascondere l'anima, quasi che chi ti stia ascoltando possa rubartela. E poi, già che siamo in argomento: quando arrivi alla fine del pezzo, si ha la sensazione che l'applauso ti dia fastidio. Infatti, non pronunci mai un bel grazie chiaro e tondo, ma ti limiti a muovere la testa con sufficienza, quasi ti vergognassi nel sentirti dire bravo. Sembra che tu sia convinto di non meritare il consenso del pubblico.

Dio buono che batosta! Edo sperava in un indizio che gli rischiarasse un po' la via della comprensione di quella parte sconosciuta di se stesso che lo tormentava e quello te ne esce con una cartella clinica degna del primario di un istituto di igiene mentale… No! Com'era possibile che in quattro e quattr'otto fossero saltati fuori tutti quei tarli? Sicuramente si trattava di una piccola vendetta: le sue frecce, Maurilio Bussola detto il Seppia, le aveva confezionate all'uopo già da tempo, poi si era messo in attesa del momento opportuno; e oggi, trovandosi davanti un Edo particolarmente vulnerabile, le aveva finalmente scoccate.

Tuttavia, vendetta o no, quelle non erano cose del tutto inventate… quella storia del fastidio provocato dagli applausi non era poi così astrusa. Oppure il suo era tutto un altro discorso? Era il caso di saperne di più:

- Spiegati meglio. – indagò – cos'è questa storia dell'applauso che mi darebbe fastidio?

- Bé, non so te, ma per quanto mi riguarda una cosa è certa: quando qualcuno ti tributa un applauso si deve quantomeno ringraziare.

- Non sono d'accordo. L'applauso, per convenzione, è già un ringraziamento per qualcosa che tu hai dato o, se preferisci, il consenso nei confronti di una performance piaciuta. La dimostrazione d'un apprezzamento collettivo. Anche se, dal punto di vista metafisico, secondo me è tutta un'altra cosa.

- Dal punto di vista metafisico? Che cacchio stai dicendo?

- Bah, lasciamo perdere. Troppo difficile.

- Stai affermando che non sarei in grado di capire?

- Ma no! certo che no… si tratta di una mia astrazione filosofica, diciamo così. – minimizzò Edo.

- Vai allora, che la cosa m'interessa. – lo incalzò Maurilio Bussola detto il Seppia.

- Non è che, poco poco, intendi tastarmi il polso per vedere quanto sono fuori di testa?

- Non essere paranoico, ti dico che m'interessa...
Edo si grattò la barba guardandosi intorno come a cercare uno spunto con cui iniziare la sua esposizione. Si trattava di concetti non ancora avvalorati da una precisa teoria, perciò sarebbe stato tutt'altro che semplice esporli con chiarezza; tuttavia avrebbe improvvisato. Bastava incominciare; qualcosa sarebbe saltato fuori. Rise tristemente fra sé al pensiero che, più che di uno spunto, avrebbe avuto bisogno di uno spuntone di roccia cui aggrapparsi per non cadere nel ridicolo. Ad ogni modo, ormai il dado era tratto.

Gli venne in soccorso una frase sentita o letta da qualche parte: Se parli allo scemo del villaggio ti capirà anche il saggio.

Finse di essere in compagnia di Marzio Stefanelli. Non che questi fosse lo scemo in questione, ma figurandosi di parlare con lui tutto gli sarebbe parso più semplice.

- Hai presente la suggestione che si crea in un teatro durante un concerto?
- Sì, penso di sì... va' avanti.
- Riesci ad immaginare la fine di un concerto senza l'applauso?
- Bé, se ascolti un disco...
- Daii, per una volta che parlo seriamente!
- Sì scusami. Continua.
- Immagina che sul palco ci sia una famosa orchestra sinfonica. Il teatro è strapieno. Tutti sono rapiti dalla bellezza della musica: chi ha le lacrime agli occhi, chi il corpo percorso da brividi, chi la bocca aperta come un bambino cui si faccia un gioco di prestigio. Ci sono italiani, tedeschi, francesi, americani, cinesi... gente che parla lingue diverse, con differenti abitudini di vita: ci sono preti, politici, capitani d'industria, ladri e gente onesta, atei e timorati di Dio, umili operai e professionisti di successo... insomma di tutto un po'. Al di fuori del teatro ognuno ha la propria vita, i propri problemi, le proprie preoccupazioni, ma lì, in quel momento, tutti stanno condividen-

do la medesima suggestione, quella che la musica sta creando. E questo accade contemporaneamente a tutti i presenti, anzi più che contemporaneamente, se mi concedi il paradosso, in quanto viene a crearsi una... come possiamo chiamarla... una simbiosi complementare d'intenti.

- Una che?

- Aspetta che cerco di spiegarmi: i professori d'orchestra sono lì per suonare, solo per suonare, gli spettatori solo per ascoltare. Il direttore, con le sue sapienti e carismatiche movenze, modula e sincronizza non solo l'esecuzione d'ogni singolo musicista ma anche la ricettività, quindi l'emozione, d'ogni spettatore, idraulico o architetto che sia. Ciò che sta ascoltando il singolo individuo è esattamente quello che stanno ascoltando tutti gli altri, nello stesso identico momento. E non potrebbe essere diversamente. L'intensità della musica cresce e, nota dopo nota, accordo dopo accordo, diventa un fiume, e il teatro una nave su cui tutti si lasciano trasportare ammirando i paesaggi della mente del compositore, che per la durata del concerto torna ad esser vivo e presente. Poi arriva il finale: bello, maestoso. L'apoteosi dell'emozione collettiva... e nessun applauso.

- Difficile immaginarlo. Sarebbe... irreale.

- Esatto: sarebbe irreale. Ma così, per pura accademia, proviamo a supporlo.

- Non si avrebbe la sensazione che il concerto non sia del tutto finito? La suggestione non continuerebbe sotto la pelle dei presenti anche dopo che questi se ne fossero andati?

- Mah, non saprei – balbettò Maurilio Bussola detto il Seppia.

- Non trovi che l'applauso sia una specie di antidoto al rapimento della musica?

- Ne parli come se la musica fosse un veleno...

- Sì, hai ragione, l'esempio non è del tutto calzante... diciamo allora che mentre la musica, che è fatta di ordine e armonia, ha il potere di rapirti e condurti in realtà immaginarie volute dall'autore, l'applauso ti libera e ti riporta alla normalità.

- Non so che dire…

- L'applauso è il cancellino che pulisce la lavagna a fine lezione. Fatto questo, ciò che rimane è solo nella memoria di chi ha assistito a quella lezione.

- Comunque, a parte gli scherzi, quando ascolto un disco, alla fine, anche se mi è piaciuto, io mica applaudo, eppure non mi sento in balia della suggestione, neanche dopo il termine.

- Certo che no; anzitutto perché ciò che hai ascoltato non è un concerto ma la sua riproduzione, e poi perché sei da solo o, tutt'al più, tra pochi amici. La suggestione in un teatro è fatta anche, anzi soprattutto, di empatia: chi dirige, chi suona e chi ascolta sono tutti officianti del medesimo rito. Senza pubblico non ci sarebbe suggestione, e lo stesso se ci fosse un fedelissimo impianto Hi Fi al posto dell'orchestra.

Dato che Denise si trovava a passare nei paraggi, con un cenno Maurilio Bussola detto il Seppia ordinò altri due Custoza.

- – La persona semplice – continuò Edo – quella cioè che non coglie la raffinatezza e l'eleganza di questo o quel passaggio, quella secondo cui ci sia un direttore d'orchestra o un altro fa lo stesso o che addirittura non noti la differenza fra due orchestre sinfoniche, ma che riconosca solo… che so, il tema de La Gazza Ladra, ma che poi confonda Le Nozze di Figaro con Il Barbiere di Siviglia o, ancora, che chiami Cavalleria Rusticana il Guglielmo Tell… Insomma hai capito, no? Bene, quando questo tizio se ne sta seduto fra il pubblico, le emozioni che vive non sono solo le sue, ma anche quelle di tutti gli altri, che percepisce empaticamente senza rendersene conto. Dice: che bello che bello, e alla fine si spella le mani con dieci minuti di applauso, ma non tanto come riconoscimento del lavoro altrui, quanto per ridarsi una sistematina alla psiche scombussolata da un'emozione alla cui intensità non è avvezzo, e che forse gli fa anche un po' paura. Un cane bagnato che si scuote di dosso l'acqua, ecco, questo è il suo applauso.

- Dunque è per questo che ti danno fastidio gli applausi?
- Ehi, un momento please: questo lo hai detto tu, mica io.
- E allora perché non ringrazi mai chi ti applaude?
- Perché mi sento come un pittore al quale qualcuno vada ad impiastricciare con le mani l'opera che ha appena terminato.
- Tu sei proprio tutto matto.

Edo sospirò:

Lo sapevo io che saresti arrivato a questa conclusione.

In piedi all'imboccare del vialetto di casa Raffaelli, Edo osservava allontanarsi la Ford Taunus di Maurilio Bussola detto il Seppia. Non appena questi ebbe voltato l'angolo, Edo, deluso e sconsolato, scosse il capo. Rimase ancora qualche istante a fissare il vuoto, nero, lontano, molestato dagli aloni gialli e invadenti dei lampioni sulla piazza vuota, fino a quando il rumore della macchina non fu inghiottito dal silenzio. Poi attese ancora: desiderava, quale ultimo saluto prima di andare a dormire, che dal silenzio affiorasse lo sciabordio del fiume. Infine, molto lentamente, con una mano in tasca del giubbotto e nell'altra la chitarra, s'incamminò verso il portone. Importunato dall'avvicinarsi dello strascicato incedere di Edo, un topolino di campagna abbandonò il suo sacchetto di rifiuti e s'infilò nella sterpaglia oltre la rete che affiancava la strada. L'orologio del campanile batté un colpo: mezzanotte e mezza? l'una? l'una e mezza? Bah! che importava saperlo? Non erano ancora le ventitré che Maurilio Bussola detto il Seppia si era offerto di accompagnarlo a Pescantina. Domani mi devo alzare presto, aveva detto, perciò o si va adesso o ti arrangi con qualcun altro. Poi però, lungo la strada si erano fermati per una pizza e, da quel momento, fra il bailamme di pensieri e il degenerare della diatriba iniziata al Corto maltese, Edo non aveva più avuto alcun motivo di porre attenzione allo scorrere del tempo chiedendosi che ora fosse né, dacché aveva deciso per l'inattuabilità del progetto "Duo chitarristico", di interrogarsi su quanto tempo avesse sprecato incaponendosi ad ignorare il fallimento annunciato di quell'idea che ora riconosceva quanto mai balzana.

Ma quale estate lavorativa? Quale repertorio elegante e raffinato? Quale rodaggio ancora da fare per pervenire al pathos da comunicare al pubblico? E poi quale pubblico? Il tipo che ti chiede se conosci qualcosa dei Litfiba o quello che ha imparato le prime otto battute di Giochi Proibiti dal cognato e da quel giorno non appena vede uno con la chitarra in mano si sente in dovere di andargliela a richiedere?

Andare a suonare? E dove? Al Braciere? Dove il titolare vuole le canzoni belle che piacciano a tutti, e intanto si tromba la tua allieva? Dal Carletto? Dove se va bene entra un cliente a sera, e se gli proponi una bossanova ti risponde che grazie, ma lui non beve superalcolici?

Ma soprattutto con chi? Con un cacasentenze borioso che ti accusa di esser freddo e distaccato solo perché suonando badi a quello che stai facendo anziché distribuire sorrisini in giro per la sala? Che sostiene che sei rigido quando invece sei concentrato a dare il meglio di te? Che sei frenato solo perché ti guardi bene dallo smanettare a tutta forza sulle corde come fa lui? Che sei indeciso e timido perché i tuoi assoli sono, a suo dire, troppo melodici e lenti, mentre il suo motto è: più note che puoi nel minor tempo possibile, che quello che ne vien fuori non è altro che una brodaglia cacofonica senza capo né coda? Che sei un pezzente perché accetti un deca di mancia? Che sei un altezzoso perché durante un applauso non t'inchini sorridente a ringraziare?

Prima di entrare, Edo si sedette sul gradino più alto dei tre davanti alla pesante porta di casa. La chitarra, appoggiata sul terriccio polveroso del portico, sembrava condividere il suo sconforto: quanta energia sprecata! Quanta patina metallica si era inutilmente trasferita dalle corde alle dita in quell'ultimo mese di studio mirato! E quanta violenza su se stesso aveva dovuto operare e sopportare Edo per adeguare la delicatezza dalle tinte pastello del suo stile alla sfacciata e cruda invadenza stilistica di un nessuno che si credeva Dio!

No. Era impossibile che la cosa funzionasse. L'istinto lo aveva già avvertito fin dall'inizio. Troppe diversità: di misura, di linguaggio, d'interpretazione, di sensibilità e d'intenti…

Era finita dunque, anche se Maurilio Bussola detto il Seppia ancora non lo sapeva. Ci si sente telefonicamente per decidere la prossima prova, aveva detto poco prima, e mentre scendeva dalla vettura Edo aveva risposto che va bene, ma non subito subito, ché nei giorni a seguire avrebbe avuto molto da fare. Da fare? Fare cosa? aveva dubitato quello, senza risparmiargli un ultimo colpo di coda di sarcasmo con la sua domanda, e Edo serafico a tentare d'illuminarlo: devo pensare Maurilio, devo pensare.

29

La vasca da bagno si sta riempiendo. Sono sudato come un cavallo sudato. Penso che dovrò lavare anche la tuta.

Stamattina mi sono alzato alle otto (dopo una notte che non ho dormito un beneamato) e sono andato a fare una pedalata, non che avessi avuto voglia di fare dello sport, ma semmai di riempirmi gli occhi e la testa di qualcosa di diverso dalla merda, che è la sola cosa che intravedo scrutando passato presente e futuro.

Alle tre e mezza arriva la Oriella. Meno male, così poi potrò fare un po' di spesa. Spero di farcela perché sono stanco come... che cazzo ne so, come un cavallo stanco, tò.

Alapr

La goccia.

Ieri ho tentato di comunicare col tronfione, ma non c'è stato niente da fare. Bah, se non altro gli ho scroccato tre bianchi, mezza pizza e mezza birra.

Mentre mi stava accompagnando a casa (round midnight), gli è venuta fame. Allora ha deciso di fare una tappa al Nassar. Ha ordinato una pizza e due birre. Poi ci siamo seduti per continuare la discussione che avevamo iniziato al Corto (dove ce ne siamo dette di tutti i colori).

Arriva la pizza (una margherita striminzita di quelle confezionate scaldata nel fornetto dei toast). È tagliata a spicchi (otto: quattro a lui, quattro a me). Lui aveva già finito la sua birra, ne ordina un'altra. Si mangia. Ho sete anch'io, ma il mezzo boccale che mi rimane preferisco tenerlo per quando avrò finito la pizza. Lui finisce anche la seconda birra. Io ho sempre la mia mezza davanti. Ho sete ma tengo duro. Ultimo spicchio di pizza, poi finalmente berrò. Mentre ingoio l'ultimo boccone lui prende la mia mezza birra e se la beve! Tanto, avrà sicuramente pensato, sono io quello che paga, quindi è mia anche questa. Mi avesse dato una sberla, lì, in presenza di tutti, mi sarei sentito meno umiliato.

Mi sono alzato e ho chiesto al barista un bicchiere d'acqua di rubinetto, spiegando che era mia consuetudine risciacquarmi la bocca dopo aver mangiato.

Quando sono tornato al tavolo avevo già deciso che l'avventura del "Maurilio Bussola & Edoardo Grassi guitar duo" (in ordine alfabetico, sia chiaro) era bella che terminata.

Pescantella otto aprile ho tanta sei

ore 15 e 20 Sto aspettando Oriella
ore 15 e 32 Oriella sta salendo le scale
ore 15 e 37 Oriella sta accordando la chitarra. Scrivo sempre qualcosa (non importa cosa) mentre i miei allievi stanno accordando i loro strumenti, fa più professional.

Ala pro

Ore 18 (+ o −)

Ho saldato il mio debito col bar della fermata (dove ho bevuto anche un bianchetto buono). Oriella ha scambiato 4 chiacchiere con la barista. Nel frattempo io mi sono letto un paio di articoli su l'Arena. Poi è arrivato il pullman e lei (la Oriella, non la barista, e nemmeno l'Arena) è salita, prima però ci siamo salutati con un piccolo bacino (però con tanto di lingua in bocca). Bah...si vedrà. Dopo che il pullman se n'è andato, sono rientrato al bar e mi sono fatto dare un altro bianco e un pacchetto di emmeesse, dando modo così alla barista di informarmi che la mia alunna (!) le "è propriopropriosimpatica". Poi, salutandomi, credendo forse di elevarmi di ruolo, mi ha chiamato professore. Non le ho detto niente, va là.

Ho comprato: 6 uova, 2 etti di pancetta, 1 barattolo di fagioli, 4 pomodori, 4 cetrioli, un po' di pane e una bottiglia di vino bianco di quello schifoso che ho bevuto la settimana scorsa, ma dal momento che voglio diminuire col beveraggio va bene così.
E sono di nuovo al verde.

Alla prossima

Ho appena terminato la lez. col Fede. Sono seduto su una panchina. Sono indeciso se fare un giro al Corto o se tirare fuori il pollice e tornare a Pescantina. A Casa mi stufo, al Corto bevo. Se vado a casa le trentacinquemila (meno 2 birre al Nassar con Katia) che ho in tasca le potrò usare domani per fare una spesa un po' come si deve (devo comprare anche il detersivo, ché non ho più calze e mutande pulite), se vado al Corto si sa come va a finire.
È passato il Centauro (un barbone fuori di testa come una protuberanza divenuto tale a causa dei troppi acidi che si è fatto in passato) (e pensare che lo conoscevo bene quando era normale, era anche abbastanza colto e intelligente; ricordo che gli piaceva Piero Chiara). Mi ha chiesto una sigaretta. Gliel'ho data, lui l'ha accesa, ha fatto un tiro, l'ha buttata via e me ne ha chiesta un'altra. Gli ho detto che non ne avevo più, ma lui, furrrrbo, aveva visto che il pacchetto ne conteneva ancora parecchie e me lo ha fatto notare. Allora gli ho detto che le sigarette che mi erano rimaste non erano mie, ma del pretore di Cuvio, un balordo con il cappotto di astrakan che abita nella stanza del vescovo di Singapore. Per un attimo mi ha guardato strano, poi se n'è andato accendendo fiammiferi uno dopo l'altro.
Chissà cosa gli passa per la testa.
Spero di non diventare anch'io come lui. Ma no, Dio buono, cosa vado a pensare.

Va beh va là, mi appropinquo ad un sito idoneo per l'autostoppe.
Allapprò

Merda! Non riesco a dormire. Logico: ieri ho bevuto cinquecentomila caffè…però un solo bicchiere di vino! Bene, speriamo di riuscire a tener duro. Ho lavato anche due lavatrici di roba. Adesso nel bagno di sotto ci sono un migliardo di panni stesi. Il problema sarà stirarli, a parte che non sono capace (anche se si impara, che cazzo!), il fatto è che qua di ferri da stiro an'ghe né brisa, come dicono a Ferrara.

Ieri ho suonato dalle tre del pomeriggio fino alle sette. Mi sono ripassato per bene tutte le diteggiature delle diatoniche e delle cromatiche; poi ho fatto un po' di esercizi di legature discendenti e infine, dal momento che mi era capitato fra le mani il metodo Finger picking di Giovanni Unterberger, mi sono studiato un paio di pezzi anche di quello.

Bè, sai che ti dico? dico che con la chitarra sono proprio bravino.
Alla pro

Sono seduto su di un tronco che le recenti piene hanno abbandonato vicino all'argine dell'Adige poco lontano da Domegliara.

Acceso sigaretta. C'è un'ape che mi rompe i marroni. Ora si è fermata sul sellino della bici. Ora se n'è andata: forse ha capito che qui c'è poco da ciucciare.

Stamattina mi si è rotto il laccio di una scarpa; adesso ce n'è uno marrone (mentre l'altro è bianco), il che, in una scarpa da ginnastica, non è un bel vedere. Bah, ci sarà una merceria in uno di 'sti paesetti.

Si sta bene. Che belli che sono i suoni della natura. L'acqua, gli uccellini, anche l'ape di prima, tò. È rilassante da matti. C'è anche un cane che abbaia in lontananza…

Se avessi con me la chitarra mi metterei a suonare qualcosa di triste.

A momenti mi viene sonno. Quasi quasi mi faccio un pisolo. Ma sì, chi me lo proibisce? Impegni non ne ho…

Buonanoootteee…

Ho appena finito di mangiare una matriciana che non finiva più. Sono le 20 e qualcosina del undici Aprillo millenovecento e ottantasei dopo jesus. Venerdì.

Devo andare al cesso.

Uff…da quando non bevo più (o quasi) faccio di quelle cagate che mi par di pisciare col culo. Probabilmente è il fegato che si sta rimettendo in sesto (o in settimo)… o non sarà forse che da qualche giorno la mia dieta è quasi esclusivamente a base di pasta? Ieri, per esempio, stavo sonnecchiando in riva all'Adige quando sono stato svegliato dallo stimolo di una defecazio impellentis, ma di un impellentis che a momenti mi defecazionavo addosso. E non avevo nemmeno un fazzoletto di carta (comunque ho risolto lo stesso: ero circondato di sassi rotondeggianti, ne ho usati tre o quattro per pulirmi il culo e poi li ho buttati nel fiume). (e puliscono anche bene!). Poco lontano c'era uno che pescava… forse mi ha anche visto, ma chìssene.

Adesso vado a fare una piccola passeggiata (anche perché devo comprare le cicche).

Alap.

Porco giudaciaccio cane maiale di un porco che non è altro, non sono riuscito a resistere: ho bevuto! Poco, ma ho bevuto! Però, anche il destino quando ci si mette… tutta colpa della vecchia del bar tabacchi: e siòr maestro qua e siòr maestro là, senza che ordinassi nulla mi ha versato il solito gotto di bianco (d'altronde, povera Crista anche lei, è da quando che mi ha visto entrare la prima volta che da lei bevo sempre e solo bianchetti, avrà pensato di anticiparmi. Come facevo a dirle che sono in Ramadan?

E poi, mica contento, me ne sono fatto un altro, Dio bello, e quello mica me lo aveva versato alla traditora!

Va bé, consideriamola una parentesi e sempre avanti! D'altra parte non posso mica smettere così di punto in bianco (e dagli con 'sto bianco), sono comunque sulla buona strada, o no?

Va in mona va là

Sento nell'aria l'atmosfera del sabato (12 aprile, cioè oggi. E già che ci sono dirò anche che è mezzogiorno passato e che ho una fame che sembrano due, because ho fatto una pedalata in salita fino a S. Giorgio Inganapoltròn in quel di S. Ambrogio, che sembra lì dietro la prossima curva e invece non si arrivava mai). Avrei voglia di andare a fare un giro in city oggi pomeriggio, tanto per vedere qualcuno, ma poi si sa come andrebbe a finire... perciò è meglio che me ne sto qui, e se anche mi annoio pazienza. Potrei comprarmi qualcosa da leggere... perché no? magari un coso di fantascienza, così mi passa il tempo.

Va bé. Intanto mettiamo l'acqua sul fuoco, se no qua non si mangia.

Mi sono fatto una doccia. Prima però ho messo la tuta e un altro po' di roba in lavatrice. Poi, dal momento che l'acqua bolliva (e anche da un bel po', a giudicare da quanta se n'era consumata), ci ho messo il sale e mezzo pacco di spaghetti Barilla n° 5 (che poi condirò con un po' di aglio olio e peperoncino).

Bon apetì

- Mi sovvien che, quand'Elvirato fui*, m'accadea talvolta d' incantonar dei libri senza aperti averli ancor; d'altr'onde, allor ché col bene star della scarsella a bramosia d'acquisizion indulgevo, e si selvaggia e senza freno alcuno, per l'ignoranza che anelavo al bando suffragar, che dal suggerir qual veto a simil uopo talmente lungi stavo, al punto poi che la lettura, ancor ché fugace e spiccia, regger sola non potea l'assiduo mio incalzar del loro istesso divenir mie cose. Allor mi domandai ove or siti poter scovar quei tomi intonsi, e a tal question risposi, senza tema d'azzardar teoremi o astrusità di congetture, che fra l'altri letti già, serrati ancor nel piccicoso nastro che di bevanda alcolica di Scozia rubato ha il nome, e pur fors'anche di quell'istessa landa la genìa, in sul postione d'un cubico giaciglio d'ondulata e spessa carta, che lesto posseder mi rammentai, ve ne potesse soggiaciér più d'uno almeno. Andai allor a sincerar tal rimembranza e ravanando in sen la cianfrusaglia, tra vetuste bozze, obsoleti scritti e sgualcite partiture, ancor di cellofan vestuti trovai: di Garçia Marquez un libello nomato "Cronaca d'un'annunciata morte", di Hermann Hesse "La cura", e infin, del vecchio Nietzsche, "L'Anticristo" ed "Ecce omo". Ordunque, quanto al desìo di legger, va da sè che a iosa lo potrò appagar, per qualche giorno almanco e, ad ulterior mio vanto, senza dilapidar d'un quattrino il becco. Ma oltre a questo, e ciò ancor più m'aggrada, senza della mia magion varcare l'uscio a misurar, fra il pullular dell'osterie, l'etilica tentazion del gotto.

A presto incontrarci ancor

*quando abitavo con Elvira

Tredici aprile, Domenica dopo Cristo eccetera

Ho passato una bella domenica. Sono al Braciere. Sono venuto (in bici) a salutare Oriella e il mostro di Giorgione. Mi sono concesso un paio di rossi, ma non è stata una debolezza: la cosa era in previsione quale premio per la costanza (anche se, a dire il vero, in settimana un piccolo cedimento c'è stato). Comunque va bene così, a parte la noia. In tutta la settimana ho bevuto assai meno di quanto prima ingurgitavo in un'ora. Per cui onore al merito e... alla mia salute, cazzo!

Sono le diciotto. Sono seduto fuori e sto centellinando (fanculo) il terzo bicchiere di rosso.

Tra un po' (penso) farò ritorno a Pescantina: incomincio ad avere fame e il denaro scarseggia assai. Mi resta solo di che pagare qui e comprarmi le sigarette per domani.

Big George mi ha chiesto come va col duo: ho detto bene (non avevo voglia di imbarcarmi ad elencare i perché e i percome di tutto l'ambaradam). A proposito: il Tronfione non ha più telefonato... vuoi vedere che, alle volte, ha avuto sentore di qualche cosa? Strano infatti...
Qua incomincia ad arrivare gente. È meglio che lasci libero il tavolo e me ne vada, anche se non credo che la gente si accomoderà all'aperto per mangiare. Bah, cazzi loro.

Ciaociao

Pescantella sempre Domenica tredici ore diciannove e rotti

Giorgione mi ha venduto una salsiccia (venduto... si fa per dire, dal momento che non ha voluto soldi, e meno male, perché non ne avevo; insomma, chiedendogli di vendermela ho bluffato e mi è andata bene). Adesso la schiaccio in una padella (Dio buono, devo anche lavarla!) con un po' di cipolla e una sleppa di burro e ci faccio un sughetto con cui condirò un piattone di pennette.

Quando me ne sono andato dal Braciere, Oriella è uscita con me per salutarmi. Mi ha preso per mano e mi ha trascinato in un

angolino dove non ci vedeva nessuno (soprattutto Giorgione), e lì
ci siamo dati un bacione di quelli che la prossima volta è fatta. Le
ho palpato anche una tetta per dire, e lei, con mano mica tanto
furtiva, per pareggiare i conti ha subito voluto farsi un'idea di cosa
avrebbe avuto presto fra le gambe; e quell'altro subito a mettersi
sull'attenti, che c'era un pelo impigliato chissà come che mi faceva
un male della madonna. Per fortuna lei mi ha tirato giù la cernie-
ra e ha infilato dentro la mano, così le cose si sono messe a posto da
sole. Poi, mica contenta, l'ha estratto e ha dato un bacione lungo
lungo anche a lui. Poi, prima di riporlo gli ha sussurrato: "Azz!
martedì ti metto posto io".
L'acqua bolle. Vado a buttare la pasta.

W la figa

Buff... che mangiata!
Non so se stravaccarmi sul divano e finir fuori García Marquez o
se fare due passi in paese, tanto per digerire un po'. Tanto, dal momento che svanziche non ce ne sono, il rischio di cedere al richiamo
del bicchio non c'è...
Bah, intanto mettiamo su i Pink Floyd, poi si vedrà.

Lo sapevo: mi sono addormentato sul divano. È meglio che vada a
letto, va là.

Pescantina, Lunedì 14/4/86

Che balle! Che noia! Che depauperamento di testicoli! Ho terminato di leggere "Cronaca di una morte annunciata" (bellino). Poi
ho incominciato "La cura" di Ermanno Hesse, ma a me, di un
vecchio che va a Baden a curarsi la sciatica non me ne frega un
beneamato. Allora ho scellophanato il Nietzsche (Ecce omo), ma
siccome per ora non ho voglia di suicidarmi, dopo due pagine l'ho
richiuso. Non mi rimaneva che "L'Anticristo", ma già dalla prefa-

zione quello (il Friedrich) ti avverte che il libro che hai in mano è riservato a pochissimi, solo a quelli, cioè, che hanno già letto (e compreso) il suo Zarathustra, e che degli altri non gli frega un cazzo, e bla bla bla...

Ma sì ma sì, sono io che non sono a posto. Credo che oggi, avessi anche in mano un bel Asterix non ancora letto o un vecchio Commissario Sanantonio, che rileggo sempre con piacere, mi annoierei ugualmente. Il fatto è che non riesco a concentrarmi. Continua a venirmi in mente Oriella. Immagino la trombata che farò domani, ripenso a come me lo ha ciucciato con passione e voluttà ier sul far della sera... la vedo già, distesa sul letto vestita da eva, con l'occhio birichino e le labbra tumide di peccato. Peccato, sono solo fantasie. Però domani...

Pescantina, bar della "siòr maestro qua e siòr maestro là" ore diciassette e un paio di cinquine di sessantine di secondi, martedì 15 aprile millenovecentotantasei.

Sto bevendo un bianco. Quando l'avrò finito ne ordinerò un altro, e poi un altro ancora.
Oriella è appena salita sul torpedone per tornarsene a casa. Abbiamo fatto la lezione come da programma, e poi basta perché ha il marchese. Io non lo so, ma c'è forse qualcuno che ce l'ha con me ai piani superiori? Manco avessi cagato in chiesa. Per una volta che era fatta, perché stavolta non me la lasciavo mica scappare, non me la lasciavo mica... e invece mi tocca aspettare fino a martedì prossimo.

Alla pro, va là.

Sempre martedì ore mille

Beh, sono stato bravo! Dopo il secondo gotto ho detto stop. Mi sono detto che, a voler cercare il pelo nell'uovo, di motivi per bere se ne

trovano sempre, ma in
codesto modo non se ne esce più, per cui ho pagato e sono uscito
dal bar talmente in fretta che la "siòr maestro" mi ha chiesto cosa
succede. Le ho risposto che a momenti mi stavo dimenticando che
aspettavo una telefonata da Liza Minnelli per certe lezioni di liuto
rinascimentale che le dovrei impartire, e me ne sono fuggito.

Verona 16/4/86 ore 18 e 30

*Zio cane il Giuliani non c'è! Ma porcozzio telefona no? che me ne
stavo a casa mia con la Katia a trombare come si deve, che invece
abbiamo fatto poco più di una sveltina perché era tardi. Che cazzo
ci sono venuto a fare a Verona adesso? È più di mezz'ora che aspetto
davanti alla sua porta...e per di più, mi toccherà anche tornare
in autostop, ché la settimana scorsa ci ho messo quasi due ore...
fanculo va là! Avrei dovuto immaginarlo che quando si ha a che
fare con uno che ti incula la donna e che vuole imparare a suonare
la chitarra a mo' di scusa per*
- tò, eccolo che arriva. Porco giuda, un altro po' e sono le sette!

*Pescantina City, mercoledì sedici aprile millenovecentottan-
tasei dopo-madonna-puerpera ore sette e quindici minuti
primi della sera e basta.*

Mi ha accompagnato a casa il Giuliani (gentile da parte sua) e,
a guisa d'ammenda ha voluto a tutti i costi (e io dopo un paio di
moine di prammatica ho accettato) pagarmi la lezione benché l'a-
vessimo annullata (dice che gli è capitato un impegno imprevisto).
Gli ho anche proposto di recuperarla in qualche modo, ma lui dice
che di tempo ne ha assai poco e che va bene così. Ci si vede mercoledì prossimo. Comunque gli ho detto di telefonare entro le quattro
e mezza/quattro e ¾ massimo- massimo-cinque, nel caso la cosa si
ripeta, che così non parto. Ha detto che va bene.

E allora va bene così!

Ala pro

Sono andato dal macellista. Ho comperato un petto di pollo taglia-to in quattro fettine e un kilo di macinato economico da ragù (gio-vedì 17 aprile). Poi ho visto un bel pezzo di carne bella rossa con delle invitanti venature cartilaginee che non ti dico, e (ma pensa te) mi è venuta un'improvvisa irrefrenabile voglia di brodo (mil-lenovecentottantasei). Allora me ne sono preso un tòcco (di carne bella rossa con le invitanti venature, non di brodo) e, per giunta, mi sono fatto regalare anche quattro pezzi di osso (uno dei quali col midollo, così farò anche la pearà) che così il brodo viene più buono. Poi sono andato dal verduriere e ho preso sedano-carota- cipolla, pomodori, qualche patata e una verza. E anche quattro banane (ambarabacicicoccò). Dal droghinaio ho preso il pepe (che a casa scarseggiava e per la pearà ne servirà alquanto), qualche pacco di pasta, dei pelati, uova, pancetta, un barattolo di pisellini fini, un pezzettino piccolo piccolo di parmigiano e il burro (ore undici e trenta). Ho visto anche il vino, ma mi sono limitato a guardarlo, anzi, visto che ciò era gratis, mi sono guardato per bene la bottiglia che costava di più. Ho un po' tribolato a portare a casa il tutto in bici, ma ora sono qui che scrivo (il che significa che son giunto vivo), e la roba è già in frigo e nella dispensa.

Mi sono dimenticato di prendere il pane, Dio bello. Mi tocca uscire di nuovo per andare dal fornarolo.

Pescantuccia, ore tredici meno tredici di oggi diciassette come sopra

Mi sono fatto un hamburger e una fettina di petto di pollo. Ci ho mangiato dietro tre panini e due pomodori.

Mi è venuto da elucubrare: chissà cosa penseranno al Corto Mal-
tese, che non mi vedono da dieci giorni, mentre prima ero sempre
lì... e poi, chissà se il Fausto ha deciso di andare avanti anche in
maggio con le serate musicali, perché in tal caso gli dovrò fare le
locandine. E poi sarebbe anche il caso che mi vedessi un colpo col
Beppe, per via di quell'idea di andare fuori dai coglioni a prestidi-
gitare a suon di musica.
Urgono i provvedimenti dell'uopo.

Ho telefonato al Corto. Ho trovato il Criss: dice che il Fausto ha
già il programma di Maggio pronto (come volevasi dimostrare)
(certe volte ho dei sesti sensi che mi stupisco di appartenere alla
razza umana). Mi ha chiesto se è successo qualcosa (il Crices), che
è un casino di tempo che non mi si vede in giro, se sono stato male
o cosa... Gli ho detto di no, che semplicemente sono in ramadan,
onde per cui meglio evitare frequentazioni pericolose. Va ben. Gli
ho detto che faccio un salto fra un paio d'ore. Poi l'ho pregato di
dire al Beppe, qualora lo veda (lo vedesse?) (bah!), di aspettarmi
che io giungo di sicuro. Semmai, se proprio non può aspettarmi, gli
dia il mio number di vibrafono e gli dica di chiamarmi quando
vuole che sono quasi sempre a casa, che dobbiamo parlare di quella
cosa per l'estate che lui sa. Grazie tante e ci vediamo dopo. E così
sia.
Spero solo di riuscire a non bere.

Ala pro

Pescantì Venerdì 18 aprì ore

novecentododicimiliardisettecentoquarantasettemilioni
quattrocentosedicimiladuecentotre e un quarto
Ieri sono stato al Corto. Sono arrivato là alle quattro del pom.
Fausto non c'era, in ogni caso il programma musicale di maggio era
in un cassetto ed era lì apposta per me qualora fossi passato in sua

assenza (del Fausto, non del programma). Ho già un'idea di come fare la locandina: ho pensato a un faccione un po' incazzato che ordina a chi lo guardasse (guardi?) di leggere le date dei concerti e i nomi degli ospiti. Bah, vedremo. Più tardi incomincerò a lavorarci. Dal Criss mi sono fatto sganciare un bel trentamila per le spese (lui rimase un pelino perplè dalla mia richiè, evidentemé in funziò del mio debito col bar, ma io, ferrrmo sulle mie posiziò, gli ho detto che non ho una lira e che se non mi dà qualcò per affrontà le spé, la locandì la faccio sì, ma col cà), così adesso ho qualche liretta, va là, che ieri ho speso quasi tutto quello che avevo in derrate alimentari.

                                    Ito uto ato

Il Beppe non ci fu.

Comunque qualche gotto l'ho bevuto, inutile negarlo.

Dio buono
Bardolino, Lago di Garda, Verona, Italia, Europa, Pianeta Terra eccetera, Sabato diciannove Aprile di quest'anno ore undici del mattino uff che caldo.

Madonna che pedalata! E pensare che quando sono partito (stamattina che ancora non erano le otto) non avrei mai pensato di arrivare fino qua. E quante salite (ma anche discese).
Però che bello il lago. Sono seduto su una panchina e me lo sto guardando tutto (a parte in questo momento che sto guardando quello che sto scrivendo). Ci sono già parecchi tedeschi per essere aprile, per lo più vecchi bacucchi rincoglioniti e decrepite megere dai capelli viola che vanno in giro col loro gelato da passeggio abbaiandosi a vicenda cose che non saprò mai. Ne è appena passato uno con una faccia da nazista in pensione che non ti dico; magari c'era anche lui, quarantacinque anni fa (o giù di lì) a Dachau o ad Auschwitz, con in tasca il "Mein Campf" in edizione poket, a far

saponette di ebreo doc o a confezionare paralumi in pura pelle di culattone polacco ascoltando Vagner... vai a chiederglielo, e fuma! oppure fagli una foto e spediscila a Simon Wiesenthal, hai visto mai...

Tò, una ragazza bellina, a parte l'enorme culo. Chissà cosa mangiano quelli lì in Teutonia, patate, würstel e crauti e basta, di sicuro. Per forza poi vengono qui a rimpinzarsi di spaghetti scotti (contro i quali li si vede brandire goffamente le loro forchette, salvo poi arrendersi al cucchiaio dopo averli tagliuzzati a mo' di pappa per neonati), e cappuccini a ogni ora, tranne che a colazione; per loro sono delle leccornie da raccontare ai posteri. Ne ho visto uno, tempo fa, mangiare un trancio di pizza alle acciughe bevendo il cappuccino; lo rivedo ancora leccarsi i baffoni grigi imbevuti di schiuma di caffellatte e pomodoro... roba da vomitare per il resto dell'esistenza. A momenti quelli pucciano fette di cotechino nella cioccolata calda. Oppure sono capaci di farsi servire della polenta calda a contorno di una fetta d'anguria...per non parlare della marmellata sugli spaghetti, che ormai, al pari del sandalo col calzino corto, è un classico dell'iconografia crucco-vacanzifera-lacustre... e poi si ubriacano come maiali, e cantano lilì marlèn dondolando tutti insieme, con le gote in fiamme e i pannoloni intrisi di minzioni rimandate... e buttano carte e cicche per terra, convinti che in Italia sia questa la consuetudine (il che non è del tutto falso); ti chiedono informazioni in tedesco aspettandosi che tu li capisca e quando finalmente si rendono conto che non conosci il loro idioma, con irritante sufficienza ti ruttano in faccia, quale congedo, una stringata frase che, pur contenendo il "danke" di prassi, ha più il sapore del velato insulto che d'un "grazie lo stesso". E allora tu per vendicarti non puoi che annuire sorridendo mentre dici "ma vai a cagare, tu e quella vacca di tua madre".
E adesso vado a bere qualcosa perché sono disidratato.

Alla salute

Costermano, VR, sempre oggi e basta

È stata dura, ma ce l'ho fatta. Sono a Costermano, seduto al tavolino di un bar. Davanti a me: una bottle di minerale e un bicchiere. Da Bardolino sono arrivato a Garda. Lì sono entrato in una bottega di generi alimentari e mi sono fatto fare due bei paninazzi: uno con filetti di sgombro (che era un secolo che non ne mangiavo) e l'altro con la mortadella e un paio di peperoni sottaceto a guisa di punto esclamativo. Preso anche lattina Coca Cola (sic). Poi, pensando al ritorno, ho optato per la via Costermano-Affi-Domegliara-Pescantina, ergo, dopo una salita immane, ma che più immane non si può, nemmeno col candeggio, che mi sono dovuto fermare un paio di volte a riprender fiato, eccomi qua. Però adesso, da qui fino a casa è pressoché tutta discesa (bé, non proprio, ma insomma…). Il dilemma a questo punto è: mi avvio subito giù per la discesa, fin che c'è ancora caldo, però con la tuta bagnata di sudore col rischio di raffreddarmi? oppure aspetto che la tuta si asciughi sotto i raggi dell'ultimo sole (all'ombra del quale si era assopito il pescatore di De Andrè) e me ne torno verso sera col rischio di avere freddo, non più per la tuta bagnata, ma per l'abbassamento di temperatura peculiare della sera? che, tra l'altro sono anche senza fanali? Ito uto ato?
Urge una terza soluzione.
Beh, mica tanto difficile in fondo: mi faccio dare dal barista un giornale vecchio e me lo metto sotto la tuta per ripararmi il petto e la pancia, come facevo a quindici anni, quando durante quell'estate per un po' feci il manovale edile e partivo da casa alle cinque del mattino, col pentolino con dentro il pranzo da riscaldare a bagnomaria e trenta chilometri da pedalarmi tutti, senza sconti, prima e dopo le dieci ore di lavoro sotto il sole: discesa il mattino, quando ero bello e riposato, salita la sera, quando ogni volta me ne morivo prima al sol pensiero, e poi non si arrivava più… (Che brutto periodo anche quello…però che bella età!).

Fatto tappa ad Affi. Sono in un bar del centro commerciale: che casino! Ma cosa avrà mai da comprare tutta sta gente? Spendi, spendi, coglione! Compra e butta via, che risaniamo l'economia. Hai visto là, in quella vetrina, che bella maglietta a stelle e strisce? Come? Non ti piace? Strano. Strano davvero. Guarda lì, che bel coso! Sì, bello, ma cos'è? Non lo so, ma costa poco. Lo prendiamo? Ma sì va là, semmai lo regaliamo al nonno, che è sempre a casa da solo…oppure allo zio Tarcisio, che non ha un amico neanche pagarlo oro… guarda, un barattolo da cinquemila graffette da ufficio per solo quattromilanovenovanta! Bé, per essere conveniente è conveniente… e allora prendiamolo no? che in casa una graffetta prima o poi può venir utile…

Ah la cacca la cacca. Fosse ben confezionata comprerebbero anche quella.
E poi dice che uno si butta a sinistra, come diceva Totò.
                    Of the next, va là.

Pescantina, pianeta terra, ore venti

Dio buono che giornata! Sono talmente stanco che se mi siedo non mi alzo più. Potrei anche farlo, ma il fatto è che ho anche una fame che mangerei un neonato appena partorito.
Bah, vedrò di farmi qualcosa di veloce, e poi si vedrà.

Ho messo su l'acqua per la pasta. Il brodo l'ho messo in freezer, se no domani era da buttare, così invece è ancora buono per un'altra volta.
        Pescanta, Domenica 20 aprile '86

come al solito ore 13 più o meno (non mettiamoci a spaccare il capello in quattro)

Ha telefonato Max Stefanovich: hai niente in programma? No, perché? pensavo di venirti a trovare. Va bene. Allora diciamo che alle due sono lì, okei? Okei. Ah, aspetta aspetta: hai qualche libro da prestarmi? Ah già, che sei un bibliofobo...cosa significa? Beh, prendi il dizionario e guarda, no? non ce l'hai? Come mai la cosa non mi stupisce?... Dylan Dog? Ma va ma va...

Ma pensa te... quello li se gli capita un libro per le mani lo usa come spessore per il letto che traballa. Poi mi ha proposto la biografia dei "Bad Manners", allora io gli ho chiesto se gli è rimasto qualche neurone sano o se a furia di ascoltare robaccia gli si è bruciato proprio tutto tutto.

Ah, che fatica essere uomini!

- ...e basta con questi scappellotti!

- E allora abbassa il volume. Anzi togli quella cassetta, ché qua si diventa licantropi.

- Ma è un "live" dei...

- Non me ne frega un cazzo di chi è! Senti che casino! Se tu sei un coglione autolesionista, questo non è un buon motivo per autolesionare il prossimo tuo come te stesso! Dai dai, togli o scendo.

- A volte sei impossibile.

- Beh, tu lo sei sempre.

- Uffa, e allora cosa vuoi che ascoltiamo?

- Cosa ascoltiamo? Il rumore del motore ascoltiamo, ché se dovesse fondere, come sta facendo il tuo cervello, almeno te n'accorgi. Ma porco giuda, non ho capito: la musica, chiamiamola così, perché fra quello che ascolti tu di musica ce n'è poca assai, è obbligatoria in macchina tua?

- Mi fa compagnia.

- E io che cazzo ci sto a fare? Non sei mica solo adesso, no?

- È l'abitudine.

- E io ho l'abitudine di mollare scappellotti.

- No! che mi sono messo il gel – urlò Marzio riparandosi dietro il gomito alzato.

- E questo sarebbe un altro valido motivo per assestartene almeno una raffica, ma ritieniti fortunato va là, che non ho voglia di impiastricciarmi la mano con quella tua merdaglia trasparente.

- Ma così almeno stanno a posto.

- Cosa?

- I capelli.

- E ti sembrano a posto? Ma guardati! Sembri un Rodolfo Valentino dei poveri! E in brutta copia per giunta.

- Ma porca di una miseria Edo, cos'hai oggi? non ti va bene

niente, non ti va bene…
- È che sono contento di vederti.
- Ah, buongiorno!
Buongiorno.

- Davvero? vuoi dire che non bevi più?
- Giusto un bicchio ogni tanto, perché sono convinto che un divieto assoluto sia controproducente.
- In che senso?
- Nel senso che se t'imponi di non bere più, in modo totale e irrevocabile, da una parte è come se avessi tolto la spina e non ci pensi più o, per lo meno, ti sforzi di non pensarci e scacci il pensiero non appena senti che ti sta venendo la voglia, dall'altra, se per una qualsiasi ragione ti capitasse di cedere anche ad un solo bicchiere, ti sentiresti un perdente, e ti verrebbe da dire: non ce l'ho fatta, e da lì a convincerti che non ce la farai mai è un attimo. E allora, preso dallo sconforto ti metti a buttar giù gotti a go go e ci sei di nuovo dentro fino al collo. Invece così, concedendomi un Custoza o un Valpolicella ogni tanto, evito questo tipo di ragionamento e, se bevo uno o due bicchieri, li chiudo fra due parentesi e li considero un capitolo a parte, una specie di tregua, e domani si riprende il cammino senza patemi d'animo o sensazioni di sconfitta. Inoltre, in questo modo tengo in allenamento la mia forza di volontà.
- Mmm… non sono sicuro di aver capito.
- Quindi tutto normale – sospirò Edo.
- No, voglio dire: per mantenere il "no assoluto", chiamiamolo così, non serve maggior forza di volontà che prevedendo già in partenza qualche cedimento qua e là?
- Forse sì, anche se non si tratta di cedimenti, come dici tu, ma piuttosto di pause previste dalla terapia, per così dire. Ma il quiz da porsi è un altro, e cioè: ce la farò a mantenere in atto il "no assoluto"? Conosco un tale, si chiama Alberto, fa lo stuc-

catore… bah, non fa niente. Questo beveva come una pompa idrovora. Poi ha smesso. È andato dagli alcolisti anonimi eccetera… insomma non ha più toccato alcol per tre anni. Un giorno, cosa sia successo non si sa, ha ceduto ad un aperitivo, così almeno dicono, e da quel momento ha ripreso peggio di prima. In pratica ha fatto una balla unica che è durata un anno secco. Beveva ad libitum, dalla mattina alla sera. Alla fine ha perso il lavoro, gli hanno ritirato la patente, ha seminato debiti in tutti i bar e per finire sua moglie gli ha dato il ben servito. Adesso ha smesso di nuovo, ma viene da chiedersi: fino a quando? E comunque guardandolo vedi una larva d'uomo. Allora? a cosa sono serviti quei tre anni di "no assoluto"?

- Ho capito, ma quello è un caso particolare.

- Ah sì? e il mio cos'è? un caso standard?

- Ma non lo so! Cazzo Edoardo, io sono astemio, o quasi. Che vuoi che ne sappia di tutte queste storie?

- Massì, hai ragione anche tu; questo è un problema mio. Tu non c'entri.

- Scusami, non è per mancanza di sensibilità nei confronti della tua battaglia, capisco che non deve essere facile per te; il fatto è che non so cosa dire. Posso dirti solo che mi fa piacere e che ti trovo molto meglio dell'ultima volta che ci siamo visti.

- Davvero?

- Certo. Sembra addirittura che tu abbia cambiato pelle. Quanto è che non bevi?

- Da quando è che non bevo più come prima, vorrai dire, dal momento che non ho proprio smesso smesso…

- Insomma, quando hai deciso per il cambiamento?

- Un paio di giorni dopo che ci siamo visti l'ultima volta, cioè…

– Edo aprì il borsello e consultò la sua agenda – dunque vediamo…ecco qua: martedì otto aprile. Quasi due settimane fa.

- Bravo

- Grazie. E per festeggiare oggi ci prendiamo una bella sbronza.

Vuoi?

Il Max lo guardò allarmato.

- Sto scherzando, coglione. – Edo stava per assestargli lo scappellotto di prassi, ma gli sovvenne del gel, e improvvisamente ne comprese l'utilità.

- Ma pensa te – commentò Edo mentre la Citroën decalcomaniaca di Marzio entrava in Bardolino – non venivo sul lago da un anno, e adesso ci ritorno due volte nell'arco di ventiquattr'ore.

- Ci sei venuto ieri?

- O yeah!

- Con chi?

- Da solo, in bici.

- In bicicletta? Da Pescantina?

- Che c'è di tanto strano?

- Una bella pedalata. Non ti sapevo portato per lo sport.

- Infatti, ma mi sono imposto un po' di movimento fisico, un po' per disintossicarmi dalle scorie alcolifere, un po' per avere qualcosa da fare. Me la faccio tutte le mattine una breve gita in bici. Pensa che, gironzolando per la Valpolicella, ho scoperto certi scorci che ti pare di tornare indietro nel tempo. E poi avevo bisogno di stare un po' solo con me stesso, a mettere in ordine i pensieri, e per queste cose la bicicletta è ottima: vedi una stradina che ti piace? ti ci infili, senza sapere dove ti porterà, ed è appunto questo il bello. Ti scappa da pisciare? ti scegli una siepe e la fai lì; sei un po' stanco? ti scegli un albero e ti ti ci stravacchi all'ombra. L'altra settimana, per dire, mi sono fatto un sonnellino in riva all'Adige dalle parti di Domegliara, e appena ieri mi sono pappato due panini con i piedi in ammollo nel Benaco. E l'insonnia? sparita! Mi faccio certe dormite adesso la notte, piene di sogni, belli, avventurosi. Sogno spesso di volare… bé, non proprio volare, è più un galleggiare nell'aria, in ogni modo è una goduria, che se ci penso, fino all'altra settimana non sognavo quasi mai o, quelle rare volte, c'era sempre qualcuno che mi inseguiva e io non riuscivo a scappare… adesso invece il mattino mi sveglio fresco e riposato, in forma come non mi succedeva da … da sempre, credo. E fumo anche molto meno.

- Insomma stai meglio.

- Molto meglio, Max, molto meglio. Soprattutto con la testa.

- E con la chitarra come va?

- La suono più o meno tutti i giorni, un'oretta o due, tranne ieri, che proprio non l'ho toccata.

- Allora, a quando la prima uscita?

- Che uscita?

- Col tuo nuovo duo… non stavate preparando un repertorio di roba brasiliana e jazz?

- Ah, non te l'avevo detto? bé no, quando… no, niente, quella storia è abortita.

- Perché?

- Mancanza di feeling. Non eravamo fatti per suonare insieme.

- Non lo sapevo.

- Beh, adesso lo sai. Comunque meglio così, va là. Ripensandoci, in questi giorni, mi sono accorto che lo facevo solo per disperazione, per mancanza d'altro. Volevo a tutti i costi avere qualcosa da fare per l'estate, ma non mi divertivo a suonare con quello là, lo facevo solo per tener fede ad un impegno preso, con lui e con me stesso.

- E poi cosa è successo?

- Abbiamo fatto una lunga chiacchierata. All'inizio speravo di trovare un modo per comunicare, per farmi capire da lui, speravo di trovare la maniera di superare quella specie di, come dire, di mia indisponenza nei suoi confronti, di astio, d'antipatia che provavo… invece, parlando parlando ne è venuta fuori un'incompatibilità reciproca oggettiva, irriducibile e insormontabile. In parole povere: lui ed io non siamo fatti per capirci, figuriamoci per suonare insieme.

- E allora cosa farai durante l'estate?

- Spero di andarmene da Verona, come mi avevi suggerito anche tu, ricordi?

- Come no? Hai già qualcosa in vista?

- Sì, ma finché la cosa non è certa preferisco non parlarne. Sai, per scaramanzia.

- Sei superstizioso?

- Sei matto? Essere superstiziosi porta sfiga. Però non si sa mai…

Senza che Marzio nulla chiedesse, né Edo nulla suggerisse, i due oltrepassarono Bardolino, Garda, e Punta S. Vigilio. Solo quando arrivarono a Torri del Benaco Edo propose di parcheggiare e fare una passeggiata per gli stretti vicoli del paese e sul lungolago. La giornata era splendida. Il cielo limpido, e il lago – già lo si era potuto ammirare dalla provinciale – calmo e blu come dopo un temporale. Bagnanti, ovviamente, non ce n'erano ancora, anche se Edo ricordava di aver già assistito in passato a qualche stoica nuotata nell'acqua ancora gelida di aprile da parte di qualche superman tedesco. Ma si sa, i crucchi sono tutti d'un pezzo: quando si va al lago si deve fare il bagno! sennò che ci si va a fare?

Marzio trovò parcheggio fra una Volkswagen e un camper. Sceso che fu dall'automobile, mentre Edo approfittava di un buco nel congestionato traffico domenicale per attraversare la strada, aprì il baule e tirò fuori due chitarre: la sua vecchia Clarissa, deturpata da scritte e da adesivi secondo il suo stile, e la Giannini, che evidentemente era andato a recuperare a casa di Elvira. Con i due strumenti in mano, un po' a fatica attraversò la strada anche lui. Edo ebbe un colpo al cuore nel notare tre finti brillanti incassati nel legno della "sua" chitarra. Gli parvero lacrime che questa avesse versato per essere stata tradita e abbandonata. Ma porcozzio Max, avrebbe voluto gridargli in faccia, io quella chitarra me la sono curata, levigata, ridipinta, accarezzata, massaggiata perfino, e tu me la depauperi conficcando tra le sue fibre dei pezzi di vetro? Ma allora sei cretino! Ah Dio buono, che amarezza! Ah Dio buono, cosa mai ho fatto affidando a te un pezzo di me stesso. E io, che speravo che tu capissi… ma non ti rendi conto che quelle sono ferite che non guariranno più? Le potrai stuccare, certo, nascondere in qualche modo, ma di lì il suono non passerà mai più. Le venature del legno sono irrimediabilmente interrotte; in quel punto le vibrazioni si fermano. Il delicato equilibrio è perduto per sempre. Ora quella chitarra ha smesso di crescere, la sua evoluzione sonora è terminata. Il suo suono non migliorerà più. Me l'hai uccisa, maledetto! Ah Dio buono, Dio buono, perché sono stato così avventato? Non si può tornare indietro nel tempo? e rimediare alla mia leggerezza? E tu, angelo custode, dov'eri quella sera? non mi potevi fermare? Stupido stupido stupido che sono stato! Potrai mai perdonarmi amica mia? Non fare la ritrosa, sono io… sì, lo so, ti ho tradita, ma io non sapevo, non immaginavo… e poi, che vuoi che sia? Ne abbiamo passate tante insieme… in fin dei conti non sono che tre piccoli buchi… solo tre buchi sulla tua pelle… anche tu come me allora… e come allora la colpa è ancora mia.

Marzio guardava Edo accarezzare la sua amata Giannini, e mentre questi passava delicatamente i polpastrelli sopra i tre brillantini disse:

- Bellini vero?

Quello fu per Edo il momento più difficile. Se avesse dato retta alla rabbia che sentiva montargli dentro, avrebbe scaraventato la chitarra in faccia al suo amico. Gliela avrebbe spaccata in testa, come nei film comici, e poi, quando la chitarra fosse stata completamente distrutta, avrebbe proseguito a picchiarlo con le mani, con i piedi, a morsi. Gli avrebbe sputato in faccia fino a disidratarsi. Gli avrebbe pisciato addosso, lo avrebbe spalmato di merda dalla testa ai piedi. Lo avrebbe evirato, per salvaguardare il mondo dall'eventuale futura presenza di una sua genia. Poi avrebbe preso anche l'altra chitarra e gliel'avrebbe disintegrata sul muso pure quella; sì, sul muso, perché un animale non ha la faccia, ma il muso! Gli avrebbe spezzato le falangi, falangine e falangette, affinché non potesse più suonare uno strumento musicale in vita sua. Lo avrebbe legato ad una sedia e lo avrebbe costretto ad ascoltare Vivaldi e Boccherini fino a che morte non fosse sopraggiunta. Poi lo avrebbe resuscitato per prenderlo a sberle, per incastonargli le tre perline in fronte, per prenderlo a calci in culo fino alla totale consunzione della scarpa, e poi avrebbe cambiato piede per continuare con la cura col sinistro...

Ma sì, va là, in fin dei conti adesso quella chitarra apparteneva a Marzio...

A Edo sovvenne uno degli aneddoti raccontati da Anna quella domenica sera di metà marzo a casa di Cristina:

> *Un vecchio saggio in punto di morte consegnò al suo miglior discepolo un grosso libro:*
> *In questo tomo è contenuto tutto il mio sapere – disse gravemente - Fanne ciò che ritieni giusto.*
> *Il suo discepolo prese il libro e lo buttò tra le fiamme.*
> *Ma cosa fai? – gridò il vecchio saggio.*
> *Ma cosa dici? – gli rispose il discepolo.*

- Sì – rispose Edo – proprio bellini.
- Vero? Non trovi che le diano un tocco di classe?
Edo era disarmato. Si sentiva deluso, offeso, incompreso. A cosa sarebbero servite le parole con un sordo? Tuttavia:
- Un tocco di classe, certo. Quelle tre perline erano proprio quello che le mancava. Adesso sì che è una chitarra coi fiocchi. Anzi, sai cosa ti dico? potresti farle un buco qui, vedi? Poi ci metti dentro una lampadina a batteria, così quando vai nei bo-

schi a fare il Rambo puoi usarla anche come torcia per illuminare il tuo cammino, e intanto puoi anche suonare al buio, e qua, vedi, qua davanti? ecco, ci potresti attaccare un bel attaccapanni di ottone o di bronzo, così se facendo l'Heavy Metal ti viene caldo puoi spogliarti e appenderci la tua camicia senza doverti alzare, no? e qui, sulla paletta? non ci hai pensato? Ci vuole una baionetta! Certo, una bella baionetta, bella lunga lunga, come quelle che usavano i garibaldini, così se mentre suoni arriva il tuo vicino di casa a pregarti di smettere perché con i tuoi "grin gron grin gron" gli hai rotto i coglioni, tu lo uccidi e bella che finita. Già, solo che poi risulterà un po' sbilanciata... bé, si fa presto a rimediare: vedi qui? in fondo sulla fascia? Ci mettiamo quattro rotelline omnidirezionali, sai, come quelle dei tavolini da salotto, poi ci metti un guinzaglietto e lei ti segue docile docile come un cagnolino, così non la dovrai portare in spalla mentre te ne vai a fare in culo.

- Mi sembra di capire che i brillantini non ti piacciono, vero? – osservò Marzio.

- Ti sembra di capire? Bé, è già qualcosa.

- Oh insomma, questa chitarra è mia adesso, o no?

- Certo, certo.

- E allora? che male c'è se ho voluto personalizzarla un po'?

- Ma niente – si rassegnò Edo – la puoi buttare anche sul fuoco se proprio ci tieni. Oppure soffocarla di adesivi come quell'altra o ancora, pirografarci sopra un paesaggio alpino, con tanto di baita, alberelli e vacche al pascolo. Dio buono Max, fanne quello che vuoi no? Ciò che mi da fastidio è che di tutto quello di cui abbiamo parlato quindici giorni fa alla "Bella Napoli", ti ricordi? l'alchimia dell'arte? l'evoluzione timbrica degli strumenti... tu non hai recepito un bel cazzo.

- Ah, quelle tue teorie sul legno che invecchia suonando oppure no... ma quella era fantascienza. Eravamo ubriachi, ne abbiamo dette di fesserie quella notte. Ricordo che sostenevi addirittura che il liutaio… come si chiama, Stravagari…

- Stradivari.

- Ecco sì, quello lì, dicevi che probabilmente imponeva il suono ai suoi violini con la forza di volontà, o roba simile. Poi hai detto perfino che questa chitarra suona bene perché ci hai pianto sopra… ma eravamo brilli. Il giorno dopo ci ho pensato. Sono tutte stronzate. Non mi dirai che ci credi veramente, vero? Questa "tua" Giannini suona così e basta. Anzi sai che ti dico? che a casa me la sono guardata per bene, e ho scoperto che la tavola è in multistrato. In pratica è uno strumento economico, una chitarra di serie B. E io che credevo che fosse una chitarra di quelle super. D'accordo, a caval donato non si guarda in bocca, ma che delusione… non è legno pieno, è comune compensato. Che delusione Edo, che delusione.

- Delusione eh? te la faccio vedere io la delusione? Vuoi? Eccola qua la delusione, guarda un po'…

Edo agguantò la "sua" Giannini come fosse una mazza da baseball e, sotto gli sguardi attoniti dei passanti, ma soprattutto di un Marzio Stefanelli annichilito dall'irrealtà di un simile gesto, la fracassò su un paracarro.

- Ecco – disse poi, riconsegnando all'amico alcuni resti di legno penzolanti dalle corde – questa è una delusione. – E se ne andò. Mentre si allontanava, fra i mille pensieri, già braccati da un inizio di rimorso, che si rincorrevano nella sua testa, udì la voce del Max gridargli da dietro:

- Adesso mi devi cinquantamila lire! Hai capito? Mi devi cinquantamila lire!

31

Cos'è la delusione? L'amarezza derivante dalla perdita della speranza? La disillusione? Lo sconforto che scaturisce dal non-verificarsi di qualcosa in cui si credeva ciecamente? Rendersi conto d'improvviso che una determinata aspettativa era basata sul nulla? Il disinganno che porta alla frustrazione? Il crollo dei propri castelli in aria? La disattesa? L'inganno? Il tradimento?

Questi erano i confini entro cui rimbalzava la mente di Edo mentre camminava da Torri del Benaco a Garda, da dove poi avrebbe proseguito verso Bardolino, per arrivare a Cisano, quindi a Lazise, e da lì imboccare la Gardesana per raggiungere, sempre a piedi e probabilmente verso sera, Bussolengo, dove avrebbe svoltato per Pescantina. Venticinque chilometri? trenta? Chi se ne frega! Fossero stati anche cento, si trattava sempre di mettere un passo dopo l'altro.

Un passo dopo l'altro…

… che stronzo! « Che male c'è se ho voluto personalizzarla un po'»? Cretino! Le perline ci mette lui! Il suono, le fibre, le vibrazioni del legno… tutte cazzate? Discorsi da ubriachi? E allora tò! Suonala adesso la mia Giannini, imbecille! Ma come? Fino a ieri ne osannavi il meraviglioso suono; ti sembrava incredibile, parole tue, che suonasse così bene, e adesso sei deluso perché hai scoperto che non è una chitarra di lusso, perché ha la tavola in multistrato? Ma allora non hai capito proprio niente! E poi che cazzo te ne frega coglione? Fosse fatta anche di merda di cammello essiccata al sole autunnale delle fiandre, se suona bene suona bene e tanto basta, no? a caval donato dici, ma che delusione? Però tu sei andato a guardarci in bocca al mio cavallo, eh? Cos'è? Ti era sembrata strana la mia generosità? Doveva per forza esserci qualcosa sotto, vero? E cosa hai scoperto? Che aveva i denti consumati? Ma porco giuda, che dovevi farci? Spaccare le noci? Sì, a me le hai spaccate le noci, buzzurro d'un beota. Adesso capisco l'entità del regalo che mi hai fatto, avevi detto… ma cosa vuoi aver capito, cosa? che se non ti palpi ogni mattina non sai nemmeno di essere al mondo! Le perline ci mette lui! Tanto, è una chitarra che non vale un cazzo… certo. Adesso sì che non vale un cazzo! Stronzo stronzo stronzo!

E stronzo anch'io, va là. Anzi di più, ché avrei dovuto capire la meschinità dell'individuo, e invece no! duro io: è giovane, suona anche benino… crescerà. È

stato il mio primo allievo, e in lui vedevo… cosa vedevo? Che stronzo che sono! vedevo un po' della mia realizzazione, ecco cosa vedevo. Se Marzio Stefanelli un giorno fosse diventato un eccellente chitarrista io, suo maestro, ne avrei avuto parte del merito. Parte degli onori che gli avrebbero tributato sarebbero rimbalzati su di me; questo è stato il mio sbaglio.

Massì, lui è solo un ragazzino; sono io il coglione!

Edo si sveglia con un cerchio alla testa e un senso di nausea che non lascia spazio a dubbi: è la tipica spranghetta del dopo sbronza. Malfermo sulle gambe si trascina in bagno: sente la vescica scoppiare, deve urgentemente pisciare o rischia di farsela addosso, e anche questa è una conferma che la sera prima non ha certo lesinato sul beveraggio. Ma dove? Come? Con chi? Si accorge di essere ancora vestito, con tanto di scarpe, anche se una era slacciata: probabilmente era crollato mentre, seduto sul letto, tentava di svestirsi. Sbadiglia: un acuto dolore al labbro superiore. Si tocca: sangue! Si avvicina al lavandino per guardarsi allo specchio. L'immagine che incontra lo fa trasalire: ha un occhio gonfio, il labbro spaccato, un incisivo scheggiato. Un rivolo di sangue, ora rappreso, era sceso dalla testa lungo la tempia a impiastricciargli la barba, e ancora giù, fino al colletto della camicia, la quale oltre che di sangue è sporca anche di terra e strappata sul davanti. Resti violacei anche sui baffi e sulla manica destra: sicuramente gli è uscito sangue anche dal naso.

Mio Dio, cosa è successo? Mentre si lava il viso tenta di ricordare: niente. Il buio più completo. L'ultima cosa che ricorda è che sta camminando sulla Gardesana. E poi? Niente! Il nulla assoluto. Eppure da qualche parte deve pur essere stato a bere, per di più fino a ubriacarsi al punto di non ricordare nulla. E quelle ferite? Come se l'era procurate? Era forse stato investito da un pirata della strada? In quel caso non se la sarebbe cavata con un occhio nero, un dente rotto e un bozzo in testa... anche se non è detto... E la sbronza? di certo quella non è stata il regalo di un pirata; come avrebbe fatto? Gli avrebbe ficcato un imbuto in bocca per farlo bere per forza?

Dio buono!

Edo torna in camera. Si spoglia: ciò che desidera adesso è una doccia calda. I pantaloni sono strappati all'altezza di un ginocchio, e sul ginocchio ha una larga sbucciatura. Un'ondata di nausea, dapprima latente, prende ora a manifestarsi nel suo fastidioso preludio al vomito. A stento reprime un conato, procrastinandolo a poco dopo sopra la tazza. Nello sforzo avverte una fitta al fianco, sopra la milza; si tocca, il dolore si accentua: forse una costola incrinata? Ma porco giuda! cosa è successo? Perché non ricorda? Decide di sforzarsi a non pensare. Adesso farà la doccia e poi qualcosa gli tornerà in mente; come quando non si ricorda un nome, e si cerca, si scava, ma non viene a galla niente, e poi, mentre si pensa a tutt'altro, ecco che all'improvviso quello torna da solo. Ecco, farà così; solo che come si fa a non pensare al sangue mentre è proprio il sangue quello che ci si sta lavando di dosso? Toh, anche un' unghia rotta...

Con un asciugamano intorno alla vita e un altro che gli fascia la testa, Edo scende dabbasso. Cercando quanto più possibile di non pensare a niente, raggiunge il divano.

Di fronte a lui il poster raffigurante il dipinto di Magritte: quante volte ci si è perso dentro ascoltando i Pink Floyd o Tchaikowsky... non sta pensando a niente, ma quel niente assomiglia più a una ressa di entità urlanti che ad uno spazio vuoto. Non sta seguendo alcun pensiero in particolare, benché ve ne siano a centinaia che si rincorrono e si compenetrano, fondendosi in un caos indefinibile che costituisce il nebuloso background che avverte appena al di sotto della dimensione cosciente. È un nulla fatto non di assenza, ma di un soffocante sovraffollamento di immagini e di perché. Si fa presto a dire "non devo pensare a nulla", ma continuare a ripeterselo non è forse pensare? tener vivo il ricordo di ciò che si vorrebbe dimenticare? E poi, come ignorare lo stormo di avvoltoi? Ma perché, perché? Dio Santo! Ne era fuori! Stava così bene... non più una crisi, non più un eccesso. Era persino tornato ad essere ottimista, ma ottimista veramente, non di quell'ottimismo autoimposto e posticcio, fatto più di cecità che di pensieri positivi... abbandonando l'alcol e rinchiudendosi nei limiti di una vita frugale, ma neanche poi tanto, era riuscito a convincersi che non ci vuole poi molto a non essere infelici: una chitarra e un briciolo di futuro davanti agli occhi. Basta. D'accordo, queste sue non erano che considerazioni affrettate e approssimative, e probabilmente anche un po' capziose: speranze di un convalescente desideroso di pervenire a completa guarigione. Tuttavia, questa guarigione era in atto, e questa non era un'illusione né, tanto meno, una considerazione affrettata o approssimativa.

Già. Ma poi? Cos'era successo ieri? Aveva distrutto la Giannini, ponendo definitivamente fine all'esistenza di un feticcio del suo passato, e con tale gesto aveva dato una lezione, l'ultima, al suo primo allievo. Ma aveva perso anche un amico. E poi? Perché questo vuoto ora?

Decide di provare col Training Autogeno.

Chiude gli occhi e incomincia con la visualizzazione dei colori: un grosso pomodoro rosso a tutto campo. Come un'immagine presa dall'alto da una telecamera che stesse allargando l'inquadratura, ecco che si nota che il pomodoro è posato al centro di una cassa piena di arance, la quale a sua volta si trova al centro di un carro colmo di limoni. Allargando ancora si arriva a vedere il prato verde che circonda il carro, e su e su: poco lontano c'è il mare, e sopra il cielo, che da blu diventa indaco e infine violetto, in un tramonto ideale creato dalla mente di Edo. Ed ecco che sente il proprio corpo diventare leggero... si libra nell'aria. Il respiro è lento, circolare. La mente si svuota, Incomincia il rilassamento: nulla lo tocca, nulla lo distrae... a parte il telefono, porcozzio!

Pronto? Ehilà, ciao Beppe. Sì, infatti, non esco più tanto. Beh, una regolata ci voleva. No, oggi no, sono un po' stanco, torno adesso da una passeggiata... domani nemmeno, e neanche mercoledì prima di sera... come è domani mercoledì... che cacchio dici Beppe? Domani è martedì... ma tu sei fuori come un gazebo, Beppe; ieri era domenica, sono stato al lago... come? L'altro ieri? Oggi è martedì? Ma sei sicuro? Dio bello! ho perso un giorno? Dimmi un po' Beppe, non è che mi stai prendendo per il culo, no? Porco giuda! come? No no, è che...beh insomma... voglio dire che me ne sto sempre qui da solo, preso dalle mie cose, che ho perso la
cognizione del tempo. No, non ce l'ho la tele. Vabbè, non fa niente, capita no? quando non si hanno scadenze precise... ecco sì, a proposito... Oooh, questa si che è una bella notizia! Allora si va? Ai primi di giugno? Bene! Ci speravo proprio... quando? Io di solito vengo in city il mercoledì ... può andarti bene? Ah, domani no? Va bene, allora la settimana prossima... d'accordo... sì, il... 'spetta che prendo l'agenda... ma dove l'ho messa? Come dici? mercoledì trenta? Va bene. Alle otto, occhèi. Sì, me lo scrivo. Aspetta Be... ecco sì, dammi il tuo numero ti telefono, che se capita un imprevisto almeno ci si avverte... ma no, così, per puro scrupolo, cosa dovrebbe capitare? Ma

sai com'è, no? non si sa mai... per esempio ero convinto che oggi fosse lunedì, per dire... ma convinto convinto... vabbè dai... allora a mercoledì? D'accordo... sì ovvio, e dove sennò. Occhèi. Salutami il Crices... come chi è? il Criss, no? Bon! Va beeenee... sì... occhèi, ciao. Sì, ciao. Ciaociaociao.

Ma pensa te!
Martedì? Com'è possibile? Altro che una notte, qua ho perso quasi due giorni. E dove sono andati a finire? Nella mia testa non ci sono... e queste ferite? Camminavo in direzione di Bussolengo; era domenica... c'era ancora il sole? Il tramonto, sì, il tramonto alle mie spalle, questo lo ricordo bene. Ero sudato, tenevo il giubbo sulla spalla... e ancora incazzato come una belva con l'imbecille... le perline ci mette lui! che se se le metteva nel culo non succedeva niente... C'era molto traffico ho attraversato la strada: ricordo di aver preferito la sinistra, in modo che le macchine non mi arrivassero alle spalle. E poi? e poi merda. Mi ricordo la sete... e il Tronfione? che fine avrà fatto? Bah! Una birra! Certo, ho bevuto una birra, in quel bar... c'era la tivù accesa. E dopo? Cazzo! E dopo? Saranno mica venuti gli ufo a rapirmi, no? ...le perline ci mette lui! ...e quell'altro che mi beve la mezza birra! Ma sono tutti così stronzi i chitarristi? Guarda me per esempio, sono mica uno stronzo? Martedì... non è che alle volte il Beppe è fuori di testa?
Edo si alza dal divano. Torna alla scrivania, alza la cornetta e compone l'uno sei uno.
No, Beppe non è fuori di testa. O forse sì, cionondimeno la voce del telefono continua a ripetere che oggi è martedì ventidue aprile e sono le quattordici e quarantaquattro.
Martedì? Porco giuda, la Oriella!

- Azz, Che hai fatto all'occhio?
- Caduto in bici.

- Mi spiace. Come è accaduto?

- Bah, mi ero messo in mente di portare con me la chitarra, ma con la custodia rigida non è semplice... ma tu sai come sono fatto no? non mi arrendo mai, nemmeno di fronte all'evidenza.

- E allora?

- Allora per un po' ho pedalato tenendo la custodia per la maniglia, ma poi la mano incominciò a stancarmisi, inoltre non era facilissimo guidare con una mano sola, e frenare e fermarmi agli stop e poi ripartire eccetera, allora ho voluto provare ad appoggiare la chitarra sulla canna e sul manubrio. Risultato: alla prima curva mi sono cappottato.

Oriella sfiorò l'occhio gonfio di Edo:

- Poverino, fa male?

- Ma no, che vuoi che sia. Mi rompe un po' la balle per il look, ecco, e per le spiritosaggini della gente: con un occhio così, chi mi vede sicuramente avrà da chiedermi se ho fatto a pugni con qualcuno... c'è tanta di quella fantasia in giro che quando si vede un occhio pesto tutti pensano subito a Bud Spencer e Terence Hill...

- È un po' vero – rise Oriella.

- Bah, spogliati va là, che facciamo qualcosa.

- Azz! Subito così? vai per le spicce tu, eh? Edo non arrossì ma ci mancò poco:

- Ma no, che hai capito. Io dicevo il giubbotto... per la lezione... Dio buono

- Oriella, cosa ti viene in mente?

- Cosa mi viene in mente? Quello che speravo fosse venuto in mente a te...

- Bé, se è quello che penso io, ce l'ho in mente da così tanto tempo, che ormai non ci spero più.

Lei gli mise le braccia al collo:

E allora la lezione la facciamo dopo – sussurrò.

Il ping pong di stati d'animo contrastanti che Edo aveva in testa mentre accompagnava Oriella al bar della fermata era evidentemente difficile da nascondere:

- Ti vedo strano oggi – disse Oriella.

- Beh, con un occhio simile…

- Non parlo dell'occhio.

- Ah no? e di cosa allora?

- In alcuni momenti sembri andartene chissà dove col pensiero.

- Bah. Sarà la caduta di ieri che fa a botte con… l'amore di oggi.

- Sarà – concesse Oriella per niente convinta. I due tacquero per un po'.

Ecco, anche adesso! – scattò improvvisamente lei – A cosa stavi pensando?

L'aveva sorpreso con le sopracciglia aggrottate a scavare ancora nella memoria alla ricerca dei due giorni perduti:

- Sto pensando alla caduta…

- Mmm… non me la dai a bere, Edoardo.

- Ti assicuro che…

- Ma dai! Dimmi piuttosto che non me lo vuoi dire e va bene così, ma non fare come a Pasquetta al Braciere, ricordi? che te n'eri andato e poi mi hai detto che ti eri ricordato di un impegno…

- Sì, hai ragione. – ammise Edo – E poi, che cazzo! a qualcuno lo devo pur dire, sennò scoppio.

- Cosa? – s'incuriosì Oriella.

- Mi stanno capitando cose che… Dio buono, qua finisce che divento matto. E lei a ridere:

- Ma tu sei già matto. Anzi, mi piaci proprio per questo.

- Sto parlando seriamente.

- Azz… racconta.

- Aspetta, prima arriviamo al bar. Ci siamo quasi, così ci sediamo un attimo. L'abbiamo almeno un po' di tempo? che ore sono? a che ora passa la corriera?

- Ehi ehi, rilassati. Io non ho fretta. Semmai prendo quella dopo. Stai tranquillo… mamma mia, sei tutto una agitazione.
Edo trasse un lungo sospiro:
Te l'ho detto: mi pare di… cioè… insomma, poi ti dico.

Da una decina di minuti i due erano seduti all'ultimo tavolo del bar. Entrambi avevano preso il caffè.
Edo si accese una seconda sigaretta.
La "Siòr maestro" asciugava bicchieri. In un altro momento Edo avrebbe pensato che questo fosse l'hobby preferito della vecchia barista, dacché, escluse le mescite, mai una volta che l'avesse vista occuparsi d'alcunché di diverso. Ma oggi la sua attenzione volgeva ad una introspezione dai contorni quanto mai inediti, e la ripetitività di un altrui gesto di routine non poteva di certo richiamare in lui considerazioni di sorta.
Un ragazzotto giocava con un videogame e i rumori di improbabili astronavi che esplodono ed altre mirate cacofonie sibilanti che questo produceva copriva le voci, pur basse, di Edo e Oriella.
- … e il giubbotto… pfff! sparito nel nulla.
- Ci tenevi qualcosa di importante? Che so, documenti? Denaro?
- No: il portafoglio lo tengo sempre nei pantaloni e tutto il resto nel borsello, e quello per fortuna c'è ancora. Anche se per un po' ho temuto di averlo perso. Poi l'ho ritrovato ai piedi del letto
- Quindi la storia della caduta in bici è una balla. – osservò Oriella, adombrata da una sfumatura di velato risentimento.
- È chiaro. Ma spero che tu capisca: un vuoto di memoria come questo non è cosa che si desideri raccontare in giro, no? E, d'altra parte, questo occhio lo dovevo pur giustificare in qualche modo, ti pare? D'accordo, avrei anche potuto evitare di risponderti, ma tu che avresti pensato?

- Che hai fatto a pugni.
- Ecco, lo vedi?
- Certo certo, ma dimmi: dopo che sei entrato in quel bar non ricordi proprio nulla nulla?
- Zero.
- Nemmeno qualche frammento? qualche immagine?
- Buio completo.
- E il giubbotto l'avevi tolto poco prima... perché avevi caldo hai detto?
- Giusto.
- E non ricordi se al bar l'hai appoggiato da qualche parte? Ad una sedia?
- È probabile, ma lo sto deducendo per logica, non che mi ricordi d'averlo fatto. Voglio dire: se entro in un bar con il giubbo in mano e ordino una birra, per berla lo appoggerò da qualche parte no?
- Si può bere anche in piedi, e una mano basta.
- Ma no, ricordo di essermi seduto. Avevo camminato per ore, ero stanco.
- Qual è l'ultima cosa di cui ti ricordi?
- Te l'ho detto: di aver ordinato una birra entrando e di essermi seduto ad un tavolo. C'era il televisore acceso, stavano trasmettendo robe di calcio. Poi arrivò la birra, ma già questa è un'impressione più che un ricordo preciso.
- E di averla bevuta? te ne ricordi?
- Niente.
- E tutto questo è accaduto domenica pomeriggio...
- Tardo, diciamo poco dopo il tramonto.
- Azz... un bel mistero.
- Già.
Dopo qualche secondo di silenzio, Oriella mimò il gesto di rabbrividire:
- Mamma mia come è eccitante tutta 'sta storia!

- Eccitante 'sto cazzo! – dissentì Edo.

Oriella si spostò un po' per arrivare a strusciarsi maliziosetta alla spalla e al petto di lui:

- Oh certo, è eccitante anche lui. – e badando che la "Siòr maestro" non la stesse guardando allungò la mano verso l'inguine di Edo.

- Ma che fai? – s'inquietò Edo fermandola – Io qui per tutti sono uno stimato maestro di musica. Non vorrai mica farmi passare per un vecchio satiro lascivo e sporcaccione, vero?

- Ma fammi il piacere – ribatté lei ridendo – uno stimato maestro...

- Ti giuro. Qualche giorno fa, per dire, una signora che non ricordo d'aver mai visto, incrociandomi per strada ha inchinato la testa dicendo: "riverisco professore". Un'altra, ogni volta che mi vede mi blocca e incomincia a raccontarmi di questo e di quello e non mi molla più. Davvero, è così. Non mi credi?

- Sì, sì... ti credo – riuscì a formulare a stento Oriella fra le risate.

Si mise a ridere anche Edo. La tensione e l'inquietudine, che lo avevano accompagnato per quasi tutto il pomeriggio, gli apparivano adesso se non svanite quantomeno attenuate: demandate ad un prossimo momento di solitudine, dove sicuramente sarebbero tornate a stuzzicare gli stormi dei suoi perché vaganti che, per ora, sembravano essersi addormentati.

- Oh Maria santissima! Non ci avevo fatto caso prima, cosa le è successo? La "Siòr maestro" aveva abbandonato per un attimo il suo straccio appoggiandolo sul cestello della lavastoviglie, giusto il tempo di aprire il cassetto e tirarne fuori il resto delle diecimila lire con cui Edo stava pagando i caffè e il pacchetto di sigarette. Fatto questo riprese a strofinare bicchieri, senza per questo desistere dal voler saperne di più sull'occhio di Edo.

- Mah, niente – Edo fece un vago movimento con la mano – la proverbiale goffaggine dei violoncellisti ungheresi ha colpito ancora.

La vecchia guardava Edo con l'acre bramosia di sapere che assumono i baristi annoiati e i parrucchieri pettegoli in vista di qualcosa di nuovo da ascoltare e da raccontare l'indomani a qualcuno.

- È stato domenica scorsa a Milano. – spiegò Edo, inventando estemporaneamente a beneficio di Oriella, che ce la metteva tutta per non scoppiare a ridere – Ero stato invitato al Teatro Alla Scala dal maestro Riccardo Muti per l'anteprima della prova generale de "L'Orlando curioso": un'opera giovanile per violoncello, controfagotto da gamba e orchestra di Lorenzo Cherubini. Bene, sono seduto in prima fila e sto ascoltando l'ouverture, quando vuoi per una distrazione, vuoi per la sua incapacità, al primo violoncellista non gli si impiglia l'archetto in una corda del suo strumento? Beh, per farla corta, ecco qua il risultato. L'archetto è partito come una freccia e zac! me lo sono preso diritto dritto nell'occhio.

- Oh Signor benedetto! – esclamò la vecchia deformandosi il viso tra le mani.

- Comunque niente di grave. – riprese Edo serio – Succede anche di peggio nelle orchestre. Pensi che una volta a Berlino, mi sembra, in un vecchio teatro stavano dando i "Carmina Burana" di Carl Orff, quando un pipistrello, probabilmente disturbato dai colpi di timpano del percussionista, si è messo a svolazzare per la sala, che chissà da dove era arrivato, forse viveva nel teatro, vai a sapere, bé fa niente, si è messo a svolazzare dicevo e sa cosa è successo? Non ci crederà, ma, chiedo venia per la parola, sempre volando ha cagato giusto giusto in bocca a una delle cantanti del coro. Non le dico questa! Ha incominciato a tossire e a vomitare come una disperata. Le altre coriste, evidentemente per suggestione, hanno incominciato a vomitare anche loro… C'è poco da ridere Oriella, vorrei vedere te al loro posto cosa avresti fatto… poi si sono messi a vomitare anche alcuni professori d'orchestra e infine qualcuno fra il pubblico. Insomma è il caos, il fuggi fuggi generale: alcuni tentano di scappare ma scivolano sul vomito, altri cadono loro sopra, ammucchiandosi in un crescente groviglio di gambe e di braccia, altri ancora, presi dal panico, tentano di aprire le uscite d'emergenza; il pipistrello che si aggrappa ai capelli di una distinta signora e questa a gridare aiuto aiuto! il direttore che spacca la bacchetta sul leggio tentando invano di riportare l'ordine. Insomma l'inferno. Da quel giorno i "Carmina Burana" sono banditi dal repertorio sia di quell'orchestra che di quel teatro, e ancora oggi alcuni direttori si rifiutano di portarlo in scena perché dicono porti sfortuna.

- Madonna santa, e io che ho sempre pensato che lavorare in un'orchestra fosse un lavoro tranquillo…

- Beh, lo è in fondo – la tranquillizzò Edo infilandosi la giacca – questi sono episodi sporadici. Normalmente è una noia, ma una noia che non le dico. Con certi direttori poi, che ti fanno ripetere mille volte sempre lo stesso passaggio perché non viene come intendono loro, e magari sono anche stranieri e non sono capaci di spiegarsi… ma dove è andata la mia allieva? È uscita? Oddio la corriera…mi dia un paio di biglietti presto!

- Stia tranquillo – disse la vecchia barista – ha ancora cinque minuti, e anche di più, ché oggi c'è quell'autista antipatico… che passa sempre con uno o due minuti di ritardo.

- Beh, meno male. Ma dov'è Oriella? Mi scusi un momento… E uscì.

Oriella, seduta sulla panchina sotto il cartello della fermata era piegata in due. Non riusciva a smettere di ridere.

- No! – gridò agitando una mano – non dire niente o stavolta mi piscio addosso veramente!

Edo non disse niente.

- Ma dove vai a trovarle? l'Orlando curioso, un'opera giovanile di Lorenzo Cherubini, l'archetto, il pipistrello... Ahio, che mal di pancia! Ma tu sei fuori di testa... come fanno a venirti in mente tante stronzate in così breve tempo?

- Mah, non lo so – disse Edo – mi vengono da sole.

- Eppure – osservò lei – non mi sembravi nello stato d'animo di fare il pagliaccio.

- Ed anche questo è un mistero. Infatti più sto male e più divento come dire... così, che sparo cazzate. Sarà una sorta di difesa... probabilmente nella mia testa scatta un qualcosa che serve a ripristinare in qualche modo un equilibrio psichico traballante, non so...

- Ti capita spesso?

- Abbastanza. E, come ripeto, soprattutto quando c'è qualcosa che non va. Ma ecco che arriva la corriera: vengo a Verona con te.

- Davvero? – si stupì Oriella – Come mai?

- Perché penso che a casa diventerei matto davvero. Incomincerei a pensare, pensare, pensare... lo so come sono fatto; mentre in città, può darsi che distraendomi, non si sa mai, no? mi torni in mente qualcosa.

- Sì, penso anch'io che ti faccia bene vedere gente. Andiamo a mangiare una pizza?

- Mah, non so... non è una cattiva idea, ma devo controllare le finanze.

- Non preoccuparti, semmai ci sono anch'io, no? nel caso faremo i conti la settimana prossima.

Edo si grattò la barba:

- Bah! Ne parliamo dopo, vuoi?

Intanto la corriera si era fermata e l'autista (era ancora quello con la faccia da stitico rassegnato) aveva aperto lo sportello pneumatico.

Oriella salì per prima. Edo si trovò per un istante col fondoschiena di lei all'altezza della faccia. Le natiche fasciate negli aderenti pantaloni di pelle rossa sembravano una mela matura e succosa, pronta da mordere. Beh, Edo non riuscì a trattenersi: lo fece.

32

- Quindi più le cose ti vanno storte, più diventi spiritoso? diciamo così.

- Esatto. – ammise Edo – Strano vero? e da che mi ricordo è sempre stato così, anche se me ne sono reso conto solo la sera del mio quindicesimo compleanno.

- Come fai a ricordarti con tanta precisione? – s'incuriosì Oriella.

- Perché quel giorno accadde un episodio che mi ci fece pensare. Anzi, a dire il vero me lo fece notare mia madre.

- Cosa accadde?

Edo ci pensò un attimo:

- Massì – sospirò – bisognerà pur farla passare in un modo o nell'altro questa mezz'oretta di pullman, vero?

- Verissimo, e allora racconta no? – lo incalzò Oriella.

- D'accordo. – Edo si mise più comodo – Era il tre ottobre del settanta. Il pomeriggio mia madre mi aveva accompagnato in città per il mio regalo di compleanno che, per la prima volta, consisteva in una cifra di denaro spendibile a mio piacimento. Già da tempo avevo espresso il desiderio d'avere qualcosa da vestire di mio gusto, e non scelto da lei, come aveva sempre fatto fino a quel giorno. Sai, il quindicesimo compleanno per un ragazzino è una sorta di giro di boa, si incomincia a sentirsi non più bambini e si inizia a desiderare un po' di indipendenza; perciò via! oggi avrei deciso io. Ricordo che ero al settimo cielo, che dico settimo, sarà stato anche l'ottavo, se non addirittura il nono.

- Scemo! – rise Oriella.

- Visitammo almeno una decina di negozi – continuò Edo – io mi sentivo grande, importante: era una cosa inedita per me guardare, valutare e provare pantaloni e camicie. Beh, per non dilungarmi in particolari di secondaria importanza, alla fine tornammo a casa con un paio di calzoni di velluto nero, di quelli a zampa d'elefante, come si usava allora, talmente attillati che a un chilometro di distanza chiunque poteva constatare che avevo un testicolo un po' più grosso dell'altro; una camicia di raso, nera anch'essa, con i becchi del colletto che arrivavano alle spalle e talmente piena di ricami che adesso me ne morirei di vergogna solo a guardarla; un cinturone bianco in autentica finta pelle con delle borchie dorate grandi così e un paio di stivaletti col tacco alto, bianchi anche quelli, e ricamati, che sembravano due tiare del papa nei giorni di festa. Per completare il quadro, immagina una collana in similoro grossa un dito che mi arrivava quasi all'ombelico, con in fondo un medaglione di dieci centimetri di diametro raffigurante il simbolo della pace, mannaggia li pescetti, ché adesso non mi vestirei così neanche a pagamento.

E Oriella, fra i singulti:

- Ecco, lo sapevo io! Mi hai fatto pisciare addosso!

- Ma se sono serio!

- Oddio basta... vuoi farmi morire?

- Cos'è che ti fa ridere tanto?

- Mi t'immagino vestito così a passeggiare per Pescantina: "Riverisco professore"... oddio non ce la faccio più!

- Eppure, nel settanta non era una cosa tanto strana sai? Se ne vedevano di tutti i colori in giro. C'erano certi pellicciotti da uomo, in puro Poliestere misto Leacril, che se qualcuno li indossasse ai giorni nostri, magari si salva dagli animalisti, ma quelli della buoncostume lo arrestano immediatamente per offesa alla pubblica decenza.

- Sì, lo so. – ammise Oriella asciugandosi le lacrime – Mi è capitato di avere fra le mani qualche fotografia di quindici anni fa. Vestivano proprio così, soprattutto i musicisti. Ma va' avanti.

- Dov'ero arrivato? Ah sì: giunto a casa, la prima cosa che feci fu cambiarmi. Devi sapere che in quel periodo frequentavo una

ragazzina di Poiano, si chiamava Enrichetta; niente di che, roba da quindicenni: tanti bacini e basta, tuttalpiù, ma proprio massimo massimo, ci scappava qualche furtiva palpatina di tette al cinema la domenica pomeriggio; massimo massimo qualche frugatina nelle mutande, niente di più. Beh, non vedevo l'ora di mostrarmi a lei col mio nuovo look, ma mica potevo andarci in bici, no? Già ero un pugno nell'occhio lo stesso... mi ci vedi vestito così sopra una bicicletta senza parafanghi né carter e col manubrio da corsa rovesciato verso l'alto? perché la mia bici era così; come minimo avrei dovuto arrotolare il bordo dei pantaloni o, quantomeno, stringerli alle caviglie con due mollette, cosa che non mi andava di fare. Figuriamoci, arrotolare i miei pantaloni nuovi, ché larghi com'erano in fondo, avrei dovuto tirarli su fino al ginocchio... le mollette poi, per come la pensavo allora, era una cosa da vecchi bacucchi. Insomma decisi di fare l'autostop. Adesso non ricordo bene se trovai Enrichetta o no, né cosa mi disse o cosa facemmo; quello che non dimenticherò mai, e adesso ti spiego perché, è che anche per il ritorno dovetti fare l'autostop. Dunque, raggiunsi la provinciale e, come avevo fatto all'andata, tirai fuori il pollice. Ora, quando si fa l'autostop, non è che trovi subito quello che ti raccoglie no? magari per voi donne è diverso, ma per noi maschietti il più delle volte bisogna insistere, e quella sera, appunto, andò così. La gente non si fermava, hai visto mai, forse l'abbigliamento... e a pensarci adesso ne avevano ben donde... fa niente, fatto sta che intanto il tempo passa, e io devo arrivare a casa prima di mio padre, altrimenti sono ramanzine. Mio padre era un tipo all'antica: guai ad arrivare in ritardo a cena! E allora dagli con 'sto pollice, ché a momenti mi becco un giradito, ma nessuno mi cagava, e io incominciavo a preoccuparmi. Finché ecco che passa chi?
- Chi passa?
- Pippo Baudo.

- Eh?

- Ma va! Chi vuoi che passi? Dai, fa un piccolo sforzo.

- Tuo padre.

- Brava! vedo che sei sagace. Proprio lui: mio padre! Dio buono, pensai, chissà adesso cosa mi dirà, ché sono ancora in giro
a quest'ora. E invece questo non si ferma. Strano, eppure mi
aveva visto, ne ero sicuro... forse, abbigliato com'ero, e come
lui non mi aveva mai visto, non mi aveva riconosciuto? Sì, sicuramente era così. Tuttavia adesso sapevo che sarei arrivato dopo
di lui... massì, pensai, è il mio compleanno no? mi sono attar-
dato con gli amici, che sarà mai? E allora avanti col pollice. Alla
fine si ferma un mio amico in motorino e mi carica. Arrivo a
Marzana. Smonto e, quasi di corsa, mi avvio verso casa. Sono in
ritardo, ma neanche poi molto... al limite alzerà un po' la voce,
come faceva spesso, ma poi, tutto sarebbe finito lì. E invece no.
Sono quasi arrivato, mancano sì e no una cinquantina di metri,
che lui è lì sulla strada che mi aspetta. Già da lontano intuisco
che ha bevuto. Non so come facessi a saperlo, anche questo è un
mistero: quando mio padre aveva bevuto io percepivo attorno
a lui come una specie di alone scuro... come potrei chiamarlo?
Un... boh? Una distorsione emozionale? Bah, lasciamo perdere
va là, ché qua se andiamo a finire nell'esoterico poi non ne ve-
niamo più fuori... Insomma sentivo che mi voleva meno bene,
ecco, e mi faceva anche un po' paura. Ma andiamo avanti. È lì
che mi aspetta dicevo, e incomincio ad aver paura: Dio buono,
che faccio? scappo? e dove? fino a quando? Ma no, ormai mi
ha visto; a che servirebbe se non a peggiorare la situazione? non
posso che continuare a camminare verso di lui. Finché non gli
arrivo a tiro, e allora giù botte! Beh, me ne diede tante quella
sera che non lo dimenticherò mai. E tutto senza dire una parola. Poi, quando probabilmente ritenne di avermene date abbastanza se ne andò all'osteria a completare la sua sbronza. Porco
giuda, pensavo, che avrò fatto mai? per un quarto d'ora di ri-

tardo si ammazzano i figli adesso? Beh, quando mi presentai a casa ero una maschera di sangue: sicuramente, nella raffica di sberle e calci ero stato colpito anche al naso e questo aveva preso a sanguinare; la camicia nuova era strappata e i pantaloni erano scoppiati, ché se non avevo le mutande arrivavo a casa con gli zebedei al vento. Come mia madre mi vide lanciò un grido e si mise le mani nei capelli. Le raccontai di come erano andate le cose e le chiesi se avesse un'idea del perché di quella esagerata lezione, lei cadde dalle nuvole: mio padre? E chi l'aveva visto? Non l'hai visto? Le chiesi, beh io sì, dissi, e anche sentito, e giù a ridere come un cretino. Non l'hai visto? insistei, allora è ora che ti compri gli occhiali nuovi. Altre risate. Ecco, fu lì, mentre mi medicava, che mi disse che, chissà come mai, nelle situazioni in cui ci sarebbe stato da piangere io riuscivo sempre a trovare qualcosa che mi facesse ridere. Disse che ero così anche da piccolo: mi raccontò che durante i giochi che facevamo mio fratello minore ed io, talvolta capitava che lui finisse per piangere, allora io, per coprire i suoi guaiti, sto frignone di un "mammamipicchia", mi mettevo a ridere smodatamente, ed era appunto sentendomi ridere in quel modo che lei capiva che ne avevo fatta una delle mie. E allora arrivava come una furia, e senza dire niente, giù sculaccioni. Dopo, ma solo dopo, si informava su cosa fosse successo e, naturalmente, la colpa era sempre mia, anche nel caso in cui mio fratello si fosse fatto del male da solo, se non altro perché non avevo badato a lui. In ogni caso, più lui piangeva più io ridevo.
- Quindi, se ho ben capito, la tua teoria è che le tue spiritosaggini siano una specie di evoluzione di quello che da bambino era un tuo stratagemma per eludere una punizione?
- Porco giuda, lo dicevo che sei sagace. – Edo si grattò la barba – L'evoluzione di quello stratagemma dici? Interessante… non ero mai giunto a questa conclusione. Mi sono sempre limitato a pensare che si trattasse di una reazione di difesa per ripristinare

un equilibrio emotivo.

- Cioè?

- Cioè, per dirla alla maniera della psicanalisi, quando il mio "Io" vorrebbe piangere, il mio "Super-io" reagisce e si mette a cercare qualcosa che faccia ridere.

- Io? Super-io? Spiegati meglio.

- Diciamo che, nel mio caso, se capita qualcosa che istintivamente mi fa star male, il mio subconscio automaticamente reagisce facendomene fare un'altra che mi faccia star bene.

- In altre parole: se ti svegli con un occhio nero e non ti ricordi come te lo sei fatto, invece di metterci sopra una bistecca e cercare di fare mente locale sull'accaduto, vai a prendere per il culo le vecchie bariste?

- Esatto, oppure scopo le mie allieve di chitarra.

- Scemo! – Borbottò lei un po' indispettita.

- Ma dai, si scherza no?

- D'accordo, ma non è che mi piaccia essere considerata una terapia.

- Beh, come terapia sei una bella terapia…

- Smettila o ti picchio. A proposito di picchiare, l'hai saputo poi il perché di quella batosta?

- Sì, me lo disse mia madre qualche giorno dopo: perché avevo fatto l'autostop.

- Azz! Anche mia madre è contraria all'autostop – ammise Oriella.

- Ma io non avevo la minima idea che mio padre la pensasse così, cazzo! Mai che mi avesse detto niente a questo riguardo, non avevamo mai affrontato quell'argomento, non mi aveva mai espressamente proibito di fare l'autostop. Che ne sapevo io? Io volevo solo andare dalla mia morosetta e basta.

- Potrebbe essere stato l'alcol la causa di quella smodata reazione – osservò Oriella.

- L'ho pensato anch'io, cos'altro sennò?

- Già – disse lei.

- Già – le fece eco Edo.

I due stettero in silenzio fino alle prime case di Verona. Lei appoggiata alla spalla di lui, e lui che col pensiero vagava nel buio ormai crepuscolare del finestrino, oltre il vetro, oltre i ricordi, oltre il momento stesso che stava vivendo, fino ad inoltrarsi in quel nulla dilatato ed evanescente fatto di sole sensazioni; l'esistenza pura, incontaminata e intangibile. Fine a se stessa. Quasi non si trovasse all'interno del suo corpo, a bordo del pullman, ma disperso nell'etere, dove non esiste materia, né materialità, e solo l'energia del pensiero determina l'essenza stessa della realtà. Sembrava che i suoi pensieri non fossero ancorati ad alcunché di concreto, foss'anche la sola consapevolezza d'appartenere ad un tempo e ad uno spazio...

Quand'ecco un'immagine, fugace, ma dirompente nel suo inaspettato rivelarsi: Un uomo, sui trent'anni, capelli neri lunghi, un po' ondulati... un nome: Mirella.

Mirella? Che c'entra? Boh? Eppure Edo ha la netta sensazione che l'uomo si chiami proprio così... che significa? Ha una faccia cattiva e, fuori dal bar, una Volkswagen verde... quale bar? E che c'entra la Volkswagen? "Mirella" è alterato dall'ira... si avvicina minacciosamente a Edo...

- Ehi, siamo in Piazza Erbe. Che fai non scendi?

- Sssst! Stai zitta!

- Cosa?

- Oh, scusami Oriella, scusami davvero, mi stavano tornando in mente delle cose... ma adesso è tutto sparito.

Davvero? ne sono contenta, ma adesso dobbiamo sbrigarci a scendere, che l'autista sta aspettando. Dai, andiamo, poi mi dici.

- ...e poi basta – disse Edo – e comunque era tutto confuso. Non erano neanche immagini, intese nel senso di cose che si vedono, ma più, come dire… sensazioni. Voglio dire, la Volkswagen, per esempio, so che c'era, ma non ricordo d'averla vista, anche se so per certo che era verde, come so che eravamo in un bar, ma non ricordo l'arredamento, né il barista o altro… eppure era un bar.

- Non potrebbe essere quello in cui ti sei fermato domenica a bere la birra?

- Ci sto pensando, ma non trovo niente che colleghi il ricordo di quello di domenica con quello di poco fa. Non posso dirlo con certezza, ma istintivamente mi verrebbe da dire che non si trattava dello stesso bar.

- E questo "Mirella"?

- E che ne so… non riesco nemmeno a spiegarmi come possa chiamarsi Mirella. – Edo si grattò la barba – Probabilmente è frutto di un corto circuito mentale.

- Un corto circuito mentale?

- Beh, non so come altro definirlo… una sovrapposizione di immagini che ingenera un errore d'interpretazione. Come può chiamarsi Mirella un uomo? Deve per forza esserci qualcosa di sbagliato in questo mio… chiamiamolo flashback.

- Forse quello ha pronunciato il nome Mirella e basta, magari per chiamare una persona – ipotizzò Oriella – conosci qualcuna con questo nome?

Edo ci pensò un momento:

- Non mi pare. Anzi no, posso dirti di no. E se chissà quando o chissà dove ne avessi conosciuta una, non me ne ricordo affatto.

- E la Volkswagen era di quell'uomo?

- Sì. E anche di questo sono sicuro.

- Che storia – sospirò Oriella.

- Già.

- Forse col tempo… non so che dire, Edoardo. Edo si scosse:

- Io sì – disse deciso.

- Cosa?

Andiamo a bere qualcosa e fanculo anche l'amnesia!

- Ehilà Edoardo – disse Carlo Vincenzi
- Ciao Carletto, come va? siamo vivi?
- Tu invece, che non ti si vede da quella sera… ma quell'occhio?
- Bah, una distrazione. – rispose Edo evasivo – Ho avuto parecchio da fare negli ultimi tempi. Ma conosci Oriella?
- Sì, cioè no… sì insomma – si rivolse a lei – ci siamo visti la settimana scorsa no? eri col suo socio – indicò un tavolo – che vi siete seduti là. Lì per lì Edo non comprese:
- Quale socio?
- Maurilio – spiegò Oriella – chi altri? Ne hai così tanti di soci?
- Il Tronfione? – esclamò Edo.
- Com'è che lo chiami? – chiese Oriella divertita.
- Bah, lasciamo perdere. Piuttosto, non mi hai detto che vi siete incontrati…
- Azz, abbiamo parlato di tante di quelle cose oggi, che non mi è neanche passato per la mente. È stato sabato scorso; era passato dal Braciere. Poi, alla chiusura, visto che tornava in città, mi sono fatta accompagnare a casa, ma prima siamo venuti qui a bere qualcosa.
- E di cosa avete parlato?
- Che curioso che sei…
- Ma no, porco giuda, voglio dire: non ha detto niente di me? in sostanza… ti ha parlato del duo?
- Con me no. L'ho sentito però parlare con Giorgione, questo sì, voleva sapere se c'erano novità per le serate musicali. Ma Giorgione non aveva ancora deciso nulla.
- E lo stesso ha fatto con me – intervenne Carlo – ma io gli ho spiegato che, considerato il vostro genere musicale e il mio tipo di clienti, qui dentro non è il caso… ma non te ne ha parlato?
- No – disse Edo secco – perché il duo non esiste più. Anche se, evidentemente, quello ancora non se n'è reso conto.

- Che storia è questa? – s'incuriosì Oriella. Anche Carlo sembrava interessato.

- Bah, niente – minimizzò Edo – abbiamo deciso all'unanimità di sciogliere il duo.

- All'unanimità? – si stupì Oriella – ma se, come dici, lui non ne sa niente…

- Ma io non sto parlando di lui, per unanimità intendo io con me stesso e, per di più, col beneplacito del mio Super-io.

- Scemo! – rise Oriella – Allora è finita? Ma perché?

- Perché suonare con quello lì o prendermi a martellate i gioielli di famiglia è la stessa cosa.

- Avete litigato?

- Più o meno.

- E allora come mai non ne ha accennato? Né con me né con Giorgione?

- E neanche a me ha detto niente – s'infilò Carlo – anzi, stando così le cose, perché mai è venuto a chiedermi cosa avessi deciso di fare con la musica?

- Evidentemente perché, secondo lui, quello non è stato un litigio, ma un appassionato idillio fra innamorati.

- Oh insomma – sbottò Oriella – cerca di essere chiaro una volta: cosa è successo?

- Ma niente, niente… ci siamo parlati con la lingua fuori dei denti: io gli ho detto che è un borioso pieno di puzza sotto il naso, lui mi ha dato del pezzente, allora io gli ho fatto notare che, per un chitarrista del suo stampo, suonare con un pezzente è il massimo a cui si possa aspirare, e lui a correggermi che semmai sarei io a dover ringraziare Dio per averci fatti incontrare, al che io ho ribattuto che se facessi una cosa simile, Dio si farebbe tante di quelle risate che a quest'ora in tutte le chiese i personaggi degli affreschi li vedresti con le mani sulle orecchie chiedere asilo politico a Belzebù.

- Carlo non ce la faceva più dal ridere. Oriella si rivolse a lui con tono rassegnato:

- Ecco vedi? Questo, per Edoardo, significa spiegarsi chiaramente.

- Perché? – si stupì Edo – Non ho forse reso l'idea di come sono andate le cose fra me e il Tronfione?

- Ma sì ma sì – convenne lei – solo che non si è ancora capito se questo duo l'avete sciolto ufficialmente oppure se è solo una tua intenzione.

- Beh, quando ci siamo lasciati l'ultima volta, e lui mi ha chiesto quando ci saremmo rivisti per la duecentomiliardesima prova, io gli ho detto che ci dovevo pensare. E questo è successo esattamente... 'spetta un po' – Edo aprì la sua agenda e la sfogliò rapidamente – eccolo qua: lunedì sette aprile; e oggi ne abbiamo ventidue, giusto? Ecco. Dopodiché non si è più fatto vivo, perciò ho pensato che anche lui fosse giunto alla conclusione che la nostra storia non poteva andare avanti. In ogni caso, se si fosse degnato di telefonarmi, anche solo per sentire come sto, ché se ero morto lui neanche lo sapeva, lo avrei messo al corrente della mia decisione. E invece lui non telefona, lui! e io stasera vengo a sapere che è andato in giro a informarsi per le future serate, lui! ergo, non ha capito un bel cazzo, lui! e se non ha mai telefonato è solo perché è un tronfione borioso altezzoso gonfio di superbia fino a scoppiare, lui! Abbassarsi lui a telefonare a me? ma vogliamo scherzare? È ovvio che avrei dovuto farlo io.

- Però è un peccato – disse Carlo – suonavate bene, eravate affiatati.

- Affiatati noi? – esclamò Edo – allora, mi dispiace sai, ma tu non sai cosa sia l'affiatamento.

- In effetti no. Ad ogni modo, a me piaceva come suonavate.

- Il punto è che non piaceva a me. Io quando suono voglio provare delle emozioni, sennò che cacchio suono a fare? Se la cosa mi viene a pesare, come mi succedeva con quello là, tanto vale andare in fabbrica, no? oppure andare a lavorare in un'orchestra di liscio, che così almeno mi guadagno di che vivere…

- Senti un po' Edo – lo interruppe Oriella – mi spieghi come mai non pronunci mai il suo nome? Ci ho fatto caso sai? Da quando ci conosciamo, mai una volta che ti abbia sentito nominare Maurilio Bussola col suo nome.

Edo si grattò la barba perplesso. Era vera questa cosa? Non ci aveva mai pensato.

Tuttavia, anche questa era una conferma che il duo non avrebbe mai potuto funzionare, altrimenti sarebbe stato fiero di dire in giro con chi stesse lavorando. Decise che ànche questo fosse un segnale del suo subconscio: nel proprio intimo Edo aveva sempre rifiutato quell'individuo, anche se l'aveva dovuto accettare quale componente necessaria, pur se ingrata, del suo lavoro. Almeno fino alla rottura. Ma certo! era così, e dalla sera della mezza birra al "Nassar" Edo non ci aveva più pensato o, quantomeno, non con l'atteggiamento analitico necessario per capire lo stato delle cose. Ma ora Oriella, con la sua osservazione, aveva aperto uno squarcio in quel buio: in effetti, da quando aveva abbandonato il progetto "Duo chitarristico", Edo non aveva più avuto attacchi di panico, aveva via via diminuito col vino fino a diventarne quasi astemio, e laddove prima sopportava a stento se stesso e il mondo, adesso, pur non avendo nulla di concreto in mano che ne giustificasse il motivo, percepiva netto in lui il cambiamento e rideva al suo futuro. Poi, che questo miglioramento fosse correlato alla fine del duo era quantomeno da dimostrare. Tuttavia i fatti erano questi.

- È per via dei brufoli – disse infine – ogni volta che pronuncio il suo nome mi spunta un brufolo. Ecco, ora avete capito perché non posso suonare con quello là?

Si strinse nelle spalle:

- È una questione dermatologica.

33

Il caffè sparpagliato in fondo al barattolo non era molto, ma scaravoltandolo tutto nella Moka piccola, pressandolo ben bene col cucchiaino e mettendoci meno acqua, forse Edo sarebbe riuscito ad ottenere qualcosa di bevibile da metter dentro una tazzina.

Aveva dormito abbastanza bene, senza interruzioni e sognando cose piacevoli. L'occhio si era sgonfiato quasi del tutto, anche se una larga virgola scura persisteva sotto la palpebra inferiore, sottolineando l'orbita dalla caruncola lacrimale fin quasi allo zigomo. Ci vorrebbero degli occhiali da sole, pensò. Gli sovvenne di averne un paio da qualche parte, ma in quale scatolone mettersi a cercare? Beh, il tempo non gli mancava di certo: l'orologio del campanile aveva da poco battuto mezzogiorno e Katia non sarebbe arrivata prima delle tre. Cionondimeno non gli andava di mettersi a rovistare a caso. Gli tornò alla mente una frase che ripeteva spesso un installatore di controsoffitti che all'inizio di ogni nuovo lavoro, prima d'ogni altra cosa si sedeva meditabondo in un angolo della stanza: " Meglio pensare un po' di più che agire per niente". Una frase semplice, di una ovvietà indiscutibile, non priva, tuttavia, di una sua profonda saggezza frutto dell'esperienza; a Edo era rimasta impressa, e più di una volta ne aveva fatto tesoro, nelle situazioni più disparate: cambiare la sistemazione dei mobili, preparare la bozza di un volantino, montare un palco di strumenti, fare i puntamenti dei fari in un teatro, dove a differenza che all'aperto non occorreva attendere il buio della sera per farlo, spesso con la fretta e col pubblico già impaziente che reclamava l'inizio dello spettacolo.

Dunque, occorreva far mente locale: dove potevano esser finiti gli occhiali? da quanto tempo non li usava? Da ottobre? Da novembre? Diciamo da novembre, e fino allora li aveva sempre avuti con se nel borsello. E poi? Quando li aveva tolti di lì? Per metterli dove? Fosse stato anche dicembre, lo aveva fatto mentre abitava ancora a casa di Elvira.

Ma ecco che la Moka gorgoglia.

E a casa di Elvira dove li aveva messi? Sì, sulla mensola sopra il giradischi, fra il contenitore delle musicassette e il fermalibri.

Si versa il caffè.

Bene. In quale scatolone erano ora le cassette? ché se a casa del Raffa ci fosse stato un pezzo di mangianastri di sicuro gli sarebbe già passato per la mente di andarsele a recuperare... Ma certo! in quello in cui aveva trovato i libri di Nietzsche...

Ma porco giuda! che cacchio l'ho mescolato fino adesso a fare? se non ci ho neanche messo lo zucchero!

Edo appoggiò gli occhiali da sole vicino al borsello. Accese la lampada della scrivania e incominciò a raschiare dal lucido gli accenti sulle "i" dei Venerdì: aveva deciso che così faceva più "professional". La bozza della locandina del Corto Maltese era pressoché terminata: sull'esecutivo avrebbe aggiunto ancora due o tre cosette, come era solito fare all'ultimo istante secondo l'estro del momento, ma per farla visionare stasera a Fausto era più che sufficiente. Intanto l'acqua sul fuoco si stava scaldando. Quando fosse arrivata ad ebollizione vi avrebbe versato mezzo pacco di pennette che poi avrebbe condito con olio e pepe: altro non c'era in casa, salvo un pentolino di brodo congelato. Avrebbe dovuto fare un po' di spesa ieri, ma il suo ieri per tutto era fatto, tranne che per mettersi a far provviste. Col raschietto in mano e lo sguardo nel nulla, Edo "rivisitò" la giornata, dal momento del suo risveglio fino a quando scese dalla Fiat 127 di Anna che lo aveva accompagnato a casa, non senza fargli capire che avrebbe gradito quale ricompensa un briciolo di sesso, ma che Edo – bastardo! – riuscì ad eludere inventandosi un improvviso inasprimento del dolore alla costola reclamante un letto, ma soltanto per un buon sonno ristoratore; e poi, che cazzo! Oriella il pomeriggio, Katia l'indomani, "infilare" fra le due anche Anna sarebbe stato, se non eccessivo, quantomeno di cattivo gusto. Si rivide sanguinante nello specchio, riassaporò l'acre sapore del vomito, risentì la voce del Beppe che gli comunicava il suo okay per quel progetto estivo, rivisse lo smarrimento provato nello scoprire che era martedì, ammirò nel ricordo le scultoree fattezze di Oriella nuda, ne riascoltò i gemiti dell'amplesso, ne rigustò gli umori, rievocò l'espressione di estatico rapimento della "Siòr maestro" mentre, poverina, si beveva le cazzate che le venivano raccontate, rise al ricordo delle risate, rivisse l'aneddoto delle botte che aveva preso da suo padre, riconsiderò la sommaria esposizione dell'analisi circa l'origine "terapeutico-riequilibratrice" dei suoi sarcasmi, rimise a fuoco il flashback in cui un misterioso energumeno di nome Mirella lo minacciava di qualcosa, ripensò a quanto ascoltato e detto al bar di Carlo e, ora che era giunto alla certezza d'aver fatto la scelta giusta mollando Maurilio Bussola detto il Seppia, ancor più che sollevato se ne sentì gratificato.

Infine si ricordò anche di buttare la pasta, ché l'acqua ormai bolliva da un quarto d'ora.

- ... e senza dire né a né ba, si prese la mia mezza birra e se la tracannò davanti a me, che stavo morendo di sete. L'hai capito ora il tipo? Era seduto proprio lì, dove sei tu adesso.

- Ed è per questo che hai sciolto il duo? – chiese Katia, mentre il "baffo" del Nassar appoggiava sul tavolino le due birre.

- Diciamo che quella è stata la goccia che ha fatto traboccare il vaso, come dicono i collezionisti di frasi fatte e luoghi comuni. Che le cose non funzionassero era già nell'aria, solo che, dato il mio desiderio di riuscire a costruire qualcosa prima dell'estate, stentavo ad ammetterlo anche a me stesso. E insistevo, insistevo... e stavo male e non capivo perché, e giù prove su prove alla ricerca di un affiatamento che non arrivava, e ormai non ne potevo più, ché ultimamente avrei mangiato una merda piuttosto che trovarmi con lui…

Katia non disse nulla. Alzò il suo boccale di birra. Ma prima di portarlo alle labbra attese che lo facesse anche Edo. Si guardarono negli occhi e bevvero.

- Massì, che se ne vada a fanculo anche lui – aggiunse Edo dopo un paio di minuti buoni di silenzio – che io un'alternativa l'ho già trovata, e anche migliore.

- Vai a suonare con qualcun altro?

- Più o meno. Ai primi di giugno parto con un amico prestigiatore, il Beppe, lo conosci? ma sì, l'hai visto qualche volta al Corto, quando facevamo ancora le lezioni in cantina… è quello magro, dinoccolato, un po' più alto di me, sempre pallido in viso, con uno sguardo allucinato e un cespuglio nero al posto dei capelli… si siede sempre all'ultimo tavolo e di solito arriva insieme al Siro, quello piccoletto con la testa rasata, abbronzato, ché di sicuro si fa le lampade… la voce roca, tutto atteggiato, ché si crede di essere un Gabriele D'Annunzio, e infatti scrive, anche se nessuno sa cosa… beh, fa niente. L'intenzione è quella di girare l'Italia mettendoci agli angoli delle strade con la custodia aperta davanti: lui fa i suoi giochetti e io gli faccio un sottofondo con la chitarra.

Un velo di delusione transitò nello sguardo di Katia:

- Allora smetti con le lezioni – osservò.

- Beh, a fine maggio smetterei comunque, per riprendere in ottobre, come ho fatto l'anno scorso e l'anno prima, e come fanno tutte le scuole, di musica e non.

- Sì, ma se rimanevi a Verona potevamo vederci lo stesso qualche volta.

- È vero, ma in fin dei conti che sono tre mesi? perché immagino che non staremo via di più. Pensa invece a quando ci rivedremo… e poi un po' di lontananza non ha mai fatto male a nessuno, no? anzi, a volte può servire per rinsaldare un rapporto, anche se il nostro, di rapporto, è alquanto informale, per così dire. Voglio dire: facciamo l'amore, ma non siamo proprio fidanzati fidanzati, vero? Insomma, non è che ci siamo scambiati promesse o cose del genere "Dio buono come ne esco?", cioè, almeno fino ad oggi. Ma non bruciamo le tappe, Katia; tu mi piaci, e se tra noi dovesse nascere qualcosa di veramente serio, preferirei che non fosse una cosa affrettata. Perciò, alla fine, vedrai che rimanere qualche mese senza vederci non potrà farci che bene. "Uff!" In ogni caso ci terremo in contatto, ti telefonerò, ti dirò dove sono, cosa faccio, come vanno le cose eccetera.

- Magari, se si prevede di fermarsi per un tot in una città, che so, mettiamo Firenze o Venezia, puoi sempre prendere un treno e passiamo un fine settimana insieme. Dai, non mettermi il muso sciocchina. Dovrò pur viverla la mia vita no?

Il viso di lei era nascosto dai folti riccioli, ma a Edo parve d'intravedere un fugace tremito al labbro inferiore, come stesse trattenendo l'incipienza di un pianto.

Cara Katia. Edo le accarezzò una mano.

- Dai, non fare così. Ci tieni così tanto a me?

- Lei si asciugò furtivamente un lacrima col dorso della mano.

- Io ti voglio bene. Mi dispiace non vederti più per tanto tempo...

- Anch'io ti voglio bene "porco giuda! l'ho detto veramente?", ma mettiti nei miei panni, cos'altro mi resta da fare? Come posso tirare avanti qui a Verona se non vado a suonare? Adesso come adesso mi sto arrabattando con le cinquantamila lire che guadagno alla settimana con le lezioni, ma quanto credi che possa andare avanti così? per non parlare di quando il Raffaelli, e prima o poi lo farà, mi dirà che non posso più rimanere a casa sua: lo sai no? l'ospite è come il pesce e bla bla bla... insomma qualcosa la dovrò pur tentare per venirne fuori, o no? da questa situazione di... cacca!

- Sì, hai ragione – ammise Katia – ma sei sicuro che tornerai a Verona? Non è che magari ti capita un'opportunità in un'altra città e decidi di stabilirti là?

Edo si grattò la barba:

- E se, ammettiamo, una volta che mi fossi sistemato ti chiedessi di raggiungermi.

Katia non rispose, ma anche avesse voluto farlo, lui non gliene lasciò il tempo:

- Ma non corriamo troppo Katy. Per intanto ci vedremo come al solito ancora per tutto maggio, e così ci si pensa, e quando arriva giugno si vedrà. E poi, hai visto mai? magari capita qualcosa di diverso, ché non devo più partire... in fondo, spiacerebbe anche a me non vederti per tre mesi o più...

Katia si sforzò di sorridere:

- Sì – ammise – non corriamo troppo o rischieremo di cadere e di farci male.

34

Dovrebbe cambiarla quella marmitta, ché qua mi sveglia tutta
Pescantina, pensò Edo seguendo con lo sguardo la Lancia Beta
Coupé color mattone di Fausto che dal vialetto di casa Raffaelli
si immetteva nella piazza del paese. Rabbrividendo per il freddo
rientrò in cucina; chiuse la porta-finestra del piccolo balcone,
su cui era stato per qualche minuto e, fanculo, si versò un'ultimo bicchiere di Cabernet, dando così fondo alla bottiglia.

- Dai, torna qui, che ti ci porto io a casa stanotte - aveva so-
spirato Fausto mentre chiudeva il portone del Corto, vedendo
che Edo, uscito insieme a lui, bavero della giacca alzato, tubo
di cartone sottobraccio e chitarra nell'altra mano, si stava al-
lontanando a piedi. – Ce l'hai almeno qualcosa da bere quando
arriviamo?

Sì, Edo ce l'aveva qualcosa da bere, porco giuda, solo che era
l'ultima bottiglia rimasta, e non era neanche sua, ma mica lo
poteva raccontare ai quattro venti no? tanto meno a Fausto,
che aveva quasi posto come condizione quel paio di bicchieri
di vino in cambio del passaggio, e grazie a Dio che c'era lui:
sai che passeggiata sennò? anche se l'allenamento, in quanto a
scarpinate, a Edo di sicuro non mancava…

La bozza della locandina andava bene, come al solito. Fausto
aveva riso nel vederla: raffigurava un personaggio dai tratti fu-
mettistici (Edo l'aveva disegnato nello stile di Uderzo) che indicava burbero la colonna degli appuntamenti musicali.

La lezione col Giuliani era andata come previsto, cioè di una
inutilità assoluta e disarmante. Per contro, adesso Edo aveva in
tasca di che comprarsi da mangiare e tanto gli bastava.

Ciò che invece lo turbava, più ancora della sua amnesia il pensiero della quale fungeva ormai da sottofondo ad ogni suo gesto, era l'immagine di Katia che piangeva. Quelle sue poche
parole, smarrite nei silenzi discreti del suo modo di essere, lo

avevano colpito in profondità. Sì, Oriella era bella, molto femminile e disinibita, e anche un po' porcellina, ché in quanto a sesso non si tirava di certo indietro neanche lei, anzi tutt'altro, ma Katia, con la sua semplicità schietta e scevra da qualsiasi civetteria o vanità, era riuscita ad entrare in Edo in un modo a lui stesso inaspettato, passando attraverso la scorza delle sue difese non con la forza, né qualsivoglia lusinga, ma con dolcezza, lentamente, con una genuinità di sentimenti tipica più dell'adolescenza che della giovinezza e, forse per questo, ancor più vera e sincera. Anch'io ti voglio bene, le aveva detto, e quella frase era uscita senza che se ne rendesse conto. Perché? Ma questo non era un rapace, come era solito immaginare i suoi interrogativi privi di risposta; l'esito era semplice: perché era vero.

A Marzio Stefanelli, invece, non aveva quasi più pensato, malgrado la perdita della "sua" amata Giannini fosse legata a lui.

… le perline ci mette lui! 'sto testicolo deambulante!

Anche sull'agenda non scriveva da giorni. Strano: laddove nella quasi inutilità delle settimane appena trascorse, aveva condito di facezie chilometri di scrittura solo per raccontare una quotidianità fatta più di noia che di altro, ora che ci sarebbe stato di che scrivere, non una parola.

Beh, poco male. Il sonno non arrivava ancora, perciò…

Pescantina ventitreesimo giorno del quarto mese del mille e novecentoottantaseiesimo anno da che nacque un tale che poi la fece grossa e allora gli altri incominciarono a rompersi le balle fino a che decisero di ubicarlo su di una croce ed assicurarlo ad essa tramite chiodi ore quattro e trenta del mattino (perciò è già non più il ventitreesimo, bensì il ventiquattresimo giorno del quarto mese eccetera che sennò sto qui fino a domani, cioè fino al venticinquesimo giorno del quarto mese bla bla bla) punto.

È appena andato via Fausto del Corto.

Ieri (che poi sarebbe l'altro ieri) ho passato tutta la giornata con Oriella: il pomeriggio siamo finalmente riusciti a fare un po' di sesso, poi siamo andati in city. Dopo un salutazio al Carletto del bar Pellicciai, siamo andati a mangiare una pizza alla "Nastro Azzurro" in Piazza Bra (lei mi ha sponsorizzato anche qualche lira because le mie non sarebbero bastate), poi siamo andati al Corto. Verso mezzanotte lei è andata a casa. Io invece sono rimasto lì con Anna (che poi mi ha portato a casa e guidando allungava anche le mani, sta maialona, che per la prima volta in vita mia mi ha fatto sentire donna! Mannaggia li pesci!)

Ho un occhio nero. E il bello è che non mi ricordo come me lo sono fatto. Bah, l'importante è arrivare vivi.

- Vado di là a prendermi una sigaretta. Fatto. Fanculo, non ho voglia di scrivere.

Ala pro

Mi sono appena alzato. Sono le undici e quarantuno di giovedì ventiquàter de april. Ma non ho tempo per scrivere: devo andare a fare la spesa, che ho una fame...

Ala pro

Le perline ci mette lui!

———————————

Ma cosa avevo nella testa quando ho deciso di dare la mia Giannini a quello là? Perché gli dovevo un cinquantone? Potevo darglielo più avanti... oppure gli proponevo tre o quattro lezioni per andar pari, e me la cavavo così. Ma l'origine prima di tutta questa storia quale è stata?

Domanda: perché dovevo cinquantamila lire al Max Stefanelli?

Risposta: perché mi ha dato una chitarra.

E quella chitarra per chi era?

Per Federico Giuliani! Che non gliene frega un cazzo di studiare chitarra a quello lì. Se non gli fosse venuto in mente di prendere lezioni, non mi avrebbe nemmeno chiesto di procurargli una chitarra, di conseguenza io non l'avrei chiesta a Marzio...

Ma perché al Giuliani è venuto in mente di prendere lezioni di chitarra da me? Semplice: perché si sentiva in colpa per essersi messo con la mia ex.

Quindi, se... come dire... se avesse avuto meno scrupoli e non si fosse sentito in colpa, non gli sarebbe venuto in mente di chiedermi di insegnargli a suonare strimpellare e non mi avrebbe chiesto di procurargli una chitarra, di conseguenza io non chiedevo nulla al Max e adesso avrei ancora la mia Giannini.

Ho la sensazione che mi sfugga qualcosa... ma cosa?

Ma lasciando perdere il Giuliani, io non potevo evitare di dare la mia chitarra a Marzio? Certo che potevo. Il punto è che gli dovevo del denaro e ho voluto sdebitarmi.

E ci risiamo: ancora una questione di scrupoli.

Però, Dio bello, se quello non ci piantava le perline nel legno, io mica la distruggevo.

Lui non li ha mica avuti gli scrupoli nel far questo. Né scrupoli né rispetto per la mia persona.

Perché? Perché è un imbecille, ecco perché.

E io? Che ho affidato a uno come lui la mia chitarra? Cosa sono? Prendere sul serio un imbecille non è forse da imbecilli?

Ergo, sono un imbecille!

Anche perché ho consumato tre pagine della mia agenda, per analizzare una cosa di cui sapevo già l'esito.

Ala pro va là, ala pro e basta.

Venerdì 25 aprile '86

Sono le 21. Sto ascoltando "Whish you were here" dei Pinky Pallini. Adesso c'è "Shine on You Crazy Diamond". È sempre un bel pezzo. E pensare che nel '77 la facevamo anche noi... mi ero "ti-

rato giù" tutti e tre gli assoli solo ascoltando il disco, a orecchio. Fa niente va là l'importante è arrivare

ma va a dar via il culo Edo, che cazzo scrivi a fare? A che pro? Per chi?

Sabato ventisei

«Buongiooorno…»
«Buongiorno a lei. Desidera?»
«Sto cercando un lunedì.»
«Un lunedì qualsiasi o ha delle preferenze?»
«Un lunedì di aprile.»
«Ah, un mezza stagione. E, dica dica, come lo vuole? Da uomo o da donna?»
«Da uomo ovviamente, non sono forse un uomo?»
«Non si sa mai, poteva essere per un regalo…»
«No, è per me.»
«Bene dunque, allora vediamo… lo vuole da sera? da pomeriggio? sportivo?»
«Pomeriggio.»
«Elegante? casual?»
«Casual.»
«Bene, vado a vedere.»
. . . .
«Mi spiace signore, non ne abbiamo al momento. Se vuol tornare più avanti…»
«Va bene, grazie.»
Merda! Non mi ritorna in mente niente.
                    Arrivedercelo

Sabato 26/4/1986 d.C.

Alla fine una sbirciatiana a Nietzsche l'ho data lo stesso. Rovistando tra le mie cose, mentre cercavo gli occhiali da sole, ho trovato anche "Al di là del bene e del male", che non mi ricordavo neanche di avere.
Ordunque, ci ho trovato questa frase:

"Chi è in tutto e per tutto un maestro prende sul serio tutte le cose soltanto in relazione ai suoi scolari – perfino se stesso."

Beh, direi che c'è da meditare. O no?

"- Io ho fatto questo – dice la mia memoria.
Io non posso aver fatto questo – dice il mio orgoglio e rimane irremovibile. Alla fine è la memoria a cedere."

Che palle!

35

Edo si alzò dal letto quando sentì l'orologio del campanile suonare mezzogiorno. Oggi era martedì e la voglia di muoversi incominciava a farsi sentire. Era rimasto chiuso in casa da venerdì pomeriggio, quando era rientrato dopo essere stato in città a fare le copie delle locandine per Fausto ed averle consegnate a Criss. Aveva sperato, con quella clausura, di evincere al suo vuoto alcunché di utile al ripristino della memoria. Aveva provato con il riposo assoluto, col rilassamento, col training autogeno, con la ripetizione di un mantra, con l'evasione dalla realtà tramite la lettura, con lo studio della chitarra, immergendosi nell'ascolto di musica, con la visualizzazione di se stesso a colloquio da un immaginario psichiatra. Il tutto, naturalmente, senza assunzione di alcol.

Risultato: meno 273,15°

L'unica cosa che aveva trascurato, anzi eluso, dacché sarebbe rientrato nelle sue intenzioni farlo, era stato scrivere dettagliatamente quanto accaduto o, meglio, quanto ricordava; ma ogni volta che si trovava a tu per tu con la sua agenda scattava in lui una specie di blocco: era possibile che una sorta di timore che qualcuno un giorno potesse leggere quanto vi avrebbe riportato lo inibisse? quasi si vergognasse di ciò che era successo?

Lo sfiorò anche l'idea che fosse il suo subconscio a voler tenere nascosto qualcosa di brutto, qualcosa che non doveva essere ricordato.

Rimaneva, tuttavia, quel flashback di "Mirella" che lo minacciava, e questa non poteva essere un'immagine priva di significato; porco giuda, qualcosa doveva pur voler dire! Ma nessun elemento era andato ad aggiungersi a quella decidua immagine, a quell'impressione che già andava spegnendosi; non un tassello, pur insignificante, che recasse una qualsivoglia utilità al completamento del puzzle o, se non altro, alla comprensione di ciò che esso raffigurasse. La Volkswagen verde, il bar, il tipo minaccioso rimanevano dunque un mistero.

Decise di uscire. L'ematoma sotto l'occhio era quasi sparito, nondimeno decise di inforcare gli occhiali da sole.

Non era una bella giornata. Nell'aria si percepiva l'arrivo imminente della pioggia, se non entro breve sicuramente nel pomeriggio e, a giudicare dal cielo, sarebbe piovuto per molto; ma l'uggia del tempo, in qualche modo, corrispondeva al suo stato d'animo, anzi, un caldo sole e un cielo limpido avrebbero proiettato Edo in uno sconforto ancor più profondo e tetro. Forse. Appena uscito, per un attimo provò l'impulso di rientrare, di tornarsene sul divano a pensare o ascoltare musica o suonare la chitarra o anche solo crogiolarsi in una dolce inedia, ma fece forza su quella parte di se stesso, che in quel momento tendeva a considerare se non proprio negativa quantomeno pigra e priva di costrutto, e diede ascolto invece all'altra sua parte: quella che attendeva più alla ragione che all'istinto. Del resto, era stato proprio l'istinto a decretare l'andamento di quegli ultimi giorni, e i risultati ottenuti non lo incitavano di certo al proseguimento delle sue ricerche in quella direzione: se voleva ottenere qualche risposta Edo avrebbe dovuto cercare altrove e con altri mezzi che non l'introspezione.

Al bar all'angolo tutti parlavano di una centrale nucleare russa che era esplosa:

...ed è ora di finirla col nucleare, sentenziava un giovane dalla lunga faccia e grossi occhiali; e adesso le radiazioni ci rovineranno il raccolto, si preoccupava un tipo con la faccia da contadino con la cravatta lunga venti centimetri e larga come una pala da fornaio; e l'insalata non la si potrà più mangiare per mesi, avvertiva un robusto signore dal cappello di fustagno, mentre un altro dal tavolo vicino rincarava la dose affermando che sicuramente bisognerà chiudersi in casa per chissà quanto tempo; è tutta colpa dei comunisti, tuonava un sessantenne calvo dalla voce possente, e subito un capellone dai grossi baffi alla David Crosby obiettava che se si sapessero tutte quelle che hanno combinato gli americani allora? ma quello non lo ascoltava e per la terza volta in pochi minuti ripeteva che si stava meglio quando si stava peggio, al che l'altro lo mandava a dar via il culo, lui e tutti i fascistoni come lui; e alla fine saltava fuori lo spiritoso di turno a ipotizzare che l'uomo più radioattivo d'Italia fosse Andreotti, per via delle orecchie a foglia larga. E allora tutti a ridere, tutti tranne il giovane dalla faccia lunga e grossi occhiali, il quale, scuotendo il capo, assicurava che col nucleare c'era ben poco da star allegri.

Insomma, centrale o non centrale, era una giornata come tante in un paese come tanti, dove si commentavano i fatti del giorno, chi dall'alto delle proprie convinzioni, chi raggomitolato al calduccio della propria ignoranza, ma ognuno tirando l'acqua al proprio mulino; fosse caduto in bici il figlio del farmacista o fosse scoppiata la terza guerra mondiale il clima del mezzogiorno al bar dell'angolo di Pescantina non sarebbe stato granché diverso: il contadino avrebbe continuato a preoccuparsi del suo campo, il giovane occhialuto dalla faccia lunga dell'ambiente, il capellone baffuto se la sarebbe presa ancora con gli americani e il sessantenne nostalgico sarebbe rimasto fermo nella sua convinzione che anche oggi un po' d'olio di ricino a qualcuno non avrebbe fatto male, e a casa avrebbe continuato a rasarsi i pochi capelli e a cantare *Mussolini Hitler Franco tre condottieri un unico cuor* facendosi la doccia.

E intanto Edo, trincerato dietro i suoi occhiali da sole, si sentiva sempre più solo, sempre più incompreso.

Pagò il caffè ed uscì.

Indeciso se tornarsene a casa o andare altrove, attraversò la strada e si sedette sul muretto. Alle sue spalle l'Adige scorreva, come sempre. Grigio per la mancanza di sole e impigrito dalla tregua che le piogge gli avevano accordato, sembrava triste anche il fiume: prigioniero nel suo eterno ripetersi e imbrigliato dagli argini in cui l'uomo lo aveva costretto per salvaguardare le proprie abitazioni dall'eventuale erompere delle acque durante i disgeli montani o i piovosi autunni della valle.

Edo si mise a cavalcioni e accese una sigaretta. Rispose distrattamente ad un cenno di saluto di uno sconosciuto passante e si immerse nei propri pensieri, totalmente, senza porre freno alcuno al loro scorrere, lasciandosene trasportare quali che fossero direzione, profondità o elevazione, in quel galleggiare libero e affrancante che, quantunque avesse spesso desiderato, non aveva ancora imparato ad evocare, ma che talvolta, in modo del tutto autonomo e imprevisto, tornava a verificarsi, quasi si trattasse di una capricciosa entità che disponesse di un proprio arbitrio, alla quale nulla poter chiedere, pena il suo immediato dissolversi.

Ed ecco, inatteso, un altro flashback:

Edo è a bordo della Volkswagen, è seduto sul sedile posteriore. Alla guida c'è "Mirella"; di fianco a lui Armando: un conoscente di Romagnano. È buio. Stanno viaggiando in contromano. Un'automobile sta arrivando loro incontro velocemente, lampeggiando con i fari affinché "Mirella" si sposti dalla corsia di sinistra e ritorni sulla sua. Questo ride e si mantiene sulla corsia dell'altro zigzagando, come se volesse confonderlo e mandarlo fuori strada. Edo ha paura. Arrivato a pochi metri dall'altra macchina, "Mirella" sterza a destra. L'altro sfila velocemente sulla sinistra. Lo scontro frontale non è avvenuto. Edo riprende a respirare.

Porco giuda!

Edo si "ridesta", salta giù dal muretto e s'incammina di buon passo verso casa: vorrebbe fissare le immagini nella memoria, ma queste già assomigliano a quelle fugaci ed evanescenti suggestioni riconducenti a qualche vecchio sogno sbiadito che si riaffaccia talvolta nei dormiveglia: simulacri di ricordi che, per quanto lo si desideri, non si riescono ad afferrare... Tuttavia, almeno il ricordo di aver ricordato ora c'è, e con esso la certezza che quel suo buco nella memoria sia legato almeno ad un'altra persona: Armando, infatti, lo conosce bene, e anche se "Mirella" rimane un mistero, se non altro adesso Edo sa dove andare a cercare. In quanto al cosa, si vedrà.

-     Azz... non è molto, ma è comunque più di niente – disse Oriella giocherellando con l'indice tra i peli del pube di Edo.
-     Beh, almeno adesso so a chi chiedere qualcosa, sempre ammesso che questi miei flash abbiano un senso.
-     Questo Armando è un tuo amico?
-     Più che altro un conoscente; che vuoi, in Valpantena ci si conosce un po' tutti...
I due rimasero in silenzio per un po'. Oriella alzò il capo dall'incavo della spalla
di Edo e si protese per raggiungere la coperta con cui coprire i due corpi nudi e appagati: il caldo del "dopo" si stava velocemente smorzando e la patina di sudore sulla loro pelle era ormai svanita, così come il desiderio che li aveva spinti a infilarsi nel letto non appena si erano rivisti.
-     Quindi non ti resta che andare da quelle parti e vedere se ci trovi qualcosa.
-     Sai dove abita questo Armando?
-     Non di preciso. – rispose Edo – E poi, a parte lui, non c'è nulla che mi riconduca con la mente alla Valpantena. Potrei averlo incontrato chissà dove.
-     D'accordo, ma non è che hai tanta scelta: per il momento parlare con lui è l'unica cosa che puoi fare, credo.
-     Potrebbe tornarmi in mente qualcos'altro – azzardò Edo

\-   Oppure no – ribatté lei.

\-   Già, anche no. In ogni caso preferisco aspettare.

\-   Perché? Sembra quasi che tu abbia paura di qualcosa.

\-   Logico – ammise lui – l'ignoto impaurisce sempre. Che ne so di cosa è successo quel lunedì? E la sera prima? Chissà cosa ho combinato? Se non ricordo niente ci sarà pure un motivo, no? Ho sentito dire che l'amnesia è quasi sempre conseguenza di un trauma... no no, è tutto ancora troppo fresco nella mia mente, come dire... si tratta di embrioni di ricordi. Preferisco aspettare che si concretizzino almeno un po', anziché andare alla cieca incontro a qualcosa di cui non so ancora niente.

\-   Non sono d'accordo. – dissentì Oriella – Secondo me dovresti affrontare la situazione di petto. A che ti serve aspettare? quel ch'è stato è stato e tu non lo puoi cambiare. Comunque mi terrai al corrente, vero? È così appassionante...
Edo prese la mano di lei e se la portò fra le gambe.

\-   E questo non è appassionante? ché adesso non c'è la "Siòr Maestro" che ci guarda e io non corro il rischio di passare per un satiro lascivo e sporcaccione?

\-   Adesso te lo dico – sussurrò lei. E sparì a indagare con la testa sotto le coperte.

Oriella uscì dal bagno sfregandosi energicamente i capelli con l'asciugamano. Edo si stava allacciando le scarpe.

\-   Certo che potresti comprartelo un phon...

—   Come no? se come pagamento accettano Samba di una nota si può anche fare – rise Edo.

\-   Spero solo di fare in tempo a prendere l'ultima corriera – cambiò discorso lei.

\-   E la lezione?

\-   La faremo un altro giorno.

\-   Hai qualcosa d'importante da fare a casa?

-   No, ma…

-   Allora perché non ti fermi qui? Si mangia qualcosa, si ascolta un po' di musica, magari facciamo due passi, se non piove… così non si perde la lezione. Puoi dormire qui e domani mattina o dopopranzo torni a Verona.

-   Mmmm… dovrei telefonare.

-   Facile. Il telefono è lì. Oriella ci pensò un momento:

-   Ma sì, perché no? – disse – tra l'altro ho una fame… cos'hai di buono da mangiare?

-   Niente – rispose Edo.

-   Come niente? Come si fa a invitare qualcuno a mangiare se non si ha niente in frigo?

-   Beh, si esce un attimo e si va a prendere qualcosa. Cosa preferisci?

-   Certo che per essere unico sei unico, eh Edoardo?

-   Sì, lo so. Allora? cosa vuoi mangiare? Dai, che alla mezza l'alimentari chiude. Che fai? Vieni anche tu? mi aspetti qui?

-   Azz! calma calma! sono appena le sette… lasciami pensare no? Mamma mia, a volte ti agiti in un modo…

-   Hai ragione. È che sono contento di averti qui. Sei la prima persona che ospito, a parte l'imbecillotto una notte.

-   Quale imbecillotto?

-   Quello che è stato salvato dal paracarro, ché se non c'era quello finiva che la Giannini gliela disintegravo sul muso.

-   Ah, il tuo ex allievo, quello della famosa domenica.

-   Già, quello da cui è partito tutto 'sto casino.

-   L'hai più visto?

-   No, ed è meglio così va là, che altrimenti non so come andrebbe a finire; almeno fino a quando non mi sarà passata… le perline ci mette, lui!…

Nel frattempo Oriella si era rivestita. Edo guardò fuori dalla finestra: il terreno era bagnato, ma la pioggia sembrava aver temporaneamente smesso, tuttavia Oriella prese con sé l'ombrello, dal momento che, almeno questo, non mancava.

Uscirono.

Un quarto d'ora dopo tornarono con pasta e pelati e – massì, per una volta – una bottiglia di vino: Oriella aveva espresso il desiderio di una bella spaghettata. Edo si astenne dal dirle che aveva mangiato pasta tutta la settimana e, canticchiando Buonanotte Fiorellino mise l'acqua sul fuoco.

Fino a quasi mezzanotte ascoltarono e commentarono Giorgio Gaber, Fabrizio De Andrè e Paolo Conte, poi andarono a letto. Prima di abbandonarsi al sonno, verso l'una, Edo riassunse mentalmente la giornata appena trascorsa. Poi, facendo mente locale sul domani, decise che stavolta Katia non avrebbe avuto la sua dose di sesso.

Ore 14 e 50 Pescantina 1986 mercoledì 30 aprile

Torno ora ora dall'aver accompagnato Oriella alla fermata dell autobusssssssss. Ci siamo fatti due caffè.

Abbiamo fatto anche due chiacchiere (prive di facezie) con la "Siòr Maestro". Fra un nulla dovrebbe arrivare la Katy.

Eccola infatti che giunge.

Alla prozzima

Bar Nassar, Parona, VR, Italia, eccetera ore 17 e 35

Katia è andata in bagno (cosa ci è andata a fare poi? che è uscita dal mio appena dieci minuti fa?) (bah, misteri gineco-minzionistici).

Stiamo bevendo le nostre birre canoniche del mercoledì.

Anche qui stanno parlando di Cernobyl (si chiama così la centrale, cioè, il luogo del disastro).

Oggi non ero molto in forma (in quanto a sesso) comunque è andata (con un po' di buona volontà…).

Eccola che torna. Sorride.

Ala pro

Corto Maltese, ore 19 e rotti, mercoledì di quest'anno

Il Giuliani smette (e io che sostenevo che con la chitarra non ne fa una di giuste; se non è giusta questa...).
Peccato per le ventimila che mi ubicava nel bilancio settimanale.
Come farò adesso? io che mi stavo già abituando a un tenore di vita da benestante...
Bah! Si tratterà di far passare questo maggio che arriva, e poi VIA!

Sempre Malto Cortese, ore 20 e 3 minuti, sempre 30 aprile, sempre 1986, sempre dopo Cristo.

Il Beppe è in ritardo.
Disse alle otto, e le otto furono, ma lui ancora no.

Bah, arriverà

Non so se andare alla ricerca di questo Armando...
Dio buono, di questi pensieri che continuano a girare...
E intanto sono le otto e dieci. Che balle!
Ma porcozzio, è così difficile arrivare puntuali?
Uno due tre quattro cinque sei sette otto nove dieci undici dodici tredici quattordici quindici sedici settici ottici novici diecici.
Avevamo detto oggi almeno?
Sì, avevamo detto oggi, me lo sono anche scritto, ché quel giorno ero piuttosto frastornato.
È arrivato Gianfranco Fino: anche stasera ha trovato il protoantropo di turno che gli chiede di fare l'imitazione di Lino Banfi.
Ridono. Beati loro che ne hanno voglia. Beppe, quando arrivi ti inculo!
È arrivato anche Claudio Tonellotto insieme alla Giuliana "transi-

stor". Mi sa che se non si sono trombati lo faranno presto.
Oh eccolo! Dio bello, Beppe, a momenti sono le otto e mezza...

- Ciao Edoardo, scusa il ritardo. È molto che aspetti?
- No no. Sono appena arrivato anch'io.

Pescantaus ore 24 meno una bazzeccola mercoledì 30 aprl
mllnvcnttnts Sono appena rientrato.

Mi ha accompagnato il Beppe con la centoventisette di sua sorella
(certo che a guidare non è mica un Niky Lauda il Beppe. Dio
buono, a momenti andava a piantarsi nel culo di un camion che
viaggiava davanti a noi. Dice che era distratto...).
Meno male che non ha voluto salire: non avevo un bell'amato da
offrirgli. Dunque, tutto deciso: si parte lunedì 2 giugno. Dice che
si dice in giro che
probabilmente sarà un giorno festivo (qualcuno in alto vuole che
si commemorino i 40 anni dalla nascita della repubblica o roba
del genere, ma la cosa non è ancora decisa), ma siccome a me non
me ne viene niente in tasca, me ne sbatto anzichenò. Prima tappa:
Caorle (dietro mio suggerimento), che là conosco un po' di gente.
E adesso vado a letto, che sono stanco come un coso.

36

Se si fosse trovato in un film americano, prima di riagganciare avrebbe guardato il telefono per un lungo istante. Ma quella era Pescantina, non New York o Chicago, perciò Edo appoggiò la cornetta sulla forcella e si limitò a grattarsi la barba, come era suo fare nei momenti di turbamento, indecisione o perplessità.

Era Paolo Raffaelli.

Telefonava dall'aeroporto: non aveva con sé le chiavi di casa e voleva sincerarsi della presenza del suo ospite. In caso contrario avrebbe prima fatto un salto da sua madre.

Entro mezz'ora o poco più sarebbe arrivato.

Erano le tre del pomeriggio di sabato tre maggio. Edo aveva da poco finito di mangiare un piatto di maccheroncini conditi con una zucchina appena scottata tagliata alla julienne e mezza cipolla soffritta nel burro con un rimasuglio di pancetta affumicata e tanto pepe; non che avesse voluto sperimentare una nuova ricetta: aveva semplicemente dato fondo a frigorifero e dispensa; quindi, dopo aver buttato l'inservibile, aveva messo insieme con un briciolo di creatività – e ottenendo un risultato nient'affatto male – ciò che era rimasto di ancora commestibile. Cosa avrebbe mangiato per cena e nei due giorni a seguire era un bel problema. Ma in quanto ad ambasce, nella mente di Edo quel pensiero non occupava di certo il primo posto: non si muore più di fame alle soglie del duemila, era solito ripetersi, e anche in questo caso, di riffa o di raffa, con le cinquemila lire che gli erano rimaste in tasca qualcosa da mettere nello stomaco l'avrebbe rimediata.

Ciò che invece lo preoccupava era che non avrebbe fatto in tempo a mettere in ordine la casa prima dell'arrivo di Paolo. C'era una montagna di stoviglie da lavare, alcune costellate di incrostazioni vecchie di settimane, altre avevano dato i natali a colonie di muffe che avrebbero fatto la gioia di Fleming, e detersivo per piatti non ce n'era. Avrebbe lavato il tutto con spugnetta ruvida e sapone di Marsiglia, come faceva abitualmente col piatto e la forchetta che di volta in volta gli servivano. Ma mezz'ora gli sarebbe bastata? Avrebbe anche dovuto dare una pulitina per terra, porco giuda, ché ormai la polvere e gli acari si erano organizzati in un rotolo di cespugliose palle che al minimo refolo trasmigravano di mobile in mobile come "tumbleweeds" fra villaggi fantasma nei deserti del Far West.

Ma ciò che più gli dava turbamento era il pensiero di come Paolo avrebbe reagito alla notizia della totale "evaporazione" del suo Cabernet: non vedo l'ora di bere un bicchiere di buon vino, aveva detto fra le altre cose al telefono, e Edo non aveva avuto il coraggio di confessargli che quel desiderio sarebbe rimasto inappagato.

Porco giuda, poteva mica telefonare ieri?

Per un momento si sorprese a considerare l'opportunità di una fuga, ma per andare dove? ...e tutta la sua roba?

No, no! Scacciò quell'assurda idea, in quanto mutuata da un inizio di abbattimento e si rimboccò le maniche.

Il campanello suonò che Edo stava iniziando a lavare i piatti. Fino a poco prima era stato occupato a spolverare i mobili, ramazzare i pavimenti del salotto e della cucina, liberare il balcone dai sacchetti di immondizie che si erano accumulati, dare un colpetto di straccio umido ai sanitari e ai pavimenti dei due bagni. Il tutto alla Speedy Gonzales: c'era in gioco la sua credibilità come personcina a modo. Aveva la fronte imperlata di goccioline e un afrore ascellare lo accompagnava in ogni suo movimento. Più tardi avrebbe fatto una doccia. Intanto, per la prima volta, aveva spalancato tutte le finestre per arieggiare la casa, anche se questo non era servito a togliere l'odore di vissuto cui Edo era evidentemente assuefatto, ma che – a giudicare da come Paolo arricciò il naso già sulla soglia – avrebbe aggredito alle narici chiunque altro. Frugò nella memoria per rivedere i volti di Oriella e di Katia… sì, gli parve di ricordare di averle viste talvolta annusare l'ambiente gironzolando per casa, ma suppose che per una femmina gli odori fisiologici del maschio con cui si accoppia possano anche piacere, carichi come sono di feromoni, testosterone o quant'altro appartenga alla misteriosa chimica che attiene all'attrazione sessuale; cosa invece del tutto opposta per un uomo, tanto più quando questi sia il padrone di casa e gli odori che vi trovi non gli appartengano.

Paolo si sfilò lo zaino e lo appoggiò vicino il marmo del camino. Era molto abbronzato e apparentemente dimagrito di qualche chilo. Edo si stupì nel vederlo con così poco bagaglio. A meno che, pensò, il resto non fosse ancora all'aeroporto e il Raffaelli intendesse andarlo a prendere in un secondo tempo con la macchina… a proposito, con cosa era arrivato? Glielo chiese: in tassì. Di lì a poco sarebbe arrivata una sua amica e con lei avrebbe raggiunto Verona, dove per stasera era prevista una specie di festicciola per pochi intimi per brindare al suo ritorno. Ma perché era venuto a Pescantina se la sua intenzione era quella di rimanerci pochi minuti? e non era andato invece direttamente a casa sua in città? L'impianto stereo era spento, ma nella testa di Edo la risposta alla sua domanda parve accompagnata dalle prime note della Quinta di Beethoven: Paolo intendeva portare alla festa qualche bottiglia di Cabernet. Il convulso balbettio che Edo tentò di addurre quale giustificazione per l'assenza del vino non fu facilmente decifrabile, ma servì ugualmente a far capire al suo ospite che se avesse voluto far assaggiare il Cabernet ai suoi amici, avrebbe dovuto andarselo a comprare. Ciononostante il Raffaelli non disse nulla, anche se dalla sua espressione trasparivano inequivocabili i tratti di una ruvida delusione, che andavano a ricalcare quelli di poco prima allorché, non trovandovi un asciugamano pulito, usciva dal bagno con le mani gocciolanti.

Edo era seduto sul divano, sguardo piantato nel poster di Magritte e pensieri talmente vorticanti da far impallidire un pilota delle frecce tricolore. Paolo se n'era andato da una decina di minuti. Il gelo del suo "ci vediamo" sembrava aver fatto precipitare la temperatura non solo della casa, ma dell'intera vallata. Era inutile farsi delle illusioni: il soggiorno di Edo a Pescantina volgeva al termine. Anche ripensare a tutte le incombenze domestiche che per un intero mese aveva continuamente eluse non sarebbe servito a cambiare l'attuale congiuntura. Avrebbe dovuto pensarci prima, porco giuda! Si fosse preso un po' più cura di quella casa... se avesse fatto un briciolo di pulizie di tanto in tanto, evitando di accumulare montagne di asciugamani e indumenti sporchi, lavando i piatti man mano che venivano usati. E se avesse scopato anche il pavimento oltre le sue allieve... D'accordo, il detersivo per la lavatrice era finito, e da un bel po' anche, ma risparmiando un po' sul caffè o sulle sigarette una scatola di Dixan sarebbe anche saltata fuori... Massì, si ripeteva sempre, lo farò domani. Ma quel domani rimaneva tale anche il giorno dopo e quello dopo ancora. Fino a che non fu troppo tardi: con la sua inanità, Edo oggi aveva palesato un aspetto di sé che non avrebbe voluto, con la conseguenza che Paolo, ora che non necessitava più nemmeno della figura di un custode, stava sicuramente maturando la decisione di porre termine alla sua ospitalità. Ma recitare il "mea culpa" adesso era totalmente privo di utilità; un tardivo ravvedimento non aveva senso, e darsi del coglione, per quanto ciò fosse affatto vero, men che meno.
Ma come non pensarci?
"Beh, te la sei voluta, no? Potevi evitare di finire il vino... va bene, una bottiglia col Fausto... e una con Marzio Stefanelli

quella notte – quel coglione! le perline ci mette lui! – ma tutte la altre? che te le sei bevute così, alla garibaldina? era proprio necessario? Eri alcolizzato? Sì! nel cervello sei alcolizzato! Non era mica tuo quel vino! Come non è tua questa casa... dov'è il rispetto? Due pulizie le potevi fare no? Gli asciugamani li hai usati tutti tu, e se non tu le tue donnine, e allora farli trovare puliti al suo proprietario è il minimo dovuto. Perché non l'hai fatto? Il detersivo? Ma non arrampicarti sugli specchi, che un po' di detersivo quanto costa? Certo certo, non vuoi porti troppi perché, per via degli stormi di avvoltoi che hai nella testa, ma se ciò sia giusto o sbagliato non ce lo vogliamo chiedere? Non è, forse, che con la scusa di non voler nutrire i tuoi rapaci alla fine continui a scappare dal mondo reale per rifugiarti in una dimensione solo tua, fino a stratificare sopra di te una crosta di inettitudine che lentamente ti sta soffocando? Guardati un po': cosa stai facendo di buono nella vita? Cosa stai costruendo? Paolo ti caccerà, lo sai; te lo vuoi chiedere il perché o hai paura, così facendo, di dare l'imprinting ad un pulcino di avvoltoio? Ma vai a cagare, Edoardo Grassi! Non ti rendi conto che sei succubo di un esercito di preconcetti che ti impediscono una visione serena della realtà? E poi dove sta scritto che la visione del mondo che ti circonda debba essere serena? Se il mondo è fatto così lo devi accettare, di buon grado o meno. Non ti piace il mondo? Vorresti cambiarlo? e allora, dal momento che ne fai parte, datti da fare incominciando da te stesso. Non è certo facendo nulla che otterrai dei risultati. Magari non ci riuscirai ugualmente, ma non provandoci... non credendoci... Va bene, hai smesso di ubriacarti, ma questa non la devi considerare una vittoria, cazzo! si tratta semplicemente della partenza; il traguardo è lontano e ancora indefinito, e lo sai bene. Dov'è che intendi arrivare? Quali sono le cose che devi cambiare per trasformare te stesso nella persona che vorresti essere? Non mi dirai che intendi vivere di espedienti per il resto della tua vita... no vero? Anche perché la gente che ti ha aiutato fino ad oggi non lo farà per sempre; alla fine si stuferanno tutti di te e ti eviteranno, proprio come tu eviti un rompiballe quando ne intravedi uno. Non ti accorgi che stai ritornando alla dimensione di tossico? Non ti fai le pere, ma per il resto tutto si sta ripetendo, e lentamente stai perdendo tutti i tuoi amici.

Svegliati Edoardo! Svegliati! ché sei addormentato e stai solo sognando di essere sveglio"

37

La "Siòr maestro" era immersa nelle pagine di un rotocalco rosa. Chissà di quanti e quali scandali sarà messa a parte entro sera, quanti amori clandestini avrà scoperto.

Edo si era chiesto spesso che gusto ci trovasse il popolino a farsi buggerare da articoli pubblicitari travestiti da scoop giornalistici per la stesura dei quali l'uso del condizionale era la norma.

'Sembrerebbe che Tizio se la faccia con la moglie di Caio, la quale poco tempo fa avrebbe avuto una relazione col Conte dalle Braghe Onte, che si presume essere stato l'amante segreto della cugina di secondo grado dello zio (quello pelato) del rampollo di casa Tal dei Tali…'

Andate a fare la cacca, va là! Voi e i vostri teleobiettivi. Potreste farle anche in studio le vostre foto, per quel che hanno di clandestino; con le luci giuste, le attricette in posa e tutto il resto. Altro che immagini rubate.

'Esclusivo: la contessa ritratta a seno scoperto minaccia querele a destra e a manca…'

Ma quali querele, che è stata lei stessa ad informare il paparazzo, ché si sentiva trascurata, la poverina, perché da quasi tre mesi nessuno parlava più di lei.

E poi le tette nuove bisognerà pur farle vedere a qualcuno, no? Edo ordinò un bianco e andò a sedersi al tavolo in fondo. Sulla mensola sopra il termosifone c'erano altre riviste "da parrucchiere". Allungò un braccio e ne prese una, più che altro per aver qualcosa di alternativo al trangugiare il suo vino illico et immediate: si fosse lasciato andare anche solo un po' ed entro sera una bella sbronza era sicura come la morte. Neanche tre minuti dopo ripose il settimanale. Nel farlo gli cadde l'occhio su alcune parole che spiccavano in grande sulla copertina del rotocalco che stava sotto:

IL RITORNO DI MINA
Ampio servizio a pag. 37

Porco giuda! la cosa sembrava interessante: Mina sarebbe tornata a calcare i palcoscenici? Come non cedere alla curiosità al cospetto di una simile notizia? Edo si fiondò con avidità alla pagina indicata:

Nulla.

L'unica cosa degna di interesse era la sfacciataggine del pubblicista che era riuscito a mettere insieme un articolo di due pagine senza dire assolutamente niente. C'era una foto che ritraeva una cicciona di spalle con i capelli tirati su in uno chignon (che da quanto si poteva vedere avrebbe potuto anche essere Giuliano Ferrara ripreso da dietro con una parrucca in testa). Nella didascalia si sosteneva trattarsi di una recente immagine che un fotografo, dopo giorni e giorni di appostamenti in quel di Lugano, era riuscito a rubare alla famosa cantante. Il resto era un insieme di considerazioni gravitanti intorno a notiziole trite e ritrite e foto di repertorio. La ciliegina sulla torta consisteva in un brandello d'intervista rilasciata da un fruttivendolo elvetico che, a suo dire, alla Tigre di Cremona una volta aveva avuto l'onore di vendere un chilo di arance e un cespo di lattuga. Da notare che lui non voleva i soldi, ma lei aveva talmente insistito per pagare che alla fine eccetera eccetera…

Ma che brava persona che è Mina. Pensa: quando va a fare la spesa, la merce che compra la paga pure!

Edo si abbandonò sullo schienale della sedia chiedendosi – dal momento che il mondo era fatto così – se valesse davvero la pena di vivere o non fosse piuttosto preferibile dedicarsi anima e corpo alla masturbazione fino ad eiaculare se stessi come si rovescia un calzino.

Decise invece di ingollare d'un fiato il suo bianco e di ordinarne un secondo.

La voce della "Siòr Maestro" colse Edo quasi di sorpresa, talmente era immerso nei suoi pensieri.

-    Buona sera professore, non l'avevo vista entrare. Edo si sforzò di sorridere.

-    Mi ha servito suo marito. – disse – Lei era talmente intenta nelle sue letture che evidentemente non ha sentito il mio saluto quando sono arrivato.

La vecchia barista posò il bicchiere accanto alla rivista che era rimasta aperta sul tavolo.

-    Eh sì, deve essere andata così. Ma vedo che anche lei sta leggendo Novella 2000. Sa, è il mio settimanale preferito.

La palla offertagli era troppo ghiotta perché Edo non la cogliesse al balzo:

-    Oh, non ne perdo uno. Ci mancherebbe altro. Pensi che una volta il mio edicolante era rimasto senza e sa cosa ho fatto? Sono andato dal parrucchiere e con la scusa di farmi la permanente sono riuscito ugualmente a leggere il mio rotocalco. Sono uscito coi ricciolini in testa che sembravo un cherubino giulivo, ma non mi sono perso una riga che fosse una.

-    E si è fatto fare la permanente solo per questo?

-    Beh certo, mica potevo entrare e mettermi a leggere gratis, no? Tra l'altro c'era un servizio in cui si vedeva Mike Bongiorno in mutande che non mi sarei perso per tutto l'oro del mondo.

-    E io che credevo che voi insegnanti preferiste leggere solo cose noiose di cultura o, massimo massimo, robe di sport, ché quello lo seguono più o meno tutti...

-    Non mi piace lo sport. – tagliò corto Edo – È solo corruzione e sforzo fisico inutile. Fosse per me, i calciatori dovrebbero andare tutti a lavorare, altro che prendere i miliardi correndo dietro a un pallone. E i pugili, che si inebetiscono a forza di cazzotti? E i ciclisti, che pedalano fuori anche l'anima per arrivare primi? Per arrivare prima di chi? Per arrivare dove? e si avvelenano il sangue con iniezioni di Mastro Lindo per guadagnare quattro secondi... ma nessuno gli ha detto a quelli che sono stati inventati i ciclomotori? che così la smettono di sudare? Che tanto i soldi non li fanno mica loro, ma quelli che organizzano e che vendono la pubblicità...

Preso dalla foga della sua esposizione Edo non si accorse che stava partendo per la tangente. Il tono della sua voce si era alzato di un'ottava. Parlava di getto, velocemente, come stesse controbattendo ad un argomento che lo avesse infastidito pungendolo in un punto particolarmente vulnerabile.

- Lo sport? – continuò – Dio ce ne scampi e liberi, cara signora. È uno schifo bello e buono. Lo spirito di competizione? A cosa serve? me lo dica lei... a diventare più forti? Più forti di chi? Ci sarà sempre uno più forte di te, e a fronte di un unico vincitore che vediamo esultare e piangere di gioia sul podio ci saranno sempre migliaia di perdenti che piangeranno di rabbia e delusione nella solitudine della loro stanza. Si allenano per anni per avere dieci minuti di gloria da fotografare e da raccontare ai nipotini per il resto della loro vita. E sto parlando dei vincitori, badi bene, in quanto agli altri, cosa avranno ottenuto coi loro sforzi? col loro sudore? con l'energia dei loro anni migliori sacrificata in toto a Nike? Glielo dico io cosa avranno ottenuto: una vecchiaia precoce e qualche maglietta firmata, ecco cosa. Lo sa che un calciatore a trentacinque anni è già vecchio decrepito? E dopo? cosa farà quello nella vita? dal momento che l'unica cosa che ha imparato è inseguire un pallone e prendere calci negli stinchi? Prenderà le scarpe che avrà usato nella sua ultima partita e le appenderà ad un chiodo sopra il divano del salotto buono, fra il poster incorniciato della squadra in cui ha militato e la gigantografia che lo ritrae vicino al Maradona di turno. Li ha mai sentiti nelle interviste? Sono ignoranti come un sacco di mangime per polli. I loro ragionamenti sono ottusi come un angolo di centosettantanove gradi. Dicono sempre le stesse cose: si studiano cinque o sei risposte da dare ad altrettante domande e il loro vocabolario è bello e che finito, ché se gli chiedi cosa sia un trapassato prossimo ti rispondono che si tratta di un moribondo.

Edo si alzò di scatto. Ignorò la sedia che si rovesciò alle sue spalle, prese il bicchiere e ne bevve in un sol sorso il contenuto, con rabbia, quasi in gesto di sfida, sbrodolandosi maldestramente la barba e la giacca. La tensione che goccia dopo goccia aveva accumulato negli ultimi tempi aveva trovato una via di fuga e ora stava esplodendo, preannunciandosi nella sua incontrollabile irruenza, come il sordo brontolio della terra presagisce l'eruzione di un vulcano.

Appoggiò pesantemente il bicchiere vuoto sul tavolo. Poi brandì l'indice a pochi centimetri dal volto della povera barista che allarmata alzò un braccio in gesto di difesa. Dal suo sguardo traspariva spavento e stupore. L'attenzione dei pochi astanti si catalizzò immediatamente sull'insolito teatrino che l'incontrollabile e immotivata animosità di Edo stava offrendo loro. L'avventore che si fosse trovato in quel momento a entrare nel bar avrebbe sicuramente pensato a un litigio in corso.

–   Ma per piacere! – riprese Edo quasi gridando – Smettiamola con tutta questa ipocrisia e riveliamo una buona volta che si tratta di un'illusione, e dico illusione per non dire truffa, perché quelli che ingrassano col sudore altrui ci sono sempre, soprattutto nello sport. E il più furbo di tutti è stato Pierre de Coubertin, col suo celebre "L'importante è partecipare", che poi non è neanche sua quella frase... Ma lo sa lei che i termini agonismo, agognare, cioè desiderare ardentemente, e agonia derivano da un'unica radice? Mi fanno schifo tutti! E gli stadi? Quanto costa uno stadio? Ma soprattutto a cosa serve? se non ad ospitare torme di sediziosi fanatici che si sentono realizzati solo quando riescono a spaccare le ossa di qualche tifoso della squadra avversaria... e le forze dell'ordine? Quanti poliziotti e carabinieri vengono impiegati ogni domenica solo per il servizio d'ordine agli stadi? Quanto costa tutto questo alla comunità? E chi è che paga? Noi! anche lei ed io, che allo stadio non ci andiamo mai e del calcio non ce ne può fregar di meno! Lo sport? È questo lo sport? E allora alé Verona! Guarda là, una macchina targata Brescia! Forza ragazzi andiamo a distruggerla! Così andiamo pari con quel rigore che non c'era! Lo sa che anni fa un mio amico, che aveva avuto l'infelice idea di andare a trovare un suo parente a Bergamo proprio la domenica di Atalanta-Verona, al momento del ritorno ha trovato la sua macchina ribaltata su un fianco con tutti i vetri rotti? E questo perché? perché suo cugino abitava nei paraggi dello stadio. No, no! c'è del marcio, glielo dico io, ed è ora di finirla, ché io non ne posso più già da un pezzo.

Sbollito un po' il suo livore, Edo fece per sedersi. Ma la sedia era ancora rovesciata a terra e lui rovinò rumorosamente su di essa. Nel tentativo di attenuare la caduta si aggrappò al tavolo, trascinando su di se la tovaglia, la rivista e i due bicchieri vuoti che si frantumarono in un disordinato tintinnio. Si alzò paonazzo e, tra l'ilarità dei clienti, a lunghi passi guadagnò l'uscita e sparì, lasciando alla "Siòr Maestro" il conto da pagare e a tutti gli altri un bizzarro aneddoto da raccontare agli amici.

38

Col progressivo aumentare della distanza e i rumori del traffico sulla statale per Trento che si facevano via via più vicini, il latrato del cane che poco prima aveva fatto trasalire Edo si affievoliva all'udito allontanandosi anche dalla coscienza, per cedere il passo ad un'indistinta e irrazionale sensazione d'aver subito un rimprovero, come se il fastidioso botolo fosse stato a conoscenza dei recenti eventi che avevano visto Edo protagonista e avesse voluto redarguirlo per aver perduto il controllo, quindi schernirlo per la figuraccia che ne aveva ottenuto.

Era buio. Prima di mettersi a fare l'autostop, Edo si appoggiò un momento al guardrail e si abbandonò a guardare, senza porvi particolare interesse, la variegata passerella di automobili, dirette chissà dove e guidate da chissà chi, che il grosso lampione, alto sopra l'incrocio, col suo giallo violento e innaturale appiattiva nei colori falsandone ogni cromia. Dove andava tutta quella gente? Erano da poco passate le ventuno: troppo presto per il canonico assalto alle discoteche della zona, e troppo tardi per coloro i quali, terminato il proprio lavoro, stessero rientrando per la cena. Di sabato sera poi…

Bah!

Edo scosse la testa per scrollarsi di dosso quel nebuloso background di pensieri privi d'utilità e tentò di tornare alla dimensione reale o, quantomeno, a ciò che già dal pomeriggio vedeva emblematicamente sintetizzata in quell'odiosa frase trita e ritrita che gli rimbalzava nel cervello: i nodi – ed erano tanti – stavano giungendo al pettine. Di lì a poco sarebbero incominciate le incognite: chi lo avrebbe ospitato in attesa del giorno della partenza per Caorle col Beppe Casaroli? Dove avrebbe tenuto le sue lezioni di chitarra? Ancora nella cantina del Corto Maltese? Che palle! Dove sarebbe andato a farsi una doccia e a lavare e i suoi indumenti non appena ciò si fosse reso necessario? Come e dove, ma soprattutto cosa avrebbe mangiato in assenza di un posto ove mettersi a cucinare? Con un tetto sulla testa, un fornello a gas e un paio di pentole, trentamila lire alla settimana e un briciolo d'ingegno potevano anche bastare a non morire di fame; ma in mezzo a una strada? Inoltre, dove avrebbe portato tutta la sua roba?

Ah! si trovò a pensare, quanto dev'essere liberatorio potersene fuggire in India a vivere come mendicante. Ciò che ti serve è soltanto una ciotola di legno e uno straccio per coprirti... ma ci pensi? Preoccupazioni: zero. Unisci le mani in gesto di preghiera e un po' di cibo lo rimedi da chiunque, ché i mendicanti in India sono visti come maestri spirituali, come illuminati che hanno saputo rinunciare alle lusinghe del mondo materiale. Ben altro che i nostri barboni, dei quali ci vergogniamo e perciò tendiamo a nascondere emarginandoli.

Ah, l'India... per lavarti ti butti nel Gange e le acque del fiume sacro ti mondano dentro e fuori. Dormi dove capita: un tempio, un portico o anche sotto le stelle. Dio buono, ci fosse andato in India quella volta! Quanti anni aveva allora? diciannove? Gli altri della compagnia erano partiti, erano stati nel Nepal, in Pakistan, in Afghanistan. Avevano visitato Calcutta e percorso in lungo e in largo il golfo del Bengala. Poi si erano spinti a est, e poi giù, fino a Singapore. E una volta tornati, quasi dopo un anno, avevano suscitato l'invidia di Edo raccontando di aver visto cose che... Sandokan? Tò fuma! Non sanno neanche chi sia, tanto per dire. Uccidere una tigre col pugnale? Ma fammi il piacere! Per affermare una cosa simile bisogna non averne mai vista una. Sandokan... Bah, gli venisse la diarrea, come canticchiava Thomas Milian in quel film...

L'india...

Edo, invece, aveva cambiato idea proprio pochi giorni

prima della prevista partenza... perché poi? Paura dell'incognito? Per la ferma disapprovazione di suo padre? Le lacrime di sua madre?

Già, l'India...

Però, a dirla tutta, uno dei suoi amici a Katmandu ci aveva lasciato la pelle, e altri due erano precipitati in una tossicodipendenza nella quale ancor oggi vegetavano senza speranza. Bah! a loro l'India aveva rovinato l'esistenza, altro che panacea! Fanculo!

Edo brandì il pollice e si mise in attesa che qualcuno si fermasse, la qual cosa avvenne quasi un quarto d'ora più tardi, quando già stava per rassegnarsi a ripercorrere a piedi i due chilometri che lo separavano dal letto, benché indovinasse che, in quanto a dormire, si sarebbe trattato di un altro paio di maniche.

Poco prima che un tipo a bordo di una Renault 5 accogliesse la sua richiesta di un passaggio, Edo stava rimuginando intorno all'idea che, a conti fatti, quella non sarebbe stata una cattiva sera per morire. Proprio no. Ne aveva fatte e viste talmente tante in trent'anni che a cosa serviva vivere ancora? Stare al mondo per fare cos'altro? per costruire che? Tanto prima o poi la morte arriva per tutti: è l'unica certezza che si ha nella vita! È il destino di tutti: si diventa cibo per vermi o tutt'al più cenere; in ogni caso concime. È la vita, altro che morte! L'esistenza che continua in altre forme. Già. Ti affanni per decenni a tentare di trasformare te stesso in ciò che non potrai mai diventare, finché un mattino ti guardi allo specchio e invece di vedere il tuo brutto muso vedi quello di tuo padre. E allora capisci che tutto è inutile, tutto è già stato scritto. Ma tu questo non lo vuoi accettare, e allora con un gesto scacci l'idea e rifiuti quell'inedito pensiero: ti gridi in faccia che tu sei tu, e solo tu puoi decidere di te stesso. Ma nel farlo già riconosci il piglio tanto odiato che il tuo genitore assumeva sgridandoti. Anche la voce è la sua. E allora ti rendi conto di essere soltanto la continuazione di un progetto non tuo. Se ti va bene – e se l'ottusità della tua mente te lo permetterà – riuscirai a metabolizzare la convinzione d'essere uno dei corridori della gara di staffetta che chiami esistenza: più sei imbecille e più ti crederai uno dei protagonisti. Anche se nella maggior parte dei casi – se nel frattempo avrai accumulato sufficiente sale in zucca – presto o tardi ti convincerai che di quella gara non sei altro che il testimone. Vieni trasportato, trascinato, sballottato; passi da una mano sudata ad un'altra e fine del gioco. Sì, tu ne fai parte, ma mica l'hai deciso tu; il tuo ruolo è passivo e predeterminato, e una volta oltrepassato il traguardo verrai subito dimenticato. Gli onori e la gloria andranno a coloro che ti avranno usato; a chi poi ti butterà via. Il tuo destino è quello di venir accantonato; poco importa se sopra una mensola o dentro la scatola delle fotografie. Alla fine sarà il loculo ad accoglierti. Per un po' godrai forse del conforto di qualche striminzita lacrima e vedrai appassire due fiori; poi anche questi, come le lacrime, diverranno di plastica, e mentre ti auguri che almeno una volta l'anno qualcuno venga a pulirli dalla polvere già sai che sempre più sovente sarà la pioggia ad occuparsene. Ma tu non vuoi pensare a tutto questo. A che serve? Tanto tu sarai morto… Però è triste, castrante. Sono proiezioni che ti deprimono fino all'osso, pensieri che non vorresti formulare, ma che ugualmente si affacciano beffardi ad ammonirti della tua meschinità. Nulla! Ecco cosa sei. Lo eri prima di nascere, lo sei stato per tutta la vita e lo sarai anche dopo. E allora cosa ti rimane? La bottiglia? Certo, una bella sbronza ti allontana un po' da te stesso, ti confonde quel tanto che basta a parcheggiare il tuo ego lontano dai capricci di una consapevolezza sempre in divenire, quella che oggi per questo domani per quello ti redarguisce e ti rompe continuamente le palle indicandoti cosa sia giusto fare o non fare. Ma poi? Passati i fumi cosa ti rimane? I problemi che avevi prima di ubriacarti sono ancora lì. Dunque, cosa ti resta? L'amore? Quale amore? Il colpo di reni o la parolina dolce? Le senili perversioni del vecchio sporcaccione abbrutito dal manifestarsi del suo declino fisico e morale o i subitanei rossori che salgono alle gote della giovinetta ancor intonsa alle prime audaci carezze rubate all'innocenza? Il sesso, che si conclude sempre in un bidè? Il sentimento? Ma va là, va là! Perdi la testa per una che credi quella giusta, la prendi per mano e ti lasci trasportare nei cieli azzurri e nei languori deliquescenti di un tramonto, in attesa che questa ti scarichi dopo averti svuotato l'anima e i testicoli e se ne vada per la sua strada col coglione di turno, quello che ha qualche centimetro in più nelle mutande e qualche anno in meno sulla carta d'identità. E non si degna nemmeno di voltarsi a guardarti mentre ti sfraceli al suolo.

-     Vai a Verona?
-     Sì, arrivo fino a San Giorgio, va bene?
-     Certo.
-     Allora sali.
-     Grazie.

Verona, ore che cazzo ne so, Sabato 3 Maggio ottantasei

Sono seduto su una panca di marmo. Davanti a me scorre l'Adige, dietro di me invece no. Sono circondato da un miliardo e mezzo di gatti (poco fa è arrivata una tipa di duecento anni almeno con un cartoccio di frattaglie. I felini la stavano aspettando. Adesso alcuni si stanno pulendo il muso, altri se ne sono andati per i cazzi loro).
Mi ha portato fin qui un tipo con una faccia da Branduardi da non poterne più e una voce talmente acuta e tagliente da chiedersi se sotto la cinta avesse qualcosa di procreante o se questo qualcosa

non gli fosse stato asportato dai genitori desiderosi di avviare il figliolo ad una carriera farinelliana o a quella di guardiano di un harem. Quando rideva sembrava che qualcuno stesse scaricando una badilata di ghiaia giù per una grondaia. E poi parlava, parlava, parlava. Mi ha raccontato che vive e lavora come marmista in quel di Domegliara, che sta andando da una sua amica che abita nei paraggi di Ponte Garibaldi, che dipinge quadri, soprattutto nature morte, ma anche qualche paesaggio rurale. Dice che ha provato a fare anche qualche ritratto, ma non riesce a beccare il colore della pelle. Allora gli ho spiegato che si deve partire da un fondo verde, ma lui non mi ha creduto, al che ho capito che avevo a che fare con un idiota. Mi ha raccontato che il mese scorso è stato a Vienna con una di quelle gite organizzate che poi sul pullman ti vendono le pentole a rate, che tu non puoi neanche scappare (e lui le ha comprate, va là, ché in futuro non si sa mai, però per la gita ha speso solo quindicimilanovecentolire colazione compresa), e che è un tifoso del Milan e della Ferrari e che la sua attrice preferita è Gloria Guida.

Non mi sono suicidato per due motivi: primo, per non sporcare di sangue la tappezzeria della sua Renault 5, che poi si fa fatica a pulire, secondo, perché non avevo una pistola a portata di mano. Ho provato a trattenere il fiato sperando nell'asfissia, ma non ha funzionato…ergo eccomi ancora qui a scrivere puttanate sulla mia agenda.

Bah, mi incammino verso il Corto, va là, ché l'Adige qua davanti si sta facendo pericolosamente invitante.

                                    Ala pro

Verona, casa del Gigi Tacchini, Sabato 3 maj ore tre e venticinque del mattino (cioè Domenica 4).

Siamo io, il Gigi, il Lele e Silvio. Sto bevendo un Civas. Il Gigi sta battendo un paio di righette di coca (ne ha un sasso grosso così).

Intanto Silvio sta togliendo i 2, i 3, i 4, i 5 e i 6 da un mazzo di carte per un pokerino. Io non ho una lira, ma, dice il Gigi, che nel caso mi copre lui.

Bene, si comincia.

Bar Bolzano, Verona, Domenica quattro Maggio, ore dieci meno qualcosetta

Ho dormito (si fa per dire: più che altro ho chiuso gli occhi) un paio d'orette sul divano del Gigi Tacchini. Il Lele e il Silvio se ne sono andati alle sette con le tasche un po' più vuote di quando erano arrivati. Io invece adesso ho in tasca un bel centocinquantone che non finisce più (vuoi vedere che da lassù qualcuno ha incominciato a guardare verso il basso?).
Abbiamo tirato tanta di quella coca che non so proprio come faccia il Gigi a dormire. Io invece ho voglia di spaccare il mondo. Sarà che ho vinto… sarà che non sono abituato a sniffare… Ma ecco che arriva il cameriere. Mi ha portato la cioccolata calda con panna che gli avevo ordinato.
Adesso me la ciuccio.

Ala pro

Piazza Bra, ore 16, domenica eccetera eccetera. I piccioni svolazzano e i passerotti pure, i tedeschi invece no (neanche gli ungheresi o i turchi, ma non è il caso di fare i meticolosi). (i francesi invece non ci ho fatto caso).

Sono andato a mangiare da Ropetòn, in quel di San Giovanni in Valle. Ho offerto il pranzo anche a Diego Gagetti (povero Gag, non lo vedevo da un bel po': come al solito non aveva una lira in tasca).(però aveva la macchina). Abbiamo chiacchierato (soprattutto io) di tutto il chiacchierabile cui ci è stato possibile accedere in tre ore. Poi lui doveva andare dal suo amore di turno (è ambidestro e in questo periodo se la fa con un maschione). Dice che gli piacerebbe farmi un pompino prima o poi, ma io non è che ci tenga tanto... fa niente.

Tornando al Ropetòn: io ho mangiato un piatto di pennette della casa (le famose pennette alla Ropetòn, che sono squisite. C'è dentro salsiccia, peperoni, panna, curry, peperoncino e chissà cos'altro, che quello non ti da la ricetta neanche se lo strozzi). Poi mi sono fatto una fiorentina al sangue che non finiva più e un po' d'insalata. Vino, caffè e tutto il resto. Il Gag ha mangiato anche lui le pennette, ma poi alla fiorentina ha preferito una scaloppina ai funghi. Alla fine ci siamo fatti anche un paio di sgnappe fatte in casa, che saranno state almeno di una cinquantacinquina di gradi, e che buone che erano.

Mi scappa una cacca, ma una cacca, che se non trovo un cesso prima di subito qua finisce che tra un po' non mi scappa più. E allora il problema che mi si presenterà in tal caso sarà di ben altra natura.

Vado vado

Sono andato a cagare al "Liston 12" come i ricchi.
E mi sono fatto un altro coffy (corretto Sambuca).

Domenica 4 Maggio Ore 18, Caffè Mazzanti, Piazza delle Erbe, Verona

Ho prestato un deca al Ciano e uno al Poldo. Più ho pagato un sacco di giri di Custoza, ché ciò addosso una balla...
Penso che andrò al cesso a vomitare, così poi sto meglio. Fatto.
Adesso sto meglio, come volevasi dimostrare.

Pescantina, Dom 4 maggiottantasei, mezzanotte abbondan-

te
Arrivato qui col Poldo.
Pagatogli benzina.
Sono distrutto.
Vado a letto.

Ala pro

—————————————————————————————— *Pe-*

scantina Martedì 6 maggio, ore 15 e 35

Oriella sta accordando la chitarra.
Io sto scrivendo che Oriella sta accordando la chitarra.

Alap

Come prima, ore 16 e 40

Oriella se n'è appena andata. Dice che aveva da fare. Non l'ho accompagnata: le ho detto che avevo da fare anch'io, porco giuda! Adesso esco e vado a comprare il detersivo per lavare un po' di roba (anche gli asciugamani, *va là). Poi farò un tòcco di spesa per stasera e domani (non di più perché, anche se il Raffa non l'ho più visto, incomincio a sentire il peso della mia provvisorietà in questa* casa, quindi non è d'uopo riempire il frigo).

Alla prrrrrrrrrrrrrrrrrrrroxima

——————————————————————————————

Di essere un po' bastardo lo sospettavo già, ma oggi ne ho avuta la conferma inconfutabile, inattaccabile, incontestabile, ineccepibile, indiscutibile, innegabile, irrefragabile, inoppugnabile, inopinabile, irrefutabile, indiscussa, assodata, certa, provata e comprovata, indubbia, indubitabilmente indubitabile e anche un po' inalienabile nonché priva di dubbio alcuno che ne possa minare la certezza, la quale è ferma, assoluta e incontrovertibile (mi è capitato tra le mani un dizionario dei sinonimi e contrari, si nota?), e anche un tantino pleonastica. Pensa un po' cosa ho fatto

*(ma con chi sto parlando? Fa niente va là): oggi avevo comprato,
fra le altre derrate, anche un paio di salsicce punto. Mi sovvenne
poi di aver notato (tempo fa in un cassetto di Paolo) un flaconcino
di Guttalax (che mi ripromisi di regalare all'autista del torpedone,
ma poi invece...) punto. Ordunque, ho preso il Guttalax e l'ho
schiaffato quasi tutto dentro una mezza salsiccia e poi mi sono
fatto una passeggiata fino al cancello di un cortile dal quale
domenica scorsa, mentre ci passavo davanti assorto negli organi
genitali maschili turgidi miei, un cane a momenti mi faceva
venire un colpo con il suo bau bau improvviso e gli ho dato la
salsiccia punto. L'ha mangiata punto.
Sono mica un bastardo? Punto interrogativo?*

Mercoledì 7 maggio ore tre del pom.

*Tra un po' arriva la Katy.
È arrivata. Sta accordando l'instrumento.*
        A duopo

*A volte mi viene da pensare che il baffo del Nassar sia convinto
che Katia non abbia un cesso a casa sua: ogni volta che entriamo qua dentro lei subito va a pisciare...*

*Le due birre sono in arrivo.
Ecco che torna anche la Katy.*
        Cin cin.

*Quando dicevo che io le cose me le sento non parlavo mica a vanve-
ra, non parlavo mica. Infatti, il Raffaelli mi ha comunicato l'imminente ritorno di Francois (senza la e finale: gliel'ho chiesto).
Dice che arriva lunedì. Ergo, entro sabato sera massimo massimo
domenica a mezzogiorno devo essere fuori dai coglioni.
Ordunque: benché ora sia pressoché certo della non esistenza di
questo fantomatico Francois, la certezza che mi dovrò cercare un*

altro tetto non è preceduta da alcun "pressoché".

Non me la sono neanche presa più di tanto: quando una cosa la si aspetta…

Ah, in questo momento sono le dieci del mattino di giovedì otto maggio. Paolo mi ha svegliato apposta per dirmi quello che doveva dirmi. Dice che gli dispiace…già, e intanto io ho poco più di due giorni per inventarmi qualcosa. Avessi almeno un pezzo di automobile…

Vabbè, forza con le meningi, va là.

Adesso sto un po' meglio (tanto per cambiare sono appena andato a vomitare).

Venerdì 9 maggio ore 13 e rotti. Pescantina.
Non mi ricordo un bel cazzo di quello che è successo ieri sera. Ero al Corto. C'erano il Ciano e il Poldo, poi sono arrivate la Lory e la Ornella (credo che una delle due compisse gli anni, ma non ricordo chi) (né quanti) (e poi chissenefrega?) e sono incominciate ad arrivare bottiglie. Ad un certo punto qualcuno mi ha messo in mano una chitarra (un cesso con certe corde di metallo arrugginito alte così, ché mi fanno ancora male le dita e che se non mi sono preso il tetano è solo perché ero talmente zeppo di vino che non c'era più posto). Ah, c'era anche Ugo. Si cantava Battisti e roba simile… poi siamo arrivati a casa di qualcuno…vigliacco se mi ricordo… c'era anche Fausto… e la Denise… e questo significa che erano passate le tre. Non mi ricordo di nessuna spaghettata, ma poco fa ho vomitato spaghetti…

Dio bello che mal di testa! e non mi ricordo mai di comprare delle aspirine… e poi chi mi ha accompagnato a Pescantina? Mistero.

Mi punge vaghezza che non posso andare avanti così.

Bah, l'importante è arrivare vivi (ma se continuo così sarà un arduo compito).

Merda

Come sopra 1986 D.C.

Mi sono trovato nel borsello due pacchetti di Marlboro (uno appena incominciato) e nel portafoglio ventiduemila lire. Mistero anche questo. Sicuramente ho chiesto un prestito a qualcuno. Mi sa che mi si preannuncia una figura di merda (dal momento che non so proprio a chi lo dovrò restituire, questi penserà che voglio fare il furbetto... e invece non mi ricordo davvero).
Bah, chiederò in giro. Forse.
Più facile di no.
E pensare che volevo smettere di bere... Bah, la prossima vita forse ci riuscirò.

alaprò

Sabato dieci maggio millenovecentoeccetera ore 14 Corto Maltese VR Italy

Stamane (come non si stufano mai di dire i giornalistucoli delle tivù locali, ché se una volta dicessero "stamattina" oppure "oggi" non casca mica il mondo) mi sono alzato presto (erano le otto e mezza) e sono venuto immediately a Verona because devo trovare un alloggio di riffa o di raffa (no, di Raffa no: mi ha appena cacciato via). Ho gironzolato parecchio: sono stato in Piazza Erbe (al Bolzano e al Mazzanti ivi adiacente), in Corte Sgarzerie, in Piazza Brà, in via Mazzini (al bar Monaco, dove ho bevuto un caffè e un tubo di minerale con le bolle). Poi sono passato dal Carletto in via Pellicciai, ma lui non ci fu. Sono entrato anche al caffè Dante, ma c'erano solo tre vecchie carampane (la cui somma dei loro anni se non raggiungeva le quattro cifre è perché qualcuna di loro non la racconta giusta), una delle quali mi ha guardato come avesse visto una cacca di mucca sul prato inglese di casa sua. Allora io con nonchalance ho allungato il collo a destra e a manca come a cercare qualcuno che non c'era, dopo di che, sforzandomi di non strapparmi i capelli dalla disperazione, ho girato i tacchi e me ne sono ito (uto ato). Mi era balenata l'idea di voltarmi di scatto facendo la linguaccia alle vetuste, ma quelle, per rappresaglia, erano capaci di morirmi d'infarto davanti agli occhi, ché sono sempre cose fastidiose...

Ala pro, va là

Sempre sabato dieci maggio, Borgo Venezia, bar Berimbau, ore 16 e un minuto.

Sono giunto fin qui con Paolino Coca Cola (così chiamato perché nessuno mai l'ha visto bere alcunché di diverso). Dice che un divano in caso di emergenza (leggasi per una notte o due), a casa sua c'è. Beh, non che lo conosca bene questo Paolino (oltre alle coche che beve e alla voce strozzata in gola che ha, di lui non so altro) (ah già: che quando gioca a briscola o a tressette si incazza sempre come una iena), ma se proprio dovessi trovarmi sulla strada, almeno so dove andare (anzi no, dal momento che non so dove abita, ma adesso, appena finisce di chiacchierare con la Celide me lo faccio dire).
Dice se bevo qualcosa, ergo la chiudo e vado al banco a trincare un gotto.

Simpatica la Celide del Berimbau. Non la rivedevo da almeno tre mesi. Mi ha fatto piacere, mi ha fatto, altro che balle. Peccato che ha il moroso, sennò due dita di corte se le meriterebbe anche.
Paolino è tornato al Corto. Io gli ho detto che resto qui (magari incontro qualcuno dai tratti somatici un po' diversi dai soliti).

A la proscèm fuà

Toh, ecco che arriva il Gag.

Ri-a la proscem fuà

Domenica 11 maggio, Pescantaccia, pianeta terra, ore 10 circa.

Paolo Raffaelli non c'è. Però c'è un suo biglietto sulla scrivania: dice di non

dimenticarmi di lasciare le chiavi.

Se non è eloquenza questa… d'altra parte, un giornalista il senso della sintesi deve pur averlo, no?

Ordunque, ho passato la mia ultima notte a Pescantina; ho fatto l'ultima cacca nel cesso di Paolo, mi sono fatto l'ultima doccia, che chissà adesso quando potrò farne un'altra, ho accatastato bene in ordine (in un angolino a fianco dell'armadio in camera "mia") tutta la mia roba (tranne un paio di cambi di biancheria intima e una camicia di riserva), quindi ho scritto un biglietto per Paolo in cui spiego che, non avendo ancora trovato un'ubicazione atta all'uopo, verrò a prelevare il tutto quanto prima. Poi ho aggiunto che all'occorrenza fino a fine mese sarò reperibile al Corto. Se non ci sono lasci detto al Criss o a Fausto.

Porco giuda mi scappa un'altra volta…vado vado.

Madonna che cagata squacchera che ho fatto! Sarà stato lo spaghetto aglio e olio di ieri sera a casa del Gag? Probabile. Infatti mi brucia il culo, ché quello ci ha messo tanto di quel peperoncino che se ce n'era la metà non si sarebbe notata la differenza.

Bene, mi spiace dovermene andare da questa casa, ché ci stavo da Dio (a parte la distanza da Verona). Ma tant'è.

Via dunque, si parte. E sarà quel che sarà, come diceva Jose Feliciano.

Ho notato (passeggiando qua e là fra le pagine di questa agenda) che il mio lessico indulge volentieri allo scatologico.

Bah, vorrà dire che quando qualcuno mi chiederà (ogni tanto capita) cosa scrivo di bello, rispondendo che si tratta di cagate non avrò detto una bugia.

Sono seduto su una delle sedie infilate (nel senso che sono in fila) di fronte ad un piccolo palcoscenico allestito da chissà chi per chissà quale motivo in piazza del tribunale vecchio. C'è gente intorno a me. Sopra la mia capoccia svetta la torre dei Lamberti. Una mandria di piccioni (una volta ho visto anche uno sciame di mucche), disturbata da un mocciosetto amfetaminico biondo come la messe, si leva in volo frullando nell'aria stagnante del pomeriggio. La madre del discoletto gli grida qualcosa in tedesco. Il moccioso batte i piedi piagnucolando cose che non sapremo mai. Suo padre (suppongo) lo va a prelevare e sollevandolo quasi per un orecchio lo riconduce a sedere.
Si respira un'atmosfera di festa (il che, essendo oggi domenica non è affatto antitetico).
Sul palco ci sono un paio di amplificatori, una batteria e un tot di microfoni. Continua ad arrivare gente. Bah, vedremo.
Non so che ore siano... şpetta che chiedo... le 15 e 50. Grazie. Prego non c'è di che.

È arrivato uno con i bonghi. Sale sul palco: ha una faccia da maghrebino che se non si chiama Moamed o Abdul mi taglio gli zebedei e li metto in salamoia.
Ne arriva un altro con un ordigno che non si capisce bene se sia un tamburo dotato di manico o una chitarra dalla cassa armonica di pelle... boh? Le corde per esserci ci sono... questo qui di sicuro si chiama Mustafa...

Ecco che incominciano. Il cantante ha mal di pancia (non si spiega altrimenti perché debba lamentarsi in codesto modo).

Vado al Bolzano a scroccare un gotto a qualcuno, va là, che sono già depresso di mio.

sè, ala pro, ala pro.

Casa di Corrado, S. Lucia, Verona, lunedì 12 maggio ore
mezzogiorno e settantacinque.

Ho dormito come un ghiro fino a dieci minuti fa. Sono nel mo-
nolocale di Corrado (gentile, l'ho conosciuto appena la settimana
scorsa e nonostante ciò un'ospitata da due o tre notti me l'ha of-
ferta). È appena uscito. Dice che se ho fame posso usare l'angolo
cucina (purché poi lavi i piatti, io gli ho detto che va da sé): lì
ci sono le pentole lì le stoviglie qui c'è un po' di pasta qui i pelati e
qualche altra scatoletta e il caffè invece olio aceto sale e pepe sono
dall'altra parte nel frigo c'è del burro e un tòcco di parmigiano
qua c'è la grattugia e la posateria e nel cassetto del tavolo le to-
vagliette cinesi e le salviette di carta mi raccomando poi rimetti
in ordine d'accordo non preoccuparti bla bla bla nanì nanèra
sì sì ciao ciao ci vediamo stasera al Corto.
Suonano al citofono... non so se rispondere... Mannaggia insisto-
no...ṡpetta, va là...
Era Corrado: dice che la pattumiera è sotto il lavabo dell'angolo
cucina. Va bene caro.
Ancora il citofono...
Era ancora lui: dice (mamiraccomandomiraccomando) di alzare
l'asse del water quando vado a pisciare... Maria santissima di
nostro signor Gesù Cristo! Mi sa che qui duro poco.

Verona, quartiere S. Lucia, martedì 13 maggio ore 14

Mi sono fatto un piatto di pennette (Barilla) con una scatoletta
di tonno (Star) scaravoltata dentro (che schifo, ma non fa nien-
te). Ho lavato i piatti (il piatto) e le posate (la forchetta), ho
risciacquato la pentola in cui l'acqua bollì e il bicchiere in cui ho
bevuto dell'ottima acqua di rubinetto, quindi ho messo tutto
in ordine per benino. Mi sono fatto anche una doccia e ho spruz-

zato la camicia con un deodorante che ho trovato nel mobiletto del bagno.

Adesso mi appropinquo alla fermata dell'autobussss (devo andare al Corto per la lezione con Oriella). Non ho il biglietto ma chìssene: se mi fanno la multa voglio proprio vedere a chi la mandano da pagare (sui miei documenti c'è ancora l'indirizzo di quando ero sposato).

Ho una voglia di fumare che se per terra trovo una cicca dall'aspetto ancora umano credo che la raccoglierò.

Allap

39

Se gli si chiedesse di recitare la parte di uno zombie, così come lo vuole l'immaginario collettivo, questa sera Edo non dovrebbe sforzarsi poi tanto. Più che deambulare, uno zombie arranca stancamente, come se ciò che gli rimanesse di tangibile si potesse riassumere in un'unica perenne salita. Così Edo. Il suo incedere è incerto. Non è dato sapere se uno zombie pensi; Edo non lo sta facendo: le sue elucubrazioni sarebbero troppo funeste, caustiche, distruttive. Un ultimo filo di ragione gli sta imponendo di non lasciarsi andare, perciò cammina. Cammina e basta. Mette avanti un piede, poi l'altro... Nessun pensiero. Se soltanto analizzasse la sua attuale condizione, se ponderasse seriamente sul da farsi, se desse retta al suo stomaco che non vede cibo da due giorni, se annusasse l'odore di cane bagnato che emanano i suoi indumenti e se, soprattutto, si soffermasse ad immaginare a come è fatto un letto, a quanto sia fondamentale per l'uomo questa semplice invenzione, ora che un letto non c'è – per quanto non sia nuovo a lui questo tipo di astinenza – o se, ancora, ascoltasse la stanchezza che lo sta consumando e se l'erba appena oltre il ciglio della strada non fosse bagnata, si lascerebbe andare, abbandonandosi al sonno, fosse anche quello eterno. A pochi metri dalla strada. Chissenefrega! Ah, che bello poter dormire, magari sognare, come diceva il buon Guglielmo qualche secolo fa... ancor più che mangiare, malgrado i crampi allo stomaco.

Il rumore di un'automobile in avvicinamento. Edo alza un pollice svogliato; convinzione: zero. L'auto non si ferma. Poco dopo un'altra: idem con patate.

Bah, finché Edo non avrà raggiunto un luogo idoneo sarà improbabile che qualcuno si fermi: la strada che da Pescantina conduce alla Statale Dodici è stretta, e in quel punto descrive un'ampia curva. E se ciò non bastasse è anche buio pesto.

Un'altra macchina... no, aspetta, sono due... cazzo come corrono! Senti che imballate di motore. Ma che stanno facendo? una gara? Sull'asfalto bagnato? Ma questi sono pazzi! Probabilmente si tratta di qualche giovinastro fresco di patente che ancora non ha capito che con questo tipo di giochi ci si può lasciare la pelle... ecco che si avvicinano... Edo si sposta dalla strada; se rimanesse sull'asfalto quelli lo potrebbero investire. Ecco che si intravedono i fari. Ehi, ma quella dietro ha il lampeggiante blu... é una macchina della polizia. Dio buono, è un inseguimento. Sì sì, è proprio un inseguimento. Edo non ne aveva mai visto uno, se non in qualche poliziottesco di Umberto Lenzi degli anni settanta, di quelli pieni di Luchi Merendi e Maurizi Merli che continuano a uccidersi e a rincorrersi sulle loro auto dai finestrini bloccati, ché per spararsi sono costretti a rompere i vetri col calcio delle pistole (da mille colpi, dacché mai una volta che li si abbia visti caricarne una); e alla fine vincono sempre i buoni... In pratica erano film di fantascienza, dal momento che nella vita vera i buoni col cazzo che vincono. Ma questa è la realtà, mica un film, e i guidatori delle due vetture non stanno seguendo un copione. E poi non c'è neanche la colonna sonora del Micalizzi o dei fratelli De Angelis; al posto del Clavinet qui si sente solo il rumore della pioggia che nel frattempo ha ripreso a scendere, 'sta maleducata!

Eccoli che arrivano. Edo si ripara dietro un albero. Ora, non che Edo sia un esperto di trigonometria, né ci sarebbe il tempo di calcolare seni, coseni, punti P, punti Q e balle varie, ciononodimeno si sente relativamente al sicuro: da come si presenta la curva, se una delle macchine dovesse sbandare e uscire di strada non colpirebbe l'albero, in quanto questo, rispetto alla probabile tangente, verrebbe a trovarsi in un punto più arretrato.

Passa la prima auto. Quella della polizia, ancora dietro la curva, passerà tra un attimo... ma cosa succede? Dal finestrino cade qualcosa e rotola nell'erba.

Passa la gazzella della polizia. Sembrerebbe che gli agenti non abbiano notato nulla. Edo suppone che gli inseguiti nel timore di potercela non fare, abbiano preferito disfarsi di qualcosa di compromettente... forse droga?

Sempre nascosto dietro il suo albero, Edo lascia scorrere alcuni minuti. Potrebbe darsi che i fuggitivi riescano a farla franca e che ritornino a recuperare l'involucro... oppure che i poliziotti abbiano notato quanto accaduto ma, preferendo non lasciarsi scappare i criminali, abbiano deciso lì per lì di rimandare il recupero del misterioso oggetto a dopo la cattura. Del resto, né gli uni né gli altri hanno visto Edo; case nei paraggi non ce ne sono... nessuno sa che da dietro un albero qualcuno ha assistito alla scena.

Passano altri minuti: niente.

Nella mente di Edo si susseguono immagini, ipotesi e, strano, anche facezie: come si fa a sapere qual è il di dietro di un albero? Guardando dove cresce il muschio? Cioè la parte del tronco rivolta a nord? Non è detto. Allora? Semplice: ci si apposta a spiare un gruppo di famiglia ad un picnic al margine di un bosco e si attende che a qualcuno scappi la pipì.

È passato ormai un quarto d'ora: ancora zero assoluto. Dunque, è legittimo supporre che i tizi siano stati catturati e i poliziotti non abbiano notato niente. Non può essere andata che così. Bene, dice tra se Edo, andiamo a vedere cosa c'è in questo misterioso pacco. Porco giuda, dov'è finito? Ah, eccolo qui: sembra una sacca... sì, una sacca sportiva. Cacchio, c'è buio... aspetta... come si apre... ecco, sì... cosa c'è dentro? Aspetta... Edo prende l'accendino... banconote! Dio buono, c'è un mucchio di denaro! Milioni! E tanti anche! Verosimilmente il bottino di una rapina. Vacca la miseria, che fare? Tornare a Pescantina? No. Probabilmente Paolo non c'è, e le chiavi di casa sua Edo non le ha più. Meglio andare in città.

Dio buono che manna! Vuoi vedere che questa è la volta che Edo ha finito di tribolare? Prenderà in affitto una casa e fors'anche l'acquisterà… comprerà un'automobile… un tecnigrafo, così potrà finalmente riprendere la sua attività di grafico… anzi no, si darà alla pittura: organizzerà le sue mostre nelle migliori gallerie d'Italia e d'Europa… poi si comprerà una chitarra classica Chono, ché una volta da Zecchini ne aveva provata una che aveva un suono che sembrava poesia… oppure una Ramirez Gran Concerto, e poi un paio di elettriche: una Les Paul e una Stratocaster, come quelle che aveva una volta, ché quelle ci vogliono per forza, e anche una centosettantacinque da jazz, via, non mettiamoci a lesinare… e poi aprirà una scuola di musica… e in cantina allestirà una sala prove con la migliore strumentazione che ci sia oggi sul mercato… e inciderà dei dischi, e si avvarrà della collaborazione dei migliori musicisti, ché fare successo così non è difficile… e Maurilio Bussola detto il Seppia e la Elvira e la sua ex moglie e tutti tutti tutti diranno: Hai visto Edoardo Grassi? noi che credevamo che fosse un fallito, e invece ce l'ha fatta. L'hai visto ieri a Domenica in? Hai sentito che bella la canzone che ha scritto per Mina? Quale? Quella che fa: ta-dà-ta-dà-ta-ta-tèro-tèro… ma va? l'ha scritta lui?…

E se la polizia, non avendo trovato nulla in macchina dei tipi, avesse dovuto rilasciarli e questi tornassero e vedessero Edo per strada con la loro borsa? D'accordo, lì per lì potrebbe passare inosservato, ma una volta che avessero raggiunto la curva non vi trovassero niente farebbero due più due e Edo sarebbe bello e che fregato. Tornerebbero a cercarlo, e poi… poi… ma no… cosa va a pensare? Come minimo una notte in guardina quelli se la pappano, non fosse altro che per la velocità.
Ci sono le cassette di sicurezza alla stazione ferroviaria? o ci sono solo nei film anche quelle?
Deve affrettarsi ad arrivare a quel bar sulla statale e da lì chia-

mare un taxi e farsi portare in un albergo e poi si vede... Però sarebbe giusto andare alla polizia... chissà se è prevista una ricompensa in casi come questo... però, anche se fosse, sicuramente non basterebbe a comprare una casa...

- Ehilà Edo.
- ...
- Edo? Ehi, Edoardo!
- Eh? Ah sì, ciao Fede.
- Allora? lo bevi o no 'sto bianchetto?
- Come? Ah scusa, ero distratto. Stavo pensando a una cosa. Sì sì, lo bevo, come no?
- Stavi pensando? Un altro po' e sembravi in trance.
Criss arrivò con i due Custoza. I due bevvero scambiandosi le solite stupide amenità di prassi, quelle che servono soltanto a distogliere l'attenzione allo scorrere dei minuti, poi Federico Giuliani se ne andò.
Edo, finalmente solo, riprese a pensare:
"Allora, dov'ero rimasto? Ah sì, chiamavo un taxi per farmi portare in albergo e poi dovevo decidere... Bah, fanculo! a che cazzo serve scappellarsi il cervello in modo così puerile... Vai a cagare Edoardo, altro che milioni!"
- Criss? dammi un Custoza va là, che anneghiamo la tristezza.

Oriella arrivò con qualche minuto di ritardo. Salutò Edo, adagiò la sua chitarra sul primo tavolo, quindi si avvicinò al banco e si mise a parlottare con Criss. Il Tun-tun- tun martellante di una roba da discoteca vuota come lo scroto di un eunuco copriva le loro voci.
Al Corto Maltese non c'era nessun altro.
Edo fremeva: non che avesse fretta di iniziare la sua lezione del martedì – che dopo quasi due mesi stava ora tornando a impartire, suo malgrado, tra le mura della taverna – lo infastidiva

piuttosto quella vaga sensazione di indifferenza che avvertiva nei suoi confronti da parte di Oriella; una sorta di velato distacco, lo stesso che lo aveva messo a disagio durante la lezione precedente a Pescantina. Qualcosa si era guastato, questo era fuor di dubbio, ma Edo non riusciva a focalizzare bene cosa fosse. Tuttavia, più tardi in cantina, un briciolo di spiegazione l'avrebbe preteso. Ma come? si chiedeva, abbiamo scopato come ricci fino a ieri, conseguendo anche un'intimità che sembrava andare oltre la mera fisicità dell'amplesso; ci siamo raccontati cose molto personali, ci siamo esplorati a vicenda corpo e psiche fin dentro il buco del culo, e non per modo di dire... insomma, sembrava esserci qualcosa in più, qualcosa di speciale... qualcosa di... qualcosa che... e adesso?

Bah! Fanculo anche la Oriella!

Del resto, un po' se lo aspettava. Forse il cambiamento in lei era iniziato quando Edo l'aveva informata che di lì a poco si sarebbe trovato nuovamente senza un tetto? Sì, potrebbe essere. Forse agli occhi femminili un maschio in declino è privo d'ogni attrattiva (un uomo che non ha una casa che razza di uomo è? ...e poi senza più una casa dove si va a scopare?). Ma più probabilmente Edo aveva incominciato a scendere di punteggio la sera in cui scoperchiò la sua indigenza invitando Oriella a restare per cena, noncurante del fatto che il frigorifero fosse vuoto... anzi, forse era stata proprio quella noncuranza a far capire a Oriella che il frigo vuoto fosse per lui la normalità. E poi tutti quei piatti da lavare... Ma forse occorreva sondare un po' più lontano, cioè fino alla sera della pizza, laddove, a corto di denaro, mollemente lasciava che a pagare il conto fosse lei: generoso gesto, allora mascherato da prestito, che però non fu più restituito. Da allora, infatti – se ne stava rendendo conto solo adesso – Edo si sentiva addosso il dolciastro odore dell'umiliazione.

La fumosa cortina di considerazioni in cui Edo stava annaspando, dalla quale già evinceva la peculiare meschinità dell'uomo inutile, fu dissipata dalla voce di Oriella:

- Prendi qualcosa?

- Un Custoza, grazie.

La voce era fuggita dalla gola di Edo anticipando il suo cervello, proprio mentre questo gli suggeriva di rifiutare, una volta tanto; e che cazzo! Ma ormai...

Oriella arrivò con una bibita per lei e il bianco di Edo. Senza dire nulla gli si sedette di fronte. Edo "sentì" Criss alle sue spalle armeggiare fra le bottiglie e disinteressarsi a loro.

- Devo dirti una cosa... – balbettò Oriella giocherellando nervosamente con la cannuccia che aveva tolto dal bicchiere.

Ed ecco che improvvisamente tutto parve chiaro nella mente di Edo:

- Smetti, vero?

- Bé, sì. Ma tu... insomma, da cosa l'hai capito?

- È la fisiologicità del mio lavoro.

Edo tentava di nascondere la sua profonda delusione cercando di darsi un tono:

- Vedi – proseguì – con i primi caldi la voglia di studiare subisce una flessione. È normale. A quanto si dice nell'ambiente didattico, pare che la maggior parte degli studenti di musica interrompa le lezioni entro la prima quindicina di maggio. Anzi, proprio ieri stavo pensando, dal prossimo anno, di smettere a fine aprile; perché vedi, lo studio di uno strumento...

- No, non è per questo – lo interruppe lei, salvando senza volerlo (o forse sì?) l'ultimo brandello di dignità del suo neo-ex maestro da quella goffa arrampicata sugli specchi – io continuo con lo studio, ma...

- Ma?

- Prometti di non arrabbiarti?

- Perché mai mi dovrei arrabbiare?

- Prometti?

- D'accordo, prometto.
- Ecco vedi… Azz! come faccio a dirtelo?
- Dirmi cosa?
- Insomma, non è facile per me… conoscendoti…
- Conoscendomi di che? Ma porco giuda, lo vuoi sputare 'sto rospo si o no?
- Sapendo cosa pensi di lui…
- Cosa penso di…

Come il fulmine rischiara il buio della notte; come il sereno si apre uno spiraglio fra le nubi sul finir del temporale; come un rabbioso stridor di freni annuncia il clangore d'uno schianto; come lo stillicidio d'un rubinetto guasto presagisce l'impinguamento della bolletta; come la rondine, ignara del detto, va in giro a far primavere a destra e a manca; come le orde di Alarico furono presaghe della fine imminente di una Roma imperiale ormai lasciva e decadente; come la gatta che a furia di mangiare lardo è rimasta monca fino ai gomiti e infine come una purga serale è foriera di cagate mattiniere, ecco la chiarezza deflagrare nel cervello di Edo:

- Il Tronfione!
- Si chiama Maurilio!
- E ben gli sta, così impara!

Oriella tentò, senza riuscirci, di reprimere un sorriso:

- Così impara che cosa?
- Cosa impara? Quello? Ah! se ne ha di cose da imparare! Come vuoi che proceda? in ordine di importanza? in ordine alfabetico? in ordine cronologico? in ordine sparso? in ordine ascendente? discendente? gerarchico? in ordine pubblico? in ordine d'apparizione? in ordine d'arrivo? in ordine professionale? clericale? episcopale? in ordine del giorno? …
- Aoh! Basta no?
- Occhèi. Ai suoi ordini madame. Anzi, adesso che ho messo un po' in ordine le idee, ordino da bere.

- Tu sei mica normale, sai? – sospirò Oriella.

- Meno male. Se essere normali significa essere come il Tronfione, viva l'anormalità!

- Lo sapevo che finiva che ti arrabbiavi.

Edo allargò le braccia.

- Ma io non sono arrabbiato.

- Ah no?

- No, sono semplicemente deluso. Estremamente deluso.

- Addirittura.

- Sì, perché se hai deciso di cambiare maestro preferendo quello là a me, significa che non hai capito un cazzo.

- Beh, quello è un pezzo che l'ho capito, fidati.

- Il mio di sicuro.

Oriella abbassò lo sguardo.

Quand'ecco un altro squarcio nel cielo; un altro fulmine accecante nella sua cruda luce rivelatrice:

- Anche il suo! È così, vero? Te la fai anche con lui! Da quanto tempo scopate insieme? Forza, dimmi! Quando è incominciata 'sta storia?

- Oh insomma! Si può sapere cosa vuoi da me? io frequento chi mi pare e piace, hai capito? Chi sei tu per venirmi a fare il terzo grado? Il fatto che siamo stati a letto insieme qualche volta non ti da il diritto...

- Va bene, va bene – la interruppe Edo – ho capito. Io sono stato uno dei tuoi giocattoli, e come tale non posso pretendere di essere io a decidere la fine del gioco, non è vero? Del resto, è sempre chi gioca che decide come e quando smettere, mica chi viene giocato...

- Sei ingiusto, Edoardo.

- Non chiamarmi Edoardo, chiamami Balocco.

Oriella non riuscì a non ridere.

- Scemo!

Passarono alcuni lunghissimi secondi, pregni d'un silenzio acido che nemmeno la breve risata di Oriella era riuscita a disacerbare. Edo avrebbe voluto aggredirla con mille domande. Avrebbe voluto sapere tutto. Morbosamente. Anche nei minimi particolari. Si sentiva tradito, e non solo quale amante scaricato: quel tradimento lo feriva soprattutto come insegnante, come musicista. La scelta di Oriella andava a suffragare un latente timore di Edo: quello di essere non già un provetto chitarrista, come amava pensare di sé, ma un mediocre praticante, e per di più illuso. Altro che bravo maestro! si trovò a rimuginare, se i miei allievi preferiscono ricevere insegnamento da una persona che io considero priva di sensibilità musicale, significa che io... vuol dire che io... Ah, Dio buono! cos'altro dovrà accadere ancora? Cosa devo fare? Dio buono! Dio buono! Che casino che ho nella testa! Cos'è questo peso che mi sento nel petto? Mi pare di annegare... devo reagire... devo mettermi a pensare nel modo giusto... in fin dei conti non è altro che un'allieva che smette; prima di lei altri hanno smesso no? ma mica ne ho fatto una tragedia... tutti smettono prima o poi... fanculo Edo! perché cazzo la prendi in questo modo? a che serve? Tanto a fine mese avrebbe smesso lo stesso per la pausa estiva.

Tuttavia, un brandello di risposta sentiva di poterla esigere a pieno diritto.

- Perché? – chiese col massimo della tranquillità di cui fu capace.

La sua voce era calma, lo sguardo fermo; lui stesso si stupì di come in un attimo gli venne fatto di aggirare il nichilistico sconforto cui indulgeva solo un momento prima.

- Non c'è un motivo preciso. – spiegò Oriella – Con Maurilio ci si diverte con le chitarre, come dire... ci si vede spesso, si strimpella, si canta... è meno rigido di te.

Edo alzò un sopracciglio.

- Non in quel senso; che scemo che sei! Quello che intendo dire è che tu sei più preciso, più esigente. Non metto in dubbio che con te si impari di più e meglio, ma vedi, io non voglio diventare una chitarrista nel senso stretto del termine; a me basta sapermi accompagnare nelle canzoni che canto, e per questo il Mau va più che bene.

"Mau? Toh, siamo già ai nomignoli."

- E poi non mi fa pagare. – continuò lei – Ma non è per risparmiare quindicimila lire, ci mancherebbe, è che… insomma, quello che cerco dalla chitarra lo trovo più in lui che in te

- E in quanto a sesso?

Oriella socchiuse gli occhi e inclinò un po' la testa.

- Cosa vorresti sapere? Sentiamo un po', sarai mica geloso alle volte?

- Ma no ma no, cioè, voglio dire…

Edo si rese conto che stava farfugliando. Cercò di riprendersi:

- E va bene. Per dirla chiaramente: con me è finita?

- Azz, Edoardo, pensavo mi conoscessi. Io non sono il tipo di ragazza che coltiva un rapporto duraturo. E poi cosa significa finita? Tu ed io abbiamo fatto l'amore quando ci andava di farlo e basta. Non ci siamo mai posti domande tipo: quanto durerà? e mi sarai fedele? e ci mettiamo insieme eccetera, non è vero? Tu avevi voglia di venire a letto con me, io con te, l'abbiamo fatto. Fine. Ora come ora mi va di farlo con Maurilio, per cui lo faccio; senza storie, proprio come l'ho fatto con te o con Giorgione. In quanto a tu ed io… un domani che ci si rivede, se ci andrà lo faremo di nuovo. Oh insomma, io sono fatta così. Il giorno che mi innamorerò sul serio probabilmente cambierò, che ne so, ma per il momento mi va bene così. Dove sta il problema?

- Già – ammise Edo – nessun problema.

In fin dei conti, disse astiosamente tra se, sono cazzi suoi, nel vero senso della parola.

Passarono altri lunghi secondi durante i quali Oriella non smise mai di guardare Edo con i suoi occhioni luccicanti di malizia e tristezza a un tempo. Sembrava desiderasse un sorriso, quasi si trattasse d'una restia assoluzione, dacché aveva appena confessato il suo peccatuccio ricorrente, quello a cui non sapeva rinunciare, quello per cui un pentimento non era contemplato dalla sua natura discola e frizzante. Ma Edo non riusciva a sorridere; avrebbe potuto, certo, stiracchiare le labbra nell'imitazione di un'inesistente serenità, ma già sapeva che ne sarebbe uscita una smorfia goffa e tesa: surrogato d'una tranquillità interiore che, per quanto egli inseguisse, oggi più che mai non possedeva.

Edo allungò la mano sul tavolo e prese quella di lei; desiderava in tal modo concedere a Oriella la sua indulgenza, benché non stesse a lui essere o no indulgente a fronte di ciò che non sussisteva e che perciò non poteva essere perdonato. Quando ritrasse la mano si trovò nel palmo un informe groviglio di plastica: era la cannuccia che per tutto il tempo Oriella aveva martoriato fra le dita.

Edo sorrise.

40

L'incremento di avventori nei bar del centro il venerdì sera era un classico. Nei vari locali più o meno alla moda, tra i gli habitué dai lineamenti ormai confusi nella noia di una routine priva d'interesse, durante i fine settimana si potevano scorgere senza fatica gli sguardi attenti e vagamente allocchiti dei giovani di provincia. All'apertura di un nuovo locale poi era un vero e proprio assalto.

Il fine settimana, dunque, ogni locale diveniva vetrina di gruppuscoli più o meno saltuari di volti nuovi. Un occhio allenato avrebbe individuato tra loro chi cercasse amicizie femminili; chi desiderasse sorseggiare un boccale di birra di quella buona... ma c'era anche chi frammentava la serata in tappe di lunghi tour enologici, nella speranza di scoprire un'improbabile osteria nascosta ove venisse servito un vino insuperabile da raccontare agli amici o chissà cos'altro; chi usciva dal cinema e prima di andare a casa si faceva il penultimo bicchiere in compagnia, ché proporre l'ultimo portava sfiga; chi sperava nella "papabilità" di una ragazza e le offriva un long drink, cercando in esso un'eleganza che di spume e bianchetti che ingurgitava durante la settimana non era certo la principale prerogativa. E c'erano coloro i quali, e Edo tra questi, vivevano tutto ciò come un diversivo, un'occasione, pur dozzinale nella sua periodica ripetitività, che paradossalmente offriva ogni volta qualcosa di nuovo.

Aperta da poco, la brasserie "Lo Sfizio", con la sua chiusura alle quattro del mattino, rispetto agli altri bar concedeva agli astanti che l'avessero gradita un'ora in più di accoglienza e si pregiava di una carta dei panini e delle birre in grado di soddisfare una clientela più eterogenea ed esigente. Inoltre, a pranzo venivano preparati primi piatti e insalatone per tutti i palati, soprattutto mirando ad un target costituito da impiegati della zona, che ben presto avrebbero fatto del locale il loro punto di riferimento per il breakfast. Ma la sua attrattiva principale, almeno dal punto di vista di Edo e degli altri nottambuli, era l'insostituibile opportunità che veniva loro offerta di poter completare il giro delle ventiquattr'ore senza soluzione di continuità: quando "Lo Sfizio" chiudeva già aprivano "Il Cavallino" in via Adigetto e il bar della Lorenzina in Borgo Roma. Erano le ventidue di venerdì 16 maggio. Edo entrò.- - - Beh! Se non è una sorpresa questa... vieni Gerardo, unisciti a noi.

Con chi ce l'avevano quelli? Evidentemente con Edo, stavano guardando lui... ma chi erano? La ragazza l'aveva già vista da qualche parte: era una tipa un po' scialba, ventidue/ventiquattro primavere portate male, capello d'un biondo slavato e uno sguardo talmente annacquato che dietro le pupille si indovinavano i pochi neuroni morirsene di solitudine in un oceano di nulla. Ma lui? Eppure la sua voce non gli era nuova, e anche il volto aveva un che di già visto... sui cinquanta, brizzolato, stempiatura ben al di là dell'incipienza... di sicuro una conoscenza marginale: l'aveva chiamato Gerardo. Probabilmente era anche un po' alticcio. Bah, capitava... Porco giuda, 'sta cazzo di memoria!

Edo si avvicinò al tavolo.

- Salve – esordì, cercando di mascherare dietro una faccia tosta sfoderata all'uopo la sua amnesia.

Massì pensò, una frase o due e mi tornerà in mente. Era una tecnica collaudata: in casi simili bastava fingere di nulla e lasciar parlare l'interlocutore finché una sua parola o un gesto, a volte anche solo un atteggiamento facevano scattare il meccanismo dei ricordi e tutto tornava in superficie. Ma laddove ciò non fosse bastato avrebbe usato l'altro espediente, quello di chiedere apertamente il nome, e alla risposta venirsene fuori con un innocente: - ma sì, lo so che ti chiami Tizio, è il cognome che non mi ricordo – oppure il contrario.

- Come stai? – s'informò il brizzolato – ti vedo meglio dell'ultima volta.

Il bluff fu facile:

- Beh, quella volta non ero in forma, diciamo così.

Se quello lo vedeva meglio dell'ultima volta, aggiunto al fatto che Edo non ricordava, poteva significare solo che in quell'occasione fosse scorso parecchio vino. A meno che non si trattasse d'altro di più in là nel tempo… ma no, la sensazione che fosse qualcosa di recente era netta. E poi quello non sembrava l'approccio di chi non si incontra da anni.

- Fate ancora bossenove tu e il tuo amico?

… 'spetta 'spetta '…

- No, ho sciolto il duo.

- Peccato. Eravate molto bravi.

- Sembra di sì, ma c'erano un sacco di problemi – spiegò Edo scacciando una mosca che non c'era.

- Sì, ricordo che me ne avevi parlato. Ma siediti, dai. Conosci Teresa?

Edo allungò la mano sopra il tavolo: piacere Edoardo, piacere Teresa, sì, ci siamo già visti da qualche parte, bla bla bla…

- Sei ancora ospite di quel tuo amico di Pescantina? – riprese lo stempiato.

… ecco ecco ecco…

- No. Per adesso dormo ai Filippini, in vicolo Torcoletto. Ma si tratta solo di qualche notte. È la casa di una mia conoscente che in questo periodo è via per lavoro. Si chiama Donatella Pedretti… la conosci?

- Mmm… no, non mi pare. In vicolo Torcoletto dici? Dove c'è l'atelier Romano?

Ecco chi è: l'amico di Romano Borghesi, quello che ho trovato al bar di Carletto la sera della prova in pubblico, che poi mi ha dato uno strappo a casa… 'spetta… com'è che si chiama? Sergio? No… Giorgio? Sì, Giorgio!"

- Esatto. Due porte prima venendo da Stradone San Fermo, per capirci. In pratica di fronte al Bar Reboano.

- Beh, sono contento di rivederti. Che dici? Ci facciamo una birra?

-Vada per la birra.

Alla prima birra Edo raccontava di come aveva passato le ultime settimane, di come l'espediente l'avesse fatta da padrone sia nell'alimentazione che nella logistica.

Alla seconda Giorgio suonava la sua campana circa i motivi della recente separazione da sua moglie.

Alla terza, spronato da Giorgio che evidentemente intendeva far colpo sulla ragazza mostrandole di conoscere un personaggio in qualche modo importante, Edo raccontava qualche aneddoto del suo passato, tirando in ballo senza pudore alcuno schiere di Pippi Baudi, Adriani Celentani e altri personaggi dello show-sistem con cui aveva avuto a che fare.

Alla quarta, Teresa doveva fare le sue per tenere a bada Giorgio le cui mani già assomigliavano ai tentacoli appiccicosi di un polipo arrapato.

Alla quinta Teresa andava a pisciare e al suo ritorno decideva di sedersi al fianco di Edo, ignorando gli sguardi ora torvi ora imploranti del Cefalopode abbandonato.

Alla sesta andava a pisciare Giorgio. Durante la sua assenza, senza mezzi termini Teresa chiedeva a Edo di essere salvata da quel vecchio rompiballe, ché ormai non ne poteva più.

E Edo la salvò.

Distesi fianco a fianco sul letto di Donatella Pedretti, nudi e accaldati, si addormentarono che già albeggiava.

Edo entrò al Bar Reboano. Erano le quattro del pomeriggio. I due occasionali amanti si erano salutati pochi minuti prima con la reciproca promessa di rivedersi l'indomani allo Sfizio o al Corto Maltese. Ma Edo ci credeva poco. D'accordo, si erano scopati come due ornitorinchi assatanati per tutta la notte, tuttavia, agli occhi di Edo l'avventura con Teresa aveva la consistenza di una sega o poco più. Anzi, dacché le troppe birre assunte gli avevano precluso l'orgasmo coitale, fu proprio la sega che lei gli fece appena sveglio la cosa più gratificante dell'intera "nottata". Ma era così scipita... così irriducibilmente triste... non si era nemmeno degnata di prenderglielo in bocca, tanto per dire.

Proprio come Anna qualche sera prima: andiamo a fare un giretto, gli aveva proposto ammiccante fino al disgusto; e Edo aveva accettato, va là, sperando quantomeno di beneficiare di una scopata più appagante di quella della volta scorsa, laddove, avuta che ebbe la sua dose d'estasi, quella si addormentava mentre Edo era ancora nel pieno delle operazioni.

Erano andati quindi, con la macchina di lei, a nascondersi in un buco recondito quel tanto che basta ad essere giudicato idoneo all'uopo; si erano spogliati del minimo necessario e dieci minuti dopo, per la seconda volta, Edo si ritrovava a giocare a ping pong con lo sguardo fra il suo fallo ritto sull'attenti sopra due coglioni in procinto di scoppiare e Anna che russava col sorriso sulle labbra.

Finché non si era destata.

- Andiamo? – aveva chiesto infilandosi le mutande.

- Come andiamo? – aveva ribattuto Edo – e io?

- E tu cosa?

- Come sarebbe a dire io cosa? cazzo Anna, tu la tua dose di estasi l'hai avuta, io ancora no!

- E che posso farci?

- Beh, qualcosa potresti farci. – aveva suggerito Edo soppesandosi le palle in una mano – Un po' di fantasia ce l'hai, no?

- Cosa vorresti? Che ti facessi un pompino?

- Ammetto che non mi spiacerebbe...

- Ma spiacerebbe a me. Io non ho mai fatto pompini, e non

ho intenzione di incominciare a trentadue anni.

A tutta prima Edo non se l'era presa più di tanto.

- Bé, i gusti son gusti. – aveva sentenziato – Fammi almeno una sega, ché io ho bisogno di scaricare.

- Una sega puoi fartela anche da te.

- Che cazzo dici, stronzetta? E tu allora? non potresti comprarti un qualche aggeggio in puro lattice invece di rompere le balle all'umanità elemosinando le tue godurie? O forse reputi anche me alla stregua d'un vibratore? Cos'è il tuo? Sesso unilaterale? Com'è che funziona dalle tue parti? dimmi un po': l'orgasmo femminile sancisce la fine del gioco? Rien ne va plus! Siorre e siorri si chiude! Sbaglio o c'ero anch'io poco fa mentre mugolavi di piacere subito prima di addormentarti? Ed è già la seconda volta che mi fai questo scherzo. La seconda ed ultima, te lo garantisco. La prossima volta che ti prude la bernarda dimentica il mio nome, sono stato chiaro? E adesso riportami al Corto, va là, che se devo farmi una sega è meglio che me la faccia al cesso. Meglio guardare il water che una come te.

- Sei un cafone!

- Ah, sarei io il cafone? Ma porcozzio Anna, ti rendi conto di come ti stai comportando nei miei confronti? Oppure il sesso lo fai in questo modo anche con gli altri? Perché se è così poveri loro. Poveri loro e povera te! E mi vieni a parlare di sensitività e illuminazione? Bé, ne hai di cose da imparare allora, te lo dico io, dal momento che non percepisci nemmeno le esigenze più terra terra dell'uomo che ti stai scopando. Hai mai sentito parlare di eiaculazione? Sì? ma guarda un po'... però a me suggerisci di arrangiarmi, vero? Vada per una volta, che sarà mai, può capitare: una ha bevuto due bicchieri di troppo e si addormenta mentre l'altro la sta ancora zompando, ma se questa è la tua regola, allora sappi che per il resto dell'umanità non funziona così. Quando si tromba il piacere normalmente è reciproco. Anzi, dirò di più: il piacere più profondo e gratificante sta proprio nel dare piacere all'altro. E adesso medita, che di materiale ne hai a iosa.

Dopo lo sfogo di Edo, Anna era rimasta in silenzio per almeno un minuto. Intanto lui affidava la sua rabbia ad una sigaretta. Ma evidentemente le parole di Edo erano riuscite a smuovere qualcosa in quella testolina pregna di mistico egocentrismo, tal ché lei aveva allungato una mano e adesso si stava risolvendo a riparare accarezzandoglielo. Dolcemente, con una lentezza esasperante. Una lentezza che Edo non sapeva se attribuire a inesperienza o ad abile maestria. In ogni caso, l'erezione da poco perduta era tornata in un baleno, e fu seguita pressoché subito da una superba eiaculazione, parte della quale era finita sullo schienale, parte a perdersi fra i capelli e la barba di un Edo inarcato dagli spasmi di quel piacere asincrono e ritardatario.

Totalmente in antitesi al modo in cui Anna si poneva di fronte al mondo in generale e al sesso in particolare era invece Silvana. Edo l'aveva conosciuta al Corto poche ore dopo l'ultima lezione di chitarra impartita a Oriella.

Non bellissima, sola soletta davanti al suo bicchiere, la ragazza aveva due grandi occhi estremamente tristi e sorridenti ad un tempo. Sembrava attendere qualcuno.

Solo anch'egli al suo solito tavolo, Edo scribacchiava le sue secrezioni della psiche. Anche lui era triste: la decisione di interrompere le lezioni presa da Oriella l'aveva catapultato in uno stato d'animo prossimo alla depressione. L'avvilimento sembrava poter essere toccato.

Era stato alzando lo sguardo dalla sua agenda che aveva incontrato quello di lei. Ancora in balia dei suoi corrucci, lui era rimasto serio, lei invece aveva sorriso, al che Edo, rimessa che ebbe l'agenda nel borsello, si era alzato: qualunque cosa assomigliasse ad un'evasione era da cogliere al volo.

- Aspetti qualcuno?

- Sì e no.
- Posso farti compagnia?
- Certo, anzi mi fa piacere: non viene mai nessuno a parlare con me...
- Bé, eccomi qua. Io mi chiamo Edoardo, e tu?
- Silvana.
- Che significa sì e no?
- In che senso?
- Alla mia domanda di prima... hai risposto sì e no.
- Ah, se aspetto qualcuno?
- Esatto, dai che ci arriviamo.
- A cosa?
- A capire se aspetti qualcuno oppure no.
- Te l'ho detto: sì e no.
- Ho capito, stasera si gira a vuoto.
I- n che senso?
- Dimmi un po' ehm... come hai detto che ti chiami?
- Silvana.
- Dimmi un po' Silvana, non è che alle volte mi stai prendendo per il culo?
E lei a ridere:
- Ma no, è che sono un po' ubriaca.
- Come mai? – si era informato allora Edo.
- Come sempre – aveva risposto lei tornando ad immergersi nella sua tristezza.
- Bevi molto?
- Solo quando esco di casa.
- Ed esci spesso di casa?
- Solo per ubriacarmi o per scopare.
- Quando dicevo che si gira a vuoto... comunque, viva la sincerità.
- In che senso?
- Nel senso che ci conosciamo, per così dire, da trenta secondi e

già mi racconti che esci di casa solo per bere o scopare.

- Perché? se te lo dicevo fra mezz'ora cosa cambiava?

- Beh, niente.

- Vedi?

Bé, messo giù così, benché d'un equilibrio che aveva del grottesco, il ragionamento stava anche in piedi.

- E stasera? – riprese Edo.

- Stasera cosa?

- Sei uscita per ubriacarti o per scopare?

- Come vedi sto bevendo.

- Ho capito, ma si tratta di una scelta o di un ripiego?

- Perché? vorresti scoparmi per caso?

- Porco giuda! – aveva indugiato Edo grattandosi la barba disarmato – io dicevo così, tanto per fare un po' di conversazione...

- Allora ordino da bere. Bevi un bianco anche tu?

- Vada per il bianco.

- Lo vedi? Non piaccio neanche a te.

- Ehi un momento, chi ha detto questo?

- Si capisce.

- Da cosa?

- Dal fatto che anche tu preferisci bere anziché scoparmi.

- Ma io non ho mai detto una cosa simile.

- Quindi mi scoperesti?

- Dio buono, ma guarda che sei un bel tipo sai?

- Allora? mi scoperesti o no?

- Così, su due piedi? Qui sul tavolo in mezzo alla gente?

- Che sciocco che sei! È chiaro che si va a fare un giretto, no?

- Ah, ma allora parli sul serio.

- Certo che parlo sul serio. Te l'ho detto, io esco solo per bere o per scopare, perciò o si va o si ordina da bere.

- Beh, andiamo. Solo che non ho la macchina...

- Fa niente, un buco lo troveremo. Anzi, lo troverai tu – aggiunse, diluendo la battutaccia in una grassa risata.

Poco dopo Silvana e Edo si introducevano di soppiatto nel chiostro del Duomo. La prima cosa che lei aveva fatto una volta al buio era stata quella di abbassargli i pantaloni e prenderglielo in bocca.

- Che bel cazzo che hai.
- Trovi?
- Come no? sono stufa di robetta misera. Ormai qualcosa di consistente lo si trova solo nelle mutande di qualche marocchino.
- Ne hai… ehm… conosciuti parecchi?
- Nel senso che me li sono scopati?
- Ecco, sì.
- Cinque o sei, ma tempo fa. Adesso basta anche coi marocchini.
- Perché?
- Perché puzzano come caproni.
- Tutti?
- Quelli che ho conosciuto io sì.
- Beh, che si fa? Dove ci mettiamo?
- Per cosa?
- Per giocare a domino! Porco giuda Silvana, non eravamo venuti qui per scopare?
- Già, solo che ho il marchese.
- Cazzo! Me lo potevi anche dire prima, no?
- Hai ragione, ma volevo vedere che tipo sei. E anche come eri messo sotto la cinta.
- Alleluia!
- Comunque fra qualche giorno se vuoi…
- Fra qualche giorno… e adesso?
- Adesso? boh? Andiamo a bere qualcosa?
- E ci vengo così?
- Così come?

- Così, con l'uccello duro e le palle a pieno regime.
- Vuoi sborrare?
- Direi di sì, altrimenti fra un po' sono dolori.
- Forza allora, sborrami in bocca.
- Ed aveva preso a succhiarglielo sapientemente. Alla fine aveva ingoiato tutto con voluttà.

Edo ordinò un tubo d'acqua minerale e un caffè corretto sambuca. Poi si sedette davanti al giornale e si estraniò dal mondo nascondendosi fra le righe della terza pagina in compagnia di Antonino Zichichi, che la sapeva lunga sui misteri dell'universo forse quanto Edo sulle sue miserie. Nella sala di là qualcuno giocava a biliardo. Il barista, ma meglio dire l'oste, guardava la tivù fumando un sigaro toscano puzzolente come un pezzo di gorgonzola abbandonato anche dai vermi.

Si stava bene al Reboano: seminascosto fra gli stretti vicoli del centro storico, con i suoi quadri da due soldi alle pareti e il cesso nel cortile, vi si respirava l'atmosfera antica di una Verona ancora incontaminata da centri commerciali e da vetrine rutilanti di richiami allo shopping.

E a pochi metri abitava Elvira.

Dopo una ventina di minuti, accortosi che di quanto stava leggendo aveva dato attenzione sì e no a due righe, disturbato com'era da ondate di ricordi, Edo desistette dalla sua brama d'erudizione e abbandonò Zichichi alle sue anomalie gravitazionali.

Si alzò, si fece mescere un bianco della casa dall'oste tabagista, quindi andò svogliatamente ad appoggiarsi col bicchiere in mano allo stipite marmoreo della porta d'ingresso. Avrebbe voluto non pensare a Elvira, ma come fare? in quel bar c'era stato decine di volte insieme a lei, vuoi per un aperitivo, vuoi per un caffè, vuoi per una veloce scorsa alla pagina degli spettacoli prima di fiondarsi in qualche cinema... Come non rivivere quei momenti, ora che per la prima volta dopo tre mesi e più ci tornava da solo? Sorrise fra se rivedendosi quella sera che era sceso di casa per andare all'osteria dalla Rosa a prendere del vino buono, ché Elvira voleva solo quello o quasi. Sennonché passando davanti al Reboano Edo aveva incontrato Romano Borghesi, e un gotto lo offro io e uno lo offri tu, il tempo passava e Elvira aspettava. Alla fine, anziché andare dalla Rosa, aggiungendo in tal modo altro ritardo a quello già accumulato, Edo si era fatto riempire il bottiglione col vino alla spina del Reboano... e tre minuti dopo Elvira, ignara, schioccava la lingua apprezzando il vino della Rosa, ché come il suo non ce n'era in giro.

- Bé, che fai? Ridi da solo?
- Toh, quando si dice che parli del diavolo... ciao Romano, stavo pensando proprio a te.
- A me?
- Massì, non passavo di qua da un secolo e, sai com'è... tra le altre cose mi sei venuto in mente anche tu, ma niente di che. Ma piuttosto dov'eri? ché sono qui da mezz'ora e non ti ho visto entrare?
- Di là. Giocavo a biliardo.
- Ah ecco. E hai vinto, vero?
- Esatto. Ma tu come lo sai?
- Dovresti saperlo che sono un genio – rise Edo. In realtà aveva notato un tizio che stava pagando il tempo del biliardo e suppose esser questi l'avversario sconfitto di Romano.
- Beh – disse quest'ultimo soprassedendo – ci facciamo un bianchetto?
- Anche due – rispose Edo mettendo mano al portafoglio – fammi solo controllare prima le mie finanze.
- Non preoccuparti, offro io.
E Romano offerse da bere. Poi toccò al suo avversario perdente. Poco dopo entrò Germano, l'idraulico in pensione che abitava sopra Elvira. Era in compagnia di un suo amico: un giro lo offrì

l'uno e un secondo lo offrì l'altro. Fu poi la volta di Dario, il restauratore di mobili, il quale anticipò di poco il Boa, un macchinista dell'Ente Lirico che, strano, oggi non era accompagnato dal Macly, come suo solito, ma da Pino: un simpaticone, chioma nerissima e folte sopracciglia unite sopra uno sguardo scuro come il babào, che vanificavano ogni suo tentativo di spacciarsi per veneto, nonostante ne maneggiasse il vernacolo quasi come un veronese.

Alla fine, senza sapere come ci fosse arrivato, Edo si trovò ai giardini delle poste a desiderare la morte fra conati e bestemmie. Era buio.

Verona, casa Pedretti, Filippini, domenica 18 maggio di quest'anno ore non ne ho idea, ma il sole è a picco sui vicoli e fa un caldo bisso, Dio bello!

Poco fa ho lavato la camicia (era sbrodolata di vomito) e le mutande (che era ora anche per loro poverine). Ora il tutto si sta asciugando al sole, nel frattempo me ne sto col bandolo all'aria. Avevo della roba di ricambio giorni fa, ma chissà dove l'ho dimenticata. Ho un mal di testa che sembra che qualcuno ci stia scavando dentro con un cucchiaio incandescente. Comunque penso (spero) che tra pochi minuti mi passerà (ho trovato una scatola di aspirine in un cassetto e ne ho ingurgitate un paio).
Ho ancora sonno. Penso che andrò a sdraiarmi sul letto.

Ala pro

Verona, come sopra, ore non lo so, ma le ombre si sono allungate.
Sono stato svegliato da un vocio immondo (davanti al Reboano qualcuno si stava azzuffando).
Non ho più mal di testa.

Però ho un acidità di stomaco che mi pare di aver bevuto un litro di varechina. Bah, saranno state le aspirine che ho preso a pancia vuota. A proposito, ho fame: quando ho mangiato l'ultima volta? Ieri no... Venerdì... sì venerdì: un paio di panini al Berimbau (tra l'altro devo ancora pagarglieli alla Celide, ché sono scappato via come un mona). Fa niente va là, le dirò che ero un po' alticcio (il che è vero) e che me ne sono dimenticato (il che non è vero).
Mo mi faccio una doccia, poi guardo se trovo qualcosa da inghiottire.

Ala pro

Pro

C'era solo una scatola di piselli. Solo che non sono riuscito a trovare l'apriscatole. In ogni modo l'ho aperta con un coltello e me ne sono pappato il contenuto con aggiunta di pepe e un po' d'olio. Ho trovato l'apriscatole, solo che adesso non mi serve più. Ce l'avevo sotto il naso (era in bella vista vicino al fornello a gas). Fa niente va là, l'importante è arrivare vivi.

Alap

Edo si alzò dal tavolo e, nudo com'era, si affacciò alla finestra. Non che la visuale offrisse granché di interessante: tolto il palazzo di fronte e lo scorcio di vicolo Torcoletto visibile sporgendosi non c'era nient'altro. Tuttavia, anche le vetuste pareti di casa Pedretti non erano uno spettacolo degno di particolare interesse: un Batik indonesiano, una stampa cinese o pseudotale e un calendario pubblicizzante prodotti di erboristeria erano tutto ciò che si poteva guardare. Il resto erano solo intonaco scrostato e vecchi mobili racimolati alla ciò-che-trovo-trovo-e-porto-a-casa.

Sempre anacronisticamente vestita alla foggia dei figli dei fiori, questa Donatella Pedretti di sicuro era una che in quanto ad espedienti doveva saperne parecchio. Edo la conosceva solo di vista, ma la immaginava un po' come Elvira: ribelle e indipendente. E, ovviamente, amante dei fiori, date le piante di tutti i tipi che teneva sui davanzali. Simpatica, pensò, chissà se lo sa che sto abitando casa sua.

- Puoi rimanere qualche notte – aveva detto Flavio, il conoscente a cui mercoledì scorso Edo aveva esposto il suo problema – diciamo una settimana, va bene? tanto la proprietaria non torna prima di fine mese. Le chiavi le ho io perché, sai com'è, Donatella è un'amica, e se mi capita una pollastra da castigare… e allora me le sono fatte prestare. In cambio devo dare da bere ai fiori, cosa che naturalmente ora farai tu, mi raccomando non te ne dimenticare, altrimenti quella mi uccide.

Bah, comunque sempre meglio di una panchina (e anche del miniappartamento di Corrado, 'sta pittima maniaca dell'ordine e della pulizia, ché una sera per aver trovato un capello di Edo sul lavandino si è messo a cantargli il Tantum Ergo, il Dies Irae e a momenti ci aggiungeva anche Smoke On The Water, tanto fuori di testa che andò). Via via! meglio affrontare l'ignoto. E a gambe levate anche, piuttosto di cotanta sopportazione in cambio di una branda.

Il sole che gli batteva sul viso e sulle spalle era caldo, quasi insopportabile, per cui Edo pensò di accostare un po' le imposte e tornare a sedersi nella penombra. Nel farlo notò un volto che chissà da quanto tempo lo stava osservando da una finestra del secondo piano della palazzina di fronte. Era una signora sulla sessantina, dallo sguardo arcigno; sicuramente stava elaborando chissà quali architetture congetturali circa la presenza dell'estraneo che stava vedendo in casa della sua dirimpettaia. Edo finse di non averla notata. Si spostò all'indietro affinché questa arrivasse a vedergli in toto le pudenda e si mise a giocherellare coi testicoli e coi peli del pube, come volesse estirpare una piattola o spremere un foruncolo. Godendo perversamente dello sguardo che si sentiva addosso, Edo portò avanti il suo gioco qualche minuto, dopodiché alzò lo sguardo verso la donna, le fece una linguaccia, quindi accostò le imposte. Poi, prefigurandosi nel racconto dell'episodio appena vissuto, tornò a sedersi ridendo da solo come un ebete.

Intanto al piano superiore, sul davanzale della finestra della camera, la camicia si era asciugata. Le mutande ancora no. Bah, fossero state solo queste le ambasce che gli riservava l'esistenza… Indossò i pantaloni senza niente sotto, s'infilò la camicia, che a dire il vero avrebbe necessitato di un briciolo di ferro da stiro, ma fanculo va là: se qualcuno aveva qualcosa da ridire che ridicesse pure, no? Ed uscì.

41

Caro Dio

Ti do del tu, anche perché darti del "ella" come farei se mi trovassi a parlare col papa mi sembrerebbe fuori luogo: ci conosciamo da così tanto tempo…

Hai ragione, non ci sentiamo da un bel po', ma devo dirti la verità: in questo periodo non sono più così sicuro della tua esistenza. Bah, mettiamola così: se esisti, e se sei onnisciente e onnipresente e tutto il resto come sostengono i tuoi pubblicitari, in questo momento mi starai sicuramente guardando e, per di più, sapendo già cosa scriverò (anche se io non lo so ancora), per cui è inutile che io scriva. Se invece non esisti che ti scrivo a fare?

Allora diciamo che, in ogni caso, sto facendo una cosa assolutamente inutile e così siamo d'accordo tutti e due, no? e incominciare un discorso partendo da qualcosa su cui siamo d'accordo mi pare un buon inizio.

Tu sei certamente al corrente dei perché che volteggiano sopra la mia testa, vero? Io li chiamo rapaci, perché mi danno sempre la sgradevole sensazione di nutrirsi della mia essenza vitale. Avrei potuto chiamarli vampiri, ché forse sarebbe più appropriata come immagine, ma ormai, che vuoi che ti dica, mi sono affezionato al termine "rapaci". Me li figuro neri, coi grossi becchi adunchi e gialli (non so perché, ma li immagino così), sempre pronti a saltarmi addosso per strappare brandelli di me stesso ad ogni mia incertezza. E pensare che li ho accuditi e allevati io stesso…e adesso mi rompono i coglioni le scatole, ché mi piacerebbe avere tutte le risposte, non tanto ai misteri dell'universo, ma almeno a quelli legati al funzionamento del mio cervello, cazzo! (ops, scusa, volevo dire perdindirindina)

Mi chiedi quali siano le risposte che vorrei avere? Bah, sono talmente tante che non so da dove incominciare. Il rapace più vecchio di cui mi ricordi è legato al buio, anzi, e stato proprio il buio che l'ha partorito (sì, lo so che normalmente gli uccelli nascono dalle uova; ebbene, i miei no! dacché sono tutti nati dal dolore mi viene da pensare che siano stati partoriti. Del resto si tratta di immagini della mente, mica di animali veri e propri). Dal buio dunque... avevo forse cinque anni? sei? Comunque meno di otto, dal momento che abitavamo ancora nella vecchia casa e il mio ottavo compleanno lo ricordo bene tra le mura del nuovo appartamento. Anzi, sicuramente meno di sei: ricordo il grembiulino azzurro, perciò frequentavo ancora l'asilo. Ti ricordi le punizioni che mi infliggeva mio padre? Sì vero, beh certo, tu sei Dio... come potresti non ricordare? e ti ricordi anche il perché di quelle punizioni? Io no. Ricordo solo che mi chiudeva al buio sulla scala che dalla cucina portava in camera e lì mi lasciava per delle eternità intere, insensibile ai miei pianti e alle suppliche di mia madre a farmi rientrare. E io piange-vo... e avevo paura... e il buio era denso di entità svolazzanti che mi deridevano sghignazzando minacciose ... e io mi chiedevo per-ché. Perché ero lì, rinchiuso al buio? Cosa avevo fatto che non avrei dovuto? Questo non lo ricordo proprio. Tranne una volta: ti ricordi delle patate dolci, che comunemente sono chiamate patate ame-ricane? Ti ricordi quanto mi piacevano? E ti ricordi anche come fu che da un momento all'altro incominciai a rifiutarmi di man-giarle senza dare spiegazioni? E mio padre che si incazzava come una iena, ché voleva sapere perché d'improvviso non ne volessi più nemmeno un pezzettino, mentre fino a ieri ne andavo pazzo?... e insisteva e mi tartassava... e io piangevo e stavo zitto...e allora raus! sulla scala! Finché un giorno mia madre con le buone riuscì a tirarmi fuori il motivo di quel mio cambiamento tanto repen-tino quanto apparentemente inspiegabile, e io le dissi che l'avevo sentito dire proprio da loro: mangiando le patate americane si va all'inferno! Come no! insistevo, l'avete detto proprio voi! Ma come? ma quando? chiedeva lei. Ed io a ripeterle che ne avevano parlato quella sera... che c'erano anche lo Zio Franco, la zia Imelda e i *miei cuginetti Roberto e Sergio... finché mia madre, a furia di far mente locale, finalmente coglieva il bandolo della matassa pervenendo al ricordo di una frase detta: le patate americane si trovano solo d'inverno. Ecco. Solo che io non conoscevo ancora il significato della parola "inverno" ed avevo inteso "inferno": mangiando le patate americane si va all'inferno! Ricordo che lei sorrise e mi accarezzò la testa rassicurandomi. Ma no, disse, hai capito male, e mi spiegò cosa fosse l'inverno: la neve, il freddo, il cappottino e tutto il resto, riuscendo a sollevarmi dal mio timore. Io stetti subito meglio, anche se per un po' rimasi arrabbiato con me stesso per aver rinunciato inutilmente a tutte quelle patate americane, convinto com'ero che per guadagnarmi il paradiso fosse indispensabile ottemperare a tale rinuncia... Che stupido! Però quella stessa sera, quando all'arrivo di mio padre gli fu svelato l'arcano, lui si mise a ridere e io mi sentii offeso e umiliato. Poi, tempo dopo, quando una sera sulla nostra tavola ricomparvero le patate americane, mio padre si mise a ridere ancora: non mangiarle tu, mi scherniva, che sennò stanotte arriva il diavolo a tirarti per le gambe, e giù a ridere... e io me ne scappai piangendo a rifugiarmi nell'angolo del gatto... e mio padre per questo mi punì: guai ad alzarsi da tavola prima di aver finito di mangiare! E ancora una volta mi ritrovai sulle scale al buio.*

Forza, adesso tocca a te: qual era la mia colpa? Ti ricordo che quell'avvoltoio gironzola ancora indisturbato nella mia testa. E patate americane da allora non ne ho più mangiate.

Edo si alzò quasi di scatto. Il suo viso era contratto d'un livore antico: quel pensiero lo faceva ancora infuriare. L'inferno, il paradiso... quante cazzate! Ancora non aveva scoperto il significato della parola inverno e i suoi genitori, succubi di un'ignoranza atavica e bigotta, già gli inculcavano la paura dell'inferno. Vuoi vedere, pensò, che i miei votano ancora Democrazia Cristiana su consiglio del parroco?

Si avvicinò alla finestra. Due piani sotto, il cortile, circoscritto da una decina di abitazioni contigue e difeso da un grosso portone che ne conferiva la funzionalità e l'aspetto ideale di un'isola in quel mare di automobili quale era il centro nevralgico di Verona (nel raggio di poche centinaia di metri si trovavano il municipio, l'anagrafe, gli uffici IVA, l'INPS e chissà cos'altro ancora di trasudante potere e burocrazia cose a cui Edo si sentiva avulso quanto una medusa da una cordata alpina), per due gruppuscoli di monelli che si fronteggiavano giocosi e schiamazzanti altro non era che il campo di chissà quali epiche battaglie ed eroiche imprese. Forse era stato il loro ludico vocio ad evocare in Edo i giorni della sua infanzia...

L'appartamento, un unico stanzone mansardato ricavato da una grande soffitta, era quello del Gianni Perbellini: un recente acquisto fra gli avventori del Corto. La sera prima, come altre annegata nel vino fra canzoni strimpellate e ridancianerie da trivio, Edo aveva chiesto a Gianni di poter fruire per una notte del suo divano e questi, divorziato di fresco e, probabilmente, con l'animo ancora indolenzito dalla solitudine, glielo aveva concesso senza problemi.

Si accese una sigaretta. Quelle per fortuna non mancavano: Katia gli aveva pagato la lezione proprio ieri pomeriggio, la penultima, e come prima cosa era passato dal tabaccaio e, massì, si era concesso due pacchetti di Marlboro. Poi erano andati in mezzo a un boschetto sulle torricelle a fare l'amore. Strano: mentre con Anna o Silvana o Teresa – ma anche con Oriella – gli veniva normale usare il verbo scopare, da un po' di tempo con Katia preferiva parlare di fare l'amore. Ma di chiedersi il perché non gli passava neanche per la testa, distratto com'era dalle sue incombenze legate all'imminenza del tanto atteso giorno X. Doveva rintracciare Paolo Raffaelli per accordarsi sul quando andarsi a prendere un po' di vestiario, e di ciò doveva escogitare anche il come, appiedato cronico com'era, ché a quel beota di

Marzio Stefanelli (le perline ci mette, lui!) non si sarebbe rivolto di sicuro. Ma soprattutto doveva rimediare del denaro, e questo sembrava un problema di ben più ardua soluzione… e doveva anche sdraiarsi da qualche parte a dormire qualche volta. E ovviamente farsi qualche doccia, ché dopo l'osservazione fattagli da Maurilio Bussola detto il Seppia il marzo scorso, quella di putire come un barbone stava diventando per Edo una vera e propria fobia.

Bah! Recise quel filo di pensieri masticando tra se un "fanculo" e tornò a sedersi davanti alla sua agenda rimasta aperta sul tavolo che sembrava chiamarlo affamata d'inchiostro e di ricordi. Grattandosi pigramente le barba rilesse quanto aveva scritto poco prima. Poi prese la penna, corresse un errore di ortografia che gli era scappato, sostituì un congiuntivo che gli sembrava stiracchiato, quindi riprese a scrivere.

Sono sordo io o anche tu non hai risposte?
E mi sai spiegare perché dopo un po' di tempo il buio non solo non mi faceva più paura, ma lo cercavo come rifugio? al punto che delle punizioni di mio padre ne facevo momenti d'evasione e dal primo gradino in alto di quella scala decollavo con la fantasia a scovare mondi avventurosi da vivere a puntate. E quanto erano veri!, altro che piangere: ci andavo da solo a rinchiudermi sulla scala, cosa che invece non poteva fare mia madre, e tu sai quanto l'avrebbe desiderato, vedendo il marito tornarle a casa ubriaco; quante volte l'ho sentita piangere dopo aver sopportato una scenata per una bistecca mal cotta, per un bottone della camicia allentato, per una domanda fuori luogo o, al contrario, per il protrarsi di un silenzio che mio padre, alterato dall'alcol, percepiva come un affronto, mentre per lei era solo paura di dire qualcosa di sbagliato che lo facesse esplodere…
E mi spieghi perché, fino ai dieci anni almeno, i regali che ricevevo a S. Lucia erano sempre pistole? che non ne potevo più? Pistole e

soldatini…e il martedì pomeriggio tutti a catechismo!

Ma un avvoltoio bello grosso è quello legato al mio primo lavoro. Te ne ricordi? Non avevo ancora undici anni: ti fai una bella estate in officina dallo zio, mi aveva proposto mio padre, così a ottobre con quello che avrai guadagnato ti potrai comprare una bella bici, col suo bel portapacchi per i libri, e alla scuola media ci potrai andare con quella. E io, che come tutti i bambini imitavo gli adulti al gioco dei mestieri, non conoscendo affatto la differenza fra diletto e professione, gonfio d'orgoglio accettai e andai a lavorare dallo zio Sante, meccanico di motorini e biciclette.

Altro che gioco!: dalle otto a mezzogiorno e dall'una alle sette, sabato compreso per una paga (pattuita da mio padre con suo fratello) di mille lire la settimana!

In altre parole: se durante tutta l'estate non avessi speso una lira a ottobre mi sarei trovato con dodici o tredicimila lire in tasca.

Ma l'estate è calda e il caldo mette sete, e a pochi metri dall'officina c'era il bar: un bicchiere di spuma al mattino e uno al pomeriggio mi sembravano il minimo. Solo che un bicchiere di spuma costava venticinque lire… Poi la domenica pomeriggio (tassativamente dopo il vespro) c'era il cinema; ci andavano tutti, io no? ed erano altre centocinquanta lire…

Alla fine, ad estate finita avevo dilapidato la metà delle mie entrate in film e spume all'arancio, che mio zio e il suo socio al bar c'erano ogni dieci minuti, e fra tutti i gotti che tracannavano con questo o quel cliente, due spume al giorno avrebbero anche potuto offrirmele loro, no? e il cinema domenicale mio padre, porco giuda, ché dopo una settimana di sessanta ore lavorative non era mica mal meritata come mancia della domenica per un undicenne. E invece, dal momento che lavoravo e perciò guadagnavo, mio padre mi aveva sospeso anche la paghetta.

Mamma mia che brutta estate fu quella! Me ne stavo lì, ginocchioni nell'angolo dei motori da lavare, unto e bisunto di olio bruciato e nafta fino alle orecchie, cercando di ignorare gli schiamazzi dei miei amici che giocavano a pallone ad un centinaio di metri di distanza, e per riuscirci pensavo intensamente alla bicicletta che mi sarei comprato. Mi figuravo gironzolare per il paese pedalando, e mi sembrava già di sentirmi addosso gli sguardi invidiosi dei miei compagni, quelli che adesso stavano giocando al campetto… e la sera a casa giù di spazzola sulle dita! ché il nero da sotto unghie non ne voleva sapere di andar via…

Ma la bici non arrivò.

Ricordo però mio padre che mi sgridava: come puoi pretendere di imparare a risparmiare se giorno dopo giorno sperperi i tuoi soldi al bar? la bici? Te la do io la bici!, se saprai farti furbo imparando a non cedere ai capricci potrai comprartela l'anno prossimo!

Capricci? Due bicchieri di spuma all'arancia a fronte di dieci ore di lavoro erano un capriccio? In piena estate? E poi mille lire la settimana, anche se nel sessantasei, erano da considerarsi un salario congruo? Pur trattandosi di un ragazzino, a conti fatti erano sedici lire l'ora o poco più: l'equivalente di tre caramelle! Ricordo che mi sentii tradito nello scoprire che una bici costava trentamila lire, e non mi ci volle mica un diploma di ragioniere per capire che mai e poi mai, spume o non spume, sarei arrivato ad accumulare una simile cifra con mille lire la settimana, nemmeno in sei mesi, altro che in un'estate, come mi aveva lasciato credere mio padre. E lui lo sapeva!

Comunque, alla fine riuscii a comprarmi un manubrio da corsa usato. Il resto della bici lo assemblai raccattando i pezzi dal mucchio dei rottami dell'officina e dalle discariche del circondario: se non altro, ad armeggiare con chiavi, martello e cacciavite avevo un po' imparato.

Ma il rapace rimane: perché mio padre decise di farmi passare un'estate simile? Forse per insegnarmi che il lavoro è fatica e spronarmi in tal modo a preferire lo studio? Per inculcarmi nella testa il valore del denaro? Per farmi capire l'utilità del risparmio? i vantaggi derivanti dalla rinuncia? il valore intrinseco del sacrificio?

Oppure per insegnarmi ad affrontare le delusioni che la vita mi avrebbe riservato? o, ancora, che non bisogna fidarsi di nessuno, nemmeno del proprio padre?

Allora, caro Dio, ce l'hai una risposta da buttarmi lì dall'alto dei tuoi cieli o anche stavolta ce la caviamo affermando che i tuoi disegni sono imperscrutabili? Oppure il tutto, compreso il periodo di merda (sì, di merda!) che sto attraversando ora fa parte di una gavetta che mi hai riservato per farmi arrivare non so dove? Un apprendistato cui attingere chissà quali altre nozioni in previsione di una maturazione ancora lungi a venire? Beh, se è così mi spiace, ma io non ho la stoffa del martire, perciò questo calice fallo bere a qualcun altro. Io preferisco il Custoza.

Edo serrò l'agenda come avrebbe sbattuto la porta andandosene di casa dopo un'animata discussione. Oltre alla sorda rabbia che avvertiva in ogni molecola del suo corpo, sentiva in bocca l'amaro sapore che accompagna il rimorso per aver parlato a sproposito e nel petto quel caldo dispiacere misto a pentimento che si spande subito dopo aver sputato la propria ira in faccia ad una persona che non l'avrebbe meritata. Eppure era il cuore ad aver parlato. E la persona con cui stava litigando chi altri era se non se stesso? Cosa cercava nel suo passato? Forse un pretesto che giustificasse gli stenti in cui versava oggi? D'accordo, forse suo padre era stato particolarmente severo nell'impartirgli un'educazione, ma evidentemente quello era l'unico modo di cui era capace, e per l'equità di un giudizio occorreva tener conto della realtà in cui egli stesso era cresciuto: nato nel ventitré, aveva attraversato e subito il fascismo, la guerra, la miseria, e i calci in culo da un padre padrone prima e da un padrone paterno poi, come talvolta soleva raccontare gonfio di nostalgia; oltre al fatto che Edo era il primogenito e, mentre il mondo stava cambiando a velocità esponenziale, genitori ancora non si nasceva, ma si diventava, appunto, spesso solo a spese dei primogeniti.

Prese dal pacchetto un'altra Marlboro. Stupido vizio, pensò nervosamente, stupido e dispendioso; di quale cifra potrei disporre se solo fosse possibile riconvertire in denaro il fumo che ho inalato fino ad ora?

Bah, soprassedette, un giorno o l'altro smetterò. E accese la sua sigaretta. Dabbasso i bambini non vociavano più. Saranno rientrati per il pranzo, pensò

avvicinandosi alla finestra. Le lancette del grosso orologio da parete sopra il divano indicavano le dodici e venti; se si fosse sbrigato avrebbe raggiunto il negozio di generi alimentari di via del Pontiere prima della chiusura. Lì per lì aveva accarezzato l'idea di razziare qualcosa dalla dispensa di Gianni, ma dopo una grattatina di barba era tornato su quel proposito: perché farsi ancora riconoscere? per una volta che disponeva di qualche migliaio di lire...

Rientrò con quattro uova, mezzo chilo di pane e un culo di pancetta trovato in offerta, che subito tagliuzzò grossolanamente a dadini e mise a soffriggere in una padella con un po' d'olio di semi (altro condimento non trovò). Quando ritenne che la pancetta fosse rosolata a puntino vi aggiunse le quattro uova, che aveva sbattuto in un piatto con l'aggiunta di qualche scaglia di parmigiano trovato nel frigorifero e un abbondante pizzico di pepe (il sale no, perché la pancetta era già salata di suo), poi coprì la padella con un coperchio, che non era della giusta misura ma poteva andare lo stesso, quindi abbassò la fiamma e tornò repentinamente alla sua agenda, come se avesse dimenticato di annotarvi qualcosa d'importante.

Benché fosse rimasta la facciata di destra libera quasi per intero voltò pagina, come a voler chiudere un argomento prima di iniziarne un altro:

Caro Dio,

scusami per prima. Sì, lo so, sono stato piuttosto... come dire... poco gentile, ma mi sono lasciato prendere un po' la mano. Tu mi capisci, no? a volte mi incazzo per niente...anche se a dire il vero ne avrei ben donde, non trovi?

Comunque adesso ti saluto, ché devo mangiare. Ma ti prometto che più tardi ci sentiamo di nuovo. Semmai, se vedi che ritardo, chiamami tu.

Edo spezzò il terzo panino per fare la scarpetta al piatto, anche se c'era ben poco di che pucciare, quindi finì il resto del pane, così, da solo, a piccoli morsi, come faceva di solito per pulirsi la bocca dopo una frittata: l'uovo gli lasciava sempre quel sapore sgradevole... Da ultimo, dopo aver bevuto un bicchierone d'acqua, si pose davanti allo specchio con le labbra arrovesciate e iniziò a sfregarsi i denti con un pezzo di carta strappata dal sacchetto del pane. Avrei potuto comprare anche uno spazzolino poco fa, pensò, ché sono dieci giorni che non mi lavo i denti come si deve... guarda che gialli che sono diventati... massì, lo farò domani va là, che ne ho di robe da procurarmi...

Eccomi qua.

Scusa per il ritardo, ma finito di mangiare mi sono seduto sul divano e mi ha preso l'abbiocco, perciò mi sono fatto una pennichella (come dicono a Roma).

Mente mangiavo mi era venuta in mente una cosa da scrivere, ma adesso non me la ricordo più. Essì che non ero mica ubriaco non ero mica...

Bé, non fa niente, tanto adesso esco (vado a fare un giretto dalle parti di Piazza Erbe, magari incontro qualcuno di interessante).

42

Più la velocità aumentava, più il parabrezza della grossa moto
creava un tale fastidioso risucchio turbinante che i lunghi
capelli di Edo si schiacciavano disordinatamente sulla nuca e
lo frustavano sulla fronte e sugli occhi costringendolo già dopo
poche centinaia di metri a decidersi di fermarsi per infilare il
casco.

Edo tolse gas e lasciò che la moto frenata dal motore rallentasse
un poco, prima di scalare via via le marce fino a fermarsi davanti all'entrata di un bar.

Erano le nove del mattino di lunedì ventisei maggio. La strada
era quella che dalla Croce Bianca di San Massimo portava a
Lazise, sul lago di Garda.

Due giorni prima, davanti a una farmacia del centro in cui
entrava sperando di trovare qualcosa in grado di lenire la spranghetta (anche la sera prima si era ubriacato vergognosamente e
adesso gli sembrava di avere la testa chiusa fra le ganasce di
una morsa) che poi avrebbe individuato nelle due classiche
compresse di aspirina, Edo incontrava casualmente Lino, il
cantante del suo vecchio gruppo, a caccia di qualcosa per il
torcicollo che lo tormentava da qualche tempo.

Dopo un paio di scherzose reciprocità rituali del tipo:

« È da un bel po' che non ti vedo… »

« Già, anch'io. »

« Bé, come te la passi? »

« Non c'è bene e tu? »

« Che vuoi, si tira e si molla… »

« Ci facciamo un Camparino al volo? »

« Dipende, che ore sono? »

« Le circa meno quasi appena passate. »

« Beh, allora sì. »

Edo finiva per confessargli la sua vera dimensione di uomo allo sbando, quale era, in effetti, da tre mesi, ma come si sentiva più che mai da qualche giorno, dacché per la prima volta gli erano toccati l'umiliazione e il disagio di una notte su di una panchina.

- Mi stai dicendo che sono quindici notti che dormi dove capita? – si stupiva Lino appoggiando sul tavolino il bicchiere che aveva contenuto il suo Campari col bianco.

- Già – ammetteva Edo, alzando il suo all'attenzione del barista affinché facesse un altro giro – e la stessa cosa mi era già capitata in marzo, poiché la mia bella, dopo due anni di convivenza, mi ha dato l'arrivederci e grazie.

- Sì, ricordo che qualcuno mi ha detto che abitavi in zona Filippini. Perché te ne sei andato tu e non lei?

- Non è stata una mia scelta: la casa era dei suoi.

- Mmm… brutta storia…

- Già, proprio brutta.

- E adesso come adesso hai in mente di inventarti qualcosa o prevedi di fare la fine del barbone? – chiedeva allora Lino dopo un breve silenzio e Edo, quale risposta, gli esponeva il suo progetto:

- …quindi non mi resta che racimolare qualche liretta per il viaggio fino a Caorle: abbiamo deciso di incominciare da lì… e per affrontare i primi giorni nel caso trovassimo brutto tempo o incontrassimo impedimenti o che cacchio ne so, ché mangiare bisogna mangiare lo stesso, no?

- E per dormire?

Nel frattempo erano arrivati gli altri due aperitivi.

- Sacco a pelo se va male, albergo se va bene – rispondeva Edo mentre il barista si allontanava.

- La fai facile tu – commentava Lino.

- Perché? cosa c'è di difficile? Non sarò mica il primo che passa un'estate così, no? Del resto, vivere di espedienti qui o altrove che differenza vuoi che faccia? Almeno là c'è il mare…

- E poi? finita l'estate cosa farai?

- E poi si vedrà, cazzo! Dio buono, Lino, sono qui che non so cosa farò fra un'ora, dove dormirò stanotte, se oggi mangerò o se mi toccherà fare un altro buco alla cintura, e tu mi vieni a chiedere cosa farò fra tre o quattro mesi?

- Non hai torto, ma mi riesce difficile immaginare di vivere senza la sicurezza di uno stipendio. Senza casa poi...

- E quando partivamo all'avventura col camion carico di strumenti e in tasca sì e no i soldi per il gasolio e l'autostrada cosa immaginavi? Dov'erano le sicurezze allora? ché a momenti ci attirava più il fatto di andar fuori dai coglioni che non salire sui palchi.

- Ho capito, ma una casa almeno l'avevamo tutti e, alla mal parata, si sarebbe tornati sui nostri passi, come per altro è andata poi veramente. Ma solo perché siamo stati sfortunati.

- Io invece ho una fortuna, guarda, che un altro po' e dovrò prendere in affitto lo stadio del Verona per farcela star tutta...

Lino aveva riso. Si era sforzato di farlo anche Edo, e per un attimo c'era anche riuscito.

- Comunque stasera vieni a mangiare da me, d'accordo? – proponeva infine il vecchio amico. E Edo, ostentando sufficienza, rispondeva che in quanto a mangiare stava cercando di smettere, ma per un ex collega uno strappo alla regola lo avrebbe fatto.

Bene dunque; n'era uscito un invito a cena, al quale Lino (perché no?) avrebbe invitato anche Ivano, l'ex bassista: altro vecchio compagno che Edo non rivedeva da più di tre anni.
Invece Erminio e Giorgetto non sarebbero venuti: il primo (aveva poi spiegato Lino) al telefono non era stato trovato e l'altro, il tastierista, si era detto già impegnato. Peccato: dopo una così lunga reciproca latitanza, a Edo avrebbe fatto piacere quell'improvvisato simposio della sua vecchia band.

A tavola, in presenza della moglie e delle figliolette di Lino, quest'ultimo, Ivano e Edo avevano ricordato i bei tempi, com'è d'uso tra vecchi amici quando ci si ritrovi a trascorrere insieme qualche ora dopo anni passati senza frequentarsi. C'erano state molte risate, e il vino aveva lubrificato i gargarozzi al punto che poi, non appena le bambine e la loro mamma furono a letto, il discorso era tornato ai problemi immediati di Edo con naturalezza e senza falsi pudori. Ne era venuto fuori che prima di partire questi avrebbe dovuto recuperare almeno un po' della sua roba, che era ancora a Pescantina, procurarsi un sacco a pelo, risolvere il problema pernottamenti per la settimana entrante e altre piccole cose. Ma soprattutto gli sarebbe servito del denaro, anche se questa non era una novità. Gli amici lo avevano aiutato secondo le loro possibilità: l'ex bassista, che in quel periodo lavoricchiava come imbianchino e pertanto aveva messo la sua indigenza cronica (che da quella di Edo differiva soltanto nell'esistenza di una casa in cui abitare) in fase di stand by, gli aveva mollato un "cinquanta", mentre Lino solo un "venti"; però gli aveva prestato la sua Moto Guzzi 750 con il serbatoio quasi pieno, affinché Edo potesse andarsi a prelevare gli indumenti che gli fossero occorsi, eventualmente portarli a far stirare, procurarsi il sacco a pelo, quindi sbrigare tutte le incombenze che solitamente appesantiscono la vigilia d'ogni viaggio, soprattutto in assenza di un mezzo di trasporto. - Tu non preoccuparti – lo aveva rassicurato Lino – e fai tutto quello che devi fare. La moto me la riporterai quando avrai finito; tanto, col torcicollo che mi ritrovo, io per ora non la uso di certo. Nel bauletto ci sono il casco, i guanti, uno spolverino di nylon per ripararti dall'aria e i documenti.

Edo spinse la porta del bar ed entrò. Ordinò un caffè ristretto corretto sambuca e un bicchierone d'acqua frizzante, quindi si accomodò ad un tavolino da cui, ancora intonso e profumato di stampa ammiccava il quotidiano locale, che lui non mancava mai di leggere fino all'ultima pagina, compresi annunci economici, pubblicitari e mortuari. Hai visto mai, gli era capitato di ridere tra se, che un giorno o l'altro non ci trovi anche la mia faccia fra i trapassati di fresco. Ma normalmente il proprio interesse si catalizzava di preferenza sulla terza pagina e, forse spronato da un rimasuglio di deformazione professionale, sugli spettacoli.

Del denaro che Lino e Ivano gli avevano prodigato appena sabato scorso per le spese del viaggio ne era rimasto ormai poco, e ciò infastidiva Edo, soprattutto al pensiero di averne defalcato larga parte in modo ludico e dissennato; anche se, date le recenti astinenze derivanti dalla sua recidiva condizione di paria della società, in funzione di un defaticamento mentale resosi più che mai necessario. Ora, prima di partire avrebbe dovuto trovare un po' di contante altrove, benché i suoi "altrove" andassero via via esaurendosi, al pari della dignità d'una reputazione ormai alle ortiche e della conseguente altrui ospitalità, sempre più rarefatta tra elenchi interi di cortesi rifiuti, spesso mascherati da impedimenti tanto pretestuosi quanto improbabili e posticci. D'altronde, come recita il celebre adagio, l'ospite è come il pesce: il terzo giorno incomincia a puzzare. La panchina, ecco! e l'accattonaggio: questo era il futuro che respirava Edo, benché il miraggio di Caorle ce la mettesse tutta per rischiarare la fosca visione dei suoi domani.

Ma una moto come quella di Lino riusciva a spazzare via anche quelle macabre proiezioni, tanto che, da trentasei ore almeno, a Edo poco fregava di future panchine o probabili questue; persino Caorle aveva finito per essere accantonata in un angolino della mente, spinta dalla nuova sensazione di potenza che Edo provava stando seduto sul suo reboante destriero. Dio buono, che bello era vagare per le strade della propria città con un ordigno simile sotto il culo! Senza casco per giunta, in modo che tutti vedessero bene chi fosse quel centauro. Ed era bello anche fantasticare sui loro commenti, fino ad ipotizzarli volgere su argomenti che ora, così pensava, sarebbero stati certamente differenti da quelli che fino l'altro ieri li avevano preceduti:

« Hai visto che moto che ha Edo? »

« Ma è sua? »

« E chi lo sa? »

« Certo che è un tipo piuttosto misterioso questo Edoardo, non è vero? »

« Ho sentito dire che una volta andava in giro per il mondo suonando… »

« Certo, ha inciso anche dischi ed è stato in televisione… »

« Ma tu, è tanto che lo conosci? »

« No. La prima volta l'ho incontrato al Corto un anno fa… »

« A me l'ha presentato la sua morosa, hai presente Elvira? la giornalista? »

« Ma non se la faceva con Oriella? Quel pezzo di gnocca che suona la chitarra e canta?»

« Mah, chissà quante ne ha di fighe quello lì… »

« Io ho sentito dire che si è fatto anche la Anna, e mercoledì scorso l'ho visto salire dalla cantina del Corto insieme a una ricciolina… poi sono andati via insieme… »

« Sì, l'ho visto anch'io: aveva una cinquecento bianca. »

«…e adesso va in giro con una Guzzi 750… vai a sapere… »

Ecco quali erano i labirinti in cui amava smarrirsi Edo guardando la "sua" moto. Vere e proprie masturbazioni. E se ne rendeva conto.

Ma era così piacevole… Così gratificante…

Edo schiacciò il mozzicone della sigaretta nel posacenere, pagò le consumazioni ed uscì. Prese il casco dal bauletto posteriore, l'infilò senza allacciarlo, quindi premette il pulsante dell'avviamento e, con una gamba penzoloni che gli conferiva una nonchalance da motociclista navigato, partì in grande accelerazione verso il lago, alla vista del quale arrivò una quindicina di minuti dopo.

A Lazise si fermò forse cinque minuti. Giusto il tempo di un altro caffè e di una pisciatina alla toilette del bar: il caffè e l'acqua minerale di poco prima avevano fatto il loro effetto. Poi via! A Bardolino non scese neppure dalla moto. Fece un pigro giro di ricognizione, tanto per gustarsi il paese nell'ottica del motociclista, a differenza dell'ultima volta che c'era stato in bici.

A Garda fece tappa nello stesso piccolo negozio di generi alimentari di un mese prima e ne uscì con un enorme panino imbottito con filetti di sgombro e peperoni sottaceto, e un paio di lattine di birra. Pose tutto nel bauletto posteriore, quindi si mise alla ricerca di un posto tranquillo lungo la riva del lago. Quando l'ebbe individuato si fermò e consumò il suo spuntino; dopodiché, con i piedi sul manubrio e la testa appoggiata sul bauletto si sdraiò sulla "sua" moto, e passeggiando con la mente fra i suoi ieri e i suoi domani, nel far di pochi minuti si appisolò.

Si congedò da Morfeo che il collo gridava vendetta: un bauletto in vetroresina o fibra di carbonio o quel che fosse non era certo granché come guanciale. E anche la schiena non era del tutto a posto. Scese dalla moto e fece alcuni movimenti per sgranchirsi le articolazioni, tentando nel contempo di rubare qualche immagine al sogno che aveva fatto, del quale avvertiva un vago sentore d'inquietudine e null'altro. A tutta prima gli parve di riuscire a cogliere qualcosa, perciò insistette. Ma come sempre accadeva, più si sforzava di riportare a galla un ricordo, più questo sprofondava fra le impervie tortuosità dell'oblio, fino a scomparire nel limaccioso fondo del suo subconscio.

Rinunciò. Si mise in sella e ripartì verso chissà dove: fanculo! ventimila lire in tasca gli erano rimaste, benzina ce n'era… almeno per oggi il mondo era ancora suo!

Costermano, lunedì 26 maggiottantaseidopocristo ore non lo so, ma dopo chiedo delucidazioni in merito al cameriere.

Sono seduto allo stesso tavolo dell'altra volta (quando arrivai qui alla Gimondi e mi feci fuori una bottiglia di acqua minerale che non finiva più dalla sete che avevo e poi mi sono messo il giornale sulla pancia per ripararmi dall'aria durante la discesa, ché ero tutto sudato). Per la precisione è stato il… 'petta che guardo… sabato diciannove aprile.

Ho ordinato una birra al barista facendo "snap snap" dalla finestra. Lo so, non è il massimo dell'eleganza, ma che cazzo! con la moto che ciò…

Eccola che arriva la birra: c'è un cameriere attaccato… Bèla fréscaaa…come dice Massimo Boldi.

Sono le undici e trentatrè (un minuto fa il camerierista mi ha informato che erano le undici e trentadue, onde per cui…).

Alla prozzima

Torri del Benaco, bla bla bla come sopra.

Sono seduto sul paracarro che partecipò alla disintegrazione della mia Giannini (le perline ci mette lui…), ma non sono comodo per scrivere, perciò la chiudo.

Arrivedoorci

Qui è meglio (sono su una panchina vicino al porticciolo di Torri). Ma non ho voglia di scrivere. Ho una sensazione di angoscia… Boh? Sarà stato il paracarro…vado altrove, va là.

Altrove, ore 15 e rotti di oggi.

Vacca boia che giro che ho fatto! Sono a S. Zeno di Montagna. Ne avevo sempre sentito parlare, ma è la prima volta che ci vengo (e come ci sono arrivato è mica facile da spiegare).
Da qui c'è un panorama che sembrano due, anche se c'è un po' di foschia.
C'è pieno di vecchi dappertutto: Dio buono cos'è? un paese-ospizio? Non c'è un giovane a pagarlo in lingotti...bah, sarà l'orario (i semifreddi preferiscono il caldo, mentre i giovani escono alla sera). Fa niente, va là.
Ecco che lemme lemme giunge il cameriere (età apparente: seimila anni).
Va bé, ho capito. Mi ciuccio 'sta birra e me ne ando gambe in spalla, che a star qua mi si incartapecoriscono gli zebedei.

Ala pro

Assenza di Brenzone, lago di Garda, Italia, Europa.

Sono sceso sceso sceso, che c'erano tante di quelle curve che a momenti mi veniva da pensare di essere finito sull'Himalaia (non so se si scrive così ma chìssene), altro che Monte Baldo.
Mi sono fermato per bere qualcosa. Ma adesso riparto verso Verona, ché anche il lago e dintorni incomincia a rompermi i coglioni. Ho anche le braccia un po' stanche, soprattutto i polsi (e ne ho ben donde: ho macinato tanti di quei chilometri su questa moto che se viaggiavo in linea retta finivo al polo norde come minimo).
Però ci voleva, ché erano secoli!

Alap

Il motore della Guzzi incominciò a sputacchiare nei paraggi di Cisano, poco dopo Bardolino in direzione Verona. Porcaccia di una Eva! cosa succede? Massì, la benza: con tutti i chilometri che Edo aveva percorso... d'accordo, il serbatoio era bello grosso, e anche capiente, ma sarebbe stato alquanto eccessivo pretendere un'autonomia illimitata. Bah! Ci sarà pure una riserva no? disse fra se Edo accostando in folle a motore spento. Scese e controllò il rubinetto del carburante. Una vaga reminiscenza dei due anni impiegati come commesso all'Emporio della Moto suggeriva in lui la speranza di aver a che fare con un rubinetto "ACR", cioè aperto- chiuso-riserva. Invece ciccia! era un normalissimo "AC". Edo si grattò la barba. Com'era possibile che una moto simile, per quanto ormai di vecchia concezione, non fosse dotata della riserva? Spie sul quadrante non ce n'erano...Come facevano i Guzzisti? Andavano in giro con la tanica d'emergenza?

Ma no! Forse... ma certo! eccolo là l'altro rubinetto. Dall'altra parte. Chiuso. Da aprire, appunto, quale riserva. L'aprì. Uff... meno male va là. Rimaneva da vedere quanti chilometri avrebbe garantito quella poca benzina. Sarebbe arrivato a Verona? Sicuramente no. Bel problema, porco giuda. Com'era la situazione denaro? Edo aprì il portafoglio, anche se già sapeva che vi avrebbe trovato tremila lire.

Infatti. Che fare?

Si appoggiò ad un paracarro e accese una sigaretta. Dopo qualche boccata si rese conto di avere le sopracciglia aggrottate nello sforzo di spremere da se stesso un'idea sul da farsi. Non poteva lasciare la moto di Lino in giro... o forse si? magari chiedendo a qualcuno l'uso di un cortile... inventandosi un guasto o (perché no?) anche dicendo la verità. E poi? Bé, avrebbe raggiunto la città in autostop, dov'era il problema? Solo che domani o al massimo il giorno dopo sarebbe dovuto tornare per recuperare la moto, e per farlo necessitava del denaro, e procurarselo era cosa tutt'altro che facile. E... Uff! ma perché era così difficile appartenere al genere umano?

Bravo! si redarguì con astio, i tuoi amici ti danno dei soldi, ti prestano un mezzo per aiutarti a risolvere i tuoi problemi e tu invece di fare quello che dovresti te ne vai a zonzo come un turista e sperperi tutto in due giorni! E adesso che sei nella merda ti chiedi perché la vita sia così complicata? Non ti accorgi che qui di complicato c'è solo il tuo piccolo cervello? Coglione che non sei altro! Vai a cagare va là, Edoardo Grassi! Sei uno stronzo, ecco cosa sei! Altro che difficile stare al mondo. Dai, forza! Voglio proprio vedere adesso come ne esci.

Come ne esco?

Si alzò come se fosse stato punto da una vespa.

Come ne esco? Adesso te lo faccio vedere come ne esco.

Più che a sé stesso, sembrava stesse parlando a qualcun altro. Saltò sulla Guzzi, mise in moto e partì a tutto gas. Cosa avrebbe fatto ancora non lo sapeva, ma di una cosa era certo: qualcosa avrebbe escogitato, per Dio!

43

Oltre il vetro, i pali della linea elettrica sembravano sfrecciare veloci, molto più degli alberi che ombreggiavano la stradina di campagna in quel tratto parallela ai binari, e ancor più dei vigneti, che susseguendosi nel loro ondeggiante ripetersi si integravano nel verde delle lente colline del padovano. Più oltre, a nord, alcune nuvole basse e lontane sembravano morbide pennellate di schiuma bianca sopra il mento da radere di un gigante sdraiato al sole. Era fra esse che Edo da piccolo – ma anche più in là negli anni – amava pensare che Dio e gli angeli si arroccassero per salvaguardarsi da un'umanità sempre più famelica e desiderosa di lacerare all'ignoto, Onnipotente compreso, lembi di conoscenza.

Una volta aveva riso tra sé per una settimana almeno figurandosi un pilota di jet che raccontasse d'aver notato, al margine d'un cirro, un cartello giallo recante il divieto di scattare fotografie. Eccome no? pensava, anche il buon Dio avrà i suoi segreti da difendere, le sue strategie che non devono essere divulgate; non aveva cacciato Lucifero perché voleva fargli le scarpe? O forse era stato perché questo incominciava a costargli una cifra in bollette, con quella sua mania dell'illuminazione?

L'aveva immaginato spesso il Padre Eterno, con lo sguardo arcigno, la superba barba bianca e la sua bella aureola triangolare alla guisa d'un tricorno, seduto con lo scettro in mano sul suo trono dorato, nell'atto di assegnare ali graduate o elargire gratifiche a base di estasi contemplative al suo esercito di cherubini e serafini, armati di trombe e arpe dalle fogge lucenti e strane, strumenti con i quali si producevano ad libitum nell'esecuzione di intere hit parade di inni e laudi volte al loro capo.

Poi c'erano i volti dei bimbi morti, assurti in automatico a ruolo di angioletti, con tanto di guance paffutelle e alucce al posto delle orecchie, che svolazzavano tutt'intorno, aspettando un nuovo Natale per essere rispediti sui presepi terrestri a parcheggiarsi chi fra gli aghi di pino, chi sui tetti delle mangiatoie, chi sopra i portoni delle chiese, ma tutti a sorreggere striscioni da stadio volti ad incitare una fede da sempre necessitante di continue promozioni a potenziamento di uno standard aziendale più che mai senile e acciaccato.

Una volta, intorno ai quattordici anni o giù di lì, aveva voluto condividere con un suo amico queste sue visioni, e questi lì per lì aveva riso, eccitato probabilmente da quel furtivo senso di proibito che da sempre seduce l'adolescenza; ma poi si era fatto via via più serio, fino ad esternare il proprio timore che quelli fossero argomenti vietati e peccaminosi. Tarlo, questo, che da quel giorno aveva incominciato a scavare anche nella coscienza di Edo, fino a minare la sua già vacillante speranza di potersi guadagnare il paradiso, a meno di non confessare al parroco quelle sue malsane elucubrazioni, le quali, sempre a detta del suo amico, erano ben più gravi degli "atti impuri" che sovente venivano tra loro consumati: qui si trattava di bestemmie anzichenò! Di eresie. E per di più scandalose! Tant'è che stavano irretendo un'anima innocente... Altro che giocherellare vicendevolmente coi pistolini!

Eppure, il giovane Edoardo trovava assai sgradevole l'idea che un semplice pensiero lo potesse escludere dalla "grazia di Dio", come la chiamava don Luigino. Era ingiusto: perché mai, si chiedeva, dovrebbe essere peccato pensare all'onnipotente in modo scherzoso? Era possibile che Dio fosse privo del senso dell'umorismo? E poi, perché il timore reverenziale nei suoi confronti veniva spacciato come obbligatorio? Dio era buono o erano tutte balle? Non era il diavolo quello cattivo? Perché non era peccato giocare alla guerra, dacché Santa Lucia distribuiva armi giocattolo da sempre, ed era invece condannabile mettersi a fantasticare ridancianamente sugli aspetti iconografici delle gerarchie celesti? Che male c'era ad immaginare che le nuvole celassero il quartier generale di tutto l'ambaradan? E che differenza faceva immaginarlo in modo bizzarro e fantasioso, anche se del tutto personale, anziché nei modi ostentatamente seriosi imposti da un clero opaco e noioso: organizzazione lobbistica di individui che Edo già iniziava a sospettare quantomeno capziosa, se non addirittura mistificatoria, in quanto volta al mantenimento di un potere che ben poco aveva a che fare con la tanto predicata carità cristiana? Dati gli sfarzi vaticani, rimuginava tra sé, non sarebbe stato più coerente adorare un bel vitello d'oro anziché subire il tacito monito di un tizio inchiodato ad una croce? Ma non ce l'avevate appeso proprio voi quello lì? appunto perché il suo modo di pensare si diversificava dalla vostra ottusità bigotta ed egemone di allora? Beh, cos'è cambiato oggi? Forse non ci siete ancora e sempre voi nella stanza dei bottoni? Di certo noi poveri cristi non abbiamo accesso alle leve che voi quotidianamente azionate per manipolare il mondo. Noi siamo il gregge, non è vero? Già. Solo che il bastone l'avete in mano voi! E allora lasciateci almeno pensare, per Dio!

È incredibile, pensò Edo, quanto l'immagine di una nuvola rinchiusa nel limitato spazio di un istante - per di più insieme ad altre cento partorite della mente - possa essere così capiente da ospitare tanti e tali ricordi lontani e sensazioni appartenute ad antichi livori giovanili!

Bah, sarà stato il treno...

- E allora che hai fatto? – chiese Beppe Casaroli, chiudendosi alle spalle il portello dello scompartimento.

Era stato alla ritirata, come anacronisticamente venivano indicati i gabinetti dei treni da quelli delle FS. Era passato si e no un quarto d'ora da che aveva detto di trovare odioso pisciare in treno; sosteneva che centrare con lo zampillo quel buco, in fondo al quale si indovinavano sfilare le traversine dei binari, e da cui saliva tutto quel frastuono, era per lui qualcosa di inquietante.

Perciò si era ripromesso di trattenerla fino a Mestre, dove, insieme a Edo, sarebbe sceso di lì a mezz'ora o poco più, per poi salire sull'autobus di linea che li avrebbe condotti a Caorle.

Tuttavia, quando scappa scappa.

- Come? – Edo ebbe la sensazione di precipitare a spirale dalla stratosfera.

Ma si riprese subito.

- Non mi stavi raccontando di quando sei rimasto a secco con la moto del tuo amico?

- Ah sì, mi era passato di mente. Sei stato via un secolo...

- Mi sono soffermato ad osservare il pedale del lavandino – si giustificò Beppe – hai presente quello sul pavimento che si aziona col piede per far arrivare l'acqua al rubinetto?

- Beh?

- Cercavo di immaginare come funziona.

- Come mai ti sei perso in un simile esercizio?

- Mah! Pensavo che dovrebbe essere modificato. Si dovrebbe fare in modo che sia possibile dosare il getto: guarda qui, mi sono bagnato tutto dagli spruzzi.

Edo aveva notato la larga macchia d'acqua sulla maglietta e sui pantaloni dell'amico, ma non ci aveva dato peso: il Beppe era sempre così sbadato... nemmeno un'ora prima, quando i due si erano incontrati alla stazione, poiché Edo gli ebbe fatto notare che aveva indossato la maglietta al rovescio, Beppe se n'era uscito, con disarmante sufficienza, che il giorno prima era diritta, e che perciò lo sarebbe stata anche l'indomani.

- Ma tu non raddrizzi una maglietta dopo essertela sfilata di dosso? – gli aveva chiesto allora Edo.

- Perché mai? per poi doverlo fare tutte le volte?

Edo aveva scosso la testa:

- E perché ti affanni tutte le sere a caricare l'orologio allora? tanto vale lasciarlo sempre scarico no? in tal modo saresti certo che un paio di volte al giorno spaccherà il secondo.

- Tu scherzi – aveva sorriso Beppe – ma, ad essere sinceri, mi dimenticavo regolarmente di caricarlo e…
- Ti dimenticavi? – lo aveva interrotto Edo – e adesso non più?
- Quello che porto adesso è al quarzo.
- Ah sì? e dov'è, di grazia, questo tuo orologio al quarzo?

Beppe si era guardato il polso e, scoprendolo disadorno, occhi socchiusi e sopracciglia sollevate, si era stretto nelle spalle. Fosse stato al suo posto, Edo si sarebbe battuto una mano sulla fronte, magari imprecando anche, ma il Beppe era fatto così. Il fatalismo era la sua filosofia. Tanto, che avrebbe potuto fare? Mica poteva tornare a casa a prenderlo: erano già le tredici e trentacinque; il treno a minuti sarebbe partito…
- Bah – soprassedette Edo – i cessi dei treni sono così.
- Già – ammise Beppe – e mi stavo chiedendo appunto perché.
- Tu pensi troppo.
- Può darsi. Di sicuro non lo fanno i progettisti di queste carrozze. Eppure basterebbe così poco… ma lasciamo perdere. Dunque la moto?

A Edo era ormai passata la voglia di raccontare di quell'episodio, perso come s'era a riesumare i fantasmi del suo passato. Tuttavia riassunse l'accaduto:
- Vidi in lontananza l'insegna di un distributore. Mi fermai. Presi il portafoglio dalla tasca posteriore dei jeans, dove lo tengo sempre, e lo misi nel bauletto posteriore. - Poi andai tranquillamente a fare il pieno. Mentre l'addetto mi riempiva il serbatoio, era arrivato forse a metà, recitai la scenetta.
- Cioè che avevi perso i soldi – indovinò Beppe.
- Banale, vero? – Edo fece un gesto vago – In ogni caso funzionò. Mi offrii di lasciargli un documento. Ma quello disse che era lo stesso: per qualche migliaio di lire di benzina… gliele avrei portate la prima volta che fossi ripassato da quelle parti. Gentile non è vero? Quasi ti dispiace fregare gente così; ti fa sentire in colpa. Non si segnò neppure il numero di targa, per

dire.

- Non sei più passato a pagare poi?
- E con cosa avrei pagato? Facendogli una serenata? L'espressione di Beppe si fece preoccupata:
- Però adesso ce l'hai qualche lira in tasca, voglio sperare?
- Massì massì – lo tranquillizzò Edo o perlomeno quella era la sua intenzione.
- Perché sai – continuò Beppe – io più di duecentomila lire non sono mica riuscito a racimolare.
- Duecentomila? Allora siamo ricchi!
- Come siamo ricchi? – l'espressione preoccupata che Beppe aveva appena dismessa tornò a calcare i tratti del suo volto – Perché quanto hai tu?
- Trentacinquemila. – confessò Edo – Perché quanto pensavi? Io sono mesi che non vedo due centoni uno sull'altro.

Beppe s'infilò una mano nel folto cespuglio nero che aveva in testa e incominciò a grattarsi nervosamente. Immediatamente, un alone di nevischio forforeo, evidenziato dal sole del finestrino, apparve intorno a lui. Opportunista per natura, oltre che per necessità, Edo si sorprese ad accarezzare una subitanea idea di un business: proporre forfora finta ai venditori di toupet. Dovette dominare l'impulso di ridere: il Beppe era molto serio.

- Cristo santo! Come faremo a tirare avanti? Metti che piova, o che capiti un imprevisto...
- Ma cosa vuoi che capiti? – Edo alzò le spalle. – Tu sei troppo pessimista, Beppe. Stai tranquillo va là, ché io è un pezzo che ho smesso di aver paura di stare al mondo.
- D'accordo, ma duecentotrentacinquemila in due... dovremo dormire da qualche parte no? e anche mangiare... e l'estate è lunga...
- Guarda che io, per come sono abituato, con una cifra simile ci campo sei mesi. – Edo non credeva a quanto stava affermando, ma urgeva togliere di mezzo i timori dell'amico – Se invece, dal

momento che siamo una società, ti secca il disequilibrio dei capitali investiti, per dirla in modo aziendale, beh tranquillizzati: fa conto di avere trentacinquemila lire anche tu e bella e che finita. Dunque, abbiamo a disposizione settantamila lire, okèi? e vediamo cosa succede.

- E quando saranno finite?

- Quando saranno finite, sempre che finiscano prima che arrivino i primi guadagni, decideremo il da farsi. In ogni caso tu avrai sempre le tue centosessantacinque in tasca, no? Alla peggio tornerai a casa, che vuoi che ti dica? Comunque non ti facevo così pavido, Beppe.

- Io non sono né pavido, né pessimista! – sbottò Beppe – Ma Cristo santo! come fai ad andare in giro per l'Italia senza una meta precisa se non hai una lira in tasca? Per di più senza alcuna certezza di un guadagno?

- Meno male che non sei pessimista!

- E va bene! – Beppe si appoggiò pesantemente allo schienale – Chiamalo pure pessimismo se ti fa piacere. Il fatto è che a me non piacciono le preoccupazioni.

- E, ovviamente, il pensiero di rimanere senza una lira in tasca ti preoccupa.

- Dopo quello che ho passato a Londra, sì. A te no?

- No. Per niente. Abbiamo una chitarra, i tuoi giochi di prestigio, due sacchi a pelo e un'intera estate davanti. E poi oggi nessuno muore più di fame. Non in Italia almeno.

Strano: nel dire questo gli tornò alla mente il divano di Paolo Raffaelli... Bah?

Misteri della memoria.

Beppe si mise a strizzare la parte davanti della sua maglietta e a lisciarsi i pantaloni. Sembrava aver esaurito gli argomenti con cui ribattere.

Per un po' i due non parlarono. Edo riprese a guardare le sue nuvole. Di tanto in tanto scuoteva la testa, deluso un po' per aver scoperto un lato ancora sconosciuto del suo amico. Del resto, non che i due si fossero frequentati poi tanto. Edo lo pensava intrepido e pronto all'avventura, invece a momenti si rivelava un pantofolaio! Un vecchietto di trentaquattro anni dalla mente ristretta e schiavizzata dalle convenzioni. Ma come? gli veniva da pensare, dice che è stato a Londra, in India, in Thailandia e chissà dove altro ancora, e adesso che andiamo a due ore di treno da casa si fa prendere da preoccupazioni così puerili? Con duecentomila lire in saccoccia? e una casa di sua proprietà a Verona che lo aspetta? Ma cosa pretende dalla vita questo qui?

Bah, vedremo.

A Mestre, i due dovettero attendere venti minuti buoni. Poi il pullman per Caorle arrivò.

Beppe aveva proposto di imbrogliare l'attesa con una breve passeggiata per le vie della città, ma Edo aveva obiettato che - a parte che a Mestre non c'era niente di meritevole d'esser ammirato - passeggiare con zaini, borse e chitarra non era il massimo che si poteva chiedere all'esistenza. Inoltre faceva un caldo da togliere i sentimenti per essere appena ai primi di giugno. Ciononondimeno, Beppe aveva blandamente tentato di corroborare la sua idea, secondo la quale quando si gira il mondo guardarsi bene intorno non è una scelta ma una regola, al che Edo lo aveva gentilmente mandato a cagare: se scendere da un treno e salire su una corriera significava girare il mondo, una volta che fossero arrivati a destinazione cosa avrebbero dovuto fare? Assumere un interprete? Mettersi a spedire cartoline a chicchessia a testimonianza della loro impresa? Comprare quintali di cartine topografiche e guide turistiche per non correre il rischio di smarrirsi fra i meandri di vicoli sconosciuti? Fanculo va là, Beppe! A far passare quei venti minuti un paio di birre erano più che sufficienti!

Prima di rimettersi alla guida del suo automezzo, l'autista aprì uno dei portelloni laterali e caricò i bagagli dei pochi passeggeri. Edo salì per primo e subito andò a sedersi in fondo a sinistra, dalla parte dove calcolò che il sole non avrebbe battuto durante il viaggio. Beppe si accomodò sul sedile a fianco.

- Sarà il caso di fare qualche prova prima di buttarci allo sbaraglio, che ne dici? – propose.

- Direi di sì. – ammise Edo – se non altro per il sincronismo.

- Il sincronismo?

- Non che sia indispensabile, ma se riuscissimo a far coincidere l'acme dei tuoi numeri con le chiusure dei miei pezzi l'effetto sarebbe migliore, non trovi?

- Certo, ma i giochetti che proporrò non durano mica molto; diciamo qualche decina di secondi l'uno.

- Vorrà dire che imbastirò pezzi di poche decine di secondi. Li ricaverò dalle
finali delle canzoni che già conosco, non è un problema; piuttosto che suonare un pezzo dopo l'altro così a casaccio. Hai capito a cosa mi riferisco?

- Credo di sì – rispose Beppe poco convinto. La sua incertezza non era sfuggita a Edo.

- Tu a cosa avevi pensato? – gli chiese.

- Mah, niente a dire il vero Voglio dire, tu suoni qualcosa e io faccio i miei trucchi; mica sono stato lì a pensarci su più di tanto. Piuttosto spiegami meglio la tua idea, che non ho ben capito. In fin dei conti, fra noi due il musicista sei tu.

Edo si tolse gli occhiali da sole e si girò di traverso per poter guardare meglio il suo amico ed assicurarsi la sua attenzione.

- Ascolta – disse – prendi uno dei tuoi numeri; uno qualsiasi, mi servirà da esempio. Ci sei?

- Sì.

- Bene, descrivimelo.

- Uno qualsiasi?

- Dio buono, sì. Uno qualsiasi.

- Quello del mazzo di fiori, va bene?

- Forza, spiegami come si svolge.

- Bé, tiro fuori dei foulard di vari colori, uno da una tasca, uno dall'altra eccetera, fino ad averne una decina in mano. Li appallottolo tutti insieme. Poi batto le mani e vualà! i foulard sono spariti e al loro posto c'è un mazzo di fiori.

- Bello. E quanto dura questo trucco?

- Non l'ho mai cronometrato, ma direi una trentina di secondi. È uno dei numeri più lunghi.

- Bene: io eseguirò un brano da mezzo minuto. Un pezzo che abbia un finale ad effetto, mi capisci? il mio ultimo accordo dovrà coincidere con l'apparizione del mazzo di fiori.

- Dovremo imparare a sincronizzarci.

- Porco giuda, Beppe, è mezz'ora che te lo dico!

Beppe si fece pensieroso. Edo lo guardava. Rise tra sé immaginando lo scricchiolio del suo cervello. Come nei cartoni animati, il suo cranio era diventato trasparente e al suo interno era visibile un confuso lavorio di leve e ingranaggi.

- Quindi dovrò imparare anch'io le tue musiche - riprese Beppe dopo qualche minuto. Sembrava che quel pensiero lo sconcertasse.

- Dov'è il problema?

- Non so se ne sarò capace. Parlami di scacchi, di matematica, di fisica, di comunicazione neo linguistica, di ipnosi persino, che non ho paura di nessuno. Per non parlare della filosofia... Ma di memorizzare delle musiche... per di più senza i riferimenti di un testo cui agganciarmi...

- Non preoccuparti Beppe; ti spiegherò io come fare. Tu conosci i tuoi trucchi, io i miei.

- Pensi che ci riuscirò?

- Ma certo. è una cosa da bambini.

- È questo il punto: io non sono più un bambino, e sono consapevole dei miei limiti. Le cose musicali non le ho mai praticate in trentaquattro anni, e incominciare adesso… forse avremmo dovuto trovarci qualche settimana fa per fare delle prove.

- Stai scherzando o parli sul serio? – Edo era stupito: meno male che vuole evitare le preoccupazioni, pensò.

- Sto parlando seriamente. – Beppe sospirò – Vedi, il fatto è che durante i giochi io devo rimanere concentrato su quello che sto facendo; non credo che potrò dare attenzione alla chitarra.

- Sono così difficili da eseguire?

- Certo. Voglio dire… non tanto i trucchi in quanto tali; il difficile è riuscire di volta in volta a presentarli come si deve, ovviamente senza che nessuno scopra come si fa. Non sono mica Silvan.

Edo si grattò la barba. Stavolta il preoccupato era lui.

- Dimmi un po' Beppe, siamo sicuri che le sai fare veramente queste tue magie?

- Bé, ci sono ancora delle sbavature qua e là da limare, ma in linea di massima vado abbastanza bene.

- Cominciamo bene – sbuffò Edo.

- Comunque, prima di metterci in strada qualche giorno di prove lo dovremo fare.

- Qualche giorno? Con un capitale di settantamila lire?

- Te lo dicevo io che sono poche.

- Già, me lo dicevi, ma non mi hai detto di non essere pronto, porco giuda! – sbottò Edo, reprimendo quanto più possibile lo scalpitante desiderio d'incazzarsi che sentiva montargli dentro – E io che pensavo di incominciare già stasera o domani al più tardi.

Beppe, tuttavia, sembrò accusare il colpo. Per un breve istante l'espressione del suo viso sembrò quella di un bambino redarguito dalla sua maestra per la scena muta ad un'interrogazione scolastica. Subito Edo si pentì per essersi un po' alterato.

- Bah, sarà quel che sarà – disse in tono accomodante – l'importante è incominciare col piede giusto; se serviranno tre o quattro giorni per prepararci vorrà dire che stringeremo la cinghia.
- Ma no ma no. – borbottò Beppe – Io le mie duecentomila lire le metto a disposizione per intero. Ormai siamo in ballo, no? perciò, vada come vada, balleremo. - E allora vai col lizzio! – sorrise Edo, scimmiottando un improbabile accento romagnolo.

Come una grossa nube temporalesca che si fosse allontanata per scaricare altrove il suo carico di pioggia e fulmini, l'inizio di tensione che si stava prospettando svanì: Beppe aveva ottenuto un po' di respiro per la tanto desiderata ottimizzazione dei suoi giochi, Edo un inizio di tranquillità economica, desiderio che fino a quel momento aveva tenuto nascosto all'amico, ma soprattutto a sé stesso.

44

Undicimila lire al giorno a testa non erano poche per abitare in un bungalow senza cucina, ma rispetto alle trentaquattromila che Edo e Beppe avevano dovuto sborsare per la notte trascorsa in albergo costituivano già un passo avanti in direzione risparmio.

Tuttavia, occorreva trovare qualcosa di diverso, vuoi per il prezzo, vuoi per la distanza dal centro. Inoltre, gli orari dell'autobus non soddisfacevano in pieno le esigenze notturne dei due: l'ultimo che servisse la zona dei camping partiva dal centro di Caorle poco dopo le ventitré, e andare a dormire a quell'ora era impensabile. E due chilometri da sciropparsi a piedi ogni notte solo per raggiungere una branda erano davvero troppi.

Dopo aver fatto la scarpetta anche all'ultima molecola di sugo, Edo diede fondo ai due sorsi di birra ormai tiepida che gli erano rimasti nel boccale, quindi posò coltello e forchetta nel piatto, badando di non incrociarli (qualcuno in passato gli aveva detto che portava male) e si stiracchiò pigramente sulla sedia di plastica bianca che scricchiolò pericolosamente. Si ricompose e accese una sigaretta. Beppe schiacciò nel posacenere il mozzicone della sua: la sua razione di spaghetti con le cozze l'aveva già finita da qualche minuto. Qualcuno spense l'impianto di diffusione sonora del plateatico, lasciando allo stormire leggero delle foglie il compito di colorare il silenzio appena punteggiato dal chiacchierio che si levava dai pochi tavoli occupati e dal mormorio lontano di qualche imbarcazione a motore. Non c'era molta gente al ristorante del camping: una famigliola di tedeschi, una signora incredibilmente mammelluta con la sua figliola dagli occhi traboccanti romanticherie future e principi azzurri, due motociclisti pieni di tatuaggi arrabbiati, una coppietta di innamorati sussurranti cose loro, e un giovane cameriere biondiccio dal forte e cantilenante accento del Veneto dell'est, che errava fra i tavoli con aria smarrita, dimenticando regolarmente di liberarli da piatti e bicchieri vuoti. Edo si allungò all'indietro per chiedergli l'ora. Era appena passata l'una del pomeriggio.

- Ce lo facciamo un caffè? – propose Edo.

- Facciamoci un caffè. – acconsentì Beppe grattandosi il cespuglio – Ma dobbiamo stare attenti alle spese, ché qua si sta spendendo più del previsto.

- Cazzo Beppe, meno di così c'è il digiuno!

- Avremmo potuto comperare un po' di pane e qualche affettato al minimarket anziché venire al ristorante.

- Ancora! Sai che palle ne ho di nutrirmi di panini?

- Io ti capisco, ma i soldi non dureranno in eterno.

- E allora incominciamo a lavorare, no?

- Ma io non mi sento ancora pronto...

- E quanto pensi ti ci vorrà ancora?

- Mah... qualche giorno almeno.

- Qualche giorno! – sbuffò Edo – A parte che non credo che qualche giorno ti sia sufficiente per un miglioramento sostanziale, come vorresti tu, io penso che dovremo buttarci e basta.
Beppe non sembrava per niente convinto.

- Sono pochi tre giochi per incominciare – eccepì.

- Come sarebbe a dire? A quanto ho visto fin'ora, tu ne conosci ben più di tre.

- Certo, ma quelli che riescono bene sono solo tre. Per gli altri c'è bisogno ancora di un po' di rodaggio.

- A quali ti riferisci?

- A quelli con le carte.

- Cosa avrebbero che non va?

- Sono i mazzi. Scivolano troppo. Dovrei cospargere le carte con qualcosa di vischioso... cioè, non di vischioso... qualcosa di… insomma qualcosa che renda uniforme l'attrito tra loro. Voglio dire… quando le apro a ventaglio dovrebbero disporsi… Ci vorrebbe del nitrato d'argento, mi sembra sia quello che usano i prestigiatori. Ma dove lo trovo? Fossimo a Verona saprei dove…

- Aho, frena! Stop! Ferrrmolà, ché mi gira la testa – lo interruppe Edo. Beppe lo guardò con aria interrogativa.

- Lascia perdere le carte allora, almeno per il momento, e concentrati su altri giochi. Per esempio, perché non fai quello della sigaretta?

- Quale?

- Quello che prendi una sigaretta accesa, magari la freghi a un passante, la chiudi nel pugno e puff! questa sparisce.

- E come si fa?

- Non lo sai? – si stupì Edo – Meno male che il prestigiatore sei tu…

- Posso mica conoscerli tutti i trucchi, no? Questo, per esempio, non lo so fare.

- Bé, è facile. Facile e di grande effetto. A me l'ha insegnato il padre di un fonico che lavorava con me quando suonavo, 'sto stronzo… bah, è lo stesso… Dunque, serve una spilla da balia, un elastico e il cappuccio di una biro.

- Spetta spetta… non dirmelo… – Beppe assunse la sua aria pensierosa. Edo rivide il lavorio degli ingranaggi all'interno del suo cranio. – Un cappuccio… un elastico… forse ho capito: si spegne la sigaretta nel cappuccio che tieni nascosto nella mano, giusto? il quale è attaccato a un elastico assicurato all'interno della manica con la spilla. Allentando il pugno, il cappuccio con la sigaretta incastrata rientra nella manica. Non è così?

- Esatto. – applaudì Edo – L'ho sempre detto che sei un genio.

- Solo che nelle maniche ci tengo già i foulard e il mazzo di fiori…

- Bé, dov'è il problema? Quello della sigaretta lo farai dopo gli altri.

- Mmm... sì, penso si possa fare.

- Ma certo Beppe, che si può fare. Basta che non ti fai vedere mentre recuperi il cappuccio dalla manica e lo metti nel pugno.

- Bisognerà che faccia qualche prova...

- Massì, massì – sospirò Edo – ma facciamo presto, per favore, ché se ci toccherà andare avanti a panini ancora per molto, qua tra un po' io non cago più.

Caorle (VE) mercoledi 4 giugno dopo Cristo
Non scrivo da un miliardo di tempo. Ciononpertanto l'importante è arrivare vivi.
Sono seduto ad un tavolo del bar di un campeggio ove il Beppe Ca-saroli ed me ci siamo ubicati in attesa di qualcosa di più economico e comodo, ché qua siamo fuori dal mondo (o dal biondo, come disse il pederasta dopo essersi inchiappettato l'amichetto svedese).
Sono le dieci. Abbiamo da poco fatto colazione (un caffè e una brioche cadatesta) (più un'acqua con la bollicine per me).
Sto aspettando il Beppe (è andato in bungalow a prendere tutto l'armamentario per fare una prova come si deve). Io la chitarra ce l'ho già con me. Me l'ero portata tanto per fare qualcosa. Poi al Beppe è venuta l'idea (era ora) di fare una chiamiamola prova generale, con tanto di giacca e commento musicale made in sotto-scritto. Dove andremo a nasconderci non lo so, ma ci sono quesiti più gravi e annosi nella storia dell'umanità che trovare un buco per fare due magie a suon di bossanova.
Poco fa siamo andati al minimarket e ci siamo procurati l'occor-rente per il trucco della sigaretta che sparisce (gliel'ho insegnato io al Beppe, che a me l'aveva svelato il mago Paul Entine di Verona). A proposito di Paul Entine: non si è mica comportato bene nei miei confronti quello là, proprio per niente: verso la fine dell'ottantadue gli avevo procurato una serata in un night (il Satiro, di via Fiu-micello a Verona), e ben pagata anche! Ordunque, si era pattuito

il dieci per cento per me, come si usa nell'ambiente. Lì per lì, gli dissi che per quello ci si sarebbe rivisti; i soldi che mi spettavano me li avrebbe dati con comodo, tanto ci si incontrava spesso: suo figlio Marco era il fonico del mio gruppo. Ma poi ci fu la separazione da mia moglie, la conseguente depressione, la droga, e via dicendo, e la cosa mi uscì di mente. Poi, un giorno (quando ero tossico e come tale il mio hobby preferito era escogitare modi inediti di procurarmi il denaro per le pere) mi sovvenne di quella famosa percentuale che ancora non avevo percepito. Andai subito a casa di Paul Entine per essere pagato, e lui cosa fece? Negò di avermi promesso alcunché e non mi diede un bel cazzo. Anzi, mi cacciò via in malo modo. Ma che bella persona che era Paul Entine! Disse che la mia band aveva dei sospesi con suo figlio (che poi ci sarebbe stato da vedere, dato che se n'era andato dal gruppo senza preavviso!), ma questo che c'entrava? Era a nome mio quel contratto, ed io l'avevo procurato al padre, mica al figlio o allo spirito santo, perciò era a me che doveva la percentuale. Quanto ai rapporti fra il mio ex gruppo e il fonico dimissionario erano tutta un'altra faccenda, o no?
Bah, fanculo va là, che sennò qua finisce che mi girano le palle e mi rovino la giornata.
Comunque, viva la deontologia!

Ala pro

Edo ce la mise tutta, ma di trattenersi dal ridere proprio non gli riuscì. D'altra parte, erano state proprio le risa di alcuni campeggiatori a fargli alzare gli occhi dalla sua agenda: la figura del Beppe in avvicinamento si stagliava fra i tronchi dei pini marittimi, con la sua bella giacca color cremisi sopra una T-shirt a righe orizzontali gialle e rosa, pantaloncini da spiaggia azzurro cielo sopra due gambe incredibilmente magre e pelosissime, scarpe nere da città e calzini bianchi corti. Se a ciò si aggiungono capigliatura branduardesca, sguardo allucinato e un variopinto mazzo di fiori finti in mano, il quadro è completo.

- Dove ci mettiamo? – chiese con un'innocenza e una serietà che avevano del paradossale.

- Oh, possiamo restare qui, – riuscì a rispondere Edo mascherando i singhiozzi con un finto attacco di tosse – ché c'è già un po' di pubblico. Anzi, lascio anche la custodia aperta, hai visto mai, magari qualcuno ci butta qualche mille lire.

- Ma… e il padrone del bar?

- Che vuoi che dica? Noi qui siamo clienti. Mica si disturba no? che male c'è se io strimpello e tu maneggi un mazzo di carte o un paio di foulard? Basta ordinare qualcosa da bere di tanto in tanto.

- Ma io mi vergogno, qui davanti a tutti. Edo si guardò intorno.

- Tutti chi? Ci sono cinque persone in tutto. Dio buono, Beppe, se ti vergogni adesso, come te la caverai sulla strada? Più prova generale di questa… E poi guardali, sembra che si aspettino qualcosa; sicuramente sono convinti tu sia un animatore. Li vorrai mica deludere, no?

Beppe si grattò la testa.

- Va bene, ma non subito. Intanto sediamoci e facciamo finta di nulla. Tra l'altro mi devo anche preparare.

- D'accordo. – si adeguò Edo – Io intanto mi scaldo le dita suonando qualcosina.

Mentre Beppe armeggiava con le sue cose, Edo passò in rassegna tutte le "chiusure" che gli vennero in mente. Alla fine ne scelse una decina, alcune delle quali, a dire il vero, si assomigliavano. Non che ciò avesse potuto pregiudicare il buon esito dei trucchi: si presupponeva che la musica avrebbe svolto un ruolo di secondo piano; malgrado ciò, decise di apportare qua e là alcune modifiche, variando ora la velocità, ora il tempo. Adattò un tre quarti dal sapore vagamente parigino alla prima strofa di Odeon, vi aggiunse una chiusura decisa, quindi chiese a Beppe cosa ne pensasse.

- A me sembra ottimo. – disse questi – Per quale gioco pensavi di usarlo?

- Io pensavo a quello del mazzo di carte che rimpicciolisce, che ne dici? E il finale lo facciamo coincidere con la sua sparizione. Io faccio l'ultimo accordo mentre tu apri le mani vuote e il mazzo non c'è più.

- Mmm... sì, può andare. E poi?

- Poi ti faccio una cosa che dia il senso dell'attesa, come la rullata al circo. Naturalmente io la farò con le corde... toh, ci mettiamo un SI settima, ecco; tu intanto freghi la sigaretta a un passante e la spegni nel pugno. Quando apri la mano per far vedere che la cicca non c'è più, io ti sgrano un bel MI sesta a mo' di punto esclamativo.

- E se in quel momento non c'è nessuno con la sigaretta in mano? Edo si gratto la barba.

- Bé, posso sempre accenderla io, mentre tu ringrazi per il gioco che hai appena eseguito, e tu poi la freghi a me. Magari mi imbastisci un discorsetto del tipo che non dovrei fumare, ché il fumo fa male... Oppure rimandiamo il gioco fino a quando non si ferma uno che sta fumando.

- Resta il fatto che questo trucco lo devo ancora imparare.

- Forza allora – si risolse Edo – prepariamolo. Dove hai messo l'elastico, il cappuccio e la spilla?

Beppe si frugò nelle tasche.

- Ecco qua. – disse – Ora bisogna fissare l'elastico al cappuccio. Ci vorrebbe dello scotch.

- Non va bene lo scotch. Poi quello col calore della sigaretta può staccarsi.

- E allora come si fa?

- Ci vorrebbe un buco passante qui, alla sommità, e ci si fa passare l'elastico.

- Oppure ci mettiamo un anello di fil di ferro. Vediamo... ci vorrebbe una graffetta. La si scalda con l'accendino e la si pianta nella plastica.

Detto fatto. Edo chiese al barista una graffetta. La allargò, ne scaldò un'estremità alla fiamma dell'accendino e, rovente, vi trafisse la sommità del cappuccio della Bic passandolo da parte a parte. Poi la richiuse e vi infilò un capo dell'elastico. L'altro capo lo annodò alla spilla da balia. Quindi fece togliere la giacca al Beppe e assicurò la spilla poco sotto l'ascella all'interno della manica sinistra.

- Mettila un po' adesso.

Beppe indossò la giacca.

- Bene – fece Edo – adesso con la destra recupera il cappuccio e tiratelo nel palmo della mano sinistra. Naturalmente dovrai fare in modo che la gente veda solo il dorso della mano, hai capito? Dai, proviamo.

Edo accese una sigaretta. Tirò qualche boccata e la diede a Beppe.

- Ora infilala nel cappuccio. Mi raccomando, premi bene a fondo, ché la sigaretta si deve spegnere, sennò succede che bisogna chiamare i vigili del fuoco. Fatto? Okkèi, ora allenta un po' la presa e lascia che l'elastico si porti via il cappuccio con la cicca dentro.

Beppe fece quanto suggerito da Edo e la sigaretta sparì all'interno della manica.

- Bello – esclamò – e facile anche.

- Te lo dicevo io. Ma prova un'altra volta, magari fingendo di scottarti mentre tieni la sigaretta nel pugno, in modo che la gente pensi ad una prova di resistenza al dolore piuttosto che altro. E poi, mentre allenti la presa agita un po' il polso, che non si veda il cappuccio rientrare.

Beppe riprovò. La sua imitazione del dolore aveva del farsesco, ma tutto sommato poteva andare. L'ideale, pensò Edo, sarebbe buttarla sul comico. Lo propose all'amico.

- Io il comico non lo so fare – confessò Beppe – e poi non mi sembra sia il caso di complicare le cose.

- Non c'è niente da complicare – minimizzò Edo – mica dobbiamo star qui a metter su una pantomima da cabaret. Anzi, non c'è nulla da cambiare.
- Ma, allora cosa dovrei fare?
- Basterebbe ti presentassi al pubblico così come sei.
- Non capisco… così come?
- Come sei vestito adesso: con la giacca sopra la maglietta a righe, pantaloncini corti e calzini. Insomma così come ti trovi in questo momento.
- Ma figurati. Farei ridere i polli.
- Appunto. Sai che successo?
- Insomma tu vorresti che facessi il comico…
- No, tu non devi fare niente. Anzi, devi stare serio. È sufficiente l'abbigliamento a far ridere.
- Mmm, non ne sono convinto.
A Edo fu evidente che Beppe era del tutto digiuno dei meccanismi dello spettacolo.
- Come non detto. – sospirò – Lasciamo perdere, va bene? Fa un po' come te la senti tu.
- Sì, meglio.
Fino a mezzogiorno provarono e riprovarono vari giochi. Inizialmente Beppe si trovò in difficoltà a sincronizzarsi con la musica, come previsto, ma poi le cose andarono via via migliorando, fino a pervenire alla decisione di buttarsi allo sbaraglio la sera stessa. Naturalmente, nel pomeriggio avrebbero provato ancora, e altre prove le avrebbero fatte nei giorni seguenti, fino ad arrivare alla perfezione o, quantomeno, a ciò che Beppe intendeva per essa. Tuttavia, come prima uscita, decisero di andare a Porto S. Margherita, poco lontano da Caorle, dove avrebbero trovato una tipologia di turisti alquanto danarosi, e dove non sarebbero più tornati in caso di fiasco.

Caorle, ore 15 del pomeriggio di oggi, che è sempre lo stesso giorno di poco fa. Ma non è mica colpa mia.

Sono seduto all'ombra di un pino (un albero, non il mio amico Giuseppe) che ce la mette tutta per costituire (insieme ad altre centinaia di suoi simili) la fetta di boschetto litoraneo (e anche un po' littorio) entro cui si trovano i campeggi nonché le colonie di mussoliniana memoria (appunto), ove soggiornarono (e soggiornano ancora oggi) torme di bambini desiderosi di sole e mare estivo. Ambarabacicicoccò.

Beppe Casaroli sta nuotando. Io l'ho fatto poco fa. Poi mi sono sdraiato al sole, ma sono resistito solo una quindicina di sessantine di secondi. Quindi, mi sono spostato a scribacchiare.

Visto da qui, il Beppe, con la sua testa che sporge dall'acqua, sembra una palla nera che galleggia. Sta nuotando a rana.

Stasera andremo a Porto S. Margherita per una prova ufficiale dell'ambaradan. Che Dio ce la mandi buona (come disse il prete che aspettava la nuova perpetua). Ma io credo che il Beppe si emozionerà. Se solo si decidesse a buttarla sul ridere! Lui non se ne rende conto, ma è già a metà strada di suo, con quegli occhi schizzati e quella capigliatura da fuori di testa...

Bah, sarà quel che sarà, come dicevano i Ricchi e Poveri in quel di Sanremo.

Si sta bene a Caorle. Se solo ripenso a come stavo a Verona mi vengono i brufoli. E per fortuna che ho trovato Bruno India, ché se non c'era lui credo che le ultime notti le avrei passate a dormire su qualche panchina. Che tipo anche sto Bruno India: dorme su un materasso per terra, con la televisione (in bianco e nero) perennemente accesa. In casa porta una tunica di lino bianco con niente sotto. Ogni giorno, alle quattordici precise, fa il bagno, e rimane in ammollo un'ora esatta. Poi si rade, si veste ed esce, di solito per andare ad ubriacarsi in qualche bar del centro. Se c'è da fumare fuma, se c'è da sniffare sniffa, non importa cosa: coca o ero fa lo stesso. Ma non si buca. Lava tutto, dai piatti agli indumenti (che porta puliti tutti i giorni) a se stesso con sapone di Marsiglia. Mangia sempre e solo spaghetti conditi con un ragù a base di pomodoro con carne macinata, piselli, cipolla e aglio che si prepara una volta alla settimana e che tiene nel freezer e un uovo (crudo, che rompe direttamente sugli spaghetti fumanti). Un giorno (mercoledì scorso, o forse giovedì, che tanto è lo stesso) aveva finito pasta, ragù, uova, insomma tutto; soldi in tasca non ce n'era, e lui cosa ha fatto? si è pappato una spremuta di aglio e dadi Knorr! Tre ce n'ha messi di dadi, e due teste d'aglio! Ha cotto il tutto in un po' d'acqua e se l'è ingurgitato. Roba da far impallidire Michael Jackson. Io ho fatto finta di niente, ma Dio buono...va bene aver fame, ma c'è un limite oltre il quale il conato tende a prevalere. Fa niente va là. Ciò che conta è che da lui ho trovato una branda. «Sei sempre il benvenuto» mi ha detto accennando un inchino a mani giunte; e quando l'ho salutato (lunedì, prima di partire) mi ha detto di non farmi problemi quando, e se, fossi tornato a Verona: «Casa mia è casa tua». Insomma uno spetàcolo.

Va ben. E adesso sono qui che guardo il mare, con questa arietta fresca e ombreggiata che mi solletica dappertutto, e si sta di un bene, ma di un bene... che se si potesse fermare il tempo non mi dispiacerebbe farlo ora. E fanculo tutto il mondo!

Alapppp

45

- Non ci mettete il gorgonzola nella pizza della casa, vero? – chiese Edo.

- No – rispose il cameriere – ma se vuole possiamo aggiungerlo.

- No no, per carità. Volevo solo sincerarmi che non ci fosse perché non lo sopporto. Bene dunque, per me una pizza della casa e una birra media.

Beppe ripose il menù. Ce n'era uno solo sul tavolo, e lui se l'era accaparrato subito per non lasciarlo più.

- Io invece vorrei una prosciutto funghi con aggiunta di cipolla rossa, melanzane, salamino piccante e rucola in uscita.

- Non ci metti anche l'olivetta, ché è la morte sua? – sorrise Edo.

Beppe sembrò non cogliere il tono ironico dell'amico.

- Ecco si, ci faccia mettere anche due o tre olive nere.

- E da bere? – chiese il cameriere.

- Birra media anche per me.

Il cameriere si allontanò. Ma Beppe lo richiamò: - Ci faccia mettere anche un po' di capperi, per favore.

- Allora? quanto abbiamo fatto? – s'informò Beppe.

- I biglietti da mille sono trentuno, più tre da duemila. Poi ci sono gli spiccioli. Ma non mi sembra il caso di metterci a contarli qui. A occhio e croce saranno altre sei o sette mila lire.

Beppe si sfregò le mani.

- Direi che meglio di così non poteva andare, per essere la prima uscita.

- Considera che siamo rimasti solo un'ora e mezza.

- Solo? Pensavo di più. Che ore sono?

- Quasi le undici. Ho visto l'orologio quando siamo andati a lavarci le mani.

- Abbiamo cominciato alle nove e qualcosa... a proposito –

Beppe corrugò la fronte – come torniamo?

- Già, è vero. – Edo si grattò la barba – A questo non abbiamo pensato.

- Avremmo dovuto informarci sull'orario dell'autobus.

- Bé, alla peggio faremo due passi. Saranno tre chilometri o poco più.

- Tre chilometri fino a Caorle, ma noi dobbiamo arrivare fin quasi a Falconera. Altro che due passi...

- Falconera?

- Massì, la zona dei campeggi.

- Non sapevo si chiamasse così.

- Fa niente. Il fatto è che alla fine ci toccherà papparci cinque o sei chilometri. Meglio fare l'autostop, non credi?

- Si può provare. Vorrà dire che camminando tireremo fuori il pollice. Se si ferma qualcuno... ma ecco le birre.

Il cameriere appoggiò i due boccali sul tavolo.

- Scusa? – lo trattenne Edo – sapresti darci una dritta su come arrivare a Caorle a quest'ora? voglio dire, dopo che avremo finito la pizza? Ci sono autobus serali?

- L'ultimo è passato dieci minuti fa.

- Porco giuda!

- Ci sono i taxi – continuò il cameriere – ma vi costerà un bel tot. Edo si rivolse al suo socio:

- Ce l'abbiamo un bel tot da spendere?

- No! – rispose lapidario Beppe.

Stringendosi nelle spalle Edo congedò il cameriere:

- Niente taxi. Grazie comunque, qualcosa escogiteremo.

- Non ti piace camminare, vero? – osservò Beppe.

- Non è questo, ché di strada a piedi in questi ultimi tempi ne ho fatta a iosa... è il trasporto della chitarra che mi depaupera i genitali. Non sembra, ma con la sua custodia rigida, quella pesa più di quanto si pensi. E finché si tratta di qualche centinaio di metri non te ne accorgi neanche tanto, ma i chilometri li senti eccome.

- Perché non la lasci qui?

- Qui? in pizzeria?

- Perché no? pensavo che, visto come è andata stasera, potremmo tornare qui anche domani, perché cambiare? Basta spiegare la situazione al titolare... ce l'avrà un buco per tenerti la chitarra, no?

- Mmm... non mi va di lasciare in giro la mia cinque-cinque-otto.

- Eppure al Corto Maltese la lasciavi spesso, mi sembra.

- Sì, ma il Corto era casa mia.

- Bé insomma, vedi un po' tu.

Edo rimase un po' a pensarci. Intanto arrivarono anche le pizze. Un gattone bianco e nero venne a strusciarsi sornione ad una gamba del Beppe. Probabilmente faceva parte anch'esso dell'entourage dei gestori. Edo gli buttò un pezzetto di crosta bruciacchiata. Il gatto l'annusò a malapena e se ne andò sprezzante e altero.

Beppe iniziò a fagocitare la sua pizza che sembrava volesse battere un record di velocità. Edo si chiese che gusto ci trovasse a mangiare così, alla Fittipaldi. Pareva quasi che nemmeno li masticasse i suoi bocconi. Gli tornò in mente Antonella, la sua ex moglie. Anche lei mangiava sempre di corsa e, per di più, con l'immancabile fotoromanzo aperto davanti. E Edo, che odiava sia i fotoromanzi che quel modo di stare a tavola che impediva ogni dialogo, sopportava e taceva.

Antonella... più ci pensava e più si rendeva conto che quel matrimonio non s'era da fare!

Elvira, invece, masticava ogni forchettata fino alla disintegrazione sub nucleare. Almeno trenta atti masticatori per boccone, ripeteva spesso, se si vuol star bene; e con l'occhio della mente, aggiungeva, bisogna guardare il cibo, seguirne il tragitto, dalla cavità orale alla faringe e poi giù, lungo l'esofago e poi nello stomaco…

Beppe non si avvide che Edo stava sorridendo: gli si era ripresentata alla mente l'espressione da spocchiosa che Elvira aveva assunto quando le aveva chiesto se gli fosse permesso smettere di guardare il suo cibo prima che si trasformasse in merda o se avesse dovuto seguirlo fino al buco del culo…

Bah, che differenza fra le sue due ex! Elvira inorridiva al solo pensiero di un fotoromanzo; Antonella se ne nutriva pedissequamente. Elvira indulgeva talvolta al piacere del gotto ed era pressoché vegetariana; Antonella amava le bistecche al sangue ma era irriducibilmente astemia. Qualche canna Elvira e Edo se l'erano rollata talvolta; Antonella si rifiutava anche solo di parlarne: la droga? Guai!

E poi le conversazioni tra amici: i discorsi di Antonella pattinavano le superfici rosate del gossip televisivo; con Elvira si intavolavano temi di politica, letteratura, storia; tutt'al più con qualche concessione alla New Age e annesse medicine alternative, pratiche Zen, Joga e via dicendo: argomenti che Antonella avrebbe rifuggito con raccapriccio, delegandole ad un post sessantottismo decadente e, a suo modo di vedere, salottiero e modaiolo.

E allora meglio i fotoromanzi!

Ah mio Dio, perdona loro va là, ché non sanno e, forse, non sapranno mai. Beati loro!

Tuttavia, laddove l'idiozia era una sbandata dell'evoluzione, nel ventesimo secolo l'ignoranza era quasi sempre una scelta, e questa era una convinzione di Edo che nessuno ebbe mai a confutare. Ciononostante, Antonella l'aveva sposata lo stesso. D'accordo, ventitré anni potevano anche esser stati pochi per prevedere le altalenanti incognite del futuro, ma è anche vero che a quel tempo era troppo impegnato a badare a se stesso, imbrigliato com'era dalle corde delle sue chitarre e raccerchiato dai fumi colorati di una ribalta quale credeva fosse l'esistenza, per avvedersi di non aver calcato nient'altro che il proscenio della vita. Ma, per Dio!, come non accorgersi che quella non era la donna per lui? Già, ma all'amore non si comanda, come suggeriscono da dietro le quinte quelli che la sanno lunga sull'argomento. No, vero? E allora giù il sipario e fanculo anche l'amore! Meglio la libertà! Elvira, Oriella, Anna, Silvana, Teresa... se ne fossero rimaste a Verona, ché per alleggerirsi degli spermatozoi in eccesso cinque dita potevano bastare. Ora lui era al mare, e ci sarebbe rimasto ad libitum. Libertà totale! Non gli piaceva una data località? Via! senza problemi, senza dover chiedere permesso alcuno a chicchessia! Oggi qui, domani chissenefrega e via col vento! Katia, però, l'avrebbe rivista volentieri...

- Allora?

- Cosa? – Edo ebbe la sensazione di un brusco risveglio.

- Torniamo qui anche domani? - Beppe, terminata la sua pizza, era tornato sull'argomento che aveva interrotto per cibarsi. P- erché no?

- Allora chiederai al titolare di custodirti la chitarra o te la porti dietro fino al camping?

- Dipende. Tu come ti senti in quanto a preparazione? Perché se pensi sia il caso di fare qualche prova ancora me la dovrò portare.

- Ma no.

- Come? appena oggi pomeriggio eri ancora così insicuro...

- Non era insicurezza, me ne rendo conto ora. Era trepidazione. Adesso che mi sono accorto di quanto sia facile in realtà, penso che l'affiatamento arriverà da solo. In ogni caso stasera non siamo andati male, no?

Edo ci pensò un attimo. Tagliò a metà l'ultimo quarto di pizza, lo piegò con le mani, se l'infilò in bocca e incominciò a contare. Al quattordicesimo "atto masticatorio" il sospetto che Elvira a volte ne avesse delle belle divenne pressoché certezza; quindi inghiottì il suo bolo, evitando accuratamente di seguirlo con l'occhio della mente, e tornò al Beppe:

- No, direi che andava tutto abbastanza bene. La gente si fermava, si divertiva. E poi l'incasso parla da solo.

- Certo, ma non dobbiamo accontentarci. Metti che piova due o tre giorni di seguito. Dobbiamo essere previdenti e tenere sempre qualcosa da parte.

- Massì, massì. – sbuffò Edo – Tu ti preoccupi sempre. Cazzo Beppe, più di lavorare tutte le sere non possiamo fare, perciò queste tue ansie non servono a niente.

- Bé, quando si è all'avventura lontani di casa, come noi adesso, un po' di apprensione è legittima.

- Legittima sì, ma inutile. E per me ancora di più, dal momento che una casa non ce l'ho. Anzi, è più casa mia il bungalow di oggi che tutte le case che ho abitato da tre anni a questa parte.

- Tre anni? – Beppe era stupito – Vorresti dirmi che sei senza casa da tre anni?

- Sì. Cioè, ho abitato due anni con Elvira, dall'otto marzo dell'ottantaquattro alla fine del febbraio scorso, e comunque non era casa mia. Poi sono stati solo l'espediente e l'ospitalità altrui a darmi un tetto. Ma sempre all'insegna del provvisorio e del raccattaticcio.

- E prima?

- Bé, poco prima del matrimonio, mia moglie ed io prendemmo in affitto una casa in via Scuderlando. Ci rimanemmo dal ventiquattro marzo del settantanove alla fine dell'ottantadue. Poi lei se n'è andò. Io continuai ad abitarci fino ai primi d'agosto dell'anno dopo. Ma non ci stavo bene: continuavo a impigliarmi con le corna alle tende, al lampadario... Risero.

- E poi, fino all'otto marzo dell'ottantaquattro?

- Un mese lo passai a Procida. Di lì andai a Roma e ci rimasi una decina di giorni. Avrei desiderato fermarmi là, se solo avessi trovato lavoro. Ma non andò così, perciò tornai a Verona. Il primo mese lo passai in vari alberghi, più o meno fino a metà ottobre, poi trovai una stanza in corso Milano, una stanza... un buco di tre metri per uno e mezzo! Era lo stanzino della caldaia. Ci avevano messo dentro un letto e una sedia; altro non poteva starci. Un po' scarso come arredo, vero? Ma era sufficiente per salassarmi centocinquantamila svanziche al mese, 'sti ladri! Pensa che, tanto per avere un confronto, l'affitto dell'appartamento di via Scuderlando mi costava sessantamila lire al mese...

- Perché non ci tornasti in quella casa?

- È una lunga storia...

Edo trasse un lungo sospiro. Non voleva sciorinare le disavventure legate alla sua tossicodipendenza; memore del naufragio di un'amicizia creduta inossidabile come quella con Max Stefanelli (le perline ci mette, lui!), intendeva evitare di commettere l'errore di confidarsi anche con Beppe per poi pentirsene. D'altro canto, sgattaiolare dall'argomento manifestando troppa evasività gli sembrava fuori luogo. Decise quindi per la versione soft, quella ad uso e consumo di conoscenze estemporanee e di pseudo-amicizie da bar.

- Vedi, io da quella casa ero letteralmente scappato. Così, di punto in bianco. Un colpo di testa in un momento di depressione. Non potevo tornarci. – Scosse la testa – Tra l'altro non avevo più pagato l'affitto dal novembre dell'anno prima, e le bollette idem. Infatti il gas me l'avevano già chiuso mentre ancora ci abitavo, e l'elettricità l'avrebbero sospesa entro breve. Inoltre, mia moglie, cioè la mia ex, nel frattempo era andata a prendersi i mobili... insomma quella casa non esisteva più, diciamo così. Ma anche se mi fosse stato possibile riaverla non ci sarei tornato neanche gratis: avevo vissuto troppi momenti tristi fra quelle mura, e le mie ferite erano ancora aperte.

Quello di via Scuderlando era un capitolo chiuso.

- Capisco. E nello sgabuzzino della caldaia ci rimanesti fino a marzo?

- No, figurati, sarei scoppiato. Quella era una galera. Pensa che ogni mattina alle cinque entrava il proprietario per accendere la caldaia. In altre parole, non potevo nemmeno chiudermi dentro a chiave. E quando mi alzavo, due ore dopo, soffocavo dal caldo, mentre fuori faceva un freddo... – si accese una sigaretta – Pfff! che periodaccio fu quello. Dopo un paio di mesi me ne andai; mi spostai di qualche centinaio di metri, sempre in corso Milano, e presi alloggio al Cigno, un ristorante-albergo. Costava un po' di più, ma almeno ora avevo una stanza un po' più abitabile. Il titolare si chiamava Benvenuto; cara persona... palesemente gay, simpaticissimo, e bravissimo a cucinare il pesce. Me lo ricordo ancora, ché mi pare sia stato ieri e invece sono passati quasi tre anni. Ma anche lì non che siano state rose e fiori, sai? Io ero l'unico cliente fisso. Ciononostante, Benvenuto non voleva saperne di darmi le chiavi. Chissà poi cosa pensasse ne avrei fatto. Quando rientravo, rigorosamente in orari antelucani, suonavo il campanello, questo apriva la finestra per assicurarsi che fossi io, quindi, assonnato come un coso, scendeva e veniva ad aprirmi. Ricordo ancora il suo respiro pesante – sorrise triste – ché forse neanche si svegliava per farmi entrare. Ma i disagi non erano solo i suoi. La domenica, per esempio, quello se ne andava a Venezia, sua città d'origine, e partiva il mattino presto, alle sette o giù di lì; e io dovevo lasciare l'albergo con lui, per tornarci non prima di mezzanotte o l'una, ora del suo ritorno. Porco giuda, l'unico giorno che potevo dormire! Sai cosa significa trovarsi a zonzo per Verona d'inverno, alle sette di domenica mattina, senza sapere dove andare, con quasi tutti i bar chiusi, e spesso con zero lire in tasca e un sonno e un freddo da farti desiderare la morte e l'inferno, pur di scaldarsi un po'?

- Cosa facevi in quel periodo? Suonavi? Lavoravi?

- Mi occupavo di vendita porta a porta. Vendevo delle puttanate metalliche da mettere sui fornelli. Dispositivi che in teoria avrebbero dovuto salvaguardare la fiamma, evitando eventuali fughe di gas, in pratica, si trattava di aggeggi del tutto inutili. Ma tant'era, e io dovevo mangiare e pagare le mie ottomila lire a notte, e di meglio per le mani non avevo. Che lavoro di merda! Pensa che mica potevo mancare sai? neanche un giorno. Nemmeno se fossi stato male. Mal di gola? tosse? febbre? era lo stesso. Via, al lavoro! Sennò quel giorno e il giorno dopo era il digiuno. Del resto, avevo la responsabilità di un gruppo di cinque persone; se fossi mancato io, nessuno avrebbe potuto guidare il furgone per portare i ragazzi in zona, e questi avrebbero dovuto adattarsi a battere le vie di Verona. Ma Verona era già stata spremuta come un limone, e qualcuno di loro, tra i più navigati, lo sapeva bene. Per cui, alla prospettiva di una giornata di rifiuti e porte in faccia avrebbe preferito tornarsene a casa e, naturalmente, avrebbe suggerito agli altri di fare lo stesso.

- E tu, invece, dove li portavi?

- Avevo le zone di Mantova, Brescia, Cremona e Piacenza.

- E in quelle provincie la situazione era diversa?

- Certo, quelle erano zone ancora vergini. La gente non sapeva che quei piattelli non servivano a un cazzo, perciò li comprava. L'unico rompimento di balle era la distanza, ché la benzina era a carico mio.

- E i guadagni com'erano?

- Bé, all'inizio non c'era neanche male. Ma dopo qualche mese non se ne può più di suonare campanelli, e buongiorno signora bla bla bla e la sicurezza nanì nanèra e sempre la stessa tiritera. D'accordo, le obiezioni che adducono le conosci già tutte e sai come aggirarle, ciononondimeno, devi essere sempre presente con la testa, perennemente concentrato su cosa dire e come dirlo. Mai mollare! Bisogna sorridere sempre, coccolare la cliente, insinuare in lei la paura del gas e infonderle fiducia nell'aggeggio. Tu sei l'arcangelo Gabriele e sei stato mandato dal Barbuto apposta per salvare lei e i suoi familiari. Capito lo stile? E devi essere convincente, altrimenti la trattativa non va per il giusto verso e tu hai buttato via tempo ed energia per niente. Ma quando non ci credi tu, dacché conosci bene l'inutilità di ciò che stai vendendo, è dura far sì che ci credano gli altri. D'accordo, non devi farti scrupoli e recitare la tua parte, ma alla fine crolli. Finisci per fare schifo a te stesso e ti demoralizzi, e quando sei in quello stato d'animo non ci sono santi: puoi insistere a sangue che non si vende un beneamato, e poi, alla sera, oltre a non avere una lira in tasca ti ritrovi, scarico e depresso, a doverti giustificare con un capo ufficio che ti accusa di pelandronite. A farla corta, negli ultimi tempi non vendevo quasi niente. Non che non avessi voluto, non era una questione di voglia; proprio non ci riuscivo. Ogni giorno era peggiore del precedente. Ormai non ci credevo più. Finché non mi ritrovai a passare più tempo in qualche bar o a dormicchiare sul furgone che non a bussare alle porte. Tanto era inutile... In pratica, contavo quasi esclusivamente sulla percentuale che mi spettava sulle vendite dei miei agenti, la quale bastava a malapena a pagare un pasto e la benzina. Il poco che mi sforzavo di vendere io era per l'albergo e le sigarette, ché fumavo come un turco. Per il resto non avevo mai una lira o, se l'avevo, la sera stessa finiva in vino. Il capo era un po' incazzato, ma fanculo anche lui: io non ce la facevo più. A marzo, quando conobbi Elvira, ero sull'orlo dell'esaurimento psicofisico. Mi secca un po' ammetterlo, ma fu lei la mia oasi in quel deserto di merda. Stavo arrivando allo stremo. Pensa che i pantaloni che indossavo li portavo da più di due mesi; le scarpe, l'unico paio che avevo, erano entrambe rotte... insomma, se lei non mi avesse accolto in casa sua non so proprio come sarebbe andata a finire.

- Quindi smettesti di lavorare?

- No. Non subito almeno; lo feci un mese dopo. All'inizio mi bastava sapere di non dover pagare ottomila lire per dormire e non essere più costretto a nutrirmi di panini o tranci di pizza. Dopo tanto tempo, tornare a casa la sera e trovare pronto in tavola era il paradiso, dico davvero; a casa di Elvira mi sono sentito rinascere: il ritrovato calore umano, darsi il bacino di arrivederci il mattino, raccontare la propria giornata mangiando un piatto di minestra calda... Non dimenticherò mai una sera che parlammo a lungo: ci conoscevamo appena da qualche giorno, Elvira mi tempestava di domande, voleva sapere tutto di me. Io dapprima stetti sulle mie, impedito da quella sorta di machismo che ti fa credere che una donna ti trovi più appetibile se le offri di te un profilo da uomo duro, poi lentamente incominciai ad aprirmi e dal racconto di fatti nudi e crudi, che pure mi appartenevano, senza volerlo passai via via ad esposizioni sempre più attinenti alla sfera del sentimento: sensazioni, stati d'animo, timori, turbamenti... insomma hai capito, no? Bé, poco dopo mi ritrovai abbracciato a lei che piangevo come un bambino. Sai, di quei pianti che ti aprono e ti liberano nel profondo dragandoti l'anima, fino a svuotarti di ogni scoria; e poi stai bene... di un bene caldo, antico, un bene che credevi dimenticato o che pensavi non potesse esistere. E subito ti accorgi che quello che avevi sempre chiamato amore in realtà era ben altro: qualcosa che ora ti sembra di individuare, semmai, fra il desiderio e l'illusione. E improvvisamente trovi logico essere stato tanto male: eri così stupido fino a dieci minuti prima! Così cieco!

Edo schiacciò una lacrima che quei ricordi avevano spremuto, sperando Beppe non notasse il suo gesto: il machismo era duro a morire.

La coppia che occupava il tavolo in fondo se ne andò. Ora in pizzeria non c'era nessun altro.

Beppe sembrava rapito dal racconto. Ma il cameriere si stava avvicinando; sicuramente veniva ad avvisare dell'imminente chiusura. Edo si sentì costretto a tagliare il discorso:

- Bé, vuoi che ti dica? Da quella sera in poi, pensare a mia moglie non mi faceva più male.

- Prendete due caffè?
- Sì, grazie – disse Beppe.
- Per me corretto sambuca – aggiunse Edo – ma poca poca, mi raccomando. Il cameriere si allontanò.
- Non ho capito una cosa. – riprese Beppe – Come mai non riuscivi più a lavorare. D'accordo gli scrupoli, l'etica, ma… voglio dire, c'è tanta gente che fa lavori simili; e raccontare un po' di balle fa parte della vendita… tu come sei arrivato ad esaurirti in quel modo?

Edo fece un gesto vago.
- Bah, dormivo poco e niente, mangiavo male, bevevo come una spugna e, come ho già detto, fumavo tante di quelle sigarette… Ma quello che più mi demotivava era la vita che facevo. Che senso aveva vivere in quel modo? Non avevo più famiglia, non un amico vero, non una casa, uno spazio mio. Mi mancavano tutte quelle piccole libertà tipo stravaccarsi in mutande sul divano a guardare una cazzata in televisione, farmi uno spaghetto a mezzanotte, aprire il frigo per prendermi uno yogurt, una carota da sgranocchiare; mi mancava la musica, il suono degli amplificatori, montare e smontare la strumentazione, la trepidazione dietro le quinte prima di un concerto; e mi mancavano anche gli applausi, perché negarlo, il consenso degli altri; nessuno più mi diceva bravo. Dopo quindici anni di palcoscenico, adesso non ero più nessuno, ero uno qualsiasi. Anzi, meno ancora, dacché non avevo più

niente se non me stesso. Ma quel me stesso non mi bastava. La vita, così com'era adesso, non mi diceva niente. Oltretutto ero convalescente, per così dire, dalla crisi per la separazione da mia moglie, anzi, per la verità ci stavo ancora male, pertanto avrei avuto bisogno di ben altro che una stanza d'albergo e la paura di non riuscire a venirne fuori quale unica compagna. Tanto per dire, avevo solo due paia di pantaloni, uno dei quali ormai consunto, e due camicie. Lavavo calze e mutande nel lavandino dell'albergo. Non avevo una giacca, figuriamoci il cappotto. Passai l'intero inverno con un giubbino di finta pelle prestatomi da un conoscente. Come non esaurirsi al protrarsi di una simile condizione? Con sempre in bocca quel retrogusto di sconfitta...

In realtà, più d'ogni altro disagio, a consumarlo erano ben altri postumi che quelli dovuti alla fine del suo matrimonio o quantomeno non solo quelli. Otto mesi di tossicodipendenza non erano facili da cancellare, ma Edo non voleva mettere Beppe a parte di quella storia. Figuriamoci confessargli che più di qualche volta aveva ceduto alla tentazione ed era tornato a farsi una pera! La "piazza" di San Zeno, infatti, era a pochi passi dal suo alloggio di corso Milano, e lui, memore di pratiche da poco dismesse, sapeva anche a chi rivolgersi. Perciò bastarono pochi minuti di disattenzione quella sera - alla quale, ahimè, ne seguirono altre - per ritrovarsi con la siringa in mano. Tuttavia, in quei momenti di estrema solitudine occorreva tirare avanti; ragion per cui, dove chiunque altro avrebbe chiamato ricadute quei suoi cedimenti, Edo preferiva pensarli come attimi di tregua. E una tregua lo erano davvero.

Fu l'atmosfera di Natale a sgretolare ogni sua certezza, smuovendolo dal reiterato proponimento di rifuggire per sempre dall'eroina: le campane, gli addobbi per le strade, i sorrisi, e tutta quella gente che si stringeva la mano scambiandosi gli auguri tra panettoni e bottiglie di spumante... e lui era solo.

Sbirciava la serenità altrui all'interno delle finestre, annusava uscirne l'odore di brodo, ne immaginava il sapore, ne percepiva il calore, mentre l'unico calore a lui concesso era quello della caldaia nella sua stanzetta.

Oppure, fanculo, quello dell'eroina!

Arrivò il cameriere con i caffè.

- Io vado a Caorle più tardi – disse – non era esattamente in programma, ma visto che dovete andarci anche voi...

- Stai dicendo che ci dai uno strappo? – chiese Edo.

- Devo solo passare un momento dal Club Nautico, qui dietro. Poi possiamo andare.

- Bé, che dirti... grazie. – Edo era visibilmente sollevato – Eravamo quasi rassegnati ad una camminata.

- È un po' lunghetta a piedi.

- Già – ammise Edo.

- Siete qui in vacanza?

- Sì e no – rispose Beppe – siamo artisti di strada.

- Bello. E cosa fate?

- Io il prestigiatore, lui suona la chitarra.

- Avete lavorato qui a Santa Margherita stasera?

- Sì. Eravamo là in fondo, dopo l'incrocio.

- Come avete fatto ad ottenere il permesso?

- Quale permesso? – si allarmò Beppe.

- Non avete il permesso? Vacca boia, vi è andata bene allora. Se passavano i carabinieri per voi erano cazzi da cagare.

Beppe si alzò. Fece due passi a destra, quattro a sinistra, poi ancora a destra sempre grattandosi il cespuglio. Edo e il cameriere lo guardarono. Poi si guardarono, quindi tornarono a guardare lui: sembrava uno scienziato pazzo che cercasse spasmodicamente una nuova idea. Infine tornò a sedersi.

- E noi che già pensavamo di tornare anche domani – sospirò.

- Non vi conviene. Immagino che non abbiate nemmeno la

licenza…

- Permessi. Licenze. – sbottò Edo – Ma perché deve essere così difficile stare al mondo? Che cazzo di male facciamo se ci guadagniamo qualche migliaio di lire facendo divertire i passanti? Mica li rubiamo quei soldi, porcozzìo! Uno passa, ci guarda, e se gli siamo piaciuti ci molla qualcosa, sennò arrivederci e grazie. Perché bisogna complicare tutto con la burocrazia?

- Lo so – il cameriere allargò la braccia – ma qui funziona così.

- E a Caorle? – un'effimera speranza transitò sul volto del Beppe.

- A Caorle? peggio ancora, dal momento che i carabinieri della zona sono di stanza proprio lì.

- E come si fa ad avere il permesso? – chiese Edo.

- Di preciso non lo so. Ma ricordo che l'anno scorso uno che faceva il mimo mi disse che aveva fatto richiesta ancora in gennaio. E comunque serve la licenza. Non chiedetemi in cosa consista, ché io proprio non saprei, ma il mimo mi disse di avere anche quella.

- E se uno non ha niente di tutto questo e lavora lo stesso che succede?

- Non lo so, ma credo che come minimo vi sequestrino la chitarra e le altre cose che usate. Poi, a quali conseguenze andiate incontro proprio non saprei.

Edo e Beppe si guardarono accigliati. Un alone di delusione aleggiava sopra il tavolo.

Era troppo bello per essere vero – ammise Edo.

46

Caorle Giovedì 5 giugno ore chissenefrega

Clic... trrrr, trrr, trrrrr, trrr, trr, trrrrrrrr, trr, trrrrr... tuuuu... tuuuu... tuuuu... clic.

Tu scendi dalle stelleee, ta tii ta teeeraaa...clic.

Risponde la segreteria telefonica del Padre Eterno. In questo momento non c'è nessuno in casa. La preghiamo di riprovare più tardi o di lasciare un messaggio dopo il segnale acustico.

Bip.

« Pronto? Dio? Sono Edoardo Grassi. Ti ricordi di me? quello che faceva il chierichetto... che cantava nel coro parrocchiale di Marzana... che ad ogni Natale contribuiva alla realizzazione del presepio della chiesa... che ad ogni festa del patrono suonava in piazza col suo complessino... insomma hai capito, no? Niente, volevo ringraziarti. Ti chiederai per cosa... ecco, è proprio questo il punto. Dico, lo zampino in questa faccenda ce lo potevi anche mettere, no? Eppure lo sapevi quanto ci contavo. Me lo dici adesso cosa faccio? torno a Verona? A far che? Sì, lo so, mi dirai che avrei dovuto informarmi prima... D'accordo, ma anche lo avessi fatto cosa avrei ottenuto? Pensi che mi sarei dato da fare per avere licenze, permessi, iscrizioni, partite IVA e via dicendo? Vorrai scherzare, spero. Non te l'hanno detto che qui sulla terra si viaggia a marche da bollo, e che le marche da bollo costano? Con cosa avrei pagato? ché non ho neanche le lacrime per piangere...»

Bah, Quando le cose decidono di andar male vanno male e basta. Che cacchio ne sapevo io che per questuare qualche biglietto da mille (perché in fin dei conti è di questo che si tratta) occorre avere licenze, permessi e madonne varie? Dio bello!

Ieri sera siamo stati (il Beppe ed me) a Porto S. Margherita. Ci siamo ubicati in un angolo di una via neanche tanto centrale e abbiamo proposto ai passanti le nostre performances. Ci siamo rimasti un tot e mezzo. Poi abbiamo contato il bottino: 37 mila svanziche cartacee più altre seimila cucuzze di ferraglia. Eravamo contenti come due pasque (a testa).

Poi siamo andati a mangiare una pizza (a testa). Lì abbiamo attaccato bottone con Claudio (il figlio del titolare, che Beppe ed io credevamo un cameriere qualsiasi e invece a momenti era il padrone di tutta la baracca, e poi ci ha dato un passaggio fin qui) il quale ci ha avvertiti che non avremmo potuto esibirci in strada senza il permesso per l'occupazione del suolo pubblico e la licenza di ambulante o quel che sia, salvo rischiare un bel multone grosso così e il sequestro delle attrezzature atte all'illecito guadagno. Io lì per lì mi sono detto fanculo, no? se vediamo un carabiniere che si avvicina ce la battiamo e bella che finita; si cambia posto e si ricomincia. L'Italia è piuttosto grande per esaurirla tutta in un'estate. Vorrà dire che si girerà un po' di più. Oggi qui domani là, come cantava Silvie Vartan. Sennonché il Beppe non è del mio avviso. Lui ha paura, lui! Subito mi sono un po' incazzato, poi mi e giunto in mente che lui a Verona un recapito ce l'ha, lui! e che pertanto le eventuali multe, a lui, arriverebbero poi da pagare, a lui! a differenza di me che me ne sbatto gli uovi in quanto da una rapa non si può estrarre petrolio, lui! Certo, mi romperebbe le balle se mi portassero via la chitarra, ma tutto ciò che mi possono sequestrare si esaurirebbe con essa (a meno che non mi sottopongano a un manicure coattivo per prendersi anche le mie unghie, dato che è con quelle che suono). Le multe? Le mandino pure, se riescono a sapere dove, che di domicilii ne ho a dozzine che non so più dove metterli... lui!

Ieri sera (meglio dire la notte scorsa) il Beppe aveva incominciato a fare un po' di conti:

Prima notte (passata in albergo)	*Lire: 34.000*
Seconda notte (bungalow)	*Lire: 22.000*
Terza notte (bungalow)	*Lire: 22.000*

Poi si è messo a spiegare (nel senso di distendere, allargare, non di rendere intelligibile e chiaro all'altrui comprensione) gli scontrini concernenti il cibo che abbiamo consumato (e che lui ha conservato come fossero delle reliquie) (gli scontrini, non il cibo, quello lo evacua ogni giorno come tutti) quando mi è venuto i coglioni e gli ho detto di contare i soldi rimasti ché faceva prima, no? e che cazzo! Bé, a farla corta: se non si trova una soluzione entro domani sera non ci rimane che tornare a casa, dacché non saranno rimasti che i soldi per il viaggio.

Ala proz.

Sempre giovedì 5 giugno,

Sono le undici (l'ho chesto a una tipa che passava di qua per andare in spiaggia col suo marmocchio in braccio), ma la cosa non ha importanza: anche fossero le dieci o mezzogiorno o le mille non cambierebbe nulla.

Se i coglioni fossero palle da gioco, i miei non verrebbero utilizzati nemmeno per il basket, in quanto non entrerebbero neanche nel canestro. Ho una rabbia addosso che se in questo momento a qualche malcapitato toccasse la disgrazia di pestarmi un callo lo sbrano scarpe e tutto. Un attimo fa ho appoggiato la sigaretta accesa per accendermi una sigaretta, per dire... e stamattina ho dato un calcio alla custodia della chitarra, poverina, che poi mi ha guardato con le orecchie basse che pareva un cagnolino. E il Beppe che dormiva!

Merda

Edo si alzò dal tavolaccio di legno grezzo, uno dei tanti disseminati nel boschetto ad uso dei campeggiatori, ripose la sua agenda nel borsello e incominciò a passeggiare nervosamente. Chiamare delusione il sentimento che lo lacerava sarebbe stato da eufemisti. La prospettiva di tornare a Verona gli procurava un male quasi fisico.

Beppe stava nuotando. Lui l'aveva presa con filosofia: se non si può non si può, aveva detto, cosa possiamo farci? Noi ci abbiamo provato.

No! porco giuda! provarci non era abbastanza; occorreva fare! non provare. Già, ma fare cosa, a questo punto?

Tornò al tavolaccio e si sdraiò su una delle due panche. I suoi pensieri, pregni di una negatività purulenta, marcescente, inondavano il suo cervello come se provenissero dal tubo di scarico di un cesso; occorreva rallentarne il flusso e analizzarli o, forse, ignorarli; in ogni caso eliminarli, uno ad uno, quindi sostituirli con altri più edificanti. Per prima cosa rallentò il respiro. Poi si concentrò sui muscoli, prima quelli del viso, poi tutti gli altri, dalla sommità del capo agli alluci. Si rilassò immaginando il suo corpo ammorbidirsi al calore del sole che filtrava tra i rami. Infine visualizzò i colori dell'iride e lasciò "evaporare" le immagini che via via venivano a visitare la sua coscienza. Immaginò di essere un fuscello in balia di un vento al quale non doveva porre resistenza o si sarebbe spezzato. Divenne trasparente. La bufera che lo maltrattava e piegava era l'insieme degli eventi. Si autoconvinse che ogni evento, in quanto tale, non è eterno: il vento prima o poi sarebbe cessato, e lui era giovane e, grazie a Dio, in buona salute. A mente riposata avrebbe trovato una soluzione, sempre che una soluzione fosse esistita… scacciò anche quest'ultimo pensiero: una soluzione esiste sempre! Infine si ritrovò immerso in un silenzio avvolgente da fondale marino: era il sonno.

La voce del Beppe lo svegliò:
- Andiamo a prenderci un po' di pane e un paio di etti di affettato? ché questa nuotata mi ha messo un appetito…
Edo si stiracchiò. Aveva dormito forse una decina di minuti, almeno così gli sembrava. Adesso andava decisamente meglio: il training autogeno funzionava sempre. Una soluzione al problema ancora non era stata trovata, ma, se non altro, si sentiva affrancato dall'annichilente pessimismo di poco prima.
Però di mangiare panini proprio non gli andava.
- Dio buono, Beppe, con questi affettati! Abbiamo detto che se non salta fuori qualcosa di nuovo entro domani ce ne torniamo a casa, vero? E allora, non dico un pranzo completo, ma un piatto di pasta, cazzo, concediamocelo, visto che potrebbe essere l'ultima volta!
- Se andiamo al ristorante adesso, i panini ci toccheranno stasera. I soldi che abbiamo sono quelli, e di lì non si scappa.
Edo si guardò le unghie.
- Di lì no, ma dal camping…
- Come dici?
- Dico che potremmo fare la bella.
- Cioè andarsene senza pagare?
- Perché no? – Alzò le spalle.
- Perché hanno i nostri documenti. Ho capito che a te poi nessuno ti trova più, ma a me, basta che decidano di venirmi a cercare e sono fregato. E poi non mi piace fare di queste cose.
- Allora tu domani mattina paga la tua parte, così sei a posto e nessuno ti potrà dire niente. Quanto alla mia sono affari miei.

- Ma che senso ha? Cosa te ne viene in tasca? Dal momento che domani è tutto finito.

- Appunto perché domani sarà tutto finito che non intendo pagare. In guerra come alla guerra, Beppe. Tre notti fanno sessantaseimila lire. Diviso due sono trentatremila lire. Ecco cosa me ne viene in tasca.

- Mi spiace per te, ma le cose non stanno affatto così. – Beppe assunse un atteggiamento risoluto.

Edo sollevò gli occhiali da sole sulla fronte.

- Che intendi dire?

- Voglio dire che finché si trattava di remare sulla stessa barca, cioè quella di fare gli artisti di strada, io avrei messo di buon grado le mie duecentomila, anche a fronte delle tue trentacinque, ma di dare a te il denaro anziché pagare il conto, scordatelo. Quei soldi, salvo prova contraria, sono miei, perciò decido io come disporne.

- Ehi, si era detto che li avresti messi nel mucchio.

- Certo, se il progetto fosse andato in porto. Ma stando così le cose...

- E la mia parte di quelli di ieri sera?

- La tua parte? Pensi davvero di essere in attivo? Se vuoi facciamo due conti...

- Ma no, ma no, lascia perdere Beppe – Edo si grattò la barba – lo so che hai ragione.

Certo, Beppe aveva ragione, almeno dal suo punto di vista. Secondo lui, quella di Edo era un'idea stupida e, per di più, suggerita dalla disperazione. Beppe, che non era vessato da necessità incombenti quali quelle del suo amico, poteva permettersi l'integrità. Ma, ora come ora, agire in modo retto e probo per Edo era più un lusso che un precetto della morale o dell'etica. Pagare il conto del campeggio per poi morire di fame era un'assurdità. Ciononondimeno, trentatremila lire non avrebbero risolto un bel niente; tutt'al più avrebbero procrastinato l'inevitabile.

A meno che…

- Senti un po' Beppe, – Edo gli mise una mano sulla spalla – che ne dici se ci dessimo da fare per trovare da esibirci all'interno di qualche esercizio pubblico? Così si aggira il problema del permesso. Che so… qualche locale notturno o roba simile, ché ce ne sono tre o quattro da queste parti… o anche in qualche bar o fra i tavoli di un ristorante, di una pizzeria…

- Pensi sia possibile?

- Tentar non nuoce.

- Certo, tentar non nuoce, ma come facciamo coi soldi? Siamo agli sgoccioli, e per trovare qualcosa credo ci vorrà del tempo, a meno di un colpo di fortuna.

Edo si guardò intorno, come cercasse qualcosa.

- E se io trovassi dei soldi?

- In che modo?

- Non dartene pensiero. In modo lecito. Pensavo a un prestito.

Beppe socchiuse un occhio:

- Un prestito? E dove pensi di trovarlo uno disposto a concederti un prestito?

T- u non preoccuparti, che le mie risorse sono infinite. Poi, con un po' di denaro a disposizione, avremo più tempo per inventarci qualcosa.

- Tu devi essere un illuso cronico – ironizzò Beppe – oppure sei matto da legare.

- Non dico di no. Ma questo è un altro discorso. Tu fidati e vedrai. – Con un rapido movimento delle sopracciglia si fece scivolare gli occhiali sul naso. – E ora andiamo al ristorante, che ho fame anch'io.

47

La colonia era esattamente come Edo la ricordava. D'altra parte, perché mai sarebbe dovuta cambiare? A metà del settembre scorso aveva chiuso i battenti ed era rimasta chiusa come minimo fino a maggio.

Già dal cancello d'entrata Edo notò il pigro via vai di alcuni pensionati. Ergo, la colonia era in attività. Chissà, pensò, se fra loro c'è qualcuno che ho conosciuto l'anno scorso.

- È qui che lavoravi? – chiese Beppe

- Questo era il quartier generale, ma il lavoro si dipanava anche in otto alberghi.

- E tu facevi l'animatore…

- Non esattamente. Io coordinavo le attività degli animatori. In pratica ero il loro capo. Loro rispondevano a me e io dovevo rispondere del loro operato direttamente al presidente dell'agenzia.

- Insomma qua dentro comandavi tu…

- Non proprio. C'era un direttore che si occupava di tutto. Tutto tranne le animazioni. A quelle ci pensavo io. Ovviamente il nostro era un lavoro di gruppo. Ogni sera ci si riuniva e si parlava. Gli animatori esponevano i fatti della loro giornata, gli eventuali problemi che fossero sorti, dicevano la loro su questa o quella attività, se era piaciuta o meno, riferivano i commenti raccolti eccetera. Poi ci si metteva ad escogitare cose nuove: un nuovo gioco, una nuova animazione, una lotteria e via dicendo. Insomma, di cose da dire e da fare ce n'erano mille ogni giorno.

– Trasse un lungo sospiro – Vedi Beppe, io di lavori ne ho fatti tanti, ma è qui che ho avuto le mie maggiori soddisfazioni. A parte la musica.

- E c'era anche Elvira?

- Già, c'era anche Elvira. – Altro sospiro.

Intanto erano arrivati davanti alla direzione. Edo bussò.

- Sìii?

Edo riconobbe la voce velatamente effemminata di Moreno, il direttore. Azionò la maniglia e fece capolino dalla porta socchiusa.

- Cucù!

- Edoardo, che sorpresa!

Moreno si alzò dalla sua poltrona dietro l'enorme scrivania di noce. Si abbracciarono, dopodiché Edo gli presentò Beppe: piacere, piacere, che ci fate qui, e andiamo un momento al bar che vi offro un caffè, e sono proprio felice di vederti, e c'è ancora Gianpiero? e la cuoca è sempre quella? ma tu, dai racconta, e il giardiniere è sempre il vecchio Lissandro? e ti ricordi quella volta... insomma, il quadro era quello visto e rivisto dei due vecchi amici che si rincontrano.

- Vi fermate a cena qui con noi? così potrai salutare anche gli altri. Le sciacquette ci sono ancora tutte sai, saranno contente di rivederti. – si rivolse a Beppe sottovoce – Questo qui ha fatto strage di cuori qui dentro l'anno scorso.

Edo finse di non aver sentito.

- Bé, farebbe piacere anche a me, ma non so... – Edo strofinò il pollice con l'indice – avremmo un problemino. Ci è capitata una cosa piuttosto sgradevole. Ma non voglio annoiarti; semmai ti racconto più tardi.

Moreno sembrò intuire qualcosa, ma non volle indagare oltre.

- Naturalmente siete miei ospiti – aggiunse tuttavia. Era quello che Edo si aspettava.

- In questo caso siamo dei vostri.

- Di un po' Edo – disse Beppe – cos'è questa cosa sgradevole che ci sarebbe capitata?

- Una mia idea – fece Edo evasivo.

- Non vuoi parlarmene?

- Massì. A patto che tu abbandoni i tuoi deterrenti etici. Beppe corrugò la fronte:

- Mmm, devo preoccuparmi?

- Io al posto tuo non lo farei. Ma io non sono te. Comunque niente di trascendentale; si tratta di calcare un po' la mano sulla realtà anziché mettere in piazza le nostre magagne, ché il mio standing qui è diverso da quello che ho a Verona.

- Bé, forza allora, dimmi.

- Ho intenzione di raccontargli che abbiamo subito un furto. Ci siamo fatti una settimana di vacanza, domani si torna a casa; avevamo messo da parte duecentomila lire per il camping e il viaggio di ritorno, sennonché qualcuno è entrato nel bungalow e ce li ha fregati. E adesso ci troviamo a Caorle senza una lira e col conto da pagare.

- Insomma una piccola bugia – disse Beppe stringendosi nelle spalle.

- Una bugia è una bugia. Cosa significano termini come piccola o grande? E un piccolo furto allora? forse che chi ruba una mela è meno ladro di uno che ruba un miliardo? Un ladro è un ladro e basta, tanto come una balla è una balla, piccola o grande che sia.

- È la finalità che cambia. – eccepì Beppe – Per esempio, dichiarare il falso in tribunale dicendo che si è visto Tizio ammazzare Caio, è diverso dal dire sei bella ad uno scorfano di ragazza. La bugia che hai intenzione di raccontare tu, se ho ben capito, è finalizzata ad ottenere un prestito, giusto? e questo prestito servirà ad aumentare le nostre possibilità di trovare lavoro.

- Giusto.

- Perciò la finalità della tua bugia è da collocarsi in un contesto nobile, diciamo così, ed è appunto questo che rende piccola una bugia.

- E bravo il Beppe.

- Come scusa?

- No dico, mi piace la tua etica con l'elastico.

- Ma cosa dici?

- Dico che mi pare di vedere il gioco della sigaretta che sparisce. Si prende l'etica, la si ficca nel suo bel cappuccio di penna Bic e voilà, tutto diventa lecito.

- Io a volte non ti capisco.

- No vero? Però il rischio che ti vengano a cercare a casa se scappi dal campeggio, quello lo capisci vero? E allora bisogna pagare, perché è una questione di etica o di morale. Ma quali etiche e morali, Beppe, è paura la tua. Al posto mio non ti porresti tanti problemi.

Beppe incominciò a grattarsi la testa che pareva di essere a Natale.

- Ma cosa credi, che anch'io non abbia passato i miei momentacci. – disse – A Londra, per esempio, non erano mica rose e fiori sai? Anch'io ho avuto fame e più di una volta ho creduto di non farcela.

- Poverino lui. – Edo affettò un inchino da cicisbeo – Credeva di non farcela, lui! Col biglietto dell'aereo in tasca e una casa a Verona che l'aspetta, lui! Ma fammi il piacere, va là, che tu degli stenti conosci solo il surrogato. Rispondimi sinceramente Beppe: supponiamo che alla reception del camping i documenti li avessi consegnati solo io, e che di te nessuno sappia niente, né come ti chiami, né dove abiti e balle varie; avresti reagito in ugual maniera stamattina alla mia proposta di andarcene alla chetichella? E smettila di grattarti la testa, ché tra un po' ci tocca chiamare il gatto delle nevi per andarcene di qua!

Beppe si spazzolò una spalla con la mano.

- Ho un po' di forfora, lo so. Comunque non mi va che vengano messi in dubbio i miei principi morali.

- Infatti, io non li metto in dubbio. – precisò Edo – È la visione che hai di essi che mi sconcerta. Per esempio, appena ieri sera sostenevi che per un venditore è lecito raccontare qualche frottola, ovviamente nel suo contesto lavorativo. È qual è la finalità in quel caso? Non è forse il guadagno? Cioè il denaro? E cosa c'è di differente dalla mia finalità di stamattina? Se tu avessi accettato la mia proposta, non mi sarebbero venute in tasca trentatremila lire?

- Non è la stessa cosa. Un venditore è come un politico: dire una bugia o, meglio, eludere la verità, è parte integrante della sua realtà, una componente necessaria alla buona riuscita del suo lavoro.

- La stessa cosa vale per un prestigiatore.

- Ma è diverso…

- Tutto è diverso, Beppe. Tutto! Lo scugnizzo che alla stazione di Napoli ti vende acqua di fontana spacciandola per minerale non gassata perché lo fa? Per recare un danno a te? No, lo fa per mangiare. È la stessa cosa, pur su piani diversi, che fa il venditore di automobili che ti abbellisce una vettura nella speranza che tu decida di comprarla; la stessa cosa che fai tu lasciando credere al bambino che il mazzo di fiori è apparso dal nulla; è ciò che fa il consulente finanziario nel convincerti ad investire in titoli X anziché Y o il cartomante quando ti predice il futuro in cambio dei tuoi danari.

- Mi secca un po', ma devo ammettere che mi stai mettendo in difficoltà – confessò Beppe.

- Il fatto è, Beppe, che la visione del mondo è in divenire, come il mondo stesso, e tanto più si vivono nuove esperienze tanto più cambia il proprio modo di interpretarne le migliaia di sfaccettature. Le leggi, per esempio, non sono mai giuste, non possono esserlo, in quanto una persona dovrebbe essere giudicata solo dopo che si siano considerate e analizzate tutte le sue esperienze, e non per un singolo episodio, magari dovuto ad un momento di incazzatura. Trent'anni di rettitudine dovrebbero poter bilanciare trenta secondi di sbandamento, no? e invece non è così, dato che, spesso, è la convergenza di un luogo e un momento sbagliati a trasformarsi in anni di galera per il mal-

capitato. In ogni caso, chi giudica è sempre un uomo e, come si sa, l'uomo è fallibile. Però se chi sbaglia è un giudice, quello in galera col cazzo che ci va! Insomma, uno che ha fame ha il sacrosanto diritto di rubare per continuare a vivere. E questo è istinto di sopravvivenza, una legge della natura più vecchia dell'uomo stesso. Poi, invece, ci sono quelli che rubano pur non avendo fame, e spesso questi personaggi li troviamo ai vertici di istituti bancari, nelle assicurazioni, nell'amministrazione, in politica... ma come cacchio ci siamo finiti a parlare di queste cose? Lasciamo perdere va là, ché se davvero volessimo analizzare questo argomento bisognerebbe partire dal frutto proibito dell'Eden. Poteva mica, il Creatore, metterlo altrove il suo albero? Cos'era il suo? Un gioco? Aspetta che mettiamo i topini nel labirinto e vediamo cosa succede? Ah ah... hanno preso la strada sbagliata, e giù legnate! Ah ah... quello ha toccato ciò che non avrebbe dovuto, e giù legnate! Ah ah... quei due si stanno esibendo per strada senza averne il permesso, e giù legnate!
- Mi sembra tu abbia il dente avvelenato – osservò Beppe.
- Il dente? Tutta la dentiera vorrai dire, e anche la testa e il corpo. Sono avvelenato dappertutto, fin dentro il buco del culo. Vedi Beppe, io ho dato otto anni della mia vita per mettere insieme una band come si deve, sia dal punto di vista tecnico che da quello artistico, e ci sono anche riuscito; otto anni e tutte le mie energie, ché ci ho rimesso anche la famiglia. Poi arriva un impresario che evidentemente la sapeva più lunga di noi e dopo sei mesi di lavoro svolti esclusivamente per lui, questo non ci paga. E sto parlando di decine di milioni, mica pop-corn. E noi, che per adeguarci alle sue richieste tecniche avevamo affrontato i debiti, siamo finiti nella merda fino ai globi oculari. Abbiamo intentato causa, ovvio: lui quei soldi ce li doveva, anzi, ce li deve ancora, non ci sono santi. Ma, e come ci riesca ancora non lo so, rimanda oggi e rimanda domani, e sposta l'udienza, e aggiungi elementi nuovi, e aggiorna a fra sei mesi che ha le

emorroidi, e cambia il giudice o quel che sia, a tutt'oggi sono passati quattro anni e ancora non è successo un cazzo. Forse, alla fine, qualche santo in paradiso quello ce l'ha davvero... fatto sta che noi ce lo siamo preso nel culo bello come il sole. E tu vorresti che adesso mi faccia degli scrupoli ad andarmene da un camping senza pagare trentatré stupidissime migliaia di lire? D'accordo, il camping non c'entra con le mie storie, ma se il mondo è fatto così, caro Beppe, sappi che è proprio di questo mondo che faccio parte anch'io. Ma adesso basta, ché c'è Moreno che si sbraccia; credo ci sia pronto in tavola. Andiamo, va là, che almeno stasera si mangia da cristiani.

Senza aggiungere altro Edo si incamminò verso il refettorio. Beppe rimase un momento a fissare il vuoto, poi lo seguì.

Alle ventitré e trenta, quando Edo e Beppe, piuttosto alticci, rientrarono in campeggio, il morale di entrambi tendeva al bello stabile. Oltre aver mangiato e bevuto come due maiali all'ingrasso, alla fine Edo aveva messo in opera la sua scenetta, ottenendo da Silvio, il presidente, un prestito di centottanta mila lire. Ma non era finita: un inserviente della colonia aveva dato loro una dritta per una stanza in centro (due posti letto più uso cucina) da prendere in affitto a settemila lire a testa. Edo aveva telefonato subito e l'indomani mattina vi si sarebbero trasferiti armi e bagagli.

Caorle Giovedì 5 giugno ore 23 e 45

Clic... trrrr, trrr, trrrrr, trrr, trr, trrrrrrrr, trr, trrrrr... tuuuu... tuuuu... tuuuu...

clic.

- Tu scendi dalle stelleee, ta tii ta teeeraaa...clic.

- Risponde la segreteria telefonica del Padre Eterno. In questo momento non c'è nessuno in casa. La preghiamo di riprovare più tardi o di lasciare un messaggio dopo il segnale acustico.

- *Bip.*

- «*Pronto? Dio? Sono sempre io, Edoardo Grassi, quello che faceva il chierichetto eccetera eccetera. Niente, volevo scusarmi per la mia telefonata di stamattina. Sai, ero parecchio incazz... ops scusa, volevo dire alterato dall'ira, per via dei permessi che non abbiamo. Ecco, ora che so che ti stai dando da fare per noi... insomma volevo ringraziarti, tutto qui. E adesso ti saluto, ché vado a dormire. Spero di svegliarmi domani mattina, perché il Beppe senza scarpe te lo raccomando. D'accordo che è un prestigiatore, ma di trasformare il bungalow in una camera a gas poteva anche risparmiarmelo. Scusa per il disturbo e saluti a tutti: Pietro, Giuseppe e signora, e anche a Cristo. A proposito di Cristo, i soliti grattacapi, sì? sempre capelli lunghi e mani bucate? Che vuoi farci... ci vuole pazienza va là, ché il prossimo universo ti verrà meglio.*»

48

Strano, non ho neanche mal di testa, ore 9 circa antime-ridiane del mattino, Bar del campinghe, Caorle, Venezia, Italia, Europa, Terra, Venerdì 6 giugno 1986.

Ieri sera (il Beppe Casaroli ed io me) abiammo ffato una balla da fuego. Abiammo ingollato tanto di quel Verduzzo, ma tanto di quel Verduzzo, che se ne bevevamo quattro o cinque bicchieri in meno non cambiava niente. Ora lui (il Beppe) è alla reception a saldare i conti (infatti si è portato dietro una saldatrice) (per salda-re i baroni, invece, dice che è meglio la colla a caldo). Io invece no. Mi sono appena fatto un caffè con dentro una lacrima di sambuca e un tubo di acqua con le bolle che non finiva più da tanto buona che era. Bah, fa niente. Stamattina mi sento faceto, nonché ilare e ameno e anche un po' ridente e gaio. Tra non molto, ma forse anche prima, andiamo fuori da las pelotas. I bagagli, ai piedi del tavo-lino, ammiccano al trasloco. Andremo ad ubicarci in una stanza vicino al porto (quello di Caorle, non quello che si beve). Siamo già d'accordo. E pensare che solo ier pomeriggio eravamo convinti al 99,9999999 % che stasera ce ne saremmo tornati in quel di Verona con la coda fra le gambe. Ier sera, tramite prestito by Sil-vio dell'OMNIA, (agenzia che mi diede lavoro l'anno passato) (di verdura), mi sono procurato un po' di svanziche (180 mila, che ag-giunte alle trentacinque iniziali fanno 215 mila. Ergo, adesso sono in vantaggio io sul Beppe, del resto, lui sarà anche un prestigiatore, ma io sono un mago. Dell'espediente, ma sempre un mago), così adesso possiamo respirare un po' mentre ci guardiamo intorno per decidere il da farsi. Spero solo che non ci tocchi girare per i tavoli di qualche bar col cappello in mano. È una cosa che ha un sapore di mendicume che non se ne và neanche a consumarsi le gengive con un kilo di Mentadent P (Cuèrre, Essetì, Uvizeta). Bah, si vedrà, per adesso siamo ancora vivi, del doman non v'è certezza.

Dio buono, ho finito le cicche. Il tabaccoso non sarebbe neanche lontano, ma mica posso lasciare borse e chitarra incustodite. Speriamo il Beppe muova quel suo culo asfittico, ché qui c'è gente che ha voglia di fumare.

Il ristorante-bar-pizzeria Petronia, nonostante l'altisonanza del nome, era un locale come tanti. Anzi, con tutto quel marrone predominante che sapeva di vecchio, a voler essere pignoli, dell'eleganza aveva più che altro la presunzione. A fianco dell'entrata, ma sarebbe più opportuno dire dell'uscita, un angusto alloggiamento rialzato entro cui troneggiava un vecchio registratore di cassa, che solo il proprietario aveva la facoltà di maneggiare, la diceva lunga su quali fossero i suoi hobby preferiti: prima osservare, scrutare, controllare ogni cliente; poi armeggiare col denaro, contarlo, accumularlo.

Al banco, una ragazza molto carina, capelli nerissimi e sguardo birichino, tagliava dadini di frutta; probabilmente stava preparando la macedonia per la sera o una sangria. La radio in sottofondo gracchiava qualcosa; dal plateatico, fra un'auto e l'altra, Edo e Beppe l'udivano a malapena. Il caldo, l'afa e l'ora pomeridiana suggerivano soltanto noia. Edo ordinò altre due "ombre". Era la terza volta che lo faceva in neanche mezz'ora che erano seduti.

- Ancora vino? – sbuffò il Beppe.

- Vuoi qualcos'altro? Una birra?

- Ma no, andiamo avanti a vino, tanto ormai…

Beppe non faceva niente per nascondere lo sconforto. Poco prima avevano incominciato a passare in rassegna bar, gelaterie e pizzerie, secondo il progetto di Edo di proporsi come piccola attrazione in cambio di poche lire: se avessero trovato quattro o cinque esercenti disposti a pagare anche solo diecimila lire l'uno, in cambio di una breve esibizione di un quarto d'ora, sarebbe stata cosa fatta... ma, evidentemente, laddove Edo vedeva la genialità di quella sua idea, quelli sembravano considerare solo il controproducente rallentamento del turnover ai tavoli che ne sarebbe derivato. Oltre al fastidio di una spesa aggiuntiva. Solo il titolare dell'enoteca si era dimostrato favorevole. Sennonché, aveva spiegato, dal suo locale già passavano ogni sera due chitarristi argentini e, almeno per il momento, tanto gli bastava. Anche perché questi erano suoi conoscenti che ogni anno si pagavano le vacanze al mare in quel modo: lui godeva della loro esclusiva e loro potevano contare su entrate quotidiane sicure, costituite dalle mance che loro stessi andavano a sollecitare di tavolo in tavolo porgendo il cappello e da un piccolo contributo di quando in quando da parte della gestione.

Un altro, un pizzaiolo, si era detto interessato, semmai, ad un chitarrista che girasse fra i tavoli cantando canzoni popolari. Ma Edo, che non aveva mai fatto di queste cose, non da solo almeno, rifiutò. Se si fosse trattato di eseguire qualche pezzo brasiliano magari avrebbe potuto provare una sera, tanto per vedere cosa ne sarebbe uscito, ma di cantare "Mariéta monta in gondola" proprio non se la sentiva.

- Non dobbiamo disperare, Beppe.

- No dici? Abbiamo chiesto a una decina fra ristoratori e baristi ormai, e cosa ne abbiamo ottenuto?

- Beh, qualche giorno di autonomia l'abbiamo ancora. Prima di tamponarci il naso aspettiamo almeno che sanguini.

- D'accordo, hai ragione. Ma, ti dirò, non sono per niente ottimista.

- Guarda, se non me lo dicevi...

- Oh insomma! - Beppe si alzò e prese a camminare avanti e indietro - Cosa speri che troveremo mai che ci permetta di rimanere? Entro due o tre giorni, quattro al massimo, i soldi saranno finiti... se per allora non sarà uscito niente di buono cosa faremo? Chiederai un altro prestito?

\- Non è detto che non si troverà niente. Ma se fosse... e siediti un attimo, porco giuda, ché mi gira la testa! ...voglio dire, se ti trovassi a Londra, da solo, senza uno scellino in tasca, tu cosa faresti?

\- In inghilterra gli scellini non sono più in uso dai primi anni settanta.

Edo si mise platealmente le mani nei capelli:

\- Meno male che me l'hai detto. Non so proprio come avrei potuto continuare a vivere col mio bagaglio culturale vessato da cotanta lacuna. Dio buono Beppe, sai che cazzo me ne frega dell'obsolescenza dello scellino nel divisionale monetario britannico?

\- Dicevo così per dire.

\- Ecco, e sempre così per dire, rispondi alla mia domanda, no? Cosa faresti?

\- A Londra?

\- No, a Machu Picchu! Dai Beppe, porco giudaciaccio boia, torna sulla terra un attimo, no?

\- Andrei nell'underground. Del resto l'ho già fatto; là non servono licenze per esibirsi.

\- Supponiamo, tanto per fare dell'accademia, che non sia possibile.

\- Uhmm... Busserei alle cucine dei ristoranti offrendomi come lavapiatti.

\- Edificante.

\- Cristo santo, Edoardo, se l'alternativa fosse la fame...

La ragazza arrivò con i bianchi. Aveva un'espressione accigliata. Edo suppose che fosse arrabbiata con qualcuno, e sperò non fosse la presenza sua e del Beppe ad infastidirla. Le sorrise. Lei rispose a sua volta con un sorriso. No, non era ostile. Probabilmente era un po' timida e quello era il suo atteggiamento di difesa.

- Va bene va bene, comunque io non ho voglia di fare lo sguat-tero – continuò Edo, togliendo malvolentieri lo sguardo dalle terga ben tornite di lei che rientrava.

- Sono d'accordo. Alla peggio torno a casa.

- Ho capito, Beppe. Io stavo solo cercando di spremere le me-ningi. Le idee non vengono da sole sai? Non so tu, ma io sono abituato a cercarle, chiamarle, attirarle a me con un atteggia-mento positivo; inventarle perfino, proiettandomi in contesti ipotetici. Prova a fingere di non avere una casa. Che faresti?

- Non lo so.

- Ecco. Adesso sì che mi sento sollevato. – disse Edo, senza pre-occuparsi di tenere a freno la sua ironia, benché questa fosse più prossima all'animosità che al sarcasmo.

- Cosa vuoi che di dica, Edo? lasciami pensare un minuto. Io non mi sono mai trovato con l'acqua alla gola come te in questo momento. Mi dispiace, questo è ovvio, ma, come ripeto, alla peggio torno a Verona. Cos'altro potrei fare?

- Grazie. Quando dicevo del tuo surrogato di stenti…

- Allora, secondo te, dovrei morire di fame anch'io per solida-rietà?

- Chi è che sta morendo di fame? eh? di' un po', ti sembra forse che io stia morendo di fame per caso? lo sai che negli ultimi tre mesi con trenta biglietti da mille alla settimana sono riuscito persino a ingrassare? Morire di fame io? si vede che non mi conosci. Ieri, per esempio, non avevo una lira e guarda adesso – tirò fuori tre banconote da cinquantamila lire con cui prese a sventolarsi a mo' di ventaglio.

- Certo, ma domani quel denaro lo dovrai restituire.

- Adesso non è domani.

- Tuttavia il domani arriva sempre – ribatté Beppe.

- Lo so – sospirò Edo – è il limite degli esseri umani, che perce-piscono il tempo in un'unica direzione.

- Va bene va bene. Senti, adesso siamo un po' nervosi. Che ne dici se la smettiamo?

- Massì, smettiamola va là, vorrà dire che una soluzione la cercherò io! e, porcozzio, la troverò! – Poi sottovoce masticò tra sé – Con te o senza di te, ché io ho imparato già da tempo ad arrangiarmi.

Beppe parve non sentire o, se lo fece, non lo diede a vedere.

Edo prese la tronchesina da beauty dal suo borsello e si mise a tagliarsi le unghie.

- Sarebbe un'operazione che dovresti svolgere in bagno – lo rimproverò Beppe.

- Quando avrò un bagno mi ci installerò vita natural durante, va bene? – reagì piuttosto violentemente Edo – per adesso non rompermi la balle. Lo vedi questo? – gli mostrò il tagliaunghie – tempo fa, oltre che per il manicure, lo usavo come portachiavi; ci tenevo quelle della macchina, quelle di casa, quelle della sala prove, del garage, della cantina... adesso invece, come puoi vedere, non c'è attaccato un bel cazzo! E tu vieni a dirmi...

- Non prendertela Edoardo. – lo interruppe Beppe – Non è mica colpa mia se non hai un tetto. Lascia perdere che io una casa invece ce l'ho; in fin dei conti questo attiene soltanto a dove andrò quando questa storia sarà finita. Poco importa se domani o fra tre mesi. Voglio dire, finché sono qui con te, sono nella tua identica situazione no?

- A parte il biglietto dell'aereo in tasca – puntualizzò Edo.

Beppe si alzò, ma risedette subito, reprimendo visibilmente il desiderio di replicare.

Disse invece:

- Insomma vedremo... qualcosa si troverà.

- Toh, adesso l'ottimista sei tu?

- Non lo so.

- Appunto – sospirò Edo – ma non fa niente, va là, non fa niente.

- Beh ascolta, io vado a buttarmi un po' sul letto. Ho bisogno di dormire, con tutto questo vino… tu che fai? Vieni anche tu?

- No, preferisco restare ancora un po'. Semmai più tardi andrò a fare una passeggiata.

- Dove ci troviamo? – chiese Beppe alzandosi.

- Boh? Facciamo qui? intorno alle sette, va bene?

- Che ore sono?

Edo si allungò per arrivare a tiro dell'orologio da parete del bar.

- Le quattro passate.

- Mmm… meglio fare alle otto.

- Alla faccia del bicarbonato di sodio! Quanto vuoi dormire?

- Due ore e mezza, tre. Ma, il tempo di arrivare là, e poi di tornare; e vorrei farmi anche una doccia…

- D'accordo, d'accordo. Alle otto qui.

- Ochèi. allora ci vediamo dopo.

- Ochèi, a dopo.

Caorle, passeggiata Petronia (la chiamo così perché: 1° non so come cacchio si chiami né se abbia un nome, 2° vi si accede dalla galleria Petronia; anche da altre parti, a dire il vero, ma io ci sono arrivato salendo i gradini in fondo alla galleria del Tourist Foto, che credo si chiami appunto Petronia, ma non ne sono sicuro, ergo… 3° perché sulla mia agenda ci scrivo quello che voglio), ore ·quattro e venti circa del pomeriggio, venerdì sei giugno ottantasei dopo Cristo (prima le donne e i bambini).

Sono seduto sul muretto che separa la striscia di cemento camminabile dalle rocce e dalla sabbia.

Chissà se il ristorante ove il Beppe ed me siamo stati fino a poco fa si chiama Petronia per via della galleria ivi adiacente o se la galleria si chiama Petronia per via del ristorante? (ivi adiacente anche lui va là, non lesiniamo sugli avverbi) Mah… misteri.

Lo so, il punto interrogativo andava dopo la parentesi, ma io della punteggiatura me ne sbatto tanto quanto dell'operazione all'ernia inguinale che ho subito a due mesi (il 13 dicembre 1955, per la cronaca) (bel primo regalo mi fece Santa Lucia!)

Il Beppe è andato a fare un sonnellino.
Poverino, lui ha sonno, lui! Non abbiamo trovato ancora niente, ma lui ha detto che voleva buttarsi un po' sul letto, lui! Tanto, alla peggio se ne torna a casa, lui!

Buff! Fa un caldo… che se incontro quello che ha inventato l'afa lo disintegro a forza di scappellotti.
Vado altrove, va là.

Sono al chiosco in fondo alla passeggiata. Qui c'è un po' di ombra. Fa caldo lo stesso, ma almeno si respira. Probabilmente il caldo lo sento di più perché ho bevuto molto, troppo e anche assai.
Da qui si vede tutto: la birra che ho davanti, la spiaggia, gli alberghi, il mare. L'acqua fa un po' schifo: il suo colore tende al beige, la si distingue dalla sabbia solo perché ondeggia e luccica. Ma non fa niente. Al largo si vedono imbarcazioni incrociare per chissà dove. Vicino riva qualche bagnante. Sulla rena gli ombrelloni- oni-oni. Peccato che l'età media degli astanti sia di 150 anni. È la sagra della cellulite. Pance e culi grumosi si sprecano. Di sicuro fra loro c'è qualcuno che è già morto e ancora non lo sa. Chissà se nessuno ha mai pensato di mettere della formalina fra i componenti delle creme abbronzanti che si spalmano i vecchi…
A proposito di Tourist Foto, se il Beppe se ne torna a Verona (sempre se non avremo trovato di che sussistere), io potrei sempre fare il fotografo d'assalto; aspetta com'è che li chiamano… scattini, mi sembra. Ma certo! di fare foto sono capace da una vita… lavorerei a percentuale, cosa avrebbero da rimetterci quelli del Tourist? Più vendono più guadagnano, no? rimane da vedere se hanno una macchina fotografica da prestarmi, naturalmente sperando che non siano al completo col personale… ma no, ai primi di giugno?

Se fossimo ad agosto magari sarebbe troppo tardi per proporsi, ma adesso siamo in bassa stagione. Quando aprono vado a parlargli. Dio buono, questa sì che è un'idea; a volte, scribacchiando cazzate... Come ho fatto a non pensarci prima? Aspetta, com'è che si chiamava il titolare? ... con tutte le foto che gli ho portato a sviluppare l'anno scorso... lei Michela, mi pare, e lui? forse Alberto... no, Roberto... sì, Roberto. E se questo mi dice che posso cominciare anche subito? cosa faccio? Accetto? E il Beppe? Forse c'è posto anche per lui...sarà capace di adoperarla una reflex il Beppe? ché quei giocattolini automatici da turista di serie B li sanno usare tutti, ma per fare lo scattino, un paio di coglioni bisogna averli nelle mutande, magari piccoli, ché cogliere un'istantanea, in fondo, è un po' più semplice che costruire una cattedrale gotica. Comunque sia, un po' di mestiere bisogna averlo: c'è mica il tempo di metterli in posa i passanti, lì bisogna scattare al volo, e le foto devono essere centrate e a fuoco... Bah, vedremo. Semmai lui una casa ce l'ha, lui! Sono io che non ho scelta. Se con la musica e le prestidigiterie non va, andrà qualcos'altro, no? io non ho paura di stare al mondo. Lui si vedrà, lui!

Ma non vendiamo le palle dell'orso prima di averlo ingabbiato, ché le delusioni sono sempre in agguato, 'ste maleducate!

E adesso mi ordino un'altra birra, che questa è già finita. Poi mi appropinquo che sono le cinque. L'anno scorso il Tourist a quest'ora apriva.

———————————————

Edo entrò nel negozio. Roberto, la fronte lucida di sudore, stava smontando un flash; sparse per il il banco c'erano viti, batterie, lampadine e altri pezzi meccanici ed elettronici sconosciuti. Michela scriveva nomi e numeri sopra alcune buste e vi infilava le stampe. Alto in un angolo, un ventilatore muoveva l'aria altrimenti stagnante e afosa. Finestre non ce n'erano. Faceva un caldo opprimente.

- Buongiorno!

- Ehilà! Ciao OMNIA! Ci siamo anche quest'anno, eh? – esclamò Roberto.

- Bentornato – disse Michela – c'è anche la Elvi?

- No. – le rispose Edo. - Elvira ed io ci siamo lasciati più di tre mesi fa. – Poi, rivolgendosi a Roberto - e in quanto all'OM-NIA, si troveranno un altro Edoardo per le loro animazioni; io quest'anno ho in mente di godermi anche un po' di mare e di tempo libero, ché l'anno scorso, col daffare che avevo, l'acqua l'ho vista solo da lontano.

Edo aveva calcato un po' nel pronunciare il proprio nome. Voleva evitar loro l'eventuale imbarazzo di chiederglielo, nel caso l'avessero dimenticato, cosa di per sé probabile, dacché l'anno prima i rapporti dell'OMNIA con il TOURIST FOTO erano incominciati solo sul finire dell'estate, pertanto Roberto e Edo non avevano avuto modo di conoscersi oltre il mero rapporto professionale.

Però il nome di Elvira Michela lo ricordava!

- Ciò? pensi che si affideranno ancora a noi per le foto?

- Non vedo perché no, ammesso che abbiano un altro fotografo, ché io non ci torno, e che manteniate prezzi migliori del CENTRAL PHOTO. In fin dei conti è solo per questo che l'anno scorso ci siamo spostati da loro a voi. Comunque non dipende più da me. Voi il cliente l'avete; vi consiglio di fargli una visitina, ché di lavoro ve ne abbiamo dato parecchio, no?

- Certo. – ammise Roberto – A proposito, guarda là…

Indicò una "50 x 70" appesa fra le altre ad una parete. Ritraeva un vecchio magrissimo in mutande, scarponi da montagna e cappello da alpino con tanto di penna nera, seduto sulla sua bella sedia a sdraio con il mare come sfondo.

- È una delle tue foto – intervenne Michela - Abbiamo pensato di farne un poster. Geniale l'idea di conciarlo così.

- Conciarlo? Quello era veramente così di suo. Non c'è niente di costruito.

- Stai scherzando? Noi pensavamo che l'avessi messo in posa tu.
- Ti dico di no. Comunque quello scatto l'ha fatto Elvira. Non voglio attribuirmi meriti non miei: io le ho solo prestato la mia Pentax. E pensare che la sapeva appena tenere in mano, ché ogni volta che la usava mi assaliva il terrore che le cadesse a terra da un momento all'altro. Insomma, un tipico caso di serendipità, come dicono quelli che hanno studiato, un colpo di culo, ecco.
- In ogni caso è un grande scatto; lo guardano tutti.
- Già. – ammise Edo, punzecchiato da quel nonsoché di pepato che si ottiene insaporendo la nostalgia con un pizzico di invidia.
- Ciò? andiamo a bere qualcosa?
- Come no? te lo stavo proponendo io.

Al Petronia c'erano solo due vecchie signore luccicanti di chincaglieria. Una, quella dal mento triplo, si sventolava furiosamente col listino dei gelati, producendo un clangore ritmato di ferraglia che a momenti pareva Toni Esposito; l'altra, quella dai capelli viola e la scollatura alla Urlo di Munch, ostentava un paio di orecchini di Murano che il lampadario del teatro La Fenice al confronto era una pinzillacchera. Parlavano del caldo anomalo degli ultimi giorni, sostenendo che non ci sono più le mezze stagioni, e che è tutta colpa dei russi, quei senza Dio! con i loro esperimenti atomici, e le loro centrali elettriche (probabilmente il termine "nucleare" non rientrava nel loro vocabolario), ché chissà quante ne sono scoppiate e noi mica lo sappiamo. E gli americani? Uuuh quelli? Peggio ancora! Con tutti quei macchinoni, sai che inquinamento? E poi perché gli aerei... e perché i motorini... e perché le fabbriche... e infine perché il governo... Al che, quella dal mento triplo incominciava a sbattere le ciglia; se lo facesse per sopperire all'insufficienza del suo improvvisato ventaglio o per non venire accecata dagli sputacchi dell'altra che le parlava a dieci centimetri dal naso o, ancora, per darsi un atteggiamento snob, non è dato sapere.

- Ci sediamo un momento? – propose Edo.

- Meglio di no – disse Roberto – ho parecchio da fare in negozio. Se ci sediamo, io mi conosco, poi finisce che la Michela mi viene a chiamare.

- È perché volevo parlarti un attimo.

- Ciò, dimmi pure. È una cosa lunga?

- Ma no. – Edo abbassò la voce e indicò la barista con gli occhi – È che non mi va che altri sentano gli affari nostri.

- D'accordo. Allora sediamoci là – Roberto indicò un tavolo oltre la vetrata, lo stesso al quale Edo e Beppe erano rimasti seduti fino a un'ora prima – ma prima facciamoci dare un Campari in due col bianco.

La ragazza preparò gli aperitivi; Roberto li prese entrambi e uscì, seguito da Edo.

- Allora, alla salute – Edo alzò il suo bicchiere. Roberto lo imitò.

- Cin cin.

- Senti un po'...

Edo si fermò un attimo per raccogliere le idee. Poco prima si era preparato tutto un discorso; aveva pensato di riassumere i fatti partendo dalla sua idea iniziale di fare l'artista di strada, quindi arrivare alla situazione attuale e relativi fattori contingenti che lo avevano spinto ad un cambio di direzione: la mancanza di permessi, la difficoltà a trovare un'alternativa, ed arrivare infine a chiedergli, quale ripiego, di venire assunto come fotografo. Ma dato il poco tempo a disposizione cambiò registro e tagliò corto:

- Quest'anno voglio fare lo scattino.

- Con noi?

- Preferirei, dato che mi conosci e sai come lavoro. Certo, se sei già al completo mi rivolgerò al CENTRAL, o cambierò posto, che so... Bibione, Lignano, oppure giù, verso Jesolo, Sottomarina… insomma, c'è da scegliere no? l'Italia è tutta una costa.

- Ciò, uno scattino in più è sempre utile. Il problema è che le zone migliori sono già accaparrate da quelli dell'anno scorso. Voglio dire, non posso togliere a uno di loro una via centrale per darla all'ultimo arrivato, mi capisci vero? Dovresti adattarti a lavorare in qualche via meno frequentata. Se ti va bene lo stesso…

- Questo non è un problema. – Edo dovette fare uno sforzo notevole per nascondere la propria eccitazione: era fatta! La zona che Roberto gli avrebbe assegnato era di secondaria importanza – Mettimi dove vuoi. Non voglio mica fare i miliardi; mi basta pagarmi le vacanze, diciamo così.

- …però se il mattino ti facessi anche un po' di spiaggia… - continuò Roberto.

- La spiaggia? – si stupì Edo – avrei detto che è una delle zone più ambite.

- Mica tanto. Cioè, per vendere si vende, e anche bene; solo che bisogna fare i chilometri, e camminare sulla sabbia col sole che ti brucia non è piacevole. Te lo dico per esperienza; sono pochi gli scattini disposti a lavorare anche il mattino. Quelli che ci hanno provato non sono mai durati più di qualche giorno.

- Perché?

- Perché è dura. La sera si finisce alle undici, ci si ritrova tutti in negozio e si sta lì una mezz'ora o anche di più, poi si va a mangiare qualcosa. Insomma, di scattini che si alzano presto io non ne ho mai conosciuti o, perlomeno, se lo fanno non è certo per andare in spiaggia a scattare. E pensare che col pagliaccio si venderebbe parecchio.

- Che pagliaccio?

- Abbiamo un costume da clown, sai per fare le foto ai bambini; sarà stato usato sì e no tre o quattro volte. Solo che bisogna essere in due e, naturalmente, a parità di foto vendute, i guadagni vengono dimezzati. Però poi c'è la sera… insomma, si deve lavorare un po' di più, ma alla fine si guadagna più degli altri. Edo era in brodo di giuggiole. Non avrebbe sperato tanto.

- Dimmi un po', se avessi un amico disposto a fare il clown? A Roberto brillarono gli occhi:

- Dici davvero? Sarebbe perfetto.

E non stava più nella pelle neanche Edo: solo qualche minuto prima a malapena sperava di riuscire a strappare un sì, ora invece sembrava quasi fosse Roberto a cercare di convincere Edo a lavorare per lui. La scelta di non chiedere, ma piuttosto di "informare" delle sue intenzioni aveva ottenuto un insperato risultato. Adesso non era più Edo a cercare un lavoro, ma piuttosto il TOURIST FOTO ad aver bisogno di un collaboratore. Anzi due! E pensare che non si era nemmeno trattato di strategia, ma della necessità, dovuta alla fretta, di scavalcare ogni preambolo e sintetizzare il suo problema.

- Lasciami il tempo di organizzare la cosa. – disse Edo passandosi una mano nei capelli – Diciamo che entro sera ti darò una risposta, ochèi? caso mai quando si incomincerebbe?

- Anche domani, ché è sabato e arrivano i weekendisti. Ma dove lo trovi uno che…

- Non sono solo. – lo interruppe Edo – Ho portato un amico con me; si chiama Beppe, è anche lui di Verona. Ora rimane da vedere se è disposto a fare il pagliaccio, ma ho buone speranze, ché con la faccia che ha risparmierebbe anche sul trucco. E poi all'occorrenza io so essere persuasivo. In ogni caso stasera te lo faccio conoscere. Tra l'altro si diletta in prestidigitazione. Te lo immagini il richiamo che avrebbe sui bambini un clown che distribuisce caramelle che puff… nascono dal nulla?

Roberto si sfregò la mani.

- Bene bene bene! E adesso facciamoci un altro Campari in due col bianco. Anzi, facciamone due in tre… te l'ho detto no? ecco Michela che viene a chiamarmi.

- Sempre a bere tu! – Michela non era arrabbiata, ma dal tono di voce si indovinava che quello di Roberto fosse un vizietto da tenere sotto controllo.

- Non sto bevendo – rispose lui – sto lavorando.

- Oh, si vede! Davanti a un bicchiere al tavolo di un bar…

- Sì, ma intanto, al novantanove per cento, da domani abbiamo di nuovo il pagliaccio in spiaggia. E non un pagliaccio qualunque, ma uno che fa i giochi di prestigio.

- Davvero? – si rivolse a Edo – lo farai tu? Edo annuì con un cenno del capo.

- Insieme a chi?

- Un amico venuto con me da Verona; dividiamo una stanza giù al porto. Michela tornò a Roberto:

- Come hai fatto a convincerlo?

- Te l'ho detto che stavo lavorando – e strizzò un occhio complice a Edo, che per non salire al settimo cielo si teneva aggrappato alla sedia con tutte le sue forze.

49

- Certo che mi piace il pesce, ma hai un'idea di quanto ci costerà? – s'inquietò Beppe.

- Non dartene pensiero – disse Edo – stasera offro io.

- Tu sei mica normale, sai? Edo spinse la porta del ristorante.

- Lo so.

- Cristo santo! Dai, non fare scemate! se entriamo qui dentro ci spellano.

- Ma no, mi ha detto Roberto che sono abbastanza economici.

- Roberto? Chi è Roberto.

- Poi ti spiego. Dai adesso, vieni, ché io ho fame.

Beppe, per quanto fosse un po' fuori di testa, sempre distratto, di certo non era uno stupido.

- Hai trovato qualcosa?

- Colpito e affondato.

- Non stai scherzando, vero?

- Non sto scherzando. Ma non si tratta di quello che pensi. Anzi, se non te lo dico io, tu non ci indovinerai mai.

- Mmmm... che avrai trovato mai?

- Intanto sediamoci, vuoi? poi ti dico.

Si accomodarono al tavolo indicato loro da una cameriera bassa e grassoccia. Edo ordinò subito una bottiglia di Verduzzo, un litro di acqua minerale e un antipastino freddo di seppia, calamaro e polipo che aveva già adocchiato passando davanti alla vetrinetta refrigerata. Poi aprì il menù e incominciò a scorrere l'elenco dei primi. Beppe fremeva visibilmente, ma fece buon viso a cattivo gioco e si mise anche lui a leggere la lista dei piatti. Poco dopo arrivò un cameriere che sembrava la ragazza di prima, solo che aveva meno tette e i capelli un po' più corti. Per il resto erano due gocce d'acqua; tranne per i baffi: lui se li radeva. Appoggiò gli antipasti e raccolse le ordinazioni: pennette ai frutti di mare per Edo, un broèto per Beppe e una grigliata mista per entrambi a seguire.

- Allora?

Edo riempì i due bicchieri di Verduzzo.

- Ieri ti ho parlato del mio lavoro dell'anno scorso... bene. Quello che non ti ho detto è che, fra le altre cose, ho scattato anche qualche migliaio di fotografie. Poi ci ho allestito una mostra a Roma, ma questo è un altro discorso. Ciò che invece ci importa adesso è che grazie a tutte quelle foto ho avuto modo di conoscere Roberto, che è il titolare del negozio dove portavo i rullini a far sviluppare.

- Ah, ecco chi è 'sto Roberto.

- Già. Beh, oggi l'ho rivisto...

— e...

- ...e mi ha fatto una proposta.

- Cristo santo! Hai deciso di lasciarmi sulle spine ancora per molto?

- Insomma, si tratta di fare fotografie in spiaggia.

- Io di fotografia so poco, per non dire niente.

- Io invece qualcosina ho imparato.

- Quindi ha offerto un lavoro solo a te... e tu non sapevi come dirmi che hai accettato, giusto?

- Sbagliato.

- Allora, scusa sai, ma non capisco. Se solo la smettessi di fare il misterioso...

- Il lavoro c'è anche per te; solo che voglio essere sicuro di spiegarmi bene. Tu sai come funziona il lavoro degli scattini?

- Scattini? Immagino siano quelli che fanno le foto ai turisti per strada.

- Esatto, lo scattino scatta, da qui l'appellativo. Poi consegna al turista un talloncino con su scritto, in varie lingue, dove e quando potrà visionare la foto appena scattata, e il suo lavoro è finito lì. Di scatti così ne farà un centinaio ogni sera, suppongo, o anche di più; io non lo so di preciso, ma immagino che tre rullini da trentasei... bah, fa niente, ché questo per ora ci interessa poco. Dunque, il turista interessato si reca al negozio e consegna il talloncino. Sopra a questo, oltre alle informazioni che ti ho appena detto, c'è anche un timbro alfanumerico da cui si risale al fotografo che ha scattato la foto e al provino da mostrare. Il cliente guarda la sua foto e, se gli piace, ne ordina una stampa o più d'una, nel caso di coppie o gruppi di amici. Naturalmente paga in anticipo, ché altrimenti qualcuno poi è capace di non farsi più vedere, e il giorno dopo torna a ritirarla. A fine settimana o mese che sia, dal totale verrà decurtato il costo dei rullini, che all'ingrosso sono trecento lire l'uno o poco più, e delle stampe, quindi, di ciò che rimane, metà va al negozio, metà in tasca dello scattino.

- E una stampa quanto costa?
- Al cliente o al negozio?
- A entrambi.
- Al negozio non lo so di preciso, ma immagino non superi le duecento lire. Il cliente invece la paga cinquemila tondi tondi.
- Ho capito – disse Beppe – mi hai descritto il lavoro degli scattini. Ma ancora non capisco io cosa c'entro. Ti ho appena detto che non so fare fotografie.
- Non capisci perché non ho finito.

Edo si interruppe un attimo. Lasciò che la cameriera portasse via i due piatti vuoti, poi si versò un bicchiere di vino, ne bevve un sorso, schioccò la lingua, quindi riprese la sua esposizione:

- In ogni località turistica esistono zone più o meno ambite dagli scattini. Di solito le vie centrali sono le più gettonate la sera, mentre di giorno è la spiaggia.

Quest'ultima asserzione non era del tutto vera, ma Edo intendeva indorare un po' la pillola all'amico. Occorreva assolutamente che questi accettasse quel lavoro.

- Ora – proseguì – mentre scattare di notte è relativamente facile: col flash non occorre intervenire di continuo su tempi e diaframmi, basta mettere a fuoco una buona inquadratura ed è fatta; in spiaggia è un po' più complicato. Per esempio se stai per fotografare un bambino e vuoi che sulla stampa si veda bene il mare alle sue spalle dovrai usare un diaframma stretto e un tempo lungo, viceversa, se sullo sfondo ci sono altre persone e tu vuoi che risultino sfocate, perché col bambino che stai ritraendo non hanno niente a che vedere, dovrai agire al contrario, cioè diaframma quanto più aperto e tempo brevissimo. Poi ci sono i controluce, le zone d'ombra, ché devi dare un paio di diaframmi in più o il volto risulterà scuro... insomma, di notte metti a fuoco e fai clic, ed è fatta, mentre per lavorare in spiaggia una reflex bisogna saperla usare davvero. Ma c'è un altro intoppo: i bambini più piccoli spesso sono intimiditi da questo sconosciuto che si avvicina loro con un misterioso ordigno in mano, perciò in foto risulteranno con espressioni strane o con le mani sul viso, e i genitori stampe così non ne comprano. Allora cosa si sono inventati i negozianti?

- Ho capito: la scimmietta.

- Quasi. Cioè, alcuni per attirare i bambini hanno la scimmia, anzi, l'avevano, perché credo che oggi non sia più possibile; sai, gli animalisti... ho sentito dire che vorrebbero proibire l'impiego di animali perfino al circo...

- Allora? cosa si sono inventati?

- Il clown.

- Vai avanti – Beppe già incominciava a grattarsi la testa.

- Beh, è semplice no? il clown passeggia; i bambini ne vengono attratti e gli si avvicinano. A questo punto salta fuori il fotografo e scatta le foto, e in due o tre ore al mattino la giornata e bell'e che risolta.

- E, ovviamente, io sarei il clown... Edo alzò le sopracciglia:

- Visto che fra te e me quello che sa fare le foto sono io...

- È questo il lavoro che hai trovato?

- Ehmm, sì...

- Per tutta l'estate?

- Se vogliamo… Beppe si mise a ridere:

- Edoardo sei un genio! Ma come fai? Ieri i soldi, oggi il lavoro…

- L'hai detto, sono un genio. Allora ci stai?

- E me lo chiedi? Certo che ci sto! Due o tre ore al giorno? è una vacanza questa, mica un lavoro! Il clown… uh, questa mi mancava! Quando si comincia?

Edo espulse l'aria che tratteneva nei polmoni ormai da un'eternità

- Anche domani.

- Ma, il costume da clown?

- L'hanno loro.

- Ti danno anche la macchina fotografica?

- Porco giuda! a questo non avevo pensato. Speriamo che abbiano anche quella… o che Roberto mi anticipi un po' di pecunia, ché io me la ricompro anche, visto che la mia è rimasta al monte dei pegni. Sai, c'era Toquinho al teatro Nuovo, e io non avevo soldi…

50

Vediamoci qui domattina alle nove e mezza, aveva detto Roberto, che vi porto il costume. Ma le nove e mezza erano passate già da venti minuti, e di Roberti in giro non se ne vedeva, porco giuda!

La sera prima, terminata la cena, Edo aveva condotto Beppe al negozio, - saranno state forse le dieci - ma lo avevano trovato stipato di clienti vocianti. Non appena Roberto, fra le mille teste, ebbe incrociato lo sguardo di Edo, ancor prima che questi gli dicesse alcunché, aveva alzato il dito nel riconoscibile movimento roteante che significa "dopo", al quale Edo aveva risposto unendo le punte del pollice e dell'indice nel gesto anglosassone, ma ormai consuetudinario anche in Italia, che sta per "OK". Alle ventitré e qualcosa, poi, erano tornati. Quindi, fra presentazioni di rito, reciproche domande e relative risposte, accordi, previsioni, aneddoti, qualche risata e numerosi di giri di Campari al Petronia sul far della chiusura, quello che c'era da decidere era stato deciso: Beppe Casaroli era il nuovo pagliaccio del TOURIST FOTO, e Edoardo Grassi il nuovo scattino. Il tutto si era svolto all'insegna del sorriso e della pacca sulla spalla, e questo parve a Edo un presagio di buona riuscita, fegato permettendo, ché l'estate già si preannunciava più che mai enofileggiante.

La macchina fotografica (una Nikon) la metteva a disposizione il negozio.

- Beh senti, io mi ciuccio un altro caffè – sbadigliò Edo.

- Che con i due che hai già bevuto fanno tre – osservò Beppe.

- Lo so, ma mi sto addormentando. Se lo sapevo restavo a letto una mezz'ora in più. Ci fosse L'Arena almeno... o il Corriere, leggerei qualcosa; sai quanto me ne frega del Gazzettino... Prendi qualcosa tu?

Beppe disse di no, grazie. Edo ordinò il suo caffè con un semplice cenno del capo: il Petronia era vuoto, la radio spenta, perciò la moretta dallo sguardo birichino non poteva non aver ascoltato i discorsi degli unici due clienti.

- Mi chiedevo una cosa… – Beppe esitò.

- Cosa?

- L'altro giorno mi hai detto che il tuo lavoro alla colonia è stato uno dei più gratificanti…

- Sì?

- Ecco, mi chiedevo perché non ci sei tornato anche quest'anno? Edo si stiracchiò.

- Dopo la mostra fotografica al congresso di gerontologia che allestimmo a Roma in ottobre, cioè sul finire del mio rapporto con l'OMNIA, il presidente mi chiese una collaborazione anche per il periodo invernale. Si trattava di andare in giro per gli uffici comunali delle tre venezie a procacciare gruppi di anziani da mandare qui quest'anno. Avrei dovuto fissare appuntamenti con chi di competenza, quindi esporre loro i servizi offerti dall'agenzia. In parole povere, dovevo convincere i vari assessori o chi per loro ad organizzare due settimane di soggiorno a Caorle per i pensionati che avessero aderito all'iniziativa.

Si fermò un momento, giusto il tempo di buttar giù il caffè.

- Io dissi che non me la sentivo – proseguì – ma che sarei stato felice di essere ancora dei loro l'estate successiva, al ché quello mi obiettò che era troppo comodo arrivare quando tutto fosse già stato organizzato da altri. In pratica, il "pacchetto" era inscindibile, e comprendeva i due periodi: quello invernale, per la cui retribuzione sarebbe stata stabilita una percentuale sulle adesioni, e quello estivo a stipendio fisso. Il fatto io che avessi incominciato dal secondo non significava che l'anno successivo avrei potuto eludere il primo.

- Ho capito. Comunque non era mica male come proposta. Perché rifiutasti? Avevi un'alternativa per l'inverno?

- No.

Edo si accese una sigaretta. Spiegò che aveva i suoi allievi di chitarra e qualche lavoretto di grafica, ma non era questo il motivo per cui aveva rifiutato, ché volendo il tempo avrebbe potuto anche trovarlo. Beppe gli chiese quale fosse allora il perché.

- Per due motivi. – spiegò Edo - Primo: avevo un'automobile che, poverina, era al canto del cigno inoltrato, tra l'altro in comproprietà con la Elvira, che la doveva usare anche lei; secondo: – trasse un lungo sospiro - ero, e lo sono ancora, allergico alla politica e alla burocrazia.

- Mah, in fondo si trattava di vendere, e tu un po' di esperienza l'avevi, no? Io al posto tuo ci avrei almeno provato.

- Già, ma tu non eri al posto mio. Io di vendere ne avevo due marroni così.

Fossero piattelli, libri o soggiorni al mare, ero stufo di bussare alle porte, per così dire.

- Hai venduto anche libri? – s'interessò Beppe.

- Più o meno. Ho fatto un anno di Euroclub, fra il settantasette e il settantotto. È stata quella la mia scuola.

- Euroclub? Cos'è?

- Hai presente il Club degli Editori?

- Certo, sono stato anche socio. Ricevi un catalogo al mese e tu compri i libri per corrispondenza con lo sconto…

- Ecco, una cosa simile. Io raccoglievo le adesioni. Avevo incominciato come procacciatore, così, quasi per scherzo, ma, visto che sembrava funzionare, insistei. Passai agente, con tanto di partita IVA e inquadratura ENASARCO, poi capogruppo e infine capozona. Quando diedi le dimissioni avevo appena partecipato ad un corso avanzato di formazione: un full immersion di una settimana dove, insieme agli altri nove prescelti, fui istruito su cognitivismo, socio-costruzionismo, organizzazione del pensiero e via dicendo. Ne ero uscito addestratore a tutti gli effetti. Se fossi rimasto, il mio lavoro sarebbe stato quello di girare l'Italia ad insegnare ai capigruppo come pianificare il lavoro, come motivare i loro agenti, come rispettare le previsioni, come incrementare le vendite… insomma tutte quelle balle lì, che un altro po' e si prendevano anche il mio sangue.

- Addirittura!

- Come ripeto, è stata una grande scuola, ma occorreva "esserci" in tutto e per tutto. La disponibilità che ti chiedevano era totale e incondizionata. In cambio pagavano molto bene e avevi la possibilità di fare una carriera bruciante – si grattò la barba – solo che ti bruciava anche il cervello.

- Perché?

- Ammazza Beppe, ma lo sai che sei un curioso mica da niente! Dio buono, ho raccontato più cose a te in meno di una settimana che a Elvira in due anni di convivenza…

- La curiosità è una componente dell'intelligenza – sentenziò Beppe – ma se non ti va, parliamo d'altro. Era anche per passare il tempo.

- In effetti – ammise Edo – aspettare è una delle cose che odio di più. Ma dov'eravamo rimasti?

Dicevi che era un lavoro che brucia il cervello.

- Ah già. Dunque, per proseguire la mia scalata avrei dovuto viaggiare parecchio. Ma io a Verona avevo la fidanzata, e anche la musica, e non volevo rinunciare né all'una né all'altra; tra l'altro in quel periodo stavo uscendo col mio primo disco. Inoltre, i miei amici dicevano che stavo cambiando: avevo sempre ragione io, su tutto. D'accordo, avevo i soldi in tasca, pagavo sempre da bere eccetera… – Alzò le spalle – Ma stavo diventando saccente e antipatico; me lo dissero anche mia madre e la mia morosa. Mio padre, dal canto suo, insisteva invece nel dire che il mio non era un lavoro "vero". – Brandì l'indice sotto il naso di Beppe – Guadagni troppo, mi diceva, perché possa durare; tu non te ne rendi conto, ma quelli ti stanno spremendo come un limone. Sai, lui faceva il commesso viaggiatore per una ditta di termo-idraulica e sanitari; uno alla "andiamo a bere un bianco che intanto ti spiego le nuove caldaie", hai capito il tipo, no? Però qualcosa ne capiva di vendita, anche se la sua era stata una scuola prettamente empirica, e vendere un rubinetto ad uno che te lo chiede è diverso dal convincere uno ad impegnarsi all'acquisto di almeno otto libri laddove le sue letture si siano sempre esaurite tra le pagine di *Grand Hotel* o *Famiglia Cristiana*. Il mio vangelo invece era *Psicocibernetica* di Maxwell Maltz; l'avevo studiato con impegno e dedizione, e avevo imparato a scovare le molle motivazionali   su cui far leva per… oh ecco

- Roberto. Era ora!

- Fammi un caffè, Paola. – disse Roberto sedendosi al tavolo di Edo e Beppe.

- Ah, ecco come si chiama la moretta, pensò Edo. – Scusate il ritardo, ma non sono riuscito a trovare il costume. Ero convinto fosse qui a Caorle, nell'appartamento che usiamo d'estate, invece dev'essere rimasto a casa mia a Eraclea. Prendete qualcosa?

Beppe scosse il capo in segno di diniego. Edo schiacciò il mozzicone:

- Un caffè corretto sambuca, grazie.

- E quattro – sospirò Beppe.

- Senti un po' Beppe – Edo si mise a tamburellare stizzosamente con le dita sul portasalviette di plastica – perché invece di tenere il conto dei miei caffè non vai a farti sodomizzare da un frate sordo?

Beppe lo guardò con aria interrogativa, ma evitò accuratamente di chiedere spiegazioni: evidentemente incominciava a conoscere il suo amico.

- Perché da un frate sordo? – sorrise Roberto.

- Perché puoi urlare basta fino a sgolarti che quello non ti sente. Risero. Lo fece anche Paola dietro il banco.

- E allora che si fa? – Edo era tornato serio.

- Adesso, non appena arriva la Michela, vado a prenderlo. Ciò, perché non venite con me? tanto... – allargò le braccia – ormai la mattina se n'è già andata. Il tempo di arrivare là, trovare il costume e tornare, se non sentiamo suonare mezzogiorno ci manca poco.

- Bé, fino all'una qualche foto si fa in tempo a farla – osservò Beppe.

- Inutile. Di bambini in spiaggia a quell'ora non ce ne sono.

- Va bene – si adeguò Edo – Vorrà dire che per oggi lavoreremo il pomeriggio.

- Anche questo non vi conviene.

- Cristo santo – s'inquietò Beppe – perché non ci conviene? Roberto si accese una sigaretta.

- Perché oggi è sabato – spiegò – e di solito il sabato pomeriggio la spiaggia è stracolma di giovani e ragazze che giocano e fanno casino, per cui le mamme preferiscono non portarci i loro bambini. E senza bambini il pagliaccio non serve a niente. Credetemi, lo so per esperienza.

E aggiunse:

- Ormai la cosa migliore è quella di rimandare a domani mattina, meglio se presto; insomma, si fa per dire... intorno alle nove, nove e mezza.

- E va bene – si conformò Beppe – vorrà dire che oggi prenderò un po' di sole.

- Io invece andrò a dormire – disse Edo. E sottovoce aggiunse:

- ché se mi sbronzo anche oggi qua finisce che il mio fegato si licenzia.

A tutta prima, il costume da clown parve a Edo un informe fagottone variopinto, ma una volta che Beppe lo tolse dall'involucro di nylon trasparente e lo stese sul suo letto apparve per quello che era: un fagottone variopinto!

Era costituito da un corpo unico in gommapiuma ricoperta da stoffa elastica verde pisello a grossi pois bianchi, da una marsina fucsia, con le due code fino a terra e cinque enormi bottoni gialli: tre sul davanti e due dietro, alle estremità della martingala. Il tutto era completato da un paio di scarpe nere e lucide lunghe mezzo metro e una calotta bianca con due ciuffi di riccioli blu elettrico da mettere in testa. Il naso era la classica pallina rossa. In vita e sul sedere la gommapiuma era più spessa, in modo che il clown apparisse goffo e cicciuto.

Beppe l'indossò.

Edo smise di ridere solo qualche minuto dopo che Beppe l'ebbe tolto.

- Dovremo procurarci il cerone e i trucchi – suggerì Beppe.

- Già. Beh, ci sarà una profumeria o qualcosa di simile qui in zona che tiene di quella roba…

- Chiederemo a Roberto.

- Esatto. Ma rivestiti dai, che andiamo a mangiare un boccone da qualche parte.

- Tu pensi sempre a mangiare.

- È vero. – ammise Edo – Ma che vuoi, quello di nutrirmi è un vizio che ho preso da piccolo. Ho provato anche a smettere in questi ultimi tempi, ma non ci sono riuscito. Forse è il carattere che mi manca… Dai muoviti, Dio bello! ché sarà ormai l'una e mezza.

- Ecco, ecco… – bofonchiò Beppe infilandosi i pantaloni – …e che ci vuole? sono già pronto.

Edo prese il suo borsello e uscì. Beppe, chiusa la porta alle sue spalle, lo seguì. Ma dopo pochi passi si battè la fronte:

- Scusa un attimo – disse, e rientrò.

Edo aveva notato che era uscito in ciabatte da camera, ma, ridendo sotto i baffi, si era astenuto dal farglielo notare. Avrebbe voluto vedere la sua reazione quando se ne fosse accorto, magari in pizzeria. Bah, pazienza.

Beppe uscì. Era ancora in ciabatte.

- Avevo dimenticato le sigarette – disse.

Caorl (Venez) , Sab 7 giù mil nov cen ott sei dop crist.
Sono le più o meno del pomeriggio (Dio buonino, mi toccherà pro-
curarmi un tòcco di orologio prima o poi). Sono seduto al piccolo
tavolo da camera della mia camera. Davanti a me la finestra. Ol-
tre la finestra il muro di cinta della casa di fronte (bé, per settemila
lire al giorno pretendere anche la vista mare sarebbe da esosi, no?).
Oltre il muro che cazzo ne so?
Beppe è andato in spiaggia. Mah! io a volte quello non lo capisco:
da domani saremo trafitti dal sole tutte le sante mattine, e lui va
ad abbrustolirsi anche oggi.
Oggi abbiamo mangiato la pizza insieme a Roberto del Tourist
Foto e Michela (che ho scoperto non essere sposati, bensì convivien-
ti). Lì per lì Beppe ed me avevamo pensato al Pertonix. Ma una
volta giuntivicivicivici al banco ci trovammo Roberto e la Michela
(in avanzata fase di aperitivi) che ci sconsigliarono di mangiare lì,
se ci tenevamo alla nostra salute. Ma non era vero, because la pizza
del Petraus l'abbiamo mangiata anche ieri e siamo ancora vivi.
Anzi, a me era parsa anche buonina anzichenò. In ogni caso, anche
per non contraddire il nostro nuovo datore di lavoro, ché voleva of-
frire lui, decidemmo, su mia proposta, di andare a ingurgitarla (la
pizza) a Porto Santa Margherita, nella stessa pizzeria di mercoledì
passato, ché anche lì sapevamo esser commestibile per averla toccata
de visu (simpatica questa), senza dover necessariamente confutare i
gusti di Roberto. Però prima, dopo esserci fatti un giro di Campari,
nonché un paio di ghigne per le ciabattine di pecari del Beppe, sia-
mo passati in stanza per dargli modo di mettersi un paio di scarpe.
A dire il vero, per lui era anche lo stesso... ma insistemmo noi.
In pizzeria abbiamo rivisto con piacere (il Beppe ed me) Claudio,
il cameriere- figlio-del-padrone che ci fece crollare in testa i nostri
castelli in aria e poi ci diede lo strappo fino al campinghe. Ci siamo
salutati eccetera e, dopo i caffè, ci ha offerto anche un giro di amari
(Unicum, per la precisione: dice che di digestivo come quello non ce

n'è; io avrei voluto dirgli che non avevo mica intenzione di digerire poi così in fretta, ché dopo ti viene fame un'altra volta, ma come si fa a rifiutare un gotto?). Sempre Claudio, fra una chiacchiera e l'altra, se n'è venuto fuori che sta accarezzando l'idea di trovare qualcuno che vada a suonare tutte le sere nella sua pizzeria. L'ha chiesto a me, ma io gli dibbi che ormai… e poi da solo…ma lui dibbe che anche un duo, anzi meglio… ma io gli dibbi che il Beppe in quanto a suonare sì e no che se la cava col campanello di casa. Allora lui mi dibbe que, quomunque, se trovassi qualqüno con qùi mettere su un qualqosina di repertorio, alla sera potrei lavorare da loro, che una cinquantamila cadatesta più due pizze ce le dà. Io gli dibbi che non lo so, par ce qué nel frat-time il Beppe ed me ci siamo trovati un'attività mattiniera, onde x cui, far le due tutte le notti… col problema poi del ritorno… tuttavia, per un brevissimo, infinitesimamente piccolo istante ho pensato a Maurilio Bussola detto il Seppia e, come per incanto, ho avvertito torme di foruncoli e tomedoni assatanati cercar disperatamente di farsi strada in me per esplodere come fuochi d'artificio sulla mia epidermide. Dovetti repentinamente cambiar pensiero: era una questione di sopravvivenza. Per riuscirci mi concentrai sui pompini della Katia, ma dovetti smettere subito, sennò anziché i brufoli ad esplodere era qualcos'altro. Poi Roberto gli dibbe (a Claudio) che se avese sentito in giro di qualche musicante in cerca di un contratto glielo avrebbe mandato e, a codesto uopo, si fece dare andress e number di vibrafono. Insomma, peccato va là, e fine della storia, ché quando una cosa la cerchi puoi piangere lacrime amare, dolci, salate, in agrodolce e anche in salmì che col cazzo che la trovi, mentre quando non ti serve ti piove addosso come se piovesse.

Dio buono, ero venuto qui per dormire un po', ma non mi viene sonno…bah, farò un po' di esercizi di tecnica con la chitarra, ché è un pezzo che non ne faccio.

Ala pro

Mi sono fatto le diatoniche ascendenti, discendenti, a intervalli di terza, di quarta e di quinta, poi gli arpeggi maggiori, di settima (minore e aumentata) con la nona (bemolle, giusta e aumentata) in tutte le diteggiature. Poi avevo incominciato con le scale minori armoniche, ma mi sono rotto gli zebedei. Allora mi sono ripassato un po' di Moto Perpetuo (fin dove la memoria me lo permise) del mio amico Niccolò Paganini (quello che andava spesso a pranzo con Nini Rosso, il celebre trombettista, perché pagava sempre lui). Ma dopo un nulla o poco più mi sono rotto le balle anche di lui. Quindi feci (passato remoto del verbo fare, mica merda!) un po' di Baden Powell, un po' di Toquinho e un po' di Villa Lobos.
E basta, ché se non sono le sei ci manca poco. Mo' mi faccio una doccia, poi si vedrà.

Alaprrrrrrrrrrrrrrr
Caorle (VE) 7/6/86 ore ah, saperlo!

Devo comprare lo schampoooo. E sarà utile anche informarsi circa l'ubicazione di una lavanderia in loco. E anche un paio di sandali o di scarpe estive non ci starebbero mica male...

Alla prozziem fuà (Arnoldo)

51

Le nove erano passate solo da pochi minuti che Beppe e Edo erano già in spiaggia. Gente non ce n'era molta. Non ancora. Ma il flusso in costante aumento di famigliole e gruppetti di bagnanti lasciava intuire che, a quel passo, chi avesse desiderato buttarsi in acqua intorno alle undici avrebbe dovuto premunirsi di biglietto numerato, come al reparto gastronomia del supermercato.

La giornata si preannunciava afosa come le precedenti. Il sole, nonostante l'ora, picchiava sulle spalle come un battilamiera sul parafango di un automobilista distratto.

Edo, slip da bagno, infradito nuove, camicia sbottonata e macchina fotografica a tracolla, poteva passare per un turista qualsiasi, ma non notare Beppe significava ammettere la propria carenza in quanto a diottrie: col suo saccottone di nylon sulle spalle, agli occhi di un bambino poteva facilmente essere scambiato per un Babbo Natale dei poveri.

A piedi scalzi sul bagnasciuga, i due seguirono la riva verso est fino a quando ritennero d'aver trovato un luogo idoneo alle operazioni di vestizione e trucco. Beppe rovesciò il contenuto del sacco sulla sabbia. Edo lo fotografò. Beppe incominciò a vestirsi.

- Hai portato uno specchio? – chiese Edo.

- No.

- E come farai col trucco?

- Non ci avevo pensato – Beppe si grattò la testa – Mah… vorrà dire che stamattina mi truccherai tu. Spero non ti dispiaccia.

- Non è questo – sbuffò Edo – è che mi impiastriccerò le dita.

- Bé? Hai paura di un po' di cerone?

- Dio buono Beppe, ti ricordo che poi dovrò maneggiare una fotocamera da un milione, e neanche mia per giunta.

- Mi dispiace. Del resto, non è venuto in mente neanche a te ieri sera, mentre eravamo in profumeria…

- Se è per questo, non mi è venuto in mente nemmeno di dirti di abbassarti i pantaloni prima di fare la cacca, eppure vedo che non ti sei cagato addosso lo stesso. Ma porco giudaciaccio boia! ci penserai tu alle tue cose no? forse che tu ti sei preoccupato di rammentarmi di mettere il rullino in macchina o il filtro UVA davanti all'obiettivo?

- Te l'ho detto, mi dispiace… lo sai che sono distratto. Ma, cos'è il filtro UVA?

Se un simile quesito glielo avesse posto Max Stefanelli, gli avrebbe risposto che si trattava di un colino da mettere nell'imbuto quando si travasa il mosto dal tino alla damigiana, e gli avrebbe assestato uno scappellotto da spellargli la nuca (le perline ci mette, lui!). Ma con Beppe, Edo non era giunto ad una simile confidenza, né vi sarebbe giunto mai, anche in considerazione dell'età che, pur giovane, non era certo quella acerba del suo ex allievo; perciò compendiò l'argomento in due parole:

- Un coso per i raggi ultravioletti.

- Una specie di lente?

Edo fece un gesto vago con la mano.

- Ecco sì, una specie di lente, ma lasciamo perdere, va là. – tagliò corto – Facciamo così: tu spalmati il cerone, e se proprio lascerai scoperto qualche pezzo di pelle ti darò una dritta. Poi, alle rifiniture ci penserò io; sperando di non smerdarci troppo le mani.

Beppe si mise all'opera e, con Edo che guidava i suoi movimenti a suon di "un po' più di qui", "un altro po' di là", "spalma meglio da questa parte" e "Dio buono Beppe ti potevi anche radere stamattina, ché con 'sti monconi di barba nera che hai ce ne vorrà un quintale di cerone ", in capo a pochi minuti il suo volto fu bianco come quello di una statua di gesso.

In quattro e quattr'otto Edo gli tracciò un ovale rosso attorno alla bocca e due croci nere sugli occhi sormontate da due accenti circonflessi, e una volta che Beppe ebbe calzato la calotta, messo la pallina al naso, infilate scarpe e marsina, il clown fu bello che pronto.

Bene, la caccia ai bambini era aperta; non rimaneva che prendere il via. Una sola piccola perplessità: al confronto del Beppe così conciato, col suo viso scarno e occhi allucinati, il terrificante IT di Stephen King sembrava Sandra Mondaini!

Ma tant'era; Edo sperò che la gente la prendesse sul ridere. E in quanto a Beppe, data l'assenza dello specchio, lui mica lo sapeva quale fosse il suo aspetto…

Ed ecco, dunque, una bieca figura clownesca dallo sguardo torvo avanzare sulla rena col goffo incedere di un palombaro, seguito a poche spanne di distanza da un giovane barbuto dai lunghi capelli che scattava fotografie; eccolo avvicinarsi a un bimbo e questi fuggire a gambe levate urlando mamma, e Edo ridere fino alle lacrime; ma ecco un genitore dai grossi occhiali avvicinarsi sorridente alla strana coppia trascinando un moccioso recalcitrante, ma subito dopo andarsene senza un nulla di fatto; ecco, dopo un po', Beppe imprecare per il gran caldo e Edo fargli notare che, porco giuda, erano passati si e no quindici minuti, ma scoprire, guardandolo meglio in viso, che il trucco si stava inesorabilmente sciogliendo in una tale apoteosi di gocciolature da far l'invidia di Mario Schifano; perciò ecco che da IT a Freddy Krueger il passo fu breve e consequenziale; e allora ecco Edo sostituire repentino il rullino finito con uno nuovo, ché lasciare ai posteri una documentazione di quella metamorfosi era quantomeno doveroso! Ma ecco due ignari adolescentuli avvicinarsi al clown da dietro e questo voltarsi, e repentini i ragazzini cambiare direzione col far di chi si racconta d'averla scampata bella; e infine ecco il Beppe, furioso come mai Edo l'aveva visto, sgusciare dal fagottone variopinto e precipitarsi in acqua facendo prendere un coccolone a due vecchie signore (toh, quando si dice il caso: erano Triplo Mento e Urlo di Munch) che si videro piombare addosso tra mille spruzzi un bagnante dallo sguardo truce e il volto sfigurato.

- Ciò, come è andata?
- Così. – Edo posò sul banco tre rullini da sviluppare.
- Mica male – Roberto si allargò in un gran sorriso – mica male davvero.
D'accordo che oggi è domenica, ma è anche il vostro primo giorno.
- Piano a far saltare i tappi di Champagne – puntualizzò Edo – il primo rullino è pressoché di prova: tempi, diaframmi, controluce eccetera… sai, non ho mai usato una Nikon prima d'ora. Gli altri due, bé… domani, quando vedremo i provini, ne parleremo.
Roberto sembrò perplesso, ma non chiese ulteriori spiegazioni.
- Il costume dov'è? – chiese tuttavia.
- L'abbiamo portato in stanza. – rispose Beppe – A proposito del costume, saresti d'accordo se vi apportassimo qualche modifica?
- Che modifica?
- Si muore lì dentro; pensavo di togliere la gommapiuma.
- È già stato fatto – ammise Roberto – ma poi cade male. È troppo largo.
- L'abbiamo pensato anche noi – intervenne Edo – infatti si pensava di cucirgli un cerchio all'interno, all'altezza della vita… un hula hoop per esempio, se riuscissimo a trovarne uno, o qualcosa di simile.
- Oppure tirarlo da dietro e stringerlo in qualche modo – aggiunse Beppe – Non so… con qualche punto di imbastitura tanto con la marsina indosso poi non si vede.
- Ciò, fatene un po' quello che volete. Piuttosto che lasciarlo inutilizzato…

- Allora aggiudicato – dichiarò Edo – oggi vediamo un po' cosa riusciamo a trovare in giro che possa esserci utile. C'è un negozio di giocattoli da qualche parte?

- Sì. Ce n'è uno poco lontano da dove abitate. Adesso chiudiamo baracca, ché è l'una passata, e vi ci porto. Naturalmente sarà chiuso, ma intanto vedrete dov'è. Ma prima andiamo a farci un Camparino.

- Vada per il Camparino – dissero quasi all'unisono Beppe e Edo.

Usciti dalla trattoria che avevano scelto per un'impepata di cozze, Edo e Beppe decisero di fare due passi lungo la via principale del paese. I lampioni ancora non erano accesi, ma le vetrine erano illuminate.

Arrivarono fin dove i negozi incominciavano a diradarsi. Sedettero ad un tavolino esterno di un bar, Edo per un caffè, Beppe per un Unicum: evidentemente quello preso in pizzeria a Porto Santa Margherita il giorno prima aveva incontrato i suoi gusti. Rimasero una decina di minuti, quindi presero la via del ritorno fino a ritrovarsi, quasi senza accorgersene, davanti al Petronia. Per tutto il tempo avevano discusso sul da farsi: un hula hoop non l'avevano trovato, né alcuno aveva saputo dir loro come o dove poterselo procurare. Perciò, alla fine, avevano deciso di ritentare col costume così com'era, un altro giorno almeno; il problema rimaneva quello del cerone che si squagliava per il caldo. Ma fu risolto dalla brillante idea di Beppe di comprare una maschera da clown che avevano visto nel negozio di giocattoli il pomeriggio; quella almeno si poteva mettere e togliere a piacere. Insomma, in conseguenza a come fosse andata l'indomani, avrebbero poi deciso se adottare la maschera e stringere il costume dopo averlo privato della spugna interna o abbandonare definitivamente l'argomento clown. Edo, infatti, aveva pensato che uno zoom gli avrebbe permesso di fotografare i bambini a loro insaputa, accedendo in tal modo a quella spontaneità che in posa non avrebbero avuto. Beppe, poi, - e il suo compito sarebbe stato solo questo - avrebbe consegnato i talloncini ai loro genitori, spiegando loro in quale modo fossero state scattate le foto e invitandoli al negozio per visionarle senza impegno. Secondo Edo, questo metodo presentava anche un altro vantaggio, cioè la possibilità di scattare molte più fotografie. E ciò avrebbe incrementato senza dubbio le probabilità di vendita.

Ma ce l'aveva Roberto un teleobiettivo? Improbabile: per quanto ne sapeva Edo, il modus operandi del TOURIST FOTO non ne prevedeva l'uso. Tuttavia, questo rimaneva da verificare.

Che il negozio fosse pieno zeppo era prevedibile; ciononostante, prima di oltrepassarlo per raggiungere la passeggiata "del Petronia", Beppe e Edo misero dentro la testa per un fugace saluto a Michela e Roberto. Le ventidue erano passate già da un po', ma essendo domenica, Edo pensò, la calca di clienti avrebbe fatto slittare il normale orario oltre le ventitré. La stessa cosa, infatti, era accaduta la sera prima. Occorreva perciò far passare altro tempo.

Poco male: era piacevole passeggiare per Caorle la sera; piacevoli erano il chiacchiericcio degli astanti ai tavoli dei bar e delle gelaterie, le loro risa, i capricci di un bambino davanti a una vetrina, la musica che un breve tratto di strada rubava a un juke box, i sorrisi civettuoli e timidi di due ragazze inseguite da un manipolo di giovanotti. E piacevole era, finalmente, anche la temperatura. Ma, agli occhi di Edo, erano piacevoli soprattutto i flash dei suoi colleghi scattini. E piacevole trovò persino lo sguardo arcigno e ostentatamente tignoso di un vecchio signore che rifiutava il talloncino dopo aver tentato di proteggere da quei lampi se stesso e la sua avvenente figlia (figlia?). E il Beppe, sguardo perso nel nulla, camminava dritto, elaborando chissà quali teoremi, rimuginando attorno ad astrazioni note solo lui e, forse, al buon Dio.

- Ti vedo pensieroso…

- Pensavo alla teoria dell'eterno ritorno – Spiegò Beppe in un confuso borbottio.

- Come dici scusa?

- Quella su cui lavorò Nietzsche negli ultimi anni della sua vita, poco prima di impazzire.

- Ah. Beh, per essere sulla strada giusta sei sulla strada giusta…

- Che strada?

- Quella della pazzia, quale altrimenti?

Beppe ignorò il sarcasmo dell'amico con un vago movimento di spalle.

- Che poi – continuò – non è neanche frutto del suo pensiero quel concetto.

- No, eh?

- Quelle cose le dicevano già i presocratici.

- Sì, eh?

- Tra l'altro – Beppe si fermò in mezzo alla strada – a differenza degli altri filosofi che l'hanno preceduto, che le cose tendevano a spiegarle, Nietzsche non spiegava niente. Lui "diceva" e basta, proprio come i presocratici. Hai letto *Ecce homo*?

- Qualche pagina, tempo fa. Ma dico, Beppe, hai deciso di depauperarmi l'esistenza o sei tu che sei fatto veramente così?

- Così come?

- Ma no, niente. Mi chiedevo che effetto avrebbe su di te la cocaina…

- Io non ho mai usato stupefacenti.

- No, eh? Eppure conosco gente che guardandoti scommetterebbe ingenti cifre sul contrario.

- Perché, sembro un cocainomane?

- Bah, con un cicinino di fantasia…

Beppe si grattò il cespuglio.

- …è che i pensieri mi vengono da soli. Voglio dire, non sono mica stato io voler pensare a Nietzsche, mi è venuto in mente e basta. Cosa posso farci?

- Hai provato con una purga? – suggerì Edo serio – Hai visto mai, magari è solo un po' di stipsi; sai, quando la merda raggiunge il cervello…

- Tu scherzi sempre…

Beppe riprese a camminare. Edo lo seguì.

- Cosa dovrei fare secondo te? – sospirò – mettermi qui a speculare su concetti che poi finiscono sempre per gettarmi nello sconforto? Perché a me succede così. Hai presente i *Pensieri* di Pascal? bene, qualche anno fa, arrivato si e no a metà, ho dovuto abbandonarne la lettura, perché mi veniva voglia di spararmi un colpo in testa. – Indugiò un momento – E stasera si sta così bene… perché volerla contaminare col pessimismo degli altri?

- La filosofia non è pessimismo – sentenziò Beppe.

- Sia quel che sia, stasera mi rompe le balle. Oh porco giuda, stasera voglio essere uno struzzo, va bene? Con la testa infilata nella sua bella sabbia, anche se non è affatto vero che gli struzzi si comportano così… comunque ci siamo capiti, no?

- Mah, non del tutto.

- No, eh?

- Cosa c'è in Pascal che non digerisci?

- Cosa c'è? bé, a parte l'ombra di Dio che oscura tutto il suo pensiero, almeno per quanto mi sembra d'aver capito. Vedi, tempo prima avevo letto un po' di Cartesio, e il suo *Metodo* mi era sembrato semplicemente… come dire… inconfutabile. E poi salta fuori Pascal e viene a dirmi che Cartesio spara cazzate!

- Beh, io non sono d'accordo solo sul concetto del nulla…

- Hai detto niente – rise Edo, ma Beppe non sembrò cogliere la sottigliezza.

- Mmmm… anche Vico confuta Cartesio.

- Vico? Non lo conosco.

- Massì, Gianbattista Vico, quello della *Scienza Nuova*... – spiegò Beppe, come se parlasse di Piero Angela e il suo *Quark* televisivo.

- Ho capito chi è, Dio buonino! Sto dicendo che non...

- ... per non parlare di Newton, - lo interruppe Beppe - che ha rivoluzionato tutto rendendo obsolete alcune delle sue affermazioni, soprattutto quelle relative agli aspetti...

- Beppe? – Edo gli posò una mano sulla spalla.

- Sì?

- Lasciamo perdere subito o devo procurarmi un oggetto contundente?

- D'accordo, ho capito. – Beppe allargò le braccia – E allora dimmi, di cosa vuoi parlare?

- D'altro.

- Per esempio?

- Cazzo Beppe, del mare non esistono solo gli abissi, sai? c'è anche la superficie. Per altro, è proprio navigando su di essa che Cristoforo Colombo è arrivato in America, mica facendo il Maiorca. Del resto, una località come questa, piena di turisti e vetrine da guardare cos'è se non superficie?

Con un buffetto lanciò lontano il mozzicone di sigaretta. Rispose alle invettive di una ragazzotta da un quintale che aveva mancato per un pelo, sostenendo che non era mica stato facile evitare di colpirla; quindi propose:

- Ecco, parliamo del prezzo di quelle scarpe, per esempio... o del taglio di capelli di quel cameriere laggiù, quello con la faccia da pandorino, ché di sicuro deve averci litigato col suo barbiere... o del lavoro che abbiamo trovato per il rotto della cuffia. E già che ci siamo, chiediamoci perché si dice "per il rotto della cuffia", se vuoi, oppure sediamoci là, ad un tavolo dell'enoteca laggiù, vieni, dai... ché ordiniamo un paio di gotti a caso, poi ci mettiamo a schioccare la lingua come due forsennati e non la smettiamo fino a quando non avremo stabilito se dal retrogusto emerga di più la fragola o il mirtillo.

- Ma tu sei sempre così dissacrante?

- Solo nei giorni dispari – rispose Edo alzando le spalle.

- Però oggi ne abbiamo otto.

- Bah, sto facendo allenamento per domani – spiegò Edo. Ridendo si accomodarono ad un tavolo davanti all'enoteca.

- Guarda – disse Beppe – stanno arrivando i due chitarristi argentini di cui ci ha parlato il titolare.

- Bene! – esclamò Edo girandosi con la sedia in favore dei musicisti – Vorrà dire che sch ioccheremo la lingua a tempo di Milonga.

Caorle (VE) Domenica otto giugno di quest'anno, ore mezzanotte abbondante forse l'una.

Sono seduto al tavolo della nostra (del Beppe ed me) camera. Davanti a me sempre la solita finestra. Essa è aperta, e ne ho ben donde: il Beppe sta dormendo sopra le coperte e i suoi piedi stasera sono talmente mordaci che l'aria sembra quasi appiccicosa. C'è mica bisogno di insetticidi qui da noi; le zanzare stanno alla larga lo stesso... Lui dice che non sono i suoi piedi ad avere un cattivo odore, ma le scarpe. Un po' come dire che non è il culo che puzza, ma le mutande!

Sono stanco come uno molto stanco. Oggi è stato il primo giorno di lavoro: ci siamo alzati presto, abbiamo scarpinato molto (stamattina in spiaggia, stasera a zonzo per le vie di Caorle). Fortuna che oggi pomeriggio ho fatto un sonnellino, altrimenti adesso non sarei qui che scrivo, ma starei svolazzando fra i sogni in compagnia del vecchio Morfeo.

Col pagliaccio ci sono dei problemi.

Primo: Beppe dice (e io ci gli credo) che dentro il costume si soffoca dal caldo. Secondo: il sudore scioglie il trucco, e in quanto ad usare una maschera da carnevale siamo giunti alla conclusione che è poco professionale.

Terzo: il Beppe ha una faccia che, trucco o non trucco, fa scappare gli infanti. Quarto: stringere il costume... bah, un pagliaccio magro con la faccia del Beppe?

e chi le compra poi quelle foto? sempre ammesso che si riesca a scattarne qualcuna.

Ambarabacicicoccò.

Domani provo il duplicatore di focale. Avrei preferito un zoom, ma Roberto non ce l'aveva mica, non ce l'aveva. Mica. Non ce.

Quomunque il Beppe porterà seco il costume, poi si vedrà. L'ideale sarebbe fare l'uno e l'altro: un po' di foto col clown (ammesso che ci si riesca, perché stamattina col cacchio che ne abbiamo fatta una) e altre senza, da lontano, ai bimbetti che giocano ignari con la sabbia o con l'acqua. Rimane da vedere quale sarà la distanza massima da cui potrò scattare: se sarò troppo vicino la spontaneità dei putti se ne va a puttane. Insomma vedremo.

Stasera, all'enoteca, abbiamo sentito (il Beppe ed me) due chitarrai veramente bravi. L'oste ci aveva detto che sono argentini, ma io non ne sono del tutto convinto: facevano solo roba brasiliana... mi sa che quello ha fatto un pelo di confusione. Avrei voluto conoscerli, andare a presentarmi. Ma era tardi, e avevo paura che il TOURIST chiudesse, e io avevo bisogno di parlare con Roberto (per via dello zoom, che poi invece fu il duplicatore di cui sopra, ma non fa niente va là, che tanto, l'importante e arrivare vivi), perciò ce ne andebbimo che loro stavano ancora suonando. Avrei potuto tornarci più tardi, ma ero stanco... e poi se quelli ci sono tutte le sere, li vedrò domani, no?

Però che bravi! Hanno fatto un "Apelo" di Baden Powell che mi hanno spettinato fin dentro le viscere, intestino tenue compreso.

Chissà che ore sono.

Meglio che mi metta a dormire, va là. Anche perché mi si chiudono gli oki. Bufff... che giornata!

Ala pro 52

52

Lunedì 9 Giugno millenovecentoottantasei ore non lo so ma dovrebbero essere le quindici e diciassette (siamo usciti dal Petronia alle quattordici e quarantasette ed è passata una mezzoretta, quindi, se uno più uno fa due, quarantasette più trenta quanto fa?).

Il Beppe è andato a Verona a prendere la macchina fotografica di sua sorella. Dice (ma il suggerimento è stato mio) che vuole imparare anche lui a scattare fotografie. Io mi sono disposizionato a insegnargli quello che so, e lui ha detto che va bene.
Mentre aspettavamo l'autobussss (l'avevo accompagnato alla station of the torpedon) mi dibbe (riprendendo una confabula intercorsa fra noi ieri sera) che è sbagliato dire "per il rotto della cuffia" riferendosi ad un lavoro trovato all'ultimo momento, in quanto codesta locuzione veniva usata nel medioevo durante i tornei laddove un cavaliere, pur colpito alla testa dalla lancia dell'avversario, riusciva a salvarsi anche se con la cuffia dell'armatura rotta; e allora dicevasi "salvo per il rotto della cuffia". In parole povere: vivo, ma per un pelo; infatti la testa l'aveva salvata, la cuffia no. Dopo la sua spiegazione mi sono trovato indeciso se ringraziarlo per l'erudizione impartitami o se mandarlo a dar via il culo. Ho scelto la seconda (mi sembrava la più appropriata).
Stamattina col clown abbiamo fatto un altro buco. Non c'è niente

da fare: i bambini non ne vogliono sapere di star vicino a cotanto spauracchio (tra l'altro neanche oggi aveva lo specchio, perciò l'ho dovuto truccare io). Stavolta ho provato a disegnargli una stella sull'occhio, e per farlo sembrare sorridente gli ho fatto una bocca fino alle orecchie. Risultato: una bella merda! La sua faccia sembrava quella del chitarrista dei Kiss riflessa in uno stagno alpino mosso da una brezza settembrina di fine aprile (le più bastarde, specialmente quando capitano in giugno). Bah, sono proprio i suoi lineamenti che non si prestano. In ogni caso, bello o brutto che fosse, il Beppe è resistito meno di ieri; poi, assetato di refrigerio, si è buttato nell'Adriatico.

Foto scattate (con lui): zero.

Invece ho scattato due piccoli rulli (è lo stesso, no? ci mettiamo a spaccare il capello adesso?) col duplicatore di focale. Il Beppe ha consegnato i talloncini, e nei prossimi giorni vedremo come sarà andata.

Però (io l'ho visto) il Beppe si sentiva frustrato. Di lì la mia proposta di mettersi anche lui a scattare. Che fare sennò? andar avanti tutta la vita io a scattar foto e lui a consegnar piccoli talloni (…)? E allora ho avuto ragione (come dicono i cronistucoli privi di fantasia quando parlano dei vigili del fuoco in relazione alle fiamme) della sua ritrosia dicendogli che non era poi così difficile fare un clic, e alla fine l'ho fatto convinto. Dunque, ne abbiamo parlato con Roberto: per i primi tempi lavoreremo in coppia, per il momento in spiaggia il mattino; poi, fra una settimana/quindici giorni (allorché i turisti saranno più numerosi anche durante la settimana e non solo nel week end), anche sulla passeggiata del Petronia la sera. Tuttavia, finché di gente ce n'è ancora poca, la passeggiata sarà un'ottima palestra per Beppe. D'accordo, sono zone di serie B (in spiaggia per il caldo, sulla passeggiata per il via vai di pressoché soli giovani, i quali, come si sa, sono quasi sempre al verde), e Roberto non ci nasconde che non sarà facile sbarcare il lunario in siffatto modo di lavorare, ma io gli ho detto che non ho paura di abitare questo pianeta, e che se non va, di riffa o di raffa la farò andare io. Tra l'altro ho già un'ideuzza che mi frulla per la capa…

Alla peggio (dice il Beppe) lui si ritira e torna a ca'.

Ora (il Beppe) è sulla corriera per Mestre, dove salirà sul treno per Verona. Dice che tornerà con un po' di soldi (il che non guasta), sempre che sua madre o sua sorella gliene elargiscano un po'. E domani in giornata è di nuovo qui.

Insomma, non sta andando tutto lizzio come lòllio, ma io non mi lamento, ché se va in porto 'sta mia idea corro il rischio di fare anche qualche liretta. Ma per ora non voglio scrivere alcunché a riguardo su questa agenda, vuoi per scaramanzia, vuoi per non mettere il carro davanti ai buoi, vuoi un caffè? Sì grazie. Quanto zucchero? Quattro grazie (le perline ci mette, lui!). Lo so non c'entra un cazzo, ma l'agenda è mia, o no? e allora? vuoi vedere che adesso vengo a chiedere il permesso a te (caro postero che stai leggendo) prima di scrivere una cazzata! Ma pensa te…

Allap ro

Sempre oggi, ore un po' più tardi di poco fa, il sole picchia. Sono seduto sul muretto dell'imbarcadero della motonave Iris. Il cartellone pubblicitario/informativo dice che la suddetta parte ogni santo giorno alle quattordici e quindici, che fa il suo bel giro in laguna con tanto di tappa su un'isoletta ove i turisti potranno visitare un autentico casone di pescatori e assaggiare un po' di sardine alla brace (comprese nel prezzo); promette paesaggi a tutto spiano, flore e faune e tutte quelle balle che inducono l'ignaro a sborsare i soldi del biglietto in cambio di un pomeriggio da raccontare ai vicini di casa una volta finite le vacanze.

Io l'Iris la conosco: l'anno scorso ci sono salito una dozzina di volte (più o meno) per accompagnare (e fotografare) i vecchi in gita lagunare (mattutina, cioè fuori catalogo, per così dire) e conosco anche i due titolari dell'ambaradàn (soprattutto Gualtiero, che chiamavamo il Pirata because sul battello faceva un po' di animazione conciato, appunto, in cotal modo).

Sul cartellone non v'è menzion alcuna circa l'ora del ritorno. Peccato, perché io non ho voglia di passare tutta la mia esistenza terrena in codesto loco, e anche perché da queste parti c'è un tanfo di pesce marcio misto a nafta che mi ricorda Pozzuoli; e Pozzuoli mi ricorda cose che non ho voglia di ricordare.

Caorle, Enoteca di Walter (il titolare si chiama così: ho intercettato un tale che lo chiamava. Comunque non è mica colpa sua, non è mica), sempre lunedì nove giugno, ore sedici e qualche inezia.

La caratteristica puzza endemica, la quale è cronicamente atavica nonché precipuamente peculiare e specificatamente tipica (e anche un cicinino pleonastica va là, non lesiniamo sugli aggettivi e sugli avverbi) della zona del mercato del pesce (che è proprio di fronte il porto) mi ha catapultato in uno stato d'animo che non so definire. Già, io la butto sul ridere, ma se scavo in fondo in fondo, da ridere non mi viene affatto. Da un lato mi pare di essere da poco uscito da un lungo incubo (tipo quelli in cui sogni di svegliarti e ti ritrovi in un incubo peggiore di quello che stavi vivendo… e sei convinto che sia la realtà), dall'altro sembra che su di me aleggi il pericolo che il passato si sia procurato un proprio arbitrio e se ne stia uscendo dal suo bel vicolo a senso unico per tornare a catturarmi… come ci fosse qualcosa in sospeso… qualcosa da completare… o da cui fuggire. Per capire ho capito: Pozzuoli-Procida-tossicodipendenza-astinenza. In fin dei conti non sono passati che tre anni, anzi meno. Da quanto tempo tengo quei ricordi in un angolo? Non ne parlai nemmeno a Marzio Stefanelli quella notte ('sto beota).

Bah! Meglio berci un gotto (o un'ombra, come la chiamano da queste parti) e cercare di non pensarci, ché, tanto, non me ne viene in tasca un bel nulla sferico)(le perline ci mette lui!).

Mmm… buono, anche se un po' troppo deciso per i miei gusti: è un Cabernet (toh, ecco che mi ritorna in mente anche Paolo Raffaelli È simpatico Walter. Mi ha chiesto se alla fine l'abbiamo trovato un qualche posto per le prestidigiterie. Io gli dibbi di no, e gli spieghetti che ho optato per lo scattinaggio. Allora lui mi dicette che anche i due argentini (a proposito, sono proprio argentini, non brasiliani come avevo creduto because il loro repertorio; solo che amano la bossanova, il che per degli argentini è cosa assai rara, ma non fa niente: anch'io, infatti, amo la bossa, e sono italiano) stanno cercando un loco ove lavorare un po' come si deve, ché di fare l'elemosina a cappello teso ne hanno pieni i dardanelli anzichenò. Allora io gli ho detto che forse una possibilità ci sarebbe (mi giunse in mente Claudio, il cameriere figlio del padrone della pizzeria di Porto Santa Margherita). (Quando si dice il caso...).

Ordunque stasera me li farà conoscere, e io gli spiegheròlorodi che si tratta. Dice che parlare italiano lo parlano, ergo... Insomma poi si vedrà.

Meno male, va là, ché mi si stava prospettando una serata di noia e abbandono (il Beppe sarà quel che sarà, ma tiene compagnia).

Bah! e adesso, per blandire l'influenza strisciante dell'accidia che tende ad incombere, mi ordino un altro bicchiere di vino. Chissà se ce l'ha il Custoza...

Ce l'aveva, ma quello di Verona è tutta un'altra coscia.
Alla prozzima

Dio Buono mi sono rotto un'unghia! E il bello è che non so neanche come ho fatto. Poverina... è quella del medio destro (il finger che uso per il picking sul SI e sul SOL e per mandare a fanculo il mondo). Adesso dovrò tagliare anche le altre... e dovrò riabituarmi alla differente sensibilità sulle corde. Uff, che palle! Suonare la chitarra classica senza unghie è come fotografare un paesaggio fiorito in una giornata senza sole. Meno male che non ho concerti in programma. Sarà anche banale, ma un'unghia rotta per un chitarrista è come una caviglia slogata per un calciatore.

Però... forse potrei aggiustarla con un po' di Attak... il cartolaio è proprio qui accanto... tentar non nuoce.

Fatto. Ho aggiustato l'unghia. L'ho o non l'ho sempre detto che sono un genio? Speriamo solo che duri (come disse la vecchia sposa togliendosi le mutande davanti ad una delle ormai rare erezioni del suo decrepito marito).

Ito uto ato, ore diciotto circa, muretto dell'imbarcadero
1986 D.C.
L'Iris ancor non giunse.
Boh?
Strano però; quanto cacchio dura sta cazzo di gita lagunare? a meno che non fubbe già giunta e poi se ne sia ita e io non lo seppi in quanto assente...
Credo proprio sia l'uopo di porre un quesito ad alcuno ch'erudirmi possa a questo proposito.

- Ehi tu, scusa?
Il pescatore, un ragazzotto sui diciotto-vent'anni, occhi chiarissimi un po' spenti, spalle bruciate dal sole, pigramente voltò il capo.
- Comandi?
- Sai dirmi se l'Iris è già arrivata?
- L'Iris?
- Sì, la motonave tutta colorata, hai presente? quella che porta in giro i turisti...
- Sì, la conosco.
- Bene, dunque?
- Non attracca qui la sera.
- Ah no?
- No.
Dio buono con questo mi ci vuole l'affettatrice"
- Dovrei vedere Gualtiero, lo conosci?
- Gualtiero? ...capelli lunghi e baffoni neri?
- Proprio lui.
- E chi non lo conosce quello?
- Ecco, sì...
- Adesso non c'è.
- No eh?

- No.

- Mmm… come posso fare?

- Per fare una gita in laguna?

- No. Per calcolare il quadrato dell'ipotenusa.

- Eh?

- Dicevo che dovrei parlare con Gualtiero.

- Deve venire qui domani alle due.

- Di notte? – Edo finse stupore. L'altro gli rimandò uno sguardo assolutamente vuoto.

- No, alle due di dopo mezzogiorno

- Aah… alle due di dopo mezzogiorno, non alle due di notte.

- No, alle due di dopo mezzogiorno.

- Ma… scusami sai se ti faccio perdere tempo con tutto il daffare che avrai, ma dove attracca l'Iris al ritorno dalla gita in laguna?

- Deve risalire il canale, sulla sponda di dritta. Poco prima del basculante.

- Poco prima di che?

- Del ponte basculante, quello che si alza.

- Ah, il ponte levatoio.

- Comandi?

- Dicevo, poco prima del coso...

- Del basculante.

- Ecco sì, del basculante.

- Si, poco prima.

- Beh, grazie.

- Prego.

- Ah, un'ultima cosa… mi si è rotta un'unghia: sapresti indicarmi un manicure?

- Comandi? – chiese il pescatore, asfissiando quasi nella perplessità.

- Bah, fa niente… – Edo ripose il dito medio che gli stava brandendo – e grazie ancora.

L'Iris accostò lentamente alla sua sinistra, la sponda di dritta risalendo il canale, come il giovane pescatore aveva indicato. Edo si era fermato a una cinquantina di metri. Con i gomiti sul muretto, osservava. Se si fosse trattato di una strada, il battello sarebbe stato contromano.

Il motore si spense. Mentre il lento abbrivio residuo avvicinava il battello alla riva, Gualtiero saltò agilmente a terra e legò le cime d'ormeggio a due bitte incassate nel marmo della banchina. Quando la motonave fu ben ferma, un mozzo, che Edo immaginò essere il figlio del comandante, fece scorrere una passerella e i passeggeri sorridenti e vocianti scesero a terra. L'intera operazione di sbarco era accompagnata dal Ballo del Qua Qua in tedesco diffuso da un'altoparlante seminascosto dalle bandierine variopinte che ornavano il battello. Sull'argine opposto, un vecchio, che sembrava apprezzare particolarmente la musica proveniente dal battello, ballava goffamente facendo divertire i turisti.

Edo aspettò che tutti si fossero allontanati, quindi si avvicinò al battello.

- Ciao Pirata!

- Ehilà, chi si rivede! Ciao Edoardo! – rispose Gualtiero – si parlava di te proprio stamattina.

Beh, questo almeno si ricorda il mio nome"

- Di me?

- Sì, col capoccia della colonia… coso… – fece due o tre schiocchi impazienti con le dita - Come si chiama? quello che cammina un po' sculettando…

- Moreno? – suggerì Edo.

- Sì, Moreno. Ecco, stamattina abbiamo ripreso con le escursioni dell'OMNIA, come l'anno scorso. Mi ha detto che vi siete rivisti e che quest'anno non ci sei. Ciò, tutti nuovi gli animatori quest'anno, eh?

- Già - Tagliò corto Edo.

- Ma tu che ci fai ancora qui? secondo Moreno dovresti esser già tornato a Verona...

- In effetti sì, ma poi ho cambiato idea. Mi fermo a Caorle anche quest'estate. Stavolta però come fotografo ufficiale, diciamo così. Lavoro con quelli del TOURIST FOTO.

- Ah, bene, così magari qualche sera passo a trovarti e andiamo a farci un'ombra... Ciò, dove ti hanno messo di zona?

- A dire il vero è ancora un po' tutto da organizzare. Anzi è a questo proposito che sono venuto a trovarti.

- Me?

- Sì. Sto rimuginando attorno a un'idea...

- Mmm... cosa avevi in mente di preciso?

- Se hai cinque minuti ne parliamo...

- Va bene. Vuoi salire intanto? Io finisco un attimo di ormeggiare e ti raggiungo.

Edo salì sul battello. Infilò la testa in plancia per un breve saluto al comandante che stava annotando qualcosa fra le pagine di quello che sembrava un registro, si presentò al mozzo, che gli confermò di essere il figlio del capitano, poi andò a sedersi sull'ultima panca di poppa, proprio dove si appostava solitamente l'estate prima per tenere sotto obiettivo i "suoi" vecchietti, e si accese una sigaretta. L'ultima del pacchetto. Masticò un'imprecazione per non essersi fermato a comprarle poco prima e appallottolò il pacchetto vuoto con l'intenzione di buttarlo in acqua, decisione su cui tornò subito, un po' per un rigurgito di senso civile, ma soprattutto per all'arrivo di Gualtiero.

- Tu pensavi di fare un po' di scattinaggio durante le nostre gite, vero? – lo anticipò il Pirata.

- Sei sagace – osservò Edo.

- Ciò, qui a Caorle due più due fa quattro; a Verona no?

- Bah, non sempre... – Edo fece un gesto vago - Comunque hai indovinato, più o meno. Pensavo piuttosto a una sorta di collaborazione.

- Che tipo di collaborazione?

- Lo fai ancora lo sketch del pirata?

- Certo che sì. È una delle attrazioni che ci distingue dagli altri. Perché?

- Ti spiego la mia idea: io salgo come un turista qualsiasi, in incognito per capirci, e durante l'andata scatto foto a destra e a manca. Userò una specie di teleobiettivo, in modo che i turisti non si accorgano che li sto riprendendo, e lo stesso farò sull'isola mentre si sbrodolano con le sardine, capito? Poi, durante il ritorno, fotograferò te vestito da pirata mentre li assali scherzosamente uno a uno, un po' come si faceva l'anno scorso con i vecchietti dell'OMNIA, e mentre quelli ridono e si divertono a spaventarsi tu spiegherai che durante la gita è stato realizzato un servizio fotografico e chi volesse avere qualcuna di quelle foto la potrà ordinare eccetera eccetera e gli sbatti in mano il bigliettino del negozio.

Gli sembrava di aver esposto tutto in modo abbastanza chiaro, tuttavia si fermò un momento per lasciare che la sua idea decantasse a dovere nella mente del Pirata. Quando giudicò che i vantaggi che il suo progetto presentava avessero acquisito una loro consistenza aggiunse:

- Così chi fra loro lo vorrà potrà avere una foto ricordo insieme a te.

Una piccola moina alla vanità del Pirata era doverosa. Gli occhi di Gualtiero, infatti, s'illuminarono; impercettibilmente, ma altrettanto inequivocabilmente.

Edo lasciò scorrere un altro breve istante, quindi stoccò il colpo finale:

- In pratica, io mi guadagno la pagnotta e a fine stagione ci sarà un migliaio di turisti che tra i loro ricordi avranno anche una foto dell'Iris, e questa è tutta pubblicità in più, e soprattutto a costo zero. Che ne dici?

La risposta fu esattamente quella che si aspettava:

- Non mi sembra affatto male come idea. Sennonché non posso decidere da solo. Facciamo così, tu lasciami parlarne con calma al mio socio, e domani ti dico.

- Perché non adesso?

- Perché quattro ore di timone in laguna stancano, e queste sono cose da affrontare a mente lucida. Tu lascia fare a me, che il mio socio lo conosco bene.

Edo annuì con un cenno del capo.

- Ah, dimenticavo – A quel punto occorreva anche il dolce di fine pasto: Edo adottò un tono di voce di chi avesse voluto sottolineare qualcosa di ovvio – naturalmente, se lo riterrete opportuno, vedremo di considerare un'equa percentuale per voi. Quel che è giusto è giusto, no?

- Ma no, non è questo… È che abbiamo già avuto un'esperienza mica troppo positiva con quelli del CENTRAL PHOTO qualche anno fa .

Porco giuda, questo non era previsto. Edo si grattò la barba.

- Ah sì?

- Ciò, niente di che; solo che oggi c'erano domani no… insomma, facevano un po' come volevano, e questo modo di lavorare a noi non piaceva. O ci sei o non ci sei. Noi non vogliamo essere il tappabuchi di nessuno; è una questione di rispetto.

- Mi sembra naturale – commentò Edo alquanto sollevato – Se ci si prende l'impegno lo si rispetta fino in fondo: o sempre o mai.

- Esatto. Diciamo che se si decidesse di fare 'sta cosa, dovrai essere presente tutti i giorni e per tutta la stagione o non se ne farà niente. Ci siamo capiti?

- Alla perfezione.

- Bene, allora se ripassi domani… diciamo qui a quest'ora, ti darò una risposta. Comunque vai tranquillo, è più sì che no.

- Molto bene – disse Edo alzandosi – e speriamo, va là, ché

l'anno scorso mi sono anche divertito con voi.

Caorle, stanza, ore quasilesettedisera, lunedì nove giugno di quest'anno

Ehi Dio? ci sei? Si vero?Mi raccomando eh? Non mollare proprio adesso.
E se per caso vedi qualche satanasso che ci sta per mettere lo zampino, tu dagli un bel calcio apotropaico nelle terga e rispediscilo in cantina, ché io devo lavorare.
Adesso ti saluto perché devo andare in lavanderia a torre la roba pulita, ché non ho più camicie da mettermi e quella che ho intorno addosso incomincia a puzzare come un'ascella sul sentiero di guerra.
Sarà utile procurarsi anche un pelino di deodorante.

Ili pri

53

I due argentini arrivarono. Entrambi sulla cinquantina, più che abbronzati erano molto scuri di carnagione; un colorito tendente al mattone, e non certo dovuto al sole di Caorle. A volerla cercare, nei loro tratti qualche traccia di Geronimo o Toro Seduto si sarebbe trovata.

Quello più alto, capelli neri tagliati corti, ostentava uno sguardo furbetto da malandrino, del tutto stridente con la sua faccia di pellerossa stanco. L'altro, un po' più basso, foggiava una folta capigliatura argentea che, tuttavia, non bastava ad eguagliare il carisma del collega di cui subiva palesemente la leadership. Se l'aspetto della coppia fosse stato quello di Ollio e Stanlio le loro movenze avrebbero calzato a pennello: "...mmm-m! Vado prima io" l'uno, "...spallucce" l'altro.

Seduto poco lontano, Edo li stava osservando mentre installavano la scarna strumentazione. Qualche brandello di conversazione arrivava al suo tavolo, ma quanto a capire cosa dicessero era un altro paio di maniche: il castigliano stretto era tosto. No, che non fossero brasiliani era evidente.

Walter si avvicinò alla loro postazione. Strinse la mano ad entrambi e si soffermò a parlottare sottovoce. Dopo un po' tutti e tre si voltarono verso Edo. Subito dopo lo raggiunsero al tavolo. L'ombra di un sorriso aleggiava sui loro volti, sfumatura in cui Edo vide quanto si aspettava. Vi furono le spicce presentazioni imposte dall'etica, quindi Walter tornò alle sue faccende.

- Dice Valterio che tu ha un lavoro per noi – disse Miguel Angel, quello alto.

- Sì – rispose Edo – una pizzeria a Porto Santa Margherita. Se nel frattempo non hanno già trovato qualcun altro.

- Dove è questo Santo Margarita?

- Porto Santa Margherita è una località a tre chilometri da qui.

- Tu può portarci?

- Non ho la macchina – ammise Edo.

- Io ho una vuatùra, se tu vuole noi andare dopo finito qui.

Vuatùra? pensò Edo, sembrava più francese che spagnolo. Mah!

- Va bene, a che ora finite?

- Quando noi vuole. No problemi con Valterio; noi qui è liberi. Però poco dinèro, por esto noi cerca otro.

- Bé, decidete voi. Io non ho impegni stasera.

- Alora noi suona un poco. Poi, si tu vuole, vamos a Santo Margarita.

- Molto bene.

- Dice Valterio che anche tu suona la ghitara.

- Sì, anche a me piace bossanova.

- Tu ha già sentito noi?

Victor Ugo, quello basso dai capelli d'argento, anticipò la risposta di Edo:

- Sì, io visto lui ieri insieme a uno con mucho pelo in sua cabeza.

- È vero, ero qui con un amico. Siete molto bravi.

- Difficile la bossanova per italiani? – si informò Victor Ugo.

- Beh, diciamo che non è da tutti; perché?

- Porché italiani poco ritmo e molta melodia. Voi piace Al Bano, e otro, come se chiama... Clodio Villa.

- È vero – sorvolò Edo – infatti è difficile per me lavorare suonando solo bossanova.

- Tu no suona Al Bano?

- No, e neanche Claudio Villa. Te l'ho detto, mi piace suonare la bossa.

- Tu vuole suonare solo bossanova? In italia? Tu loco!

- Infatti, mi piacerebbe viverci, ma è impossibile. La gente non la capisce...

- Porché non suona tu in Santo Margarita? – riprese Miguel Angel.

Che fare? Spiegare che era arrivato a Caorle con un amico pre-

stigiatore il quale in quel caso si sarebbe trovato sulla strada?
Ammettere che non era preparato per affrontare serate da solo?
Decise di tagliare corto:
- Perché ho trovato lavoro come fotografo.
- Tu fa fotografie? Qui a Caorle?
– Bé, sì…
- Allora si tu vuole un giorno fotografa noi con ghitare così poi
abbiamo ricordo di Italia?
- Volentieri.
La conversazione era piacevole. Edo era compiaciuto dal loro
atteggiamento cordiale; se il loro contratto in pizzeria fosse an-
dato a buon fine - ma forse anche lo stesso - avrebbe coltivato la
loro amicizia, magari avrebbero suonato qualche volta insieme
a loro come special guest… quante cose gli avrebbero insegnato!
- Prendete qualcosa? – propose. I due si guardarono.
- Como tu dice?
Edo si rese conto che l'italiano approssimativo che maneggia-
vano non permetteva loro di comprendere a fondo i sottintesi,
così come, probabilmente, le metafore e i modi di dire. "Prendete qualcosa?" per loro avrebbe potuto significare qualsiasi
cosa. Gli sovvenne un aneddoto del Beppe: aveva raccontato ad
un londinese di aver perso il treno, e questi, alquanto stupito,
aveva commentato che occorreva essere di certo molto distratti
per smarrire un oggetto così ingombrante.
- Dicevo qualcosa da bere… volete che beviamo un bicchiere di vino insieme?
Miguel Angel guardò l'orologio:
- Prefero dopo che noi suonato, porché se boracio lui no suona
bene – e diede uno scherzoso scappellotto a Victor Ugo.
- È lui che ciempre boracio! – si difese Victor Ugo ridendo – io
beve solo agua, quasi.
Edo intuì che "boracio" volesse dire brillo o qualcosa di simile.

Bah, glielo avrebbe chiesto in un altro momento. Forse.

La pizzeria era semivuota. Evidentemente, pensò Edo, il lunedì è sempre lunedì, ovunque e comunque. Infatti, ripensandoci, anche all'enoteca non c'era un granché di gente, e le strade, né a Caorle né a Porto Santa Margherita, si presentavano nel loro aspetto brulicante tipico delle località turistiche.

- Ti ho procurato la musica che cercavi – disse Edo a Claudio – e che musica! Claudio scrutò i due musicisti con piglio critico: sembrava non trovare nei loro volti un riscontro a quanto avesse immaginato per il suo locale; di sicuro la collaborazione di due "indios" come quelli che si trovava davanti non era mai stata tenuta in considerazione. Chissà, pensò infastidito Edo, forse questo è uno che si accontenta di un tastierista di plastica, come ce ne sono tanti...

- Dammi retta. – disse dopo l'incrociarsi di strette di mano di prammatica - Tu provali, poi mi dirai. Io non voglio influenzarti, ma di gente che suona come questi qui non se ne trova tantissima sulla piazza. Tu fagli fare una serata, poi decidi, no?

- Mmm, penso che questo si possa fare – ammise Claudio. - Vado a parlarne un attimo con mio padre. Prendete qualcosa intanto?

Edo ordinò una birra. Lo stesso fecero i due chitarristi. Claudio si allontanò.

- Tu dice che va bene? – chiese Miguel Angel. Le sopracciglie alzate accentuavano una ruga di apprensione.

Victor Ugo tamburellava nervosamente sul tavolo. A Edo fu subito evidente che quel contratto era molto importante per loro. Sperò che andasse a buon fine. Tuttavia non volle sbilanciarsi con una risposta azzardata.

- Credo che una serata di prova la dovrete fare. È una prassi normale.

- Tu dice che migliore che noi prende le ghitare adesso? – domandò Miguel Angel.

- No. Io penso sia preferibile che facciate una serata in piena regola. Anche perché, nel malaugurato caso che poi decidessero di non prendervi, almeno una serata ve la dovranno pagare.

Gli occhi di Miguel Angel si strinsero sopra un sorriso complice:

- Tu è molto furbo. Ma cosa è malagu? Maluguru?... Malaugurato?

- Ecco si, mala...gurato.

- Sfortunato – tagliò corto Edo. Claudio si stava avvicinando con le birre.

- Dice mio padre che va bene. – disse a Edo. Poi si rivolse a Miguel Angel: - Quando potremo sentirvi?

- Se tu vuole noi viene domani sera.

- Molto bene. E quanto chiedete?

I due si guardarono un breve istante, quel tanto che bastò a Edo per dare due eloquenti colpetti di ginocchio alla gamba di Miguel Angel e prendere la parola.

- Non preoccuparti di questo per ora; ti costeranno meno di quanto pensi. Ma prima ascoltali, così saprai con chi hai a che fare.

Claudio sembrò un po' deluso, forse infastidito dalla presa di posizione di Edo.

Lui avrebbe voluto sapere subito, come tutti i gestori che ancor prima di sapere cosa stanno comprando si informano su quanto dovranno scucire.

- Ci sono alcune cose da considerare prima di parlare di cachet. – continuò Edo – Ad esempio l'orario, le pause. Voglio dire: dovranno suonare non stop o mezz'ora sì e mezzora no? Oppure preferisci una pausa di dieci/quindici minuti ogni ora? E poi, i pasti sono compresi nel prezzo?... Insomma, io direi che prima dovrebbero farti questa serata e poi, se tu e tuo padre sarete soddisfatti della loro musica, parlerete di tutto il resto.

- Mi sembra giusto – ammise Claudio stringendosi nelle spalle.
- A proposito di pasti – aggiunse Edo – io avrei un po' di appetito. Che ne dici di portarci una Margherita tagliata a spicchi, che ce la spilucchiamo?
- Va bene.
Claudio si allontanò. Più che un trancio di pizza era questo che Edo desiderava. Sopra il tavolo aleggiavano alcuni punti interrogativi i quali reclamavano le loro risposte.
- Porché tu no ha voluto che noi dice lui nostro prezzo? – chiese infatti Miguel Angel.
Edo sorrise:
- Quanto guadagnate da Valter passando col cappello?
- Venticinque mila lire, trenta… Il sabato anche quaranta, qualche volta.
- Per cui quanto avreste chiesto qui?I due si guardarono.
- Cinquantamila lire per ogni sera? – suggerì Victor Ugo poco convinto.
- Cinquantamila lire è molto bene – confermò Miguel Angel – ma anche quaranta è bene, se tutte le sere…
Più una pizza a testa?
- Se loro ci dona anche una pizza o uno spaghetti è migliore.
- E se io vi dicessi che questi qui sono disposti a darvene... diciamo ottanta, oltre alla pizza?
- Ottantamila lire? Tu è loco!
- No, non sono loco – Edo appoggiò i gomiti al tavolo e abbassò la voce. – È una cifra che pagheranno senza problemi, credetemi, e forse anche qualcosina in più.
Miguel Angel socchiuse gli occhi.
- Lui ha detto ottantamila lire?
- A dire il vero parlava di essere disposto ad arrivare anche fino a cento.
I due argentini si guardarono increduli. Centomila lire a sera era una cifra enorme, abituati com'erano a tendere il cappello

fra i tavoli.

Per un momento Edo fu colto dal timore di averli sovrastimati. Forse era stato abbagliato dalla loro destrezza nell'eseguire pezzi di bossanova. Quello era un genere che piaceva a lui e a pochi altri; sarebbero piaciuti anche a Claudio? E a suo padre? E, soprattutto, ai clienti della pizzeria?

Si grattò la barba, roso da un'irrazionale senso di apprensione.

Se, secondo loro, ottantamila lire a sera non erano nemmeno da tenere in considerazione quale cachet ottenibile significava che erano abituati a molto meno. Centomila poi...

Infatti, giravano col cappello... Bravi, d'accordo, ma mendicanti.

...anche quaranta va bene, se tutte le sere, aveva detto Miguel Angel. Porco giuda, ma come campavano questi? Di elemosina? Già, sicuramente Edo li aveva sopravvalutati...

E se loro, qualora avessero dato bado al suo consiglio di chiedere ottantamila lire, avessero poi perso il contratto proprio a causa di quella esosa richiesta?

Esosa?

Ottantamila lire a Verona li si chiedeva a testa... Altro che esosa!

Uff, che casino, pensò, non potevo evitare di intromettermi? Li ho portati qui e li ho presentati a Claudio, no? non era sufficiente questo?

No! Bisognava far colpo su di loro, ecco il punto.

Però per essere bravi erano bravi; Dio buono, non ci si poteva sbagliare su questo.

- Comunque io vi consiglio di non chiedere più di ottantamila.
- Disse Edo risoluto - Vedrete che accetteranno.

Improvvisamente percepì da qualche parte nella sua mente farsi strada qualcosa di sgradevole. Una specie di vortice buio popolato di confuse forme e indistinte sensazioni: freddo, sgomento, solitudine, disperazione... Rivide se stesso in un caotico rincorrersi di sfocate immagini: un tassista con un giornale sulla testa che gli corre incontro sotto la pioggia… sinistre figure che spiano da una finestra… un oscuro senso di colpa dal sapore di menzogna… qualcuno che propone di chiamare la polizia… e la voce di Maurilio Bussola detto il Seppia che lo deride invendo: «Un demente, ecco cosa sei, un mentecatto che dalla vita non otterrà mai niente di buono»

Il tempo si dilata. Si ferma.

Passato e futuro si fondono, si compenetrano.

Lo spazio racchiuso fra un tic e un tac si estende fino a abbracciare l'immensità dell'universo.

Miguel Angel e Victor Ugo sembrano immobili. Eppure parlano. Si stanno dicendo cose incomprensibili, cose che riguardano Edo, la sua inettitudine. Lo deridono. Si fanno beffe di lui. Lo considerano un pazzo; gliel'hanno detto già due volte stasera… "loco, loco, loco…" ora ridono… parlano in spagnolo per non farsi capire, ma Edo sa che lo stanno schernendo.

Lo sa!

Non può essere che così, perché è questo che la sua presunzione merita.

Ma certo! Questi sono i momenti di vera lucidità! Non gli altri, quelli appartenenti alla cosiddetta "normalità". Questa è la dimensione della conoscenza! Tutto il resto è allucinazione, inganno dei sensi o, peggio, cecità.

Un suono sordo, profondo, come il pauroso rombo che precede il terremoto. I volti dei due chitarristi si deformano. Incutono timore. I loro sguardi, prima ridenti, ora si fanno beffardi, malvagi. Laddove poco prima Edo coglieva una sorta di gratitudine ora avverte solo disprezzo, biasimo, compatimento.

Vorrebbe fuggire. Ma dove? Da chi o da cosa? Dovrebbe evadere dalla sua stessa mente.

Un sasso lanciato nello stagno.

Suo fratello fiducioso fa scivolare il dito sulla lama del temperino. Il sangue, le lacrime: il tradimento.

E poi il rimorso.

L'ago di una siringa. Il nauseante odore dell'astinenza. Odore di gas.

Paolo Raffaelli arriccia il naso.

La chitarra si sfascia sopra il paracarro... e Marzio grida: «Adesso mi devi cinquantamila lire!»

Fausto del Corto Maltese strappa una locandina.

Oriella tormenta una cannuccia mentre Elvira e Federico si allontanano ridendo. Edo ha paura. Fugge.

Decine di donne senza volto lo inseguono fameliche di sesso.

Un energumeno di nome Mirella lo prende a pugni per difendere il nome della sua fidanzata cui Edo aveva dato della puttana.

E il rombo del terremoto permea ogni cosa tutt'intorno, come una tetra musica che accompagni un macabro rituale di orrore e morte.

È Edo la vittima designata! Immolato sull'altare della propria alienazione. Offerto in olocausto a una musa esigente e ingrata.

Si indovinano avvoltoi disegnare cerchi in un cielo cupo di nuvole.

Cacofonia di voci lontane. Fra tutte si distingue quella di Miguel Angel:

- Tu esta molto pallido. Non ti sente bene?

Uno spiraglio di luce. Un lembo di realtà cui aggrapparsi:

- Non so... forse... la birra... ho bevuto troppo in fretta... vado un momento in bagno.

Qualche minuto dopo Edo tornò al tavolo. Si era risciacquato il viso. Adesso andava decisamente meglio.

Caorle (VE), Lunedì 9 giugno 1986, ore non lo so e non me ne frega un cazzo. È buio. Anzi, a voler essere precisi è già martedì, perché mezzanotte è passata, almeno credo, e se non è passata passerà. Tutto passa! Sempre.

Stasera (ieri, dal momento che adesso siamo già a domani) mi sono sentito poco bene. Era un inizio di crisi di panico o d'ansia o come cazzo la si vuol chiamare. Ma è passata abbastanza subito. Appena mi sono reso conto che il mio cervello stava battendo in testa me ne sono ito al cesso. Ivi giuntovicivicisivi, anche se non avevo sete, mi sono attaccato al rubinetto e ho bevuto un po' di acqua. Poi mi sono bagnato la faccia e infine mi sono sforzato di pisciare, anche se non mi scappava mica, non mi scappava. Mica. Mi dibbi che se quel malessere era una roba di testa avrei dovuto spostare l'attenzione altrove. e ha funzionato! un paio di minuti (o anche meno) ed ero in forma come un kilo di parmigiano intonso. Poidopo, quando tornai al tavolo, vi trovai una camomilla, ché i due indios (che gentili) avevano ordinato for mi. Io ne bevvi un sorso, tanto per gradire, ma un attimo dopo già ordinavo una birra, ché a me la camomilla mi mette tristezza. Miguel Angel mi dibbe che, considerata la situesciòn, la cerveza non era proprioproprio indicata come terapia, ma io gli dissi che andava tutto bene e che non si preoccupasse e che sapevo quello che facevo.
Bah, tutto sommato sono contento. Forse ho trovato un modo per scantonare dalle mie paranoie. Spero.

Ala pro

Pro

Ore non lo so (ma sono passati più o meno dieci minuti da dieci minuti fa. Sono disteso sul letto già da un po', ma il sonno non giunge (ora però sono al
tavolo, dato che sto ancora scrivendo).
Fanculo, va là!
Mi sono acceso la milllliardesima sigaretta.

Avessi almeno un tòcco di radio da ascoltare...o un Beppe Caso-
lari qualsiasi che mi parlasse parli di filosofia...magari prenderei
sonno...

Finita sigaretta.

A volte vorrei aprire la mia testa per vedere cosa c'è ci sia dentro
(dovrò decidermi a stare attento ai congiuntivi quando scrivo. Per
esempio confondo spesso l'imperfetto col presente). Bah, chìssene.
Tanto chi leggerà mai le mie stronzate? I posteri? Quali posteri?
Semmai i posteriori.

Certo, se sapessi che un giorno qualcuno aprirà questa agenda scri-
verei in modo più... più... boh, più cosa? Accesa miliardunesima
sigaretta. Aperta finestra.

Sembra che il tempo non passi mai, invece la sigaretta è già finita.

  Caro Postero,

voglio dirti che sto attraversando un periodo per definire il quale
dovrei poter disporre d'un linguaggio che a tutt'oggi non mi è dato
di possedere. Con la nuda descrizione degli avvenimenti cui mi
sono imbattuto nel corso di questi ultimi tre mesi non ti comuni-
cherei, infatti, che un insignificante brandello di quanto desidere-
rei portarti a conoscenza, e l'uso del verbo, così per come lo conosco,
non può compendiare la complessità delle emozioni che quegli stessi
accadimenti implicavano e seguitano a comportare ancora oggi...
Bello, no? non ho detto un cazzo, ma l'ho detto bene.

  Ala pro, va là, che provo a dormire.

54

Come ogni giorno a quell'ora Paola tagliuzzava mele e pesche per la macedonia da servire la sera. Se tale compito era affidato a lei e non ad un aiuto cuoco, il titolare del Petronia un suo tornaconto sicuramente lo trovava; Roberto l'aveva dipinto come un tirchio della madonna. Edo ne aveva avuto conferma osservando che la frutta impiegata non era una bellezza; probabilmente era roba di scarto comprata a due lire da qualche fruttivendolo compiacente della zona. Ciononostante, una volta che fosse stata mondata delle parti ammaccate o guaste e trasformata in una dadolata da mettere nelle ciotole da dessert, coadiuvata da un po' di zucchero, vino e succo di limone, la sua parte l'avrebbe fatta lo stesso. Tanto, che ne sapevano i clienti? Edo ripiegò il giornale e lo spostò a lato del tavolino per lasciar posto al Beppe che entrava proprio ora con la "sua" reflex a tracolla. Di quanto Edo aveva letto per quasi mezz'ora ricordava solo la data: Martedì 10 giugno.

Tornato verso le due del pomeriggio, il Beppe se n'era andato subito a dormire: il viaggio andata e ritorno Caorle/Verona, la ricerca della sorella, che non riusciva a trovare, alla quale chiedere la macchina fotografica, l'afa anomala e opprimente di quei giorni, lo stress dovuto a tutti questi cambiamenti repentini a cui non era abituato, dice, l'avevano spossato. Un paio d'orette di riposo, aveva detto, gli ci volevano.

- Va bene Beppe - aveva detto Edo - se proprio hai sonno... vorrà dire che io vado a fare un giretto per il paese.

Ora erano quasi le cinque e mezza. L'appuntamento col Pirata era fissato per le 18 e 15, minuto più minuto meno, ora del ritorno dal giro lagunare dell'Iris. Per arrivare al luogo dell'attracco camminando di buon passo gli sarebbero occorsi non più di dieci minuti. Non era il caso, perciò, di incamminarsi eccessivamente anzitempo, abbandonando subito il nuovo arrivato, anche se un briciolo di apprensione in fondo in fondo lo avvertiva. Edo sperava per il meglio: il conseguimento di quell'accordo con Gualtiero lo avrebbe pregiato della tranquillità economica e mentale tanto desiderata, anche se, e se ne rendeva conto, fatalmente effimera nei limiti della sua estiva stagionalità. Tuttavia, settembre era ancora lontano: il pensiero di cosa avrebbe fatto dopo non lo sfiorava nemmeno. Figuriamoci! Da cosa nasce cosa, era solito ripetersi; l'importante era cambiare registro rispetto alla deteriorante dissennatezza vissuta fino a una settimana prima a Verona. Ora questo cambiamento era in atto, e tanto bastava.

- A cosa serve questa ghiera numerata? - Chiese Beppe rigirando tra le mani la Yashica di sua sorella.

- È per la regolazione dei diaframmi. - spiegò Edo prendendogli l'oggetto dalle mani - Qui sopra, invece, ci sono i tempi... vedi? più è alto il numero più breve è il tempo di esposizione.

Beppe si riprese la fotocamera. Sembrava un bambino geloso del proprio giocattolo. Poi, occhio nel mirino, provò a girare la ghiera:

- Non si notano differenze... come si fa a sapere che diaframma e che tempo usare?

- Guardaci dentro tenendo premuto leggermente il pulsante dello scatto. Lo vedi un led acceso?

- Sì?

- Di che colore è?

- Rosso.

- Rispetto al centro del quadro si trova in alto o in basso?

- In basso a destra.

Significa che devi allargare il diaframma. Oppure darle più tempo.

- Quanto devo aspettare?

- Cosa?

- Quanto tempo bisogna aspettare?

- Aspettare cosa, porco giuda! Beppe che cacchio stai dicendo?
- Ma se hai appena detto che devo darle tempo!
L'occasione era troppo ghiotta:
- Ti spiego: - Edo assunse l'aria dell'insegnante paziente e disponibile.
- Allora, adesso guarda nel mirino e inquadra... che so... la Paola. Beppe docile obbedì.
- E adesso? - Chiese con la bocca storta nello sforzo di tener chiuso l'occhio che non stava usando.
- Adesso rimani immobile e trattieni il fiato diciamo... per un quarto d'ora e poi scatta.
La risata di Paola arrivò ancor prima che Beppe riprendesse a respirare. Si mise a ridere anche Edo.
- No, dai! - supplicò Beppe un po' imbronciato - è già difficile lo stesso. Se mi fai girare a vuoto per divertirti io non imparo più.
Povero Beppe. Dal suo punto di vista aveva anche ragione. Era stato Edo a convincerlo a rimanere a Caorle a scattare foto, con la promessa di insegnargli quanto bastava per lavorare, e adesso lo canzonava a causa della sua inesperienza.
- Senti - disse - adesso non ho tempo di spiegarti per bene tutto l'ambaradan, perché devo andare a sistemare una cosa.
- Dove devi andare? - Beppe sembrava deluso.
- Non preoccuparti. - Lo rassicurò Edo spiccando il suo borsello dallo schienale della sedia - Poi ti dico. Vediamoci qui fra una mezz'oretta. Ok?
E senza attendere risposta uscì.

Caorle, ore 02 circa Giugno 1986 martedì 10 notte (cioè mercoledì 11 mattino presto) ambarabacicicocò.

Il Beppe sta imparando ad usare l'automobile (macchina) fotografica. Per essere totalmente alieno a tal mondo (quello fotografico) è anche troppo bravo (nel senso che capisce abbastanza subito quello che gli si spiega). Rimane da vedere (ma lo sapremo domani (oggi) quando vedremo il provino del rullo che ha scattato stasera) se ci coglie in quanto a messa a fuoco e inquadratura.

Però di scatti con la luce del giorno ne ha fatti pochi, because ormai era tardi, perciò l'argomento diaframmi e tempi di posa lo dovremo riprendere in mano anche domani. Il maggior numero di scatti li ha fatti stasera (ieri) sulla passeggiata del Petraus col flash (gli scatti, non il Petronia), e col flash il tempo della Yashica (dice Roberto) deve essere regolato a un 128esimo e il diaframma non ha molta importanza, basta sia più o meno a metà.

Vedremo.

Mi piacerebbe avere un po' di sonno, così dormirei. Invece no! Eppure non si può dire che abbia dormito molto in questi ultimi giorni. Penso che dovrei trovare un sistema per rallentare i pensieri che si rincorrono sotto i miei capelli saltellando fra ricordi remoti e recenti, aspettative e speranze, sensazioni di appagamento e di delusione, piccoli rimorsi e... bah! Fanculo!

---

ore non lo so, ma rispetto a poco fa sono un po' più vecchio di almeno una mezz'ora. La data, ovviamente è la solita (da qualche ora a questa parte), ma sono sicuro che entro una ventina/ventiduina di ore cambierà in modo irrevocabile e definitivo.

Sono stufo anche di scrivere. Ma cos'altro posso fare? Suonare la chitarra? col Beppe che ronfa? Uscire e andarmene a fare due passi notturni per le vie caorlesi? e poi quando dormo più? ché oggi pomeriggio devo affrontare il mio primo giorno sulla barca... e stamattina col Beppe dovremo scattare almeno un rullino a testa

*in spiaggia... e prima della chiusura meridiana del Tourist dovrò
anche passare a prendere dei rullini, Dio buono, che incomincio ad
esserne un po' a corto.*

*Bah! è meglio che mi stenda sul letto e cerchi di agguantare il son-
no, va là.*

ala pro

Caorle, ancora oggi ore circa più o meno 1986

*Alla fine sono uscito. Sono seduto su un muretto in fondo a via
Cao Terrà, la via principale. Caorle è vuota come il pitale di un
astemio appena andato a dormire. Sono illuminato dalla luce di
un grosso lampio (gh gh gh), onde per cui ci vedo bene e posso scrivere, anche se, a dire il vero vero vero, non sono mica tanto comodo
in tal guisa ubicato. Avevo provato a sdraiarmi sul letto con tutta
l'intenzione di dormire di cui potevo disporre, ho spento anche la
luce, per dire. Ma ghe sta gnén de fèr (come dicono da qualche
parte in Romagna). Avevo pensato di proiettarmi in situazioni
piacevoli, ma il problema era trovarle: quali situazioni piacevoli? a
parte il sesso (con Katia) di piacevole negli ultimi tempi ho vissuto
assai poco. D'accordo, anche con Oriella il sesso era piacevole, ma il
ricordo di quei momenti sono legati ad altre situèscion, le quali di
piacevole hanno ben poco, a parte qualche risata. Il sesso con Anna?
toh, fuma! Con quella bionda slavata... aspè, come si chiamava?
Teresa, mi pare... Boh? non mi ricordo neanche che faccia aveva,
figuriamoci la trombata! Mi sono rivisto a zonzo con la moto, ma
illico si sono appicciccate dietro tante di quelle immagini negative
che più che su una moto mi pareva di essere sopra una automobile
americana con su scritto "JUST MARRIED", con tanto di barat-
toli rotolanti legati dietro con lo spago. Allora ho provato a pensare
al domani: mi sono visto sul battello intento a scattar foto col pirata vestito da pirata che faceva il pirata... ho provato a "vedermi"
a fine settimana con una cifra di banconote guadagnate col mio*

nuovo lavoro spendere e spandere senza ritegno pagando da bere a tutti ridendo e scherzando, ma subito mi sono dato del coglione segaiolo. Poi mi sono visto suonare "Samba De Aviao" coi due indios all'enoteca del Walterio, come lo chiama Miguel Angel, e tutta la gente applaudirci alla fine del pezzo, ma dopo un attimo più breve di un nulla mi sono sentito in dovere di aggiungere illuso cronico al coglione segaiolo di prima.

Per fortuna che mi scappa da cagare, va là, e devo fuggire in direzione del cesso, così la smetto di scrivere cazzate.

si, si, ala pro, ala pro.

A proposito: chissà come è andata ai due argentini alla pizzeria di "Santo Margarita". Saranno riusciti a rimediare il loro contratto? Io il mio ce l'ho fatta... speriamo anche loro. Domani passo all'enoteca e chiedo informazioni.

Basta dai! una passeggiata l'ho fatta, defecato ho defecato, il tubo di scarico dei pensieri l'ho scrostato da un bel po' di scorie... adesso devo dormire.

Mi giunge in mente: se un uomo, quando defeca dicesi "va di corpo", quando caga un angelo è corretto dire che "va di anima"?'

notteee...

Seduto sulla panca semicircolare di poppa della motonave Iris Edo armeggia con la Nikon. Disseminati per la barca, una trentina di turisti, la maggior parte tedeschi, ce la mette tutta per riempirsi gli occhi col paesaggio lagunare compreso nel prezzo del biglietto d'imbarco. Anche se, a dirla tutta, la laguna è di una noia tale che, al confronto, un solitario a carte sembra un film di Franchi e Ingrassia. Due vecchie carampane impettite, probabilmente inglesi, annusano l'aria assumendo l'aspetto di non gradire l'odore salmastro misto nafta combusta che pervade l'ambiente. Una giovane mamma assolutamente senza tette sbuccia una banana a beneficio del figlioletto, il quale insiste invece nel volere una Coca Cola. Il figlio del nocchiero gracchia nel microfono qualcosa in tedesco; immediatamente decine di teste si voltano in direzione di un airone che pigramente si leva dal pelo dell'acqua verdastra per andarsene per gli affari suoi. Ogni tanto il tetto di canne di un casone emerge dalle fronde mostrandosi ai naviganti nella sua essenziale etnicità. Il rampollo del comandante, sempre coadiuvato dall'altoparlante, ne enfatizza la presenza tirando in ballo Ernest Hemingway e il suo "Di là dal fiume e tra gli alberi". Una rubiconda matrona, capelli tirati in una crocchia sulla nuca alla Ave Ninchi, redarguisce un sessanta-sessantacinquenne mingherlino dallo sguardo rassegnato e triste, con tutta probabilità il consorte, per essersi stappato la seconda birra in poco più di mezzora. Insomma, la vita è bella. La serenità la fa da padrona. I pur pochi nodi di velocità del battello riescono ad aggirare il fastidio dell'afa stagnante esprimendosi ai viaggiatori nel surrogato di un'inesistente brezza. E tanto sembra bastare, al punto che tutti annuiscono eccitati commentando questo e quello. Probabilmente, nelle loro teste sono già in atto stesure di decine di aneddoti da spacciare ai congiunti a fine vacanza.

Ma Edo, immerso nella sua dimensione lavorativa, non riesce a condividere l'euforica esaltazione dei suoi occasionali compagni di viaggio. Perciò, sotto gli occhi di tutti, a loro insaputa scatta foto su foto, immortalando occhi ridenti e volti incorniciati da brandelli di cielo e mare.

- Ciò, hai già scattato qualche fotografia? - Gualtiero era venuto a sedersi vicino a Edo.

- Sì. - Edo controllò il conta scatti - Fino ad ora sono ventitré. Ma prevedo di terminare il rullino prima di arrivare all'isola. A proposito, a che ora ci arriviamo?

- Intorno alle quattro, quattro e dieci.

- Così tardi? - si stupì Edo - Ricordo che l'anno scorso con l'OMNIA arrivavamo entro un'oretta scarsa...

- Vero, ma con la colonia facciamo un giro più breve.

Edo si grattò la barba.

- Per i vecchietti avevamo confezionato un giro non troppo impegnativo - continuò il Pirata. - Se ricordi non partivamo dal porto, ma dal luogo dell'attracco serale, e di lì si andava direttamente all'isola. Il tempo di grigliare due sardine e via. A mezzogiorno erano già sbarcati tutti.

- Sì, ricordo. Ma aspetta un attimo – Disse Edo alzandosi.

Estrasse la fotocamera dalla custodia e, fingendo di riprendere il paesaggio, dedicò un paio di scatti alle due carampane britanniche che, occhi chiusi e capelli al vento, allungavano il collo per offrire i loro aristocratici lineamenti ai raggi solari.

- Perciò - riprese tornando a sedersi - il giro, diciamo così, ufficiale, cioè quello che fate il pomeriggio è più lungo...

- Quasi il doppio. Infatti, prima di sbarcare all'isola arriviamo fino al Lemene. Poi, per girarci per il ritorno, facciamo un largo giro oltre la foce. Ma vedrai.

Edo vide. Ma non poi molto. Infatti, prima di arrivare all'isola riuscì terminare il rullino e a scattarne quasi un altro, sicché la sua attenzione, più che al paesaggio in quanto tale, per tutto il tempo fu rivolta al conseguimento di immagini utili ad un reportage fotografico che raccontasse la gita in battello. Poi, con le istantanee che avrebbe preso durante l'abbuffata di sardine e, infine, gli assalti del pirata, con tanto di benda, bandana e coltellaccio fra i denti, sarebbero stati impiegati quattro rullini da trentasei. Rimaneva da vedere, ma questo sarebbe accaduto entro due o tre giorni, quante e quali di queste foto sarebbero state apprezzate, quindi vendute.

Come da programma, l'assalto alle sardine ebbe luogo alle sedici e trenta. Per imbrogliare i venti minuti di attesa che dividevano l'ora dello sbarco sull'isola dalla distribuzione dei pesci, mentre il Pirata armeggiava con graticole e carbonella, il figlio del capitano conduceva gli ospiti in una breve passeggiata informativa sugli usi e costumi degli isolani, con tanto di sbirciata da vicino ai canneti che da secoli fornivano la materia prima per la manutenzione del tetto del casone; fugace visita dello stesso; incontro col decano della piccola comunità che, piedi nudi e rete da pesca tra le mani, raccontava di come tutte le mattine, infischiandosene dei suoi novant'anni, raggiungesse Caorle con la sua barca a remi per portare il suo bottino ittico notturno al mercato del pesce.

E mentre tutti erano occupati a spalancare la bocca fino a slogarsi la mascella, avidi di siffatte fandonie impacchettate ad arte da Gualtiero e soci a giovamento del turista pagante, Edo scattava fotografie a più non posso.

Ma ecco che un cadenzato clangore ferroso richiama l'attenzione di tutti. Subito il figlio del comandante ne traduce il significato: la distribuzione delle sardine alla brace, pescate dal nonno la notte stessa in laguna, sta avendo inizio.

Ecco, dunque, una lunga coda formarsi davanti al barbecue e Gualtiero distribuire ad ognuno le spettanti due sardine, adagiate all'uopo sopra una salvietta di carta provvisoriamente assurta a dignità di piatto, tovaglia e tovagliolo, nonché involucro in cui racchiudere gli avanzi da buttare poi nel bidone della spazzatura. Ecco la giovane mamma senza tette cercar di far convinto il recalcitrante figlioletto ad assaggiare il suo pesce, e quello chiedersi perplesso cosa sia mai quella cosa bruciacchiata e maleodorante che sua madre vorrebbe fargli ingurgitare. Ecco le due carampane anglosassoni ingoiare d'un sol boccone, teste, lische e interiora comprese, i loro fish, quindi rimettersi in fila fingendo di nulla, nonostante vistose colature di unto adornassero i loro nobili menti. Ecco Ave Ninchi far proprie anche le sardine del marito, alle quali questi sembra preferire la sua birra. Ed ecco Edo, che finalmente si palesa quale fotografo ufficiale dell'Iris, girare fra i lunghi tavolacci sotto il pergolato chiedendo sorrisi a tutti per una foto ricordo.

55

- Quattro rullini? - Si stupì Beppe appoggiando il suo Campari col bianco bevuto a metà.

Nonostante l'inesperienza, ormai incominciava a farsi un'idea di cosa significasse "portare a casa" quasi centocinquanta scatti.

- E solo di pomeriggio poi!

Edo si alitò sulle unghie della mano sinistra e le lucidò sulla maglietta

- Che vuoi - minimizzò - quando uno è un genio...

- Senza contare quello che hai scattato stamattina in spiaggia.

- E quelli che scatterò stasera.

- Vuoi lavorare anche stasera?

- Pensavo di farti compagnia sulla passeggiata, se ti fa piacere... magari porto la chitarra, così i ragazzotti si fermano e tu fai pratica col flash.

- Io faccio pratica... e tu? Voglio dire, a parte suonare la chitarra.

- Beh, farai qualche pausa, no? Mi basterà far fuori un rullino, ché per oggi ho già fatto abbastanza, non credi?

- Beppe sembrò sollevato. Sapere di poter contare sull'appoggio di Edo durante la sua prima serata lavorativa gli era indubbiamente di incoraggiamento. La sera precedente aveva sì scattato qualche foto, ma quegli scatti erano da considerarsi più che altro prove. Il vero battesimo del fuoco di Beppe come scattino ufficiale era stasera.

I due rimasero in silenzio quasi due minuti. Paola, dietro il banco, spolverava pigramente alcuni bicchieri da cocktail che, evidentemente, non venivano usati spesso. Poco prima in negozio, insieme a Roberto e Michela, erano stati visionati i provini relativi agli scatti del Beppe e, come era ragionevole aspettarsi, commenti e consigli erano gravitati intorno alla necessità di ulteriore pratica. Affinché Beppe raggiunga il minimo di padronanza necessaria all'ottenimento di fotografie vendibili, aveva detto Roberto, occorre scattare, scattare e poi ancora scattare. Perciò niente preoccupazioni! Tutto sarebbe arrivato col tempo, ma non poi molto.

- Che si mangia stasera? - chiese Edo sbadigliando – io incomincio ad aver fame.

- Non ne ho idea – Beppe schiacciò il mozzicone di sigaretta nel posacenere

– Ma... non hai appena detto di aver mangiato una decina di sardine sulla barca?

- Intanto non era sulla barca, ma sull'isola, e poi non erano proprio una decina... saranno state sette... otto.

- Beh, otto sardine sono sempre otto sardine. - sentenziò Beppe.

- Cosa vuoi che siano otto pesciolini grandi così? – Edo indicò quale esempio l'accendino Bic dell'amico – una volta che hai tolto testa, coda, lisca, pelle e interiora cosa ti resta?

- Ma della sardina, specialmente se piccola, si mangia tutto – Beppe allargò le braccia – cosa stai lì a pulirle?

- Scommetto che l'hai imparato a Londra questo modo di mangiare il pesce.

- Esatto – Ammise Beppe grattandosi la testa – Ma tu come lo sai?

- Te l'ho detto no? quando uno è un genio...

- Più tardi ti insegno un trucco per facilitarti la messa a fuoco di notte – Disse Edo, togliendo il tovagliolo dal sottopiatto per lasciar posto alla porzione di spaghetti ai frutti di mare che il cameriere gli stava servendo - Ma prima ancora della messa a fuoco devi ottimizzare l'inquadratura.

- Cosa c'entra l'inquadratura con la messa a fuoco?

- Dio buono Beppe, dovrei avere la fotocamera in mano per spiegarti!

- Sì, scusa. È che non capisco...

- Allora è tutto normale.

- Come dici?

- No, niente, niente.

Edo si versò un secondo bicchiere di Verduzzo. Quindi si avventò all'arma bianca sugli spaghetti.

Beppe aveva ordinato un piatto di pennette al pomodoro e ora le stava letteralmente seppellendo di parmigiano grattugiato. Ma, evidentemente non pago della sua impresa, si fece portare dell'olio extra vergine d'oliva con cui si produsse in trionfo di cerchi e croci, fino a far diventare giallo-verde la quasi totalità della sua opera. Poi, testa piegata, guardò lungamente il risultato ottenuto e, con una smorfia di vago disgusto generata forse dalla consapevolezza di non poter tornare sui suoi passi, prese il pepe e coprì il tutto di nero.

- Un filino di aceto balsamico sarebbe la morte sua - Suggerì Edo serio. Beppe lo guardò indeciso. Poi scosse il capo e incominciò a inghiottire le sue pennette al pomodoro.

Le due tagliate di vitella all'aglio con funghi porcini su letto di rucola e radicchio rosa di Castelfranco che entrambi avevano ordinato quale secondo piatto, pur avendo un aspetto invitante, si rivelarono troppo cotte e dure. Inoltre, un ambiguo sentore di stantio la diceva lunga sull'impiego dell'aglio in quella ricetta. Considerando poi che tale scelta fu operata dietro suggerimento del cameriere...

Dopo i caffè di rito e due Unicum per cancellare il saporaccio lasciato da l'unico boccone di carne che ognuno aveva ingerito, al momento dei saluti, all'arrivederci del titolare del ristorante Edo rispose: - Non credo proprio.

Poco prima delle nove, Edo e Beppe erano già in agguato sulla passeggiata. Appoggiata la chitarra sul muretto, Edo si pose ritto a due metri da Beppe che lo inquadrava con la sua Yashica.

- ...dalla cintola in su, hai capito Beppe? Per il mezzo busto il volto dovrà risultare a tre quarti nel senso dell'altezza. E il più possibile al centro del quadro, non come le foto che hai fatto ieri, ché sei riuscito perfino a tagliare quasi mezza faccia a una ragazza. D'accordo che non era una bellezza, ma cacchio, poi quella una foto così mica la compra sai.

- Ecco, adesso ci sei - Disse Beppe, fotocamera in verticale davanti al naso e batteria del flash a tracolla.

Edo si grattò la barba. C'era qualcosa che non lo convinceva.

- Beppe?

- Sì?

- Penso che se la macchina la tieni in mano quel modo non ci arrivi mica a fine serata, sai?

- Perché?

- Perché prima della fine di un rullino non sentirai più il braccio per la stanchezza. A dire il vero quella sarebbe la posizione corretta, per via dell'angolazione del lampo, che deve arrivare il più possibile dall'alto, ma un centinaio di scatti fatti in quel modo stancano anche un professionista, figuriamoci un principiante.

- Come devo fare?

- Girala. Per i primi giorni il flash tienilo sotto, non sopra, e appoggia il gomito sulla pancia.

Beppe docile ubbidì.

- È vero – esclamò – così è più facile. Sembra quasi più leggera.

- Ripeto: quella non è la posizione da manuale, ché se dici in giro che sono stato io a insegnarti a scattare in quel modo mi prendo dell'incompetente per il resto della mia vita. Ma adesso stiamo cercando di risolvere i problemi legati alla messa a fuoco e all'inquadratura, e dal momento che non abbiamo mesi a disposizione... poi, fra qualche giorno si vedrà.

- Io mi fido di te – si adeguò Beppe.

- Bene. Adesso passiamo alla fase due: aziona la ghiera della messa a fuoco due o tre volte. Passa pure oltre il punto di nitidezza, hai capito? e torna indietro più di quanto servirebbe. Poi ripeti con movimenti via via meno ampi, fino a quando non mi vedi a fuoco. Hai capito Beppe?

- Credo di si.

- Fatto?

- Sì dai. Adesso ti vedo abbastanza nitido.

- Abbastanza è poco. Devi vedermi perfetto. Ci sei?

- Aspetta... Sì, adesso sei okay.

- Bene. Allora adesso io mi allontano e poi ti vengo incontro, come fossi un turista che va a passeggio. Tu inquadrami dalla cintola in su senza toccare la messa a fuoco e aspetta che arrivi alla distanza giusta. Quando vedi la mia faccia fra i due terzi e i tre quarti dell'altezza scatta. E io sarò a fuoco.

- Credo di aver capito. Non sono io che ti devo mettere a fuoco, ma sei tu che... come dire... avvicinandoti prima o poi verrai a trovarti... cioè... la giusta inquadratura funge da parametro...

- Ecco, sì. - tagliò corto Edo – Vedo che hai capito. Ora non ti resta che provare.

Beppe si grattò il cespuglio:

- Ma, tu, e anche gli altri scattini, fate anche primi piani e figure intere...

- Facciamo un passo alla volta, che ne dici Beppe? - disse Edo estraendo la chitarra dalla custodia - Per stasera accontentati dei mezzi busti. Poi, domani, dopo che avremo visto i provini, pianificheremo il da farsi per il passo successivo.

> *Caorle (VE) – Stanza in affitto vicinanze porto - Giovedì 12 giugno 1986 - ore piccole piccole (del mattino, anche perché le ore piccole piccole della sera non esistono).(almeno credo, perché qui non si sa mai). (non si sa). Comunque è buio eccetera eccetera.*

Uff! Che giornata!
Stamattina (ieri), sulla spiaggia del lungomare di levante o lungomare Trieste o come cacchio si chiama, ché ancora non ho ben

capito, col Beppe ci siamo passeggiati almeno una cinquina di kilometri da mille metri cadauno. A piedi! Sulla sabbia! Con la Nikon (io) e la Yashica (il Beppe) a tracolla. Io, a furia di immortalare putti e famigliole ho riempito un rullo. Il Beppe invece anche. Ma lui non solo putti e famigliole (con la scusa che deve imparare a fotografare ha fotografato tutto il fotografabile che gli capitava a tiro: il mare, la sabbia, i palazzi, il santuario della Madonna dell'Angelo, il santuario della Madonna dell'Angelo da lontano (perché camminando...), un gabbiano temerario venuto a posarglicisivicisivici a qualche metro... Io invece ho fotografato perlopiù mamme e bambini. Ma anche un paio di ragazze belline, due capelloni dalla pelle bianchissima (uno con una faccia da comunista rompicoglioni in licenza premio, l'altro con un paio di occhiali rotondi modello Fondo-di-bottiglia per miopi indigenti), una cicciona lucida di olio abbronzante che leggeva un libro dalla copertina variopinta, il Beppe mentre stava fotografando me che fotografavo lui, un bambino nudo che faceva la pipì e il gabbiano del Beppe che prendeva il volo.

Poi il sole ha incominciato a picchiare sodo. Avremmo desiderato farci una nuotatina rinfrescante, ma poi? con le macchine fotografiche? ché non avevamo neanche un asciugamano con noi? Fa niente va là: c'è gente che rinuncia a ben altro che un bagnetto al mare in un caldo mattino di fine primavera.

Poi, prima di mezzogiorno, siamo passati da Roberto e abbiamo consegnato i due rullini. Quindi, ci siamo spostati al Petronia per il Campari di prammatica e per un saluto alla Paola, che è sempre felice di vederci e ha lo sguardo sempre più birichino. Appena terminato il terzo giro di Campari, prima che Roberto ne ordinasse un quarto, il Beppe ed me siamo fuggiti gambe in spalla: d'accordo che non bisogna esagerare con la paura della cirrosi epatica, ché altrimenti non si vive più, ma neanche andarsela a cercare...

Poi, mentre il Beppe mi aspettava davanti una vetrina di scarpe, io sono tornato un attimo al Tourist a prendere i rullini per il pome-

riggio che, tra un Campari e l'altro, poco prima avevo dimenticato di farmi consegnare.

Poi, dal momento che a furia di aperitivi c'era passata anche la fame, anziché andarci a fare una pizza o un piatto di pasta (ipotesi che avevamo ventilato tornando dalla spiaggia), ci siamo introdotti in un negozio di generi alimentari per uscirne qualche minuto dopo con due panini, un etto di salame ungherese affettato sottile sottile (su richiesta del Beppe, il quale sostiene che l'ungherese va tagliato fino fino, altrimenti perde il suo non so cosa e bla bla bla e pissi pissi bau bau, che se fosse stato Marzio Stefanelli (le perline ci mette lui!)(sto beota!) si prendeva uno scappellotto da rimaner senza scarpe per almeno un quarto d'ora) e un paio di lattine di aranciata. Più una bottiglia di acqua minerale con le bollicine e una confezione di bicchieri di plastica, ché da tenere in stanza sono cose che vanno sempre bene. Quindi, ci siamo piazzati su una panchina ombreggiata, abbiamo imbottito i due paninazzi (sventrandoli con le mani, dal momento che coltelli non ce n'era) e ce li siamo pappati.

Poi siamo andati a dormire (io un'oretta poco più, il Beppe non lo so, perché quando sono uscito per andare al battello lui dormiva ancora).

Porco   giuda   porco!   La   mia
Papermate   comincia   a   fare   i   capricci. E
ne ha ben donde, dio buonissimo, ché di
kilometri ne ha fatti la sua parte negli
ultimi mesi. Dovrò cambiarle il refil. Per
fortuna avevo una Bic di riserva in fondo
al borsello, va là,
che sennò dovevo smettere di scrivere.
Però non mi ci trovo.Perciò smetto lo
stesso.
                Ala prossima

Giovedì 12 Giulio (Andreotti) dopo cristo. Stanza. Ore dieci e quarantaquattro minuti primi e 16, 17, 18, 19...

Stamattina non avevo voglia di andare in spiaggia col Beppe (e neanche senza Beppe). Intorno alle nove (immagino) mi ha chiamato, ma io l'ho mandato a dar via il culo alla Fittipaldi e ho girato chiappa. Mi sono alzato un'oretta dopo e sono andato illico a procurarmi un po' di frutta e le sigarette, quindi sono passato dalla cartoleria per la ricarica della penna e, visto che c'ero, mi sono comprato anche un orologio tipo Casio di quelli al quarzo da due lire, perché mi sono reso conto che non potevo andare avanti a occhio, Ieri, per dire, per paura di arrivare in ritardo all'imbarco proprio il primo giorno di lavoro, mettendo a serio rischio la mia intera estate sull'Iris, sono arrivato al porto con più di mezz'ora di anticipo.
Bah! fa niente. Ora il problema è risolto.
Simpatico Gualtiero! Una sagoma! Dopo la sua performance piratesca con distribuzione dei talloncini Tourist, (durante la quale ho scattato il quarto rullino!) abbiamo chiacchierato di gusto del più e anche del meno. Mi ha offerto anche una birra. Mi ha spiegato un po' l'andamento del business dell'Iris: Come già avevo immaginato, sull'isola dei pescatori col cacchio che ci vivono i pescatori; quello è un casone preso in affitto e allestito su misura per i turisti, gestito da una coppia di pensionati che partecipano agli utili dell'ambaradan. Il nonno novantenne? Un semi disadattato del luogo, raccattato all'uopo, che si guadagna di che mangiare recitando la parte del vecchio pescatore. In barca a remi fino a Caorle tutte le mattine? Ah, le risate! Le sardine? Arrivano direttamente dal mercato del pesce, altro che pescate nottetempo in laguna! Ma il cliente ha sempre ragione, e se vuole il folclore Gualtiero e soci glielo confezionano bello come il sole. Così non fosse, la gita in battello risulterebbe vuota e sterile, che già è una noia di per sé. Ma non è finita: poco prima dello sbarco a fine gita, quando l'altoparlante

trasmette il ballo del qua qua, il vecchio sull'argine che fa tanto divertire i turisti con le sue goffe movenze, non è mica lì per caso: è l'happy end della giornata. Così i turisti sbarcano sorridendo e conservano un buon ricordo dell'Iris.

Geniale!

Se non fossi sicuro di trovarmi a Caorle, verrebbe da pensare di essere a Napoli.

56

Sul muretto della passeggiata era difficile trovare un minimo di concentrazione. Per esercitarsi nell'esecuzione di "Apelo" di Baden Powell nella nuova versione in MI minore che, notte dopo notte, Miguel Angel gli stava insegnando, a Edo occorreva sicuramente un briciolo di impegno, ma sarebbe stata molto confacente anche un po' di tranquillità. Ma come fare a concentrarsi con tutte le ragazze che sfilavano davanti alla sua postazione? Passi per le bruttine, che quelle si potevano anche ignorare. Ma quando a fermarsi era una bella gnocca diventava difficile non buttare là un "ciao, come ti chiami" oppure "vuoi che ci facciamo fare una foto insieme". E tale difficoltà era accentuata dalla consapevolezza che ad attrarla aveva contribuito anche la sua chitarra.

Tutte le sere era così. Eppure, tra un flash del Beppe e un "ti piace la musica brasiliana", alle ventitré, insieme a un rullino e un paio di numeri di telefono, Edo portava a casa anche qualche piccolo miglioramento con la chitarra. Talvolta ci scappava anche un invito alla gita in laguna per l'indomani o per una passeggiata sul lungomare la sera stessa sul tardi.

Ecco che arriva la solita morettona.

Edo sollevò cautamente lo sguardo dalla chitarra per vedere a chi si riferisse il suo amico: la ragazza che si stava avvicinando era una splendida mora dalle curve alquanto generose, capelli mossi, abbronzata quanto basta, diciotto/vent'anni in bocca, le cui labbra un romanziere d'altri tempi avrebbe descritto come tumide e carnose come due ciliegie mature; sguardo furbetto, accentuato da due occhi nerissimi; il suo viso rimandava a quello di Laura Antonelli come Edo la ricordava nel film "Malizia". In definitiva, l'intera sua figura risultava armoniosa e sensuale, con quel tanto che basta di sporcacciona che non guasta mai.

- Mi sa tanto che quella me la dovrò assaggiare prima o poi —

disse quasi distrattamente Edo, riprendendo a suonare.

Beppe si strinse nelle spalle:

- Non credo che ti sarà difficile – commentò.

- Dici?

- Certo che no, è qui tutte le sere. Vedrai che si ferma anche adesso, e di sicuro non per me.

- Dici?

- Ma certo! A quella lì tu le piaci. Te lo dico io.

- Dici?

- Sei particolarmente loquace stasera, eh?

- Dici?

- Ma mi prendi per il culo?

- Eh? Ah no, scusami. E' che volevo finire il pezzo. C'è questo passaggio che mi fa tribolare.

Edo prese un profondo respiro e pose la chitarra sopra la custodia.

- Dicevi?

- Che le piaci.

- Alla mora?

- Sì, fidati. Ho occhio per certe cose. Lo studio della comunicazione neolinguistica mi ha insegnato molto.

Nel frattempo la ragazza era arrivata a tiro. Come Beppe aveva profetizzato si fermò vicino loro.

- Ciao. – esordì Edo – Cominciavo a preoccuparmi.

- Perché? - chiese stupita la ragazza.

- Sei in ritardo di ben due minuti.

- Mi aspettavi?

- Certo. Il tuo arrivo è l'unica cosa che renda la vita degna di essere vissuta. La ragazza rise:

- E' così noioso 'sto paese! Dove vuoi che vada? Almeno qui da voi c'è un po' di allegria.

Edo si accese una sigaretta. Ne offrì una anche a lei, e una al Beppe.

- Vuoi il cambio? - Chiese a quest'ultimo.

- Se vuoi – rispose Beppe, sfilandosi la tracolla della batteria per appoggiarla insieme alla Yashica sul muretto.

- Mettiti un po' vicino al mio amico – ordinò Edo alla ragazza – che vi faccio una foto.

- D'accordo – acconsentì lei – però poi ne voglio anche una vicino a te.

- Anche due o tre. - Edo prese la palla al balzo: – A patto che una la facciamo mentre ci stiamo baciando.

- Vai per le spicce tu, eh? Non sai neanche il mio nome e già mi vuoi baciare.

- Ma io lo so il tuo nome – bluffò Edo

- Ah sì? - La fanciulla appoggiò i pugni sui fianchi e inclinò la testa – Vediamo un po': come mi chiamo?

- Ildegarde.

- No.

- Adelaide.

- No.

- Deborah con la acca.

- No

- Senza acca?

- No.

- Col filtro?

Lo sforzo di rimanere seria della ragazza non sfuggì a Edo. Decise di calcare la mano:

- Sofonisba, figlia di Asdrubale Giscone e moglie di Siface, re dei numidi e imperatore degli arrosti con patatine fritte e maionese.

La giovane si mise a ridere dando l'impressione di non riuscire più a fermarsi.

- Daiii! - Riuscì a dire fra i singhiozzi – che mi si scioglie il trucco!

Edo lasciò passare qualche secondo: Far ridere una ragazza è

certamente un buon inizio, ma poi occorre cambiare registro: chi ride troppo finisce con essere poco ricettivo.
- Scherzavo – disse.
E guardandola negli occhi aggiunse in un sussurro:
- Una dea come te può indossare qualsiasi nome. Le calzerà sempre a pennello.

Quella sera Miguel Angel e Victor Ugo, avvertiti da Beppe, avrebbero dovuto aspettare quasi un'ora l'arrivo del loro giovane amico chitarrista. L'appuntamento, infatti, era alla mezza, come ogni notte. Ma alla mezza Edo sarebbe stato occupato in ben altre faccende.
Ines, così si chiamava la "dea" che Edo intendeva concupire (ma probabilmente era il contrario), si era presentata al TOURIST in tenuta ufficiale da primo appuntamento per villeggianti di provincia con papà al lavoro e collegiali in fuga domenicale: capelli ancora umidi di doccia recente raccolti e fermati di lato da un coso floreale sui toni blu, camicetta sbottonata color magenta annodata alla va là che vai bene un palmo sopra l'ombelico; top azzurro chiaro dalla scollatura generosa nelle cui profondità si erano immediatamente smarriti gli sguardi di Roberto e di tutti gli scattini; pantaloni blu elettrico talmente attillati da togliere ogni dubbio circa l'appartenenza al genere femminile della giovane. Il tutto in equilibrio su due tacchi a spillo vagamente anacronistici, ma che contribuivano nell'insieme al conferimento di una foggia da femme fatale.
- C'è Edoardo?
Domanda inutile: in un negozio di cinque metri per cinque, per affollato che fosse, un simile quesito poteva solo servire a gratificare Edo del sottile piacere di rivelarsi agli altri quale oggetto del desiderio di un simile mammifero.
- Complimenti al cuoco – aveva esclamato Carmine, ammiccante fino alla nausea.

- Giù la mani – si era fatto avanti Edo – questa è zona off limits. E presa la Ines sottobraccio l'aveva trascinata fuori.

- Ho detto qualcosa che non va in negozio? - aveva chiesto innocentemente lei.

- Figuriamoci. Quando si è belle come te non c'è niente che non si possa dire o fare - Una carezza alla vanità femminile era sempre una mossa vincente.

- Dove mi porti?

- Dove vuoi andare?

- Non saprei. Tu cosa proponi?

- Andiamo a vedere la mia collezione di ninnoli cinesi?

Era un pretesto di una banalità tale che, non fosse stato per il tono ironico con cui Edo l'aveva formulato, sarebbe potuto rivelarsi catastrofico. Ma Ines, che evidentemente al pari di lui cercava l'avventura, vi aveva colto, quindi accettato, l'implicito invito ad appartarsi per convertire in biblica la loro reciproca conoscenza.

- Di dove sei?

- Di Brescia.

- Bella città.

- Se lo dici tu.

- E cosa fai di bello a Brescia?

- Sono impiegata a singhiozzo in uno studio legale.

- A singhiozzo?

- A periodi, a seconda della mole di lavoro. In questo periodo, per esempio, sono in ferie forzate, chiamiamole così.

- Lavoro interessante.

- Ti dirò, due palle...

- Bé, non si può avere tutto dalla vita.

- No, ma con un lavoro più gratificante la vita sarebbe meno monotona.

- Non ci sono divertimenti a Brescia?

- Mah, se togli qualche discoteca non resta un granché. Ma tu?
- Io cosa?
- Di dove sei?
- Di Verona.
- E fai il fotografo anche a Verona?
- No, quello lo faccio solo qui per pagarmi il soggiorno al mare. Ma a settembre la stagione finisce.
- Ma allora cosa fai di lavoro?
- Un po' di tutto e un po' di niente.
- Cioè?
- Negli ultimi tempi ho fatto il grafico pubblicitario e davo lezioni di musica.
Ah sì, l'estate scorsa ho fatto l'animatore. Ma...
- E prima?
- Prima? Bé, per anni ho fatto il musicista, ma era difficile sbarcare il lunario.
Perciò facevo anche altre cose, tipo il venditore porta a porta, l'imbianchino, il fattorino. Per un po' ho fatto anche il facchino ai mercati generali. Ma dimmi...
- Il musicista? Cioè?
- Cioè facevo musica.
- Ho capito, che sciocco che sei, Volevo dire che musica facevi? Che genere?
- Che genere... Ho incominciato un po' come tutti, cioè facendo musica da ballo alle feste, ai matrimoni eccetera; poi ho lavorato in un orchestra da night club, e infine ho messo su un gruppo rock con cui ho girato l'Italia in lungo e in largo per otto anni. Ma con la professione ho chiuso definitivamente tre anni fa.
- Che vita avventurosa! E adesso? Voglio dire, finita l'estate cosa farai?
- Non ne ho la minima idea. Però adesso...
- Ma... cioè... non hai una famiglia? moglie? Fidanzata?

- Sono divorziato.

- Ehi, cosa stai facendo?

- Ti accarezzo.

- Chiamale carezze!

- Ti dispiace?

- Mmm... no, ma...

- Che bella che sei.

- Me lo dicono tutti.

- Bé, è vero.

- Sì, lo so. No, fermati! Lì no!

- Perché?

- Perché ho... insomma, dovrai aspettare un paio di giorni. Sai, noi donne...

- Ma porco giuda porco! Non me lo potevi dire prima? ché andavamo a fare una passeggiata... che so... si andava a prendere un gelato!

- Ma io non pensavo... credevo che tu...

- Credevi cosa? Che ti avrei mostrato i ninnoli cinesi? Eccolo qua un ninnolo cinese. Guarda un po', lo vedi bene? Sì? E adesso io che ci faccio?

- Mmm... come è grosso!

- Ti credo che è grosso, sta per scoppiare.

- Fa un po' vedere...

- Ecco sì, prendilo così... brava... sì sì, sei proprio brava... non fermarti, eh?

- Però dimmelo quando stai per venire, hai capito? Non voglio che mi vieni in bocca. Non lo sopporto.

- Sì, te lo dico, te lo dico... stai tranquilla... ma tu non fermarti, mi raccomando. Brava, così... si... mmm, che bello! Ecco sì, stringimi sotto... così...

...

- Ma daiii! Ti avevo detto di avvertirmi! Lo vedi che stronzo che sei!

- Scusa, mi sono lasciato andare. Sei così brava che ad un certo punto non ho capito più niente.

- Guarda qua, la camicia! Anche sui capelli! Ce l'hai un fazzoletto almeno?

- No, non so... c'è il bagno di là.

- Uff! Voi uomini...

57

Motonave Iris, Venerdì 27 giugno 1986 ore 14,45.

Uff, che balla ieri sera! Dovevo proprio bere come un... come un coso? Dio bello?
Fanculo, va là Edo, fanculo tu, Roberto, Claudio, il Club Nautico e tutti i produttori di birra dell'universo!

Non scrivo da un casino di tempo. Non so perché. Semplicemente non me ne viene la voglia, a parte adesso, ché la noia di queste cazzo di gite in laguna mi costringe a inventarmi qualcosa per passare il tempo. Mah... forse perché, rispetto a come vivevo a Verona, ora di tempo libero ne ho meno (è certo che di cose da scrivere ne avrei più ora di allora)... Ma no! ché qualche minuto per buttare giù due righe lo si trova. Volendo. Forse, se avessi sempre portato con me il borsello con dentro l'agenda avrei scritto qualcosa anche nei giorni passati.
Ma tant'è! e fine del discorso.
Ito Uto Ato Ambarabacicicoccò.

Ho già scattato il rullino dell'andata. Mi mancano giusto tre scatti, ma prima di arrivare al casone qualche brutto muso da emulsionare (su carta Kodak) l'avrò trovato.
La gente sull'Iris è sempre la stessa. Cambiano le facce, d'accordo, ma le espressioni sono sempre quelle.
...e là ci abitava Hemingway. Ma no! Davvero?
Ma le giuro. É proprio là che ha scritto il famoso libro.
...e guarda là un airone!
Che bello! (Vuoi vedere che anche quello è al soldo del Pirata)?
...novant'anni? Mamma mia come se li porta bene! (Ti credo, ne ha poco più di settanta)!
...hai visto mamma anatra con tutti i suoi anatroccoli? Ma che

carini! ... e che buone che sono queste sardine! Si sente che non sono d'allevamento.

Qualche giorno fa tra i passeggeri sai chi ti ci trovo? Triplo Mento e Urlo di Munch.
Ma... non ci conosciamo? Mi chiede la cicciona.
Mi pare di sì, rispondo io.
Sì, pare anche a me, fa l'altra. Dove ci siamo incontrati?
Mah, faccio io, forse a Montecarlo l'anno scorso?
Io non sono mai stata a Montecarlo, dice Urlo di Munch.
No eh?
No.
Forse a casa della contessa... 'spetta, come si chiama... No, no.
Alla Prima dei fratelli Lumiére? Non credo, i fratelli chi?
Mariasantissima!

Insomma, due palle che se non fossero racchiuse in uno scroto ci potrei giocare a bowling.

Però col battello si guadagna bene, inutile negarlo: la gente compra. Ho anche suscitato l'invidia degli altri scattini: Carmine, per esempio, me lo ha detto apertamente. Gli rode di non averla avuta lui l'idea di venire a scattare sulla barca. Il Beppe, che qualche giorno fa mi ha accompagnato (nel senso che mi ha fatto compagnia) durante la gita lagunifera, dice che lavorare sul battello è una pacchia: l'unico sforzo è quello di fare click, per il resto è tutto già bello e apparecchiato... non ho neanche il rompimento di distribuire i biglietti, per dire.

Carmine... che tipo! Partenopeo fino all'osso. Con una faccia da scugnizzo in trasferta che solo a guardarlo par di sentire O Sole Mio. Non conosco il suo cognome, ma se si chiamasse Esposito non ci troverei niente da ridire. Ciononondimeno, mi è simpatico; canta

da dio e fischia in un modo che se lo sente Morricone lo assume seduta stante per le colonne sonore dei prossimi film di Sergio Leone.
Qualche sera fa è passato a trovarci (Carmine, non Sergio Leone)
sulla passeggiata (lui scatta in galleria, per cui non ha mica dovuto
fare chilometri per raggiungerci) e, con la complicità di due ragazze alle quali avevo fatto l'occhiolino, sono riuscito a convincerlo
a cantare Anema E Core. Io l'ho accompagnato con la chitarra a
tempo di bossa con un arrangiamento un po' jazz che mi ero preparato apposta per lui. Beh, si è fermata tanta di quella gente che in
men che non si dica sulla passeggiata è venuto a crearsi un ingorgo
di quelli che la gente si chiedeva cosa stesse succedendo. E il Beppe
ha scattato quasi un rullino intero in tre minuti o poco più.

A la proscém fuà

Proscém fuà (ovvero 5 minuti dopo a 300 secondi fa)

Ieri sera il Beppe, Roberto, la Michela ed me andammo a Porto S.
Margheraus a mangiare la pizza. Ovviamente alla pizzeria ove
travagliano Miguel e Victor, così li abbiamo ascoltati per bene, anche se io è già da mo' che li ascolto (e ci suono anche insieme) ogni
sera in forma privata.
Io e Roberto abbiamo bevuto un casino di birre. Il Beppe qualcuna
in meno, ma non tante (forse 5 o 6). La Michela invece andava a
Sambuca (ovviamente a pizza finita, perché durante la mangiato-
ria si è bevuta anche lei la sua brava birra media). I due pellerossa
(come li chiama Roberto) hanno tracannato solo un paio di bicchi
(plurale di bicchio) di vino bianco.
Io non riesco a capire come sia possibile non morire di spappola-
mento epatico nutrendosi di Campari e Sambuca, perché la Michela di quella robaccia lì ne ingurgita molta assai e anche di più.
Mah, avrà i suoi problemi: da qualche sfumatura che mi è sembrato talvolta di cogliere in lei un non so che di non so che... mi

punge vaghezza che le cose con Roberto non vadano mica troppo bene, non vadano. Naturalmente (se così fosse) lo sanno nascondere bene... insomma, potrebbe essere che si sopportino un tantino e che stiano insieme perché, essendo soci nell'ambaradan del Tourist Foto, non abbiano altra scelta. Una cosa è certa: darsi un bacino io non li ho mai visti.

A serata finita siamo andati tutti e sette (perché ci accompagnò Clodio (come lo chiama Miguel)) a bere una birra al Club Nautico, vicino al porto dei riccastri, ché dio buono ci sono certi panfili che se in mezzo a loro ci fosse anche Onassis non ci sarebbe da stupirsi.

Al direttore del Circolo, Claudio ci ha presentato (Miguel, Victor ed io) come famosi chitarristi, e tanto ha fatto e tanto ha detto, che ha convinto i due argentini ad andare a prendere le chitarre.

Alla fine Miguel mi ha costretto a fare un paio di pezzi con lui (con la chitarra di Victor, perché la mia non l'avevo con me). Abbiamo fatto Samba Di Una Nota e la solita Garota De Ipanema.

E giù birre! Ché giungevano senza sapere né da dove né da chi arrivassero.

Poi, durante il ritorno, Roberto si è dovuto fermare repentinamente perché se no gli vomitavo in macchina.

Iris – sabato 28 giù mille novecè tasei ore 17, 55

Uff! Un'altra ventina di minuti e anche per oggi è finita.

Taaaaaa tatiratatatiitataaa con te sulla spiaggia con te sulla spiaggia... che palle! Potrebbero comprarsela un'altra cassetta, dio buono, ché sto Nico Fidenco ormai mi ha scartavetrato i coglioni! Tullo sai tullo sai... ma va in mona!

Oggi Gualtiero, oltre al solito pirata, ha fatto anche il prestigiatore, Niente di trascendentale, che il Beppe se lo beve quando vuole. Tuttavia, i passeggeri (che oggi erano più del solito) sembrarono gradire. Ha proposto il trucco della corda che si allunga e si accorcia col nodo che sparisce, il bastone che diventa un foulard, la bacchetta magica che si affloscia e altri giochetti di quel livello, che si trovano in qualsiasi cartoleria-giocattoli dentro la sua bella scatola a quindicimila lire compreso il mantello di raso nero e il cilindro di plastica . Si è cimentato anche in un numero da fachiro, passandosi l'accendino Bic (acceso) sul braccio. Adesso di peli non ce n'è più, ma i gitanti si guardavano stupiti con l'aria di chiedersi come fosse possibile un tale prodigio. Io, a momenti mi buttavo in mare a cercare una morte benevola e solidale.

Dice Roberto che martedì arrivano due nuovi scattini (che poi non sono nuovi, perché entrambi lavorano al Tourist da qualche anno). Si fanno luglio e agosto. La loro zona sarà, come ogni anno, la parte bassa di Rio Terrà (la avenida, come la chiama Miguel Angel). Il loro metodo è quello di lavorare in coppia: uno si becca chi si avvicina da una direzione, l'altro chi arriva dall'altra. Dice che uno dei due (mi pare abbia detto si chiami Elio o Ennio, ché io coi nomi...) suona molto bene la chitarra e che ha una morosa che è la fine del mondo. Vedremo. L'altro è egiziano e si chiama Omar (questo lo ricordo, perché me lo sono immaginato con la faccia del dottor Zivago). Altro non so.
Che balle! Eccoci al ponte levatoio. Ecco il solito ballo del qua qua. Ecco il solito vecchio che fa lo stupido sull'argine ed ecco, come al solito, i turisti che lo guardano e ridono.
Bah, incomincio a metter via la mia roba, che tra un attimo si sbarca.

Ciaociao
Caorle – Stanza – sabato 28 giugno '86 D.C.
Ore non lo so perché l'orologio è nel borsello e il borsello è agli antipodi della stanza e io non ho voglia di imbarcarmi in un viaggio di quasi quattro metri (più il ritorno) solo per scrivere delle cose di cui non frega un cazzo a nessuno.

Comunque ho fame (oggi, in tutto il giorno ha mangiato solo due sardine (voce del verbo due, non tre!), e tra un po' vado a mangiare qualcosa con Roberto e la Michela. Ovviamente ci sarà anche il Beppe.

Aspetta, manca una parentesi.) ecco fatto.

A proposito di Miguel Angel: da una decina di giorni ci troviamo tutte le notti a suonare. Di solito ci mettiamo in spiaggia, in qualche posto lontano da case e alberghi, così non disturbiamo nessuno, ma a volte si rimane ai tavoli esterni di un certo bar (che non so come si chiama) che frequentano loro (Miguel e Victor), tanto si suona piano. Con Miguel sto imparando tante di quelle cose che se l'avessi conosciuto prima a quest'ora sarei Baden Powell. Anche Victor è molto bravo. Anzi, direi che tecnicamente, sotto molti aspetti, è superiore al suo compare. Ma Miguel ha quella marcia in più, quella furbizia... non so come dire... il suo modo di suonare è un insieme di piccoli trucchi, di abbellimenti... sarà anche più cornice che dipinto, come talvolta ebbe a dirmi Victor, e i suoi assoli non sono niente di straordinario. Ma sono fatti con un gusto e una fantasia che più che con la tecnica hanno a che fare con l'esperienza, con anni di mestiere. É più Santana che Di Meola, per dire.

Mi ha raccontato che anni fa abitava a Buenos Aires. Aveva moglie e figli (mi pare tre) ma a casa c'era assai poco, in quanto il suo lavoro consisteva nel suonare al seguito di cantanti di livello nazionale e qualche volta anche più importanti, come Mercedes Sosa. Concerti, tournée, televisione eccetera. Poi, un giorno gli sono girate las pelotas e ha litigato di brutto con qualcuno. In conseguenza di ciò è stato cacciato dall'orchestra. Allora lui ha mollato tutto e tutti, compresa la sua famiglia e se n'è salito su un cargo battente bandiera non-mi-ricordo-più senza sapere dove e quando ne sarebbe sbarcato. (chissà poi se sono vere tutte 'ste storie o se, piuttosto, Miguel non ci racconti un sacco fole, perché a me il dubbio e venuto). L'ha accolto prima il quartiere latino di Parigi, dove ha vissuto tre anni insieme a un pittore drogato; poi, invitato da Victor, è *finito a Saarbrucken (non so se si scrive così), in Germania, dove vive ancora oggi più o meno di espedienti (del resto come faceva sulla Rive Gauche de la Ville Lumière).*

Ma ora è meglio che vada, ché si fa tardi.

Infatti, sono già le otto e gli altri sono al Petronia che mi aspettano.

Poco fa ho telefonato a Katia. Caorle – Petronia – Millenovecentoottantaseidopogesù – Luglio – giovedì 3 – ore 19, 41.
Dice che le ha fatto mooolto piacere sentirmi, e che temeva che mi fossi dimenticato di lei.
Poverina, ha ragione: non le ho mai dato notizie di me dal giorno della mia partenza da Verona, che è stato... porco giuda, non mi ricordo. Beh, poco male; questa agenda è una specie di diario, no? Spetta che guardo... il due giugno. Mannaggia li pesciolini! Sono stato più di un mese senza farmi vivo.
Dicevo che le ha fatto molto piacere. Le ho raccontato un po' di cose. Lei invece no.
Allora le ho chiesto come va. Lei ha detto: adesso bene. Allora sono stato zitto un po'. Ma lei non diceva niente. Dio buonino, Katia, perché non dici niente?
Sono in estasi, mi ha risposto. (Addirittura)!
Senti un po', le dibbi, perché non vieni a Caorle qualche giorno?
Mi piacerebbe, mi dibbe lei. Ma?
Cosa?
Non ce un ma? No.
Bé, cosa te lo impedisce? Niente.
Allora vieni?
...
Dai, che ho una voglia di vederti che sembrano due. Va bene, dibbe finalmente lei.

Quando arrivi?

Non lo so, dovrò informarmi alla stazione. Perché? Non ce l'hai più la cinquecento?

Non me la sento di affrontare un viaggio così lungo. Già.

Bé, immagino che di treni che da Verona arrivano a Mestre ce ne siano un tot. Semmai è il caso di informarsi sugli orari delle corriere che da Mestre arrivano qui. Ma questo posso farlo io, ché dai paraggi della stazione di Caorle ci passo tutti i giorni tornando dalla barca. Come quale barca? Ah già, ché non te l'ho detto. Ma ti racconterò. Senti, ti telefono domani a quest'ora e ci mettiamo d'accordo per benino, che non ho più gettoni Va bene?

Lei mi disse che va bene. Allora ciao. Ciao.

Dunque, domani la risento e, spero, Sabato ci vedremo.

Ho una voglia di sesso... spero di ricordarmi come si fa, because sono in astinenza da un migliardo di tempo, a parte quei due o tre servizietti che mi ha fatto la Ines, quella porcellina.

Alàp

58

Con in mano un lungo e sottile coltello, Miguel Angel stava togliendo il grasso da una larga fetta di carne. Victor Ugo, con un mezzo manico di scopa, smuoveva la carbonella sotto la griglia di un piccolo barbecue da cui si alzavano leggere volute di fumo. Sopra un vecchio tavolino rotondo di lamiera smaltata, massacrato dal tempo e chiazzato dalla ruggine, accanto al resto della carne e una ventina di salsicce, erano appoggiati un pacco di sale grosso, un bottiglione di vino rosso senza etichetta, alcuni bicchieri di plastica impilati, una confezione di tovaglioli di carta e alcuni lunghi stuzzicadenti da cocktail. Dietro le finestre dei piani alti attorno il piccolo cortile si intuivano sguardi curiosi.

Poco prima, al Petronia, Roberto aveva avvertito Edo che erano passati i due "pellerossa" a cercarlo.

- Cosa volevano?

- Non ho ben capito. Quelli parlano un italiano un po'... come dire... Ciò, c'era anche parecchia gente in negozio. Hanno detto che ti aspettano per le dodici, dodici e un quarto dietro l'enoteca.

Edo si grattò la barba. Dietro l'enoteca? Cosa c'era dietro l'enoteca?

- Hanno detto nient'altro?

- No, mi pare di no.

- Cazzo, Roberto, non potevi farti spiegare?

- Te l'ho detto, c'era gente. Ah, aspetta... mi pare abbiano detto di portare anche il pepe.

- Devo portare anche il pepe? - Edo era sempre più sconcertato – il pepe e cos'altro? cosa significa?

- E io che ne so? Se vogliono che porti il pepe vorrà dire che ci sarà qualcosa da mangiare e loro l'avranno finito. Che vuoi che ti dica?

Nel frattempo era sopraggiunta Michela. Disse che quelli avevano parlato di dover passare dal macellaio a ritirare della carne che avevano ordinato per il lesso:

- Hanno detto: por el lessado o lassado.
- Forse vogliono fare del bollito con la Pearà – azzardò Beppe – Lassado sarà "lessato" no? Lesso, bollito... e vorranno il pepe per fare la pearà.
- Due argentini che fanno il bollito con la pearà? - esclamò Edo – cos'è? Un film di fantascienza?

Beppe si grattò il cespuglio. In effetti, sarebbe stato piuttosto strano che due argentini si cimentassero nella preparazione di un piatto tipico veronese. Tanto più che per cucinare un bollito misto con la pearà occorrono ore.

- Ciò – tagliò corto Roberto – facciano quello che vogliono, adesso noi ci facciamo un Camparino col bianco. Poi tu vai là, così saprai di cosa si tratta.
- E facciamoci 'sto Camparino col bianco.

A mezzogiorno, Edo e Beppe si erano dunque incamminati in direzione dell'enoteca, dove arrivarono una decina di minuti più tardi. In quanto al pepe, all'occorrenza l'avrebbero trovato dovunque, anche se una tale richiesta suonava piuttosto bizzarra.

- Ciao Walter.
- Ciao ragazzi. Cercate Miguel e Victor?
- Sì, ci ha detto Roberto del Tourist che...
- Sono in cortile. Passate pure di qua.

Edo e Beppe si infilarono dietro il bancone e ne uscirono per la porta che conduceva nel retro del locale.

- Buongiorno Edoardo, buongiorno Pepe – Li accolse Miguel Angel

Edo e Beppe si guardarono e scoppiarono a ridere. Il mistero era in parte risolto: Porta anche il pepe, cioè porta con te Beppe.

- Cosa avete da ridere?

- Avevo dimenticato che tu mi chiami Pepe – disse Beppe

- Porché? tu no es Pepe?

- Sì sì, ma Roberto ha capito un'altra cosa. Ma non fa niente.

- State facendo una grigliata? - Chiese Edo

- Stiamo preparando el asado.

- El asado?

- Sì, noi cuoce la carne como in Argentina. In Italia voi no sabe cuocere la carne. Voi mettete burro, ciempre burro burro burro. In argentina burro es... como chiamate voi... asino. Adesso tu assaggia nostro asado poi tu dice me cosa es migliore.

Edo sorrise: il bollito con la pearà!

Miguel appoggiò il lungo coltello su un largo piatto da pizza posto sopra un contenitore di bottiglie di plastica rovesciato che insieme ad altri, posti intorno al barbecue, fungeva da arredo.

- Tu prende il sale, por favor? - Edo ubbidì e passò a Miguel il pacco di sale grosso.

- Anche vostro sale – commentò questi – no es buono. Voi in Italia no sapete cosa es sale buono.

- Bah, il sale è sale.

- Questo tu dice?

- Non mi dirai che il sale argentino e più buono del sale italiano.

- Claro che sì. Il nostro sale ariba dal mare. Il vostro – fece una smorfia – io non sa de donde ariba.

- Si tratta sempre di cloruro di sodio – tentò di difendersi Edo

- come può essere diverso a seconda del luogo da cui proviene?

- No es vero. No es solo sodio. Nel sale di Argentina c'è anche altre cose... come tu chiama... minerali. C'è anche potassio, poi poco poco iodio e altri che io no sa dire in italiano.

- Non ci avevo mai pensato

- È porché tu no ha girato il mondo. Se tu gira il mondo, tu capisce tante cose.

- La prossima vita farò l'esploratore.
- Tu è buddista?
- Come dici?
- Tu ha detto di prossima vita...
- Ma no, scherzavo.
- No è buono scherzare su cose di religione. In Argentina noi è molto religiosi.

Edo tacque. Non aveva voglia di imbarcarsi in una discussione inutile. Aveva già notato che talvolta, soprattutto in momenti in cui era preso da qualcosa di impegnativo, Miguel tendeva a polemizzare su ogni cosa; oggi era la presunta superiorità dell'Argentina sull'Italia a tracciare il filo conduttore della diatriba.

Ciononondimeno, erano momenti fugaci, destinati ad esaurirsi nello spazio di qualche minuto. Nonostante ciò, generavano in Edo un senso di velata insoddisfazione; lui non voleva contrastare il suo amico, ma qualsiasi cosa avesse detto avrebbe finito per peggiorare la situazione. Di certo, anche Miguel era consapevole di questa sua macchia scura nel suo carattere. Al verificarsi di tali circostanze, gli improvvisi silenzi dei suoi interlocutori probabilmente fungevano in lui da campanello d'allarme e solitamente, nel far di pochi secondi, il suo atteggiamento cambiava registro per tornare al solito buonumore. Anche ora, infatti, la sua espressione già si stava rilassando.

Edo si avvicinò al tavolino arrugginito e si versò un gotto di vino.

- Qualcuno ne vuole? - Chiese.
- Per me no – disse Beppe.

Anche Victor scosse la testa in segno di diniego.

- Miguel, vuoi un po' di vino?
- No grazie. Prima prefero completar el massaggio del sale.

Il massaggio del sale? Edo lo guardò incuriosito. Miguel stava massaggiando energicamente i pezzi di carne col sale grosso.

- Questo è un antico segreto per fare buono el asado. Io visto fare a mio padre, e prima di mio padre, mio abuelo... como se dice in italiano... in francia se chiama grand père...

- Nonno – disse Beppe

- Sì, nonno. Ma tu conosce francese, Pepe?

- L'ho studiato alle medie, ma non ricordo più niente o quasi.

- Cosa es medie?

- Le scuole di secondo grado, quelle che si frequentano dai dieci ai tredici anni. Poi ci sono le superiori, che durano altri cinque anni. Invece dai sei ai dieci...

- Va bene va bene, Pepe. Io no vuole saber todo el sistema de aprender di Italia. Io tengo cinquantados anos, e una cosa sola intendo ancora aprender. La guitara. De la guitara no se termina mai de estudiare.

- Cosa studi con la chitarra? - chiese Edo

- Tecnica. Porché ès siempre la tecnica che un poco manca. Se io ha tecnica buona, io può fare musica buona, ma se io no ha tecnica, io no può fare un un carajo. Como chiamate voi el carajo?

- Cazzo – suggerì Victor.

- È vero. – lo appoggiò Edo – Infatti, uno può avere tutta la fantasia che vuole, ma se non ha la tecnica non la potrà esprimere.

- Però anche la fantasia es importante. Tu mira como toca Victor. Lui ès muy experto con la guitara. Ma no tiene fantasia. No tiene sentimiento. Por questo lui no sabe transmitir emociones.

Victor Ugo si strinse nelle spalle. Con quel suo sorriso impacciato sembrava quasi volersi scusare della sua carenza di carisma.

- Ma allora, secondo te, nella musica è più importante avere tecnica o sentimento?

- Ambas. Tecnica e sentimiento. Se tu ha solamente una de le dos, no es bastante, e tu no puede tocar como solista. Tu bisogna di un asistente, un colaborador che tiene otra cosa che tu no hai. Por eso io suona con Victor, porché el me completa e jo completo ello.

A Edo tornò in mente Maurilio Bussola detto il Seppia, con la sua tecnica, la sua spocchia, la sua totale mancanza di sentimento. Riportò alla mente alcune sue osservazioni di allora, laddove il suo partner gli risultava musicalmente prolisso; ricordò di averlo qualche volta ripreso per la "verbosità" dei suoi assoli; rivide la sua aria di strafottente sufficienza, la sua boria: sì, tanta tecnica, ma niente cuore! Anche Miguel talvolta era un po' arrogante con Victor, ma le parti erano invertite: Quello che aveva maggior perizia era timido, umile, sottomesso all'altro, il quale, invece, godeva di un carattere che gli conferiva la naturale leadership del duo.

Nel frattempo, la prima fetta di carne fu pronta. Miguel la tolse dalla griglia e la posò sul piatto. Quindi la tagliò in rettangolini di circa quattro centimetri per due.

- Tu prende un palillo– disse a Edo
- Cosa prendo?
- Un palillo, un mondadientes... come chiama tu...
Edo vide che Miguel stava indicando gli stuzzicadenti. Ne prese uno e se ne servì per infilzare il suo pezzetto di carne.
- Como te sembra?
- Ottima. Ottima davvero. Prendine un pezzo Beppe, non sembra filetto? Beppe assaggiò a sua volta. La sua espressione soddisfatta non aveva bisogno di parole. Miguel gongolava. In Italia voi no sabe cuocere la carne, aveva detto poco prima. Beh, aveva ragione.

Alle quattordici e diciotto Edo riuscì a salire sul battello. Grazie a Gualtiero, il comandante aveva rimandato di tre minuti la partenza. Ma che non si ripeta, disse il pirata.

Motonave Iris, panchina di poppa, venerdì 4 luglio 1986 anni dopo che giunse il Messia a salvarci dai nostri peccati facendosi assicurare tramite chiodi a due pezzi di legno messi a croce e chiamati appunto croce.

Oggi non ho granché voglia di scattare foto. Ciononostante mi tocca (altrimenti cosa ci sono venuto a fare sulla barca? avrei potuto restarmene a suonare il violao con Mighèl e Victorius).(il Beppe, detto Pepe, invece è rimasto con loro a sbevazzare e mangiare ciccia alla grigia che loro chiamano asado (la ciccia, non la griglia). Stasera mi farò raccontare come è andato il resto della giornata).
Ho ancora la pancia in fase di deflagrazione imminente sospesa: ho mangiato tanta di quella carne che adesso per almeno un paio di secoli sono a posto in quanto a proteine nobili. Speriamo che non mi scappi la cacca, perché su questo natante di cessi non ce né, e benché i veneziani siano caga-in-acqua per antonomasia, ritengo che sporgere le mie terga dal battello per defecare nelle acque lagunari sia quantomeno privo di eleganza.

Ho scattato (or ora) un tre scatti a un tipo che ha un naso inenarrabile. Se è vera la diceria secondo cui il gnao bao è proporzionato alla canappia, quello deve avere un bandolo da trentacinque centimetri. Vicino a lui c'è una donna (anche bellina) che presumo essere la moglie. Quasi quasi glielo chiedo...

Oggi l'atteggiamento di Miguel (asado a parte, che era veramente squisito) mi ha leggermente infastidito. Aveva le palle che giravano e continuava a ripetere che l'Argentina è bella, è brava, è furba, è lunga, corta, grande, piccola, salata, pepata, aromatizzata, mineralizzata, metallizzata, anodizzata, colta, molta, tanta, santa, fanta, coca cola, robiola, gorgonzola, stacchino, taleggio, alpeggio, al peggio, al meglio, al taglio, d'asporto, da riporto, col morto, con torto e con ragione, concerto incerto nel dubbio a Gubbio, Assisi, l'Aquila e Perugia, Taranto e Messina, fai la cacca la mattina, fai la piscia verso sera sennò perdi la corriera, prendi adesso il torpedone e non rompere il coglione, mangia pane a tradimento, cadi a terra e sbatti il mento, sbatti l'uovo nel tegame, frulla il trullo col bestiame, mangia tosto il tuo filetto, tosta il filo del mughetto, trilla il grillo, canta il gallo, spinge il fallo dentro il mallo, fuori il guscio del tarallo, chiude l'uscio la matrona, poggia il cul sulla poltrona, ciarla il tizio sul divano mentre coglie un tulipano, trotta lesto il fantaccino, prende appunti sul taccuino, e guardo il mondo da un oblò, tre civette sul comò, zirla il tordo sul sofà, trallallero trallallà. Spetta va là, che vado a fare qualche scatto, che qua siamo sulle spese.

Ala pro

Pro, ore 19 e venti di oggi. Petronia
Ciao Paola come va' Bene e tu anch'io grazie. Quand'è che andiamo a fare una passeggiata insieme io e te? Quando vuoi. Dici davvero? Sì sì... me cojoni! (come dicono a roma) (minuscolo, perché? È vietato?) lasciami organizzare un attimo, va bene? Allora d'accordo, eh?
In questi giorni sprizzo sex appìl da tutti i pori. Mi sa che dovrò farcirmi anche la Paolina. Mah, vedremo.

Sto aspettando che giunga l'ora dell'appuntamento telefonico con Katia. Non è che debba aspettare secoli: entro una decina di minuti la chiamo. Intanto mi faccio un bianchetto a mo' di aperitivo. Però è strano: oggi ho mangiato un migliardo di carne eppure adesso ho ancora fame. Vuoi vedere che mi sto prendendo il vizio di mangiare?

Chissà dov'è il Beppe...

Ore 19,30 esatte. Vado a telefonare.

Dice Katia che giungerà lunedì, perché domenica c'è la festa di compleanno di uno dei suoi fratelli preferiti (ché ne ha un tot) e se mancasse le sembrerebbe di fargli un torto.

Secondo i suoi calcoli dovrebbe arrivare a Caorle intorno a mezzogiorno. Comunque, le ho dato il numero del Petraus. Le dibbi che io intorno alle 11 e 30 sarò qui; quando scende dalla corriera mi telefoni e io andrò a prenderla (a piedi).

Bah, mi faccio un altro bianchetto.

Oggi sul transatlantico lagunifero ho scattato solo tre rulli invece dei soliti quattro. Bah, fanculo. Scatterò qualcosa in più stasera sulla passeggiata. O anche no, che tanto guadagno bene lo stesso.

Ecco il Beppe che arriva. Mi pare leggermente boracio (come dicono a Buenos Aires).

- Ciao Edo.
- Ciao Beppe.
- Madonna santa, non ho mai mangiato così tanta carne in vita mia. E che buona che era! Bisogna ammetterlo: Gli argentini la carne la sanno preparare.
- Sì, vero?
- Lo sai che taglio di carne è quello che abbiamo mangiato?
- No. Ma sono sicuro che me lo dirai tu.
- E' la pancia.
- La pancia... Guarda, se non me lo dicevi te lo chiedevo io.
- Esatto. Qui da noi è una parte che di solito finisce nel macinato insieme agli scarti.
- Ma pensa te!
- Naturalmente c'è del lavoro da fare, e bisogna avere un minimo di abilità col coltello, perché c'è molto lardo da togliere. Ma

cosa stai bevendo?

- Un'ombra.

Edo si accese una sigaretta e buttò giù in un sorso il poco vino che era rimasto nel bicchiere.

- Ce ne facciamo un paio – propose - prima che arrivi Roberto a intossicarci coi suoi Campari del cazzo?

- Aggiudicato.

Beppe tentò di grattare via con l'unghia una decorazione di unto sulla maglietta, ma resosi conto della vacuità della sua impresa, desistette quasi subito.

- Non ti piace il Campari? - Chiese.

- Non è che non mi piaccia... è che ti spappola il fegato e il cervello. Hai notato che quelli che bevono Campari bevono solo quello?

- Non ci ho mai fatto caso.

- Te lo dico io. É come una droga. Io non so cosa cacchio ci mettano dentro, perché per essere buono è anche buono, ma sta di fatto che ti dà dipendenza. Beppe si grattò la testa. L'immancabile una nevicata di forfora che ne conseguì non stupì Edo, ormai avvezzo al verificarsi di tale fenomeno. Ma fece scrollare il capo a Paola, che dietro il banco lottava contro la noia fingendo di asciugare bicchieri già asciutti e spolverare bottiglie già spolverate.

Sabato 5 luglio 1986 ore 2,11 del mattino. Stanza. Beppe disteso sopra il letto senza scarpe: da tagliarsi le vene!

Non vedo l'ora che arrivi la Katia. La Paolina l'ho risparmiata, ma con la Katia prevedo fuoco e fiamme.
Stasera (ieri) ho chiesto alla padrona di casa se ha un'altra stanza libera. Lei mi dibbe di sì, ma è piccola e ha un solo letto. Io le dibbi che va benissimo lo stesso e la prenotai per una settimana a partire da Lunedì sera (dice che per meno non può, ché se arriva a

chiedergliela qualcuno bla bla bla), Va ben. Se Katia rimarrà una settimana: bene; se resterà meno: amen; se vorrà restare di più: vedremo.

Naturalmente ho chiesto al Beppe di occupare lui la nuova stanza, e di lasciare a me e Katia questa. Ovviamente ha detto che va bene. Dio bello ho finito le sigarette. Bah, è meglio che mi metta a dormire.

Alaprrrrrrr

Ho trovato nel posacenere una cicca abbastanza commestibile: l'ho accesa.

'notteeee

Che coglione che sono: in fondo al borsello avevo un pacchetto di Marlboro di riserva e me n'ero completamente dimenticato.

Va ben

59

Cinque Iulius Anno Domini MCMLXXXVI Dopo Cri-
stombolo Colofolo made in Betlemme on the mangiatoia
whit Caw and Asinello. Ore 11 del mattino antimeridia-
no prima di mezzogiorno. Caorle Venezia, Stanza in affitto
condivisa da Beppe ed me. E basta.

Mi accendo una Marlboro. Che vizio stupido!
Beppe è in spiaggia che scatta (credo). Oppure ha già finito (ma
non credo, perché a quest'ora in spiaggia c'è un casino inverecondo
di gente. In più oggi e sabato, per cui ci sarà ancora più gente degli
altri giorni che non sono sabato, come per esempio venerdì, marte-
dì e tutti gli altri a scelta, compresa la domenica che non è sabato
neanche lei, ma non è mica colpa sua).
Ieri sera sono andato a fare una passeggiatina con la Paola del Pe-
trus. Che bellina che è. A un certo punto le ho cinto le spalle e lei
ha appoggiato la sua testolina, ché visti da dietro sembravamo due
innamorati (in realtà io non lo so se visti da dietro sembravamo
due innamorati, perche (senza accento) io da dietro non mi sono
visto. Però lo immagino, perché (con l'accento) a me se c'è una cosa
che non mi fa difetto è proprio la fantasia).
Mi ha raccontato un sacco di cose, e io le ho ascoltate tutte: suo
padre è calabrese (ed ecco spiegati gli occhi e i capelli neri). Sua
madre è di Musile o Sacile... non ricordo più, ma non me ne frega
un beneamato. É il primo anno che lavora al Petronia. E anche
l'ultimo: dice che quel lavoro lo odia. Lo fa solo per guadagnarsi un
po' di schèi che gli serviranno per l'università. Mi ha detto anche
in quale facoltà si è iscritta (o si iscriverà), ma non me lo ricordo
più, perché nella mia testa continuavano a vorticare tornadi (plu-
rale italianizzato di tornado) di pensieri, e io non riuscivo a essere
davvero presente con la mente. Ero talmente preso dall'indecisione
che mi si sentiva tentennare a un chilometro di distanza. Sapevo

che se mi fossi fatto avanti ci sarebbe stata. Anzi, forse era proprio quello che lei sperava. Ma io non me la sono sentita. Avevo come la sensazione di approfittare di lei. Le avrei fatto del male. Alla fine le ho chiesto di parlarmi francamente dei suoi sentimenti e lei mi ha confessato che le piaccio un casino e che ogni giorno non vede l'ora che io arrivi solo per guardarmi, ascoltarmi e annusarmi (ma pensa te, dice che il mio odore la fa impazzire). Insomma, mi sono trovato in una situazione assolutamente inedita: Primo, non sapevo di puzzare di buono. Secondo, è la prima volta che rinuncio a papparmi un bocconcino di tal guisa, per di più sapendolo bello pronto in tavola e disponibile. Terzo, fra un paio di giorni arriva la Katia e... cosa faccio? Per evitare conflitti amorosi evito di frequentare il Petronix per tutto il tempo e poi ricomparire dopo che la Katia sarà tornata a Verona? E la Ines? Perché anche lei ogni tanto viene all'assalto. Dio Buono, mi pare di essere un Casanova travestito da Don Giovanni.

Come è strana la vita a volte. Alti e bassi si susseguono imprevedibilmente (o forse no). Anche la mia situèscion finanziaria si diverte sull'altalena. Per esempio, fino a un mese fa mi ritenevo fortunato se riuscivo a mangiare qualcosa un paio di volte al giorno. Oggi mi cadono addosso le banconote da cinquanta e da cento che pare che piova.

Il brutto è che già so che non durerà: cosa farò da settembre in poi rimane un'incognita.

Ho fame. Penso che tra un nulla, o anche prima, andrò a mangiare qualcosa. Col Beppe o senza Beppe (che di sicuro, vista l'ora, ormai sarà in negozio o al Petronia con Roberto e la Michela a tracannare Campari Soda a gogò).

Va bene, dai. Mo mi faccio una doccia (che altrimenti poi la Paolina va in deliquio) e via! (però prima faccio la cacca perché mi fugge).

Ala prò

Sempre oggi, come prima (che era ugualmente oggi), solo che a differenza di prima, adesso è un po' più tardi e il luogo è diverso.

Madonna che casino c'è oggi sull'Iridovich! C'è un strapieno che più strapieno non si può.
Sono seduto sulla mia panca semicircolare di poppa, ma non sono tranquillo come al solito a causa della troppa gente. Vicino a me c'è una signora dall'età apparente di sessant'anni (però potrebbe averne anche cinquantanove portati male o sessantuno portati bene) che continua a sbirciare in mia direzione, e a me mi vengono i coglioni. Per fortuna è straniera, ergo non credo riesca a leggere cosa sto scrivendo. Ma porcozzio, guarda la laguna no? Brutta megera! Cosa cazzo speri di vedere guardando me? E se, magari, non fosse così straniera come penso? Adesso faccio la prova:

SEI UNA STRONZA CURIOSA E ROMPIBALLE

No no, è proprio straniera (oppure è analfabeta).

Ho scattato un ventinaio di foto. A prua c'è un gruppuscolo di bambini (accompagnati da un tizio alto tre o quattro metri e magro come uno yogurt light, con la faccia di uno che non ne può più di sentirsi chiedere se gioca a pallacanestro) che fanno un casino da ricreazione scolastica che credo stia mettendo a dura prova la pazienza del Pirata. Dai loro idiomi li classificherei appartenenti al lombardo est / veneto ovest. Io li ho fotografati tutti in varie situazioni, e quelle (ormai lo so) sono foto che si vendono bene.

Continuo a pensare alla Paolina. Magari, nonostante le apparenze, quella è una godereccia e col sottoscritto le andrebbe benissimo di concedersi un'avventuretta estiva. Magari sono io che mi faccio

tante storie... potrebbe darsi che si tratterebbe solo di qualche scopata fine a se stessa e tutto quell'alone sentimentale è solo frutto
della mia immaginazione... ho imparato ormai da tempo che le
ragazze di quell'età infilano romanticherie in ogni dove, compresi
gli slip... Magari sono un coglione e basta...
Com'è che si dice? Ogni lasciata è persa. Potrei parlarle francamente. Potrei dirle: Cara Paola, che ne dici se ci facciamo una bella
trombata? Ma no, semmai dovrei essere più elegante, tipo met-
terglielo in mano e chiederle se ne gradisce un po'... oppure potrei
provare a palpeggiarla in ogni anfratto e vedere come reagisce... ma
cosa ci capirei? Supponendo che si stia innamorando di me non mi
respingerebbe di certo. Ma poi?
No no! Paola è troppo innocente. Con quegli occhioni... Credo che
la cosa migliore sia la rinuncia. Vorrà dire che in futuro la ricor-
derò come un fiore che non colsi.

Ito uto ato

Sono seduto ad un tavolaccio all'interno del casone dell'isola dei
pescatori. Ho appena finito di ingurgitare due sardine made in Pirata. Buone, come al solito. Ormai le sardine sono diventate il mio
pasto di mezzo meriggio (dicesi merenda) (a volte però mi pregio di
elevarle a dignità di pranzo, qualora non avessi mangiato niente a
mezzogiorno, vuoi perché mi sia alzato tardi, vuoi perché a mezzogiorno non abbia avuto fame, vuoi perché... ma che cazzo vuoi?).
Fuori i turisti si divertono, ridono, chiacchierano, commentano,
considerano, conversano, colloquiano, discorrono, apprezzano,
elogiano, assaporano, gradiscono e lodano come sempre. Il Pirata,
come al solito, racconta loro un sacco di balle circa la storia del
casone, la vita dei pescatori. E questi che si bevono tutto! come al
solito. Tutto come al solito. E come al solito ho scattato loro i miei
due bravi rullini da trentasei, più una decina di scatti che avevo
avanzato dal viaggio di andata.
Ieri la signora Italia (la maitresse dell'ambaradan) (chissà se dav-

vero si chiama Italia o se anche questo nome le è stato confezionato all'uopo per i turisti stranieri) mi ha redarguito because lascio
sempre sul tavolo i resti delle sardine che mi sono pappato. Dice
che lei non è la schiava di nessuno, e che i rifiuti vanno buttati nel
bidone. Io le ho chiesto scusa; le dibbi non ci pensavo e che cercherò
di ricordarmene. Ma col pensiero l'ho mandata ad evacuare molle
molle in un campo di ortiche (senza carta igienica).

A volte mi chiedo cosa passi per la testa della gente. D'accordo, il
mondo è bello perché e avariato, ma Dio buonino, c'è un limite
oltre il quale la decenza dovrebbe decidersi a muovere il culo. (per
esempio occupandosi di tener ben chiuse le bocche di certi cretini).
Poco fa mi sono soffermato a chiacchierare con una gentildonna
talmente incartapecorita che una pelle di daino dimenticata da un
secolo nel deserto del Gobi al confronto è liscia come il culo di un
lattante; una di quelle vegliarde irriducibili che non riescono ad
accettare lo scorrere del tempo truccandosi e atteggiandosi a vamp,
ma ottenendo solo di rendersi ridicole. Era stata lei ad accalappiar-
mi. E io, di fronte all'alternativa di tornare a Caorle a nuoto, ho
optato di non sottrarmi al dialogo (chiamiamolo così, ma in realtà
a parlare era soprattutto lei: e che lavoro interessante che fa, e ma
che bella abbronzatura, e come mai tiene i capelli così lunghi, e
abita qui a Caorle, e nanì nanera e bla bla bla e pissi pissi bau
bau... e non aspettava mica che le rispondessi, macché, continuava
a parlare, parlare, parlare...), fino a che (incredibile) non vengo
letteralmente aggredito da suo marito: E lei la deve smettere di im-
portunare mia moglie! e se ha voglia di far conquiste si scelga qualcuna della sua età! e guardi un po' se è il modo di presentarsi così in
costume adamitico a una signora (d'accordo, sono in pantaloncini
e camicia aperta, ma costume adamitico mi sembra eccessivo)! e
giù a gridare come un invasato attirando gli sguardi di tutti. Io
non sapevo più cosa fare. Ricordo di aver balbettato qualcosa, ma
non ricordo cosa. Intorno c'era gente che rideva, altri si chiedeva-

no cosa stesse succedendo, il figlio del capitano che alza il volume della musica, i bambini del giocatore di basket che si spintonano per vedere... Se non sono passato per un depravato è solo perché la situazione era talmente inverosimile da rasentare il grottesco. Gualtiero, che era nei paraggi e ha assistito all'intero episodio, mi guarda con aria quasi di scusa picchiandosi l'indice alla tempia, come a dire che quello è pazzo. Per fortuna, va là: ci mancava solo l'incidente diplomatico con l'Iris, magari a rischio del mio lavoro. Ma porco di un giudaciaccio maiale, come si può pensare che mi sfiori l'intenzione di concupire una simile mummia? Solo un pazzo (appunto) potrebbe ipotizzare il verificarsi di un simile frangente. E adesso siamo quasi arrivati all'approdo e per colpa di quel beota lo sketch del Pirata è saltato. Adesso, oltre ad aver scattato un rullino in meno, mi toccherà anche distribuire i talloncini del Tourist per conto mio. Fanculo! Dovrò scendere per primo e prendere i turisti uno a uno alla passerella. Ma chi ce l'ha il coraggio? Fanculo fanculo fanculo. Ma che cretino!

Sabato 5 luglio ore 2,23 (cioè domenica) – Caorle – Stanza
– Beppe che dorme -io no – 1986

Stasera con Miguel abbiamo fatto "Deve Ser Amor" di Baden Powell. Cioè, Lui l'ha fatta, io la sto imparando. Con noi c'erano anche Ennio, il nuovo scattino e Carmine (e ovviamente il Beppe). Ennio si è esibito in un paio di pezzi dei Beatles in chiave classicheggiante. Bravo, non si può negare, ma gli manca quel pizzico di... di... cioè è un po' troppo... le sue esecuzioni sono... come dire... e poi era teso, aveva il respiro ansimante, ché più che suonare una chitarra sembrava stesse scaricando un camion di patate. Insomma, ha fatto due pezzi, ma se ne faceva tre il terzo sarebbe stato di troppo. Solo Victor, che è un tecnico, sembrò apprezzare. Mentre Ennio suonava, Miguel ed io ci guardavamo come a dire boh? Va ben.
Poi Carmine ha cantato "Munasterio 'e Santa Chiara" accompagnato da me (in qualche modo, perché quella canzone la facevo nel 73/74 con i Monelli, quando lavoravo nei night e non che me la ricordassi molto). Poi ha cantato "Reginella", e quella l'abbiamo accompagnata tutti (Miguel, Victor ed io) tranne Ennio, perché, dice, che se non ha lo spartito... ma va in mona! Ti ci vuole la musica per accompagnare due dita di "taggio voluto beenee a tteeee"?
Ma il massimo (il minimo) è stato raggiunto alla grande quando Carmine ha intonato "O Surdato nnammurato": Beh, Ennio non ha saputo accompagnare nemmeno quella, ché sono tre accordi in croce. Ah poveri noi! Mi punge vaghezza che senza la musica davanti non saprebbe destreggiarsi nemmeno con Romagna Mia.
Ma Dio buono, dico io, per suonare un po' di orecchio ci vuole, o no? D'accordo saper leggere uno spartito. Ma in fin dei conti la musica è una cosa che si ascolta! Ivring Berlin, per esempio, non sapeva leggere una nota, così come Chet Baker, Django Reinhardt e molti altri. Per dire, il disco più venduto nella storia della musica mondiale è Thriller scritto e interpretato da Michael Jackson,

uno che non sa leggere e scrivere musica. Mozart diceva che le note scritte sono cagate di mosca. E se lo diceva lui...
Ma a Ennio serve lo spartito. E se arriva una folata di vento che fai? Smetti di suonare?

Bah, mi accendo una cicca.

Stasera (ieri) era giorno di paga. Ho controllato le mie finanze: 984mila lire! Mai stato così ricco! E la stanza è già pagata fino a fine mese.

---

clic. Clic... trrrr, trrr, trrrrr, trrr, trr, trrrrrrr, trr, trrrrr...
tuuuu... tuuuu... tuuuu...
- Tu scendi dalle stelleee, ta tii ta teeeraaa...clic.
- Risponde la segreteria telefonica del Padre Eterno. In questo momento non c'è nessuno in casa. La preghiamo di riprovare più tardi o di lasciare un messaggio dopo il segnale acustico.

Bip.

Ehi Dio? Sono io, Niccolo Grassi, Ci siamo sentiti circa un mese fa, ricordi? Ecco, volevo ringraziarti, come dire... si, insomma, qui le cose stanno procedendo bene. Speriamo continuino così. Lavoro, studio la chitarra, di cazzate non ne faccio da un po'... mi sono comprato un po' di roba da vestire, un orologio, mangio regolarmente, col bere mi sto moderando alquanto, anche se una balla ogni tanto... ma proprio ogni tanto. Mi raccomando, non mollare eh? Beh, adesso ti saluto, che è ora di dormire. Sai domani è la prima domenica di luglio e qui a Caorle ci sarà un casin... ehm, una baraonda della mad... cioè, volevo dire... va bè, mi hai capito. Ciao, ciaciaciao.

60

Le pareti del piccolo locale erano tappezzate di cose incorniciate che cercavano invano di assomigliare a quadri. Non fosse stato per l'odore di frittura che la faceva da padrone, più che in un ristorante-pizzeria sembrava di trovarsi ad una esposizione parrocchiale di pittori dilettanti. Scadenti per giunta. Il tema era "La laguna".

Edo e Carmine scelsero di accomodarsi ad un tavolo esterno. Beppe si adeguò. Solo una fila di vasi di cemento contenenti piante simili a oleandri divideva il plateatico dalla strada. L'incessante rumore delle macchine in transito non era certo gradevole; tuttavia, più tollerabile del caldo vischioso che avrebbero dovuto sopportare all'interno. Gente poca.

- Com'è qui la pizza? - chiese Edo

- Non lo so. Nun ce so mai trasùt' – rispose Carmine.

- E allora perché ci hai portati qui?

- Perché fino ad oggi le pizze che agg' mangiato a Caorle non mi sono piaciute. Perciò, visto che qui nun ce sono mai stato... hai visto mai che questa è la volta buona. Diciamo che la speranza è l'ultima a morire.

- Beh, per un napoletano verace credo sia dura doversi adattare alle pizze venete.

- Parole sante, Beppe. Anche se, a dire o vero, je nun sono un napoletano verace verace.

- Ah no?

- Sono un isolano.

- Ischia? Capri? Procida? Vivara? - recitò Edo.

- Vivara è disabitata – puntualizzò Carmine.

- Oggi non so, ma tre anni fa ci viveva almeno una persona. Credo fosse un naturalista, un etologo o cose del genere.

- È vero. Si chiama Giorgio Punzo. Dalle mie parti lo conoscono tutti. Ma dimmi un po' Edoardo, tu come sai queste cose?

- Conosco bene Procida, anche se a Vivara non ci sono stato.

- Gesù, com'è piccirill' o munno. Io sono procidano!

- Non dirmelo!

- E invece te lo dico. Dimmi invece come fai tu a conoscere Procida?

- Ci sono stato. – Edo trasse un sospiro – Una decina di giorni nell'ottantadue e un mese intero l'anno dopo.

Nel frattempo era arrivato il cameriere. Un tipo sui venticinque/ventotto, capelli color carota sbiadita, sguardo vacillante e labbro inferiore pendulo sotto una lingua leggermente sporgente. Non serviva essere laureati in psico-sociologia ad indirizzo antropologico per capire che la sagacia e l'acume erano alla sua portata come un aspirapolvere lo è ad un mollusco. Ciononostante, i tre scattini fecero le loro ordinazioni: una margherita per Carmine e una capricciosa per Edo e una prosciutto- funghi con aggiunta di olive, acciughe, capperi, peperoni grigliati, salamino piccante e wurstel per Beppe. Birra media per tutti, senza schiuma per Carmine.

- Nell'ottantadue e nell'ottantatré, dici?

- Esatto.

- È capace che ci siamo anche incrociati. In che periodo ci sei stato?

- È capace? - sorrise Beppe sottovoce. Una ginocchiata di Edo lo zittì.

- Agosto. Tutte e due le volte. Carmine si massaggiò il mento.

- Nell'agosto dell'ottantatré già lavoravo qui, ma l'anno prima c'ero. Che zone frequentavi?

- Beh, nell'ottantadue ero nei paraggi della Chiaiolella. Avevamo fatto un concerto con Marisa Sacchetto. Poi, siccome una decina di giorni dopo ne avevamo un altro dalle parti di Vibo Valentia in Calabria, anziché tornare a Verona rimanemmo a farci un po' di vacanza.

- Marisa Sacchetto... aspetta... era uno spettacolo con vari artisti... c'era anche Franco Fanigliulo. L'ho visto. Hai suonato anche tu?

- Certo, ero il chitarrista.

- Maronn'! Mi ricordo. Cioè... non di te, ma mi ricordo della serata. Ero proprio dietro il mixer. Avete incominciato lo spettacolo con un medley dei Deep Purple. Eri tu? Non ci credo!

- Ti dico che ero io. Eravamo vestiti di bianco. Io avevo una Stratocaster nera...

- Nun è che mi vuoi fare fesso, Edoà?

- Che motivo avrei di raccontarti delle storie? E poi, come farei a sapere tutti questi particolari? Toh, ti dirò che abbiamo fatto anche "Locomotive Breath" dei Jethro Tull e "Shine on you Crazy Diamond" dei Pink Floyd. Ti basta?

- Gesù, ma allora è vero!

Arrivarono le birre. Tutte e tre avevano almeno quattro dita di schiuma.

- L'avevo chiesta senza schiuma – si lamentò Carmine.

- Senza schiuma?

Il cameriere prese il boccale.

- Prrronti! - disse, e ci soffiò energicamente sopra. La schiuma volò via per andare a spiaccicarsi sul marciapiede a un paio di metri di distanza.

- Ecco fatto.

Quindi rimise il boccale sul tavolo e se ne andò.

- Ma che spacimm'! Chist' è scemo! Edo e Beppe si misero a ridere.

- Io gli spacco la faccia a quello! Avete visto?

- Lascia perdere – suggerì Beppe.

- Come lascia perdere? Quello ha sputato nel mio bicchiere. La bevi tu adesso questa birra? Perché io non la tocco. Ma che stronzo!

- Facciamo così – Edo Prese la birra di Carmine e la versò in un vaso. Poi alzò il boccale vuoto all'attenzione del cameriere e ne

ordinò un'altra. Senza schiuma! Questa la offro io, disse.
Carmine tentò di protestare, ma Edo lo convinse che non era il caso di creare problemi:
- Ci vuole pazienza nella vita. Quello è un cretino, non lo vedi? Non è colpa sua, è nato così. Magari voleva fare lo spiritoso. Cosa vogliamo fare? Per una birra...
La birra arrivò. Questa volta senza schiuma.
Mentre veniva sostituito il boccale vuoto con quello pieno, Carmine non smise un attimo di guardare in cagnesco il cameriere. Ma questo sembrava navigare in un mare tutto suo e non si avvide delle scintille che uscivano dagli occhi del suo cliente. Veniva da chiedersi se ciò fosse dovuto alla nebbia in cui si smarriva la sua ragione o piuttosto ad una navigata esperienza mista a noia. Forse la maschera di dabbenaggine che indossava era parte integrante della sua uniforme da cameriere. Trovandosi in favore di visuale, Edo lo poté seguire con lo sguardo mentre si allontanava. Aveva un andatura deambulatoria strascicata e stanca, come chi si trovi a ripetere i medesimi gesti da anni. Rientrando, appoggiò il boccale vuoto per svuotare un posacenere nel portaombrelli, quindi riprese il suo cammino dimenticando il bicchiere sul tavolino. Fatti tre passi si fermò per grattarsi energicamente il culo. Altri tre passi e si girò, grattandosi questa volta la testa, e tornò a prendere il boccale per poi sparire in cucina. No no, era proprio un cretino!
- Beh, ti piace Procida?
- L'amo.
- Bella, eh?
- È stata la mia salvezza. Posso dire che Procida ha rappresentato il giro di boa della mia vita. Guardandomi indietro adesso, che sono passati tre anni, vedo due distinte immagini di me stesso: una pre e una post Procida.
Carmine assunse un'aria interrogativa. Edo spiegò che nell'ottantatré ci era andato per curarsi, da una crisi molto brutta che

stava attraversando.

- Maronn'! Che ti era successo?

- Non riuscivo a digerire il divorzio da mia moglie e mi sono lasciato andare un po' troppo.

Beppe volle sapere cosa intendesse Edo con quel suo "un po' troppo". Edo non poteva più tacere: per più di un mese aveva evitato l'argomento, anche se più di una volta era stato sul punto di confidarsi. Massì, fanculo!

- Eroina – disse laconico.

- Gesù! - esclamò Carmine.

- Madonna santa! - gli fece eco Beppe.

- Sì, manca solo San Giuseppe e il presepio è bell'e fatto. Poi, per il bue e l'asinello si decide dopo la pizza. Va bene?
Risero.

- Perciò sei venuto a Procida per uscire dal tunnel della droga?

- È un'immagine un po' giornalistica...

- Che ho detto?

- Ma no, niente. Sono queste frasi fatte che mi annoiano: il tunnel della droga, la schiavitù dell'ago, il baratro della tossicodipendenza... tutte cazzate! Mai nessuno che una volta parli del disagio sociale causato dallo spaccio legalizzato del tabacco e dell'alcol o di schiavitù dalla pubblicità... ma lasciamo perdere.

- Senti un po' Edoà, nun è che tieni ancora le ferite aperte?

- Non lo so. Potrebbe essere. - Edo si grattò la barba - In fin dei conti, tre anni non sono poi così tanti.

- Non me ne avevi mai parlato – disse Beppe.

- Beh, questi non sono argomenti che uno ami sbandierare ai quattro venti.
Ancora adesso c'è gente in giro che quando mi vede si gira dall'altra parte, a causa di questa storia.

- Ma a Procida non ci sono comunità terapeutiche o centri di cura per tossicodipendenze o roba simile – obiettò Carmine.

Edo spiegò che non era questo che cercava.

- Io sapevo che ce l'avrei fatta con le mie forze. Lo volevo. Mi serviva solo un posto diverso e lontano da Verona. Un posto dove nessuno mi conoscesse. Quando me ne andai di casa non sapevo dove sarei andato a finire. Pensai solo ad andar via. Subito presi un biglietto per Venezia, ma il treno sarebbe partito solo dopo due ore. Invece ce n'era uno in partenza per Milano; salii su quello e feci il biglietto in carrozza. Poi a Milano mi venne in mente Procida. Detto fatto. Il giorno dopo avevo una stanza all'hotel "Le Arcate" e ci rimasi un mese.

Edo stava per prendere il pacchetto di sigarette dal borsello quando il cameriere arrivò con le pizze. Beppe, come il solito, chiese l'olio extra vergine d'oliva e il pepe. Ma il cameriere insieme al pepe per errore gli portò l'aceto. Beppe se ne accorse troppo tardi. Ciononostante, dopo averla annerita di pepe, mangiò la sua pizza, trovandola persino interessante.

Carmine, invece, non fu soddisfatto, com'era logico aspettarsi. Edo ebbe qualcosa da ridire circa il lato estetico: la sua pizza aveva una forma indefinita, né ovale né tonda e gli ingredienti, pur non cattivi, erano distribuiti in modo alquanto singolare: un grumo di funghi qui, tre carciofini uno sopra l'altro lì, una montagna di mozzarella su di un lato e solo pomodoro dall'altra parte, tre fette di prosciutto una sull'altra coprivano l'unica oliva posta di lato vicino ad un mezzo würstel tagliato per il lungo che dava l'impressione di volersene scappare alla chetichella prima di finire addentato. Sembrava quasi che il pizzaiolo avesse scaricato il tutto sopra la pasta da un secchio, come quando si butta la spazzatura. Va bé, locale da cancellare e fine del discorso.

I tre si alzarono dal tavolo dopo i caffè più un Unicum per Beppe. Il conto lo dovettero pagare all'interno, in quanto il cameriere non voleva saperne di scollarsi dal televisore: carta e matita in mano, seguiva un sedicente studioso del gioco del lotto che, da un'emittente locale, proponeva l'acquisto di ambi, terni e quaterne assolutamente vincenti da giocare su questa o quella ruota. Per un momento Edo si sentì punzecchiato dall'impulso di spiegare al cameriere che se quello conoscesse davvero i numeri che verranno estratti se li giocherebbe lui, anziché giocarsi la faccia in televisione per carpire quattro lire al sempliciotto di turno. Ma poi decise che le sue sarebbero state parole al vento, in quanto il sempliciotto di turno era proprio davanti a lui. Perciò rincarò la dose inventandosi una sua cognata che seguendo quel programma si era fatta ricca.

61

Katia telefonò che era ormai l'una. Era a Mestre. Disse che avrebbe ritardato perché l'autobus, perché il treno, perché poi la coincidenza con la corriera... insomma, sarebbe arrivata forse per le due, due e un quarto. Porco giuda. Ma alle due e un quarto Edo doveva essere già sull'Iris. Perciò, se lei fosse arrivata entro le due - meglio un po' prima - non ci sarebbero stati problemi, ma se fosse arrivata più tardi l'appuntamento sarebbe slittato alle sei e mezza... dove? Già, dove? Ai giardini della stazione? Al porto? Al Petronia? Al negozio? Facciamo al negozio? D'accordo. Allora bastava chiedere del TOURIST FOTO e qualcuno glielo avrebbe indicato. Il Petronia è lì vicino, e vi si accede anche dalla galleria. Dunque, in caso di ritardo, appuntamento al negozio o al Petronia alle sei e trenta.
No, meglio di no. Meglio trovarsi ai giardini della stazione e fine del discorso. Alle due o alle sei e trenta. Punto.
Uff!
- Andiamo a mangiare qualcosa?
- Ho ordinato un toast - rispose Beppe.
- Un toast dici? Quasi quasi me ne faccio uno anch'io.

- Siete insieme da tanto?
- Cosa?
- Dicevo, con la tua ragazza...
- Quale ragazza?
- Come quale ragazza? Quella che stai aspettando. Chi sennò?
- Non è la mia ragazza.
- Ah no? Mi sembrava di aver capito...
- È una mia allieva.
- Questo lo so. Ma non credo vi vediate solo per le lezioni di chitarra, o sbaglio?
- Ci frequentiamo anche... voglio dire...

- Sì, sì, ho capito.

- Bene.

Arrivarono i toast. Accompagnati da due birre e dal sorriso di Paola. Edo notò che il toast del suo amico era stranamente gonfio. Gli chiese cosa mai ci fosse dentro, oltre la fontina e il prosciutto cotto.

- Ci ho fatto aggiungere due anelli di cipolla, dei funghi trifolati e qualche cappero.

- Nient'altro?

- Ah sì, un po' di maionese. Sai, per legare gli ingredienti.

- Mi pare doveroso – sentenziò Edo.

- Beh?

- Beh cosa?

- Dove ce l'hai la testa Edo? Ti ho appena chiesto se siete insieme da tanto.

- Ma porcaccio di un giudaciaccio boia, ti ho detto che non è la mia ragazza! Ciò significa che non stiamo insieme. Come devo dirtelo? In gaelico?

- Va bene vostro onore, rettifico la domanda: da quanto tempo la conosci... ehm... nel senso...

- Non didattico?

- Ecco, sì.

- Perché vuoi saperlo?

- Così. Così!

- Più o meno da novembre scorso.

- Novembre? Ma non eri ancora insieme a Elvira.

- Sì.

- Ah!

- Come ah?

- No, niente. Eri insieme a Elvira, però...

- Beh? Sei diventato moralista?

- Figurati. Si fa così, per parlare. Ma se non vuoi...

Edo spostò il suo toast nell'altra mano. Prese il boccale di birra e ne bevve un lungo sorso. Represse l'insano impulso di sparare un rutto da far tremare i vetri. Quindi, si strinse nelle spalle. Massì, tanto per parlare:

- L'ho conosciuta per caso in via Mazzini circa un anno fa. In maggio o giù di lì. Era in compagnia di un pittore di Mira... o Mirano... Bah! Non fa niente. Questo pittore era a sua volta amico di Elvira. Io l'avevo conosciuto perché lei lo aveva ospitato tempo prima un paio di notti. Si chiama Moreno. Era uno di quei pittori un po' spiantati che vende acquerelli fatti in serie, tipo vedute di Venezia: rii, calli, piazze San Marco, gondole di qua, gondole di là, ponti di Rialto, ponti dei sospiri... Pensa che si era preparato alcune tracce a china che fotocopiava in serie su cartoncino formato A3 e poi le acquerellava. Roba che in un ora ne faceva una ventina e più. Hai presente il tipo?

- E lei era la sua ragazza?

- Più o meno.

- Cioè?

- Lei era stata la ragazza di un suo amico, ma poi c'era stato un cambio di guardia. Insomma, qualcosa del genere. Non so se fossero insieme nel senso classico del termine. Diciamo che si frequentavano, così tagliamo la testa al torero.

- Al torero?

- Così, tanto per cambiare. Oggi mi sento animalista.

- E poi?

- Lei aveva con sé la chitarra e mentre lui esibiva i suoi acquerelli, aspettando lo sprovveduto di turno che gli desse diecimila lire per portarsene a casa uno lei strimpellava.

- E tu quando vedi una chitarra...

- No. Il fatto è che a Elvira venne la brillante idea di cantare una canzone.

Voleva far sentire a Moreno una versione della Ragazza di Ipanema in dialetto veronese che avevamo composto lei ed io a quattro mani. Quindi chiese a Katia di prestarmi la chitarra.

Poi, sai come vanno queste cose: una cosa tira l'altra; io feci un pezzo di Toquinho, poi uno di Baden Powell... e che bravo che sei, ma insegni? sì, insegno. Davvero? Sì, davvero e bla bla bla e quanto prendi a lezione e via di seguito. Bé, per farla corta, a ottobre Katia incominciò a prendere lezioni di chitarra dal sottoscritto.

- E poi?

- Poi una sera di novembre...

- Una sera di novembre?

- Ti faccio un disegnino?

- Ah, ho capito.

- Sei un sagace mica da ridere, eh Beppe?

- Beh, cambiando discorso: io mi faccio un altro toast.

- Lo sai che mi hai rubato le parole di bocca?

- Lo sapevo – disse Beppe.

Terminati gli altri due toast arrivò per Edo l'ora di avviarsi verso la stazione. Beppe, che per raggiungere il suo riposino pomeridiano per un tratto era di strada, lo accompagnò. Lungo il tragitto chiacchierarono di fantascienza. Beppe sosteneva che, analogamente alla realizzazione dei satelliti geostazionari per le telecomunicazioni ipotizzati da Arthur C. Clarke, anche le tre leggi della robotica di Isaac Asimov in futuro sarebbero diventate leggi vere e proprie. Si trattava solo di aspettare che la tecnologia raggiungesse un livello tale per cui la cibernetica superasse la fase pionieristica e la strada della robotica antropomorfica sarebbe stata imboccata. Per far questo, diceva, occorreva però che i governi si adoperassero seriamente per il conseguimento della pace nel mondo. Quella vera! Solo allora si sarebbero potuti investire i capitali necessari alla ricerca volta all'intelligenza artificiale.

- Utopia pura – obiettava Edo.

- Non è detto. Prima o poi il petrolio finirà e per allora si saranno necessariamente trovate altre fonti di energia. È inevitabile. Perciò sarà divenuto inutile scannarsi come fanno adesso per dividersi il mercato dell'oro nero.

- Te lo concedo, ma l'astronautica dove la mettiamo?

- Cosa c'entra l'astronautica?

- Non mi dirai che gli americani butteranno alle ortiche i miliardi di dollari spesi fin'ora per il programma spaziale per costruire dei bambolotti pensanti, vero?

Beppe si grattò la testa:

- Potrebbero portare avanti entrambi i progetti – disse poco convinto.

- Lasciando morire di fame qualche miliardo di individui del terzo mondo?

- Beh, questo lo stanno facendo già. In ogni caso, ci sono anche i russi, i giapponesi...

- Sì, come no, e anche i neozelandesi, i tuareg e gli zulù col cazzo in su.

- Tu butti sempre tutto in vacca – sospirò Beppe sconsolato.

- Ma cosa vuoi che mi interessino i viaggi interplanetari e gli androidi in questo momento, Beppe? la vedi quella ragazza laggiù?

- Sì, ma cosa c'entra?

- C'entra. È Katia.

Quel pomeriggio la laguna sembrava più bella, più luminosa. Persino il suo odore era piacevole. I passeggeri dell'Iris poi, solitamente noiosi nel loro ripetersi, persino simpatici. Katia sorrideva. Coi suoi occhioni eternamente meravigliati del mondo intorno a lei, sembrava stupirsi di ogni cosa: l'airone che s'alzava in volo, il colore verdastro dell'acqua, il borbottio sommesso del motore, i canneti che sfilavano lenti ai lati del battello... Edo le si avvicinò e la baciò sulla fronte, come si farebbe più con una persona cara che non una giovane amante. Lei gli accarezzò una mano. Delicatamente. Sembrava quasi temesse di fargli male. Lui le cinse le spalle e la strinse a sé. Se gli fosse stato possibile fermare il tempo lo avrebbe fatto ora.

- Ti piace la laguna? - chiese Edo una volta sbarcati all'isola dei pescatori.
- È bellissima. C'è una pace... un silenzio...
In realtà di silenzio ce n'era ben poco. La torma di turisti festanti, infatti, vociava di gran carriera. Edo lo fece notare a Katia, ma lei rispose che il silenzio a cui si riferiva era piuttosto quello dello spirito:
- Si ha come la sensazione che qui la vita scorra ad un'altra velocità.
- È vero – ammise Edo – Vivere da pescatori significa non aver fretta. Avrebbe potuto dirle che lì di pescatori non ce n'erano e che era tutta una messa in scena, ma che pro? Katia, che fino a qualche ora prima era immersa nel caotico va e vieni cittadino, ora stava assaporando un suo momento di letizia. Perché guastarlo svelandole i retroscena del mestiere di Gualtiero e soci?
- Hai fame?
- Tantissima – rispose lei – non mangio niente da stamattina, a parte un cappuccino e una brioche che ho preso a Mestre mentre aspettavo la corriera.
Aveva fame anche Edo: i due toast del Pertronia erano già digeriti e dimenticati.
- Spero ti piacciano le sardine alla griglia.
- Ah, ecco cos'è questo profumino!
- Vieni.

Le sardine ancora non erano pronte. Edo ne approfittò per scattare qualche foto al grosso barbecue e al Pirata immerso nelle sue mansioni di rosticcere ad interim. Forse qualche turista avrebbe gradito inserire fra le proprie foto ricordo anche un'immagine di ciò che avevano gustato sull'isola.

- Tenete – disse il Pirata, mettendo nelle mani di Edo e Katia una decina di sardine accartocciate nelle salviette di carta – ma badate che il capitano non vi veda con tutta sta roba, ché poi chi lo sente quello?

- Grazie Gualty, sei un amore. Se fossi una donna ti sposerei.

- Ma va in mona!

- Più tardi – rispose Edo – più tardi.

62

La stanza da bagno che l'affittacamere metteva a disposizione degli ospiti era abbastanza grande. La doccia scendeva direttamente dal soffitto e l'assenza di un box o di una tenda che ne arginasse gli schizzi dava luogo a un vero e proprio allagamento ogni volta che veniva usata. Tuttavia, un leggero declivio del pavimento convogliava l'acqua verso una griglia di scarico che svolgeva egregiamente il lavoro per il quale era stata concepita, evitando ai fruitori il fastidio di dover asciugare per terra alla fine delle operazioni. Unico neo: la carta igienica perennemente intrisa di umidità. Per questo motivo, analogamente alle consuetudini in uso nei campeggi, ognuno degli inquilini aveva imparato a portarsi con se, all'occorrenza, il proprio rotolo, così come l'asciugamano, il sapone, il pettine e lo spazzolino da denti.

Katia e Edo entrarono. Insieme. Indossavano il costume da bagno, ma l'avevano messo solo per percorrere il breve tratto di corridoio che dalla camera portava al bagno. Un puro scrupolo, nell'eventualità di incontrare qualcuno. Giusto il tempo di chiudere a chiave, appendere gli asciugamani e appoggiare lo shampoo sulla mensola sopra il lavandino e ed erano nudi. Katia aprì l'acqua. Edo rabbrividì nel vederla mettersi sotto lo scroscio ancora freddo. Intervenne qualche istante sui pomelli per ottenere la giusta temperatura e si unì a lei sotto il getto. I due corpi si incollarono in un massaggio rilassante ed eccitante al tempo stesso. Le mani frugavano. Le labbra si cercavano. I sensi si destarono. Katia si appese al collo di Edo; lui la sollevò agguantandola per le natiche; lei gli si avvinghiò con le gambe dietro la schiena. Il suo sesso accolse quello di lui. L'acqua calda scendeva sopra i loro movimenti calmi, cadenzati. L'eccitazione salì in un lento crescendo fino a portarli all'apice del piacere di un lungo, interminabile orgasmo simultaneo.

In stanza Edo si sdraiò sul letto. Aveva bisogno di recuperare un po' di forze: la posizione sostenuta, pur per qualche minuto soltanto, gli aveva stroncato le gambe.

- Dì un po' Katy, tu prendi la pillola, vero?

- Sì.

- Meno male, perché prima...

- È stato bellissimo.

- Sì, davvero. Ma non era questo che...

- Mi sei venuto dentro. É questo che vuoi dire? Edo annuì.

- Stai tranquillo. Non sono così incosciente.

- La prendevi anche nel periodo di Pescantina?

- Certo. Ma perché me lo chiedi solo adesso?

- Perché oggi è stata la prima volta che non mi sono tirato indietro. È davvero strano che tu non ci abbia fatto caso. Le altre volte, alla fine, mi facevi venire tu con la bocca o con la mano.

- Come puoi pensare che non ci abbia fatto caso, come dici tu; quella di oggi è stata la più bella scopata che abbia mai fatto fino ad ora.

- Fino ad ora?

- Beh, spero ce ne saranno altre come questa. E per te come è stata?

- Massacrante.

- Davvero?

- Te lo giuro. Guarda.

Edo si alzò in piedi e piegò leggermente le gambe che incominciarono a tremare in modo incontrollabile. Katia si mise a ridere.

- Visto che ci siamo, ti dirò che a me brucia da morire.

- Cosa?

- Come cosa? Cosa vuoi che mi bruci?

- Strano – commentò Edo stupito – non sei mica una verginella al suo primo amplesso...

- Ma no, è per via dello shampoo. E il bello è che lo sapevo che sarebbe finita così. Mi sembra di avere il fuoco tra le gambe!
- Mi dispiace. Io non ci pensavo. Però, anche tu... potevi dirmelo, no? ché ci si dava una risciacquatina.
- Lo so, ma in quel momento era così bello...
- Già, e adesso io pare che abbia il morbo di Parkinson, e tu sembri Giovanna d'Arco sul rogo con le fiamme che ti mordono le chiappe.

Caorle - Lunedì 7 luglio '86 - Stanza – ore 01,33 (solito discorso: cioè martedì 8 mattina presto eccetera eccetera).

Oggi (ieri), poco prima delle due è arrivata Katia. Appena il tempo di portare il suo borsone in stanza e siamo saliti sull'Iris (che fare sennò? La lasciavo da sola ad aspettarmi fino alle sei e mezza? Oppure saltavo il servizio sul battello per farle compagnia?) (lo so, la punteggiatura dentro le parentesi eccetera, ma chissene!)
Ito uto ato

La Katy dorme. Io no (dal momento che sto scrivendo). La finestra è aperta. Il muro di fronte è sempre al suo posto. Fuori, da qualche parte poco lontano, c'è un gatto che miagola insistentemente. Anzi no, sono due. Probabilmente (anzi sicuramente) si stanno affrontando per stabilire chi dei due si tromberà una qualche micia. Un po' come fanno gli uomini, anche se in modi differenti.
Mi sono acceso una tabaccosa.
Mi piace guardare la Katy che dorme. Sembra un angioletto. Nel sonno si ritorna bambini.

Non ho sonno, ma so che arriverà fra non molto, e forse anche prima. Abbiamo fatto una camminata (la Katy ed me), ma una camminata... prima siamo andati dal tabagiforo perché entrambi scarseggiavamo di fainelle e, visto che c'eravamo, ho preso un bloc-

chetto da dieci biglietti per l'autobusssss, sul quale siamo saliti dieci minuti dopo per farci portare in fondo in fondo, oltre i campeggi per andare a mangiare al Bucaniere, che è un bel posto e si mangia mica male (l'anno scorso ci andavo spesso con quelli dell'OMNIA, quest'anno invece è la primiera vez, because la distanza).

Durante la cena, la Katy è andata un paio di volte in bagno a rinfrescarsi la bernarda (per via dello shampoo che sotto la doccia avemmo l'infelice idea di usare anche come lubrificante). Io ho la cappella un po' arrossata, ma non mi dà così fastidio.

Poi ci siamo incamminati verso il centro passeggiando a piedi nudi sulla sabbia.

E cammina cammina cammina cammina cammina cammina cammina cammina cammina........

finché siamo arrivati in centro.

Ci siamo bevuti un gotto all'enoteca di Walterio, poi un altro... poi ci siamo spostati per un gelato... poi siamo andati a fare una visitina a Carmine, poi al Beppe sulla passeggiata (dal quale ci siamo fatti fotografare abbracciati).

Poi, visto che nel frattempo erano arrivate le undici, abbiamo fatto un salto al negozio (volevo presentare Katia a Roberto e Michela, ma c'era un casino che sembravano due, allora ho fatto ciaociao con la manina e ci siamo spostati al Petrovich). Lì, il profumino della pizza ci ha stuzzicato le papille al punto che, nonostante al Bucaniere avessimo mangiato a sazietà, ci siamo fatti una margherita con acciughe e basilico tagliata a spicchi che abbiamo ingurgitato con le mani bevendo una birra bella fresca.

Poi sono arrivati Roberto, Carmine e Beppe; ma, mi dispiace per loro, adesso mi è venuto sonno.

Ciaociao

Stanza – martedì otto luglio un tot di anni dopo Cristo –
ore 10.

La Katy sta facendo la doccia. È gentile la Katy. Stamattina è usci-
ta verso le non lo so perché dormivo ed è tornata poco fa con due
brioche e due caffè ubicati in altrettante tazzine termiche. In quale
bar li abbia presi non lo so.
Erano secoli che qualcuno non mi portava la colazione a letto...
mia moglie mai... Elvira qualche volta (anche io a lei, però).
Ordunque abbiamo fatto colazione.
Ora sto scrivendo. Ma non so cosa scrivere. Probabilmente la pre-
senza di Katia interferisce col mio desiderio di scarabocchiare an-
zichenò. O forse è qualcos'altro? Bah, è lo stesso. L'importante è
arrivare vivi.

Ambarabacicicoccò

- Allora, hai capito bene?
- Ti dico di sì – sbuffò il Beppe.
- Forse è meglio che ti accompagni all'imbarco...
- Se vuoi, ma non serve.
- Cosa dirai a Gualtiero? Beppe si accese una sigaretta:
- Madonna santa Edoardo, a volte sei di un apprensivo...
- Lo so, me lo dicono tutti. Allora?
- Gli dirò che oggi ti sostituirò io - recitò Beppe, come si fosse
trattato di una poesia - perché tu hai pensato di rimanere a far
compagnia alla tua amica dal momento che si ferma a Caorle
solo qualche giorno.
- E...
- E che tu non te la senti di lasciarla sola tutto il pomeriggio in
un paese che non conosce.
Edo si grattò la barba.
- Pensi possa bastare?
- Ma sì, ma sì. Cosa vuoi che gli interessi se ci sei tu o ci sono

io a scattare foto. Il lavoro verrà svolto ugualmente, no? E non è forse questo che conta?

- Lo spero, perché gli accordi che avevo preso...

- Gli accordi, gli accordi! te l'ho detto, tu sei...

- Troppo apprensivo, l'hai già detto. Ma riassumiamo, vuoi? Beppe allargò le braccia:

- D'accordo, riassumiamo: un rullino lo scatto all'andata, uno sull'isola e uno al ritorno col pirata.

- ...e se serviranno più scatti...

- E se serviranno più scatti scatterò più scatti!

- Allora posso stare tranquillo?

- Cosa vuoi che succeda, Edoardo? Ormai ho imparato ad usare una fotocamera. Non credi?

- Non è questo... è che non vorrei che Gualtiero la prendesse male.

- Tu ti preoccupi troppo.

- Dici?

- Sì, dico.

- Speriamo.

- Vai tranquillo. E goditi il tuo pomeriggio libero.

- Grazie Beppe. Allora d'accordo... e stasera io ti sostituirò sulla passeggiata.

- Se vuoi, ma questo non è un problema.

- Non esistono problemi, Beppe, ma soluzioni.

- Se lo dici tu...

Il Beppe si incamminò in direzione del porto.

Era piuttosto insolito vedere tanti windsurf in quella zona. Katia ne contò diciassette. Strano, pensò Edo: per quanto ne sapeva, quel tratto di mare non era particolarmente ventoso. Eppure oggi sembrava che una leggera brezza, arrivata da chissà dove, fosse venuta a placare un po' la solita afa pomeridiana. Niente goccioline di sudore sulla fronte dunque, ma solo il piacevole alito del vento.

Edo si allungò per prendere il borsello appoggiato su uno scoglio alle sue spalle. Chiese a Katia se anche lei volesse fumare.
Lei rifiutò.

Prima di riporre il pacchetto di Marlboro sbirciò l'orologio:
Di lì a poco il Beppe sarebbe sbarcato sull'isola. Si augurò che
sull'Iris tutto procedesse secondo quanto stabilito, cioè che
Beppe scattasse le sue foto senza problemi. Ma soprattutto che
Gualtiero non se la fosse presa per quella imprevista e arbitraria
sostituzione.

E se invece se la fosse legata al dito?... ma no! Edo scacciò quella
insalubre idea. Sei troppo apprensivo, gli aveva detto Beppe un
paio d'ore prima. Ed era vero. Inoltre, Edo sapeva che coltivan-
do quelle riflessioni sarebbe potuto incappare nel rischio di dover affrontare una crisi d'ansia. Ne avvertiva già la suggestione
dei primi sintomi. E con Katia distesa al suo fianco tutto avrebbe voluto, tranne questo. Si sforzò di incanalare i suoi pensieri i altre direzioni, magari pensando a quanto le cose fossero
migliorate rispetto a come viveva a Verona. D'accordo, entro
breve tutto sarebbe terminato e lui avrebbe dovuto far ritorno
a quella realtà dalla quale era fuggito. Ma una cosa era certa: le
sue potenzialità erano notevoli, porco giuda, e questa non era
una masturbazione mentale. Aveva saputo reagire positivamen-
te alle avversità, lottando contro tutto e tutti, non arrendendosi
ad una sconfitta che lo avrebbe voluto succubo del fato. Aveva
desiderato, cercato, e preparato il tanto atteso cambiamento,
delineandolo nell'avventura col Beppe prestigiatore, ma non si
era lasciato prendere dallo sconforto quando si avvide dell'im-
possibilità di portarlo a compimento e si era adoperato nell'inventarsi un'alternativa. Anche se, pensandoci bene, non aveva
dovuto fare grandi salti mortali per riuscirvi. Anzi, tutto era
stato così facile... e mentre Beppe già si rassegnava a consegnare
le armi, la caparbietà di Edo gli aveva fatto ottenere insperati

risultati. Ora faceva il fotografo, aveva nuovi amici, il denaro non gli mancava, mangiava regolarmente e con l'alcol si era notevolmente ridimensionato. Tutte cose che solo due mesi prima gli sarebbero parse inarrivabili. Perché dunque preoccuparsi? A settembre mancava ancora parecchio tempo. E poi...

- Ti vedo pensieroso.

La voce di Katia arrivò come da lontano. Improvvisa. Inaspettata. Edo quasi sobbalzò, come quando ci si sveglia di soprassalto dopo essersi addormentati sul divano davanti al televisore acceso.

- Come dici?

Katia si sollevò gomiti dietro la schiena sul suo telo da spiaggia.

- Sembri preoccupato.

- Confrontavo le due realtà: Verona e Caorle.

- A cosa ti riferisci?

- Alla mia situazione. Così, a grandi linee.

- Cioè?

- Pensavo a come cambiano le cose. Qui mi sento diverso.

- É vero, sembri un altro. Edo si guardò le unghie:

- Mah, sarà l'abbronzatura – disse con ostentata sufficienza.

- Non essere sciocco. Sei davvero diverso; così attivo, pieno di energia.

- Credi davvero?

- Certo. A Verona eri... come posso dire... spento, rassegnato. E poi eri sempre pallido; avevi certe occhiaie...

- Invece qui?

- Qui sei un figo.

- Grazie. Ma anche tu sei diversa, sai?

- In che senso?

- Beh, ti ricordo timida e impacciata, sempre chiusa e taciturna. Dio buono, a Verona per cavarti qualcosa di bocca ci voleva il forcipe. Ora in confronto sei quasi logorroica.

- É perché eri il mio maestro. Mi mettevi in soggezione.

- Non ci credo! Katia si sollevò a sedere:

- Ti dico di sì.

- Ma se scopavamo come ornitorinchi ad ogni fine lezione...

- Non ha importanza. Io avvertivo comunque un senso di imbarazzo... come dire... di subalternità.

- E oggi non più?

- Oggi non sei il mio insegnante di chitarra.

- Ah no? E cosa sono?

- Un amico. Un amico che sono venuta a trovare.

- Solo un amico?

- Va bene dai, qualcosa di più di un amico.

- Meno male, perché se a tutti i tuoi amici gliela molli come fai con me...

- Dai, lo sai che scherzo. Ma a proposito di chitarra, stasera ti faccio conoscere Miguel e Victor.

I due chitarristi argentini. Non te ne avevo parlato? Bah, fa niente. Di solito ci troviamo verso la mezza fuori da un bar qui vicino. Sentirai che bravi.

Sono leggermente in si bemolle. Ma non tantissimo, giusto un cicinino. Stasera era il compleanno di Ennio (a proposito: sono le 'spetta che guardo...

tre e cinquantuno e un tot di secondi (che non riesco a scrivere perché sono in continuo aumento, 'sti sporcaccioni) (a meno che non li aspetti al varco allo scoccare del minuto. Adesso ci provo: sono le tre e 52 e bah, troppo tardi.

sono le tre e 53 e... 1 secondo! Ce l'ho fatta!) di Mercoledì nove luglio 1986 – Caorle eccetera eccetera.

Dunque dicevo che era il comple di Ennio. E abbiamo bevuto molto assai parecchio prosecco di Valdobbiadene caldo (perché ne aveva una cassa nel baule della utomobile la quale assomiglia a tutto tranne che a un frigorifero). Comunque andava giù lo stesso. Cera anche la sua morosa (di Ennio). Roberto aveva ragione: è

proprio una bella sgnacchera, anche se un po' troppo impettita per i miei gusti. Del resto, non deve mica piacere a me...
devo andare al cesso. Giast moment plìs...

Dove ero rimasto? 'spetta che rileggo, va là, ché non mi ricordo una bella Eva.
In pratica non ho scritto un cazzo, solo che ho bevuto un migliardo di prosecco. Ma sì, io continuo a scrivere, ma a cosa serve? E il bello è che quando scrivo lo faccio sempre pensando a qualcuno che leggerà, anche se non so chi sarà. Cioè, non è che lo penso, ma il pensiero che qualcuno un giorno leggerà è sempre lì presente in un angolo della mia mente. Credo che se così non fosse non scriverei per nulla. A cosa servirebbe?
Poco fa in bagno ho vomitato. Ora sto meglio (mi sembra).
La Katy dorme. Anche lei ha bevuto, anche se non come me. Victor invece aveva una balla, ma una balla, come non l'avevo mai visto. Porco giuda maiale, l'ultima sigaretta! Poi non ce ne sono più fino a domani. Forse è meglio che non l'accenda. In fin dei conti non ho così voglia di fumare. Semmai me la fumo più tardi.
La Katy ha detto qualcosa nel sonno. Non ho capito bene, perché più che parlare ha biascicato qualche parola. Mi è sembrato spagnolo.
Sta diventando una chiacchierona la Katia. Stasera, per esempio, ha confabulato molto con Victor. Si raccontavano cose argentine. Parlavano di Buenos Aires, della pampa, della Patagonia, di Raul Alfonsin (che non so chi cazzo sia, credo un politico)(strano di come mi ricordi questo nome), e di altre cose. Ma io avevo la chitarra in mano, e dell'Argentina non me ne poteva fregar di meno, anche se stavo suonando con Miguel, che è argentino dalla testa ai piedi e anche di più. Ad un certo punto sono passati i carabinieri. Si sono fermati e ci hanno guardati dal finestrino del loro pulmino 850 Fiat. Noi li

63

*Caorle – Petronia – Domenica 13 Luglio – ambarabacici-
coccò – tre civette – ore 20 e 20 esatte – sul comò – ito uto
ato – Sulla tomba del marinaio non fioriscono le rose.*

*Il Beppe è in negozio. É andato a munirsi di rullini per lo scatti-
naggio serale. Io invece no, perché ne ho ancora uno (avanzato dal
battellaggio di oggi).*
*Il Pirata mi ha chiesto come va. Io gli ho detto adesso bene: qualche
giorno di pausa mi ci voleva. Lui mi disse che la mia amica è una
bella ragassa (con due esse), e ha fatto una faccia che significa: ho
capito di che pausa parli. Allora io gli ho fatto una faccia che significa: ho capito che hai capito. E ci siamo messi a ridere.*

*La Katia (oggi pomeriggio) è tornata a Verona. Abbiamo passato
una bella settimana. Abbiamo chiacchierato, nuotato, passeggiato,
suonato e trombato. Adesso, in quanto a sesso, per un po' sono a
posto. E anche lei. Credo (ma non ci metterei la mano sul fuoco,
perché le donne difficilmente si stancano del membro).*
*É stata una bella settimana dunque, anche se piuttosto dispendiosa
(due volte al giorno in ristorante (o pizzeria) per due persone, più
i gotti, le birre, i gelati ecc.) e nel contempo poco remunerativa (il
Beppe mi ha sostituito sull'imbarcazione ben cinque pomeriggi.
Io ho lavoricchiato un po' la sera sulla passeggiata (due rullini al
massimo a sera). Bah, non fa niente, tanto il denaro non mi manca
(ma pensa te cosa sto dicendo).*
Manca una parentesi? Chissenefrega!

*Ho ancora sete (sulla pizza che ho ingurgitato ci ho ubicato tanto
di quel peperoncino...) (in più c'erano anche le acciughe). Adesso
mi ordino un'altra birrozza. Berrei volentieri un Custoza, ma qui
(se si esclude qualche rimembranza scolastica relativa alla famosa*

bb ttiaglia) igooratiineaa bbeiiancloe ccoostii siiaa (aa qpantienìpèlValtee (forìdelllo-
haseecaa,domanipeliaonidvvdlicove,enqauelbaanthee siabtoé. DVpvooma) meezaoi
mliiPatrooeioke bamonitisolo *Verduzzo. Per carità, è buono anche il*
Rebdeueoe rhaa Miialpeldl rearogustatidólcpaimai abd allbkattishoolatea la
bocaliegeaiti. *Eafsespbithé* erano le uniche persone che non avevano
Vallaeaa. dheeqfareuevosalto rnusiuegokioparte silliBeqppa) a Carmmie haa
gattteaaa. e Ipnivaadoaa stuovaato il Blappe, cheVortnaiindovrsóhee esseangbá
silllo. pAllbteiggnaoqfaski eonnepeloizda (koadtase)raarkl'ho ilaeclatKatty. cMiguel
Allesto rmi bliispiaafattraa eampbimeogliia di andarla a prendere. Fa
Aileesto, accdaidpoliastaigemattaan (bdifgutb sbaaedpiioco fa a non bruciar-
(beeliia;) ddlesso .non. ne :avrei; più; e mi, sarebbe -rimàstà "là voglia di
fdlonneaesso un po' di punteggiatura: il lettore puntiglioso prenda ciò
Hoeòclasdesoala bbiinrelerisdee fielittesdta aipcaperiorpidiciloerentioe.

<hr>

'notteeeeee

Caorle, martedì quindici luglio millenovecentottantasei,
gesù gesù.

Oggi al porto c'è stato un piccolo tamponamento (che qui chiamano speronamento) tra due pescherecci. Dio buono, pare che sia crollato il biondo (come diceva quell'altro). In giro ne parlano tutti: ed
è stata colpa di quello che veniva di qua, ma no, perché quell'altro
arrivava di là, ed era a dritta, ed era a sinistra, e perché a babordo
e perché a tribordo... mannaggia li pescetti, come direbbe Carmine, a Verona non commentano con tanta enfasi neanche un accar-
tocciamento di dieci camion uno sull'altro.

Bah!

Sto fumando una Stop (tal tabacchista avevano terminato le Marlboro e allora mi sono fatto dare (dietro congruo pagamento (in
contanti) un pacchetto contenente venti sigarette della sopraccitata
marca) (che una volta fumavo sempre) (oggi invece no) (ma non
fa niente).

Il Beppe sta dormando dormendo. Stasera si è lavato i piedi. Se domani non nevica mi taglio i coglioni.

Sono le 3 e 33. Fra un'ora e undici minuti saranno le 4 e 44. (a volte la matematica mi è simpatica).

Ito

Stanza – ore 11 e qualcosa (l'orologio è nel borso vezzeggiato e vada affanculo anche lui) – Caorle, come il solito – 1986, come il solito – dopo Cristo come il solito – insomma tutto come il solito, come il solito (tranne il giorno (sabato 19 luglio), che quest'anno è la prima volta che si affaccia alla ribalta del tempo e non lo farà mai più).

Il Beppe è in spiaggia, come il solito. In negozio ci sono Roberto e Michela, come il solito (a meno che non siano morti senza che io lo sia venuto a sapere). Io sto scrivendo, come il solito (ma poi mica tanto) (infatti ultimamente non scrivo molto) (anzi, direi che scrivo pocopoco).
Ho fame.
Ieri sera ho assistito a una rissa. Anzi, più che una rissa è stata solo una testata sul naso. Se l'è beccata Carmine, poverino. Per una cazzata inesistente: stavamo prendendo un caffè in un bar (nel quale non vado mai e dove non entrerò mai più, ci mancherebbe!) quando Carmine ha inavvertitamente sfiorato un tizio, ma proprio sfiorato, mica di più. Non è che l'abbia spinto o roba del genere. Eravamo al banco (il tizio, Carmine ed me) e, per prendere lo zucchero Carmine ha allungato il braccio davanti al tizio e forse (dico forse) l'ha toccato. Questo, senza dire né a né ba gli ha dato una testata in mezzo agli occhi.
E giù sangue dal naso!

Poi, parlando dell'accaduto con Roberto ne è venuto fuori un profilo del tizio. Sembra che sia uno xenofobo fascistone esaltato, ora convertito alla Liga Veneta, non nuovo a simili bravate. Spalle larghe, capelli rasati, faccia da culo e appassionato di armi. Evidentemente a questo qui stanno sulle balle i terroni e cercava solo un pretesto per spaccare il naso ad uno di essi. È toccato a Carmine, ma se fosse stato Omar (lo scattino egiziano) sarebbe stato lo stesso.

Vado a farmi una doccia, che oggi la giornata è calda assai (del resto in pieno luglio sarebbe strano il contrario).

Ala pro

Petroviz, Caorle, lunedì ventuno luglio '86 dopogesùcristo, ore 12 e 45.
Non ho voglia di scrivere. Punto

fanculo

La data dell'evento era stabilita da qualche giorno; l'ora: durante la chiusura pomeridiana del negozio. L'idea era nata così, quasi per caso; qualcuno aveva detto che sarebbe stata una bella cosa organizzare una mangiata in compagnia, anche solo per risparmiare, dal momento che per tutti, più o meno, trattorie e pizzerie erano la consuetudine.

Dunque, era deciso: il Beppe si sarebbe occupato dei fornelli; la roba l'avrebbero comprata Edo, Ennio e Carmine; Michela e Roberto avrebbero fornito il vino e messo a disposizione il loro appartamento, mentre il fratello di quest'ultimo avrebbe portato la birra.

Dopo non poche schermaglie circa il cosa mangiare (chi voleva pesce, chi carne, chi una carbonara...) era stato deciso per uno spaghetto alla puttanesca. A far pendere l'ago della bilancia in favore di olive, capperi e acciughe furono più che altro le insistenze del Beppe, il quale si era dipinto come cuoco provetto nel preparare questo tipo di pietanza. Voi non avete mai mangiato una puttanesca di quelle che cucino io, aveva detto, e lo fece con tale convinzione che alla fine tutti si arresero e decisero di fidarsi. La ricetta gliela aveva data un aiuto cuoco salernitano che aveva conosciuto a Londra.

Edo, che più di altri aveva avuto modo di constatare di quanto fosse capace il Beppe in materia di alimentazione, volle sperare per il meglio. Del resto non era la qualità del cibo che importava, e nemmeno il risparmio, ma la condivisione di un momento conviviale che aveva quasi il sapore di una riunione famigliare.

Carmine appoggiò la cassa di birre su di una sedia accanto il frigorifero:

- Ne metto al fresco qualcuna? – chiese ad alta voce, senza rivolgersi a qualcuno in particolare.

- Sì, meglio – rispose Michela – anche perché la birra calda non piace a nessuno. Ciò, infilane anche un paio nel freezer, ché tra un quarto d'ora quelle almeno le potremo già bere.

- Avremmo dovuto pensarci prima – commentò Roberto – ma in questa casa si fa sempre tutto all'ultimo momento.

Michela stava per ribattere. Beppe l'anticipò:

- Non preoccupatevi. Tanto prima di mezz'ora non si mangia. Piuttosto qualcuno dovrebbe mettere l'acqua sul fuoco.

Michela e Roberto si guardarono in cagnesco un lungo istante. Poi lei si allontanò per prendere la pentola da riempire d'acqua. L'impressione che Edo aveva avuto tempo prima, cioè che nel loro rapporto qualcosa si fosse incrinato, stava prendendo consistenza e già si definiva nei contorni della certezza più che del sospetto. Se si fosse trovato a dover raffigurare quel momento in chiave fumettistica, Edo avrebbe disegnato le nuvolette dei loro pensieri zeppe di fulmini, coltelli, teschi, svastiche e bombe a mano.

- Vado a lavare i pomodori – disse più che altro per tagliare l'aria.

- Ma cosa vuoi lavare, cosa?

- L'ho appena detto, Beppe, i pomodori.

- Ma tu credi che i cuochi dei ristoranti si preoccupino di lavare le verdure prima di cuocerle?

- Io non lo so cosa fanno i cuochi dei ristoranti, Beppe. Ma io ho l'abitudine di lavarla la roba prima di mangiarla.

Beppe assunse un'espressione di sufficienza:

- È un'operazione inutile, ma se ti rende più tranquillo...

- Porco giuda Beppe, sappiamo che la tua concezione dell'igiene è piuttosto approssimativa, e bada bene che chiamandola approssimativa uso un eufemismo di quelli grossi così. Ma, Dio buono, ti disturba così tanto il senso della pulizia che hanno gli altri?

- Va bene, va bene. Come non detto.

Nel frattempo Ennio aveva estratto la sua chitarra. Ora, seduto sulla spalliera del divano, stava sonicchiando cose classicheggianti. La sua ragazza in piedi al suo fianco lo guardava assorta. Entrambi sembravano immuni alle emanazioni di disarmonia generate dai padroni di casa. Tuttavia, quelle poche note riuscirono lentamente a dissipare la tensione. Qualche minuto dopo, infatti, tutto sembrò incanalarsi in direzione della normalità.

- Ti serve una mano con quelle olive?

- Sì, grazie. Potresti snocciolare quelle verdi mentre io trito le nere.

Michela aprì il sacchetto delle olive verdi. Le sgocciolò dalla salamoia e le rovesciò in un piatto. Beppe le sorrise passandole il coltello. Roberto si affaccendava prendendo in mano ora questo ora quello, spostando un tovagliolo, una forchetta, un bicchiere. Andava avanti e indietro dalla cucina alla sala senza far nulla, dando tuttavia l'impressione di essere partecipe ai preparativi. Sorrideva, ma il suo era un sorriso finto, forzato;

le sue labbra erano tirate e gli occhi tradivano una insolita inquietudine. Di tanto in tanto guardava Michela di sottecchi, mentre lei evitava accuratamente il suo sguardo. La certezza che ci fosse qualcosa che non andava si consolidò. Anche Carmine, abitualmente allegro e loquace, oggi sembrava mordere il freno, quasi ritenesse fuori luogo il suo consueto brio reprimendolo in un insolito silenzio. Era evidente che sapeva qualcosa. Edo gli si avvicinò:

- Che succede? - gli chiese sottovoce.
- Roberto ha mangiato la foglia.

Edo si grattò la barba. Roberto ha mangiato la foglia? Quale foglia? A cosa si riferiva Carmine?

- Di cosa stai parlando?
- Iamm' Edoà, non fare il finto tonto.

Intanto Roberto si avvicinò. Carmine finse di nulla e improvvisando la prosecuzione di una conversazione in corso chiese a Edo dove avesse messo la sua chitarra. Edo stette al gioco:

- L'ho lasciata di là, in entrata.
- E valla a pigliare, no? Perché non fate qualcosa insieme tu e Ennio?

Bisognerà pur farla passare questa mezz'ora, no?

Roberto tornò in cucina. Col quel suo infruttuoso viavai sembrava un'anima in pena.

- Beh, mi vuoi spiegare? - insistette Edo.
- D'accordo, tu sei un viveur e la tua elegante omertà ti fa onore. Ma quando una cosa è ormai di dominio pubblico non serve più fingere di non sapere.
- Che cazzo stai dicendo, Carmine, porco giuda... cos'è che dovrei sapere?
- Ma allora sei scemo! Edoà, ci sei o ci fai? - e canticchiando in inglese maccheronico si avvicinò a Ennio che stava iniziando Yesterday.

Edo si guardò intorno, come a voler cercare qualcosa a cui aggrapparsi per non affondare ancor di più nel proprio disorientamento. Tutte queste storie accampate da Carmine circa il dominio pubblico, il fingere di non sapere... Roberto e Michela erano in crisi. D'accordo. Sono cose che prima o poi capitano anche alle coppie più navigate. Anzi, è proprio il superamento di queste crisi che dà robustezza ad un rapporto di coppia. Ma, Dio buono, era tutto qui? Cosa c'entrava la presunta elegante omertà di cui, secondo Carmine, Edo si sarebbe pregiato dall'alto della sua improbabile dimensione di viveur? Cos'è che avrebbe finto di non sapere?

No, c'era qualcosa che gli sfuggiva. Guardò Michela. La vide intenta a tagliuzzare le sue olive. Beppe le stava dicendo qualcosa sottovoce. Roberto armeggiava con qualcosa in cucina. Forse Beppe ne sapeva di più; Edo glielo avrebbe chiesto non appena se ne fosse presentata l'occasione. Anzi, sicuramente ne sapeva di più: ultimamente l'aveva visto spesso parlottare con Michela; non era improbabile che lei gli avesse confidato qualcosa.

Gli spaghetti alla puttanesca preparati dal Beppe non erano male; forse un po' abbondanti di peperoncino, ma la cosa sembrò non disturbare nessuno. Solo Carmine ebbe qualcosa da ridire sulla scelta delle olive verdi in aggiunta a quelle nere che, secondo lui, la ricetta napoletana non prevedeva. Disse anche che si sarebbero dovute usare olive di Gaeta e non le Saclà in bustina del supermercato. Il Beppe non se la prese. Anzi, parò la stoccata facendogli notare che, a voler essere pignoli, nemmeno il parmigiano con cui tutti, Carmine compreso, avevano cosparso i loro piatti era contemplato dalla ricetta.

Ennio e la sua ragazza mangiarono invece con gusto, così come Edo e il fratello di Roberto. Michela fece addirittura il bis. Roberto mangiò palesemente controvoglia, anche se, da buon padron di casa, sembrò farlo solo per non offendere la compagnia. La birra scorse in abbondanza al punto che, complice anche il caldo, prima del caffè tutte e dodici le bottiglie di Moretti da tre quarti erano vuote e già si era passati al Verduzzo.

Durante il pranzo si parlò di lavoro; vennero raccontati aneddoti e ci furono risate come da copione. E, sempre da copione, dacché la birra e il vino ebbero fatto il loro dovere, si finì con l'ingrassare il linguaggio raccontando a turno barzellette da trivio. E tutti a ridere! Per nulla, per una scurrilità, per una battuta scema. Persino Roberto si lasciò un po' andare. La ragazza di Ennio poi si teneva la pancia. Ma chi rideva di più era Michela. Rideva in modo davvero smodato, e lo faceva particolarmente in risposta alle storielle del Beppe le quali, strano, sembravano raccontate soprattutto per lei.

Strano però. Sì, il Beppe risultava simpatico più o meno a tutti, con quella sua aria da geniaccio svampito, quel suo incedere dinoccolato, la parlata grassa e sibilante del basso veneto. Ma, in fin dei conti, le sue barzellette non erano così esilaranti come le reazioni di Michela avrebbero fatto supporre. Sembrava quasi che fra i due ci fosse della complicità, se non del tenero; cosa assai improbabile: per quanto cercasse di digerire una simile ipotesi, Edo proprio non riusciva ad immaginarsi Michela in atteggiamento ricettivo ad eventuali avances del Beppe. Figurarselo a letto con lei poi, col crespo crine innevato di forfora e i piedi olezzanti di violetta malghese... immaginarlo declamare frasi romantiche sputacchiando la esse come un crotalo? Questo sì che aveva del comico!

Edo rise dei suoi pensieri. Carmine se ne accorse:

- Che fai? Ridi da solo?

- Cercavo di immaginarmi il Beppe con Michela sottobraccio a passeggio per le vie di Caorle. Te lo vedi gesticolare parlando di filosofia, con la sua giacca cremisi sopra la maglietta a righe orizzontali gialle e rosa, pantaloncini, calzini bianchi e scarpe da città?

- Ah, allora lo vedi che fingevi di non sapere?

- Fingevo di non sapere?

- Che fai? Insisti?

- Aspetta un momento, vorresti farmi credere che Beppe e Michela...

- E smettila di cadere dalle nuvole Edoardo. Il gioco è bello se dura poco. Edo non si fece male perché quel capitombolo, per fortuna, era solo metaforico, ma in quanto a cadere era caduto eccome!

- Incredibile!

Carmine socchiuse gli occhi e guardò Edo come se volesse valutare l'autenticità del suo stupore.

- Davvero non lo sapevi?

- É tutto il giorno che ti dico di no.

- Questo sì che è incredibile. Lo sapevano tutti tranne te. Ma dove vivi, Edoà?

- Porco giuda Carmine, se uno non ci pensa non ci pensa e basta. È talmente assurdo...

Carmine scosse il capo e si allontanò lasciando Edo a grattarsi la barba come un coglione annichilito dallo sbigottimento. Il Beppe che si trombava la Michela! Era dura da mandare giù. Altro che puttanesca.

65

Edo si lasciò cadere pesantemente sulla panchina. Roberto si era offerto di accompagnarlo fino a destinazione, ma Edo preferì fare due passi, se non altro per smaltire almeno un po' l'alcol che aveva bevuto. Se fosse andato a dormire subito come minimo il letto e la stanza si sarebbero messi a girare.

Roberto era riuscito a convincerlo: è un locale di classe, aveva detto, c'è bella gente, buona musica e un barman che sa fare il suo mestiere. Naturalmente, secondo Edo, questa era la attrazione dominante per Roberto. In quanto a musica e bella gente... bah, ognuno filtra il mondo attraverso i propri sensi, aveva pensato Edo. Ricconi, d'accordo... Ma è così che si misura la bellezza umana? Tuttavia, a dispetto di ciò si era divertito; aveva passato una serata diversa dalle solite, ed aveva rimediato un'opportunità di lavoro per l'autunno.

Durante la serata avevano parlato molto. Roberto si disse un po' infastidito dalla situazione Michela/Beppe. Non tanto per gelosia, anche se questa traspariva sorniona da qualche fugace espressione rassegnata che subito s'affrettava a dissimulare con una finta allegria, quanto per una non meglio definita mancanza di rispetto. Ma come, diceva, io gli do un lavoro e lui mi ringrazia scopando la mia donna?

Edo, fedele al suggerimento insito nel vecchio adagio "mal comune mezzo gaudio" gli aveva raccontato della sua separazione dalla moglie, di come se n'era andata col fruttivendolo dall'oggi al domani, senza preavviso; di come ne aveva fatto una malattia e della crisi che ne era conseguita. Omettendo però l'argomento droga.

E giù cocktail! E assaggiamo il Negroni, e facciamoci un Alexander, e proviamo un Bloody Mary e che ne dici di un Gin Fizz... e il Duna Verde, che è una loro esclusiva che facciamo, non lo assaggiamo? Poi, dopo un paio di giri di Caipirinha per risciacquarsi lo stomaco, erano passati allo champagne e infine ai distillati di puro malto.

La serata, dunque, era stata consacrata al dio Bacco. Ma non tutta. Infatti, prima che i fumi dell'alcol prendessero il sopravvento Edo, notando i tanti damerini eleganti che frequentavano il locale, aveva esposto all'amico un suo progetto risalente a fine estate dell'anno prima. L'idea, che subito aveva relegato nel cassetto dei "Progetti Im- probabili Futuri" insieme agli altri mille racimolati negli anni, aveva avuto la sua genesi al Congresso Internazionale di Gerontologia di Roma: parlando con una standista italo-belga, la quale deplorava le difficoltà legate al suo precario lavoro di modella, ne era uscito un elenco di incombenze imprescindibili a cui ogni aspirante indossatrice doveva assoggettarsi, tra cui la realizzazione di un book fotografico col quale presentarsi agli addetti ai lavori.

Uno più uno fa due: Roberto aveva compreso subito le potenzialità della proposta di Edo benché questa fosse ancora in embrione. Si trattava di "adescare" il pollo tra i fighetti papabili e lubrificarlo col miraggio di un suo eventuale ingresso nel mondo nella moda, fino a convincerlo a farsi fotografare – va da sé – dietro congruo compenso.

Naturalmente il compimento di una simile ricetta necessitava di ingredienti precisi e ben dosati. Innanzitutto serviva uno studio e un nome credibile dell'agenzia promotrice. Al terzo cocktail le varie proposte avevano finito per convergere in un altisonante "International Art Studio". Ma più ancora serviva una credibilità, cioè altri book da esibire quali testimonianza del lavoro svolto in precedenza. Poi sarebbero serviti nominativi di agenzie pubblicitarie e di stilisti a cui appoggiarsi per i vari casting.

Al quarto flûte di Moet la situazione era diventata talmente intricata che i due avevano deciso di soprassedere, rimandandola però all'indomani a menti più lucide.

Abbandonato, dunque, il progetto "Books Fotografici per Sprovveduti Danarosi", l'argomento si era spostato dal medio al breve termine, questa volta a cura di Roberto, su una più umile ma concreta possibilità di impiego per i mesi di settembre e ottobre: il fotografo d'assalto agli sposalizi. Il lavoro si sviluppava a cura di un'agenzia fotografica di San Donà di Piave con distaccamenti in zone ad alta densità di ristoranti, fra cui Castelnuovo del Garda, e consisteva, una volta individuato un pranzo di matrimonio, nel presentarsi agli sposi chiedendo loro il permesso di scattare in rassegna una foto ad ogni coppia di invitati. Quindi ritornare qualche ora dopo con un tot di cornicette pieghevoli di cartone nelle cui facciate interne erano infilate una stampa degli sposi e una della coppia a cui proporre l'acquisto. Il tutto era giocato sulla velocità: occorreva, infatti, riuscire a consegnare le cartelle prima della fine del pranzo. Il guadagno era commisurato al numero di cartellette vendute. Roberto questo lavoro lo faceva ogni primavera e ogni autunno da anni. C'è sempre bisogno di collaboratori, aveva detto, purché siano svegli e intraprendenti, perché lì c'è da correre; perciò, se decidessi di essere dei nostri basta che tu lo dica ed è cosa fatta. Poi ci penserò io a metterti in contatto con loro.
Questa per Edo era stata una vera e propria endovenosa di speranza nel futuro. Un regalo inaspettato e quanto mai gradito. Da qualche giorno, infatti, la sua visione del futuro era popolata da ombre sinistre e minacciose: la temuta prospettiva di un rinnovarsi degli stenti vissuti a Verona, per di più in prossimità dell'inverno, stavano minando il suo precario equilibrio interiore. Con un lavoro tra le mani tutto sarebbe stato diverso. Certo non c'era da arricchirsi, in quanto quel tipo di scattinaggio si svolgeva solo il sabato e la domenica e per un periodo molto ristretto. Ma, diceva Roberto, un fotografo che ci sapesse fare poteva guadagnare anche 250/300 mila lire ad ogni fine settimana. E poi ci sarebbero stati anche aprile e maggio: altri

due mesi d'oro per i matrimoni, e da giugno in poi... beh, Caorle era sempre lì.

Insomma una pacchia! Il mondo era tornato a sorridere. C'era di che esserne felici; c'era di che brindare. E Edo e Roberto lo avevano fatto tutta sera senza ritegno.

Finché non era arrivata l'ora della chiusura e i due, incerti sulle gambe, si erano trascinati fino al parcheggio ormai vuoto.

Prima di ripartire in direzione del letto si erano fermati a guardare le stelle: e quella è l'orsa minore, e quello è il grande carro, no, è la sagittaria, e quello dovrebbe essere Venere, e dov'era la stella polare? A nord? E dov'era il nord? Ma soprattutto dov'era la macchina?

Edo aprì il borsello e prese la sua agenda. Sfilò la Papermate dal dorso della sovracoperta in pelle e si mise a scrivere.

> *Caorle, ore 4 e spetta che guardo... 43 minuti primi. Tra un po' albeggia. Panchina vicino stanza. Livello enologico: andante mosso con brio. Sabato 9 agosto 1986 (cioè domenica mattina).*

Stasera Roberto mi ha portato in una discoteca-night dalle parti di Duna Verde (credo, perché a dire il vero non lo so dove cacchio eravamo).
Comunqe (perché mettere la "U"? "Q" si legge "cu", o no? Mah... non mi ricordo più cosa volevo scrivere ah sì, la discoteca Boh? Fanculo mi viene da vomit

- Ehilà Edoardo.
- Ciao Gualtiero.
- Come stai oggi?
- Un po' meglio, grazie.
- Dice il Beppe che non ti reggevi in piedi. Cosa ti è successo?
- Un po' di vomito e dissenteria. Bah, sarà stata una influenza

intestinale, non so...

- Ah, la chiamate così a Verona?

- Perché voi qui a Caorle come la chiamate?

Ciò, di nomi ce ne sono tanti: ciucca, balla, sbronza, mina, scimmia, ubriacatura, cotta, sbornia...

- Non ti si può nascondere niente, eh?

- Bé sai, il tuo amico Beppe, a saperlo prendere, è un chiacchierone mica da poco.

- Ma io non gli ho detto che il mio malessere era la spranghetta del dopo sbronza.

- Lo so. Infatti lui mi ha semplicemente detto che ieri mattina gli sembrava di essersi svegliato in una distilleria. E ha aggiunto che da un po' di tempo a questa parte gli capita spesso.

Edo si grattò la barba. Beh, come io sento la sua puzza di piedi, pensò, è logico pensare che lui senta i miei odori di avvinazzato.

- Ah ecco. Ergo, quando gli ho chiesto di sostituirmi sulla barca perché stavo poco bene ha tirato le somme.

- Esatto. Ma non è solo questo.

- Ah no?

- Vedi, mi ha parlato anche della sua storia con la moglie del vostro titolare.

Dice che lei gli ha raccontato che anche coso... come si chiama... Roberto era nelle tue identiche condizioni ieri mattina. Ciò, ma cosa vi siete bevuti?

- Tutto! Quel cazzo di locale del cazzo! Ché, tra l'altro, mi sono mangiato una fortuna.

- Avete speso molto?

- Non so lui, ma io sono in passivo di quasi trecentomila lire. A meno di non averle perse...

- Non ti ricordi neanche quanto hai speso?

- Cosa vuoi che mi ricordi, Gualtiero. Le ultime immagini che mi ritornano alla mente riguardano un Margarita salato che mi faceva schifo e allora per lavarmi la bocca ho ordinato un

Gin-lemon. Poi il vuoto.

Gualtiero scosse la testa:

- Tu bevi troppo, lasciatelo dire.

- Ma va, per una balla ogni tanto...

- Ogni tanto dici?

- Chi non si è mai ubriacato un sabato sera?

- Ciò, fa un po' vedere le mani?

- Perché

- Forza, fa vedere!

Edo allungò le mani davanti a sé. Tremavano visibilmente.

- Vedi?

- Si, lo so.

- Quindi?

- Quindi bevo troppo.

Il Pirata allargò le braccia e si allontanò per tornare a occuparsi delle sue faccende.

66

- Dici che potrei venirci anch'io?

- Non vedo perché no. Roberto ha detto che hanno sempre bisogno di fotografi per la zona del lago. Solo che, nel tuo caso, non mi sembra opportuno andarlo a chiedere a lui.

- Perché?

- Come perché? L'ultima volta che ti ha dato un lavoro gli hai zufolato la moglie... la prossima cosa farai? Gli farai fuori il negozio?

- Madonna santa Edo, come la fai tragica! Tanto Michela non è sua moglie, e poi io non ho fatto fuori niente a nessuno, dal momento che si sono lasciati già da tempo...

- Ciò non toglie che lui si senta ancora sentimentalmente legato a lei, e vedere Michela amoreggiare con te non gli fa certo piacere.

- Secondo te se l'è presa?

- Leggermente, sui bordi...

Beppe si spostò di lato sulla sedia per grattarsi il culo. Poi, incurante degli eventuali sguardi altrui, si annusò le dita. Lo sguardo di Edo incrociò quello di Paola. Si misero a ridere.

- Dici che manco di sensibilità?

Come risposta Edo inarcò le sopracciglia e socchiuse gli occhi.

- Insomma, ho fatto male...

- Io al tuo posto avrei evitato.

- Tu? ma se ti trombi qualsiasi cosa che respiri!

- È questo che pensi di me?

- Bé, stando a quanto vedo e considerando quello che mi hai raccontato, la castità non è la tua principale prerogativa.

- D'accordo. Ma, porco giuda, la moglie del tuo datore di lavoro...

- Convivente. Ed ex, per giunta.

- È lo stesso, Beppe. Non sto mettendo in discussione la legittimità del tuo rapporto con Michela, io sto parlando di mancanza di tatto nei confronti di Roberto.

- E allora cosa dovrei fare, secondo te?

- Niente. Ormai il danno è fatto.

- Perciò niente lavoro per me al lago di Garda?

- Non è detto. Potresti presentarti da solo... oppure, dopo che mi sarò introdotto ti presento io.

- Ma... ci sarà anche Roberto?

- No, lui lavorerà con quelli di San Donà.

- Ah, bene. Tu quando farai la prima uscita?

- Il primo fine settimana di settembre.

- Non è presto per i matrimoni?

- Ma no. Evidentemente qualche matrimonio c'è già. Io so di gente che si è sposata l'ultima domenica d'agosto, altri in novembre. Io, per esempio, mi sono sposato il ventiquattro marzo, in piena quaresima. Certo, ci sono dei mesi che vengono preferiti, cioè settembre e maggio, ma non è una regola. Anzi, ti dirò che i ristoratori, se interpellati per tempo dai futuri sposi, suggeriscono loro di sposarsi in altri periodi, proponendo anche degli sconti.

- Perché?

- Il motivo è semplice, Beppe. Lo sai a quanti devono dire di no per maggio e settembre perché il loro locale è già prenotato da altri magari da mesi, mentre in altri periodi si ritrovano spesso a grattarsi i coglioni con le sale vuote? Perciò, se decidi di sposarti in febbraio, per esempio, ottieni anche un prezzo di favore.

- Non ci avevo mai pensato. Ma tu come le sai queste cose?

- Perché suonavo, e di matrimoni in quasi quindici anni di orchestrale me ne sono pappati un centinaio e forse più... anzi, sicuramente di più.

- Già, dev'essere così.

- É così. Se te lo sto dicendo e perché lo so. Fidati.

- Che hai Beppe? Ti vedo inquieto...

- Mah... sto pensando di tornarmene a casa.

- Quando?

- Non so... domani.

- Porco giuda, fatti 'sta ultima settimana, no? Poi è finita per tutti.

- Non credo di riuscirci.

- Cos'è? Non mi sembravi sul punto di crollare. È successo qualcosa che non so?

Beppe si sollevò a sedere. Prese una sigaretta dal pacchetto sul comodino.

L'accese.

- Ma no... è che dalla settimana scorsa... cioè... quando mi hai detto di Roberto... sì insomma... che potrebbe essere ancora innamorato di Michela... io non... uffa!

- Ho capito.

- Io non ci pensavo, lo giuro. Michela mi aveva detto che erano separati e che non ci sarebbero stati problemi...

- E tu ti sei buttato a capofitto nell'avventura.

- A dire il vero è stata lei a farmi le prime avance. Io nemmeno mi sognavo di avvicinarmi a Michela in quel senso.

- È stata lei? Come?

- Bé, ha incominciato col dirmi che mi trovava interessante... frasi tipo: finalmente uno un po' diverso... ero stufa delle solite facce... e poi mi riempiva di domande. Finché lentamente ho incominciato a capire che... sì, insomma...

- Sei chiaro come un bidone di catrame immerso nella pece. Dio buono Beppe, cos'hai stasera? Mi sembri dislessico, mi sembri.

- Va bene. Per tagliare corto, ho provato a baciarla e lei c'è stata.

- Ma, dimmi un po': Roberto dov'era?

- Altrove; a casa; non so... il pomeriggio il negozio lo apre lei. Roberto arriva sempre un'ora dopo, più o meno.

- Quindi è in negozio che voi... ehm...

- Esatto. Nello stanzino di là. Ma qualche volta siamo stati anche qui.

- E bravo il Beppe!

- Bé? ti sembra così strano che anch'io possa avere le mie storie?

- Ma no, certo che no. Dicevo così per dire. Anzi, mi fa piacere.

- Non mi dai l'impressione di esserne del tutto convinto...

- È che non mi sembravi il tipo...

- Perché, che tipo sembro?

- Ma che ne so, Beppe. Non mettermi in difficoltà. Diciamo che non riesco a vederti come latin lover.

- Perché?

- Come perché? Beppe, porcaccio giuda, ammetterai che Alain Delon è un po' diverso da te, o no?

- Ah, ho capito. È perché tu mi guardi dal tuo punto di vista di maschio.

- Lo so, è uno dei miei limiti. Ma se vuoi posso provare a vestirmi da donna e guardarti intensamente per un paio di quarti d'ora. Hai visto mai, magari scaturisce in me un'ottica femminile...

- Ecco che butti tutto in vacca, come il solito.

- Cosa dovrei fare? È colpa mia se non riesco a cogliere il tuo sex appeal? Beppe non rispose. I due si guardarono in silenzio qualche istante. Poi scoppiarono a ridere.

- Ma torniamo a noi: dicevi che vuoi tornare a Verona...

- Penso che uscire di scena sia la cosa migliore da fare.

- E Michela?

- Ci vedremo di quando in quando. Ne ho già parlato con lei. Ma tu invece? Fino a quando rimani?

- Bé, questa settimana me la faccio tutta. Poi, da settembre si vedrà. Il negozio rimarrà aperto in ogni caso fino al dieci. Se ne varrà la pena continuerò a lavorare ancora un po', altrimenti non so. Pensavo di partire giovedì quattro o venerdì cinque settembre.

- Capisco. Ma, supponiamo che non ci sia nessuno in giro...

- Qualcuno c'è sempre. Inoltre, io e Carmine saremo gli unici scattini rimasti.

Per cui, escludendo la galleria, potrò mettermi dove voglio. Secondo Roberto un paio di rullini al giorno dovrei rimediarli. Alla fine si tratta di arrivare al sei, quando comincerò con i matrimoni.

- E a Verona dove andrai? Hai trovato una sistemazione? Edo si lasciò cadere pesantemente sul letto:

- Come avrei potuto? Dal momento che non mi sono mai spostato di qui...

- Bé, ma qualcosa avrai in mente, spero.

- C'è uno... il Bruno India, che mi ha già ospitato una quindicina di giorni.

Quando ci siamo salutati ha detto che a casa sua sarò sempre il benvenuto.

- Ma non ti converrebbe trovarti un appartamento? Soldi dovresti averne adesso...

- Sì, ci ho pensato. Ma prima vorrei avere la certezza di poter pagare l'affitto.

Perciò all'inizio penso che abiterò da Bruno, anche se in questo caso il termine abitare è un eufemismo bello e buono: in pratica ho a disposizione una branda per la notte e fine del gioco. Ma per i primi tempi va bene così, e intanto vediamo come va il nuovo lavoro. In seguito vedrò di organizzarmi meglio.

- Non si può dire che la tua sia una situazione tutta rose e fiori. Edo trasse un lungo sospiro:

- Altro non ho.

- Comunque vada, in caso di emergenza puoi venire qualche giorno da me.

- Ma non abiti con tua madre?

- Sì, ma ho anche un bilocale a Borgo Venezia. Non ci vado

mai, ma c'è.

- Perché non me lo affitti?

- Perché è intestato a mia madre, e lei è contraria. Io le avevo già proposto tempo fa di darlo in affitto, se non altro per trasformare una spesa in un guadagno. Ma da quell'orecchio non vuol sentirci.

- Peccato.

- Bé, ma se si tratta di qualche giorno, senza dire niente a nessuno, ti posso ospitare. Qualche giorno però, non di più, altrimenti per me sono problemi.

- Grazie Beppe. Spero di non averne bisogno. Ma solo sapere di questa possibilità mi è già di conforto. Sai, prima di venire qui a Caorle ho passato un periodo... ora solo il pensiero di ritrovarmi nuovamente sulla strada mi demoralizza. Per fortuna che Roberto ha tirato fuori dal cilindro il lavoro sul lago, perché io già cominciavo ad avere pensieri strani per la testa. Qua siamo stati bene... o no? Eh, Beppe? Anche se eravamo partiti con tutt'altra idea in testa. A ripensarci, sembra che le cose abbiano voluto mettersi al loro posto da sole. Ogni tassello al suo posto, come in un puzzle... Solo che adesso siamo agli sgoccioli. Già... tutto sta per finire, porco giuda, e la prospettiva di tornare ad essere un barbone, perché questo è ciò che ero a Verona, inutile girarci intorno... la prospettiva di essere un barbone dicevo, non riuscivo proprio ad accettarla. E allora giù alcol come se piovesse! Dio buono. E pensare che ero riuscito a smettere, quasi. Sì, qualche aperitivo e un paio di bicchieri a pasto... ma poi... Bah, fa niente. Spero che il nuovo lavoro mi dia un buon guadagno... io lo spero, ma non so... perché alla fine, si tratta di due giorni alla settimana. E poi mi servirà una macchina... speriamo che la Katy sia disposta a prestarmi la sua, altrimenti dovrò risolvere questo problema in altro modo. A proposito, tu ce l'hai una macchina a disposizione? Perché anche a te servirà la macchina. Eh, Beppe? ... Beppe? Sì, ciao... Buonanotte.

Buonanotte e sogni d'oro, Beppe, tu che una casa ce l'hai... ma lasciamo perdere, va là. Dormi, dormi.

Con movimenti rapidi Gualtiero allacciò la gomena di ormeggio alla grossa bitta. Quasi contemporaneamente, il figlio del capitano fece scivolare fuori bordo la passerella. Il primo a scendere fu Edo. Subito dopo anche gli altri passeggeri incominciarono a sbarcare.

- Anche per quest'anno è finita! Adesso un bel mese di vacanza non me lo toglie nessuno. Tu che fai? Tornerai a Verona, immagino.

- Non subito. Rimango ancora qualche giorno. Poi, il sei incomincio con i matrimoni sul lago di Garda.

- Ah già, ché me ne avevi parlato... E tra un lavoro e l'altro non desideri farti qualche giorno di riposo?

- Ti dirò che per me è più riposante stare qui con una fotocamera in mano che a Verona a non far niente.

- Ciò, vedo che ti piace fare il fotografo...

- Bé, io discendo da una famiglia di fotografi, Un mio prozio è stato il primo ad aprire uno studio fotografico in Valpantena. Una buona parte della mia adolescenza l'ho trascorsa in camera oscura con mio cugino, oppure al suo seguito carico di cavalletti, borse, flash. Perciò, niente di nuovo sotto il sole.

- Dov'è la Valpantena?

- A nord di Verona.

- Non la conosco.

- Neanch'io prima dell'anno scorso conoscevo la laguna di Caorle.

- Ciò, il negozio quanto rimarrà aperto ancora?

- Chiuderà intorno al dieci. Perché?

- Pensavo di passare una di queste sere per scegliere alcune foto. Abbiamo deciso di fare una locandina nuova per l'anno venturo.

- E userai le mie foto?
- Immagino che fra le migliaia che hai scattato ce ne sarà qualcuna che farà al caso nostro... sempre che non ti dispiaccia.
- Scherzi? ne sono felice. Anzi, penso di poterti dire che se ci farai stampare sotto "FOTOGRAFIE DI EDOARDO GRASSI - TOURIST FOTO - CAORLE" le stampe te regaliamo noi.
- Non vedo perché no.
- Bene. Poi ne parlo a Roberto, ma sono sicuro che sarà d'accordo: un po' di pubblicità va sempre bene.
- Allora d'accordo. Ci vediamo in negozio. Così poi ci facciamo un'ombra al bar e ci salutiamo come si deve.
- D'accordo, io sarò lì nei paraggi.

- Allora si parte, eh?
- Claro che sì. Il contratto a Santo Margarita es terminado; qui non c'è quasi più nessuno. Migliore por noi tornare a Saarbrücken.
- Tornerete il mese prossimo per il disco?
- Io espero que Sandro non è un hombre que es capaz solo de charlar... como dite voi... chiaccarare...
- Chiacchierare.
- Va bien, tu me hai capito.
- A me è sembrato una persona affidabile. Certo, non si può mai dire...
- Como tu dice?
- Dicevo che credo sia un uomo sincero. Almeno lo spero.
- Tu espera? Io ho imparato una piccola historia che dite voi di Italia: el hombre que vive esperando muere defecando.
Risero.
Poi si strinsero la mano.
- Ci vediamo in ottobre allora.
- Claro. Noi tenemos tuo telefono. Se Sandro me chiama yo te chiamo. Se invece no me chiama, io te chiamo lo stesso por

dirte che no me ha chiamato.
- D'accordo. Buon viaggio.
Edo guardò la Opel Kadett di Miguel allontanarsi. Finì il suo Custoza e si incamminò in direzione del Petronia.

- Pronto? Ciao. Meno male che hai risposto tu, perché se sentivo una voce che non era la tua avrei riattaccato subito. Come perché? Dopo quello che mi hai detto l'ultima volta dei tuoi? Ho capito, ma io queste cose... va bene, va bene... mi racconterai quando ci vediamo... sì, domani faccio l'ultimo giorno. Poi facciamo due conti e venerdì mattina parto... Boh? Nel primo pomeriggio, non so di preciso... il pullman parte alle nove e cinquanta... sì, penso che sarò a Verona Porta Nuova intorno a l'una e trenta, una tre quarti... Beh, pensavo dal Bruno India per i primi giorni, poi vedrò di organizzarmi... sì, infatti, mi dovrò comprare un'altra borsa o una valigia... quali chiavi? No. Non lo so... spero di trovarlo a Corte Sgarzerie o al Corto Maltese. Mah, le parcheggerò da qualche parte... non so... dal Criss... oppure potrei lasciarle al deposito bagagli della staz... esatto... quando l'avrò trovato, sempre che nel frattempo non sia partito per destinazione ignota o non sia finito in galera... In macchina? Vuoi dire sulla tua cinquecento? Bé, se non la usi mai... non saprei... alla peggio esistono gli alberghi, adesso qualche lira in tasca ce l'ho... e sabato incomincio con un nuovo lavoro... sempre fotografie... no, sul lago, ma ti spiegherò. Sì, sabato prossimo... bé, lo sai che sono un genio, no? Ma sì, tramite Roberto, il titolare del... esatto, proprio lui. Va bene dai... ci vediamo lì? Facciamo alle due e il primo che arriva aspetta, va bene? Non so... davanti l'entrata... anzi no, meglio nei paraggi del bar. D'accordo? Allora ciao. Ciaociaociao.

67

È un tot che non tiro fuori questa agenda. Mi capita, infatti, di non aver voglia di scrivere. Bah, sono periodi. Anche adesso non è che ne abbia particolarmente voglia, ma mi sto sforzando, perché i posteri sono esigenti, e un giorno potrebbero dire: come mai che in quel lasso di tempo Edoardo non ha scritto un cacchio? oppure potrebbero dire: certo che questo Edoardo era un bel incostante! Mah, è più probabile che diranno: ma quello non aveva nient'altro da fare che continuare a scrivere cazzate inutili senza capo ne coda? E allora io cosa faccio? Me ne sbatto i coglioni, ecco cosa faccio!

Domani mattina me ne ando (voce del verbo andare). Stasera ho salutato Carmine, Roberto e Michela; ho esatto (participio passato del verbo esigere, inteso come percepire, incassare) il denaro spettantemi (più una modesta cifra a titolo di arrivederci e come forfait per gli ultimi scatti le cui relative stampe siano eventualmente vendute nei prossimi giorni) e domani via!
Con gli altri (Ennio, Omar, Miguel, Victor, Walterio e il Pirata) ci siamo salutati nei giorni scorsi: ciao, sentiamoci, telefoniamoci, teniamoci in contatto eccetera... insomma, come si fa in questi frangenti. La Paolina invece non l'ho salutata perché se n'è andata alla chetichella senza preavviso. Peccato, le avrei dato volentieri un bacino. Magari per l'occasione stavo senza lavarmi per un paio di giorni, così la mandavo in tilt ormonale.

E da lunedì che ho i pomeriggi liberi, ed è da lunedì che il pomeriggio mi annoio, perciò ieri, più che altro per passare il tempo, mi sono messo a riordinare le mie cose. Inventariando il contenuto del borsello mi sono capitati in mano otto biglietti dell'autobus ancor intonsi. Bé, mi son detto, cos'è che mi proibisce di andarmi a fare un giretto da qualche parte? Magari a farmi una scorpacciata di pesce al Bucaniere? E mi sono risposto: niente! perciò sono salito su un autobus e sono andato a farmi un giretto da qualche parte e una scorpacciata di pesce al Bucaniere (anche se non eccessiva because avevo poco appetito). Poi, memore della passeggiata fatta con la Katy, sono tornato in centro a piedi. Lemme lemme, perché di fretta non ce n'era. Passando davanti all'OMNIA mi sono ricordato che mi ero dimenticato di ricordarmi di tenere a mente che non dovevo scordarmi di restituire il prestito che mi aveva fatto il presidente quella sera. Detto fatto. Il presidente non c'era, ma ho consegnato le centottantamila a Moreno, pregandolo di darle lui a Silvio (il presidente), di ringraziarlo tanto tanto e di salutarlo tanto tanto. Poi ho salutato tanto tanto anche lui e me ne sono ito all'esterno delle ghiandole seminali. Devo ammettere che per un po' ero stato combattuto tra la correttezza e la cialtroneria, ma poi mi son detto che se non incomincio a comportarmi a modo nemmeno quando ne ho la possibilità sono messo male davvero.

Il Beppe ha dimenticato qui una maglietta. Non so se portargliela... forse l'ha fatto intenzionalmente, dal momento che è un indumento ormai logoro. Magari si è dimenticato di buttarla. Bah, io la lascio qui. Tra l'altro è anche sporca.

Va ben, adesso è meglio che dorma (se ci riesco) perché domani è un altro giorno. Tra l'altro sono parecchio stanco (anche se non capisco perché, dal momento che in pratica non sto facendo niente, a parte la passeggiata di ieri. Bah, non si può essere sempre in forma al 100%).

Ala pro

Venerdì 5 september ito uto ato – paraggi di Padova (in progressiva trasformazione verso i paraggi di Vicenza) – ore 13 e 20

Ho un po' di fame. Alla stazione di Mestre ho mangiato un panino che se prima di addentarlo gli toglievo la fetta di mortadella ivi inserita e la gettavo nei rifiuti non cambiava assolutamente niente, né come gusto, né come aspetto, ne come sostanza. E pensare che il tempo di andare a mangiare qualcosa di più umano lo avrei anche avuto. Bah, fa niente; alla fine ho buttato anche il panino quasi intero.

Tra un po' arrivo a Verona.

Non vedo l'ora di dare un bacino alla Katia (e non solo un bacino). Nello scompartimento con me ci sono un tizio sulla quarantina con una valigetta e una suora. Io mi domando dove vanno tutte ste suore, dal momento che in ogni treno se ne trova immancabilmente qualcuna. Quasi quasi glielo chiedo, glielo...

Per decidere di trombare sulla cinquecento occorre averne una gran voglia. É una vettura impossibile per certe pratiche. Lo spazio di manovra e ristretto, non ti ci puoi muovere. É una macchina che ti limita la creatività, che ti tarpa le ali della fantasia. Tutto questo per dire che ne è venuta fuori una performance appena appena degna della sufficienza politica (quella che si dà d'ufficio per eludere una bocciatura).

Bah, non fa niente. Ah, oggi è sabato 6 settembre (il mese prima di ottobre) millenovecento e rotti. Ore 10 e 11 antimeridiane del mattino.

Sono nella camera numero 7 dell'albergo "Al Cigno", sito in Corso Milano, la stessa stanza in cui ho abitato per un paio di mesi all'inizio dell'ottantaquattro, subito prima di mettermi con Elvira. Gliel'ho chiesta io a Benvenuto (l'albergatore) la stanza numero 7, parce que ero in vena di rimembranze e desideravo due dita di vecchie suggestioni. Il prezzo rispeto a due anni e mezzo fa è aumentato (undicimila a notte contro gli otto di allora).

E simpatico Benvenuto: ci siamo salutati quasi calorosamente, come fossimo due vecchi amici che si rivedono dopo un sacco di tempo. Gli ho raccontato un po' di cose, lui ne ha raccontate un po' a me; poi abbiamo bevuto un gotto di quello buono (Lugana S. Cristina, per la cronaca).

Mi piace il Cigno, è un albergo alla buona; i suoi muri irradiano un senso di pulizia, di sincerità... non so come dire. Mi ci sento a casa più che da altre parti (leggi Pescantina). Persiste, tuttavia, il problema della domenica: bisogna andarsene alle sette del mattino e non tornare prima di mezzanotte, perché Benvenuto pianta baracca e burattini (come dicono i feticisti letterari e i consumatori di frasi preconfezionate) e se ne scappa a Venezia, e le chiavi non te le smolla neanche a ucciderlo.

Mi sono lavato, mi sono fumato la mia bella sigaretta facendo la cacca, quindi mi sono vestito. Ora scendo e faccio colazione. Poi, senza fretta, mi avvio verso Castelnuovo del Garda, dove a mezzogiorno sono atteso per la mia prima giornata di lavoro alla Delta Foto Service.

Alap

Domenica 7 7mbre '86 – Bar "I Piloni", S. Zeno VR – ore 8 e 05 – secondo caffè in arrivo.

Non si può vivere così, porcaccio giuda cane lui e tutta la sua stirpe. Vai a fare in culo, Benvenuto! Cosa pensi possa accadere se mi lasci dormire nel tuo cazzo di albergo del cazzo? Cosa temi, che ti svuoti i frigoriferi? Che ti saccheggi la cucina? Oppure hai paura che in tua assenza me ne vada a curiosare in ogni dove alla ricerca di chissà quale tuo segreto da svelare all'umanità? Tanto, che sei una checca lo sanno tutti, anche perché non fai niente per nasconderlo. vai a cagare, va là

Hotel-ristorante "Al Fiore" Peschiera del Garda – Domenica sette settembre 1986 – ore 12,46.

Gli sposi non sono ancora arrivati. Non mi resta che aspettare. Però appena giungono li arpiono immediately, e, se mi danno il via libera, altrettanto immediatamente incomincio a scattare (basta che gli invitati siano seduti al loro posto). Chissà che non riesca ad infilarmi in un altro banchetto prima delle due e mezza (ora improrogabile per la consegna dei rullini da sviluppare). Le opzioni sono: Pacengo, Lazize e Cisano e immediati dintorni..

Ieri non è andata male (33 cartelle vendute. Totale per me: 82.500 lire), considerato che era il mio primo giorno e che la prima ora l'ho persa in accompagnamento con uno degli altri fotografi che mi faceva vedere come si svolge il lavoro.

Ore 13,08. Speriamo che giungano, perché mi si stanno essiccando i coglioni. Eccoli eccoli! Il tempo di farli accomodare e parto all'attacco. Giusto il tempo di farmi un aperitivo e un'oliva ascolana al buffet di accoglienza, adesso che la bolgia va scemando. Dio buono, sembrano tutti assatanati: basta che ci sia da bere e sbafare gratis. Ho tenuto d'occhio un tizio con un'abbronzatura agreste (cioè tutto nero come il babao tranne la pelata) che si è fatto sei giri di aperitivo.

Ok, vado.

Allllllllappppprrrro

> *Ore 14 e 30. Taverna del Corto Maltese - Martedì 9 settembre 1986 e dopo basta.*

Ho saldato il mio debito. Il Fausto era contento e ha offerto da bere. Gli ho chiesto come va, gli ho raccontato qualche aneddoto, ho salutato il Criss e ho raccontato qualche aneddoto anche a lui. Ora sto aspettando la Katy che ormai dovrebbe giungere. Poi andremo a fare un giro da qualche parte, probabilmente dalle parti della stanza numero sette del Cigno, oppure in qualche boschetto sulle torricelle. Vedremo. Ieri siamo abbiamo fatto un lungo giro sul lago. Ho voluto unire l'utile al dilettante (come dicono alla corrida di Canale 5) andando a vedere dove sono ubicati alcuni ristoranti convenzionati con la Delta Foto, così in futuro non dovrò perdere tempo a cercarli. A cena siamo stati alla Ca' del Lago, un grazioso localino (con tanto di laghetto e parco zoologico privato) nascosto in mezzo al nulla in quel di Monzambano. Poi, a mezzanotte, la Katy mi ha accompagnato al Cigno perché ero stanco morto e non vedevo l'ora di sbattermi sotto le coperte. Strano, non mi sembrava di aver fatto chissacché per essere così esausto. Mah, saranno state tutte 'ste cose nuove che si sono concentrate negli ultimi giorni... probabilmente il mio cervello ha la digestione lenta. Anche oggi non sono in forma come il solito. Bah, sarà lo stress... oppure mi sto prendendo un'influenza.

Ore 22 e 49 di oggi

Non siamo andati né in camera numero 7 né in un boschetto sulle torricelle: La Katia ha il marchese. Va ben, sarà per la prossima volta. Tanto oggi non avevo particolarmente voglia di fare sesso. Benvenuto mi ha raccontato che conosce molto bene Caorle. Dice che ci abita un amico col quale si è "frequentato" per qualche tempo. Ma a me non me ne fregava una cippa lippa; avevo sonno e avevo voglia di andare a letto. Ma lui continuava a parlare parlare parlare... Deve essere un uomo molto solo Benvenuto. Quasi come me.
E adesso a nanna!

Stanza n° 7. Mercoledì 10 settembre 1986 dopo Cristo. Verona. Albergo Al Cigno. Ore 21 esatte.

Ho appena finito di mangiare un piatto (scarso assai, dal momento che ne ho lasciate quasi la metà) di pennette al pomodoro innaffiate da un bel mezzo litro di acqua con le bollicine (non avevo voglia di vino stasera) (neanche oggi, ora che ci penso) (bah, meglio così). Benvenuto mi ha chiesto cosa c'è che non va. Niente, cosa c'è che non va? Perché? Dovrebbe esserci qualcosa che non va? Dice che ho una faccia... la mia ho di faccia! Che faccia dovrei avere? Quella di Pippo Baudo? Massì, un po' di stanchezza... forse qualche linea di febbre.

Oggi ho incontrato Stefano Benini. Mi ha fatto molto piacere. Dice che sta scrivendo un libro sul flauto jazz, e che ha già un editore. Sono contento per lui. Poi abbiamo parlato di musica (logico: un flautista e un chitarrista di cosa dovrebbero parlare? di toponomastica?). Gli ho raccontato di Miguel Angel, dei miei progressi con la chitarra, in particolare con la bossa nova. Dice che dovrei darmi da fare per organizzare qualche concerto. Ce l'hai una decina di pezzi pronti? Come no, anche venti. E allora cosa aspetti? Facciamolo no? Chiamiamo il Bobo Facchinetti alla batteria... o Casale se vuoi, ma attento, perché quello è imprevedibile. Cioè? Cioè se beve un po' di più è capace di rovinarti la serata; ormai non lo vuole più nessuno a Verona. Ma va? Te lo dico io. Va bene il Bobo allora. Sì, meglio, credimi, per la bossa è perfetto. Casale è troppo dirompente. Poi al contrabbasso facciamo venire Lorenzo Conte o Stefano Corsi, e al piano ci mettiamo Roberto Cetoli, io al flauto e hai un tuo quintetto. Le prove? Ma quelle non servono. Se facciamo un repertorio di bossa standard: Ipanema, Desafinado, Wave, Orfeo Negro, Corcovado, Blu Bossa eccetera, quelli sono pezzi che tutti i jazzisti conoscono a menadito. Le prove, se vuoi chiamarle così, si fanno a tavolino mezz'ora prima dell'inizio, tanto per decidere qualche special, se vogliamo mettercelo, altrimenti si va a ruota libera con la struttura A A B A. Dici che si può fare? Ma sì, di cosa hai paura? Il jazz non è come il rock. Quando suonavamo insieme ci massacravamo di prove su prove, perché il Rock è così. Ma col Jazz è tutta un'altra storia. Per esempio, un mese fa è arrivato a Verona Marc Abrams, un contrabbassista americano. Gli ho messo *insieme un quartetto e via! Niente prove. Subito sul palco. Ma dici che io sarei in grado... tu pensa alla tua parte, la sai? Sì? Bene, gli altri penseranno alla loro; io sto parlando di professionisti, ed è ora che anche tu faccia un salto di qualità. Me' cojoni Stefano, detto così sembra facile... È facile! ... Va bene, ci penserò. Non pensare, fai! Cosa aspetti? Che ti piovano i contratti dal cielo? ma... dove si va a suonare? Ci penso io. Davvero? Cristo santo Edoardo, di cosa hai paura? Ma no... è che... ma va là! Facciamo così: io fisso le date e mi metto in contatto gli altri elementi e poi si va a suonare, va bene? Va bene, io mi fido di te.*

Ecco, più o meno è andata così.

Bé che dire? Sono contento. Sembra che le cose stiano marciando per il verso giusto. Ho davanti a me un paio di mesi di lavoro; qualche liretta di riserva ce l'ho; riprenderò a suonare, e questa volta come si deve; a ottobre parteciperò al disco di Miguel; con la Katia ci vogliamo bene... Ora non mi resta che trovare un appartamento. Ma quello si trova, basta non essere proprio in bolletta. Insomma tutto bene. E pensare che mi preoccupavo tanto al pensiero di tornare a Verona...

E intanto sono arrivato all'ultima pagina di questa agenda. Bé, ne ho scritte di cose. Ora dovrò procurarmene un'altra, perché senza scrivere non ci posso stare. Magari poi me la dimentico nel borsello per un mese intero. Ma se mi viene lo sghiribizzo devo averla a portata di mano, anche se so già che ci scriverò più che altro cazzate (ma non solo).

Va bene. E adesso mi metto sotto le coltri. Benvenuto ha ragione, non sono esattamente al massimo della forma. Ma una bella dormita mette a posto tutto.

Buonanotteeeee

Benvenuto bussò a lungo prima di decidersi ad azionare il passepartout. Edo era a letto, supino, composto, le mani incrociate sul petto. Il viso sereno, quasi sorridente. Sicuramente è morto senza soffrire e pensando a cose piacevoli.

DEUS EX MACHINA

- Ecco – disse Dio – Mi avevi chiesto sei mesi di anteprima, come l'hai chiamata tu, e sei mesi hai avuto. Ora sta a te decidere.

Edo si grattò la barba:

- Mah, non so cosa dirti.

- Ancora! – sbottò il Padre Eterno alzandosi da trono – …e voi smettetela con quella canzone, ché mi da sui nervi!

Il cherubino capo orchestra fermò i suoi musici.

- Aaah! Non se ne poteva di 'sta 'Io Vagabondo' dei Nomadi. D'accordo qualcosa di conforme a questa storia, ma c'è un limite a tutto.

Tornò a rivolgersi a Edo:

- Volevi avere le idee più chiare su come si vive da artisti? Beh, mi sembra che con quello che hai visto possa essertene fatto un'esauriente idea.

- A dire il vero è rimasto tutto lì, come dire… a mezz'aria. Sono morto sul più bello. Insomma, io mi aspettavo qualcosa di diverso, ecco.

- Ma non finisce mica lì. La tua morte è provvisoria, come dire, posticcia, ma necessaria, perché per venire a parlare direttamente con me, come stai facendo tu adesso, occorre essere trapassati. Non so se mi spiego. Io ti ho mostrato i sei mesi più rappresentativi, per di più con tanto di ricordi passati. Cosa volevi, il finale vero?

Mio Dio, no. Ma ora che ho visto qual è il tipo di vita che mi toccherebbe, non sono più così sicuro di voler fare l'artista.

Bé senti, o accetti questa o te ne toccherà una 'random' come tutti gli altri.

Sappi che ti ho concesso un privilegio mica da niente facendotela assaggiare, ché se non fosse stato per le pressioni di quei rompiballe del Sindacato Autodeterminazione Anime questo esperimento del 'Trailer' non l'avrei nemmeno preso in considerazione.

- Mi par di capire che dovrei ritenermi fortunato.

- Prendila un po' come vuoi, ma deciditi in fretta, ché quella povera donna che sarà tua madre sta svegliando tutta la Valpantena a forza di urlare di dolore cercando di spingere fuori un indeciso come te.

- Mmm... non so...

- Gabrieleee! Portami i dadi!

- No no! Va bene va bene. Accetto questa.

- Uff... alla buonora, dunque. Allora arrivederci eh? Non ti dico di farti vivo ogni tanto, perché so già che lo farai. Tu invece non ricorderai niente e partirai da zero. Bene allora, buon viaggio. Avanti un altrooo!

Marzana 3 ottobre 1955 ore 23,55

- Coraggio cara, un ultima spinta e ci siamo – disse Rina, la levatrice.

Maria Signorini, moglie di Flavio Grassi, era esausta. Il parto si era presentato difficile fin da subito, ma Rina si era guardata bene dal dirlo alla partoriente. Ventidue anni prima aveva fatto nascere anche lei e la conosceva come una ragazza molto apprensiva e suggestionabile, perciò le aveva detto che era tutto normale e insisteva con l'incoraggiarla parlandole del 'lascito della Madonna', che consisteva nell'immediata e totale sparizione di ogni dolore a parto avvenuto.

- Respira velocemente e al mio tre metticela tutta questa volta, hai capito? – disse tergendole il sudore dalla fronte – Lo so che fa male, ci sono passata anch'io. Ma vedrai, un momento dopo passa tutto e tu sarai diventata mamma. Sei pronta? Forza allora. Uno... respira respira... due... forte questa volta eh? E tre. Dai! Decisa! Dai dai! Eccolo eccolo forza dai, che ci siamo...

dai! Ecco ecco… eccolo qua! È un bel maschietto, proprio come volevate. Sei stata bravissima. Avete già pensato al nome?
- Sì - disse Maria in un filo di voce - lo chiameremo Edoardo.